龙见

上册

张继 著

中国戏剧出版社
CHINA THEATRE PRESS

图书在版编目(CIP)数据

龙见：上下册 / 张继著. — 北京：中国戏剧出版社，2023.10
ISBN 978-7-104-05328-6

Ⅰ.①龙…　Ⅱ.①张…　Ⅲ.①长篇小说－中国－当代　Ⅳ.①I247.5

中国国家版本馆CIP数据核字(2023)第033061号

龙见：上下册

责任编辑：赵宇欣
责任出版：冯志强

出版发行：	中国戏剧出版社
出 版 人：	樊国宾
社　　址：	北京市西城区天宁寺前街2号国家音乐产业基地L座
邮　　编：	100055
网　　址：	www.theatrebook.cn
电　　话：	010-63381560（发行部）　010-63385980（总编室）
传　　真：	010-63381560

读者服务：010-63381560
邮购地址：北京市西城区天宁寺前街2号国家音乐产业基地L座

印　　刷：	成都兴怡包装装潢有限公司
开　　本：	880mm×1230mm　1/32
印　　张：	17.625
字　　数：	498千
版　　次：	2023年10月　北京第1版第1次印刷
书　　号：	ISBN 978-7-104-05328-6
定　　价：	145.00元（上下册）

版权专有，违者必究；如有质量问题，请与出版社联系调换。

总目录

前言 / 1
来龙前序 / 5

— 上册 —

第一章 龙见天意 / 1
 第一回 道德气象 / 5
  第一节 永乐二年 / 5
  第二节 方孝孺 / 7
  第三节 修省 / 10
  第四节 宣示 / 14
  第五节 人心 / 19
  第六节 进士 / 24
  第七节 内阁 / 30
  第八节 人龙 / 38
  第九节 一百七十龙头 / 47
  第十节 内阁七子 / 61
  第十一节 武功 / 76
  第十二节 皇祚 / 86

第二回　龙见失德　/99

　　第一节　龙起刀鞘　/99

　　第二节　文官态度　/104

　　第三节　道德气象学　/115

　　第四节　豹　房　/119

　　第五节　镇国公　/124

　　第六节　功过罪罚　/127

第三回　自然灾异　/140

　　第一节　升　天　/140

　　第二节　龙卷风　/143

　　第三节　王朝五行　/152

　　第四节　龙兴祥瑞　/166

　　第五节　天地气象　/178

第二章　龙见天象　/223

　　第一节　四　德　/226

　　第二节　苍　龙　/227

　　第三节　六　龙　/233

　　第四节　王　道　/238

　　第五节　龙见周易　/244

　　第六节　曹魏龙爻　/249

— 下册 —

第三章　龙见天气　/255

　　第一回　龙　灵　/261

第一节　图　腾　/264

　　第二节　龙　形　/268

　　第三节　合　符　/270

　　第四节　四　灵　/275

　　第五节　龙　凤　/283

　　第六节　兵　骑　/289

第二回　龙　王　/294

　　第一节　盛名之下　/294

　　第二节　封　王　/299

　　第三节　水　神　/303

　　第四节　人　格　/306

第三回　祈　雨　/318

　　第一节　人　牲　/318

　　第二节　仪　轨　/321

　　第三节　官　祀　/329

　　第四节　罪己诏　/332

　　第五节　司　天　/339

　　第六节　翰林天文　/342

第四回　护　法　/347

　　第一节　龙　蹻　/347

　　第二节　天龙八部　/352

第四章　龙见天性　/355

　　第一节　先　祖　/356

　　第二节　所　来　/359

　　第三节　走　蛟　/369

　　第四节　龙　颜　/378

第五节 龙　子　/384

第六节 龙　女　/391

第七节 龙　宫　/395

第五章　龙见天下　/431

第一节 龙　头　/432

第二节 龙　门　/435

第三节 龙　说　/440

第四节 龙　纹　/451

第五节 李　白　/462

第六节 墨　龙　/467

第七节 志　龙　/479

去龙后跋　/532

目 录（上册）

前言　/ 1

来龙前序　/ 5

第一章　龙见天意　/ 1

第一回　道德气象　/ 5

第一节　永乐二年　/ 5

第二节　方孝孺　/ 7

第三节　修　省　/ 10

第四节　宣　示　/ 14

第五节　人　心　/ 19

第六节　进　士　/ 24

第七节　内　阁　/ 30

第八节　人　龙　/ 38

第九节　一百七十龙头　/ 47

第十节　内阁七子　/ 61

第十一节　武　功　/ 76

第十二节　皇　祚　/ 86

第二回　龙见失德　/ 99

第一节　龙起刀鞘　/ 99

第二节　文官态度　/104

第三节　道德气象学　/115

　　第四节　豹　房　/119

　　第五节　镇国公　/124

　　第六节　功过罪罚　/127

第三回　自然灾异　/140

　　第一节　升　天　/140

　　第二节　龙卷风　/143

　　第三节　王朝五行　/152

　　第四节　龙兴祥瑞　/166

　　第五节　天地气象　/178

第二章　龙见天象　/223

　　第一节　四　德　/226

　　第二节　苍　龙　/227

　　第三节　六　龙　/233

　　第四节　王　道　/238

　　第五节　龙见周易　/244

　　第六节　曹魏龙文　/249

前　言

"成化五年六月，河决杏花营，有卵浮于河……盖龙卵也"（《明史·五行志》）。这是大明太平一个甲子后的第一次"龙见"，貌似没有任何来龙去脉，宪宗皇帝也是不得要领，草草修省以谢上天。但"龙卵"幽幽勾起了帝国君臣万民对于宪宗皇帝久无子嗣的隐忧，其年，宪宗朱见深22岁，已即位五年，正隆宠长其17岁的贵妃万贞儿。

帝国无皇嗣的忧虑，随着时间的推移，渐成焦虑。六年后，一个尚拖着胎发的孩子出现在望子心切的朱见深面前，在万贵妃辣手摧残朱家皇嗣的天罗地网下，这个"龙卵"竟然在深宫中逃得一命。朱明天下突然阳光普照，君臣万民一时恍然大悟：原来六年前的"龙见"，是上天在昭示，皇帝"龙卵"已经出世！这颗"龙卵"就是后来的孝宗皇帝朱祐樘。

成化五年这次"龙见"，绝不是天兆，合理的解释应该是：当朱祐樘秘密诞生时，保皇运作的政治团体，借由一次大水，营造了"龙卵"的舆论，通过大明文官体系的文书传递系统，以奏折形式正式上达天听，委婉曲折地向宪宗和大明子民宣告，未来龙嗣已诞，皇祚无忧。这份小心思被堂皇地记入《明史》，看似荒诞不经的故事背后，藏着不为人知的苦心和政治意图，一如正史中每一件"龙见"。此次"龙见"奏折，每个字都在疯狂暗示"皇帝你已经有儿子"的信息，但宪宗朱见深似乎并没有理解到这份深意，直到六年后从后宫里走出一个面黄肌瘦的儿子，他这才恍然大悟。

这就是"龙见"了。

在史家眼中,大明正德朝龙异堪称天人感应的范本,桩桩件件"龙见",都精准地应验在正德皇帝朱厚照身上:

> 正德七年六月,山东招远县。夜有赤龙悬空如火……时上在豹房游戏,昼夜不还大内。
>
> 正德十二年,上始出宣府大同游幸。是年六月,直隶山阳县有九龙昼见,俱黑色,一龙吸水,声闻数里,吸渔舟并舟中女子于空……
>
> 正德十三年八月,云南顺宁府澜沧江龙斗,水涌百丈,行人不能渡者七日。时上在宣府。
>
> 正德十四年五月,上在喜峰口。时直隶常熟县俞墅村,迅雷震电,有白龙一、黑龙二,乘云并下,口吐火,目如炬,鳞甲头角俱见,撤去民间房三百余家,吸舟二十余艘,并舟人空中坠地,有怖死者。
>
> 正德十四年初夏,江西大雨,鄱阳湖涨,小孤山亦没不见。水退后,死黑龙一、蛟二十余。未几宸濠反,被擒于鄱阳。时上南征至金陵京口,盖六飞四出,人皆有鱼服之忧。次年渔于氾光湖,上坠水得疾北还。实与前吸舟涌水事相应……
>
> 正德十五年七月,上在南京。时有物如猪头,其色正绿,坠于上前……不二月而上不豫,仅得至京师,而龙驭上宾矣。

在帝国独特的政治语境——"龙语境"中,"龙见"是基于帝国君民所秉信的天人感应逻辑,并以独特的全国共识的"龙见"思维基础,建立的帝国日常生活政治互动协商机制和模式。各阶层或团体,以"龙见"委婉地向皇帝发起政治协商信号,委婉地表达政治诉求,有足够的前车之鉴,皇帝天然地领会"龙见"及其背后意图,并会及时调整社会矛盾、利益,以回应和平衡各方诉求,以确保帝国大车重心平衡不致倾覆。这就是"龙见"的逻辑及过程,因此,"龙见"的实质乃是人心之所向，尔来千百年，向美、向善、向好和向往安定的民心，始终不变，并在专制体制下通过"龙见"这样的特殊管道制衡、平衡着帝国社会关系，艰难维系那份难得的四海晏平天下安定。

"龙见"，中国古代这种独特的政治协商形式，在正史中累计出现了三百多次，能够记入正史的每一次"龙见"，背后都是事关帝国大事的政治协商事件，绝不是指神龙降临人间那么单纯和简单。

且不论是开天的大神，还是通天的神兽；且不论是部落的图腾，还是炎黄的旗帜；且不论是神仙的坐骑，还是吉祥的瑞兽；且不论是皇帝的意象，还是司雨的水神……单从先民赋予龙有"九似"集中所有动物长处的形象，和能幽能明、能小能大、能短能长、登天潜渊、兴云作雨的天大神通，神龙就不能缺席中国的每个时代。在天成象，在地成形，每个时代都有每个时代特征的龙，它们腾挪跌宕，神气活现，深入万民意识，参与人民生活，逐渐成为中国最大的神兽，至今依然代表着中国。

所谓神，就是自然运行规律，天地造化的良能，龙，由此事实上成为中国历史发展规律的标识，显性的表象是：国势强盛则龙威武，国势式微则龙孱弱。

经过几千年的融合，龙和中国，已经互为表里，血脉相连，龙已经成为中国人血脉中、心底里的集体无意识，心理学创始人荣格的集体无意识，是指遗传保留的无数同类型经验在心理最深层积淀的人类普遍性精神。

龙，似乎是中国人心理最底层的精神积淀，铺陈自然、天道和人伦的底色……

前言

来龙前序

一

迟暮之秋，风雨如晦，无常骤现。朝堂之上，夏后和群臣正为诸侯不朝而一筹莫展，淫雨霏霏中，两道龙形闪电，矫然扑向宫廷，两声惊天霹雳，两条神龙在众目睽睽下倏然现身，君臣一看，天降神龙其姿雄伟，其态庄严。

只见两条神龙在硕大的殿前游走嬉戏，久久盘桓。其来突然，其意不明，吉凶未卜，满朝君臣一皆无措。事实上，就夏朝君臣而言，对神龙并不陌生，其开国帝禹，甚至与龙关联甚紧。禹父鲧死后，"三岁不腐，剖之以吴刀，化为黄龙"（《山海经·海内经》），即"大副（即剖）之吴刀，是用出禹"，鲧所化之黄龙即是禹。大禹开国大功治水，亦是在神龙帮助下完成，"有神龙，以尾画地，导水所注，当决者因而注之也"（《楚辞·天问》），"禹尽力沟洫，导川夷岳，黄龙曳尾于前，玄龟负青泥于后"。作为开创大业的亲密伙伴，禹对龙的脾性十分熟悉，有一次"禹省南方，济乎江，黄龙负舟，舟中之人，五色无主"。但禹镇定自若，说："余何忧于龙焉？"结果是"龙附耳低尾而逝"（《吕氏春秋·知分》）。

毕竟，大禹本就是黄龙所化，而其名"禹"字，即是一条富有生气运动中的龙。闻一多考证称，龙与凤代表着我们古代民族中最基本的两个单元——夏民族和殷商民族，也即是说龙是夏人的图腾，凤是殷商人的图腾。

不仅大禹是龙，我们古圣先王身世都与龙蛇有关。最早见于战国晚期的《楚辞·天问》，汉王逸注曰："女娲人头蛇身。"汉王延寿《鲁灵光殿赋》曰："伏羲鳞身，女娲蛇躯。"魏曹植《女娲画赞》曰："或云二皇，人首蛇形。"晋郭璞《玄中记》曰："伏羲龙身，女娲蛇躯。"人类始祖伏羲、女娲身体俱为龙蛇。汉代画像石上的伏羲、女娲形象亦有充分表现，伏羲和女娲手上若分别拿着太阳和月亮，那肯定就是创造天地和掌管阴阳的含义；若两位以交缠的形式出现，那肯定就是代表着繁衍和生殖；若手持规和矩，那代表宇宙世间规则；若手拿着笙、簧，则表明他们是乐器创造者。

上古神话时代向部落英雄时代的转化，人类英雄炎帝、黄帝应时而生。《帝王世纪》云："（炎帝）神农氏，姜姓也。母曰任姒，有蟜氏之女，名曰女登，为少典正妃，游华山之阳，有神龙首，感女登于尚羊，生炎帝，人身牛首，长于姜水，因以氏焉。"《孝经援神契》亦有记载，炎帝长大以后，"弘身而牛颠，龙颜而大唇"。有蟜氏感神龙而孕生神农氏，长大以后又有龙颜，如此说来，神农氏也就是后来的炎帝，就是龙种。唐张守节《史记正义》亦记载了感龙以生黄帝的传说："母曰附宝，之祁野，见大电绕北斗枢星，感而怀孕，二十四月而生黄帝于寿丘……生日角龙颜，有景云之瑞，以土德王，故曰黄帝。"黄帝生下来就有"日角龙颜"，出生即带龙种龙相。

尧为五帝之一，其母"为帝喾妃，出以观河，遇赤龙，晻然阴风而感庆都，孕十四月而生尧于丹陵"。和禹一样，尧似乎也是龙种。

"黄帝得土德，黄龙地螾见。夏得木德，青龙止于郊……今秦变周，水德之时。"（《史记·封禅书》）这里的赤、黄、青、白、黑五色龙与火、土、木、金、水五行相对应，五色龙与帝王是否顺应天命关系密切，被帝王看成是天命之符。《孔子家语·五帝》曰："天有五行，水、火、金、木、土，分时化育，以成万物。"五行是指木、火、土、金、水五种物质的运动变化，相生相克：金克木，木克土，土克水，水克火，火克金；金生水，水生木，木生火，火生土，土生金。每个王朝都有自己的五行属性，延续五行规律更迭演进，五德始终，相生相克，循

伏羲女娲图

来龙前序

环往复，这就是五行学说，该学说认为中国历代王朝的五行之德为：夏木德、商金德、周火德、秦水德、西汉土德、东汉火德、三国土德（以曹魏为主）、西晋金德、东晋金德、隋火德、唐土德、五代土德、宋木德、元金德、明火德、清水德、民国土德。

夏朝木德，王朝守护真龙为青龙，但惜乎降于王庭的两条龙似乎为黑龙，水亦生木，看起来并无恶意，对这两条神龙如何处置，一时让夏后和臣下莫衷一是。这时，两条龙突然口吐人言："我们是褒国的两个先君。"这更让夏朝君臣迷惑，不知道是该杀掉它们、驱赶它们，还是留住它们。既然是天谴使者，神龙自然代表着天意，于是夏朝君臣决定占卜，向上天问吉，结果不吉。于是又占卜最妥善的处置方法，上天给出了将它们的唾液收藏起来的神示。

于是，朝堂上摆设出币帛祭物，书写简策，向二龙祷告，两条龙匿迹而去，果然留下了一地唾液。夏后让人拿来木匣子把龙的唾液妥善收藏，并仔细封印。大禹开夏至夏桀灭国，夏朝国君共历17代，在世的夏王称后，升天后称帝。传位到第十三代的夏王是孔甲，孔甲不仅"好方鬼神，事淫乱"（《史记》），而且爱好龙事，他找来刘邦的先祖刘累赐姓御龙氏，在黄河和汉水一共豢养了两雌两雄四条龙，用以驾车威服天下。以神龙驭车，以熊猫坐骑，在那个人神共存的英雄时代，并非神奇。据《左传》记载，"孔甲乱夏，四世而陨"（《国语·周语》），孔甲及其子皋、其孙发、其重孙桀，累祸龙传江山，在发后时期，各方诸侯已经不来朝贺，末代夏后桀，残暴而极奢，终于将泱泱五百年夏朝付诸东流。这两条神龙出现的时间，正是夏后氏之衰这四位夏后时期。

夏朝灭亡之后，这个匣子传到了殷商，这个匣子并未为难五百年殷商，殷商灭亡后，又传到了周朝。连着三朝，从来没有人敢把匣子打开。

宿命般的应验，是在周晚期的周厉王姬胡末年，这个潘多拉魔盒被打开。千年前神龙的唾液流在了殿堂上，诡异的是，怎么也清扫不净。周厉王求诸巫蛊，命令一群女人，赤裸身体对着唾液大声呼叫以驱邪。不想那唾液瞬间便化成了一只黑色的大蜥蜴，快速蹿进周厉王的后宫。

好巧不巧撞上了一个小宫女,女孩年方六七岁垂髫,刚刚换牙,惊吓之后所幸无碍。当时无碍,后到成年,这个小姑娘竟然无感怀孕,并且生下了一个女婴,不祥之物自然被尽快地扔掉了。

这时已经是周宣王姬静时代,一首儿歌在周朝如同瘟疫一样在国土上蔓延,让宣王夜夜惊心:"山桑弓,箕木袋,灭周国。"一对卖山桑弓和箕木箭袋的夫妻,正被官兵追捕而逃命,宿命般发现了先前被小宫女扔掉的女婴,收留并将其抚养成人。夫妇二人带着女婴继续逃亡,最终逃到了褒国并安顿下来,褒国在今天的汉中北部。

褒国,国君为有褒氏,姒姓,大禹儿子夏后启兄弟的后裔。后来褒国得罪了周朝,就把长大的女婴认为义女赐姒姓,献给周厉王,以求赎罪,因是褒国献出,所以被称为"褒姒",国姓加国君姓,应为褒国国君之女。各分封国和周天子有联姻,古已有之,是为加强姻亲血脉,政治携手意图明显。周文王就曾娶褒国的太姒,太姒生下了周武王和周公。

周幽王三年,幽王姬宫涅到后宫,对褒姒一见钟情且一往情深,纳入后宫并生下儿子伯服,竟把申后和太子都废掉,让褒姒当了王后,伯服做了太子。太史伯阳能通阴阳感天地,眼见乱局已成,感慨地说:"祸乱已经造成了,无法收拾了!"

周幽王非常喜欢褒姒,对她宠爱有加,并封她为王后。但是褒姒入宫后终日闷闷不乐,无论周幽王怎么哄她,都不能见到她的笑脸。有一次褒姒在见到烽火台的狼烟之后,开怀大笑,周幽王十分高兴,知道了自己的王后喜欢看烽火台的狼烟。于是,为了哄自己的王后开心,周幽王经常点燃烽火台的狼烟,以博美人一笑。

用于传递紧急军情的烽火台,成了周幽王哄美人高兴的大号玩具,而接到烽火台信号急忙赶来的各路诸侯感觉自己被一次次地戏弄,烽火台就失去了它的信誉。幽王为博褒姒一笑,不惜烽火戏诸侯,失尽天下对周朝的最后一丝忠诚。

后来,在废后申氏父亲申侯为复仇勾连犬戎的猛烈攻击下,周幽王点燃烽火台,这次除了美人的笑之外,再也没有诸侯来救援了,都城沦陷，周幽王被杀于骊山。

这就是历史上的"烽火戏诸侯"。

在叛乱平息后，周平王即位，但是关中地区已经变得混乱，于是周平王迁都洛邑，西周结束，周平王就是东周的第一任君主。

历史记载西周灭亡的一大原因是由于褒姒，如果不是这个女人，或许西周就不会灭亡，褒姒成了导致西周灭亡的罪魁祸首。故事里的褒姒，就是龙的后代，是千年前二神龙止于夏帝庭所遗留的龙种，这个美丽祸国的女子便是妖龙的后代，并成功担当了西周灭亡的背锅侠。

这个"龙漦夏庭，祸发周室"的故事，是古代史上脉络最为清晰的龙见事件，不仅有前因和后果，有曲折的情节，有丰满的人物形象，有冲突有悬念，还有司马迁的天命所归、君权神授、天人感应的历史逻辑，这个龙见故事中的神龙，代表着天道的昭示和神器有命的宿命哲学。

司马迁曾师从大儒董仲舒学《公羊春秋》，董仲舒的"天人感应"学说及春秋大一统思想，对《史记》创作影响甚巨。他虔诚地相信鬼神的存在，认为天是有意志的，它决定王权的兴替、国势的隆衰，决定人世间的一切，任何人力都无法改变。班彪的《王命论》也说："神器有命，不可以智力求。"同时，司马迁身为"太史令"，是史官。古代巫史不分，史官的一项重要职责是掌管天文、历法、祭祀、占卜、祥瑞、灾异等。所以，中国古代的史官以学贯天人、鉴古知今而著称。他们往往通过预言天命，借天道鬼神以论人事。

因此，这桩夏庭龙见事件，被司马迁绘声绘色、添枝加叶地郑重写进《史记》：

《史记》曰：昔夏后氏之衰，有二龙止于夏帝庭而言"余，褒之二君也"。夏帝卜杀之，徙去之与止之，莫吉；卜请其漦而藏之，乃吉。于是布币策告之。龙亡而漦在，椟而去之。其后夏亡，传椟于殷、周，三代莫发，至厉王末，发而观之，漦流于庭，不可除也。厉王使妇人裸而噪之，漦化为玄鼋，入后宫。处妾遇之而孕。生子,惧而弃之。宣王立,女童谣曰:"檿弧箕服,实亡周国。"后有夫妇鬻是器者,宣王使执而僇之。既去,见处妾所弃妖子,闻其夜号,哀而收之,遂亡奔褒。后褒人有罪,入妖子以赎,是以褒姒,幽王见而爱之,生子伯服。王废申后及太子宜臼,而立褒姒、伯服代之。废后之父申侯与缯西畎戎共攻杀幽王。

二

这就是龙见了。

龙见（xiàn）,即龙现,指龙现身人间。

古人认为,万物运行自有其规律,即天道,自然万物无不是一个道化的世界,冥冥中有一种天命在统筹万物运行万物,上天和世间能够相互感知,即天人感应。而当人间运行合乎天道、顺乎天意,上天便会降下祥瑞。以新的帝国建立为典型,正如《吕氏春秋·应同》说:"凡帝王之将兴也,天必见祥乎下民。"

明太祖朱元璋草创大明,正在长江中下游地区苦战时,时遭大旱,当地泥沼地中神龙多次显现,随后便降下甘霖,朱元璋因此举办谢龙大典并借此宣扬其称帝之决心,洪武一朝龙现事件仅此一例,判为龙见祥瑞。

赵匡胤初创宋朝时,亦有龙兴之兆,龙见完全是鼓舞新的帝王和皇朝,《宋史卷·志第十五·五行一下》载:

> 太祖从周世宗征淮南,战于江亭,有龙自水中向太祖奋跃。

神龙,性灵,出现得当其时,以飞翔显见为瑞。但若出现非时,其行不常,则为妖孽,君国之祸兆。若人君昏昧,不能立事,则为臣下所蒙蔽,致阳气衰,阴气盛,使蛰伏之龙蛇起而生变怪。《洪范五行传》曰:"皇之不极,是谓不建,厥咎眊……时则有龙蛇之孽。"各代正史,均把绝大多数龙见现象,归类为"龙蛇之孽",龙见多以示警诫,以示惩戒，以示各类灾荒预警。《晋书·五行志》载：

> 晋太康五年正月癸卯，有二龙见于武库井中。武帝闻之，有喜色，百官将祝贺。时有刘毅独上表曰："昔龙漦夏庭，祸发周室，龙见郑门，子产不贺。"武帝答曰："朕德政未修，未有以应受嘉祥。"遂不贺。孙楚曰："龙，水物也，何与于人？子产言之当矣。但非其所处，实为妖灾。夫龙以飞翔显见为瑞，今则潜伏幽处，非休祥也。"

龙见郑门、子产不贺的故事出自《左传·昭公十九年》：

> 郑大水，龙斗于时门之外洧渊。国人请为禜焉，子产弗许，曰："我斗，龙不我觌也。龙斗，我独何觌焉？禳之，则彼其室也。吾无求于龙，龙亦无求于我。"乃止也。

龙见，大多发生于悖逆天道的当口，天道失衡，阴阳失序，达到阈值红线，以致上天亦不忍卒睹，降下不祥征兆以示警诫，动用幽冥之中无形之手规范人间失范，归正秩序，平衡阴阳。如果到了需要上天直接干预人间事务，神龙，往往就是这个神秘力量的显性代表。

在天人感应的神秘系统里，神龙始终是上天的使者，对照明代历史，当发生灾难或不符合道德礼数时，便往往会龙见于世。通过各种正史、野史、话本、传奇记录在案，上达圣听，皇帝往往会躬身自省甚至罪己，反思和检讨施政得失，纠偏各种过急政策，客观上达到规范世间管理和运行秩序的目的。本书会在第一章《龙见天意》中详细讲述记入正史的龙见，每一个龙见背后，都是乱世中社会公共意识和皇权拉锯的故事。即使发生"龙见"等"极异事，而无灾沴应之者"，都是有"圣君有以消弭之也"，归功于皇帝有德。

从黄帝将自己的王位、权威神龙化，将各部落图腾集合而成的神龙，偷偷让渡于为其王位加持、统治服务后，真正把神龙和皇权完美统一的，是汉高祖刘邦。《管子·水地》六："欲上则凌于云气，欲下则入于深泉，变化无日，上下无时，谓之神。"刘向《说苑·辨物》亦有曰："神龙能为高，能为下；能为大，能为小；能为幽，能为明；能为短，能为长。昭乎其高也，渊乎其下也，薄乎天光，高乎其著也。一有一无忽微哉，斐然成章；虚无则精以和，动作则灵以化。"龙有变化无穷、广具神通、无所不能的伟大，用以取象帝王布政施教善于通权达变，使人莫测高深，再合刘邦的心意不过。因此，刘邦及其谋士借神化刘邦的"龙种"身世以威众，便有了深厚的人类文化学积淀和数千年的社会民俗心理基础，并非心血来潮的突发奇想。《史记·高祖本纪》严肃记载了刘邦的龙生神话，一经问世，就自成体系，之后在汉代还不断发酵，逐步扩充成世系，成为我国文化史上最完整、影响最为深远的神话之一。自汉朝始，皇帝便成为"真龙天子"，完成了皇权统治和民间信仰、社会公共意识的完美统一。

由此，皇帝就是神龙，神龙代表天道，等同于皇帝就是天道，不仅为皇帝自我标榜的"天之子"君权神授、神器有命、天命所归，找到了逻辑路径，而且拉来了具有深厚社会认同和崇拜意识的神龙为皇权和统治背书，极具迷惑性和威慑力。

三

好一个天衣无缝的自我龙化神化的计划，但是，一个悖论亦从此出现——以子之矛，攻子之盾，会有什么效果呢？掌握舆论和社会公共意识话语权的古代知识分子群体，想出了"龙见"这个绝世的好办法对付"真龙天子"们：以"龙见"和皇帝对话，用龙代表社会公共意识，求得与皇帝平等交流、拉锯、斗争、谈判，最终求得皇权对社会公共利益，或特定阶层、团体利益的妥协，以息天怒人怨。这个逻辑，和太平天国时期东王杨秀清借天父上身，逼迫天王洪秀全对其妥协有异曲同工之妙。

于是，历史上出现了连绵不绝的龙见，按照"真龙天子"们的逻辑，真龙治世，处于幽冥的神龙是不能龙见的，神龙和代表真龙的皇帝争锋，无非是对一元权威的挑衅甚至否定。作为"真龙"的皇帝，在神龙语境、神龙文化意识中，无法从根本上否定神龙的存在，否则，否定龙见事件中龙的存在的同时，就否定了自己的真龙身份，对于其握有天下的正统性、威慑力，那是大不利的。两害相权取其轻，于是，龙见之后，如果确也灾荒连连、兵连祸结、严重失政、民不聊生，自诩真龙天子的皇帝不得不屈服于龙见展示的天意，一般会选择做出妥协的姿态，做出求得妥协的动作——罪己表态，施行仁政，调整社会关系，消弭社会矛盾，巩固统治基础。所以，至今也没有证明真实存在的龙的出现，却能堂而皇之地进入每一个朝代的正史，殊为有趣。

一个个"龙见"，就是抡在"真龙天子"脸上啪啪的耳光。特别是遇到家国情怀氛围浓厚的一届臣子，对皇帝而言可真是苦不堪言。唯一例外的，是朱元璋洪武一朝，社会初定，人心思定，历一朝而无龙见之患。与其说是上天对朱元璋治世的嘉奖，倒不如说是每一个人心集合社会公共意识对朱元璋的肯定和认同。

神龙代表天道，那看不见摸不着的天道究竟为何呢？回到历史唯物主义的基本观点，天道即人心，人心的集合就是民意，就是有向上、向善、向美好、求安定、要富足诉求的社会公共意识，逆社会集体意识的乱世，会激发这种普世价值的抵抗，而往往和强大皇权的对抗，不能硬碰硬，于是，拥有知识、智慧和话语权的社会精英阶层往往代表社会公共意识发声，而发声器就是他们巧妙找到的——龙见。那一条条现身世间的神龙，可以出现在帝国的任何一块王土，但都会被记录在案，通过快捷的官僚体系，上达天听。

这些记录在各种史料上的龙见事件，恐怕实际上并未真实发生，而仅仅是史学家、士大夫用于警示皇帝，向皇帝曲意表情达意的工具而已。东方人的智慧，在全天下拐弯抹角却又默契意会龙见的过程中，体现得淋漓尽致。既然没法直接批评自诩真龙天子的皇帝，那么龙一出现，就是当今治世"真龙"的尴尬时刻，并且龙见是以带来自然灾害为载体的天谴，天意为何，其义自见！这集中体现了中国的古老智慧，寓意于物，拐弯抹角，话外有话，通过龙见向皇帝曲意表达意见和进谏，但绝不至于给皇帝和世人留下把柄。好在龙见背后的意图，不管隐藏得如何深入和晦涩，一个合格的皇帝都会准确而敏锐地捕捉到，并做出符合杜撰龙见事件人群的回应。

一个不成文，但上至庙堂君臣，下至江湖小民都心知肚明的规则，在历史演进中成型了。凡是龙见，全天下都会明白无误地会意到是帝国涉及皇帝、天下、苍生、社稷的大事——帝国社会公共意识向皇帝提出预防灾害、救助灾民、任用贤能、惩治贪墨、施行仁政等，总之就是每次龙见背后都有话。

龙见，就这样成为帝国上下的共同说事，说天下大事的工具。龙见中的神龙作为著名的喻体，不同的听话者对这一喻体有着惊人的共同理解，这说明，龙成为华夏民族的持续时间最长、最为著名的民族意识和集体表象。

那么问题来了，承载了如此多社会和政治意义的龙见，到底是什么？根据现代气象专家的推理，每次龙见都伴随着乌云、暴雨、闪电、凌厉的旋涡风势和巨大的破坏力，那么极有可能就是烈度龙卷风。特别是发生在水面的龙卷风，即形成龙吸水，急速旋转的风搅动水气直冲霄汉，仿若一条长龙从云彩中垂下来吸水，古人无法理解这种自然现象，所以往往认为是神龙隐身云中，吸水以行云布雨。

龙见，本是一场自然灾害，被天下臣民神秘其事，成为向皇帝传递情感与诉求的一种手段，是中国古代一种参与政治的独特语境。

四

五千年以来，龙在华夏民族中以图腾开始，图腾来自原始初民的"集体表象"，最终形成华夏民族共同的信仰和情感的总和，一条龙在华夏民族意识里的升天潜渊、隐匿显现、行云布雨，无不是整个民族向上、向善、向美好的执着持续表达。

法国社会人类学家涂尔干提出，集体表象具有强制性，是社会主体成员反复感知和作为一种制度固定下来的物象，是可以经验的、实证的"社会事实"，它能在社会集团中世代相传，并为每个成员留下深刻烙印，同时根据不同情况，引发尊敬、恐惧、崇拜等感情。

龙作为远古时期部族首领的象征和图腾标志，它在华夏历史的发育过程中，提供和营造了一种特殊的原始意象，除具有图腾符号的一般象征意义外，突出体现出的是一种权力意识和政治权威的象征意义，最后演化为一种特殊的集体表象和社会意识。基于神龙原始意象中巨大又能无规律变化的外形、恐怖神秘的力量，为龙赢得了神圣权威的象征，由此形成了华夏民族审美意识中崇高的概念。

从烛龙、烛阴和女娲的神圣传说，到《周易》中的乾卦龙爻，再到殷商时代逐渐走向沉重神秘的青铜饕餮，龙呈现出一种形式上的崇大和神秘的权威神力，它是英雄时代的英雄神话。历史不断丰富加持神龙神秘、皇权、崇大、威武、变化莫测、呼风唤雨、摧枯拉朽等内涵，在形成独特的神龙语境的同时，华夏民族逐渐形成了关于龙的民族集体表象。

这即是龙的"来龙"——龙之所来，以及在人类意识中的蜿蜒隐秘的逻辑轨迹。来龙去脉，本义是指龙迹，就是因为过于隐秘而难寻，因此被颇有神秘主义的风水学假借并几乎据为己有。根据解释，该成语本指山脉的走势和去向，用以比喻一件事的前因后果。

古代风水术认为，龙就是地理脉络，起伏的山脉就是龙脉，分经寻脉讲究觅龙、察砂、观水、点穴、立向"五诀"，神话里的昆仑墟始终是祖龙，虽如龙一般至今隐匿不见，但却牢牢高高矗立在人的心里，它才是华夏民族最伟崇高大的那条龙，上一次昆仑山的龙见，还是周穆王西巡登昆仑祭祀黄帝，并和西王母在瑶池宴饮的那次，掐指算来，迄今已有三千多年……

第一章 龙见天意

人心似水，民动如烟。天意，在每一次神龙现身中彰显和传递，亿兆万民的信仰，滋养着神龙隐现，借由"龙见"表达着社会公共意识，形成并传承着古代中国独特、神秘、玄幻而又朴素、质朴、直达天意的"龙见"文化。

中国皇皇二十四正史，是帝王将相纵横捭阖的英雄史，更是升斗小民向善向美的烟火史，历史车轮滚滚向前，历史所指民心所向，顺应民心则称英雄，悖逆民心则成败寇。

民心似水如海，可升可潜、可载可覆、可大可小、善变善化、能兴风作浪，宛如神龙一般。对，正如神龙一般，深深藏在幽冥，能显能隐、能细能巨、能短能长、能兴风雨、难以驾驭，还有逆鳞，一旦触逆，即是势不可当的翻天巨浪，颠覆世界。

龙见，即是民心，或者民心异动的指标物。因此，才能解释皇皇官方正史中，"龙见"成为贯穿始终的一个主题。显性的解释是，龙从风云龙兴风浪，龙见往往伴随着极端天气：海龙在海洋掀起海浪，江龙飞掠带来洪水暴涨，雷龙带着闪电劈裂房屋，风龙把船只人畜随着江水吸上云层……古代的人们看到的不仅仅是恶劣的天气，他们更透过极端天气看到了被扰乱的宇宙秩序，根据天人感应，上天所示的异象，对应的是人间五行秩序被扰乱和破坏。

人们相信，天地间的龙见等灾异，是由人的不当行为所导致的，只要改正错误，自然失调就会停止，人间五行就会归位，宇宙秩序相应就会归正。五行,即木、火、土、金、水。《史记·天官书》有载,"天有五星,地有五行",宇宙秩序和世间秩序对应,宇宙秩序通过极端天气显示,正所谓天气就是天意,宇宙秩序一乱,必然带动相对应的人间秩序混乱。孔子说,"天有五行,水火金木土,分时化育,以成万物",五行运行相生相克,一旦人间五行秩序失衡,即会出现不和谐的社会秩序,就会出现包括龙见在内的地震、洪水、疾疫、旱灾等天象异象。

这种气象和道德捆绑的哲学,无疑把皇帝摆在了一个十分尴尬的位置上,毕竟,作为天子,他是代天御极,与天的关系最密切,被天赋予了最大的权力,因此也能对天产生最大的影响。这意味着,每当龙见等灾异出现,整个天下都可以臧否皇帝,都可以向皇帝寻求帝国失格、治理有失、德行不修的改进措施。这即是龙见在气候基础上向政治、心理、德行延伸的逻辑,而逻辑基础是五行理论和天人感应,这是几千年来中国社会公认的认识世界的基本方式。

因此龙见对于皇帝而言,是一个沉重的话题和负担。由此形成一个逻辑,如果要劝诫和警告皇帝,龙见等灾异就是最好的借口和理由,只需要大臣呈报有关灾异的奏报给皇帝即可。"嘉定四谏"之一的正德十六年进士彭汝实,因灾异上言:"迩者黄风黑雾,春旱冬雷,地震泉竭,扬沙雨土。加以群小盛长,盗贼公行,万民失业。木异草妖,时时见告。天变于上,地变于下,人物变于中,而修省之诏无过具文。廷陛之间,忠邪未辨,以逢迎为合礼,以守正为沽直……"帝国上下饱受灾害困扰,天、地、人之间关系失谐,问题症结直指皇帝"忠邪未辨,以逢迎为合礼,以守正为沽直……弃燕闲于女宠,委腹心于貂珰",因此应该切实修省和作为,不要做一些"具文"的表面功夫。总而言之,天下灾异,归罪于皇帝不修省不善政,这个指责实为激烈了,被彭汝实死怼的皇帝,是嘉靖皇帝,那个被海瑞上《治安疏》指骂"天下不直陛下久矣"的皇帝。

但是,无论如何,一个至今都无法确认真实存在的神龙,竟然堂而皇之、千秋万代、层出不穷进入官修正史,为历代皇帝、饱学之士、亿兆百姓热情关注和各自表述,这本身就是一件咄咄怪事!庙堂之高,江湖之远，天下人都汲汲于龙，因为人们相信，龙代表着天意，如同神佛活在信众的香烟供奉里一样，龙，活在民心所向里，因为相信所以看见。

仔细梳理每一个龙见事件，背后都隐藏着天道人心——

龙见的时间，往往卡在人间失格、流离乱世、民不聊生的时刻，民心的愤怒贯通上天，警示皇帝社会矛盾已经到了危险的边缘，这是天下失勒的明显信号。

龙见的目的，往往是通过帝国上下十分默契、相互畅通意会的龙语境，警诫失道君王、降灾惩罚或者灾异预警，表达人民的愤怒并提出规劝改正，民意以龙见的方式向皇帝提出谈判要求。

龙见的结果，人们以龙见的方式表达不满并提出谈判要求，往往会倒逼代天而治的真龙天子，做出或真诚或敷衍的修省态度和施政的改变，以弥合社会各阶层的矛盾，重新分配各阶层利益，求得一个各方都能接受的妥协结果。

龙见的实质，是帝国君臣上下，特别是士大夫阶层顺应或裹挟民意，对国家重大事项或治理方向，进行委婉曲折参政议政的一种特殊方式，由于士大夫掌握了文字和舆论力量，他们往往透过龙见影响皇帝政策取向，形成文官集团和皇帝共治天下的格局。

历史是英雄创造的，终究是人民创造的，历代史官似乎对能载舟亦能覆舟的似水民意——这股历史的决定力量——避无可避无法忽略，传统亦形成了以龙说事的特殊历史语境，于是煞有介事地将"龙见"事件和洪水、六月飞雪、冰雹、雷击、火灾、雪荒、豪雨、干旱、蝗灾、饥荒、疾疫、风灾、虫灾、山崩等自然灾害一道收录进正史的《五行志》中，主要列进"龙蛇之孽""灾异"，少部分列入"祥瑞"。

于是，中国官方历史上出现了一种独特而魔幻的现象——以严谨著称的历代史家，以一种无比正经的方式，持续记录了无比虚幻的桩桩"龙见"，在看似无比荒诞的逻辑中，记录着民意沸腾、民心向背的指标。

龙虽然是虚构的，但人心却是真实的，龙的升潜、显隐，代表的是,似水人心,如烟民动。

二十四史,亦是二十四部龙见史。龙见寓意或带来的天谴,一是道德气象,二是自然灾害,而作为道德气象指标的龙见故事,因为帝王人物、曲折情节,配合独特的龙语境传播形式,彼此心照不宣和彼此默契,刺激而趣味无穷,更容易被人津津乐道而经久流传。

第一回　道德气象

第一节　永乐二年

永乐二年，大明帝国开国36年的第一次龙见，就那么眼睁睁地出现在帝国王土上。

时间点颇为敏感，其年正是明成祖朱棣登基的第二年，新的王朝正在以各种高压有效甚至血腥的方式，千方百计巩固统治，龙见在如此严格管控的时间，顶着皇权压力就这么出现了，相当耐人寻味。消息瞬间传遍帝国6660万人口，帝国上下炸开了锅，新皇朱棣、朝堂臣工、升斗小民全都敏锐地嗅到了不同寻常的味道，一股被压抑的兴奋情绪，在帝国王土上涌动和发酵，庙堂江湖似乎弥漫着一种期待。

这可是开国36年，历经三帝以来的第一次龙见。幽冥中的神龙，何时现身、怎么现身、在哪儿现身等本应更有传播性的消息，似乎成为事件的细枝末节，帝国上下出奇一致地直奔龙见事件的关键主题而去——神龙为什么要在此时现身？上天要直接干预大明什么事务？上天对大明国运有怎样的安排？

答案似乎就在百姓口中"三帝"的提法上，这似乎就是问题的关键。根据《奉天靖难记》《明太宗实录》和清孔尚任所藏《燕王靖难札付》记载，早在上一年朱棣"靖难"成功，进入南京登上大位之前，就已经"去除"建文年号，建文二年，用庚辰纪年，改建文四年为洪武三十五年，否认建文帝的合法性。《明史》卷五《本纪第五·成祖一》："秋七月壬午朔，大祀天地于南郊，奉太祖配。诏：'今年以洪武三十五年为纪，明年为永乐元年。'"

次年，朱棣登基改元永乐元年，其逻辑是，作为朱元璋的四子，他是合法继承父亲洪武三十五年大统登基，而非从侄儿朱允炆建文四年手中篡夺皇位。朱棣在登基诏书中，明确以建文四年为洪武三十五年，使他登基之前的洪武纪年合法化。

朱棣的意图明白无误，36年的大明只有朱元璋和他两位皇帝。朱棣革除建文年号之事，明代官方文献没有明确记载，但私家野史记载颇多。宋端仪《立斋闲录》云："太宗皇帝既即位，革建文元年、二年、三年、四年年号，仍称洪武三十二年、三十三年、三十四年、三十五年。具改皇太子及妃，称皇兄懿文皇太子、皇嫂懿敬皇太子妃，建文君废为建庶人。"嘉靖时郑晓也说："成祖即皇帝位，革除建文年，仍称洪武，以故洪武有三十五年。"后世对于建文帝及其时代多称"革除君"或"革除朝"。直到万历二十三年，礼科给事中杨天民、监察御史牛应元相继上疏要求"改正革除建文年号"，礼官范谦覆奏时说："愿及此纂修之时，命史局于高庙实录中摘洪武三十二年逮三十五年遗事，复称建文年号，辑为《少帝本纪》。"他希望朝廷在纂修国史时恢复建文年号并为建文帝单独设立《少帝本纪》。"奏上，诏以建文事迹附太祖高皇帝之末，而存其年号。"万历皇帝同意将建文事迹附于《太祖本纪》之后，用建文年号纪年。如此一来，朝廷才首次在国史中使用建文年号。

就这样费尽心机，朱棣在皇位上坐了不到一年，龙见就出现了，朱棣心底透亮，大多数的天下人仍然认为他是"燕贼篡位"，对，就是方孝孺死死咬定的"燕贼篡位"的咒怨，方孝孺敢于舍弃十族拼死说出来的指责，天下人埋在心底罢了，全天下不直他朱棣的人多了去了，不管他为登基花了多少心思，做了多少准备。龙见一出，就是对他自我费力打造的"真龙天子"形象的迎头棒喝——江山仍不稳固，人心仍不团结，他面临着安抚天下和弥合矛盾的巨大而长期的挑战。

是了，莫不是方孝孺怨气冲天，或者是同情方孝孺的读书人，或者是沉浸前朝的遗民，更或是追随建文帝的民意在涌动，在串联，在绸缪？朱棣甚至反思，对方孝孺的铁血反应，是否过激？但这位读书人，那是一点台阶也不给他下，一点面子也不给他留啊，狷介直耿的劲头，至今思来，仍令他切齿。

朱棣对方孝孺本无成见，即使方孝孺替建文帝起草了一系列系统征讨燕王的诏书和檄文，严正庄重，痛骂得他酣畅淋漓。毕竟，那是各为其主,也是一片赤诚,朱棣对其甚至心生敬佩,想着是个新朝可用的人才。

第二节 方孝孺

方孝孺被誉为天下读书种子,五岁能诵,六岁能文,师出名士宋濂,为一代正学大儒,因其文采与理学修养被后人视为明初继宋濂、刘基之后的又一"文宗",《宁海县志》称:"诸儒所长,互有得失,孝孺卓然为一世儒宗。"作为建文帝的文学博士,参与国事咨询。

方孝孺以王道为正统的标准,鼓励君王以行仁政来实现政权的长治久安,他特别强调伦理纲常的重要性,他认为伦理纲常是社会政治良好秩序的必要保障,他认为篡臣、女主和夷狄都有违儒家伦理纲常。"彼篡臣贼后者,乘其君之间,弑而夺其位,人伦亡矣,而可以主天下乎?苟从而主之,是率天下之民无父无君也。是犹可说也,彼夷狄者,佢母烝杂,父子相攘,无人伦上下之等也,无衣冠礼文之美也。顾先王以禽兽蓄之,不与中国之人齿。苟举而加诸中国之民之上,是率天下为禽兽也。"(《后正统记》)"无父无君""率天下为禽兽"这样激烈的指责,明显有大儒风范,也是方孝孺对失序的深恶痛绝的表示。方孝孺归纳出篡臣、女主和夷狄为变统,就是因为这三者颠覆了伦理纲常,使社会政治秩序失范。这和朱棣上位存在不可调和的意识道路之悖,而"无父无君""率天下为禽兽"这样激烈的指责,似乎就是指向后来形成实质性篡位的朱棣。

朱棣靖难,于 1403 年顺利进入南京,正是团结各阶层笼络天下人心的关键时刻,欲起用方孝孺,感召士大夫,并申其正统,团结舆论。殊不知,这是一个视君臣上下、伦理纲常、长幼秩序为命的诤臣。

果然,事不谐矣。

郑晓刊行于嘉靖四十五年的《吾学编·文学博士方孝孺》,综合了诸多方孝孺殉难的传世信息,载曰:

建文君逊去，文皇以姚广孝言召用孝孺。不肯屈，系狱。一日遣人谕再三，终不从。又召孝孺草诏，及见，悲恸彻殿陛。文皇降榻劳曰："先生无自苦，余欲法周公辅成王耳。"孝孺曰："成王今安在？"文皇曰："渠自焚死。"孝孺曰："成王即不存，何不立成王之子？"文皇曰："国赖长君。"孝孺曰："何不立成王之弟？"文皇又曰："先生无过劳苦。"置左右授笔札，又曰："诏天下，非先生草不可。"孝孺大批数字云云，投笔于地，又大哭。且骂且哭曰："死即死，诏不可草！"文皇大怒，命磔诸市……时年四十六……宗族坐死者八百七十三人。

针尖麦芒之时，朱棣疆场将帅出身，铁血用强，彻底放飞自己的怒气，祝允明《野记》演义说，上怒曰："吾夷尔十族！"左右问何一族，上曰："朋友亦族也。"于是尽其九族之命，而大搜天下为方友者杀之。"诛十族"的说法由此出现并流传，方孝孺被后世视为忠义的楷模。

古代九族，即是五服内的亲戚，也就是以自己为中心的直系亲属和旁系亲属上下各四代，加起来叫作九族；亦是从自己开始为一服，然后自己下面的儿子还有上面的父亲为二服，左右两边的亲兄弟姐妹也是二服，这样类推出去四代就五服，把自己加进去上下左右都成九就是九族。

当然，以上都是历史叙事演义。但据史料考证，"诛十族"仅是一个传说，不能视作历史事实。第一版明史记载：丁丑，杀齐泰、黄子澄、方孝孺，并夷其族。四库版明史，改记为：丁丑，召方孝孺草登基诏，孝孺投笔，且哭且骂，帝大怒，泰、子澄亦抗辩不屈，遂与孝孺共磔于市，皆夷其族。正史都没有说方孝孺被诛九族。夷其族，指的是诛灭他的亲族，指的是诛其父其子，这是同族。

实际上方孝孺的儿子都没被诛尽，明史记载，方孝孺死的时候，九岁的儿子叫方德宗，被他的好友原刑部尚书魏泽收养。依旧是明史记载，万历年间，万历皇帝下诏为方孝孺平反，赐下祭田，将方孝孺次子方中宪后人从松江府华亭县寻回，居于浙江海宁，明清两代的《海宁县志》对此事均有明确记载。民国《鄞县志》中记载，方孝孺长子方中愈之后方九成，自明万历年，由慈溪迁至鄞县，居于白岳乡方家。方孝孺的一个亲叔叔，叫方克家，他的儿子方孝复在洪武二十五年被流放广西庆选充军，其子方琬得释为民。

各朝律法，均未有"诛九族"之说，只有"株连九族"一说，"诛九族"大多为小说家和野史言，当然"诛十族"就更有故事张力。演义和史实可谓谬以千里了。

成书于天顺至成化初年《天顺日录》对方孝孺殉难事迹予以记载，这是距离历史发生很近的史料了。

> 文庙过江之日，初即位，欲诏示天下，问姚广孝举代草者，曰："必须方孝孺。"召之数次，不来。以势逼之，不得已，孝孺持斩衰而行见。文庙即命草诏，乃举声大哭曰："将何为辞？"敕左右禁其哭，授以笔，即投之地，曰："有死而已，诏不可草。"文庙大怒，以凌迟之刑刑之，遂夷其族。

姚广孝举荐方孝孺代草即位诏，方孝孺为建文帝戴孝，不肯代草即位诏，投笔于地，且有誓死的语言，朱棣大怒，方孝孺被凌迟处死，并被"夷其族"。稍后成书于成化、弘治年间的《立斋闲录》记载了方孝孺殉难株连的人数，"今按南京锦衣卫镇抚司监簿，除前编缺坏外，所存簿籍载正学宗族抄扎人口有八百四十七人"。并未有"诛十族"之说。

但到了万历中期以后，方孝孺被"诛十族"之说逐渐史实化，特别是在东林士人受到迫害的历史背景下，东林士人需要对方孝孺殉难事迹进行有目的的增补与宣传，并将其与东林士人的精神比附联系在一起。由于东林士人受到了残酷的政治迫害，而方孝孺也因持节守义遭受惨祸，二者很容易产生共鸣。发生激烈党争的启、祯两朝，方孝孺的持节守义的士大夫忠义精神，成为东林党人伸张士大夫政治的精神象征，标榜守持正义的东林士人以方孝孺作为精神榜样，勉励忠义。

随着后世尤其是万历后期东林士人的渲染宣传,"诛十族"的说法就由传闻被史实化,确乎的是,方孝孺族人和学生、朋友被株连,这在许多文献中都有记载多达"八百七十三",为"诛十族"这种传闻的史实化提供了土壤和支撑。同时,"诛十族"又将朱棣暴君的形象凸显出来,在一定程度上满足了后人伸张士大夫精神的需要,践行儒家的忠义的方孝孺,最后死于气节,符合舍生取义的价值取向。一个持节守义的士大夫,居然遭受了如此不公,对当时和后世士大夫乃至社会群体都是不小的震撼。

第三节 修 省

往事不可追,现实摆眼前。

以方孝孺为代表的旧朝正统势力,朱棣以铁血手段予以了迅疾而残酷的政治清洗,一时强力按下了天下的抵抗力量,登上了大宝,但天下人心的不服,君民相互的不信任,引来了帝国的第一次龙见。

龙见的灾异预言,果然顺虞而来。朱棣摇身一变为公关天才,一连串动作,不仅使天灾没有激化矛盾激起民变,而且通过"修省"施政一步一步获得天下认可,在应对龙见危机中获得极大加分。

《明史·成祖本纪》记载,永乐二年天下灾异主要有:

> 六月辛卯,振松江、嘉兴、苏州、湖州饥。
> 秋七月丙寅,振江西、湖广水灾。
> 冬十月丁丑,河决开封。
> 十一月癸丑,京师及济南、开封地震,敕群臣修省。戊午,蠲苏、松、嘉、湖、杭水灾田租。

这一年,水灾困扰新兴的永乐帝国,江西、湖广、开封、松江、嘉兴、苏州、湖州、杭州发生水灾,特别是苏嘉杭地区,一直是天下富庶之地,帝国粮仓、天子府库,水灾严重以至于发生大面积饥荒,流民遍地。到六月份青黄不接之际饥荒愈加严重,朱棣不得不开仓赈济饥民,关键时间节点的赈济，不仅稳定了社会情绪，更重要的是，此暖心一举，为朱棣消解了天下对其篡位的敌对情绪。

该次水灾史称"苏松大水"：

> 永乐二年（1404）五月，苏、松二府大水成患，吴江一带尤甚，低田尽没，农民车水救田，腹饥力竭，仰天而哭。壮者相率食糠杂菱芙荇藻，老幼入城行乞不得，多投于河。明廷定苏、松等府水淹处给米则例：每大口米一斗，六岁至十四岁六升，五岁以下不与。每户有大口十口以上者只与一石。其不属全灾内有缺食者定借米则例：一口借米一斗，二口至五口借米二斗，六口至八口借米三斗，九口至十口以上者借米四斗。候秋收后抵斗还官。

十一月，北风呼啸，在朝廷接济下好不容易度过青黄不接期的灾区百姓，不得不再次面对如何过冬的尴尬，古时的冬天，对于百姓而言，那就是难熬的地狱。朱棣再进一步，蠲免了水灾地区的田租，进一步赢得了民心。

就在这个月，上天给朱棣再次带来警示，京师南京及济南、开封地震，特别是京师地震，那可是天大的天异，这个天异仍然被士大夫解读为上天不满朱棣篡位夺权，以示其统治不合天理人伦和道德规范。但这个具有极大杀伤力的地震及地震背后的舆论煽动和道德引领，并未在世民实操层面引来波澜，毕竟，百姓在灾异面前努力活着和食不果腹去过问老朱家家事之间，人们选择与自己利益攸关的生命权为上，朱棣坐在龙椅上还是朱允炆坐在龙椅上，对仓里有没有粮食，圈里有没有牛羊和这顿下顿的吃食、孩子的穿着，并无直接关系，老百姓不就求个平稳安乐度日吗?！再说，天下初定才36年，哪个人不求天下安定四海晏平，经历乱世的百姓更加盼望和珍惜社会安定的局面。永乐二年的天下人心集体思定，龙见及其预示、带来的灾异，反而成为永乐绝大多数君民共同抵御的目标，永乐军民在抱团。

龙见所蕴含的刀斧狂躁情绪，似乎在以人眼可见的速度快速消解。上年那个对前朝旧臣齐泰、黄子澄、方孝孺血腥打击的朱棣，其实对百姓而言并非恶魔，再说，谁做皇帝都是朱家家事，做皇帝朱允炆不一定就比叔叔朱棣做得好。

果如百姓心思摇动所想，即使龙见带来了水灾、地震，永乐二年大明帝国的祥瑞亦不断出现，迎合君臣民意冲抵着龙见的悲观恐惧情绪：

> 九月丙午，周王橚来朝，献驺虞，百官请贺。帝曰："瑞应依德而至，驺虞若果为祥，在朕更当修省。"
> 冬十月乙酉，蒲城、河津黄河清。
> 十二月壬辰，同州、韩城黄河清。

周王朱橚来献祥瑞，是朱棣治理大明的标志性事件，这亦证明朱棣较之年轻的朱允炆，政治手腕高了几个层级。朱橚是朱允炆"强势削藩""先废周王橚，欲以牵引燕"，最终操之过急引火烧身以致皇位被夺的开始，亦是朱棣因势利导优待藩王，团结阶层收归兵权的开始。

洪武二年，朱元璋毅然决定"定封建诸王之制"，选择以"分封"的形式分封子孙为藩王。不承想，分封制却埋下了"皇权旁落"的祸端。朱元璋在世时藩王不敢轻举妄动，但建文帝刚刚登基，各藩国就已经迫不及待地跳将出来，与朝廷对立。建文帝无奈而惶恐，在齐泰、黄子澄的怂恿下，未加周密部署准备，匆忙之下选择了"强势削藩"，反而进一步激起了藩国的反抗情绪，朱棣于1399年爆发"靖难之役"也就此登上了历史的大舞台。

建文帝是在1398年八月毅然发动的强势削藩，"先废周王橚，欲以牵引燕"，势弱的周王朱橚被当作了祭刀之王，以期杀鸡儆猴。而后又于次年再次强势削藩，让"湘、代、齐、岷皆以罪废"，逼得时为燕王的朱棣不得不"佯狂称疾"，并借机援引《祖训》靖难，打着"朝无正臣，内有奸恶，则亲王训兵待命，天子密诏诸王统领镇兵讨平之"的旗号举兵造反。

随后，以藩王身份称帝的明成祖朱棣，同样面临着"藩王势大"的困局，但明成祖并没有选择强势削藩，而是采用了"恩威并施"的怀柔政策，在潜移默化间将兵权悉数收回到了自己的手中。

1402年，朱棣刚举办完登基大典后不久，一方面继续打击建文帝的残余势力，"大索齐泰、黄子澄、方孝孺等五十余人"；另一方面急急下令"复周王橚、齐王榑爵"，先行恢复了在建文帝执政时期被废的周王以及齐王的爵位，周王朱橚"复爵，加禄五千石"。而后更是对周王大肆封赏，先是"赐周王钞二万一千锭"，紧随其后周王诞辰又赐"冠一，通天犀带一，彩币三十疋，金香炉合各一，玉观音金铜佛各一，钞八千锭……"诸多赏赐，其他的藩王亦不例外，拉拢藩王巩固帝位的目的十分明确。

诸藩王自然高兴，特别是周王橚，在建文和永乐两帝时期，简直是天壤之别，于是迫不及待地在永乐二年龙见之后，朱棣最需要祥瑞支持的时候，适时献来驺虞，为新朝在人心和意识层面扳回一局，并引发更多祥瑞的上达天听并风闻天下。果然，这一年，顶着龙见的压力，黄河就清澈了两次。黄河水常年浑浊，传说黄河会500年变清一次，在《幼学琼林》里，更有断言：圣人出，黄河清。在著名的《推背图》第五十四象明载：寰中自有真龙出，九曲黄河水不黄。这两句话都说明了一件事，当天下出现了一个有才能的圣人时，黄河水就会变清，世间将会变得和平幸福，祥瑞将会降临华夏大地。永乐二年，安排黄河出面为朱棣是明君圣人的天意背书，而且反复两次，可见朱棣对于消减龙见负面舆论和强调自我正统的迫切和重视。同母兄弟朱橚的投桃报李，在那个特殊时刻，朱棣心里应该是特别欣慰和高兴的。

到永乐十八年，明成祖的统治已经坚不可摧，这一年，他将迁都北京，回到令他感觉安全的龙兴旧地，朱橚就显得并不那么可爱了，即使是同母兄弟。是年十月，也就是1420年十月，"有告橚反者。帝察之有验。明年二月召至京，示以所告词。橚顿首谢死罪。帝怜之，不复问。橚归国，献还三护卫"（《明史·诸王》）。周王橚这都有造反的迹象了，且明成祖朱棣查访后发现确有其事，但依旧没有问罪。而周王橚也聪明,回去后直接就自己主动上交了兵权。

可见,朱棣的削藩与建文帝的强势削藩相比,委婉含蓄但直逼根本,以极大耐心趁藩王犯错后趁机收回兵权,架空并优待藩王,削其护卫、罢其官属,完善了高度集权的一元统治制度。在残酷血腥的近万人政治清洗之后,朱棣宣布恢复洪武旧制,把朱允炆和方孝孺之流努力把帝国引向儒家治国之道的方向,扳回到朱家尚武、集权、独裁的轨道上来,把儒家核心思想中强调义务和互重的君臣之道彻底剔除和抛弃。在绝对权力之下,臣子的唯一选择就是顺君从命,方孝孺充其量只是阻碍朱棣宏图霸业的一朵小水花而已,两个人代表了帝国的两种道路选择,不可调和,皇权理所当然地获得了碾压式的胜利。

永乐二年龙见的意义,在于昭示宇宙的失衡和顺序的丢失,天地间的灾异是由人的不当行为导致的,那么,只要改正错误,自然的失调就会停止并纠正——这种道德绑架,把"真龙天子"的皇帝摆在了一个十分微妙和敏感的位置上,因为他是天子,是秉承天的旨意统治人间,他与天是父子关系,理论上只有他能对天施加最大的影响,不管是好的还是坏的影响。这种逻辑意味着,每当灾异出现时,世间就可以臧否皇帝的统治。如果是龙见这种灾异出现,微妙的意味就更加深一层,这在形式上就在打"真龙天子"的脸,一点也不留情面。

所以,朱棣在永乐二年反复强调"修省"以避凶,对于皇帝而言,比起灾异造成的有形财政损失来说,无形的道德损失更为棘手。但不得不承认,朱棣在永乐二年应对龙见的公关处理,好牌迭出,收效甚好。

第四节 宣 示

帝国有龙见,朱棣心中有山海,去供它出没。对内修省以避祸趋福,以祥瑞频出冲抵负面舆情,朱棣还把眼光投向四海,派郑和出东洋下西洋,扩大藩国花名册,建设国际朋友圈,以极大力度收获外交承认,宣示大明王朝的正统皇帝上新为永乐帝。

《明史》记载了永乐二年(1404)卓有成效的外交事件:

夏四月壬午，封汪应祖为琉球国山南王。

六月甲午，封哈密安克帖木儿为忠顺王。

八月丁酉，故安南国王陈日焜弟天平来奔。

是年，占城、别失八里、琉球山北、山南，爪哇、真腊入贡。暹罗、日本、琉球中山入贡者再。

《明史》载，永乐二年完成西域哈密卫设置，将哈密正式纳入帝国版图，这是永乐年间的第一次开疆拓土。哈密"东接甘肃，西距土鲁番，为西域诸国之喉咽"，该地元末以威武王纳忽里镇之，寻改为肃王，卒，弟安克帖木儿嗣。洪武中，太祖既定畏兀儿地，置安定等卫，渐逼哈密。安克帖木儿惧，将纳款。

成祖初，遣官诏谕之，许其以马市易，即遣使来朝，贡马百九十匹。永乐元年十一月至京，帝喜，赐赉有加，命有司给直收其马四千七百四十匹，择良者十匹入内厩，余以给守边骑士。斋明年六月复贡，请封，乃封为忠顺王，赐金印，复贡马谢恩。已而迤北可汗鬼力赤毒死之，其国人以病卒闻。三年二月遣官赐祭，以其兄子脱脱为王，赐玉带。自安克帖木儿始，明王朝开始在哈密封王设卫，历代沿袭，正式将哈密纳入帝国管辖范围。

南部疆域，安南（今越南）陈天平永乐二年来奔，是大明发动安南平定战的关键事件。

话说从头，建文帝时，安南国发生政变，安南权臣胡季犛"弑（陈）日焜，立其子颙。又弑颙，立其弟㷆，方在襁褓中，复弑之。大杀陈氏宗族而自立，更姓名为胡一元，名其子苍（黎苍）曰胡，谓出帝舜裔胡公后，僭国号大虞，年号元圣，寻自称太上皇，传位，朝廷不知也"。夺了安南神器后，胡季犛一边对陈氏皇室赶尽杀绝，一边向宗主国明朝请求册封认定，谎称陈姓国王没有后人，作为先国王的外甥，其次子胡黎苍被拥立为王，请求得到大明皇帝的册封，成功获封安南国王。

永乐二年，自称安南陈朝国王陈日焜弟弟的陈天平，来奔明朝，朱

第一章 龙见天意

棣随即安排使臣和5000人马护送陈天平归国。不料,到了安南之后,明军竟然遭到伏兵的袭击,陈天平和明朝的使臣都被杀掉。成祖大怒,永乐五年七月,派出30万大军叩关问罪。胡季犛组织军队抵抗,在天朝大军的铁蹄下,安南多邦城失陷,咸子关惨败,胡朝军队完全失去了战斗力,永乐五年,明朝吞并安南,灭亡胡朝。胡季犛父子被俘,同众多胡朝的文臣武将一起被押送明朝的首都金陵。这就是安南平定战,是朱棣登上皇位之后的第一场大战,大胜而归,国家和个人威信不断从战场上铁血提升。

东洋方向。永乐二年(1404),朱棣派遣自己人——中官郑和出使日本。郑和率领浩浩荡荡十万水师,威风凛凛地抵达日本,代表大明皇帝向室町幕府第三任将军——足利义满宣示大明皇帝旨意:"使其自行剿寇,治以本国之法。"聪明的足利义满立即领会到新任皇帝宣示权威的意图,《明书·戎马志》记载,足利义满闻风而动,随即捉了二十多个江洋大盗,下令用"蒸杀"的方法把他们残酷地处死,以表达对宗主国新任皇帝朱棣命令的到位执行,以及对朱棣权威的绝对认可和尊崇,日本以"属国"的名义对明朝进行朝贡贸易。

足利义满的谦卑和顺从大合正寻求正统皇权认可的朱棣心意,获得了大明新皇的充分信任,永乐皇帝"嘉其勤诚,赐王九章",赐给足利义满"日本国王"金印一枚,赠送了冠服、文绮、金银、瓷器、书画等贵重物品,允许日本国十年一贡,正副使等可以多至二百人。同时,大明还大方允诺日本商人在江浙进行贸易,足利义满则谦恭地回信,自称"日本国王,臣……诚惶诚恐",并献上"金千两、马十匹、薄样千帖、扇百本、屏风三双、铠一领、铜丸一领、剑十腰、刀一柄、砚筥一合、同文台一个"。堵不如疏,朱棣恩威并施,一举解决东南海域倭寇犯边的问题,干净利落。到永乐十五年,我国东南沿海出现了"海洋平静"的可喜局面。

圆满出使日本的次年,朱棣尝到了外交方式兵不血刃收获宣示个人皇权威信、收编从属国的快乐,于是向东南亚的朝贡国派出一批批使团,皆以自己信任的宦官为总兵官统领使团。其中最著名的,是六次出使西洋的宦官郑和。

郑和第一次下西洋，是在永乐三年至永乐五年，最远到达印度西南海岸。后五次是马不停蹄的永乐五年至永乐七年、永乐七年至永乐九年、永乐十一年至永乐十三年、永乐十五年至永乐十七年，以及永乐十九年至永乐二十年，所历三十余国，成为明初盛事。巨大的"星槎"和"宝舟"耗资巨大，出使船队规模浩大，造成了大明财政的巨额支出，引来户部的诸多抱怨，永乐之后的皇帝，逐步减少、停止了派遣庞大使团出洋宣示国威和搜罗珍奇。

在永乐特定的历史阶段，郑和航海的目的是外交，朱棣给他的任务是，向明朝所有的朝贡国宣告永乐是现任皇帝，他们应以纳贡的方式表达他们对这一事实的接受，以及对新皇的拥戴，就像日本国足利义满那样恭顺新皇，而绝不允许出现安南胡季犛那样的不驯和挑衅。为示天威，朱棣让郑和带领了一支庞大的军队，武装力量的随行并非为了征服，而是确保番邦国王接受朱棣的诏令，郑和六次下西洋，把朱棣的威名最远传播到了非洲东海岸。为达成一个僭位称帝者获得众多外交承认的迫切希望，郑和是一个称职的宦官，是这场浩大政治秀的合格执行者。

有一个流传甚广的传言认为，永乐帝相信建文帝并未丧生城破之后的那场火海，而是化装出逃帝国南边甚至南洋海外。因此，郑和带领庞大武装力量出访的另一个隐秘任务，即是查访建文帝的下落，以确保朱棣皇位的稳定。这成为中国历史上一大未解公案，因传言切中了朱棣帝位不正的痛点，且过于离奇而世代流传，而这亦是永乐二年龙见逻辑的基础和土壤。

但不得不承认，摒弃建文奉行的南方宋朝儒家文治传统，转而继承蒙元崇武治国之道的永乐，内服外交的王道思路，在永乐二年取得了风生水起的效果。《明史》载，是年，今属越南的古国占城，今属新疆吉木萨尔的重镇别失八里，琉球山南国国王汪应祖来朝，请求册封为琉球国国王。琉球近日本，在朱棣布局中是牵制日本的战略存在，今属印度尼西亚的爪哇岛，今属柬埔寨的真腊古国分别前来入贡，暹罗（今泰国）、日本、琉球中山入贡者再。

永乐二年，大明朝局万国来朝，热热闹闹，鼎兴喜庆，不断冲抵和消解着龙见带来的负面影响和预期。中原王朝的朝贡体系要求外国国王派遣使臣入朝，贡献方物，换来中原王朝皇帝向属国颁赏同等价值或者更为丰厚的礼物。正是这种相互承认和互予合法的手段，维系着中原王朝作为天下共主的宗主国地位，属国政权可以从宗主国获得武力保护和贸易机会。只有中原王朝强盛的时候，才会出现万国来朝的外交局面，如盛唐时期，是盛世的标志。建文帝四年统治，没有藩国来朝。洪武皇帝建极的第一年，没有藩国来朝，但在第二年，占城、安南、高丽入贡，洪武三年爪哇、西洋入贡，洪武四年浡泥（今婆罗洲）、三佛齐（今苏门答腊）、暹罗、日本和真腊（今柬埔寨）入贡，洪武五年入贡藩国进一步拓展了琐里（今印度东南部古国）、琉球和乌思藏（今西藏）。朱元璋后来意气风发地回忆称"史称不绝"，朝贡体系是朱家皇帝宣示和确认自己统治权威的手段，对于帝位来路不正的永乐皇帝而言，尤其有其重要意义。

不仅万国来朝，大明甚至发生了神龙来朝的盛景，一时传为祥瑞。

事情发生在万历皇帝派往琉球使团的出使海路上，使团里的谢肇淛，随同自己的祖上——大司龙谢杰出使琉球，谢杰是万历二年（1574）进士。万历四年（1576）奉诏册封琉球王国，是中琉关系史上起过重要作用的闽籍册封使。在这次出使海路上，发生了龙见，使团目睹三条龙来到船头船尾，谢肇淛详细记述这一灵隐："万历己卯，予从祖大司农公杰以大行往，至中流，飓风大作，雷电雨雹，一时总至，有龙三，倒挂于船之前后，须卷海水入云，头角皆现，腰以下不可见也。舟中仓皇无计。"

当时，船上一个经常出海的老年人恍然悟出天象所示的天意："此来朝玺书耳。"令扶使者起，亲书"免朝"示之。说来奇怪，瞬间，三条龙"应时而退"，风停雨歇，海晏天青。谢肇淛由此对天道皇权感慨："天子威灵，百神效顺，理固有不可诬者。若非亲见，鲜不以为妄矣。"有龙壮天国威仪，事情办得极为顺利圆满，使团在琉球国受到极高礼遇，国王以厚礼馈赠天朝使臣，琉球国为册封谢恩，坚持要赠送使团金银礼物以示感谢。

第五节 人 心

龙的背后，是人；龙见的背后，是人心。永乐二年，朱棣对龙见，认识通透直达根本。既然是人的问题，那就从人入手。

在新皇朱棣的人生词典里，写满了尽人事，改天命。永乐二年的龙见，激发着永乐大帝的倔强，天道亦是人走出来的，人事背后就是人心，选哪些人和他一道走上自己的天道，控制哪些人以消除可能的前进阻碍，朱棣胸有成竹，一步一步的人事措施，扎实而有效。

> 二年春正月己巳，召世子高炽及高阳王高煦还京师。
>
> 三月乙巳，赐曾棨等进士及第、出身有差。己酉，始选进士为翰林院庶吉士。庚戌，吏部请罪千户违制荐士者，帝曰："马周不因常何进乎？果才，授之官，否则罢之可耳。"戊辰，改封敷惠王允熙瓯宁王，奉懿文太子祀。
>
> 夏四月辛未朔，置东宫官属。壬申，僧道衍为太子少师，复其姓姚，赐名广孝。甲戌，立子高炽为皇太子，封高煦汉王，高燧赵王。
>
> 五月壬寅，丰城侯李彬镇广东，清远伯王友充总兵官，率舟师巡海。
>
> 九月丁卯，徙山西民万户实北京。
>
> 冬十月，籍长兴侯耿炳文家，炳文自杀。
>
> 十一月甲辰，御奉天门录囚。
>
> 十二月，下李景隆于狱。

朱棣发动"靖难之役"，自然激起了建文朝一些臣子的反抗，于是朱棣即位后，先后用了十一年的时间对建文的遗臣进行政治清洗，仅仅他第一批榜示的"奸臣"即有44人，其中文臣即占了41名，这些"奸臣"不少都要灭族，其中方孝孺一案死873人，胡闰一案弃市217口，坐累死者数千人，被籍没者数百家。这场旷日持久的大清洗，被杀者数万，受牵连而入狱服刑者不计其数。

这些"奸臣"，《明史》有载。

历史上最牛学霸黄观，是中国千年科举史上唯一得到公论的"六首状元"，县试、府试、院试、乡试、会试、殿试六次考试，一气连续考中头名，27岁即中状元。可贵之处在于，黄观还不是书呆子，讲求经世济民，在殿试策论中提出："屯兵塞上，且耕且守，来则拒之，去则防之，则可中国无扰，边境无虞矣。"《明史》专列《黄观传》一卷：建文初，更官制，左、右侍中次尚书。改观右侍中，与方孝孺等并亲用。燕王举兵，观草制，讽其散军归藩，敕身谢罪，辞极诋斥。四年奉诏募兵上游，且督诸郡兵赴援。至安庆，燕王已渡江入京师，下令暴左班文职奸臣罪状，观名在第六。既而索国宝，不知所在，或言："已付观出收兵矣！"命有司追捕，收其妻翁氏并二女给象奴。奴索钗钏市酒肴，翁氏悉与之持去，急携二女及家属十人，投淮清桥下死。观闻金川门不守，叹曰："吾妻有志节，必死。"招魂，葬之江上。命舟至罗刹矶，朝服东向拜，投湍急处死。弘光年间，黄观补谥"文贞"。

齐泰，溧水人。初名德。始削藩议起，帝入泰、子澄言，谓以天下制一隅甚易。及屡败，意中悔，是以进退失据。追燕兵日逼，复召泰还。未至，京师已不守，泰走外郡谋兴复。时购泰急。泰墨白马走，行稍远，汗出墨脱。或曰："此齐尚书马也。"遂被执赴京，同子澄、方孝孺不屈死。泰从兄弟敬宗等皆坐死，叔时永、阳彦等谪戍。子甫六岁，免死给配，仁宗时赦还。

黄子澄，以字行，分宜人。及燕兵渐南，与齐泰同谪外，密令募兵。子澄微服由太湖至苏州，与知府姚善倡议勤王。善上言："子澄才足捍难，不宜弃闲远以快敌人。"帝复召子澄，未至而京城陷。欲与善航海乞兵，善不可。乃就嘉兴杨任谋举事，为人告，俱被执。子澄至，成祖亲诘之。抗辩不屈，磔死。族人无少长皆斩，姻党悉戍边。一子变姓名为田经，遇赦，家湖广咸宁。正德中，进士黄表其后云。

杨任，历官袁州知府。时致仕，匿子澄于家，亦磔死。二子礼、益俱斩。亲属戍边。

练子宁，名安，以字行，新淦人。燕王即位，缚子宁至。语不逊，磔死。族其家，姻戚俱戍边。子宁从子大亨，官嘉定知县。闻变，同妻沉刘家河死。里人徐子权以进士为刑部主事，闻子宁死，恸哭赋诗自经。

宋徵，尝疏请削罪藩属籍。燕师入，不屈，并妻子俱死。

叶希贤，亦坐奸党被杀。或曰去为僧，号雪庵和尚云。

茅大方，名辅，以字行，泰兴人。博学能诗文。洪武中，为淮南学官，召对称旨。擢秦府长史，制词以董仲舒为言。大方益奋激，尽心辅导。额其堂曰"希董"，方孝孺为之记。建文元年迁副都御史。燕师起，遗诗淮南守将梅殷，辞意激烈。闻者壮之。

周璿，洪武末，以天策卫知事建言，擢左佥都御史。燕王称帝，与大方并见收，不屈死。而大方子顺童、道寿俱论诛，二孙死狱中。

卓敬，字惟恭，瑞安人。燕王即位，被执，责以建议徙燕，离间骨肉。敬厉声曰："惜先帝不用敬言耳！"帝怒，犹怜其才，命系狱，使人讽以管仲、魏徵事。敬泣曰："人臣委贽，有死无二。先皇帝曾无过举，一旦横行篡夺，恨不即死见故君地下，乃更欲臣我耶？"帝犹不忍杀。姚广孝故与敬有隙，进曰："敬言诚见用，上宁有今日。"乃斩之，诛其三族。

陈迪，字景道，宣城人。燕王即帝位，召迪责问，抗声不屈。命与子凤山、丹山等六人磔于市。既死，人于衣带中得诗及《五噫歌》，辞意悲烈。苍头侯来保拾其遗骸归葬。妻管缢死。幼子珠生五月，乳母潜置沟中，得免。八岁，为怨家所讦。成祖宥其死，戍抚宁。寻徙登州，为蓬莱人。洪熙初，赦还乡，给田产。成化中，宁国知府涂观建祠祀迪。弘治间，裔孙鼎举进士，仕至应天府尹，刚鲠有声。

黄魁，礼部侍郎，有学行，习典礼。迪及侍郎黄观皆爱敬人。燕兵入，不屈死。

方孝孺，字希直，一字希古……成祖怒，命磔诸市……时年四十有六。其门人德庆侯廖永忠之孙镛与其弟铭,检遗骸瘗聚宝门外山上。孝孺有兄孝闻,力学笃行,先孝孺死。弟孝友与孝孺同就戮……妻郑及二子中宪、中愈先自经死,二女投秦淮河死。孝孺之死,宗族亲友前后坐诛者数百人。其门下士有以身殉者,卢原质、郑公智、林嘉猷,皆宁海人。

明史就诸"奸臣"赞曰:帝王成事,盖由天授。成祖之得天下,非人力所能御也。齐、黄、方、练之俦,抱谋国之忠,而乏制胜之策。然其忠愤激发,视刀锯鼎镬甘之若饴,百世而下,凛凛犹有生气。是岂泄然不恤国事而以一死自谢者所可同日道哉!由是观之,固未可以成败之常见论也。

革除之际,永乐帝未免杀伐太重,禁绝有异于意识形态的思想存在,禁绝有抱有同一价值理念的阶层与之争夺社会主导权,这就已经从大的方向决定了"读书种子"们的悲剧必然发生。绝对的皇权必然导致读书人"无种",读书种子之死的震撼力量使士人们悄悄地改变了他们生命品格和价值取向——"成仁取义之训,为世大禁"。恐怖政治所要求的固守理想与保全生命之间选择的巨大重压,使得明代士人不得不表现出集体性的"道德失节",在坚守理想而丧失生命与保全生命而放弃理想之间,选择了后者。可见政治恐怖主义不但是对士大夫血肉之躯的戮杀,更主要的是对他们的道德节义感和价值观的摧毁,使他们不能承受"忠义"之重,不敢"以道事君",不敢以理想用世。

以方孝孺、黄观为代表的士人之死对明代士风影响甚著。心学家李贽说:"一杀孝孺,则后来读书者遂无种也。无种则忠义人才岂复更生乎?"孝孺一死,"清谈孔孟"、不谙世务的士风流弊甚浓。方孝孺倡导的功业与文学两端合二为一,做到像伊尹、周公那样"以道事君",修己以安百姓,内圣而外王的正学之风遭遇挑战。"当明季世,朝庙无一可倚之臣。坐大司马堂批点《左传》,敌兵临城,赋诗进讲,觉建功立名,俱属琐屑,日夜喘息著书,曰此传世业也……清谈之流祸,人人知之。"意即明之亡亡于士人之清谈与疏佞。之所以出现"清谈孔孟"、不谙世务,刘宗周认为正是因为明末士大夫缺少了关心世用的精神,其学术活动才沦丧为放荡的话语形式,刘宗周、黄宗羲推崇方孝孺将节义与理学合二为一,以儒家道德理想来教化、改造社会。

建文帝朱允炆短短四年的统治,实现了偏向儒家士大夫和皇帝共治帝国的重大改革,受到士大夫阶层的称赞,亦为朱棣当政争取士大夫支持增加了障碍。

话还得从朱元璋说起,洪武统治对百姓较为宽容,鼓励百姓勤于农事、发展生产,恢复经济。但是在政治上,朱元璋大行恐怖政治,对政治势力和可能的风险毫不手软,铁血杀戮。甚至有大臣上朝前须与家人诀别以防不虞,朝不保夕如此。

由于江南地区平定较晚,且是张士诚旧地,朱元璋固执地认为江南地区的百姓和官员对自己并不实心归顺,只是迫于形势才不得不屈服。所以朱元璋在经济上对江南地区课以重税,甚至找各种理由杀害江南的官员,并降低江南地区的科举录取名额。江南俗是帝国文脉,由此深深得罪知识分子和士大夫阶层,读书人不直洪武久矣,官员们都寄望即位君主带来一个宽松的政治环境。

建文帝朱允炆即位后,即任用方孝孺、齐泰、黄子澄等人推行改制,以先秦儒家的理想政治理念作为指导,遵循先圣之教诲,而实行"德治宽政",解决"朱元璋后"的严刑峻法等问题。朱允炆的改革,大多是托古改制,具有理想性质。他在即位诏书中,宣布要推行"维新之政",希望使明朝达到"雍熙之盛"。

围绕士大夫展开的官制改革,是建文改制最主要的内容,它带有浓重的方孝孺个人政治学说的痕迹,也饱含了朱允炆本人对治国之道的考量。

一是以品行佳优的文臣循吏充实大明中枢机构,完善其文职化,以文臣学士作为主要仕进对象,大开科举,从而极大地提高了建文朝廷的整体文化素质,被称誉为"秀才朝廷"。

除了建文二年科举取士,建文帝还实行保举法,规定朝廷内外五品以上的文官和州县官员,都可以举荐人才,不管是黎民还是犯事者,只要有一技之长,都可以荐举,体现了建文帝不拘一格使用人才的帝王

第一章 龙见天意

气度。

同时裁撤裁汰诸司冗员，向支持新朝的新科进士示好。

二是提高文臣地位，这实际上是对朱元璋的"专意右武"的矫正，将六部尚书提升为正一品，不仅提高了政治运行的效率，而且有效防范了宦官势力介入朝局。

建文帝甚至设置了一些复古官职，如拾遗、补阙等，左右拾遗系从六科给事中改变而来，职能以充监察百官转变为专事谏皇帝，时刻提醒、监督皇帝施行仁政。建文帝的官制改革，既寄托着文人士大夫对稳定的政治秩序的追求，又表现了和洪武帝崇武完全不一样的复古儒化方向。

三是建文帝还悉去明太祖苛酷专滥江南之政，从经济基础制度、科举公平上确保了这方人文荟萃之地士大夫的基本权益。

每条每款，似乎都是回应了士大夫们的心里痛点，切中社会需求脉搏，分明是正在建设文人治世的政治桃花源。所以，朱允炆虽在战场上屡战屡败，但建文改制则得到了天下人的支持和期待，特别是牢牢笼络了天下读书人。

再好的政治理想，如果缺乏刀枪的拱卫，也难免落得唏嘘一场。刀斧叩关的朱棣，将一班文人的理想碾为齑粉。朱棣对前朝和异见士人身体屠戮和心理诛杀，将建文忠臣的女眷发入教坊司以及没籍为奴，对社会意识重构的政治清洗运动，让帝国持续劲刮刀斧气的腥风。永乐大帝需要重拾士人参与新朝政治的信心，大明官僚体系正面临换血再造，国家机器运行体系需要改朝换代。

朱棣需要自己的进士。

第六节　进　士

永乐二年三月乙巳，永乐朝开甲申科取士。朱棣对组建自己团队的需求迫切和巨大，他亲自定下一个原则，帝国此次进士，应取尽取，最后该科在1800余人参与的会试中，一共取进士472名，赐状元曾棨等进士及第、出身有差。己酉，开创选进士为翰林院庶吉士，中央进一步培养核心领导团队。

取士472名，这其中大有玄妙。

首先，永乐二年甲申科完成了朱棣应取尽取的要求，达到了有明一代16帝276年国祚里，进士录取人数在开科63次里，并列最高，这对当科举子们十分友好了。洪武二十四年辛未科，全国进士取士仅仅31人，对于四年一届的科举，如此低的进身数量，对全国皇皇举子而言无异于断尽仕途。

明朝是科举取士的鼎盛期，有考证，276年朱明王朝，乡试共开科90次，分为"不拘额数"录取和"按定额"录取两种情况，前者共取举人22289人，后者共取举人80110人，二者相加总数为102399人。明代一共举行殿试总计89次，共取89榜进士24599人，一甲进士即状元、榜眼、探花267名，二甲进士同及第、三甲进士及第24332名。

自洪武四年至万历三十二年，63科会试，平均录取率为8.6%，其中达到和超过10%录取率的仅有16科，录取率在10%以下者则有47科。洪武至永乐二年，帝国初创，人才需求量较大，总体录取率较高，平均达到20%以上。永乐四年以后则趋于平稳，自此至万历三十二年共59科，平均录取率为8.4%。其间，平均录取率总体呈现逐步下降的趋势，成化五年至万历三十二年共43科下降到8%，嘉靖五年至万历三十二年共24科又下降到7.6%，万历二年至三十二年共8科复下降到7%。

会试录取率的不断下降，是直接由应试者持续增长的基数摊薄的。成化十一年乙未科之后，一直到明朝灭国前的崇祯十六年癸未科，一共会试开科55次，进士录取的绝对数量，维持在300~400人。成化十一年乙未科，应试者首次接近4000人的规模，此后一直在3500~4000人之间波动。而自嘉靖十七年戊戌科以后，应试者则稳定地超过4000人，并渐次超过4500人，万历后又逐渐向5000人的规模逼近。

庶吉士则是科举王冠上的宝石，凡入选者皆是人中龙凤。庶吉士是明代出现的一个位于二甲进士之上的高科名政治和社会群体，是明代阁臣等高级和重要官员的主要来源之一。洪武十八年，朱元璋把"观政于近侍衙门"的二、三甲进士称为庶吉士，是为有庶吉士之始。

永乐二年甲申科后开始，则主要通过考试方式在二、三甲进士中选拔。明朝88科共89榜进士中，洪武三十年丁丑科爆发南北榜案，分春、夏两榜，故为88科89榜，总计60科有庶吉士，共取庶吉士计1397名，是明朝二、三甲进士总数的5.7%。庶吉士录取率最高一科，即是永乐二年甲申科，二、三甲进士总数469名，考选庶吉士122名，录取率达26%。最低者为宣德二年丁未科，考选庶吉士仅1人，录取率为1%。

其次，永乐二年甲申科为什么取士472人，和洪武乙丑科持平，并列明朝录取进士名额最多。首要原因，是太祖确定的祖宗成法，作为继任者的朱棣不好突破。但真实原因，却是朱棣要以甲申科自己的472名进士，取代乙丑科那472名进士。

其实，早在洪武四年，明太祖朱元璋就开始开科取士了，但结果令他不甚满意，认为"所取多后生少年"，于是"令有司察举贤才，而罢科举不用"。一直到洪武十八年三月才举行了停罢后的首次会试，是为明朝的第二次会试，最终有472人参加殿试。按制，会试中式人赴殿试不黜落，进入殿试者均录取进士。

果然，洪武十八年的殿试，"廷对者四百七十二人，擢丁显为第一人"，榜眼为练子宁，探花是黄子澄，史以状元丁显为名，称该榜为"丁显榜"。按例，朝廷立"洪武十八年榜进士题名碑"于国子监。

但是，"靖难之役"结束，朱棣登上帝位后，便即捣毁该题名碑。如此态度鲜明，符合朱棣一贯杀伐决断的刚硬性格。显性的原因，是子宁、子澄奸党之名煌煌雄踞榜眼、探花之位，太过刺眼。明人俞宪在嘉靖二十七年刊刻《皇明进士登科考》中记载了这段公案："上（朱元璋）命立题名碑于国子监。革除间，皆柄用，侵削藩王，靖难师起，以戮之，仆碑削籍。"

御史大夫练子宁，翰林学士、太常寺卿黄子澄是朱元璋留给建文帝的肱股之臣，是建文帝削藩的重要谋臣和坚定执行者，朱棣上位后，把练子宁、黄子澄等乙丑科进士视为奸党戮之，练子宁剥皮实草、黄子澄逮捕并处死，株连九族，女眷世代充官妓。作为练子宁、黄子澄主要攻击对象而成为最终胜利者，朱棣在消灭和侮辱了练、黄的身体和家族之后，仍然余怒未消，恨屋及乌，命毁坏练、黄进身而高阶留名的洪武十八年乙丑科进士题名碑，予以"仆碑削籍"惩处，身后诛心。

榜眼、探花沦落为"奸臣"，高居乙丑榜头名的状元丁显，亦并未起到帝国期望的引领标杆作用。丁显（1358—1398），字彦伟，南平市建阳区崇政里人，他是历代状元中及第时年龄较小的一个。丁显幼年聪慧超人，博通经史，援笔立就。洪武十六年被选进太学深造，洪武十七年中举人，次年殿试被朱元璋钦点为头名状元。丁显状元及第后，授翰林院修撰。后却因年轻气盛，上疏论事时言辞过于激烈，得罪朱元璋被贬。据《建阳县志》记载："丁显后坐事，谪广西驯象卫。"朱元璋在敕命中告诫他："尔其笃志诗文，勿沾沾而自足，勿诺诺以亏忠。"

洪武三十一年，丁显不幸染病，逝于任所。朱元璋得知后十分惋惜，说："丁显年少自喜，吾固栽之。武将何得不护持，令其赍志而殁耶？"震怒之下，将驯象卫的武将全部治罪。可见，朱元璋对丁显尚在雕琢磨炼，以期将来大用，却不料大鹏未及展翅即已陨落，对丁显本人和大明王朝，似乎都是大憾事。丁显英年早逝，归葬建阳崇政里白石岭，身后仅有一女。屏山刘童惜而挽之曰："俊伟之资，博通经史，甲子开科，首登龙虎。圣主推才，期于佐辅。天下假年，惜颠云路。"

虽仕途尚未展开，但武夷大红袍却因丁显而扬名。传，丁显进京赶考，路过武夷山时病倒在路上，巧遇天心寺方丈。老方丈见其脸色苍白，体瘦腹胀，就用沸水冲泡茶叶招待。几天后，丁显基本康复。临行前，丁显对方丈说："小生若今科得中，定重返故地谢恩。"之后，丁显果然高中状元，并蒙皇帝恩准返回武夷山天心寺谢恩，他派人把天心寺修葺一新。方丈说："当时给状元喂服的不是什么灵丹仙草，而是九龙窠的茶叶。"丁状元深信神茶能治病，便想带些回京进贡宫廷。恰逢马皇后染病，百医无效，饮用大红袍后身体渐康。朱元璋大喜，赐红袍一件，命状元亲自前往九龙窠披在茶树上以示龙恩。从此，大红袍即成贡茶。

前三甲不堪大任如是，乙丑科472名进士中，登科当月刚刚放任官职，居然有149名被查出有贪污问题，其中的王本道、罗师贡被处决。

这也是乙丑科进士整体名声不佳的一大原因。所以,朱棣借此为由,挟私报复,将洪武十八年榜视为"藏污纳垢榜",把472名进士的人品全部否定。

149名新科进士贪腐,是卷进了明初四大案之一的郭桓案。

《明史·刑法二》记载郭桓案曰:

> 郭桓者,户部侍郎也。帝疑北平二司官吏李彧、赵全德等与桓为奸利,自六部左右侍郎下皆死,赃七百万,词连直省诸官吏,系死者数万人。核赃所寄借遍天下,民中人之家大抵皆破。时咸缔谤御史余敏、丁廷举,或以为言。帝乃手诏列桓等罪,而论右审刑吴庸等极刑,以厌天下心。

郭桓案,发于洪武十八年三月,御史余敏、丁廷举上书皇帝,告发户部侍郎郭桓利用职权,与其他一些地方官员盗窃国家粮库、私吞国家赋税,贪污甚巨。朱元璋闻讯,即着审刑司官员吴庸调查,调查结果令人失色,涉案金额特别巨大,涉案官员极其广泛。

按照明朝官方披露的数字是,"坐盗官粮七百万石",但朱元璋在《大诰》中明确说道,"共折米算,所废者两千四百余万精粮""恐民不信,但略写七百万耳",这个数字的粮食相当于明朝一年秋粮的收入。

"两千四百余万精粮"是什么概念呢?按照明朝初年制定的标准,"钞一锭,折米一石;金一两,十石;银一两,二石",即相当于1200多万两银子。如按同期明初官员的工资折算——洪武十三年,朱元璋制定了百官的俸禄标准,"正从一二三四品官,自千石至三百石,每阶递减百石"。也就是说,最高的正一品,年薪不过1000石,郭桓官秩为正三品,年俸600石。

朱元璋浩天感叹:"呜呼,古今贪有若是乎!"起于穷困,本就对富人和官员有着天然仇恨的洪武大帝,瞬间祭出雷霆之怒。"郭桓案"的主要涉案官员有礼部尚书赵瑁、刑部尚书王惠迪、兵部侍郎王志、工部侍郎麦至德,以及侍郎以下的所有官员。此外还有全国12个行省的布政司的官员,以及地方州府县的官员。朱元璋并没有"法不责众"的顾虑,面对涉案官员多达数万人的结果,反而激起了他的血性和杀心。到底有多少官员死在朱元璋的怒火之下呢?按照史料的记载,"自六部左右侍郎下皆死,赃七百万,词连直省诸官吏,系死者数万人"。明初,帝国有多少官员呢?一说是2.8万人。夸张一些的说法,帝国官员几乎被自己的皇帝团灭,多出来的死者,是未列入官员系统的胥吏。以至于洪武一朝,一些戴罪在监的官员,因为没有坐堂官吏,为了维持国家机构运转,甚至往往需要坐监官员以戴罪之身办公。为了追赃,又牵连出全国各地的地主,遭到抄家破产的不计其数,地主阶层对此怨恨极深,朱元璋为了平息怨气又将审刑官吴庸等人处死。

铁血反贪反腐的朱元璋没有丝毫妥协和退让,终其洪武一朝,整治的道路上一条道通到黑,刑罚越来越重,皮场庙对贪官污吏剥皮之刑屡屡施行,并且设立锦衣卫以加强监控官员。雷霆威慑的效果,短期内十分明显,"郡县之官,虽居穷山绝塞之地,去京师万余里外,皆悚心震胆,如神明临其庭,不敢少肆","一时守令畏法,洁己爱民,以当上指,吏治焕然丕变矣。下逮仁、宣,抚循休息,民人安乐,吏治澄清者百余年"。

"郭桓案"后,朱元璋将记账的汉字一、二、三、四、五、六、七、八、九、十、百、千改为壹、贰、叁、肆、伍、陆、柒、捌、玖、拾、佰、仟,以杜绝贪官污吏通过篡改数字贪赃枉法。该制一直延续到如今的会计准则。

老子朱元璋的一场反贪风暴波及新科进士团体,为儿子朱棣提供了对该进士团体部分特定人员绝佳的报复借口,这便是朱棣必欲毁坏"洪武十八年榜进士题名碑"而后快的原因。

朱棣特别用永乐二年甲申科472名新科进士,去覆盖洪武十八年乙丑科472名进士,挟私报复之外的意味,亦相当深远,消抵和对抗大明帝国子民心中的龙见,笼络士人争取民心,是朱棣的关键一步。

第七节 内 阁

永乐二年甲申科472名进士，快速充实到永乐文官治国体系，作为永乐首科官员，他们承担着贯彻朱棣皇权的意图和责任。

该科状元曾棨，字子棨，江西才子，家贫，以砍柴、帮工维生。其才思泉涌，廷对两万言不打草稿，朱棣阅其答卷批曰："贯通经史，识达天人。有讲习之学，有忠爱之诚。擢魁天下，昭我文明，尚资启沃，惟良显哉！"钦点为状元，授翰林修撰。曾棨工书法，草书雄放，有晋人风度。

是年，成祖令解缙从进士中挑选优秀俊敏者28人为庶吉士，进文渊阁深造，曾棨被列为第一人。所谓庶吉士，是始于永乐二年的官名，亦称庶常，名称源自《书经·立政》篇中"庶常吉士"之意。目的是选拔进士中的优秀者，进入翰林院进修实习，为朝廷储备人才。类似于如今的国家后备干部学院。明朝中期以后，更是形成了非庶吉士不入翰林，非翰林不入内阁的制度。

文渊阁学习期间，朱棣以《天马海青歌》为题，亲自测试文渊阁28人，曾棨又援笔成文最先，辞理俱到，词旨浏亮，受成祖奖励，赐玛瑙带和名马。

能征善战的朱棣，并非只是赳赳武夫，他也很喜读书。他把古籍经典中隐藏很深的偏僻隐语典故，摘记在册，经常召曾棨面询出处。对这些突击考查，曾棨皆对答如流，从而被朱棣视为有真才实学的楷模。诏令修《永乐大典》，曾棨任副总裁，书成，升侍讲学士。对曾棨的信任倚重日盛，以至于每与诸臣论文士，朱棣总喜欢问："得如曾翰林否？"解缙、胡广后，朝廷的文诰、条例等重要文字材料，大多是曾棨起草拟定的，足见朱棣对他的倚重。

永乐七年、十一年，曾棨两次扈从成祖巡幸北京，其间应制诗赋，备受称赞。永乐十二年，主考北京乡试，次年充廷试读卷官。永乐十六年主考礼部会试，升侍读学士，授奉训大夫。后诏修天下郡县志，任副总裁。宣德元年（1426）升右春坊大学士，进讲文华殿。二年，任詹事府少詹事，掌管太子宫内事务，仍值文渊阁。宣德五年充廷试读卷官，参与修撰太宗、仁宗两朝实录，受赐金织袭衣和银币等奖赏。

曾棨于宣德七年病逝，赠礼部左侍郎，谥襄敏。曾棨体魄魁硕，为人洒脱豪爽嗜饮，病危将绝时仍呼酒痛饮。

惜乎曾棨终其一生，并未入阁成为内阁成员，朝廷对其用途限于文学、咨询和文书工作，行政管理几乎空白。终其永乐大帝在位22年时间，累计有七位士人入阁辅助皇帝理政，永乐二年甲申科472名进士无一进入大明内阁，反而建文二年庚辰科有三位进士入阁理政，这七位内阁成员分别是：洪武二十一年戊辰科进士解缙，洪武三十年丁丑科春榜进士黄淮，建文二年庚辰科状元胡广，进士杨荣、金幼孜，布衣才子杨士奇。

话说内阁，是朱棣入主南京之后旋即成立的辅政机构，这是一个史无前例的创举，隔空呼应和解决了22年前朱元璋废相引发的朝廷中枢空缺的问题。

朱元璋废相，是中国政治史上的一件大事。其废相的时间轴为：洪武九年废行中书省，十一年命奏事毋关白中书省，十三年正月废丞相。废相的根本原因，归咎于皇权与相权的矛盾，显要原因是朱元璋针对相权可能对秉承仁政思想的皇权继任者朱标产生威胁，而采取的防御性措施，以期借助更加成熟的官僚体制来维护、巩固和强化皇权。

朱元璋初称吴王，开始谋划建国蓝图时，就极注意总结元朝的教训，防止出现权臣、威福下移，朱元璋思考的根本办法，是消除权臣得以产生的制度基础。洪武九年，他经历多年的探索后，概括政制改革的基本原则时说："上下相维，大小相制，防耳目之壅蔽，谨威福之下移，则无权臣之患。"而废丞相，正是在这一思想的指导下进行的。

明初袭元制，在中央设中书省、都督府、御史台三大府。吴元年（1367）立御史台时，朱元璋谕台臣曰："国家新立，惟三大府总天下之政。中书政之本，都督府掌军旅，御史台纠察百司，朝廷纪纲尽系于此。"按元制，"诸大小机务必由中书，惟枢密院、御史台、徽政、宣政诸院许自言其职，其余不由中书而辄上闻，既上闻而又不由中书径下所司行之者，以违制论"。由此可见，中书省的地位远较台、院为重要。

朱元璋的中书省是从其江南政权时江南行中书省的基础上发展而来的。甲辰（1364）正旦，朱元璋即吴王位，建百司官属，置中书省，设左、右相国，平章政事，左、右丞，参知政事。属官有左、右司郎中，员外郎、都事、检校、照磨、管勾、参议府参议、参军、断事官、都镇抚司镇抚、考功所考功郎等。以李善长为右相国，徐达为左相国，常遇春、俞通海为平章政事。因元制所无，明初并无六部。

考洪武年间中书省正官，仅有四人，徐达以勋贵虚领其职，有被朱元璋谋害一说；其余三人领实职，均被朱元璋处死。从各位丞相的结局可见，朱元璋对丞相和中书省，有来自心底的浓厚猜忌，固执恨意和凌厉杀气。据《明史》，自洪武元年至四年正月，虽然中书省设左、右丞相，但因右丞相徐达长年征战在外，任中书丞相者实有李善长一人。洪武四年至六年正月，汪广洋任右丞相，虚左丞相位。六年七月至十年九月，胡惟庸任右丞相，虚左丞相位。十年九月任命两相，胡惟庸迁左丞相，汪广洋复召为右丞相。至十二年十二月和十三年正月，两丞相相继被诛。相当于副丞相的平章政事一职，洪武年间始终虚位。中书省掾属亦不断缩编，洪武二年六月，革中书省照磨、检校所，断事官。撤销了中书省的检校、照磨诸官，但诸官的职能并不能因此而废，故须将其职能从中书省独立出来，另立衙门磨勘司等。

与中书省正官及其掾属不断减缩的趋势相反，六部官制却在不断发展。洪武五年六月，定六部职掌，岁终考绩以行黜陟，六部分设属部。洪武六年六月，定六部及诸司设官之数，六部俱设尚书二人、侍郎二人，户部增设为五科。至洪武元年八月丁丑，定六部官制，各部设尚书一人，侍郎一人，唯刑部设侍郎二人。洪武八年十一月，以户、刑、工三部庶事浩繁，增设官员，户部五科、刑部四科、工部四科，每科设尚书、侍郎、郎中、员外郎、主事。

六部官制的扩充，分工的明确化，以及事务的集中，使六部的专业化水平提高。虽说"六部初属中书省，权轻，多仰承丞相意指"，但自洪武五年十二月太子预政后，则中书作为六部总辖可能已徒具形式。

"洪武六年闰十一月己丑，诏刑部尚书刘惟谦详定《大明律》"，洪武十一年三月丁亥，"上谓吏部臣曰：'朝廷悬爵禄以待天下之士，资格者，为常流设耳。若有贤才，岂拘常例？今后庶官之有才能而居下位，当不次用之。'由是，李焕文自西安知府，费震自宝钞提举，俱擢户科侍郎。其余九十五人悉量材超擢郎中、知府、知州等官"。国家刑法、考功等重要事项，朱元璋特别撇开省臣，让六部长官直秉帝命，无论如何，作为六曹总辖的丞相，其权威、职权和地位，确定在被皇帝持续削弱中。

太子朱标于洪武五年十二月开始预政，对相权又是一记重锤，预政敕云："命省府台臣，今后有司所言之事，皆启太子知之。"启本直送太子处，不先经中书，中书丞相处理中央诸衙门事务的权力悄悄被太子剥夺。"奏事不许隔越中书省"，以及帝命之宣必由中书的规制，已经被皇权强力打破。

北平按察司副使刘崧自纪朝会记事，表明至迟洪武六年官吏人事已不由中书，朱标预政对相权的挤压是真切发生的。"洪武六年秋，予承乏副北平宪。迨九年闰九月，幸及一考，以十一月赴觐。明年正月至京，则朝廷更制，内外官率九年为任……是月十有一日，予赍所书事迹，赴考功监投进。监在奉天门之西南上，其导之进者，则殿廷仪礼司正也。越三日，吏部尚书王敏，于大本堂启云：'北平按察司副使刘崧，已考满至京，未经注代，俾往复任。今宣谕在迩，宜令听候者。'东宫可之。"然后就是二月二十九日早朝听宣谕，三月朔旦陛辞，听戒谕，赐膳。退诣省府台，依次辞谢而出。

洪武十一年三月壬午，"太祖命奏事毋关白中书省"，录旨、封驳职分给事中和通政司，中书丞相既有的"出纳王命"职能便从制度上削夺了。与此同时，又由于朱元璋紧握人事权，吏、兵二部尚书往往直承其意旨，故中书丞相另一项"进退庶职"之权，事实上亦被架空。既然中书丞相"出纳王命""进退庶职"的主要职能已有名无实，那么中书作为政本之地位就徒有其形式，失去了它赖以存在的基础，因此，在洪武十一年后，它的废除就只是一个时间问题。朱元璋既为雄猜之主，先后八年时间布局，不断安排太子预政、有司牵制、皇权插手、新司顶替等杀招，就欠胡惟庸递上一个他能名正言顺废相的理由了，果然是千古一帝的心术和手段！

对于权力被架空的窘况，谨厚自守的右丞相汪广洋顺势怠政，明祖《废丞相汪广洋》敕云，汪广洋"自居大宰之位，并无点督之勤，公事浩繁，惟从他官。剖决不问，是非随而举行。数十年来，进退人才，并无一名可纪，终岁安享大禄"。权欲熏心的左丞相胡惟庸，万般不甘，恋栈贪权。在洪武十三年正月所颁的《废丞相大夫罢中书诏》中，胡惟庸的罪状是"构群小贪缘为奸，或枉法以惠罪，或执政以诬贤"。

时间终于到了洪武十二年九月，御史中丞涂节诸人奉迎太祖的意旨，乘机罗织丞相的罪名，朱元璋借中书省臣怠慢占城贡使的事端，逮捕二相，欲因以废黜之。事件走向在朱元璋带动并可掌控的节奏下，终于演变为一场大狱案，史称"胡惟庸案"。结果，这场血腥的政治变革，诛两相、一大夫、一中丞，废中书，案死三万人，持续十年之久。

就这样，在中国历史上沿袭了将近16个世纪的丞相制度宣告结束，帝国政体治理结构进入了一个新的阶段。

朱元璋在颁布废相令时，曾留下一句话："以后嗣君，毋得议置丞相，臣下敢以此请者，置之重典。"这就等于是告诫子孙，丞相制度永远不可在本朝复活。太祖遗训，不得违反。朱家王朝虽再无丞相和皇帝争权，但废相之后出现了一个大弊端，即阻断了皇帝和官员之间联系的桥梁，朝廷少了一个具有协调各行政机构、制定方针政策等职能的机构，这成了帝国治理体系中一个结构性缺点。

朱元璋自己酿的苦酒，自己咬牙也要喝下去。没了行政中枢，皇帝直面的是帝国每天成千上万的大事需要及时委决，皇帝在朝中就得一人同时扮演国家元首和政府首脑两角，造成繁多的政务都得压到皇帝一个人身上的不解难题。据史载：朱元璋为了不误政事，起得比鸡早，睡得比狗晚，他曾咬碎银牙在八日之间，处理内外诸司奏札1660，共计3291

件事。

　　皇帝再拼命也不是机器，疲惫的朱元璋也试图找到好的解决办法。洪武十三年废相当年九月，朱元璋即试设春、夏、秋、冬四辅官，位在左右都督之下，尚书之上。每月分上、中、下三旬，由四辅官分别依次轮值，备皇帝顾问，就皇帝交办之奏疏提出意见，供皇帝裁决。当时内外奏疏和一切政务，直接由皇帝处理，遇大事大疑，皇帝同臣下一起"朝堂论政"，面奏取旨。故四辅官虽设，而其官不备，亦不关政本。十五年七月，废除四辅官。九月，又仿宋制设华盖殿、武英殿、文渊阁、东阁等大学士数人，官秩仅五品，为皇帝侍从顾问，无所掌印信，在翰林院履任支俸，此即内阁之滥觞。

　　内阁之制尚未成制并发挥大的效果，朱元璋起于草莽，尚可坚持高强度工作，但一个更为棘手的难题出现了，那就是朱元璋之后的历代大明皇帝都得像他那样勤政、圣明，才能保证朝廷各行政机构的稳定运行，这难题非得雄主君临不可破。

　　江山握在朱棣手中的时候，朱家大明经过近35年的发展，国土面积和人口数量都大大增加，布政使司从最初设立时的11个增加到了13个，卫所数量也从明初的300多个增加到了600多个，就这还不包括他自己治世工程——下西洋和修大典，如果再加上后来的五征漠北，如果政务仍然系于皇帝一身，朱棣即使不吃不睡也干不完如此繁重的政务。

　　幸亏，朱棣雄才大略，他成功解决了朱元璋遗留的旷世难题——设置内阁和大学士首辅，选择资历较浅的官僚入阁参与机务，解决了废罢中书省后行政机构的结构性空缺，它是永乐特色的官僚政制主宰，系文官政府中的主要执行机构。朱棣初意，内阁属于皇帝的私人秘书机构，协助皇帝处理奏章，不属于正式国家政权机构，没有任免官吏的权力，不具备能独立处理政务的权力，国家管理事务仍由六部组织实施。

　　虽然朱元璋和朱棣不愿意承认，但大明终其一朝，都是文官集团和朱家皇帝共治天下，而内阁和大学士制度，是朱棣团结文官，获得士人广泛支持的一记妙招，以至于文官集团形成了推动帝国管理运营的浓郁

第一章　龙见天意

家国情怀和自发自觉的行政行为。即使遭遇万历皇帝30年不上朝、不任免官吏的极端国家治理事故，文官集团仍然能够按照帝国运行规则自发参与治理，这辆没有方向盘长达30年的车，在文官集团的自觉推动下，尚不倾覆，可见文人治国的自我规范和效果，这与朱元璋极度皇权治理天下，形成了极端文人和极端皇权治理的两端。但历史的发展，往往是妥协和融合的结果，因此，皇权通过内阁形式向士人阶层伸出橄榄枝之后，就形成了皇帝和文官共治天下的格局。

大明的文官集团，发端于以刘伯温为首的浙东集团，成型于明成祖朱棣时期的国本之争，兴起于明英宗朱祁镇时期的土木堡之变。纵观明代文官集团从发端到兴起的整个过程，设立内阁制度是其中一个重要的节点，因为文官集团一步步做大的过程，恰恰就是依托内阁展开的。

在朱棣获得了文官集团的支持后，他又用宁王朱权和谷王朱橞说服各地的藩王们支持自己，同时又利用李景隆和徐达次子的影响力获得了大多数卫所的支持。这样，朱棣团结了各阶层民心，逐渐顺利收服了整个天下。

洪武三十五年（1402）八月七日，在明成祖朱棣正式颁布即位诏书的一个多月后，朱棣特简翰林院编修、检讨等官，入文渊阁当值，参与机密重务，因文渊阁地处内廷，阁臣又常侍皇帝于殿阁之下，故称内阁。其时，专理诏册和制诰，不置官属，不得专制诸司，诸司章奏亦不通过内阁，一切章疏批答皆出自皇帝。入阁诸臣谓之入阁办事，后渐升至学士、大学士。

由于身处靠近皇帝的行政中枢之利，为吸取丞相位高容易集权的教训，有明一朝，内阁学士的官阶仅为五品，且始终如此。永乐时期的内阁属于初级阶段，内阁学士更算不上高官，只是中级官员配置，他们上朝，站位和排序在二品尚书之后。可见，永乐帝朱棣给内阁学士的定位，就是中等品级的皇家顾问秘书。

朱棣选择的内阁阁员，首要要求政治正确，效忠永乐，年轻有为，博学多识，精明强干，都是帝国范围内的人中龙凤。他们都来自经济和文化发达的帝国南方，都因优异的文学才能和行政经验才入选。尽管他们都在建文朝服过务，但却没有大儒方孝孺的那般道义负担，特别识时务地拥护自己，这让在方孝孺那里吃瘪窝心的永乐皇帝特别宽心。

随着内阁这个新机构产生的，还有一个全新的职位——首辅，明朝首辅大学士本身官级并不高，始终只定在五品，而到了明朝中后期，这些内阁首辅还是在兼任了尚书职位后，才排到朝臣之首。虽然阁臣权力有限，不是决策者，但却是离皇帝最近的人，可以做皇帝决策的重要参谋，所以一般都要由皇帝最信任的文人担任。大学士之职，是中国自唐朝就有的官职，是皇帝的高级秘书。

内阁学士有两大职能：一是皇帝秘书。他们需要将政务按轻重缓急分类，重务、急务由朱棣亲自处理，轻务、缓务由他们商量着解决，然后由朱棣按照他们的处理意见用朱笔誊写一遍。政务处理完后，他们负责将之送往六部。这样不仅明成祖朱棣的政务负担大大减轻，行政效率也得到了极大的提高。二是皇帝顾问。朱棣在处理重要且急迫的军国大事时，首先会向他们征求意见，然后再去处理。在众人的集思广益下，这些事情就能被处理得既及时又准确。

内阁制度从朱棣始，一直持续到王朝灭亡，它在洪武和永乐时期出现雏形，在英宗正统年间基本形成定制。成化、弘治年间，内阁一度受到抑制，但在嘉靖年间和万历时又相继出现"权相"。明代内阁的沉浮凸显出明皇权的加强，它与司礼监一起形成了明代中央行政决策的双轨制。

洪熙时，内阁权力渐重，可以条对皇帝提出的议题，大学士加官至师、保及尚书、侍郎。自后，多以尚书、侍郎授殿阁大学士，六部也逐渐要禀受内阁奉旨而后施行。

宣德和正统时，先后设东制敕房和西诰敕房，由房、中书官掌办文书，是为内阁属吏，阁制始备。皇帝批答内外所上奏疏，始命阁臣拟出意见，用小票墨书贴在各疏面上，谓之条旨或票拟。然后，由皇帝朱笔批出，谓之批红。大事大疑仍命大臣面议，议定后再传旨处理。

英宗以幼龄即位，凡事令内阁议行，票拟遂成定例。内阁以有代言拟旨之责，渐成为协助皇帝决策的中央机构。内阁之职不同于前代之相，主票拟而不身出与事。

明中叶后，大学士主持阁务者称首辅，余称次辅、群辅，朝位班次皆列六卿之上。

嘉靖至万历初，首辅独专票拟，阁权至重，无宰相之名，而有宰相之实，六部不过奉行而已。

明代著名大学士有杨士奇、张璁、夏言、严嵩、徐阶、高拱、张居正等，其中尤以张居正事功最显。正统以来，皇帝往往不亲政事，阁票入内，例由司礼监承旨批复，故内阁之权多为宦官所制。隆庆、万历间，阁臣相构，时与司礼监相结，以为助力。天启时，魏忠贤擅政，以内阁为羽翼，内外大权归宦寺。崇祯时，阁臣一概以占卜的方式选举，谓之"枚卜"，以防臣下结党，17年中50人入阁，有儿戏嫌疑。

第八节　人　龙

风从虎，云从龙。从龙之臣多了，龙的势头就大了，真龙的气势就盛了，真龙天子就名副其实了。世间有真龙，来自幽冥世界或者来自人心对抗世间真龙的龙见现象就少了。永乐二年，朱棣身边的从龙云气越来越盛。

既然有死守刻板正统和酸臭守节的方孝孺们，那些建文朝重大既得利益者，就会有曲意逢迎和摩拳擦掌的解缙、杨荣们，那些祈望登上更大舞台的中下级官吏。方孝孺的酸腐，让朱棣对说服那些建文朝重臣改弦更张，改投自己阵营为己所用的想法彻底死心，哀莫大于心死，逆鳞之痛和雷霆之怒，是真龙天子大哀之后的狰狞面目。转过头来，永乐新朝的行政班底，必须得起用在建文朝年轻、失意而具备治世能臣才干的中下级官吏，这个逻辑和永乐二年朱棣急急且大面积的开科取士同理。

起用新的行政班底，还不能对从建文朝继承而来的官僚体系形成冲击。帝国整个官僚体系当前正处于建文帝和永乐帝两极的中间地带，都在引颈观望新帝朱棣的政治、人事去向，会不会向自己开刀，会不会强力切割涉己利益。在永乐二年那个敏感时刻，朱棣的任何一个动作都是在拉拢或者推开这些中间人士，推而广之，整个天下人心，似乎都在盯着朱棣的动作。

所以，每一步，朱棣都必须小心从事。好在新皇为新人找到了新平台——内阁，这亦是他组建和掌握新的官僚体系的人才蓄水池的口子和引领方向，用以吸纳建文朝未受重用的那些愿意跟着他干事、能够为他干事的中下级官吏和天下士人。

起用这些新人，还不能直接给他们加官晋爵，否则会令那些持中间立场的中高级官吏人人自危，所以内阁阁员在官僚体系里的职级只能较低。朱棣通过将这些人变成自己人的方式，来提高他们的心理地位，这样亦维护了既有官员的尊严和利益，毕竟，没有损害他们的任何利益。

时时想起解缙的连夜来奔和杨荣的跪求谒陵，朱棣往往嘴角上扬，这就是他对付方孝孺逆流的底气和资本，收服和用好这些人中之龙，就是他朱棣的龙兴之势。

杨荣，初名子荣，朱棣钦赐"荣"。一生智商情商俱高位在线，性警敏通达，善于察言观色，历仕建文帝朱允炆、永乐帝朱棣、明仁宗朱高炽、明宣宗朱瞻基、明英宗朱祁镇五朝，官少师、工部尚书兼谨身殿大学士，赠光禄大夫、左柱国、太师，谥号文敏。

建文四年六月十三日，李景隆与谷王朱橞大开南京金川门，迎燕王朱棣入京，南京陷落，史称"金川门之变"。朱棣心神激荡，驱马直奔皇宫，左右无不拜伏于地，不料，一个年方三十的翰林编修，逆势拉住朱棣战马辔头。朱棣正自火起，但年轻翰林一句天问，一语惊醒他被胜利冲昏的头脑——"殿下先谒陵乎，先即位乎？"成祖遽驱驾谒陵。自是遂受知。既即位，简入文渊阁，同值七人，荣最少，警敏。（《明史》）

这位翰林编修叫杨子荣，是建文帝二年乙丑科进士。他这一问话的深意是，藩王登基之前需要先拜谒先帝的陵寝，以此来向世人表明他的帝位系继承先帝而来，而不是名不正言不顺的篡位者。朱棣多么智慧的

第一章 龙见天意

一个政治家，一经杨子荣提醒，立马便明白问题的严重性，于是二话不说，掉转马头，驱驾拜谒太祖陵，做足了表面文章，以此来证明自己得位的合法性，对这位年轻人的感激和器重深深放在心里。杨子荣此举，深刻地诠释了什么叫会说话、会办事、会做人。

朱棣即位后，把杨子荣选简入文渊阁，赐名"荣"，成为大明首届七名内阁阁员最年轻的一位，机敏益甚，累迁至文渊阁大学士、翰林侍读，任首辅。

有一天晚上，宁夏来报告说被围，当时内阁正是他当值，朱棣将奏报给他看。杨荣说："宁夏城很坚固，人民又都习战，从发出奏报到现在已过了十几天了，宁夏之围应该已经解了。"到夜半时，果然有奏报来说围已解。

杨荣在文渊阁治事38年，谋而能断，老成持重，尤其擅长谋划边防事务，史称其"挥斤游刃，遇事立断"，被比作唐代名相姚崇。朱棣决定迁都北京，明朝官吏大多生在江南，要他们远离故土、远赴塞下，困难重重。一些官吏便利用这种情绪，反对迁都。杨荣洞悉皇帝意图迁都龙兴之地巩固自己的统治基础，同时看到迁都北京对于解除蒙古部的威胁有不可低估的战略作用，于是与户部尚书夏原吉、吏部尚书蹇义等坚决支持迁都，他上书曰：蓟燕左环苍海，右拥太行，内跨中原，外控朔漠，宜为天下都会。这一席话甚合朱棣心意，于是起到一锤定音的作用，乃诏建北京焉。永乐十九年（1421）朱棣正式迁都北京。

永乐二十二年（1424）七月十八日，朱棣在第五次北征班师的途中，病逝于榆木川，为防止军心涣散，杨荣居中调度，秘不发表，同时命光禄官每天三餐照常进膳。一直到入境，都没人察觉朱棣已经驾崩，使明朝政权平稳过渡到朱高炽的手上，帮助明仁宗朱高炽顺利即位后，拜太子少傅、谨身殿大学士兼工部尚书，赐敕褒劳，赍予甚厚，食三禄。

明宣宗朱瞻基即位不久，汉王朱高煦发动叛乱。朱瞻基闻讯后，召杨荣等商讨对策。他极力主张趁朱高煦尚未切实准备之际，出其不意，御驾亲征,掌握战争的主动权。朱瞻基先是迟疑,在夏元吉以建文朝李景隆兵败的先例劝说后,朱瞻基接受了杨荣的建议,亲率军队迅速包围乐安,朱高煦被迫投降,叛乱很快被平定。回师后,杨荣因决策之功得到上赏,被赐给五枚银章。

英宗即位时年方9岁,由太皇太后张氏(诚孝张皇后)听政,张太后信任杨荣、杨士奇、杨溥三杨,多咨询三人裁决朝事。明英宗正统五年(1440),杨荣病逝,自此,杨荣、杨士奇、杨溥"三杨辅政"美谈谢幕,后人将正统初年朝政清明的现象都归功于杨荣等人。

靖难终局,破城前夜,"杀身以成名"还是"忍羞以报国",对于南京城内的所有官员、士人都是一个无可回避的人生拷问和道路抉择,焦虑弥漫在城破的悲凉时刻,城内乡党、同年都在串联聚会、抒情、讨论、找找风吹的方向。喧嚣背后,其实暗暗下定决心向朱棣靠拢的,绝不仅是杨荣一人。

农历六月中,正值溽夏当季,虽则太阳早已下山,但暑热龙一样盘踞在屋顶,把瓦片踩得噼啪作响。灯光如豆,映照着屋内围坐在一张桌子前四张大汗淋漓的脸,相比暑热,一场热油一般的煎熬,龙一样在他们内心盘踞,让这次是同乡,亦是同僚,亦是邻居的饭局,显得如此别有况味。确是别有况味,今年以来,燕兵靖难而来的坏消息接踵而至,直到当夜,燕王朱棣已经率燕兵围困了南京。大家心里都清楚,城破就在须臾之间,城外的火光和燕歌,催促他们尽快抉择往哪边走,桌上的酒肉,确乎多了许多忧愁的味道。

明史记载,进入建文四年,朱棣的兵锋令人寒凉地直指南京——

正月,燕兵连陷东阿、东平、汶上、兖州、济阳……甲申,燕兵陷沛县……癸丑,薄徐州。

三月,燕兵攻宿州……宿州陷。

夏四月,(朝廷)诸将及燕兵大战于灵璧,败绩。

五月癸未,溃于直沽。己丑,燕兵渡淮,趋扬州。辛丑,燕兵至六合。壬寅,诏天下勤王,遣御史大夫练子宁、侍郎黄观、修撰王叔英分道征兵。苏州知府姚善、宁波知府王琎、徽州知府陈彦回、乐平知县张彦方各起兵入卫。甲辰，遣庆成郡主如燕师，议割地罢兵。

六月癸丑，盛庸率舟师败燕兵于浦子口，复战不利。都督佥事陈瑄以舟师叛附于燕。乙卯，燕兵渡江，盛庸战于高资港，败绩。戊午，镇江守将童俊叛降燕。庚申，燕兵至龙潭。辛酉，命诸王分守都城，遣李景隆及兵部尚书茹瑺、都督王佐如燕军，申前约。壬戌，复遣谷王橞、安王楹往。皆不听。就在江西才子夜会当日六月十二日甲子，朝廷仍然在遣使齐蜡书四出，促勤王兵，以做最后的努力。

今夜夜会的主人，是建文二年（1400）中进士二甲第一名，时授翰林院编修吴溥，时年39岁，江西人。永乐初，吴溥迁翰林院修撰，升国子司业，为《永乐大典》副总裁，参与编纂《太祖实录》。居官廉洁俭朴，清慎严谨，但在国子监20余年未升迁。宣德元年，死于任上。

客人解缙、胡广、王艮都是吴溥的邻居，不仅同朝为官，而且都是江西乡党。解缙天下才名甚浓，后世有大明三大才子之一的赞誉，洪武二十一年（1388）进士，时年33岁，任职翰林待诏；胡广，建文二年状元，时年33岁，时任翰林修撰；王艮，是建文二年胡广的同年，位列榜眼，时年34岁，官授翰林修撰。此夜聚会主人家11岁的小主人吴与弼，为父亲和同乡叔伯紧张所感染，感觉自然和心理的燥热前所未有。眼看京城失陷、江山易主近在眼前，这几位同在翰林院供职的江西同乡，一起商量一个对策，殊是必要。

殊不知，这一次简单的聚会，却创造着大明的历史，所聚之人，有一数一，全都是人中之龙。这五人中，出了两个大明首辅，一个千古高洁节义之士，甚至当时仅有11岁的吴与弼，亦成了大明理学开山之祖。

作为建文帝的近侍，四位翰林菜没有吃几口，酒却是喝了不少，愁苦和忧虑，逐渐被一种酣畅淋漓的情绪取代。解缙首先打破了饭桌上的沉默气氛，他端起酒杯慷慨激昂地表示自己身负太祖皇帝朱元璋的重托，一定要誓死保卫正统君父，绝不与篡位燕贼妥协，声调很高，情绪饱满。

解缙陈说大义，胡广亦奋激慷慨，仰头一杯酒下肚，表明了他作为建文朝状元，要为建文皇帝死节的决心，以表千古风节。慷慨陈词之时，解缙亦有苦楚，他侧室陈夫人刚刚才在三月二十九日生下第二个儿子解祯亮，百日宴才刚刚办过五天时间。

只有王艮一言不发，鼻涕眼泪糊了一脸，时时斟酒自饮，满怀心事。建文二年乙丑科，王艮"对策第一。貌寝，易以胡靖，即胡广也。艮次之，又次李贯"。对建文帝一直以来的看法，王艮会不会在今天的抉择中有所取舍？事实上，王艮死节之志已明，在燕兵薄京城之时，艮已与妻子诀曰："食人之禄者，死人之事。吾不可复生矣。"

情绪一旦发泄，再无更多喝酒兴致，酒席很快散去，众人各自打道回府，四人死节的共识似乎已经达成，但真实的进退取向却已各自暗暗打定主意。

当解缙、胡广、王艮离开吴家后，年幼的吴与弼不无感慨地对父亲吴溥说："你们真的要死节吗？"吴溥回答说："这个嘛，我是说说而已。"儿子与弼又说："我看胡叔大义凛然，最有可能死节。"吴溥沉稳而自信地说："错了，你还小，看不透。我看只有你王叔能死节。"

话音刚落，就听隔壁胡广在家里大喊："外边很乱，可要看好家里的猪，别让它乱跑。"这时吴溥转过头来，对与弼说："已经这个时候了，胡广连一头猪都舍不得，他还会死节吗？"

又过了一会儿，王艮家里传出了哭声。原来王艮誓死不降朱棣，已经饮毒死节了，建文帝以貌取人，他却未以貌取国。

而此时，解缙正连夜收拾包袱，匆忙飞驰到城外燕军驻地投降朱棣，"缙驰谒"，而朱棣"甚喜。明日荐靖，召至，叩头谢。贯亦迎附"。就在这个"明日"的六月十三日"乙丑，燕兵犯金川门，左都督徐增寿谋内应，伏诛。谷王橞及李景隆叛，纳燕兵，都城陷。宫中火起，帝不知所终"。

《明史》记载了这一夜江西才子们的宴会，千年以下，读来仍是况味良多：

王艮，字敬止，吉水人。建文二年进士。对策第一。貌寝，易以胡靖，即胡广也。艮次之，又次李贯。三人皆同里，并授修撰，如洪武中故事，设文史馆居之。预修《太祖实录》及《类要》、《时政记》诸书。一时大著作皆综理之。数上书言时务。燕兵薄京城，艮与妻子诀曰："食人之禄者，死人之事。吾不可复生矣。"

解缙、吴溥与艮、靖比舍居。城陷前一夕，皆集溥舍。缙陈说大义，靖亦奋激慷慨，艮独流涕不言。三人去，溥子与弼尚幼，叹曰："胡叔能死，是大佳事。"溥曰："不然，独王叔死耳。"语未毕，隔墙闻靖呼："外喧甚，谨视豚。"溥顾与弼曰："一豚尚不能舍，肯舍生乎？"须臾艮舍哭，饮鸩死矣。缙驰谒，成祖甚喜。明日荐靖，召至，叩头谢。贯亦迎附。

如果把气节暂放，解缙、胡广、杨荣这些人中之龙等迎附朱棣，对其个人和帝国而言，都是价值最大化。而方孝孺、王艮的正统、死节，正气凛然之外，对不世出的社会优秀人物而言，本身就是一种自我毁灭，对社会而言亦是大损失。如果像龙一样的人，全都归附朱棣，朱棣哪还惧来自幽冥世界的警示和预警呢？真龙天子下，群龙昂扬，永乐盛世如何不现？！

事实上，朱棣对效忠建文皇帝的忠臣，心底是佩服的，因气节而不能为己所用，为国建功，那是无可奈何的遗憾。

对建文朝探花王艮无底线地与建文划清界限的奚落和打击，表现了他对"彼食其禄，自尽其心"臣子的内心尊重和对毫无节义行为的极度轻蔑。

洪武三十五年八月一日任命内阁，八月十五日，朱棣即命解缙奉命阅建文时群臣所上奏章，干犯者悉毁，关系军马钱粮数目者则留。既而有问。

《明太宗实录》卷十一有载：建文四年八月丙寅，"上于宫中得建文时群臣所上封事千余通，披览一二，有干犯者。命翰林院侍读解缙等遍阅,关系军马钱粮数目则留,余有干犯者悉焚之。既而从容问缙等曰:'尔等宜皆有之。'众稽首未对。修撰李贯进曰:'臣实无之。'上曰:'尔以独无为贤耶?食其禄,则思任其事。当国家危急之际,在近侍,独无一言可乎?朕非恶夫尽心于建文者,但恶导诱建文坏祖法,乱政经耳。尔等前日事彼则忠于彼,今日事朕当忠于朕,不必曲自遮蔽也。'后贯迁中允,坐累,死狱中。临卒叹曰:'吾愧王敬止(王艮)矣'"。

靖难之役,朝臣多捐躯殉国,多得忠君爱国千古清名,而李贯首鼠两端,刻薄寡义,无奈落得各方笑柄。《明史》列传梳理了面对皇帝变更过程中,"杀身以成名"的持节士人。

廖升,襄阳人。洪武末,由左府断事擢太常少卿。燕师渡江,朝廷遣使请割地。不许。升闻而恸哭,与家人诀,自缢死。殉难诸臣,升死最先。

魏冕,官御史。燕兵犯阙,都督徐增寿徘徊殿廷,有异志。冕率同官殴之,与大理丞邹瑾大呼,请速加诛。明日,宫中火起。有劝冕降者,厉声叱之。遂自杀,瑾亦死。

都给事中龚泰,义乌人。燕王入金川门,泰被缚,以非奸党释,不杀。自投城下死。

周是修,泰和人。燕兵渡淮,与萧用道上书指斥用事者。用事者怒,共挫折之,是修屹不为动。京城失守,留书别友人江仲隆、解缙、胡靖、萧用道、杨士奇,付以后事。具衣冠,为赞系衣带间。入应天府学,拜先师毕,自经于尊经阁,年四十九。燕王即帝位,陈瑛言是修不顺天命,请追戮。帝曰:"彼食其禄,自尽其心,勿问。"

程本立,崇德人。洪武三十一年征入翰林,预修《太祖实录》,迁右佥都御史,建文三年贬官,仍留纂修。《实录》成,出为江西副使。未行,燕兵入,自缢死。

黄观,字伯澜,贵池人。洪武中,贡入太学。二十四年,会试、廷试皆第一。累官礼部右侍郎。建文初,改观右侍中,与方孝孺等并亲用。燕王举兵,观草制,讽其散军归藩,敛身谢罪,辞极诋斥。四年奉诏募兵上游，且督诸郡兵赴援。至安庆，燕王已渡江入京师，下令暴左班文职奸臣罪状，观名在第六。既而索国宝，不知所在，或言："已付观出收兵矣！"命有司追捕，收其妻翁氏并二女给象奴。奴索钗钏市酒肴，翁氏悉与之持去，急携二女及家属十人，投淮清桥下死。观闻金川门不守，叹曰："吾妻有志节，必死。"招魂，葬之江上。命舟至罗刹矶，朝服东向拜，投湍急处死。

王叔英，字原采，黄岩人。建文时，召为翰林修撰。上《资治八策》，曰："太祖除奸剔秽，抑强锄梗，如医去病，如农去草。去病急或伤体肤，去草严或伤禾稼。病去则宜调燮其血气，草去则宜培养其根苗。"帝嘉纳之。燕兵至淮，奉诏募兵。行至广德，京城不守。会齐泰来奔，叔英谓泰贰心，欲执之。泰告以故，乃相持恸哭，共图后举。已，知事不可为，沐浴更衣冠，书绝命词，藏衣裾间，自经于元妙观银杏树下。

黄钺，字叔扬，常熟人。建文二年，赐进士，授刑科给事中。三年丁父忧，闻国变，杜门不出。明年以户科左给事中召，半途自投于水。以溺死闻，故其家得不坐。

曾凤韶，庐陵人。洪武末年进士。建文初，尝为监察御史。燕王称帝，以原官召，不赴。又以侍郎召，知不可免，乃刺血书衣襟曰："予生庐陵忠节之邦，素负刚鲠之肠。读书登进士第，仕宦至绣衣郎。慨一死之得宜，可以含笑于地下，而不愧吾文天祥。"嘱妻李氏、子公望："勿易我衣，即以此殓。"遂自杀，年二十九。

王良，字天性，祥符人。建文中，历迁刑部左侍郎。议减燕府人罪，不称旨，出为浙江按察使。燕王即位，颇德之，遣使召良。良执使者将斩之，众劫之去。良集诸司印于私第，将自杀，未即决。妻问故，曰："吾分应死，未知所以处汝耳。"妻曰："君男子，乃为妇人谋乎？"馈良食。食已，抱其子入后园，置子池旁，投水死。良殓妻毕，以子付友人家，遂积薪自焚，印俱毁。成祖曰："死固良分，朝廷印不可毁。毁印，良不得无罪。"徙其家于边。

陈思贤，茂名人。洪武末，为漳州教授，以忠孝大义勖诸生。每部使者涖漳，参谒时必请曰："圣躬安否？"燕王登极诏至，恸哭曰："明伦之义，正在今日。"坚卧不迎诏。率其徒吴性原、陈应宗、林玨、邹君默、曾廷瑞、吕贤六人，即明伦堂为旧君位，哭临如礼。有司执之送京师，思贤及六生皆死。

台州有樵夫，日负薪入市，口不二价。闻燕王即帝位，恸哭投东湖死。而温州乐清亦有樵夫，闻京师陷，号恸投于水。二樵皆逸其名。

叶惠仲，临海人。与兄夷仲并有文名，以知县征修《太祖实录》，迁知南昌府。永乐元年，坐直书《靖难》事，族诛。

黄彦清，歙人。官国子博士，以名节自励。坐在梅殷军中私谥建文帝，诛死。

练子宁，名安，以字行，号松月居士，新淦（今江西新干）人。洪武十八年（1385）进士，授翰林院修撰，历迁吏部侍郎。殉节死。

第九节 一百七十龙头

俱往矣，死节之士走则走矣。历史车轮滚滚向前，皇位的正统性，时间会逐渐湮灭在历史硝烟当中，虚无缥缈；而执政的正统性，似乎最终应由历史贡献来评判。欲为一代雄主，朱棣急需一场永乐盛世，来证明给过世的朱元璋和幽冥中的上天看，他朱棣从事皇帝这一职业，是合格甚至优秀的，优秀过自己的侄儿建文皇帝。

事后有史家分析，明初那个对内对外社会关系、国际关系紧张复杂的具体国情下，建文帝复周礼的儒家治国方略，过于理想化和乌托邦式，任由方孝孺、黄子澄们的施政理念，极有可能将初创的大明带入一个死胡同，极有可能导致被来自北方的不是朱棣的另一股势力乱国或灭国，那才是朱元璋在天之灵所不愿看到的。而朱棣，百战之帅，秉蒙元武力传统，内臣而外服，视野开阔，杀伐决断，不仅对内镇住了阶级矛盾，对外亦获得天朝声望，有追唐宗宋祖的永乐盛世傍身，似乎确实是时势造英雄，历史选择了他。

一个极有意思的现象就是，中国历史上外化臣邦最多，势头最劲，而国内堪称盛世的朝代唐贞观和明永乐，其皇帝的皇位来路都有瑕疵，内含血腥，但李世民和朱棣却都雄才大略，知人善任，励精图治，仿佛都憋着一股气，要以治世成绩向李渊和朱元璋，以及上天证明自己的努力、成绩和正确。盛世的理由都是相似的，乱世却各有各的原因，比较两个盛世，会发现许多惊人的相似之处，而历史给予的极高评价亦有其道理和逻辑。唐太宗李世民的贞观之治留下诸多治世美谈，朱棣虽是三世帝，庙号却上的是"成祖"，一个王朝，有两个带"祖"庙号的皇帝并行存在的王朝，仅有明朝，草创皇帝"太祖"朱元璋，盛世皇帝"成祖"朱棣，朱棣泉下有知，当欣慰了。

说回建文四年八月一日，一个天地交泰的吉祥日子，刚刚登上永乐帝位的朱棣，任命解缙、黄淮、胡俨、胡广、杨荣、杨士奇和金幼孜七人担任首批内阁阁员，内阁正式设立，作为皇家秘书和顾问机构，这七个内阁阁员，是大明内阁首批阁员，是当世最能干且政治正确的人。《明史》卷五《成祖一》载："八月壬子，命侍读解缙、编修黄淮入直文渊阁。寻命侍读胡广，修撰杨荣，编修杨士奇，检讨金幼孜、胡俨同入直，并预机务。"

入阁的阁臣，遴选学识顶级、情商极高的文臣担任，后来挂大学士衔，办公地点主要集中在四殿两阁，即中极殿、建极殿、文华殿、武英殿及文渊阁、东阁。此外，还为太子宫设置两坊——左春坊、右春坊，这些地方都属于内廷，所以这些人就被称为内阁学士或内阁大学士。

附：

明朝五朝内阁成员

一、建文朝（1402）

时间	内阁首辅	内阁辅臣
洪武三十五年壬午	黄淮（十一月降）解缙（十一月进）	黄淮，翰林院编修，八月入，十一月晋侍读 胡广，翰林院侍讲，九月入，十一月晋侍读 杨荣，翰林院修撰，九月入，十一月晋侍讲 解缙，翰林院侍读，八月入，十一月晋侍读学士 杨士奇，翰林院编修，九月入，十一月晋侍讲 金幼孜，翰林院检讨，九月入，十一月晋侍讲 胡俨，翰林院检讨，九月入，十一月晋侍讲

二、永乐朝（1403—1424）

时间	内阁首辅	内阁辅臣
永乐元年癸未	解缙	解缙 黄淮 胡广 杨荣 杨士奇 胡俨 金幼孜

续表

时间	内阁首辅	内阁辅臣
永乐二年甲申	解缙	解缙,四月晋翰林学士兼右春坊大学士 黄淮,四月晋左庶子 胡广,四月晋右庶子 胡俨,四月晋左谕德;九月改国子监祭酒 杨荣,四月晋右谕德 杨士奇,四月晋左中允 金幼孜
永乐三年乙酉	解缙	解缙 黄淮 胡广 杨荣 杨士奇 金幼孜
永乐四年丙戌	解缙	同上
永乐五年丁亥	解缙（二月黜）胡广	解缙,二月黜为广西布政司右参议 黄淮,十一月晋右春坊大学士 胡广,十一月晋翰林学士兼左春坊大学士
永乐五年丁亥	解缙（二月黜）胡广	杨荣,十一月晋右春坊右庶子兼侍讲 杨士奇,十一月晋左春坊左谕德兼侍讲 金幼孜,十一月晋右春坊右谕德兼侍讲

续表

时间	内阁首辅	内阁辅臣
永乐六年戊子	胡广	胡广 黄淮 杨荣，六月丁忧，十月起复 杨士奇 金幼孜
永乐七年己丑		同上
永乐八年庚寅		同上
永乐九年辛卯		同上
永乐十年壬辰		同上
永乐十一年癸巳		同上
永乐十二年甲午		胡广 黄淮，闰九月下狱 杨荣 杨士奇，闰九月下狱，未几特宥复职 金幼孜
永乐十三年乙未		胡广 杨荣 杨士奇 金幼孜

续表

时间	内阁首辅	内阁辅臣
永乐十四年丙申	胡广	胡广，四月晋文渊阁大学士兼左春坊大学士 杨荣，四月晋翰林学士兼庶子 金幼孜，四月晋翰林学士兼谕德 杨士奇
永乐十五年丁酉		胡广 杨荣 金幼孜 杨士奇，二月晋翰林学士兼谕德
永乐十六年戊戌	胡广（五月卒） 杨荣	胡广，五月卒 杨荣 金幼孜 杨士奇
永乐十七年己亥	杨荣	杨荣 金幼孜 杨士奇
永乐十八年庚子	杨荣	杨荣，闰正月晋文渊阁大学士兼翰林学士 金幼孜，闰正月晋文渊阁大学士兼翰林学士 杨士奇
永乐十九年辛丑	杨荣	杨荣 金幼孜 杨士奇，正月晋左春坊大学士

续表

时间	内阁首辅	内阁辅臣
永乐二十年壬寅	杨荣	杨荣 金幼孜 杨士奇，九月下狱，寻释复旧职
永乐二十一年癸卯	杨荣	同上
永乐二十二年甲辰	杨士奇	杨士奇，八月晋礼部左侍郎兼华盖殿大学士，九月晋少保，十一月晋少傅 杨荣，八月加太常寺卿，九月晋少傅谨身殿大学士，十二月加工部尚书 金幼孜，八月加户部右侍郎，九月晋太子少保兼武英殿大学士 黄淮，八月出狱，升通政使兼武英殿大学士

三、洪熙朝（1425）

时间	内阁首辅	内阁辅臣
洪熙元年乙巳	杨士奇	杨士奇，正月晋兵部尚书 杨荣 金幼孜，正月晋礼部尚书 黄淮，正月晋少保兼户部尚书 杨溥，太常卿兼学士，闰七月同治内阁事 权谨，三月以孝行由光禄丞授文华殿大学士，九月以通政司左参议致仕

四、宣德朝（1426—1435）

时间	内阁首辅	内阁辅臣
宣德元年丙午	杨士奇	杨士奇 杨荣 黄淮 金幼孜，正月丁忧，寻起复 杨溥 张瑛，三月晋礼部左侍郎兼华盖殿大学士
宣德二年丁未	杨士奇	杨士奇 黄淮，八月致仕 杨荣 金幼孜 杨溥 张瑛，二月晋礼部尚书兼华盖殿大学士 陈山，二月晋户部尚书兼谨身殿大学士
宣德三年戊申	杨士奇	杨士奇 杨荣 金幼孜 陈山 张瑛 杨溥
宣德四年己酉	杨士奇	杨士奇 杨荣 金幼孜 陈山，十月专授小内使书 张瑛，十月改南京礼部尚书 杨溥，八月丁忧，寻起复

续表

时间	内阁首辅	内阁辅臣
宣德五年庚戌	杨士奇	杨士奇 杨荣，四月晋少傅 金幼孜 杨溥
宣德六年辛亥	杨士奇	杨士奇 杨荣 金幼孜，十二月卒 杨溥
宣德七年壬子	杨士奇	杨士奇 杨荣 杨溥
宣德八年癸丑	杨士奇	同上
宣德九年甲寅	杨士奇	杨士奇 杨荣 杨溥，八月晋礼部尚书，仍兼学士
宣德十年乙卯	杨士奇	同上

五、正统朝（1436—1449）

时间	内阁首辅	内阁辅臣
正统元年丙辰	杨士奇	杨士奇 杨荣 杨溥
正统二年丁巳	杨士奇	同上
正统三年戊午	杨士奇	杨士奇 杨荣，四月晋少师 杨溥，四月晋少保兼礼部尚书武英殿大学士

第一章 龙见天意

续表

时间	内阁首辅	内阁辅臣
正统四年己未	杨士奇	同上
正统五年庚申	杨士奇	杨士奇 杨荣,二月归省,七月还朝卒于道 杨溥 马愉,翰林院侍讲,二月入 曹鼐,侍讲,二月入
正统六年辛酉	杨士奇	杨士奇 杨溥,二月归省 马愉 曹鼐
正统七年壬戌	杨士奇	同上
正统八年癸亥	杨士奇	同上
正统九年甲子	杨士奇(三月卒) 杨溥	杨士奇,三月卒 杨溥 马愉 曹鼐,正月晋翰林学士 陈循,学士,四月入直
正统十年乙丑	杨溥	杨溥 马愉,十月晋礼部右侍郎 曹鼐,十月晋吏部左侍郎 陈循,十月晋户部右侍郎 苗衷,侍读学士,十月晋兵部右侍郎入 高谷,侍讲学士,十月晋工部右侍郎入

续表

时间	内阁首辅	内阁辅臣
正统十一年丙寅	杨溥（七月卒） 曹鼐	杨溥，七月卒 曹鼐 陈循 马愉，三月归省 苗衷 高谷
正统十二年丁卯	曹鼐	曹鼐 陈循 马愉，九月卒 苗衷 高谷
正统十三年戊辰	曹鼐	曹鼐 陈循 苗衷 高谷
正统十四年己巳	曹鼐（八月殁） 陈循	曹鼐，八月殁于土木 陈循，八月晋户部尚书兼翰林学士 苗衷 高谷，八月晋工部尚书兼翰林学士 张益，侍读，五月入，八月殁于土木 彭时，修撰，八月入 商辂，修撰，八月入

这是中国历史上延续两百多年的最强秘书天团，和朱元璋废除的丞相一样，内阁阁臣都是皇帝身边最有才干的人。不同的是，内阁阁臣只能向决策者皇帝提供建议和意见以供决策参考，没有拍板决策的权力；而过去的宰相，拥有决策权、议政权和行政权。朱棣对内阁、诸部进行

顶层设计的时候,就把原来宰相拥有的决策权牢牢把持在自己手中,议政权分给内阁,行政权分给六部。地方上分三司,分管司法、军事、行政,直接对六部负责。

在明成祖的牢牢掌控之下,内阁与六部各司其职,国家最高行政命令从紫禁城发出,通过全国1936处驿站、全长143700公里的驿道,层层下发到国家每一个角落。然而,"阁臣之预务自此始,然其时,入内阁者皆编、检、讲读之官,不置官属,不得专制诸司。诸司奏事,亦不得相关白"。也就是说,内阁此时仍然只是皇帝的私人秘书,不是权力机构。终其明朝一朝,内阁始终都是秘书机构,而没有成为帝国的一级权力和行政机构,因此,当届阁臣的能力、胆识与协调整合能力,决定了当届皇帝和政府的政治关系和施政结果。

永乐中期以后,内阁职权渐重,兼管六部,成为皇帝的最高幕僚和决策机构。

明仁宗朱高炽时期,仁宗因杨士奇、杨荣等为东宫旧臣,升杨士奇为礼部侍郎兼华盖殿大学士,杨荣为太常卿兼谨身殿大学士,之后杨士奇、杨荣等人均兼有尚书职位,虽然身居内阁,但其头衔均以尚书为尊。自此,内阁权力加重,逐渐受到重视。

宣宗朱瞻基时期,皇帝幼小而致内阁三杨辅政,致使权力开始上升,形成了更为完善的政务流程:全国大大小小的奏章,甚至老百姓给皇帝提出的建议,都由通政使司汇总,司礼监呈报皇帝过目,再交到内阁,内阁负责草拟处理意见,再由司礼监把意见呈报皇上批准,最后由六科校对下发。国事办理的具体流程是:内阁大臣的建议写在一张纸上,贴在奏章上面,这叫作"票拟"。而皇帝用红字批示,称为"批红"。按照规定,皇帝仅仅批写几本,大多数的"批红"由司礼监的太监按照皇帝的意思代笔。

以往,按大明祖制,太监读书识字是被严令禁止的。朱瞻基也许是为了制衡三杨辅政留下的内阁独自坐大的后果,不仅改了朱元璋时留下的祖制,而且在他的鼓励下,宫里还成立了专门的太监学堂,以太监参与国事流程牵制内阁权力,以免太过倚重内阁以致内阁越权,把决策权牢牢掌握在皇帝手中。

但久而久之，一种奇怪的政治格局出现了。明朝内廷、外廷的机构完全对称。外有内阁，内有司礼监；外有三法司，内有东厂、锦衣卫；外廷有派往地方的总督、巡抚，而内廷也有派往地方的镇守太监、守备太监等。这样，内廷、外廷相互制约，才能确保皇帝的决策地位。

代宗朱祁钰景泰年间，王文以左都御史进吏部尚书后进入内阁，自此之后，诰敕房、制敕房俱设中书舍人，六部承奉意旨，内阁权力更大。成化、弘治之际，内阁已经成为足以对抗皇权的文官政府代表。

正德年间，明武宗朱厚照行事多荒诞，幸有杨廷和等阁老撑着，未成大乱。

明世宗朱厚熜嘉靖年间，改华盖殿为中极殿，谨身殿为建极殿，将大学士的朝位班次，列在六部尚书之前，地位大大提高。明代之内阁大学士虽无宰相之名，实有宰相之权。到嘉靖二十一年（1542），权臣严嵩任武英殿大学士后，专擅朝政二十余年，内阁的权力已经完全与从前的宰相并驾齐驱。

万历早期，是内阁权力极盛的时期，张居正改革让内阁成为政府运转的中枢，张居正几乎总揽帝国政务，内阁成为帝国实际上的政务决策机构。当时的万历皇帝还是个孩子，张居正身为皇帝的老师，很容易影响皇帝的决策。而且，万历帝的"批红"是在司礼监冯保的指导下完成的，而冯保跟张居正关系密切，形成了政治同盟和上下其手操纵国事的便利条件。内阁首辅张居正把自己的意见授意他人，写成奏章，由自己"票拟"赞同，再通知冯保"批红"，形成了国事处理的贯通。就这样，大臣的"奏章"，阁臣的"票拟"，皇帝的"批红"，由内阁首辅张居正一手操控，达到空前一致，使其主导的万历新政得以顺利推进。可是万历皇帝成人之后，情况则有了变化。张居正之循名责实，积极有为，被长大成人的皇帝视为越权专政，非议四起，死后更落得削爵抄家的下场。

清算张居正虽然为内阁制度带来一定的影响，但通过一朝的努力，明朝已经形成了一套完整的内阁政务体系，它在自觉推动帝国的运行。

第一章　龙见天意

自正德帝以降，皇帝们就沉溺于各自的爱好之中，出现了豹房皇帝、修仙皇帝、木匠皇帝等诸多有特殊爱好的皇帝，就是缺少问朝政的兴趣，极端者如万历帝，甚至30年不上朝。皇帝缺位后的国家大事，一般就由内阁通过"票拟"、修旨等方式来处理，文官集团自发自觉团结在内阁周围，齐心协力弥补皇帝怠政的缺陷，还取得了"万历三大征"的胜利，这在以往任何一个朝代都是不可想象的。

皇帝不上朝理政，国家机器为什么仅仅依靠一班大臣和一整套政务流程，就能维持正常运转？原因在于，明朝士人接受的是程朱理学教化，强调人的社会感和历史责任感，士人的气节与品德修养层次较高，他们受到忠孝信义的教化，就有一种"正义在我"的自信，忧国忧民、心怀天下，甚至为国捐躯、为民请命，敢于同掌权者对抗。

经过儒学教化的明朝官员，对于眼前的富贵大多是蔑视的，他们更重视的是名声，是史书对自己的褒贬，状元杨慎是其中的典型代表。在"大礼议"的纷争中，杨慎鼓动众官说："万世瞻仰，在此一举。"同年进士200多人，在金水桥、左顺门一带大哭，反对皇上随意逮捕朝臣，把生命置之度外。他激奋昂扬地说："国家养士一百五十年，仗节死义，正在今日。"嘉靖皇帝大怒，下令把他们全部逮捕入狱，处以廷杖。杨慎在七月十五日被捕，十七日的时候被廷杖一次。十日后，又廷杖一次，几乎死去。然后被充军云南永昌卫，客死他乡，留下千秋节烈。而海瑞更是把死谏演绎得淋漓尽致，抬棺死谏《治安疏》，责备辱骂嘉靖"天下不直陛下久矣"，嘉靖皇帝被硬怼到吐血，但也不得不说："这个人可与比干相比，但朕不是商纣王。"

士人敢于担当、敢于死谏，除了心中信念，还得有制度支撑，明朝内阁制度，是大臣受到尊重的制度保障和力量源泉。英宗以后形成的首辅制度，由首辅做最后决定。就"票拟"进行商讨时，各殿大学士皆可参与意见，客观上放宽了对各级官僚的限制，形成了一个相对开放的参政议政讨论氛围，契合了天下士人以天下为己任的责任担当。

内阁权力不断加大的过程，就是文官集团受尊重的程度不断加大的过程，推动文官代表对皇权加以制衡，最典型的就是杨廷和与张居正。

明武宗时期，内阁大权几乎能与皇权平起平坐，作为三朝辅臣，杨廷和率领文人集团与明世宗展开了轰轰烈烈的"大礼议"，这是明朝历史上内阁代表的文官集团与皇权的第一次分庭抗礼。帝师张居正使皇权被阁权深深压制十余年。自宣德内阁渐尊以来，大学士有忤旨不可施以廷杖的惯例。

据统计，在有明一朝170名大学士中，获罪的仅有28人，约占比16%，制度保障和君臣默契，令文官集团的代表——内阁首辅拥有较高的政治地位和较重的舆论权重，颇能直言。

权力运行的本质，即是妥协，防民之口甚于防川，尚不论这些饱学之士，皇权压制太甚，帝国内甚至会龙见四起，他们会推动更大的舆情逼迫皇权的就范和妥协。

聪明的皇帝，需要驾驭人中之龙，以防范龙见的出现，龙见事件，往往是文官集团发动天下百姓和皇权的摊牌——对真龙天子的质疑、抗议甚至反对、对抗。而内阁首辅，是人中之龙的龙头，是帝国是否出现龙见的关键性人物，是维护皇权、治理天下的标志性人物。

第十节　内阁七子

不知道"驰谒"朱棣的解缙，是否嘲笑过方孝孺的愚直和多事，人家朱家皇位，朱元璋子孙谁坐，那不是朱家家事，干卿何事，一定要执拗于谁是正统谁是篡逆？白白搭上十族性命不说，那满身才华岂不白白暴殄于天?!

解缙似乎是成功了。洪武三十五年八月一日，他从建文帝翰林近侍，摇身一变为永乐帝内阁阁臣、翰林院侍读；十一月，解缙被授为右春坊大学士，出任首届内阁正式首辅，受赐五品官服。《明通鉴》卷十三有载：八月壬子，"缙首迎附，召对称旨，命与淮常立御榻左备顾问，或至夜分，上就寝，犹赐坐榻前，语以机密重务。内阁预机务自此始"。

一切看来春风得意，一切看来骏马蹄疾，一切看来六月十二日那夜向朱棣的夜奔，那么值得。一种宿命般的飘飘然油然而生，他想起了太祖朱元璋执手言说的情同父子的温馨，想起了朱元璋向其承诺的十年起复的承诺,这位名满天下的大才子,瞬间觉得自己和皇家的距离在亲切地持续拉近中。但解缙怎么也不会想到,他如此亲近的天家,四年后,左迁其广西;八年后,以"无人臣礼"下其狱;十三年后,令其冻毙雪中。而究其根本原因,竟然和他嘲笑的方孝孺一样,介入朱家皇位之争过深。到死,解缙恐怕都死抱着一个信念,朱家是不忍对其下狠手的,被方孝孺拒绝撰写的登基诏书,可是解缙帮助朱棣一手起草的。才子的自负自大,真的会害死人。

洪武三十五年十一月是解缙人生的高光时刻,朱棣先用翰林学士黄淮干了五个月临时首辅,五个月后,一切妥当,便授解缙为首届内阁正式首辅。此时,解缙刚刚过完33岁生日,即成为皇帝最宠信的大臣。

解缙于洪武二年(1369)十一月七日,出生在江西吉安府吉水县鉴湖的科举文化世家,他在《吉水解氏族谱序》中说:"自唐至今,每举必父子兄弟联芳,袭武而起,以为常。"这一脉,视科考中第如探囊取物,甚至父子兄弟同中,确是神奇!

洪武二十年(1387),19岁的解缙举江西乡试第一。次年,与兄解纶、妹婿黄金华同中任亨泰(状元)榜进士,一时轰动朝野。太祖对解缙宠眷尤隆,呼为"小友",授中书庶吉士之职,日侍左右。成祖亦数称缙才,首开内阁,即擢为内阁首辅,数召于内廷议事。他曾感慨道:"天下不可一日无君,我则一日不可少解缙。"真可谓君臣鱼水乐也。但解缙却"公仕前后不十岁,为庶吉士再岁,御史未满岁,为学士四岁,两赞外藩,皆席未暖",仕途高起点和不顺畅,与他高才、直率的自身修养分不开,他直言敢谏,疾恶如仇,因多次替人草诏,得罪权臣,"宁为有瑕玉,莫作无瑕石"的行为,事实上不符合君权高度集中下君主塑造国家机器的目的。解缙历侍太祖、惠帝、成祖三帝,先后任监察御史、翰林待诏、翰林学士兼右春坊大学士、布政司参议等职,有两次外贬的经历。

朱元璋爱其才,命常侍左右,甚见爱重。《明通鉴》卷九曰:"一日,上在大庖西室,谕缙:'朕与尔义则君臣,恩犹父子,当知无不言。'是月,缙上封事万言,其略曰……书奏,上称其才。已,又献

《太平十策》，上虽不及行，颇嘉纳之。"《明史·纪事本末》卷十四："二十一年夏四月……上手持其疏，称缙奇才。然以其言颇迂，不及行。"《国榷》卷九："上手持入，顾其言颇迂。"

故事讲述，朱元璋在大庖西室对解缙说："我和你从道义上是君臣，而从恩情上如同父子，你应当知无不言。"次日，解缙即呈上万言书，主张应当简明律法并赏褒善政。朱元璋读后，称赞其才。不久，解缙再次呈上《太平十策》进言，朱元璋称其文颇为迂腐。

解缙似乎只接收到朱元璋的称赞，来不及细想皇帝的深意。自以为是地认为来自皇帝认证的自信，在解缙意识里疯狂生长，年少轻狂，自恃才高，圣眷恩宠，他活在自己的世界里。

洪武二十一年（1388）秋七月，解缙初入仕时，曾指责兵部僚属玩忽职守，尚书沈潜对此极为恼怒，上疏诬告解缙。明太祖朱元璋由此也责备解缙"散自怨"并贬他为江西道监察御史。"缙尝入兵部索皂隶，语嫚。尚书沈潜以闻。帝曰：'缙以冗散自恣耶！'命改为御史。"

洪武二十三年（1390）九月，解缙又代御史夏长文革疏《论袁泰奸黠状》，历陈御史袁泰蔑视朝纲、贪赃枉法、陷害忠良之罪。袁泰受到处罚，对此怀恨在心，解缙亦自知。"泰衔恨至深，见尝切齿。但以不为屈膝之故，竟致排诬。"

洪武二十四年（1391），解缙替虞部郎中王国用草书《论韩国公冤事状》。《明史》卷一百二十七《李善长传》："善长死之明年，虞部郎中王国用上言：'善长与陛下同心，出万死以取天下，勋臣第一，生封公，死封王，男尚公主，亲戚拜官，人臣之分极矣。'"按，善长于洪武二十三年五月自缢，则虞部郎中王国用上书时间则在洪武二十四年。这份状书实际上是由解缙起草的，太祖之后才知晓。

韩国公李善长因罪被朱元璋处死，解缙代郎中王国用上疏为李善长辩冤，这其实已经在触摸朱元璋的虎须了。解缙根本没有理解到清洗李善长是朱元璋既有的政治安排，怎可随意摆在桌面评论。但此事朱元璋并未处罚解缙，事实上给解缙发出了极其危险的信号。他认为，朱元璋不会对他怎么样，他和朱元璋的关系非一般人可比，别人不敢说不敢做的,于他而言都是可以随意越雷池的。解缙这是把无知和危险当成了资本。

朱元璋清醒地认识到,解缙虽有才,但到处树敌,如果使用,还需磨炼,修身养性涵养情商,否则会成为众臣攻击的对象。

洪武二十四年(1391),朱元璋召解缙父亲进京,对他直说:"是子大才,其以归教训,十年而用之。"解缙只好随父归吉水,途中作诗:"仲氏同我去,伯兄还帝城。重来应有日,此别不胜情。一一帆樯去,双双鸥鹭迎。到家无限好,桑梓尽经行。"归家,闭门纂述八年,校改《元史》,补写《宋书》,删订《礼记》。

洪武二十六年四月二十五日,皇太子标薨,谥曰懿文。父子感伤,时兄纶在朝廷,解缙欲往,因父病乃止。"闻朝廷有皇太子之丧,父子不觉痛哭失声,变服数日始罢。"

洪武三十一年(1398),朱元璋崩,"筠涧先生(解父)时年已八十七,追念父子世受高庙恩宠,不能扶杖躬临,特命长子(臣)纶、幼子(臣)缙衰麻赴京哭临"。时明惠帝朱允炆临朝,"有司劾缙违诏旨,且母丧未葬,父年九十,不当舍以行。谪河州卫吏"(《明史》)。《国榷》记载:"前监察御史解缙入临,谪河州卫吏。初,太祖令归学十年擢用,至是未及期也。"

建文四年(1402),解缙被召回京师任职翰林待诏。迎附朱棣,八月一日入内阁,九月十三日,内阁七子获赐五品官服、金织罗衣一袭,与尚书地位相同。《翰林记》卷二《内阁亲擢》记载这一开阁盛事:"九月,遂开内阁,于东角门内召七人者,谕以委任腹心之意。俾入处其中,专典密务,虽学士王景辈不得与焉……上御右顺门,召翰林学士解缙……谕之曰:'朕即位以来,尔七人者朝夕相与共事,鲜离左右。朕嘉尔等恭慎不懈……'上喜,皆赐五品公服。"

十月四日,令重修《太祖实录》,任总裁官。十一月九日,升侍读学士。

永乐元年(1403),明成祖朱棣登基,解缙奉命总裁《列女传》,其后又主编《永乐大典》。六月,《太祖实录》成,上《进实录表》,受赏。这时,朱棣最关心的,是宣示自己承继皇统的合法性,解缙秉承其意,以《太祖实录》开道,首先要宣示朱棣是嫡出孝慈高皇后马氏,而非传言的朱元璋的妃子高丽女子硕妃或者元妃。

按正统论,帝王之家正宫所出的儿子称嫡子,妃子所出的儿子称庶子。按照封建宗法制度,皇帝死了,皇位要由嫡长子继承。即使嫡长子死得早,如果嫡长子有儿子,也要由嫡长子的嫡长子来继承,其他庶子则不得觊觎。如果朱棣是马皇后所生,他自然是嫡子,就能名正言顺地继承皇位。

有野史记载朱棣生母为硕妃,《南京太常寺志》中确实写明,孝陵神位的摆布,右一硕妃,生成祖朱棣。硕妃,系高丽女子。但正史上,朝鲜向中国称臣送贡女则是在1365年,其时朱棣已5岁了,该说不稽。

另有元妃说,明王世懋著《窥天外乘》记:"成祖皇帝为高皇后第四子甚明,而野史尚谓是元主妃所生。"清萨囊彻辰撰《蒙古源流》则说成祖是元主妃洪吉喇氏所生。刘献廷在《广阳杂记》中说:"明成祖非马后子也。其母翁氏,蒙古人,以其为元顺帝之妃,故隐其事,宫中别有庙,藏神主,世世祀之,不关宗伯。"有明人笔记甚至记载,成祖为朱元璋纳元顺帝高丽妃所遗之子。

朱棣坚称自己是马皇后所出嫡子,《燕王令旨》说:"顾予匪才,乃父皇太祖高皇帝亲子,后孝慈高皇后亲生,皇太子亲弟,忝居众王之长。"《明太宗实录》也说:"高皇后生五子,长懿文皇太子标,次秦愍王樉,次晋王㭎,次上,次周定王橚。"《明史·成祖本纪》因之,云:"文皇帝讳棣,太祖第四子也。母孝慈高皇后。"这极有可能是解缙担任《太祖实录》总裁,对各种正史进行细心整理修改的结果。

除了理顺正统的血统之外,解缙还在正史中增加了许多朱棣的"帝王之气"以应天命,删除和美化了靖难四年间对中央朝廷的种种悖逆行为,建文朝反而是暗无天日的灾祸人间,"天变于上而不畏,地震于下而不惧,灾延承天而文其过,蝗飞蔽天而不修德,益乃委政宦官,淫泆无度,危机四发",明主朱棣的吊民伐罪,正当其时民心所向。

据史料显示,披上了血统和正义美丽外衣的新版《太祖实录》呈送

第一章 龙见天意

朱棣后，朱棣大悦：深体朕意。

朱棣的徐皇后，系开国功臣徐达的女儿，效仿李世民长孙皇后撰古妇人善事，勒成十卷《女则》的皇后善举，出主意说树立道德楷模，建立永乐纲常，立男不如立女。朱棣大以为是，令解缙主持撰修，意在旌表妇女言行事迹的《古今列女传》，有一定的民俗教化功能，这对明初理学道德伦理思想传播也有着一定的积极促进作用。理学曾深深影响士大夫的名节忠义观念，解缙所表现出来的忠君爱国、直言敢谏、不畏强权亦是践行理学这一观念。

是年，四夷皆宾服，解缙奉命作《四夷咸宾诗》颂贺："皇帝临大宝之明年，纪元永乐。嘉与万方，共跻仁寿，一德感孚，休祥昭应，民安物阜，四夷毕来……不令而从，不言而化。"

永乐二年（1404）一月二十六日，"上命翰林院侍读学士解缙、侍读黄淮为考试官"，取礼乐制度为问，欲以求博洽之士，主持永乐二年甲申科，"二月二十六日主会试，得杨相等四百七十二人。遵洪武乙丑例也"。三月，解缙任廷试读卷官，解缙学生曾棨中状元，周述、周孟简分别为榜眼、探花。四月二日，升翰林院学士兼右春坊大学士。这春坊大学士是为辅佐皇太子的班底，果然，四月四日，朱棣立长子朱高炽为皇太子，授以册宝，正位中宫。封朱高煦为汉王，朱高燧为赵王。

四月十四日，解缙奉敕为太子讲解。这时的解缙，既是太子老师，也是内阁首辅，此刻正是他仕途最得意的时刻，但得意到似乎有些忘形。当初，朱棣召解缙入宫，磋商立太子之事。当时的情状为，"帝初起兵，高煦常从战有功，帝喜以为类己，高煦亦以此自负，谋夺嫡。及议建储，丘福等言：'高煦有功宜立。'独金忠力争，以为不可。帝召解缙问之，缙称：'皇太子仁孝，天下归心。'帝不应。缙又顿首曰：'好圣孙。'谓皇孙瞻基也（宣宗）。复问黄淮、尹昌隆，对与缙同，帝意乃决"。最后，朱棣选择立长子朱高炽为太子，令解缙撰写立储诏书，以告天下，从此朱高煦深恨解缙。

朱棣对孔武有力、武力更强、更像自己的朱高煦从心底里喜欢，而对朱高炽的仁德治世思想倾向颇有不满，颇有担心。不自然地，朱棣对朱高煦的礼秩超过了朱高炽。解缙上疏劝阻朱棣说："启争也，不可。"朱棣随即大怒，称解缙是在离间骨肉，对解缙很有意见。

朱高煦对解缙的深恨已至置之死地而后快的不可调和，对于竞争皇位失败而手握皇帝宠幸和极大权力的汉王而言，所有的愤懑甚至杀心，发泄的对象不可能是老子朱棣，当前也不可能是太子朱高炽，只能是深度参与夺嫡之争、处处针对自己的前内阁首辅解缙。

内阁运行两年以来，朱棣认为内阁七子勤劳勋益，不在尚书之下，鼓励内阁成员说，但实心用事，官职品级应与尚书相同。永乐二年（1404）十二月，"甲申立春，上御奉天殿，文武群臣行贺礼。赐宴，赐六部尚书侍郎金织文绮衣各一袭，特赐翰林学士解缙，侍读黄淮，侍讲杨荣、杨士奇、金幼孜衣与尚书同，缙等入谢。上曰：'朕于卿等非偏厚，代言之司，机密所寓，况卿六人日夕在朕左右，勤劳勋益，不在尚书下，故于赐赉必求称其事功，何拘品级？'又曰：'皇考初制，翰林长官品级与尚书同，卿等但尽心职任。孔子云君使臣以礼，臣事君以忠，君臣各尽其道耳。'缙等稽首而退"（《明太宗实录》卷三七）。

永乐三年乙酉（1405），一月十五日，朱棣命解缙等于新进士中选才质英敏者，入文渊阁进学，得29人，解缙领其事。《翰林记》卷四《文渊阁进学》："永乐三年正月壬子，先是太宗命学士兼右春坊大学士解缙等，新进士中选材质美敏者，俾就文渊阁进学，至是，缙等选修撰曾棨，编修周述、周孟简，庶吉士杨相、王训、王直、吾绅、彭汝器、刘子钦、余学夔、章朴、卢翰、熊直、王道、罗汝敬、沈升、柴广敬、王英、余鼎、杨流、洪顺、段民、杨勉、章敞、李时勉、倪维哲、陈敬宗、袁添禄二十八人……时庶吉士周忱，自陈年少，愿进学。上喜曰：'有志之士也。'命增忱为二十九人……"朱棣还命司礼监每月供给他们笔、墨、纸，命光禄卿供给早晚餐，礼部每月每人给灯油费三锭，工部为其选择靠近文渊阁的房子居住，甚至经常来馆视察，允许他们五天一沐浴，由宦官随行，恩隆益重。

是月，黄河水清。自永乐二年冬十二月十七日至永乐三年春正月十八日，始蒲州洎韩城，延数百里，莹然洞彻，可鉴毫发。解缙献诗颂瑞:"纪元永乐之二年冬十二月戊辰朔十七日甲申,三门碛下黄河清……四方之人行旅过之,莫不为之惊喜叹息,阅玩坐起,徘徊而不能去者……太平之业将由是而极盛,臣缙职司记载,欢欣无已。"

十二月十日,蒲州河津县黄河水清,事干大瑞,解缙上表贺。

永乐四年(1406)闰七月二日,成祖敕成国公朱能征安南,方用兵时,解缙出言反对。《古穰集》卷二十八《杂录》:"文庙(朱棣)初,甚宠爱解缙之才,置之翰林。缙豪杰敢直言,文庙欲征交趾,缙谓:'自古羁縻之国,通正朔、时宾贡而已,若得其地,不可以为郡县。'不听,卒平之为郡邑。仁庙(朱高炽)居东宫时,文庙甚不喜,而宠汉府(朱高煦),汉府遂恃宠而有觊觎之心。缙谓:'不宜过宠,致有异志。'文庙遂怒,谓离间骨肉。缙由此二谏得罪。洎宣庙初,汉府果发,交趾亦叛,悉如缙言。"但好大喜功的朱棣,初听解缙反对征安南,随即开始疏远解缙,赐二品纱罗衣与内阁七子之时,独不及解缙,可见不喜之心已深。看到解缙御前失宠,朱高煦趁机嫁祸解缙泄密"禁中语",结症仍然在太子位之争,缙建议立太子,语稍稍传外廷,高煦深怨之,谮缙泄禁中语,帝怒。

永乐五年(1407)二月五日,朱棣找了"廷试阅卷不公"的罪名,出解缙为广西参议,以发泄其深度参与储君之争的邪火。临行前,礼部郎中李至刚因与解缙有宿怨,又诬缙,故于永乐六年四月改贬交趾,命督饷化州。《明通鉴》卷一五对两年以来解缙失宠被贬的过程记载清晰,原因分析透彻:"二月庚寅,出翰林学士解缙为广西参议。缙以迎附骤贵,才高,勇于任事。然好臧否,无顾忌,廷臣多忮其宠。又因建储事,独归心太子,与丘福等异议,高煦以此深恨。会朝议发兵讨安南,缙独以为不可,失上意。而太子既立,高煦宠益隆,礼秩逾嫡,缙复谏曰:'是启争也。'上不怿,以缙离间骨肉,恩礼浸衰。四年,赐黄淮等五人二品纱罗衣,独不及缙。而福等议稍稍传播外廷,高煦遂谮缙泄禁中语。至是有劾其上年廷试读卷不公事,遂有是谪。礼部郎中李至刚,挟下狱之嫌,谓缙实中伤之,乃奏言缙怨望。寻改交趾,命督饷化州。"

永乐七年己丑(1409)五月,至交趾。九月十八日,遇朱棣诞辰,解缙有诗感怀，有困龙望天而叹的苦楚和期待："瞻望宸游又十年，三年宦辙到穷边。天回地转星河近，夜梦升朝奉御筵。"

永乐八年（1410），解缙入京奏事，正遇朱棣北征未归，故只好觐谒太子朱高炽而返。于是朱高煦又乘机进谗言说："伺上出，私觐太子，径归，无人臣礼！"这可是杀招儿，朱棣为此震怒。

永乐九年辛卯（1411）六月，汉王污以"无人臣礼"，解缙被征入狱，王偁、王汝玉、萧引高等连坐，大理寺寺丞汤宗，宗人府经历高得抃，中允李贯，翰林院编修朱纮，检讨蒋骥、潘畿并及御史李至刚等故交亦入狱。其中高得抃、王汝玉、李贯、朱纮、萧引高病死于狱中。十月二十四日，解兄纶卒。

永乐十三年（1415）正月十三日，解缙死于狱中。《明通鉴》卷一六有载：春，正月，"是月，前交趾参议解缙死于狱。时锦衣卫纪纲上囚籍，上见缙姓名，曰：'缙犹在耶？'纲遂希指醉缙酒，埋积雪中，立死，年四十七。籍其家，妻子、宗族徙辽东"。

人生巅峰时刻被永乐帝朱棣呼为"小友"的大才子，彻骨而死，所幸他并没有听到那个呼他"小友"的皇帝，最终对他的情感和评价是"缙犹在耶"，如果被如此掩鼻厌恶，心比天高的解缙听到，不知何等诛心。天家无情，权力嗜血，无外如此。

正统元年（1436）八月，明英宗朱祁镇下诏赦还所抄家产。成化元年（1465），明宪宗朱见深下诏为解缙平反昭雪，恢复官职，赠朝议大夫，谥文毅。

作为太子的老师，一心为太子学生朱高炽保得皇位，不惜得罪王公牺牲生命，为什么朱棣身后，秉持仁政的仁宗朱高炽不给解缙及时平反呢？其中原因恐怕是朱高炽没有来得及，他在位期间，是汉王朱高煦趁朱棣离世正闹腾的时候，彼时平反解缙，无异于火上浇油，引来朱高煦效仿朱棣再来一次靖难之役亦未可知。而朱高炽的寿命没能熬得过朱高煦，不得不令解缙继续蒙冤两世。

但这何尝不是天家驭龙的权谋心术呢？皇位在朱家子孙之间争夺，率土之滨，普天之下，都是朱家子民和王土，皇家永远的动作，都是为

第一章　龙见天意

69

了指向一切、为了朱家天下的稳定和传承,一将功成万骨枯,整个天下霸业,哪里容得下帝王真情。在朱元璋、朱棣、朱高炽、朱高煦和朱瞻基那里,解缙无非就是一枚棋子,最多就是一枚有才的棋子,棋子总有弃子的命运。嘉靖朝首辅杨廷和被嘉靖削职为民,穆宗时反正,追赠太保,谥号"文忠";万历朝首辅张居正,死后被神宗抄家,熹宗天启二年恢复名誉;永乐朝首辅解缙,永乐十三年被朱棣授意害死并被抄家,成化元年宪宗为其平反、赠朝议大夫,谥"文毅"。屠戮、抹黑和平反、追谥,都是为朱家江山稳固适时做出牺牲或者获得荣耀。如果首辅代表着人中之龙,那么皇家手中永远不缺驭龙的权谋与手段。

解缙的托大,虽则可笑,但他为朱棣做了很多贴心之事。但殊不知,侍君如伴虎,解缙不自觉中模糊了概念,获得了朱棣贴心心腹的心理认同假象,最终才会不稍避嫌地下场参与皇位肉搏,为自己的学生朱高炽充当正统论的打手,落得和方孝孺同样逻辑的错误和下场,虽然中间隔了一条气节的鸿沟。

《明史》对解缙不无遗憾地赞评说:"(内阁)夫处禁密之地,必以公正自持,而尤贵于厚重不泄。缙少年高才,自负匡济大略,太祖俾十年进学,爱之深矣。彼其动辄得谤,不克令终,夫岂尽嫉贤害能者力固使之然欤!"

解缙在内阁首辅位上仅四年即被左迁,接替他担任首辅的,是他向朱棣举荐的同乡——建文二年庚辰科状元胡广。胡广在首辅任上累11年,以49岁春秋死在任上。解缙和胡广既是同僚,也是同乡,还是朱棣钦定的儿女亲家,解缙对胡广还有推荐之功,按理会有相互提携照拂之谊,却不料胡广的表现一贯令人心寒,不愧为一个精致的利己主义者。

《双槐岁钞》记载了胡广女儿吉庆奴和解缙儿子祯亮的故事,清晰地映照了胡广势利的灵魂,故事名为《胡贞女》,亦是对胡广的无情对比挞伐:

> 永乐初,学士解缙、胡广侍燕文渊阁。太宗皇帝曰:"缙、广,少同业,仕同官。今缙已有子,广宜妻之以女。"广俯首

曰："臣妻有娠，未卜男女。"上曰："定生女，勿疑矣。"

越数月，而贞女果生，因名吉庆奴，以上所料也，遂订盟缙子祯亮。未几，解氏遭高煦诬谮；举家戍辽。欲使贞女改适，女窃入室，以刀截耳，家人觉而救之，血被两颊，且言曰："薄命之婚，皇上主之，父面承之，一与之盟，终身不改，况背主违父，何用生为？"越数年，洪熙改元，特宥解氏，祯亮归娶。女既归解氏，事二姑极孝，事夫惟谨。姑徐氏多病，不离床席十余年，虽浣涤秽污，皆亲为之。且知书史，性柔愍，侧室子女，视如己出。卒年八十五。

广有此贞女，然建文擢为状元，乃弃之若弁髦，何也？无亦愧其女邪！

情事并非文学演义，《明史》对此有载："缙初与胡广同侍成祖宴。帝曰：'尔二人生同里，长同学，仕同官。缙有子，广可以女妻之。'广顿首曰：'臣妻方娠，未卜男女。'帝笑曰：'定女矣。'已而果生女，遂约婚。缙败，子祯亮徙辽东，广欲离婚。女截耳誓曰：'薄命之婚，皇上主之，大人面承之，有死无二。'及赦还，卒归祯亮。"

面对解家的落魄，身居内阁首辅的胡广，还是洪武三十五年六月十二日晚那个大喊"外喧甚，谨视豚"的翰林修撰，只不过，上一次是要把猪看好，这一次是要把女儿看好而已。

胡广的无状，似乎还不止于无情。建文二年，胡广与同乡王艮在金陵参与殿试。试官议定，本由王艮夺魁，因敬止其貌不扬，被建文帝黜为第二名榜眼。当时正值靖难之役，胡广文章中有"亲藩陆梁，人心摇动"语，其情状忠心可鉴，感动之余朱允炆钦点其为庚辰科进士第一甲第一名状元，并赐名"靖"，靖难之"靖"，授翰林修撰。金川门之变当日，胡广被解缙推荐给朱棣，被"召至，叩头谢"，任侍读，即恢复原名"广"，将废帝建文的恩赐忙不迭地弃之如敝屣，向新皇朱棣表达忠心，为后世节义人士所不齿。

品行虽多诟病，于朱家江山似无损害。毕竟是状元之才，胡广的行政办事能力出色，建功于劳着扈从。

作为朱棣首开内阁的首批阁臣，胡广在永乐五年（1407）晋升为翰林学士，兼左春坊大学士。此后明成祖北征，其与杨荣、金幼孜跟从，每次召入帐殿时，有时会谈至深夜。永乐十二年（1414）再北征，皇长孙从，命广与荣、幼孜军中讲经史。与解缙行事高调、处处树敌不同，胡广做事缜密，在朱棣面前所听的言行内容，从不告人，给朱棣以可靠的上佳印象。杨士奇有评论说：太宗皇帝御天下二十有三年，文武之臣各展其才，能达诸事，功若竭诚，效力始终不渝者，其身虽没，所以宠眷之卒，有进而不衰。其文臣遭遇之盛者，文渊阁大学士兼左春坊大学士胡公尤著者也。

胡广既卒，阁臣杨荣继任内阁首辅，任职五年，持续到永乐二十一年（1423），但他始终跻身内阁阁臣之列，一直持续到正统五年。其情状已在前文有述。朱棣设立内阁以来的前三位首辅解缙、胡广和杨荣，全都是有迎附之功的才子，其牢牢控制文官集团首领政治正确的方向，历时二十多年，可见朱棣用心之深，专权之牢。

永乐二十一年（1423），接替杨荣担任内阁首辅的是杨士奇，他值首辅21年，历四朝。其在阁40余年，历经五朝，成永乐、仁宣之治。后期与杨荣、杨溥等同心辅政，并称"三杨"。他是在解缙离开内阁后，接过守护太子、太孙旗帜，并一力主张、长久绸缪，最终把汉王朱高煦赶出了京师，赶到了封国，赶出了造反，赶下了历史舞台的人物。与解缙相比，其老谋与隐忍，尺度把握，均是天壤之别，历史最终选择了杨士奇而非解缙，并非没有道理。

杨士奇（1366—1444），本名杨寓，字士奇，江西宜春人。建功于以持天下之正，成天下之务。

杨士奇1岁即丧父，后游学四方，建文年间，朱允炆召集文臣修撰《明太祖实录》，王叔英以史之才推荐杨士奇进入翰林，充当编纂官。随后，吏部对进入史馆的文臣进行考试，吏部尚书张紞看到杨士奇的答卷后慧眼识才，奏请为第一名。

明成祖即位后，改杨士奇为翰林院编修，入内阁，参与负责机务。

杨士奇为官谨慎，回家时从不言公事，即使是至亲都不得听闻。他在明成祖前，举止恭慎，善于对答，谈事有灼见。他人有过失，杨士奇都为之掩覆，一团和气团结同僚，朱棣迁其太子侍讲。杨士奇过人之处在于处世圆滑，善于左右逢源，和解缙完全是两个极端的风格。

小事小节和气，并不意味着抹杀原则，杨士奇对皇统大义，富有大是大非的判断和行动。

当初朱棣起兵的时候，汉王朱高煦力战有功。朱棣许诺成功后立其为太子。靖难之役结束后，却未允诺，朱高煦于是积累怨气，不仅谏杀朱高炽的坚定支持者解缙以解气，而且不断做出不轨之举，作为皇太子朱高炽的老师，杨士奇小心守护着太子。永乐十四年（1416），朱棣返回京师，稍微听闻了汉王夺嫡的打算以及其他不轨行径，于是问杨士奇，杨对答道："臣是侍奉东宫的，其他外人不敢对我谈论汉王的事情。但是皇帝两次派遣其就藩，都不肯赴任。现在知道陛下要迁都，马上就请留守南京。这些请陛下仔细考察他的本意。"朱棣听闻后默然不语，之后起身还宫。过了几天之后，朱棣了解了所有事情，于是削汉王的两个护卫营，并置其到乐安。此种询问，十年前亦发生过，对答者解缙，同样是倾心向着太子，但不同的回答话术，就收获了皇帝不同的反应，可见杨士奇和解缙的情商完全是两个层次。

明仁宗即位后，杨士奇以帝师升为礼部侍郎兼华盖殿大学士，时有大臣上书歌颂太平盛世，明仁宗把其示与各位大臣，群臣皆以为然。唯独杨士奇称："陛下虽然泽被天下，但是靖难所牵连的流徙尚未归乡，战争所导致的疮痍尚未恢复，百姓仍然为温饱担忧。应当继续休养生息数年，太平盛世才可期至。"仁宗以为然。

不久，仁宗崩，宣宗即位。宣德元年（1426），一股怒气强压了三朝的汉王朱高煦起兵谋反。杨士奇、杨荣等鼓励新皇宣宗亲征，民心已向仁宣，几乎不费吹灰之力即剿灭叛乱，蹿跳了一辈子的朱高煦被宣宗以覆瓮架火烤熟，皇家几十年来的不安定因素就此革除。明宣宗号为明主，杨士奇等内阁廷臣同心辅佐，君臣励精图治，海内号为治平。此时内阁阁臣陈山、张瑛被改任他职，黄淮以疾致仕，内阁中只有杨士奇、杨荣、杨溥三人。

宣宗驾崩后，英宗即位，年仅9岁，朝政均由张太皇太后负责。太皇太后命所有部门议案，均先经过"三杨"咨议后，再进行裁决。杨士奇主导训练士卒坚守边疆，设置南京参赞机务大臣，分遣文武镇抚江西、湖广、河南、山东等地，并罢免侦事校尉，减免租税，并慎刑牢狱，严格官员考核。正统初年，朝政清明，杨士奇、杨荣、杨溥功不可没，即使宦官王振受宠，政局也堪称平稳，史称"三杨辅政"。

正统九年（1444）三月十四日，杨士奇去世，享年78岁，追赠太师，谥"文贞"。

首届内阁阁臣黄淮，洪武二十九年进士，宣德年间以疾致仕，在阁25年，建功于太子、太孙辅导。黄淮，字宗豫，永嘉人。成祖即位，召对称旨，命与解缙常立御榻左，备顾问。或至夜分，帝就寝，犹赐坐榻前语，机密重务悉预闻。既而与缙等六人并值文渊阁，改翰林编修，进侍读。议立太子，淮请立嫡以长。太子立，迁左庶子兼侍读。永乐五年，解缙黜，淮进右春坊大学士。明年与胡广、金幼孜、杨荣、杨士奇同辅导太孙。七年，帝北巡，命淮及蹇义、金忠、杨士奇辅皇太子监国。

仁宗即位，擢为通政使，兼武英殿大学士，与杨荣、金幼孜、杨士奇同掌内制。仁宗崩，太子在南京。汉王久蓄异志，中外疑惧，淮忧危呕血。宣德元年，帝亲征乐安，命淮居守。明年以疾乞休，许之。正统十四年六月卒。年八十三，谥"文简"。

永乐帝评曰："黄淮论事，如立高冈，无远不见。"张廷玉评说，淮功在辅导，胡广、金幼孜，劳着扈从，胡俨久于国学。

胡俨的久于国学，是指其通览天文、地理、律历、卜算等，尤对天文纬候学有较深造诣，他是首届内阁里的理工人才。洪武年间，胡俨以举人身份被授予华亭县教谕。建文四年（1402），副都御史练子宁把胡俨推荐给朝廷，说："胡俨具有的知识足以通达天人，他的才智足以参佐帷幄。"朱棣即位，因胡俨精通象纬、气候之学，又因解缙的推荐，于是授予胡俨翰林检讨之职，与解缙等人一同在文渊阁当值。升为侍讲，再升为左庶子。永乐二年（1404）九月，胡俨被任为国子监祭酒，便不再参与机务,在阁时间是首届内阁七子里最短的,不到一年半的时间。胡俨淡泊名利,辞官归家20年,正统八年(1443)善终,终年83岁。

金幼孜,江西峡江人,建文二年(1400)进士,授户科给事中。成祖即位任翰林检讨入值内阁,金幼孜是作为行政人才被使用的,劳着扈从,多次随明成祖北征,亦多次扈从皇帝往来两京。

金幼孜与练子宁是秀才同学,二人十分友善,练子宁曾经对金幼孜说:"子异日必为良臣,我必为忠臣,无相负也。"后来练子宁确实殉死社稷,金幼孜也的确历仕累朝、位至宰辅。

建文四年(1402),金幼孜入值内阁,任翰林院侍讲,负责向太子朱高炽讲《春秋》,成为宣宗的老师,解缙讲解《尚书》、杨士奇讲解《易经》、胡广讲解《诗经》。

永乐七年、十一年、十五年,金幼孜随成祖巡幸北京。

永乐八年、十二年、二十年、二十一年、二十二年三月,成祖率军五次北征,金幼孜次次随行。第五次北征,"当是时,帝凡五出塞,士卒饥冻,馈运不继,死亡十二三。大军抵答兰纳木儿河,不见敌"。成祖很是惶惑,召集群臣询问进退之策。群臣皆惧罪,唯唯不敢言,只有金幼孜一人劝谏说不宜孤军深入,成祖不听。

大军到达开平(故元上都,在今内蒙古锡林郭勒盟)的时候,成祖做了一个梦,梦见一个神仙反复和自己说"上天有好生之德",不知何意,便以之问杨荣与幼孜。杨荣和金幼孜答道:"陛下北征之举,目的在于除暴安民,但是大漠自然环境恶劣,若孤军深入,恐有丧师之危险,愿陛下留心。"成祖听后认为二人说得很有道理,于是命二人草诏班师,并宣谕诸部。

七月十八日,还师至榆木川时,明成祖驾崩,年65岁。随行太监马云不知所措,秘密地与阁臣杨荣、金幼孜商议处置之策。杨、金二人认为六军在外,离京师尚远,应该封锁皇帝驾崩的消息。之后又熔锡为棺,以礼装殓成祖之遗体,放在御车中。为掩人耳目,二人还做到了"所至朝夕进膳如常仪,益严军令,人莫测"。有人建议以他事之名书写一道敕令，将皇帝驾崩的消息告诉留守北京的皇太子，杨、金二人反对说："先帝在世时诏令称'敕'，如今已经驾崩如何称'敕'，如此是为诈，罪不小。"众人皆点头称是。二人遂草拟遗诏，令皇太子朱高炽即皇帝位。

七月十九日，杨荣与御马监少监海寿先行回京，驰报皇太子成祖晏驾之事，金幼孜则在后负责护送成祖梓宫回京。八月甲辰，杨荣到达京师，皇太子朱高炽派皇太孙朱瞻基前往开平奉迎成祖梓宫。己酉，皇太孙至军中，始发丧。民间盛传金幼孜"七日为君"的故事，大致是说金幼孜护送成祖梓宫回京途中一切诏令皆出自幼孜之手，代行皇帝之权，距杨荣到达京师之日刚好七天，故曰"七日为君"。

永乐二十二年（1424）八月，太子朱高炽即皇帝位，是为仁宗。仁宗对于永乐朝内阁旧臣尤其是当过自己老师的杨荣、杨士奇、金幼孜等人更加倚任，皆委以重用。幼孜进官户部右侍郎，仍兼文渊阁大学士、翰林学士之职。

宣德六年（1431）秋，金幼孜离世，享年64岁。获赠荣禄大夫、少保，谥"文靖"。有美誉为"三朝宰相人间有，七日权君天下无"。金幼孜深知为人为臣要谦卑的道理，故其一生"不伐善""不骛名"，"眷遇虽隆而自处益谦"，还把自己生活起居之所取名为"退庵"，以表其心。

第十一节　武　功

文治和武功，无疑是帝王权谋一个硬币的两面，于朱棣而言，文官是帝国治理的龙骨架，武将是帝国治理的龙爪牙，一个为体，一个为用，武力打下来的天下，需要文官治理，而文治天下需要武功保障。

永乐二年（1404），内阁和六部的文官治理体系已经建成，472名进士已经充实到帝国的管理体系，文治的龙骨架已经搭建完成，武功方面朱棣也没有稍怠——

五月壬寅，丰城侯李彬镇广东，清远伯王友充总兵官，率舟师巡海。

冬十月，籍长兴侯耿炳文家，炳文自杀。

十二月，下李景隆于狱。

正如我们谈靖难之役从齐泰、黄子澄、方孝孺等削藩开始一样，历来方家亦多被朱棣有意带偏了方向，带进了他所设定的节奏——燕王朱棣借"清君侧"为名，也以扫除齐、黄逆党相标榜，矛头直指所谓"左班文臣"。齐泰、黄子澄等文官固然是力主削藩的谋划者和推动者，但靖难之役毕竟是一场维护和夺取帝国中央政权的大规模战争。朱棣在举兵叛乱和夺取帝位后的表里并不一致，他关注的重点始终是军事，力图摧毁和瓦解建文帝的武装力量，对忠于建文的将领恨之入骨。但是，他把军事目的藏得很深，口头上始终把手无缚鸡之力的建文朝某些特定文臣说成是主要对手，以转移历史的目光，这种政治宣传在很大程度上掩盖了历史的真相。

朱棣是一个天生的政治高手，他一手导演的"籍长兴侯耿炳文家，炳文自杀"剧目，十二个字背后，隐藏了精彩纷呈的故事背景和情节，引人入胜的故事背后，是朱棣杀鸡儆猴般对潜在或可能忠于建文帝武装力量的定点摘除和信息传递。

朱棣为什么一定要杀把自己比作朱家鹰犬的耿炳文？

话还得从洪武二十五年（1392）太子朱标病逝说起。从现有史料考察，朱元璋立朱标之子朱允炆为皇太孙是他的本意。朱棣当了皇帝以后，指示解缙一班饱学之士篡改实录，塞进一些朱元璋有意立自己为嗣的私货，这点已经成为史家共识。朱元璋既立朱允炆，就不得不考虑其年纪轻轻、经验缺乏的不利因素，如何确保他指定的年轻接班人帝位稳固？朱元璋是以武力扫除割据群雄，推翻元帝国成为开创之君的，他当然懂得军队的重要性。所以在立朱允炆为皇太孙之后，必须为这位未来的皇帝挑选一员保驾大将。不少史籍认为朱元璋开国后大肆杀戮功臣，把兵权交付给诸王,造成了建文帝即位后无将可用,终致覆亡的结果。这种见解低估了朱元璋的深谋远虑。从朱元璋处理侄儿朱文正、次子朱樉、三子朱㭎等人的"不法""异谋"等事件,撰写《皇明祖训》和《御制纪非录》等书来看,他对维护宗室内部稳定的问题常怀于心。正是基于这种种考虑,朱元璋才在太子朱标死后,于洪武二十六年(1393)大掀蓝玉案,接着以莫名其妙的借口处死宋国公冯胜、颍国公傅友德,却在二十七年(1394)十二月亲自决定把朱标的长女江都郡主嫁给长兴侯耿炳文的儿子耿璿(亦作"璔")(《明太祖实录》卷二三五),这一政治联姻实际上意味着朱元璋为保护即将即位的朱允炆,而在军事上做出的安排。《明太宗实录》记载:"太祖末年,旧人在者,独(郭)英及长兴侯耿炳文,特见倚重。"洪武三十年正月,朱元璋命"长兴侯耿炳文佩征西将军印为总兵官,武定侯郭英为副",又证明耿炳文比郭英更受宠信。

朱元璋选定耿炳文为未来皇帝保驾,是经过深思熟虑的慎重之举。在大批开国功臣惨遭屠戮之后,耿炳文为什么能独得朱元璋的青眼?其中原因和逻辑都很清晰。

首先,耿炳文和朱元璋不仅都是濠州(凤阳)人,而且自幼同居该州太平乡。朱元璋《皇陵碑》记其父最后迁至凤阳"太平乡之孤村庄",《长兴侯右丞炳文传》云:"耿炳文世凤阳太平乡人,奋身农亩。"朱元璋的老部下虽然多是安徽凤阳、定远一带人,但从小同居一乡的耿炳文与他自然靠得最近。

其次,耿炳文少年时即跟随其父耿君用在凤阳应朱元璋的招募,成为朱元璋最早的嫡系将领,资历最深。耿君用在明朝建国以前即战死,为忠勇世家。

再次,耿炳文自龙凤年间到整个洪武时期转战南北,武功显赫,洪武中期以后多次统率军队独当一面,在军队中建树了一定威信。

最主要的是,跟随朱元璋发达之后的耿炳文为人谦虚谨慎,万事小心,恪守臣节,从来未有功高震主之嫌,身段甚至自低到了尘埃。

洪武二十七年(1394),耿炳文延请翰林院学士刘三吾为他撰写了

《追封三代神道碑铭》。耿炳文提供行状等素材时极为小心谨慎，不仅没有自张功伐，而且一再叮嘱刘三吾措辞要谦抑，一切劳绩归之于皇帝，"非臣等之功也"。"我等全有东吴者，实上指挥方略功，于诸臣何有哉！"刘三吾闻而善之，赞赏道侯不自有其功若此"，撰成的碑文中借用西汉初年刘邦评论功臣的典故写道："是功也，狗之功也，其敢以自名？今故为三吾言之也。然则侯前后所历战，百战百捷，其功大矣，侯虽不敢自名其功。而功之在侯，犹猎之不能忘犬，犬之不能忘所自也。如此其克有今日也，宜哉！"

一介能征惯战而极易跋扈自雄的武将，耿炳文却能把一切战绩均归功于朱元璋，把自己只比为一条唯皇命是从的猎狗，这在明初功臣当中是相当罕见的。从小厮混长大，知朱元璋者无非耿炳文。斯时，耿炳文一定嗅到了从皇宫方向飘过来的不平常的气味，朱元璋正在下决心屠戮功臣，开始搜集把柄，政治正确是最符合朱元璋心理的救命良药。

耿炳文的政治敏感，甚至超过了以明哲保身而唯一得以善终的汤和。在一次酒后，汤和曾忘乎所以地夸耀自己守常州时，好比躺在屋脊上，倒向张士诚则张胜，支持朱元璋则朱胜，大有举足轻重之势。此言传到朱元璋耳朵里，汤和被嫉恨了许多年。汤和自知有失，从此事事夹紧尾巴，先窥圣意，处处迎合，故意显示自己无能，才得以善终。反观耿炳文的一生，能征善战而毫无野心，威信极高而奉命唯谨，满足于为朱家效犬马之劳，获得了朱元璋的终极信任，迎得朱标的长公主入门，未来皇帝朱允炆反而成了耿炳文的姻亲后辈，这意味着朱元璋把守护新皇的责任和荣光都交给了耿炳文。

建文元年（1399），靖难兵起，自然该当耿炳文挺身而出，挂平虏将军印，出任大将军，前往真定阻挡朱棣。在真定战役中，耿炳文所统建文大军遭受重大挫折，其中原因始终说不清楚。朱棣即位以后毁灭了建文朝几乎全部文书档案，篡改了许多当时的事实，燕军在真定战役中的大获全胜总有一股诡异和离奇的味道。中央军队的大将军、左右副将军和其他高级将领几乎被一网打尽，出乎常理，其中一定有不为外人所道的内情。朱棣做了皇帝以后，守口如瓶，不愿泄露真定战况于万一，后世也只能满足于燕军大胜这一结果。真定战役内情的被掩盖，从耿炳文之死可以寻出一些不同寻常的蛛丝马迹。

史籍中，耿炳文的死状有两种截然相反的记载：一种说他在建文元年（1399）真定战役中战死；另一种则说他兵败后被建文帝召回南京，建文四年（1402）燕军进入南京，他觍颜投降，直到永乐二年（1404）畏罪自杀。

第一种记载以《明史》为代表："建文元年，燕王兵起。帝命炳文为大将军，帅副将军李坚、宁忠北伐，时年六十有五矣。兵号三十万，至者惟十三万。八月次真定，分营滹沱河南北。……于是，炳文移军尽渡河，并力当敌。军甫移，燕兵骤至，循城蹴击。炳文军不得成列，败入城……燕兵遂围城。炳文众尚十万，坚守不出。燕王知炳文老将，未易下，越三日，解围还。而帝骤闻炳文败，忧甚。太常卿黄子澄遂荐李景隆为大将军，乘传代炳文。比至军，燕师已先一日去。炳文归，景隆代将，竟至于败。燕王称帝之明年，刑部尚书郑赐，都御史陈瑛劾炳文衣服器皿有龙凤饰，玉带用红鞓，僭妄不道。炳文惧，自杀。"亦有野史补充说："炳文次子瑄尚江都公主，故炳文北征无功得不罪。建文逊位，瑄日与公主闭门悲泣。至是，陈瑛劾其服御僭尚方物，诏籍其家。炳文惶惧自裁，驸马瑄、瑄兄璇皆以罪死，国除。"

第二种说法见于杨士奇所修国史。明中期黄金在《皇明开国功臣录》中的记载：耿炳文在建文元年（1399）"十月自辽东率众十余万援真定，战殁于阵，年六十五"。

明末大学士朱国桢著《皇明开国臣传》涉及这段公案时写道："黄金《开国功臣录》言炳文死于阵……果尔，真得死所，成就一生名节，吾亦快之。而国史则云永乐二年被劾，缢死。修国史者（杨士奇）亲与炳文相值，目击其事，当必不误。"朱国桢曾任大学士，自然维护皇统不愿同国史矛盾，而言杨士奇"亲与炳文相值，目击其事，当必不误"，却有解缙为朱棣正史正名之嫌，实难令人信服。这亦是朱棣团结士人团体人中之龙所取得的意见领袖引领效果，内阁阁臣们本就是一力维护朱棣皇权形象的，《明实录》的记载，特别是在朱棣和他的子孙做了皇帝以后，对于同建文有关的史实必多篡改。

各说各话，各自表述，那事实究竟如何呢？

英宗正统年间，黔国公沐晟为他的表哥耿琦撰写了一份《濠梁慎庵耿公墓田碑记》，这份出自清朝道光年间《晋宁州志》的不起眼、看起来和耿炳文八竿子打不着的个人化叙述，恐怕给出了耿炳文死状的历史真相。碑记曰："至三十二年，侯（长兴侯耿炳文）年已六十有五，援真定，殁于阵。上更痛甚，亲制文遣命中官谕祭。命有司治坟茔，赐临濠山地三百顷、佃户两千人、守坟人二百户，仪仗户十五户，以京卫军士充之，先后隆恩叠颁洊至。"这里所说的"三十二年"是洪武三十二年，即建文元年。沐晟不仅记载了耿炳文在建文元年死难于真定，而且说建文帝亲自撰写了祭文，在凤阳为耿炳文修建了坟墓，连赐地、佃户、守坟人、仪仗户都有详细的记录。

说法是否可靠？得从沐晟的身份厘定开始。沐晟系西平侯沐英继室耿氏所出的次子，其母耿氏正是耿炳文的妹妹。洪武元年（1368），耿氏生次子沐晟。后来又生了沐昂、沐㬊、沐昕。洪武二十五年沐英病逝，长子沐春袭封西平侯，耿氏是他的继母；洪武三十一年九月沐春去世，无子，由沐晟袭爵，耿氏是他的生母。耿氏宣德六年（1431）去世，一生完整经历靖难之役的全过程，她的亲兄长耿炳文出任建文朝大将军，其间战况及兄长去向自然是历史的见证人。靖难之役爆发时沐晟年已32岁，袭爵西平侯坐镇云南，高堂健在，他对舅父家的遭遇也必然关怀备至。耿琦正是在全家覆败、几无完卵之时慌慌张张地带着妻儿从南京逃到云南投奔姑妈耿氏。据沐晟所撰碑文，其母直到病危时还"拳拳以耿氏为念"，耿琦到来、拜见姑妈，情景的凄怆不难想见。太夫人嘱咐沐晟道："耿郎为我远来，汝厚遇之，俾其得所，以慰我心。"英宗正统元年（1436）六月，耿琦病死，沐晟因母亲"遗言在耳"，料理了表哥丧事，拨给祭田五六百亩，叮嘱耿琦子孙守祀无替。耿琦墓在正统三年（1438）建于晋宁州东万松山，沐晟的碑记当撰写于此时。

其时，永乐初年追查建文"逆臣"的情事，早已化作历史，英宗本人就下令把自婴儿时关禁在凤阳高墙中"不识牛羊"的"建庶人"释放。正是在这种时代背景下，沐晟为耿琦撰写墓田碑记时才敢于写出当年的真相。鉴于沐晟母子同耿炳文的血亲关系和他撰文时政治气氛业已变迁，可以断定耿炳文于建文元年（1399）死于真定之役。

这就不难解释，《明太宗实录》自真定战役后直到永乐二年（1404）十月，从未出现耿炳文的记载。这与同时期投降了朱棣的李景隆形成了鲜明对照。

耿炳文既已殁，那么，郑赐和陈瑛为何还有上疏揭发耿炳文僭妄一事，并有耿炳文自杀的结果呢？

尽管郑赐、陈瑛的原疏未见，也许是故意安排不见于历史，但永乐二年（1404）十月极有可能出现过这样一道攻击耿炳文的奏疏，而且这极有可能是皇帝本人朱棣亲自导演安排的一出戏码，用已战死两年的建文忠臣作为道具，以诛天下追思和尽忠建文的人心。

作为洪武大帝的托孤大臣、朱标一脉的守护武将、建文帝的保护者，耿炳文首先是能力不足，是朱棣的手下败将；其次是缺乏节气，耿炳文随后倒向朱棣，做了永乐的朝廷大员；再次是德行有亏，做了永乐朝臣，反而倚老卖老，越规逾矩僭妄不道。一盆盆脏水有步骤、带节奏地泼在耿炳文身上，让追随建文的天下之心如何自处？

因为耿炳文和建文帝的这种特殊身份，带来的特殊指向和含义，对于朱棣而言，价值太大，值得好好利用一回。因此，管不得耿炳文已死两年的事实，新朝君臣默契联手，又"杀"了一次耿炳文，杀人是口实，诛心是要义。

拿死人做文章，朱棣早已驾轻就熟，早就不是第一次了，在《明太宗实录》里，白纸黑字记载朱棣攻占南京后，方孝孺"叩头祈哀"，这和耿炳文自杀情事画风一致，异曲同工。

参与修史的，以解缙、黄淮、胡俨、胡广、杨荣、杨士奇和金幼孜内阁七子为首。

如果说耿炳文是身后被新皇及从龙之臣编排利用，那么身材高大、眉目疏秀、顾盼伟然、雍容华贵的曹国公李景隆却是愚蠢地钻进朱棣为他挖好的陷阱而自取其辱，一点不冤枉。

话说1402年6月,朱棣靖难成功登基称帝后,合该对那些跟随自己出生入死的部下论功封赏,加官晋爵。但令所有人意外的事发生了,第一大功劳,却评给了最后才投降的一个建文朝旧臣——李景隆。这让一路从北京起兵就跟随朱棣浴血搏命、九死一生最终才进入南京的众将士意难平!

在靖难诸将之中,数都督佥事丘福的战功最高,朱棣"封都督佥事丘福为奉天靖难推诚宣力武臣,特进荣禄大夫、右柱国、中军都督府左都督、淇国公,食禄二千五百石,子孙世世承袭,赏银四百两、彩币四十表里、钞四千贯"。封赐虽隆,却仍然比之李景隆而不足,朱棣对李景隆的封赏为:"奉天辅运推诚宣力武臣,特进光禄大夫、左柱国、太子太师、曹国公,增禄一千石,通前四千石,子孙世世承袭,赏银四百两、彩币四十表里、钞四千贯。"朱棣给出的加封理由是"默相事机",意即暗中帮助,而且帮了天大的忙。

李景隆不仅俸禄比丘福高、官阶比丘福高,而且还多了一个太子太师的官职,当朝廷议事的时候,"景隆犹以班首主议",俨然成了靖难之役的第一功臣,引得"诸功臣咸不平",并时以败军之将暗讽这位前朝曹国公,亦为英明神武的李文忠所不值,这位"临阵踔厉风发,遇大敌益壮"的天神一样的将军,大明开国排名第三的功臣,竟然有如此不堪的儿子。

说起来,李景隆和朱棣还是叔侄关系,李景隆的父亲李文忠,系朱元璋亲生二姐朱佛女的儿子,即使如此皇亲国戚和开国勋贵之家,亦令天下人不直李景隆,而朱棣似乎并非因为李景隆是自己的外甥而予以封赏隆甚,他有他的政治考虑。

李文忠,小名保儿,12岁时,母亲朱佛女、朱元璋后来追封的曹国长公主染瘟疫去世,父亲李贞带着他辗转乱军之中,乱世之中数次险些丢命。两年之后才在滁州终于见到舅舅朱元璋。李贞生性友善,朱元璋幼时,亲戚都比较贫寒,唯有李贞家还能吃得饱饭,经常接济朱元璋,所以朱元璋对李贞一家格外亲厚。保儿见到舅舅朱元璋,想到死去的母亲和一路艰难,扑在舅舅怀里大哭,朱元璋悲喜交集:"外甥见母舅,

第一章 龙见天意

就如同见到母亲，舅舅就是你的依靠。"朱元璋十分喜爱李文忠，便将他收为养子，随自己姓朱，请范祖乾、胡翰做朱文忠的老师，朱文忠读书聪颖、敏悟，好学饬行。

至正十七年（1357），朱文忠19岁时以舍人的身份，率领朱元璋的亲军攻下青阳、石埭、太平、旌德四县，夺得建德、诸暨，升为"同金行枢密院事"。

至正二十二年（1362），开始独立负责在江南抗衡张士诚，五年辗转血战，拥有平定江南之功。被朱元璋加封为荣禄大夫、浙江行省平章事，叫他不必再姓朱，恢复李氏之姓。

洪武三年（1370），李文忠被授为征虏左副将军，与大将军徐达分道北征，讨伐蒙元，将元昭宗赶到极北，俘获皇嫡长子及后妃、宫女、诸王、将相官属数百人，及宋、元玉玺金宝二十余件，几乎将蒙元灭国。此捷李文忠被授为开国辅运推诚宣力武臣，特进荣禄大夫、右柱国、大都督府左都督，封为曹国公，参与军国大事，每年的俸禄三千石，并被授予世袭凭证。死后追封为岐阳王，谥号武靖，配享太庙，肖像挂在功臣庙，位列第三。

李景隆即是世袭曹国公封号的荫亲贵胄。朱棣念其"默相事机"而予隆封，作为建文军队统帅，李景隆的无能和怯懦，确实帮了朱棣大忙。朱棣刚起兵那会，手下不过几万人，建文帝派李景隆率领六十万大军北征，想让他将朱棣消灭于星火之际。

当朱棣得知南军主帅是李景隆时，非常高兴。"李九江，豢养之子，寡谋而骄矜，色厉而中馁，忌刻而自用，况未尝习兵，见战阵而辄以五十万付之，是自坑之矣。"李景隆果然没让朱棣失望，在不到一年多的时间里，接连失败，特别是真定接替耿炳文指挥全军之后，前后丧师数十万，使得双方的攻守形势发生了根本性的逆转。

李景隆虽然战败，但建文帝对这位表兄并没有施以惩罚，当朱棣打到长江边上时，还让他前往燕军大营，欲以亲戚之谊，代表朝廷与朱棣议和，提出划江而治的条件，势头正劲的朱棣对于这位手下败将和无能后辈，没有任何含糊，予以刚硬回绝。之后朱棣进军南京，负责守卫帝国最后防线——金川门的李景隆,竟然下令打开城门,迎接燕军入城,从这件事来说,李景隆对朱棣确实有功。

对于开城纳降的李景隆,因为有功,所以不能及时予以清除,但亦不能长久放在朝廷、军队,更不可能实质性使用和持续居功。对待李景隆,绝不能像对待方孝孺、齐泰那样一杀了之,也不能像解缙、杨荣那样收为己用,朱棣祭出了捧杀的狠招儿。

于是,朱棣不顾功臣们的极度不平和子民们的民怨沸腾,他要的正是不平与民怨,他正是要把怨恨引向功禄不匹配的李景隆,并让这股怨气燃烧成火,烧杀李景隆。于皇帝和叔叔而言,他是宽厚仁慈的,坏人自有人去做。

不知道李景隆是否意识到朱棣列其为第一功臣,就是把他架在火上烤的意思,一种被捧杀的感觉,持久而钝痛,和爽快的棒杀相比,似乎并不好受多少。

果然,永乐二年(1404),李景隆遭到许多朝臣的弹劾,周王说他"至邸受赂",刑部尚书郑赐说"景隆包藏祸心,蓄养亡命,谋为不轨",那些靖难诸将也趁机发难,"廷劾景隆及弟增枝逆谋有状"。民怨沸腾,皇帝朱棣似乎再也不能不放下对第一功臣和侄儿的偏袒,便削去李景隆的官职、勋号,让其回家养老。

火,烧起来哪那么容易熄灭。李景隆在家待着也不行,没过多久,又有人弹劾:"景隆在家,坐受阍人伏谒如君臣礼,大不道;(李景隆弟)增枝多立庄田,蓄僮仆无虑千百,意叵测。"朱棣这次没客气,削去了李景隆爵位,"增枝及妻子数十人锢私第,没其财产"。

李景隆曾绝食十天,但竟然没死,此后一直活到永乐末年。他虽得善终,但朝堂上、帝国里、历史上再也没有李景隆的任何信息,李景隆留给大家的,是经久不绝的被嘲笑的素材。

在争争吵吵、热热闹闹中,朝局和帝国军队,正在朱棣的安排和控制下牢牢掌握到了他和新班朝臣的手里,效忠建文的军队,在耿炳文和李景隆两大统帅的标志性事件中,顺利移交到了他的将军手中,朱棣在帝国范围内调兵遣将,巩固边防,威加海内外,不管是丰城侯李彬镇广

第一章 龙见天意

东,还是清远伯王友充总兵官率舟师巡海,甚至郑和使东洋下西洋,全都是帝国机器的根本——枪杆子的运作逻辑。

第十二节 皇祚

　　文修武备,无不是为了朱家皇祚永固。大明的神龙,只能是朱家血脉子孙,现在开始必须是朱棣血脉子孙,世间有了真龙治世,便不会再有天谴龙见,大明帝国欣欣向荣、云蒸霞蔚,真龙天子的万世皇祚事业,需要代代传承。

　　登基伊始,选立皇太子的事情,就开始在朱棣心中萦绕,无法回避,即使他在朱高炽和朱高煦之间难以抉择。在选择立储的事情上,事实上,朱棣面临着几乎和唐高祖李渊同样的状况,长子朱高炽和李建成持重,而拥有嫡长子的优势,温厚仁慈,素好文学,缺乏武功,与朱棣不是一个性格和路子;但次子朱高煦尚武有功,征伐天下,决断军前,有李世民之风。朱高煦确以李世民自比:"我英勇,岂不类秦王世民乎?"他甚至向朱棣请求天策卫为护卫,并称:"唐太宗天策上将,吾得之岂偶然?"不知道朱棣面对儿子们争夺皇位时,脑中会不会闪现李渊面对的玄武门之变,他要传递朱家万世基业,他同时要避免朱家骨肉相残。

　　不论情感、性格和武功,马上皇帝朱棣都更喜欢朱高煦,尚武有力,像极了年轻时的他,也仿似武功盖世的太祖朱元璋。而朱高炽,则似乎更多地偏向于太子朱标和朱允炆,更多的儒家观使其具有很强的行政能力,但失之于仁厚,让朱棣觉得柔弱,孔武的大明帝国,究竟需要怎样的一个继承者呢?

　　永乐君臣们由此上演了一场浩大的法理和情感之争,文臣和武将之争。法理和文臣们都挺嫡长子朱高炽,而朱棣的情感和武将们则欲将武功硕硕的朱高煦推上皇位。

　　朱高炽于洪武十一年(1378)七月二十三日出生于朱家龙兴之地,时为明朝的中都凤阳。此时,他的父亲燕王朱棣19岁,母亲仁孝文皇后徐氏17岁,相传仁孝文皇后梦见有冠冕执圭者上谒而生。3岁时,朱高炽随父就北平。母亲是魏国公徐达的女儿,知书达理,很重视对他的教育，先后延请杨士奇、杨荣、杨溥和黄淮教导儒家之道，从小被熏陶为端重沉静，言行识度，喜好读书、不喜刀兵的性格，并和文官集团建立了深厚的友谊。

而正是因为朱高炽性格文弱、喜静厌动、身体肥胖，才为朱棣所诟，一生戎马的朱棣，器重的是崇尚武力、身姿矫健、提枪杀阵的次子朱高煦。可是，朱高炽毕竟是长子，又没什么大错，且三个儿子都是嫡母徐氏所生，王位还得传给嫡长子。洪武二十八年（1395），朱高炽被册立为燕王世子，正式确立了他的继承人身份。这年，朱高炽18岁。

建文元年（1399），朱棣发动靖难之役，向南京进军。此时燕军势弱，最终胜败尚在两可之间。明朝政府军在耿炳文带领下北上平定叛乱，不料战败于真定，建文帝以李景隆替换耿炳文，率军五十万直扑燕王叛军的后方巢穴——北平城。当时，朱棣正率军北上，裹挟收编宁王的军队正出兵大宁，北平城守备薄弱，世子朱高炽此时正留守北平。

朱高炽最终登上皇位后，一班文臣把朱高炽守卫北平这一生中的武功高光时刻挖掘梳理得完整而光辉：北平周边疏于重点布防，因此李景隆五十万大军不费吹灰之力便抵达北平城下，将北平城围得水泄不通，并集中兵力猛攻北平九门。此时朱高炽手中尽是些老弱病残之兵，数仅万余。朱高炽却不气馁，对下有礼，积极咨询老于兵旅及有才识的文吏，和他们共同商议准备，推诚待之，北平城内众人皆为尽心；对己有则，每四鼓就起床，二鼓才休息；对上有度，而凡大事需要施行，必先禀命母亲燕王妃徐氏。在应对李景隆围城中，遇事冷静，不乱阵脚，调度有方，22岁的朱高炽俨然是北平的中流砥柱，再加上徐氏的协助，北平城人人斗志十足，即使被围亦是"人人欢悦"，士气高涨，一次又一次以万余人的兵力击退五十万人的政府军的进攻。

率领五十万大军的李景隆果然是"寡谋而骄矜，色厉而中馁，忌刻而自用"，轻敌误机，一错再错，进退无据。明军人多势众，料定叛军不敢出战，便在夜里安心睡觉。却不料弱势的朱高炽反而数夜遣人开门袭击敌营，南军惊惧而慌张，李景隆等围城久攻不下，兵士夜晚又时常受到燕军骚扰、难以休息而军心大乱，只得退营十数里。

第一章 龙见天意

87

一次，瞿能父子率军已经攻破了彰义门，正要杀进去，却被李景隆喊停，给出的理由竟然是待大军到后一起入城，白白贻误了战机。时值隆冬，朱高炽赶紧带人提水浇城，一夜间，北平城成为一座冰城，更难攻打。李景隆手握几十万大军，竟连一座仅有万余兵力防守的城池都打不下来。在进退两难之际，远去大宁的朱棣率领挟持宁王朱权而来的军队呼啸杀回，攻击驻扎城外的李景隆军队，朱高炽亦乘势出城与其父形成内外夹击之势，李景隆"狼狈大败散走"。朱高炽以万人之军成功地阻挡了建文帝的大将李景隆的五十万大军，保有帅营和根据地的不世之功，对朱棣的整个靖难大局具有极其重要的意义，成就了朱高炽在靖难中最耀眼的一笔。

不仅外抗朝廷大军，朱高炽守城时还得抗击另外一条战线——来自朱高煦的不见血的攻击。就在北平守城战前后，洞悉朱棣偏爱的朱高煦抓住机会，收买了朱棣近侍宦官黄俨向朱棣进朱高炽的谗言，称朱高炽亲近朝廷，"将为朝廷固守北平以拒父"。当朱棣表示怀疑，并对朱高煦说"尔兄素孝，那当有此"时，朱高煦的回答包藏巨大祸心，称："兄诚孝，但在太祖时果与太孙善也。"

朱棣潜藏的对朱高炽的怀疑，引起了朝廷内方孝孺的注意，聪明的方孝孺施展了一出反间计，几乎杀掉大明的第四位皇帝。方孝孺迅速给朱高炽写了一封信，派人送到北平，许以封燕王，争取朱高炽归顺朝廷。试图使用反间计来离间朱高炽父子二人的关系，并故意将此事广为张扬。留守北平的宦官遂将此事火速通知南下河北、山东一带的燕王朱棣，称朱高炽与建文帝通谋，建文帝的使节已到达北平。正当朱棣将信将疑的时候，朱高炽也是精明，已经火速派人将未拆封的信件及使臣绑缚至朱棣军前，使得方孝孺这条堪称毒辣的计谋未能如愿。朱棣即位后，以北平为北京，仍命朱高炽镇守。

朱高炽是原燕王世子，按理说，在父王朱棣登基后，理所应当被册立为皇太子，但却迟迟未能如愿。朱棣再次在朱高炽、朱高煦和朱高燧中委决不下。皇位之争一般被演义为夺嫡之争，但朱高炽三兄弟却都是朱棣的正妻徐氏所生，都是嫡子，不存在夺嫡的说法。这与康熙末年九王夺嫡的情形有所不同，嫡子、太子胤礽被废，太子位空虚，才形成庶子夺嫡之争。

从法理上讲，朱高炽作为原燕王世子，是太子的不二人选，当然了，朱高煦、朱高燧作为皇帝的嫡子，也存在继位的可能性。

关键是朱棣有自己的盘算和向背，所以才迟迟不肯册立太子。朱棣于情感而言，太子之位最初倾向于朱高煦。这个二儿子一直跟随在自己身边，南征北战，立下了赫赫战功，而且还曾在危难时救过自己，朱棣甚至在战争中向朱高煦许诺，待自己登基后，让他做太子。朱高煦也一直认为，自己比哥哥更适合做一国之君。

一帮沙场里和朱高煦同袍的武将和勋臣，均提议册立朱高煦为太子，而文臣们则倡议册立朱高炽为太子。群臣多次上奏，建议早定储位，以安天下。但是，朱棣十分犹豫和为难：自己想册立二儿子为太子，但却违背了明太祖定下的嫡长子继承制度，而自己又一向标榜以恢复太祖祖制为己任，真册立老二为太子了，岂不违反祖宗规制？更何况，长子朱高炽已经做了多年的燕王世子，册立为太子，是自然而然、水到渠成的，不会引来动荡，且朱高炽始终安分守己，又没有犯下大错非得废黜。

在明成祖纠结前后，朱高煦、朱高燧已经向着太子位进攻了。朱高煦笼络一帮大臣为自己唱赞歌，鼓吹自己在靖难之役中立下的大功劳，大有当初秦王李世民的遮天起势，向天下人昭示：朱高煦才是最合适的国家储君。而且，他还秘密调查大哥朱高炽的日常生活，捕风捉影、添枝加叶写成奏疏，到父皇那里去告状。

见三个儿子争夺太子之位愈演愈烈，朱棣有了危机感和册立太子的急迫感。永乐二年（1404），朱棣终于在朝廷中公开讨论立储问题。以淇国公丘福、驸马永春侯王宁为首的靖难之役将领纷纷上书，要求将二皇子朱高煦立为太子，一旦朱高煦被立为太子，军事勋贵集团将可能获利更多。在这批武将的簇拥之下，朱棣对立朱高炽为太子的决心有所动摇。此时兵部尚书金忠明确反对立朱高煦为皇太子，并在朱棣面前"历数古嫡孽事"，劝说朱棣还是立朱高炽为好。明成祖又寻求朝臣解

第一章 龙见天意

89

缙、黄淮和尹昌隆三人的意见,他们三人都一致支持金忠的看法。黄淮和尹昌隆都主张"立嫡以长",当朱棣征求解缙意见时,解缙强调说:"好圣孙!"从此,朱高炽的太子之位一锤定音。

原来,朱高炽长子朱瞻基十分聪明伶俐,深得朱棣喜爱,多次带在身边出战和出游,太过喜爱,甚至到了愿意将朱家天下最终交到朱瞻基手中的地步,如果册立朱高炽为太子,许多年后,这小子不就是皇帝了吗!如此这样,朱棣就为大明谋得了看得见的两世堪以放心的皇帝,朱瞻基确也没有让老朱家失望,为大明朝贡献了仁宣之治的盛世风华,堪比朱棣的永乐盛世和朱元璋的洪武之治,是朱明王朝统治的三大巅峰。帝国传承的根本,最终战胜了朱棣的个人好恶。

决心既定,于是在永乐二年(1404)二月,朱棣遣隆平侯张信、驸马永春侯王宁召朱高炽、朱高煦、朱高燧兄弟三人到南京,册立世子高炽为皇太子,封第二子高煦为汉王,第三子高燧为赵王,并授朱高炽金册、金宝。

朱高炽虽然被正式立为皇太子,但是朱高煦、朱高燧两人并不甘心,他们依然和支持他们的政治力量寻求翻盘机会。朱棣注意到朱高煦的情绪,将其汉王封国设置于云南。为此朱高煦十分不满,多次公开称:"我何罪,斥我万里?"永乐十三年(1415),朱棣改赵王朱高燧封国于彰德,又改汉王朱高煦封地为青州。朱高煦依然不愿离开京城,上疏称:"愿留侍左右,不欲之国。"为此朱棣怀疑朱高煦的行动。朱高煦被迫前往山东之国,怨气冲天,依然不知悔改。永乐十五年(1417)朱高煦封国迁到乐安,仍密谋夺取太子之位。

朱高炽一共做了20年太子,时时刻刻都揪着心,父亲始终喜欢朱高煦,认为亏欠了他而恩宠有加,两个弟弟始终蠢蠢欲动,可见皇位对朱高炽来说始终摇摇欲坠。做太子的前几年,母亲健在还能对他有所庇护。自从永乐五年(1407)徐皇后去世后,太子就更加艰难。所幸儿子朱瞻基已经逐渐长大,开始为父亲分忧,帮助他巩固太子地位,让朱高炽有了些许松口气的机会。

老三也不是省油的灯,朱高燧在封为赵王后,被朱棣委以重任、镇守北平城,掌管北平的大小事务,而后又负责西北军务。一些大臣、宦官趁机集中在他的门下,撺掇其夺取太子位。只是他们的事儿闹得太过招摇,引起了朱棣的反感,将赵王府长史处死以警告小儿子。随后,朱棣让朱瞻基顶替朱高燧经营北方,赵王权势被削弱不少。

永乐二十一年(1423),朱棣生病,多日不朝。朱高燧听闻父皇病重,十分高兴,认为自己的机会来了,就散布谣言诋毁太子,还说皇上要废太子,改立自己为太子。他还勾结大臣高以正、孟贤伪造诏书,计划让宦官杨庆毒害皇帝,然后自己继位。

原本这事密谋得天衣无缝,可惜的是,高以正将此事告诉了和他有亲戚关系的大臣王瑜,想拉他入伙。但王瑜害怕,赶紧跑到朱棣那里告发。朱棣大怒,将参与者诛杀,还要严惩朱高燧,有赖朱高炽求情得免,朱高燧此后收敛了不少。

永乐二十二年(1424)七月,明成祖病逝于征伐蒙古的归途中,八月,朱高炽即位,改年号洪熙。悬在头顶20年的高压和每天的心悸,两个兄弟层出不穷的幺蛾子,让朱高炽天天活在提心吊胆、战战兢兢之中,唯恐失去太子位甚至把命搭进去,突然登上九五之尊,从此富有四海,生死予夺,一根久崩的神经无限松弛下来,生命承受不住大松弛,突然就崩塌了。朱高炽御极仅仅八个月时间即崩,庙号仁宗。中国历史上的短命皇帝大多没多少存在感,但朱高炽却是个例外。后世盛赞他是一个开明的儒家君主,他坚持简朴、仁爱、诚挚的理想,及时纠正了其父永乐皇帝执政期间诸多严酷和不得人心的政策。虽然他没有像他的爷爷朱元璋、父亲朱棣那样在军事上取得巨大成就,但对明朝百姓而言,朱高炽这样的皇帝才是他们真正渴望的大明天子。

短短时间即留下诸多善政遗产,盖于朱棣在位期间五征漠北,长时间疏于细密的行政管理,每次出征都是太子朱高炽监国,其政治理想和施政措施已经无声地潜入了永乐年间的治理,正如谷应泰所评:考成祖巡幸顺天,亲征漠北,驾凡五出,年垂二纪。中间大官大邑,虽多启闻,而庶政庶狱,咸就谘决。名为储位,实则长君;名为监国,实则御宇。故人以仁宗之祚短,而予以仁宗之沛泽长也。

第一章 龙见天意

朱高炽刚一登基即任用贤臣、重农恤民、宽刑省狱，废除了不少苛政，与民休息，为"仁宣之治"的盛世局面开了一个好头，他以朱棣遗诏的形式宣布取消了朱棣生前确定的一批重大计划和在建工程，包括郑和海上远航计划、边境茶马贸易、云南和交趾（今越南）采办黄金珠宝的商团。如此着急，并非不孝，而是大明王朝国库已经见底。一生好大喜功的朱棣，建立文治武功的同时，必然偏废民生。如果将朱棣的强人政治理念一路坚持下去，朱家天下将失去民心。而这也是文臣们坚决抵制朱高煦继位的重要原因之一，朱高煦一旦当政，必将深化朱棣的治国方略，天下疲敝之态会日益加重，有仁政思想的朱高炽不断推出取消朝廷无限制征用金银、木材等商品的政策和免除受灾地区百姓的田赋等善政，让天下人舒了一口长气。

与民休息的政策效果立竿见影，短短几个月时间，大明王朝就从民生凋敝的状态下迅速走出，全国各地都出现生机勃勃的新气象。朱高炽在位期间的另一项重大贡献就是提拔了一批能干的官员，他们中有大名鼎鼎的"三杨"（杨士奇、杨荣、杨溥），有被誉为"论事如立高冈，无远不见"的黄淮，有"才华一代文章伯，事业三朝社稷臣"的金幼孜。这些人在朱高炽、朱瞻基父子两代执政期间发挥了非常重要的作用，成为"仁宣之治"的最大推手。

为缓和朱家内部矛盾，朱高炽赦免了建文帝旧臣和永乐时遭连坐流放边境的官员家属，并允许他们返回原处，又平反冤狱，使得许多冤案得以昭雪，并恢复了一些大臣的官爵。在他驾崩前的一个月，朱高炽在扭转其父政策方面采取了一项最激烈的措施，即把京师迁回南京。朱高炽对朱棣的北征不感兴趣，也不喜欢北京，他在南京当过监国，他的根据地是南京。另外，两京制的运行，耗资甚大。然而朱高炽却在实施这一行动前死去。他的继承者宣德帝朱瞻基，并未支持这一计划，朱瞻基与永乐帝更亲近，对朱棣确定的"天子守国门，君臣死社稷"北向政策并不排斥。北京依然是京师，南京最终成为辅助性的都城，这一决定，最终铸成了首都偏北，更容易受北方少数民族侵扰甚至最终灭国。

朱高炽明于星象，一夜忽见有星变，忙召蹇义、杨士奇等人来说：

"天命尽矣。"于是叹息说道:"我监国二十年,被谗言邪恶所扰,心之忧危,我们三人相同。依赖皇父仁明得蒙保全。我去世之后,谁还能知我三人之心呢?"边说边流下了眼泪,蹇义、杨士奇也流下了眼泪。

洪熙元年(1425)五月二十九日,朱高炽猝死于宫内钦安殿,享年48岁。朱高炽的葬礼极为简单,但也有五个妃嫔为他殉葬。

天不假年,历史的遗憾不仅仅在于迁都未遂,《明史》叹曰:"(明仁宗)在位一载,用人行政,善不胜书。使天假之年,涵濡休养,德化之盛,岂不与文景比隆哉。"

太子朱瞻基即位,是为明宣宗。从朱棣永乐元年开始,到崇祯十七年,朱棣一脉龙族历14帝,治世241年。明朝累享国祚276年,共传12世,历经16帝,有17年号,乃是因为朱祁镇"土木之变"兵败被瓦剌俘虏一年,其弟朱祁钰被拥立为帝,八年后朱祁镇复辟成功。

细看明朝皇帝的名字,会发现有一个传承规律,每一代皇族起名用字为了暗合"木—火—土—金—水"五行相生的天意,为了将就五行偏旁,明朝皇帝名字里大面积出现了非常冷僻的汉字,其实这是朱元璋为他的后代所定的祖制,希望大明江山在五行相生的循环中周而复始万代不覆,天地五行的相生关系是:木生火,火生土,土生金,金生水,水生木。

朱元璋的儿子们,选择的是五行之始"木"格,象征生发而茂盛,如朱标、朱棣。

木生火,朱标、朱棣的下一代,都是五行"火"格,如朱允炆、朱高炽。

火生土,朱高炽的下一代,都是五行"土"格,如朱瞻基。

土生金,朱瞻基的下一代,都是五行"金"格,如朱祁镇、朱祁钰。

金生水,朱祁镇的下一代,都是五行"水"格,如朱见深。

水生木,朱见深的下一代,都是五行"木"格,如朱祐樘。

……

朱元璋意图引上天能量为朱明王朝万世基业赋能,却不料历史自有其运行规律,"万里长城今犹在,不见当年秦始皇",五行刚刚循环完第三轮，大明国祚终止于五行"木"格的崇祯帝朱由检，内困外交之下，大明的帝国之木，再也没能生出第四次"火"。

附：

明朝十六皇帝顺序世系

年号	庙号	姓名	出生	在位时间	死亡	世系
洪武	太祖	朱元璋	1328	1368—1398	1398	朱世珍四子
建文	惠帝	朱允炆	1377	1399—1402	不详	太祖孙
						太子朱标次子
永乐	成祖	朱棣	1360	1403—1424	1424	朱元璋四子
洪熙	仁宗	朱高炽	1378	1425	1425	朱棣长子
宣德	宣宗	朱瞻基	1398	1426—1435	1435	朱高炽长子
正统	英宗	朱祁镇	1427	1436—1449	1464	朱瞻基长子
天顺	英宗	朱祁镇	1427	1457—1464	1464	朱瞻基长子
景泰	代宗	朱祁钰	1428	1450—1457	1457	朱瞻基次子
成化	宪宗	朱见深	1447	1465—1487	1487	朱祁镇长子
弘治	孝宗	朱祐樘	1470	1488—1505	1505	朱见深三子
正德	武宗	朱厚照	1491	1506—1521	1521	朱祐樘长子
嘉靖	世宗	朱厚熜	1507	1522—1566	1567	朱祐樘侄
						兴献王朱祐杬次子
隆庆	穆宗	朱载垕	1537	1567—1572	1572	朱厚熜三子
万历	神宗	朱翊钧	1563	1573—1620	1620	朱载垕三子
泰昌	光宗	朱常洛	1582	1620	1620	朱翊钧长子
天启	熹宗	朱由校	1605	1621—1627	1627	朱常洛长子
崇祯	思宗	朱由检	1611	1628—1644	1644	朱常洛五子

大明末世，天地五行已然混乱，朱由检再也没有如朱棣那般祭出霹雳手段处理龙见事件的国力和雄心，一种无力感在帝国的空气中弥漫，龙见事件频繁出现。

崇祯十五年（1642）四月中，顺天三河县地方，半空中忽坠下一龙，牛头而蛇身，有角有鳞，婉转叫号于沙土中，以水沃之则稍止。抚按不敢奏闻。如是者三昼夜，乃死。三河县，位于北京以东约50公里处，时属顺天府。神龙坠死在京畿重地，已是天大的不祥，何况崇祯十五年的帝国，天灾人祸四起，关内关外烽烟不断，朱明王朝日暮途穷，政治局势险恶到了极点，难怪顺天府的官员不敢将坠龙事件上报。

崇祯十六年（1643）秋，二龙现。此时的明朝已是强弩之末，政治、经济、军事危机和自然灾害此起彼伏，勤勉的朱由检再也无力回天，天意似乎再次昭示。

《明史》有确切记载的最后一条龙，出现于崇祯十六年八月十六日（1643年9月26日）。当夜秋高气爽，碧空如洗，月华如水，照着濒临崩溃的人间，一片静谧安静。这时，这条金光闪闪的神龙，静静地在山西省东南山地的夜空中升起，周遭没有风云亦没有雷电，就那么安静地突现中天，月亮的清辉洒在它扭动的身躯上，神龙就那么毫不避讳地，注视着苦难的人间，甚至与纷纷跪拜的百姓有眼神的对视，有一种菩萨的悲悯与慈祥。

忽然，神龙悬空蜿蜒飘逸的身体，发出一道强烈的金光，照亮山野村庄，穿透城镇街道，仿佛是要看清世间万物和人间百态。像一道信仰的光，暗无天日里的灯，神龙现身，被解读为上天将会对苦难的世间进行颠覆和重构，拯救子民于水火。上天再也不忍，它的子民怎能如此受难下去。

次年春，明亡。

说回永乐二年（1404）的龙见。相较于朱由检处理龙见事件的无力感，一代雄主朱棣可谓手段霹雳，事事切中要害，招招致命，其展现的信心和雄心、气势和魄力以及措施，足以抵御来自士大夫或者前朝官僚机构或者有前朝遗民心态的天下百姓的曲意表达和情绪宣泄。这次龙

第一章　龙见天意

见,虽然带来了水灾和疫疠,但新登基的永乐皇帝知道,这次龙见出题的考点在于,天下人是在借龙见对他从自己的侄儿建文手中篡夺了帝位表达其遭到了天谴,不合天意民心。没有人敢于说出篡位者不配做皇帝的大逆不道的话,皇帝既然自命天子,天的儿子,那么天就可以派出神龙使者谴责皇帝。

好在朱棣见龙而勉,励精图治,似乎还是一个合格甚至优秀的皇帝,不仅万国来朝,而且对百姓、对士大夫并无十分恶意,是一个建设者而非颠覆者,帝国已经呈现出盛世之象。反观建文帝,似乎确是幼稚而理想,当皇帝治天下,朱棣其实并不比他的侄儿差。再者,虽说皇帝轮流做,再怎么轮也轮不到朱家之外的人,都是朱家王朝,老百姓不就求一个安稳富足的盛世吗,谁当皇帝不一样?人心就这样悄悄而渐渐地向朱棣靠拢,既然朱棣已有真龙天子气质,真龙在世,"龙见"似乎没有充足的理由引起人心激荡的后果,接下来出现"龙见"的理由也就不充分了。永乐一朝,通过朱棣的励精图治,大明"洪武之治"后,迎来了鼎盛的永乐盛世,朱棣以其雄才大略一手创建了恩威遍施海内的宏大格局,他不惜一切代价维持帝国的朝气蓬勃,他愿意把权力交给文官集团,以保持政府的日常职能。永乐盛世经济发展,文教昌隆,国家富强,疆域辽阔,万国来朝,天下大治,是中国封建时代最辉煌的时期之一,史家甚至称赞该时期"远迈汉唐"。凡阳必有阴,朱棣大刀阔斧创建大明盛世的时候,刀斧气过重,政策过于严苛,赋税徭役繁重,大兴土木,大行征伐,人民疾苦,永乐十八年(1420)就爆发了著名的唐赛儿起义,就是好大喜功的朱棣不断征收赋税引起的,也是朱棣为维护庞大帝国让普通百姓付出的代价之一。

朱棣留给明朝后来君主们一项复杂的遗产:他的子孙们继承了一个对远方诸国负有义务的帝国,一条沿着北方边境的漫长防线,一个具有许多非常规形式的复杂的文官官僚机构和军事组织,一个需要大规模的漕运体制以供它生存的宏伟的北京。可惜的是,永乐帝的直接继承者都不具备他英勇的品质和珍贵的远见,无力支撑永乐帝开阔的顶层设计结构和高规格发展蓝图,因此不得不收缩和重新巩固帝国的行政,大明帝国逐渐陷于小马拉大车的困境，越到后期越捉襟见肘，疲于支撑。

永乐二十二年（1424）盛世间，方外之龙几乎没再骚扰帝国的皇帝和子民。

清人张廷玉撰的《明史》上明确记载永乐年间的龙见，仅有永乐十八年（1420）诸城向明成祖朱棣进贡了一匹"龙马"："永乐十八年九月，诸城进龙马。民有牝马牧于海滨，一日云雾晦冥，有物蜿蜒与马接。产驹，具龙文，其色青苍，谓之龙马云。"

据说，这是当地人在海边放马，有一天忽然阴云密布，从海里"蜿蜒"升起一条龙，跟母马交配而生下的马驹，这匹马驹浑身青黑色，而且满身都是"龙纹"，被称为"龙马"。这明显是祥瑞而非灾异，与永乐二年（1404）周王向朱棣进献的驺虞，异曲而同工。

《蒲圻县志》有载，永乐十九年（1421）正月朔，县东北西良湖近岸有深渊，名石潭，是日风浪恬息，有妇人出汲，见一物横亘湖汊，长不可度。众往视之，乃龙也，久而始沉。其年是方大疫。这次龙见带来的疫疠，似乎并不严重。

永乐帝驾崩后，直到宪宗当政时的 1469 年，一个甲子的时间里，大明帝国没有龙见的正史记载。直到 1469 年的夏天，"成化五年六月，河决杏花营，有卵浮于河，大如人首，下锐上圆，质青白，盖龙卵也"（《明史·五行志》）。严格说并未龙见，仅猜测为龙卵，成化五年这次龙卵"龙见"，应在了明宪宗临幸纪氏，生子朱祐樘之事。因惧受宪宗独宠的万贵妃迫害，全后宫偷偷将朱祐樘抚养到 6 岁，而到此时万贵妃仍然严厉控制后宫令明宪宗没有一个儿子，太监张敏才将朱祐樘和盘托出，此时的朱祐樘胎发尚拖延到地，一个皇帝幼年悲惨如此，那颗龙卵，事实上是上天在告诉宪宗和天下，龙子已经降临，六年后大家才恍然大悟（这个"龙见"之应，本书第四章和本章第二回将有论及）；本年三月辛丑，赐张升等进士及第、出身有差。夏五月辛丑，礼部侍郎万安兼翰林院学士，入阁预机务。六月癸丑朔，日有食之。冬十一月乙未，毛里孩犯延绥。琉球、哈密、乌思藏、满剌加、安南、吐鲁番入贡。

大明下一次的龙见，就是弘治九年（1496），被后宫偷偷养大的朱祐樘此时当政，是为孝宗皇帝，其当政九年的"六月庚辰，宣府镇南口墩骤雨火发，龙起刀鞘内"。

此时，与永乐年间最后一次龙见，其间已经间隔长达75年，也即是说，这75年时间里，帝国初期，相比之前的乱世，简直已经是物阜民丰的年头，人心思定。

第二回　龙见失德

龙在不合时宜的时间、地点的现身，即是世间五行失序、秩序紊乱的天启现象和指标，预警灾祸的来临和对皇帝的天谴，是为灾异。开国皇帝自然是奉天承运，励精图治，帝国往往万象更新，没有道理发生龙见，若谁在蓬勃盛世宣称发现龙见，不仅没有民意基础，也不啻向英明君主邀祸。朝代在天命理论里循环运行——上天授命真命天子通过夺取或拥有皇位，来证明其是拥有天命的人，御宇海内是天命所归。只有当王朝的气数将尽，帝国根基开始动摇的时候，龙才会带着上天的旨意来访，当然，龙见的意义，往往掌握在见龙者手中。

因此，龙见的深度内涵，远胜于现实灾害本身，它的频繁出现，无疑指向帝国正处于急速的下坡路上，至少民心已经逐渐离去。

第一节　龙起刀鞘

大明大规模龙见，肇始于弘治年。但龙见频繁拜访孝宗朱祐樘，对一个文官集团眼中锐意革兴的皇帝而言，似乎有些不近情理。朱祐樘之前，明王朝在长达半个多世纪的时间内，被正统史学家们认为控制在庸碌无能的皇帝手中，到了弘治年间，人们终于迎来了一位能够运筹帷幄的君主，他革除烦苛弊蠹，明习机务。上天会对这样一位皇帝不满意吗？那一定是前几位皇帝留下的积重难返，造成了帝国下行的气数，而让这位孝宗皇帝背负龙见昭示国势式微的后果。真相恐怕是，弘治九年（1496）的龙见，似乎是上天已经入微窥探到了帝国内部的衰弱。

弘治年间（1488—1505），龙见开始频繁现于史志记载。其中五次见载于地方史料，不过，仅有两次入载18世纪编纂发行的官修史书《明史》。

弘治龙见首次官方记载是："弘治九年六月庚辰，宣府镇南口墩骤雨火发，龙起刀鞘内。"弘治九年六月庚辰，正是1496年7月14日，时值盛夏雷电暴雨频发的季节，北京附近的宣府镇南口墩，突降雷暴雨，有龙自一士兵的刀鞘内腾起。

龙与兵的相见,并非祥兆。晋太康五年(284)正月癸卯,二龙见武库井中,孙盛奏报认为:"龙,水物也,何与于人……非其所处,实为妖灾。夫龙以飞翔显见为瑞,今则潜伏幽处,非休祥也。"武库者,帝王威御之器所宝藏也,屋宇邃密,非龙所处。龙见武库实为灾异。

"龙起刀鞘内",应是雷电劈在刀鞘,雷声"隆",远古先民有听"隆"为龙的传统;闪电矫健曲折,有游龙之象,远古先民亦有视闪电为龙的认知。

龙起之地宣府镇,是明初设立的九边镇之一,因镇总兵驻今张家口的宣化府得名,也有简称"宣镇"者。所辖边墙东起居庸关四海冶,西达今山西东北隅阳高县的西洋河,长1023里。顾祖禹《读史方舆纪要》说,宣府"南屏京师,后控沙漠,左扼居庸之险,右拥云中之固",诚边陲重地,历来是兵家必争之地,战略地位十分重要。特别是明朝建都北京之后,宣府镇更是保卫京都、防御蒙古族南下的咽喉之地。明程道生在《九边图考》中称:"宣府山川纠纷,地险而狭,分屯建将倍于他镇,是以气势完固号称易守,然去京师不四百里,锁钥所寄,要害可知。"宣化府于永乐七年(1409)设置总兵官,始称宣府镇。

府镇的建设,肇始于明成祖登基之初,无力如后来那样出塞北征。一时只好对蒙古采取怀柔政策的同时,加强边地防务。据《明史·兵志》载:"(明成祖)于边备甚谨。自宣府迤西迄山西,缘边皆峻垣深濠,烽堠相接。隘口通车骑者百户守之,通樵牧者甲士十人守之。武安侯郑亨充总兵官,其敕书云:'各处烟墩,务增筑高厚,上贮五月粮及柴薪药弩,墩傍开井,井外围墙与墩平,外望如一。'"

烽墩的起源甚早,至晚在秦代已经成为军事预警的一个设施,特别是在长城沿线。其后,历代亦多仿行,明代亦不例外。明朝立国之初,烽墩归属兵部职方部管辖。

墩台作为明代边防体系的一环,守瞭与传烽是墩军的主要职责。明人有言:"边军之苦,莫甚于墩军。"墩军与夜不收并称为两大苦役,而这两种兵役都部署在国防最前线,生命安危悬于一线。由于墩台所处位置空旷，且多半在山坡或高冈之上，即使是在平原之地，墩身标高数丈，也都高于附近的建筑物，相当于一座天然的引雷针，因此遭受闪电雷击的机会相对较高。叶盛在《水东日记》中就记载了这类情事，而且有细致的描述：

> 霹雳于边墩高处，岁恒有之，震死者或不见其人。其击屋柱、桅杆之类，常见其破处有痕似铁线路，或云蛰龙所藏，或云龙变化而起，又或云毒虫被击，皆不可知。
>
> 又云雷神极巧，如人被击，火或烧其着体衣一层无遗，其外衣仍存。若一伞，或竹骨皆化，惟盖柄则皆如故。如击塔庙，数佛并坐，其一粉碎，其傍诸佛俨然，亦有移置他处者，此类甚多。
>
> 惟击发之时，雨辄骤，辄有火，有硫黄气，此则皆然也。

这一记载，几乎可以解释"南口墩骤雨火发，龙起刀鞘内"的雷电击墩的恶劣天气现象了：雷神极巧，击打极精准，打在雨伞上，伞骨皆化而盖柄无恙，击打庙宇，诸多坐像，其一粉碎，旁边完好；而且雷电击发之时，骤雨火发，一切与《明史》记载的龙见完美吻合。仅仅特殊的是，这一次雷电击发，精准地打在了士兵的刀鞘上，形成了闪电连接刀鞘和云层，在火中雨中仿若蜿蜒蛟龙从刀鞘腾空入云，风雨相随，火光烨烨，确是神奇。于是引发龙起刀鞘的龙见传说四处游走，并被郑重其事地上达天听。

事实上，夏天的墩台，雷电暴雨大风天气属实较多，原本不应该如此大惊小怪。《明实录》就载有若干具体的事例。

弘治九年（1496）六月这次龙起于刀鞘的龙见之后，同月十二日，天气"复阴雾，雷雨大作，震倾墩台三面，军士有被伤者"。

弘治十六年（1503）五月五日，陕西榆林大风雨，"雷霆折木，撒城楼瓦，毁子城垣，移垣洞于其南五十步，震死墩军一家三人"。

六月十日，大同中路海东山墩，"有火飞如龙，起自旗杆，守墩卒

第一章　龙见天意

101

有焚死者"。

正德五年（1510）六月十二日，雷震万全卫柴沟堡，墩军被打死四人。

正德六年（1511）六月九日，雷震大同后卫石泉墩，击死墩军三名。

正德十年（1515）闰四月二十七日，蓟州赚狗崖东墩及新开岭关雷火，震伤三十余人。

万历十二年（1584）正月二十七日，蓟镇喜峰路大风且骤雨，"迅雷冲倒墩台"。

万历十九年（1591）五月十日，雷击太平路喜峰口墩台，"折伤官军"。

万历四十二年（1614）五月十九日午时，永平辖境内之石火墩台，天雷从东门飞入，击死南兵一名，击伤北军两名，台房及四周垛口火器尽毁。

墩台作为守墩军士的生活单元，墩台高五丈有奇，四周围墙高一丈，外开壕堑，架设吊桥，门道上置水柜，"暖月盛水，寒月积冰"。每墩置官军守瞭，以绳梯上下。《明太宗实录》披露，这些规制，都是永乐皇帝亲自规划统一实施的。永乐十三年（1415）五月，明成祖又命辽东都司修筑沿边备倭烟墩，"务令高厚，积薪粮可足五月之用。仍置药弩于上，凿井于旁，以严守备"。

在墩台上，除军士彼此互相照应之外，还有狗、鸡和猫等动物相伴，组成一个军事单位。嘉靖年间徐充《暖姝由笔》详细记载了墩台的空间布局和运作机制：

> 边墙里墩台，四面壁立，高三丈五尺。每台守军五人，报事夜不收一人，炊爨一人。台上层有重屋，置四窗，四人各守一窗注望，虽饮食亦不暂离。鸡一，司晨。猫一，取眼以定时辰。狗一，警夜。皆有口粮。天明，先悬软梯，纵狗从梯而下，周视无虞，则人然后下汲。闲无事，俱习结网巾，双线劳密，价有直一二钱者。置台相度地形，相去一里以至三五里。边墙外壕二重，设栈坑，即所谓陷人坑也。鹿间有投其中，军

人闻鸦鹊噪，出墙钓得之。台边齐插荆条。楼土甚细，虑虏或入打，细作过之处，可验脚迹，以凭查究。在两台之中，则两台俱罪。近一台，则量地，罪所近之台。盖军士护刺之迹，平底；鞑子皮袜之迹，当应有路，彼用两皮相合，中缝嵌线，乃山桃木皮也，黄色，俨如金线然，无可推免。

墩台所备物质，《金汤借箸十二筹》记录为油烛盐米藏足一个月，给铳十门，青、红、白、黑四色大旗各一面，红灯五盏等。

此次南口墩龙起于刀鞘内，龙见传递着上天的何种信息，困扰着小心翼翼而从小缺乏安全感的孝宗皇帝，促使他遣中官至内阁询问有关龙见的事情。内阁无以为对，于是皇帝又急往各部找寻知悉情况者，甚至熟知经典之外的博学多才的翰林编修罗玘，亦没有给出明确的答案。这位罗玘以博闻闻名，后来孝宗询问何为"龙生九子"时，就是他和大学士李东阳、吏部员外郎刘绩共同翻检古籍拼凑，状元杨慎发扬光大的一个假说，从此在民间流传甚广、影响甚大（本书第四章会有详细论述）。

龙见的指向过于隐晦，致使孝宗始终将墩台起龙的事情挂在心头，耿耿于怀。终于在次年十一月，孝宗等来了兵部奏言："比来各边虏数入寇，每得厚利，皆由墩台疏阔，烽火不接，及守墩军士困惫所致。"建请命各边镇守官员处置，孝宗捕捉到南口墩龙见的诉求，立即批准施行，其中说道："其守墩军，必简精壮者，分为二班，每月一更。若无水之处，则修水窖一所，冬蓄冰，夏藏水。每墩预采半月柴薪于内给用，免致汲水、采薪，为贼所掠。"

南口墩龙见，会不会是至苦的墩军提出，经由兵部士大夫推动，通过龙见向皇帝告苦并寻求改善的政治举动和诉求呢？恐怕是孝宗皇帝通过了解墩军和边防状况之后，达成的君、臣、兵心知肚明的默契吧。

边防墩军堪称最苦之役，那墩军究竟有多苦？

除了时时的蒙古士兵骚扰和雷电天灾，墩军竟连基本的用水和柴薪保障都是大问题，生活用水虽说可以"暖月盛水，寒月积冰"，但北方边塞生活用水取得困难，为蒙古人所知。成化八年（1472）二月，宁夏

第一章 龙见天意

总兵官修武伯沈煜等奏言:"虏众数犯边,且以粪土湮塞各墩井泉,渴我士马,不可不虑。"墩军为了采薪或取水,亦有被蒙古士兵杀掳者,"虏俟守墩军下取水,辄肆戕害","墩军下墩取水及走报声息,往往为三五零贼即行擒去"。

墩军苦甚,嘉靖开始"修瓮城房室,量给荒田,令其携家住种",军俸之外,略可补充家计。后来,垦军之策更进一步,"每墩置墩院,令墩军随带妻小,不但守边,兼亦自防其家,杜脱逃旷离之弊",墩军"渐有妻子之属,视其台如故业,亦日夜慎守焉","一军有地五六亩,室庐耕耘其下",以成大明的"肉铁边"。

墩军的苦楚和委屈,一定引起了朱祐樘的同感和共鸣,他从一出生就处于危险的环境,作为皇帝唯一在世的儿子,竟然长到6岁还留着胎发,不敢哭喊欢笑,苟且偷摸活到6岁,而皇帝还不知道有这么一个儿子。朱祐樘在千秋皇帝里面,堪称拥有最悲惨的童年。

第二节 文官态度

龙起刀鞘的天启,似乎并不止于此。后世探微知著,才恍然发现,弘治九年(1496)龙见,似乎是戳破弘治中兴肥皂泡的曲意表达,是来自守边墩军对于军力国力匮乏的贴切报告。

但是,孝宗和文官集团的结盟,让此次龙见真相被文官们视而不见并集体掩饰,因为孝宗的谦抑温和而富有人情,尊重文官集团利益,信守皇帝与文官集团共治天下的默契约定,获得了文官集团一致的欢迎。听凭文官们摆布的结果,是传统文官们极偏心地恭维弘治皇帝为有道明君,自发自觉帮其掩盖其暗黑,众口拱卫出一个弘治中兴。孝宗一直把文官、外戚、皇亲喂得脑满肠肥,他们能不对弘治歌功颂德吗?英宗皇帝在位期间始终都在想各种方式牵制、分化、打压文官集团,武宗一上位就让文官们把既得利益吐出来,文官集团能不记恨宪宗和武宗吗?文官们的态度,就是史书的基本盘;而文官们的态度,取决于皇帝是否和他们合作,维护文官集团的既得利益。

对于文官们深爱的朱祐樘,就连他的驾崩也被文官们煞费苦心地美化了一出龙见,整个事件弥漫了一种褒扬和悲情——弘治朝出现的第二次龙见,是弘治十八年四月二十六日(1505年6月8日)正午时分,紫禁城忽然黑云压城,宫殿内旋风大起,中有幻影,后驭风升空而去,《明史》记载:"十八年五月辛卯,日午,旋风大起,云翳三殿,若有人骑龙入云者。"同日,孝宗皇帝崩于乾清宫,年三十有六。这次龙见,被文官们异口同声地解读为孝宗皇帝驭龙宾天,由于治世有功,他为上天所喜爱,因此派神龙下界迎接天子回归天界。因此在此次龙见中,上天是在昭示孝宗皇帝是一位明君。

但是,仔细检索历史资料,无法找出朱祐樘有何值得夸耀的政绩,这个胆怯而缺乏安全感的年轻人,虽然很注意帝国的问题,但作为皇帝,他既不能向国家展示一种开阔的前景,也不能给它提供雄才大略的领导,就是一个平淡而缺乏作为的守成君主,因为符合传统的要求而有了虚高的名声。所谓"勤政亲贤"的表象背后,隐藏的却是复杂的社会矛盾,危机正在潜滋暗长……弘治九年(1496)的龙见,似乎试图提醒和昭示大明帝国府库空虚、边关松弛、民生穷苦、纲纪废弛、百孔千疮的矛盾和危机,可惜皇帝和文官集团形成了一致的意见,并不愿意正视,只是小角度地解决了墩军的必要问题。

让我们看一看"弘治中兴"是一个什么样的状况,《明史》说正德"承孝宗之遗泽",这些"遗泽"是什么呢?

首先,财用匮乏,莫今为甚,孝宗甚至连自己的棺材本都没有足量攒够。

弘治十八年(1505)五月孝宗卒,六月营建泰陵,需要大量的经费。太监李兴等人负责监造,发军队万余人供役,李兴第一次申请运料费四五万两。明政府没有钱开支,只好"事下工部,以府藏空虚,无由措给,会官议:取蓟州等处修边及各府逃夫银,泰安州香钱,及济宁闸、苏松常椿草异河夫价,坐委工部、顺天府官,司其出纳以备运辇"。尽管挪用了这么多的项目,经费还是不够。七月,工部又奏:"山陵营造物料所费甚多。乞将南京御用等四监局,今年应造供应诸物,量为停减,而芜湖抽分厂应给监局板枋,存其十五,如例易银输送本部,以备营造之用，诏可之，以后仍旧。"从泰陵的营建规模看，与昭陵大小差不多。据不完全统计，营建昭陵共费银511050两有奇。以此类推泰陵的营建经费，最多也不会超过50万两，而当时的明政府竟在筹备中如此困难。

初署承运库太监龙绶在当年奏章中侧面为帝国财政算了一笔账：大行皇帝丧葬用度繁浩，又今方将举行徽号并大婚等礼须用金五千余两，给赏内外官员人等，须用银一百八十万两有奇。库中所积不多，宜：预行区处。下户部集议，言户刑二部都察院收贮赃罚等银赎罪铜钱并太仓银总计不过银一百五十万余两……盖今北方大旱，虏势猖獗，不可不虑。给赏之数宜先支承运库所有，不足则于各衙门借补……因言迩因宣府等处传报贼情，数日之间，已用银三十八万余两。财用匮乏，莫今为甚。惟京军及各边官军劳苦窘急，须如旧给赏，此外一切礼仪赏赍，悉遵遗诏减省……

由此可见，弘治朝遗留给武宗的并非一个光明富足的盛世。

其次，国库空荡，大臣甚至不忍领受皇家赏赐。

大学士刘健、李东阳、谢迁复辞正德皇帝登基赏赐时说："臣等昔在先朝，国用充裕，此等正赏，固不敢辞。今府库空虚，加以强寇在边，军需方急，若不痛加撙节，目前已不能给，后来何以继之？且节用必自贵近始，臣等受遗辅政，当与国同忧，岂可独受厚赏？伏望自今以后，一切无名之赏尽皆停止，以崇俭德。"上曰："朕初嗣位，加赉辅臣，礼不可废，卿等勿固辞，其他财用，朕目当撙节。"（《明武宗实录》卷二）

阁臣连常规的登基赏赐都不忍接受，说明这群帝国当家人明白国库是何等拮据，问题已经十分严重。李东阳对正德元年北京的实况曾作了如下的描写，帝国病症已掩无可掩：

京城道路，白日杀人，西北诸边，敌骑猖獗，损军折将，前后相仍，战则无兵，守则无食，民生穷苦，府库空虚，风俗倾颓，纲纪废弛，赏不当功，罚不当罪，法令不行，名器冗滥，诸司弊政，日益月增，百孔千疮，随补随漏。

再次，边军疲敝，京军颓废，战则无兵，守则无食。

朱祐樘刚刚去世月余，明军即遭遇了自土木堡以来最大的败仗，史称"虏台岭之败"。"戊申，虏大举入寇宣府，营于牛心山黑柳林等处，长阔二十余里……既而虏由新开口毁垣而入，稽迈前迎敌，玉、镇、雄、荣，各率所部相距于虏台岭……是役也，官军死者二千一百六十五人，伤者一千一百五十六人，失马六千五百余匹，掠去男妇畜产器械不可胜计，议者谓自己巳年兵祸以后所未有也。"（《明武宗实录》卷一）

镇戍军战力消退，而明朝军事上的核心力量京军，亦是严重堪忧。京军本是明王朝赖以生存的重要军事支柱，承担着内卫京师、外出征战的重要职责。洪武、永乐时期，京军从形成到发展，规模不断扩大，战斗力与日俱增，明初几次大规模战争，皆赖京军。洪武、永乐以后，由于承平日久，使得统治者及统治集团内部腐化堕落现象日益严重，京军成为役使的对象。

弘治年间，暴露出了京军严重的役占问题。役占，也称占役，意为占用公务人员当差。京军役占问题是指京军中兵士被大量地役使以及马匹、军器、粮饷等物资被大量侵占，京军中精锐军士不堪重负大量逃亡，导致京军兵额锐减，操阅废弛，战斗力低下，京军逐渐衰微。自古以来"国之大事，在祀与戎"，明以武功取天下，对兵政尤为重视。

经过弘治年间严重的京军役占后，清查几十万人的京营，只有六万人尚还可用。这支永乐时期随成祖北征蒙古威震天下的劲旅，经"英国公张懋、兵部尚书刘大夏奏，奉敕简阅十二营见操官军，得精锐者六万五千七百七十四人"（《明武宗实录》卷三）。意即京军仅有六万人可用。京军是由京营、亲军、四卫军组成的，京营包括五军营、三千营和神机营；亲军又称侍卫上直军，是皇帝的侍卫军及皇城守卫军；四卫军即四卫营、勇士营，这是由御马监宦官统率的禁军。如此庞大的军事组织、如此巨大的军事任务，竟然只有六万人可用！

最后，帝国境内已经有百万流民在各地流动，正遭受冻馁的胁迫，

第一章 龙见天意

107

"事变之生，恐不可测"，正应了流民如烟的担心。

正德元年（1506）三月，刑部左侍郎兼金都御史何鉴奏："清查过荆襄南阳汉中等处流民二十三万五千六百余户七十三万九千六百余口……"（《明武宗实录》卷十一）十月提督抚治郧阳等处御史孙需奏："续清出荆襄郧阳南阳汉中西安商洛等府州县流民一十一万八千九百七十一户……"（《明武宗实录》卷十八）

天还是那片天，地还是那片地，似乎是，孝宗皇帝刚刚驭龙宾天，武宗皇帝一接手，天地秩序一夜间就崩坏了，一夜之间如此严重、繁多、千疮百孔的问题就集中爆发了？事实恐怕只能是史官们因为真爱孝宗，所以帝国黑锅只能委屈继任皇帝武宗，甚至前任皇帝宪宗来背。因为宪宗和武宗都采取了与文官集团不合作的态度，不断试图割裂与文官集团共治天下的契约，并试图打压文官集团、侵占文官集团的既得利益。于是，愤怒的文官集团也旗帜鲜明地亮出了自己的态度：在史书上抹黑这两位皇帝，甚至为与文官们采取合作态度的弘治帝背锅，于是史书上在恋母癖宪宗和好玩皇帝武宗之间，出现了一个励精图治的孝宗，逆势治理出了一个中兴盛世的黑白对比故事。

文官们的逻辑是，弘治时代夹在成化、正德之间，前有万贵妃、汪直与西厂，后有刘瑾、八虎及内行厂，加之成化帝的内向和正德帝的荒唐，故稳定的弘治一朝被誉为"中兴盛世"。《明史·孝宗纪》赞曰："明有天下，传世十六，太祖、成祖而外，可称者仁宗、宣宗、孝宗而已。仁、宣之际，国势初张，纲纪修立，淳朴未漓。至成化以来，号为太平无事，而晏安则易耽怠玩，富盛则渐启骄奢。孝宗独能恭俭有制，勤政爱民，兢兢于保泰持盈之道，用使朝序清宁，民物康阜。"并称唯有孝宗知《易》所说的"无平不陂、无往不复、艰贞无咎"之道。

始终抑制文官集团一家独大，打压文官集团利益的成化皇帝朱见深，最终在历史中活成了极为不堪的模样——以通过对贵妃万贞儿表达恋母癖好，纵容西厂特务政治和宦官专权扰乱朝政，绕过科考程序吏部机构简拔"传奉官"将官爵视为私物，酿成妇寺之祸，成为其治内著名的闪光污点，没有一项是符合文官们的儒家治国思想，没有一项不是损害文官集团的声誉和利益的,因此被文官集团的史官大加挞伐。道理如同志怪修仙笔记中,受漂亮贴心的狐仙女鬼所喜欢的永远都是书生,原因在于,这些笔记都是书生们创作的,他们掌握着舆论方向,他们的态度决定着事情的走向和故事的发展。这也是历史上得罪文人的皇帝或者英雄人物,都会留下一地骂名的根本原因,书生的态度和纸笔,可比将军的碧血与刀斧厉害多了。

说回朱见深。朱见深乃明英宗朱祁镇长子,明朝第八位皇帝,在位23年(1465—1487),年号成化。在位期间平反于谦的冤案,任用贤明的商辂治国理政,宽免赋税,减省刑罚,社会经济渐渐复苏。但在史官和小说家的态度取向和文字推动下,其最为人所津津乐道的故事,却是专宠一个比自己大17岁的万贵妃,因太过离奇而由古说到今。

万贵妃,小名贞儿,原籍青州诸城,其父万贵为县衙掾吏,因亲属犯罪被连坐而被谪居霸州,年仅4岁的万贞儿被充入掖庭为奴,分配到太后身边当差。正统十四年(1449),19岁的万贞儿奉命照顾年仅2岁的皇太子朱见深;天顺元年(1457),英宗因夺门之变复辟,朱见深再被立为太子,万贞儿27岁;天顺八年(1464)正月二十六日,18岁的朱见深即皇帝位,万贞儿35岁。在父亲朱祁镇和叔父朱祁钰之间皇位的反复争夺中,朱见深每天过着提心吊胆的生活,在这段艰难岁月里,万贞儿承担起一位"母亲"的责任,与幼年和青年的朱见深建立了深厚的感情。

根据弗洛伊德心理学的解释,3~6岁是一个极容易形成"恋母情结"的关键时期。在令人窒息的环境中,朱见深的"恋母情结"逐渐萌芽。对他而言,万贞儿早已不是当初那个奉命伺候自己起居饮食的一介宫婢,她更像是给自己提供亲情温暖的母亲,是卑微且无助的自己心中的那道白月光。

这份感情跨越了年龄的鸿沟。宪宗即位后,唯恋万贞儿一人。按照他的心思,是要册立万贞儿为皇后的,但她年龄比他大17岁,又是微贱的宫女出身,为礼制所不容。毕竟,万贞儿与婆婆肃皇后周氏同龄,仅比公公英宗朱祁镇年轻3岁。即使百姓之家,这样的儿媳也摆不上台面,何况天家!

第一章 龙见天意

109

虽有两任皇后，宪宗皇帝朱见深依然与万贞儿如胶似漆，形影不离，不因其颜色渐衰而嫌弃，当万贞儿以37岁高龄诞下皇长子后，朱见深大喜，立即下诏册封万贞儿为皇贵妃，并许诺立这个儿子为太子。惜乎好景不长，这个孩子没过周岁即告夭折，连名字都没有留下，从此万贵妃未再有孕。即便如此，明宪宗朱见深在位23年，始终如一地专宠万贵妃。1487年，58岁的万贵妃病死，宪宗很伤心，也一病不起，于同年而逝，享年仅41岁。

出于对大明江山传承的考虑，朱见深也被迫宠幸其他嫔妃。不过，一旦有人怀上龙种，万贵妃的耳目就会将消息传给自己的主人。没有史料记载朱见深是否知道，他的一个个龙种，都被万贵妃一碗碗堕胎药送回了天上。就这样，万贵妃始终在后宫中保持尊崇地位，一手遮天，并和朝廷首辅万安续谱认宗，纵容外戚万通与西厂勾结，进献魅惑之术，形成妇寺之祸，推动特务政治和宦官专权达到历史顶峰。

万贵妃魔网恢恢，竟有一条漏网之鱼。广西纪姓土司叛乱平息后，其女儿纪氏没入宫中任内藏女史。一次宪宗朱见深偶尔经过，见纪氏美貌聪敏，就留宿了一夜。事后，纪氏怀孕。万贵妃得到线报，立即命令一宫女为纪氏堕胎。纪氏的人缘很好，派来的宫人不忍下手，回报万贵妃谎称纪氏是肚内长了瘤子而不是怀孕，万贵妃仍不放心，下令将纪氏贬居冷宫。

纪氏是在万贵妃的阴影下，于冷宫中偷偷生下了朱祐樘。万贵妃得知后又派门监张敏去溺死新皇子，但张敏却冒着性命危险，帮助纪氏将婴儿秘密藏起来，每日用米粉哺养，被万贵妃排挤废掉的吴皇后也帮助哺养婴儿。万贵妃曾数次搜查，都未找到，就这样朱祐樘一直偷偷摸摸苟且活到6岁。

成化十一年（1475）的一天，宪宗召张敏栉发，对镜子叹气："我老了，还没有儿子。"张敏伏地说道："臣死罪，万岁已经有了儿子。"宪宗愕然，问哪里有。张敏说："我说了之后就会死，皇上得为小皇子做主。"太监怀恩也说道："张敏说的是事实。皇子潜养西内，今已6岁，一直隐匿消息不敢传出去而已。"宪宗得知自己有子，很兴奋，立即下令去接皇子。纪氏悲喜交加,告诉朱祐樘着黄袍留胡须的人就是父亲。当宪宗皇帝见到自己那因为长期幽禁,胎发尚未剪、拖至地面的瘦弱的儿子投入自己怀抱时,爱抚良久,不禁泪流满面,感慨万千,"我的儿子,像我"。宪宗当天即召集众臣,说出真相。次日,颁诏天下,立朱祐樘为皇太子,并封纪氏为淑妃。但随后纪氏却在宫中暴亡,门监张敏也吞金自杀。

宪宗的母亲周太后担心万贵妃会对太子下毒手,就亲自将孙子抱养在自己的仁寿宫内,才使朱祐樘得以安全长大。

《明史·列传第一》对此记载说:

> 孝穆纪太后,孝宗生母也,贺县人。本蛮土官女。成化中征蛮,俘入掖庭,授女史,警敏通文字,命守内藏。时万贵妃专宠而妒,后宫有娠者皆治使堕。……帝偶行内藏,应对称旨,悦,幸之,遂有身。万贵妃知而恚甚,令婢钩治之。婢谬报曰病痞。乃谪居安乐堂。久之,生孝宗,使门监张敏溺焉。敏惊曰:"上未有子,奈何弃之。"稍哺粉饵饴蜜,藏之他室,贵妃日伺无所得。至五六岁,未敢剪胎发。时吴后废居西内,近安乐堂,密知其事,往来哺养,帝不知也。
>
> 帝自悼恭太子薨后,久无嗣,中外皆以为忧。成化十一年,帝召张敏栉发,照镜叹曰:"老将至而无子。"敏伏地曰:"死罪,万岁已有子也。"帝愕然,问安在。对曰:"奴言即死,万岁当为皇子主。"于是太监怀恩顿首曰:"敏言是。皇子潜养西内,今已六岁矣,匿不敢闻。"帝大喜,即日幸西内,遣使往迎皇子。
>
> 使至,妃抱皇子泣曰:"儿去,吾不得生。儿见黄袍有须者,即儿父也。"衣以小绯袍,乘小舆,拥至阶下,发披地,走投帝怀。帝置之膝,抚视久之,悲喜泣下曰:"我子也,类我。"使怀恩赴内阁具道其故。群臣皆大喜。明日,入贺,颁诏天下。移妃居永寿宫,数召见。万贵妃日夜怨泣曰:"群小

给我。"其年六月，妃暴薨。或曰贵妃致之死，或曰自缢也。
谥恭恪庄僖淑妃。敏惧，亦吞金死。

但是在《同安县志》与《金门县志》中，记载张敏是在成化乙巳年（1485）去世的。

得救的皇子朱祐樘，就是后来的弘治皇帝，即位后追封其母纪氏孝穆纪太后。

万贵妃在宫内的特务统治，其手段和根源，来自成化时期建立的西厂。西厂建立的原因，颇具戏剧性，京城里发生一起"妖狐夜出"的神秘案件，跟着，又有道士李子龙勾结宫中太监鲍石、郑忠敬，潜入大内，在万岁山上窥视皇宫，图谋不轨。后来李子龙被锦衣卫捕杀。但是宪宗皇帝则因为这件事情，郁郁不乐。善于猜测帝王心意的汪直，就引宪宗易服外出，寻欢作乐，因此得到宪宗的好感。到了成化十三年（1477）正月间，宪宗因"锐意欲知外事"，就设置了"西厂"，命令汪直侦察刺探朝廷及地方事务。又从锦衣卫的官员、小校中，选出善于刺探情报的人员共计一百多名，在灵济宫前，另外设置厂司。因为早在永乐年间，明成祖（朱棣）就设立过"东厂"，专门刺探弄奸不轨的事情，所以宪宗设立的机构就叫"西厂"，目的是与"东厂"有所区别，并使它们互相争竞。

西厂正式成立后，曾主要侍奉万贵妃的汪直任西厂提督，借用锦衣卫力量，在全国范围内铺开了他的特务网络。汪直因监军辽东有功，总领京兵精锐"十二团营"，开明代禁军掌于内臣之先河，一时权倾朝野，深切干政。西厂的特务人数，其时比东厂要多出一倍。文官们痛心控诉称，"汪直与王越、陈钺结为腹心，自相表里。肆罗织之文，振威福之势，兵连西北，民困东南，天下之人但知有西厂而不知有朝廷，但知畏汪直而不知畏陛下。渐成羽翼，可为寒心"。

西厂成立的当年就连兴大狱，逮捕了郎中武清、乐章、太医院院判蒋宗武、行人张廷纲、浙江布政使刘福、左通政方贤。明代各省的左、右布政使是从二品，品秩相当高。然而西厂却可以不经皇帝同意就擅自抄捕，使得帝国官僚集团感受到了威胁。

成化朝的西厂，一方面，扩大了明代特务的职能与侦察范围，侦察的地点不限于都城、地方，而遍及南北边腹各地，这是此前的东厂所没有的；另一方面，宪宗之设西厂，无疑加强了皇帝对于特务组织的偏爱心理。后来的武宗，也就是宪宗的孙子，就效仿他祖父的做法，非但重建西厂，又增设了内行厂。特务组织的存在，使原本属于厮役之流的旗尉得以肆意凌辱大臣，伤透了文官集团的心。

但建设西厂、支持西厂干文官政，打压文官，发心伤文官集团心的幕后老板，恐怕是成化帝朱见深。

建宁卫指挥杨晔，是功勋老臣"三杨"之一杨荣的曾孙，与其父杨泰横行乡里，搞出了人命，事主层层上告，两人害怕，躲入京城，藏在姐夫董玙家里。他们在京师大把花钱打点，想要打通关节，大事化小、小事化了，其他关节都打通了，就是过不了汪直这一关。汪直早就听说杨泰父子不法，得知他们躲到了京城，当即下令西厂将他们逮捕归案。酷刑之下，杨泰、杨晔父子无法忍受，案件来龙去脉很快被查清。杨家父子被判斩首，几位庇护与同谋的官员也被贬官或流放。杨晔案其实是一起典型的官员家族涉黑案，其中包括走私、行贿、黑社会、包庇等罪行，牵扯人员众多，影响很大。汪直使用霹雳手段，短时间迅速清查案件，打击了违法官员。

但这种打击，事实上是十分具有挑战性和危险性的，杨家首辅之后，世代高官，朝中地方势力盘根错节，根深蒂固。首辅杨荣虽然去世多年，但他的门生故吏依旧遍布朝堂内外，实际上在某种程度上代表着文官群体，汪直的铁腕和铁面，其实是触碰了整个文官群体的尊严和利益。

果不其然，文官集团感受到了汪直的威胁，或者说感受到了西厂的威胁，开始反扑。大学士商辂、万安、刘翔、刘吉、兵部尚书项忠等联合六部众臣联名上书请求撤罢西厂，当然，给出的理由是擅自抄没三品以上京官。宪宗迫于压力，裁撤了西厂，汪直仍然回到了他的御马监工作。

但是，宪宗感觉到没有西厂带来的不方便，同年六月，商辂和项忠就先后被罢免，西厂旋即恢复，汪直仍出任厂督。西厂这一恢复，便持续到成化十八年（1482）汪直失宠以后被撤销为止。总共计来，西厂在成化朝的历史上存在了五年零几个月。

皇帝为什么向文官集团妥协后，不惜罢免头面高官，不惜得罪文官集团也要让西厂重新开张？

杨晔案，皇帝朱见深其实自己也心知肚明，实质是文官集团保护伞下的黑恶案件，并且问题由来已久，而且已到非要敲打文官集团的时候了。文官集团势力，长久以来已盘根错节十分牢固。从皇帝角度看，汪直和西厂是皇帝用以摆脱从明英宗开始的文官集团独大局面的有力有效工具；从文臣的角度看，汪直破坏和损害文官集团的既得利益，自然在历史上绝不能留下好名声；从清朝的角度看，汪直是自己祖上的死仇，既然清廷掌握了话语权，自然是罗织负面信息，抹黑而后快。

成化十九年（1483），在群臣的长期围攻弹劾下，汪直最终被调任为南京御马监太监，之后降为六品奉御，朱见深对文官集团的挑战，以失败而告终，汪直名正言顺地名列史上罪大恶极的四大宦官之一。但汪直最后的结局却令人寻味，"直竟良死"，竟然得了善终，未被清算。这亦说明汪直向文官集团的开战，一定是皇帝的授意，贯彻着皇家的意图，皇帝对其始终保护有加，内心肯定有加。

同样，被文官集团撰写的历史对传奉官的攻击，亦是朱见深为摆脱文官集团尾大不掉而尝试的努力，为文官们所记恨的结果。

天顺八年（1464）二月，即位不到一个月的朱见深下了一道诏令，授予一位名叫姚旺的工人为文思院副使。这便是"传奉官"之始。"传奉官"是当时人们称呼那些不经吏部，不经选拔、廷推和部议等选官过程，由皇帝直接任命的官员。很明显，这违反了文官集团长久以来建设完善并已经形成传统的规制，满足了皇帝或后宫或宦官的愿望，皇帝随意任用官员，破坏了皇帝与文官集团之间的平衡。宪宗往往一传旨就授官百数十人，对于文官集团来说，官爵原是"天下公器"，皇帝这样的行为，无疑将官爵变成了"人主私器"，实际上就绕开了文官集团的参与，在本已铁板一块的文官集团内部掺入了不是自己人的沙子。恺撒的归恺撒，人民的归人民，天下本是皇帝和文官集团共治，二者都小心翼翼地维持着可贵的平衡，现在皇帝竟然向文官集团的利益下手，是可忍，孰不可忍。

成化十九年（1483），御史张稷上疏，谈及传奉官给朝政带来的混乱。张稷找的理由伟光正而高大上，自有传奉官后，文官中竟有一字不识的，武官中竟有从来没拿过弓箭的，自古以来，有这样的政治吗？因此，官员们纷纷请求淘汰传奉官员。

宪宗对文官集团亦很强硬，他建立有别于传统文官集团外的和自己贴心的官僚体系的决心十分坚决，传奉官实质是成化皇帝建设西厂之外的官僚体系。迫于文官集团的反弹，朱见深虽然有时也偶尔淘汰一些传奉官，但是总体上是传授的要比淘汰的多。成化末年传奉官已有4000多人，传奉官作为一个特殊的社会阶层，一直延续到弘治、正德年间，到嘉靖时才被废除。

第三节　道德气象学

再说明孝宗之后明武宗朱厚照的被黑，除了文官集团的自发自觉，更有神助攻手——武宗继任皇帝。堂弟明世宗朱厚熜，盖是朱厚照驾崩时尚无子嗣，皇位旁落，堂弟上位，自然没有儿子维护老子的孝行，更多的是极力打击前任皇帝，以立威和攻击仇怨。嘉靖帝的这个心思，大合文官集团抹黑武宗的态度，双方默契地一拍而合，合力将朱厚照黑出了天际。

传统史料，尤其是《明武宗实录》，每以偏见描绘武宗，后代史家多为沿袭，也多以武宗为无能而奢侈淫逸的人君，而民间传说则又把他视作传奇性的英雄、平民的保护者，以及贪官污吏的克星。

史料及传说构成两种截然不同的形象，盖自文官集团和百姓对武宗皇帝的心理认同。武宗的生活方式，有其纵乐荒淫的一面，亦有其真性情理政的一面，而这后一方面，则每为史料所蔽。武宗对军事极有兴趣，有重振明初尚武传统的企望，并有恢复兵政鼎盛的志向。此举遭受到文官集团的反对，这是因为武宗若如此行事，则以内阁为主的文官集团控制军方及中央政府的权力势必被削弱。

龙见，在加强皇权和抑制文官中君臣越走越远的正德皇帝在位期间（1506—1521），理所当然地变得频繁。这些龙，按捺不住激愤的情绪，

第一章　龙见天意

争先恐后地从文官们的心里腾空而出，控诉着朱厚照的离经叛道和荒唐不经。正德龙见，是典型的君臣打破合作默契，文官们对皇帝的以龙谏言，道德气象学的意味浓厚。

话说正德朝的头六年里，龙并未出现，文官集团并未采取龙见这种较为激烈的方式对正德实施"天谴"，似乎还未放弃努力将皇帝拉回到尊重文官、天下共治和君臣合作的正轨上来。事不谐矣，正德皇帝在自我放飞的道路上越走越远，文官们开始心凉。

正德七年（1512）六月十五日晚，山东招远有赤龙腾空，这次龙见被文官们解读为上天在提醒当朝皇帝。

《万历野获编》载：时上在豹房游戏，昼夜不还大内。

五年之后的正德十二年六月九日（1517年7月7日），九条黑龙惊现淮运交界处，伤及行人。黑龙自河中吸水，一只小船被水龙卷吸上空中。船家的女儿正在船上，龙只吸去小船，将此女轻轻抛回地面，毫发无伤。这次龙见仍然是提醒性质。

《万历野获编》载：十二年上始出宣府大同游幸。

"天意"似乎未被尊重，正德十三年（1518）五月癸丑，常熟俞野村迅雷震电，有白龙一、黑龙二乘云并下，口中吐火，带来了上天的雷震天威。此次龙见，直接带来严重灾难——三条口中吐火的龙驾云而下，吸20余舟于空中。许多在船上的人坠亡，而更多的人是被吓死的。300余座民居被毁，遍地瓦砾，此后红雨如注，五日乃止。

《万历野获编》载：十四年五月，上在喜峰口，正德皇帝正御驾亲征，与蒙古小王子酣战，最终取得应州大捷。但皇帝如英宗亲征遭遇土木堡之变的涉险，文官集团始终激烈反对。

正德十三年（1518）八月，云南顺宁府澜沧江龙斗，水涌百丈，行人不能渡者七日。时上在宣府。

这些景象都比不上11个月之后的鄱阳湖蛟龙斗。正德十四年（1519）四月，几十条龙同时出现在鄱阳湖，相互惨烈厮杀，如同皇帝和文官集团的思想和路线，激烈争斗。此次龙见，鄱阳湖许多岛屿在暴雨中被淹没，再未露出水面。

《万历野获编》认为鄱阳湖龙见,事关圣躬,应在了次年正德皇帝落水驾崩之事:十四年初夏,江西大雨,鄱阳湖涨,小孤山亦没不见,水退后死黑龙一,蛟二十余。未几朱宸濠反,被擒于翻阳时,上南征至金陵京口,盖六飞四出,人皆有鱼服之忧。次年渔于氾光湖,上坠水得疾北还,实与前吸舟涌水事相应。即鄱阳之怪,亦似关圣躬。宁庶人长鲸耳,不足当此变也。

正德十五年(1520)七月,上在南京,时有物如猪头,其色正绿,堕于上前。又拘刷诸妇人之所,皆有人头悬挂满壁。时随驾大学士梁储等上疏切谏,谓耳目所未见,而不敢斥言。不二月而上不豫,仅得至京师,而龙驭上宾矣。意豕首及人头,皆属钱宁、江彬辈藁街之徵欤?

又陆粲《庚巳编》云:正德某年,云南腾越卫举人汪诚家后圃,夜半有龙见于八仙桌上,头角爪尾悉具,其色如粉,扪之鳞甲如刺。以来观者众,汪氏取狗血涂之,乃灭。

所有人都赞同正德朝的龙见并非上天欢喜的征兆,正德年间的龙见,赤龙代表火,黑龙代表水,白龙代表金,天地间五行全都乱了套。这桩桩龙见,应在了历史上正德是有明一代最荒唐的皇帝。这些龙不仅是坏皇帝当政的普遍征兆,而且是对他的臧否和可悲下场的明白预告。沈德符的《万历野获编》成功地把每一次龙见与皇帝多舛生涯中的每一个特定荒唐时间、地点、事件都梳理清楚,有机联系起来,包括他的沉湎豹房、驻跸宣府、御驾亲征、南巡玩猎、宦官擅权,甚至死亡。武宗在长江流域钓鱼时,坠水得疾,三周后薨逝,水是龙的标志性元素,沈德符大胆地暗示,武宗之死是龙所为。

正德龙见的桩桩件件,似乎都应在了正德皇帝每一件荒唐情事的关键点,在诲人不倦和毁人不倦上,文官集团可是费尽了心机,这亦说明,正德皇帝与文官集团的冲突从未停歇。

官修《明史》记载了正德年间的四次龙见:

> 正德七年六月丁卯夜,招远有赤龙悬空,光如火,盘旋而上,天鼓随鸣。

十二年六月癸亥，山阳见黑龙，一龙吸水，声闻数里，摄舟及舟女至空而坠。

十三年五月癸丑，常熟俞野村迅雷震电，有白龙一、黑龙二乘云并下，口中吐火，目睛若炬，撤去民居三百余家，吸二十余舟于空中。舟人坠地，多怖死者。是夜红雨如注，五日乃息。

十四年四月，鄱阳湖蛟龙斗。

正德皇帝究竟把文官集团得罪到多深？

事实上，朱厚照登基之初对文官好到没底线，反而导致文官蹬鼻子上脸。于是，朱厚照走上了一条活出真我的"反叛"之路，开始各种争夺皇权的看似作妖之举，原因盖是动了文官集团太多的奶酪。加上自己没有诞下子嗣，导致对其没有感情的堂弟朱厚熜——那个历史上著名的心机道士皇帝嘉靖——为了证明自己上位的天命所归，有对其天然抹黑的动机，《明武宗实录》对武宗皇帝没有一丝丝的掩饰，甚至添油加醋，展示了一个荒唐皇帝的典型。

关于《明武宗实录》，那就是彻头彻尾的一场阳谋，一场对死者的毁尸诛心，在争夺民心巩固皇权面前，朱厚熜对堂兄朱厚照那是不留一点点的骨肉情面。

以常理度，当朝的官修史书或多或少会为当朝君主掩过饰非。在大部分皇帝都享受这一待遇的时候，明明善终却无此待遇的正德皇帝反倒因此显得突出起来。继任者嘉靖不但对他毫无感情，还打着革除正德弊政、实行新政的旗号入京继承大统，自然会倾向于批判他的堂兄而非褒美。果然，这个心机皇帝的实际行动精准而狠辣。上位伊始，嘉靖帝即以"纂修毅皇帝实录，发正德间留中不报疏八百六十余本付史局"（《明世宗实录》卷八一），打头就把留中奏疏都交给史局，表面是尊重史实，然而其中抨击贬抑前任的意图亦是不言自明，留中奏疏，均是不宜公开的内容。后世学者一语点破其中玄妙："非世宗薄视武庙，总裁诸臣有以窥其隐衷所在，亦不敢破累朝实录之例讳，弄此侮笔于身所经事之故帝，可知也。"因此，《明武宗实录》在明诸帝实录中殊为独特，对武宗的言行非同寻常地直言不讳，在别的皇帝那里，应被删去和美化的许多详情，得以完整地保存下来。

乾清宫失火一事，《明武宗实录》载："上犹往豹房省视，回顾，光焰烛天，戏谓左右曰：'是好一棚大烟火也！'"朱厚照为此被耻笑千年，博得了"荒淫无耻、全无心肝"的批判待遇。哪有自家官修史官如此实录自己皇帝的？结合人情世故、上下语境，这句"好一棚大烟火"，分明是一个有生活情趣的人的乐观自嘲，怎么一句玩笑话就是装作听不懂，被严肃记录在案？而且，实录里甚至一个字都没提皇帝指挥救火的内容，这是极为不正常的情况。反倒是正德朝任职官员的回忆录中有所提及。《继世纪闻》有载："正德九年甲戌正月十六日夜，乾清宫火。上亲御午门，传旨侍卫官兵入救。"由此可知明朝当朝史官和嘉靖帝是故意的，而且是一种达成高度心灵相通的恶性故意，欺负一个驾崩的皇帝，打击一个自己不喜欢的人，其乐无穷啊！

继位者嘉靖，甚至授意广平府教授张时亨进表："皇考当有天下，请更定庙号称宗，仍自皇上诞生之年追改钟祥年号，以明皇考授命之实。"武宗甚至连正德纪年都有被抹掉的危险，亦可见，对正德的政治抹黑和抹杀，是一次有组织、有预谋、有目的的政治清洗行为，这堪称是皇位继任者朱厚熜和整个文官集团在嘉靖一朝最为精诚团结的一次合作。

第四节 豹 房

16世纪初年，明朝皇城发生了一大变故，武宗皇帝迁出禁城大内，住进皇城西北豹房。由正德三年（1508）起，至十六年（1521）帝崩止，豹房实为朱厚照的离宫，这里既有游戏的豹房，也有训练的校场，也建有佛寺，实际上也是正德帝的一处办事机关。这里成了武宗摆脱文官集团干涉自主施政的第二宫殿和行政官廨，以推行其重用宦官以抑制文臣权力的计划。

黄仁宇曾评说正德帝个性极强，对于皇帝的职责，他拒绝文官集团所代表的传统观念，而注重他自己好动、个性强、不守祖训的自由意

第一章 龙见天意

识。内府禁密之区，建造豹房宫殿和寺观庙宇离宫别殿，依照皇明祖训，乃越轨之举，有失国体，这个挑战祖宗法度的行动，自然招致坚持朝纲的文官集团的反对。

　　武宗即位前虽娴于礼节，颇好骑射，但15岁即位时，宦官刘瑾等八人，亦谓之"八虎"，日导引以舞唱角抵或戏弄犬、马、鹰、兔。"八虎"是指八个太监，包括刘瑾、张永、马永成、高凤等人，在他们的苦心安排下，明武宗终于可以摆脱束缚，扮演除皇帝以外的其他身份，或为小贩，或为平民，带领小太监穿街走巷，观奇赏异，充分满足自己内心缺失了十多年的对大明社会的好奇。由是这个少年天子怠于政事，"悉令除却省记注，掣去尚寝诸所司事，遂遍游宫中，日率小黄门为角抵、蹴鞠之戏，随所驻，辄饮宿不返。其入中宫及东西两宫，月不过四五日""或单骑挟弓矢，径出禁门弹射鸟雀"。

　　于是，从六科给事中、通政司到六部、内阁，满朝的文官纷纷指责皇帝的不当言行："皇上视朝太迟，免朝太数，奏事渐晚，游戏渐广"，强烈呼吁"鹰、犬、狐、兔田野之畜，不可育于宫廷；弓、矢、甲、胄战斗之象，不可施于禁"。群臣多次上疏，并强烈谴责八虎"淫荡上心"，请诛刘瑾，致使武宗"惊泣不食"，"诸阉大惧"后怂恿武宗抑制阁臣权力，最终形成刘瑾入掌司礼监兼提督团营、丘聚掌东厂、谷大用领西厂，八虎权势益重的负面结果。

　　对明武宗而言，平衡各方势力是身为皇帝必做的事情。但如果应允了朝中那群顾命老臣的意见，势必会让自己再度陷入厌恶的礼教束缚中。而如果偏袒身边宦官，虽有昏君之嫌，却能让自己握有与大臣抗衡的力量，使朝中态势不致影响君权。打定主意后，明武宗遂对忧国忠君者的肺腑之言充耳不闻，反而任凭宦官把持朝政，对抗强势的文官集团。阁臣刘健、谢迁被迫辞官，吏部尚书马文升被勒令退休，德高望重的兵部尚书刘大夏，因历数宦官罪恶，年逾古稀亦被判处流放充军。在明武宗正德初年的这场政治风波中，因皇帝本人加强皇权的目的，曾经辅佐明孝宗开创"弘治中兴"的那群老臣，全部被清除出去，取而代之的是明武宗本人信任的宦官和武将。

但矫枉似乎都会过正，在扶持宦官、抑制文官这架天平的两头，武宗朝宦官权势始终过重，有明一代依靠宦官领导的东厂、西厂、内行厂等厂卫缉事诏狱之祸，到正德时之所以骇人听闻，即与武宗久驻豹房有关。武宗有打破帝王传统观念的勇气，但其游宴无度、怠荒政事的弱点被八虎利用，才使八虎之流掌管东、西二厂，挟帝专权，大兴侦缉，排除异己。其中刘瑾自立内厂，其高压手段尤为酷烈，使臣僚百姓无不惶惧。钱宁、江彬出入豹房，与武宗同卧起，后来掌管锦衣卫、东厂，其恣横也不逊于八虎。可见，武宗豹房是宦官权势益重的产物，在抑制文官左倾的过程中，形成了事实的右倾。对于如此荒唐的行径，大学士梁储、毛纪等人以"贬损陛下祖宗"之言极力劝说，文官们痛心疾首地在《明武宗实录》中指斥为"然耽乐嬉游，昵近群小，至自署官号，冠履之分荡然矣"。

即使如此，紫禁城一种无形的祖宗威压、童年记忆、约束气质，仍然令崇尚自由和武功的朱厚照不舒服，于是，从正德二年开始，朱厚照就在皇宫之外的西北，建设豹房单独起居，并要求各级官吏的奏折，需差人送往豹房。《明史》载："（正德二年）秋八月丙戌，作豹房。"《明武宗实录》该日条载："盖造豹房公廨，前后厅房，并左右厢房、歇房。时上为群奸蛊惑，朝夕处此，不复入大内矣。"这是正德年间关于豹房的最早记述。豹房官廨及宫殿的建造，自正德二年始，至正德七年尚未完工，《明武宗实录》该年十月甲子条载："工部言，豹房之造，迄今五年，所费价银已二十四万余两，今又添修房屋二百余间。"

在豹房，武宗皇帝可以从事叛逆率性、自由奔放的活动而免受文官牵制。他亲自挑选在豹房随侍之人，所选大部分是外国人和武夫，尚武兴趣获得极大满足。权力的运行，都应该在皇帝和文官集团的配合和妥协中完成，虽然朱厚照拒绝配合和妥协，但也并非可以事事随心所欲。在日渐成熟的文官行政生态系统中，皇帝更多的时候不过是充当调解各方矛盾的最高仲裁者。何况，"代天巡狩"历来都是对中国帝王最基本的要求。代替上天掌管人间，本来就需要营造一种神秘感，如今皇帝公然在太监的唆使下，自贬身份，甘于平凡。

被皇帝屏蔽，被皇帝拒绝合作的文官们恼羞成怒，那群受命辅佐明

第一章 龙见天意

武宗的大臣，又岂能袖手旁观呢？在他们手书的历史中，豹房成为邪恶丛聚的巢穴、武宗醉生梦死的死地。《明武宗实录》有录："上在豹房，召钺侍左右，钺恳以病辞。后诸臣皆至累败，钺独全，其智有足称者。"将领仇钺，在平定安化王叛乱中立有大功，被喜爱跟武将打交道的武宗征召进入豹房。然而仇钺早已看穿了一切，推辞有病不应召，坚决不与昏君同流合污，做出了明智的选择。对此史官称赞仇钺有智！官修实录如此不厚道，大合文官集团和朱厚熜的阴暗恶毒心理。沉湎豹房，始终是文官们挞伐武宗的一大罪名。

居住在豹房的人，除了武宗所嬖幸的人之外，人数最多的是所谓"豹房官军"。此军每人腰悬一牌，牌上镌文说随驾养豹官军勇士，悬带此牌，无牌者依律论罪，借者及借典者同罪。可见他们均系勇士，名为随驾养豹，实是豹房禁卫。这些勇士多为蒙古人及西域人的后裔，时称"回鹘队"。豹房官军的人数240人，《万历野获编》说："嘉靖十年兵部覆（豹房）勇士张升奏，西苑豹房畜土豹一只，至役勇士二百四十名，岁廪二千八百石，占地十顷，岁租七百金。"禁忌太多、聒噪太甚的紫禁大内，容纳不下朱厚照一颗向往自由的心。于是，不顾国帑紧张和朝臣反对，武宗于西安门内，太液池西北方向建豹房，包含羊房、虎城、大藏经厂、十库等，属皇城禁地。

皇帝和文官集团对立更进一步，是在正德六年（1511）二月，李东阳等人上疏，言"添盖豹房一事，尤为紧要……传闻豹房内添盖房屋，又闻竖立旙竿，似有创立寺宇之意。臣等窃念寺观乃异端之教，圣王之所必禁……自古及今，并无禁中创造寺观事例，传之天下，书之史册，非徒上累圣德，亦无以垂法将来"。在豹房内添建"护国佛寺"，这与武宗崇信佛教有关，他还曾自号大庆法王。正德七年（1512）扩建豹房添盖房屋二百余间，其中当有护国佛寺之建造。

文官们有文官们的怒气，皇帝亦有皇帝的硬气。梳理史料，豹房并非正德皇帝创新，畜豹备猎，本为明宫故事。"永乐、宣德年间旧额，原养金线豹、玉豹数多，成化间养土豹三十余只，弘治年原养哈喇二只、金线一只、玉豹二十余只，嘉靖年原养玉豹七只。旧额设立奉命采取,及各处内外守臣进贡豹只,给予本房喂养,自立国以来,已经百余十年,非今日之设,非系无益之物。"

武宗皇帝始终追慕太祖、成祖和宣宗的武功勋业和帝国气象,畜豹行猎,似乎是他内心意在试图恢复明朝军力及帝王的勇武作风,这是大政取向,但这亦明显有损文官执政的既有体制,武宗于是决定避开现行的行政体系,另在豹房设立唯自己马首是瞻的行政组织。豹房官廨实质是武宗的军事总部和行政中心,它和习射之所、御操之地均相毗连,军事操练十分便利,有军营大帐的规制和气象。

正德六年(1511)十一月,正德皇帝选团营官军"共四万二千人,时常操练",以实京卫及备贼乱。武宗亲自练士兵,《明武宗实录》中有明确的记载。但这一记录,也和其他有关武宗武事的记载一样,被纂修官歪曲成为儿戏:

> 上又自领阉人善骑射者为一营,谓之中军,晨夕操练,呼噪火炮之声,达于九门。浴铁文组,照耀宫苑,上亲阅之,其名曰过锦,言望之如锦也。诸军悉衣黄罴甲,中外化之,虽金绯盛服者,亦必加此于上,下至市井细民,亦皆披化之。

但历史似乎证明明军的军事实力,在正德皇帝一朝正不断提高。正德十二年(1517)应州之役,明军击败蒙军,赢得自土木堡以来的对元第一次胜利。罕见的胜利,虽不能归功于皇帝亲自下场操练和打仗,但一个国家君主的强军意志,似乎在现实中获得了回应。

豹房官廨设立以后,尴尬了整个文官集团,大内朝廷形同虚设,内阁大臣们也失去了行政权力,降到一种类似书办的地位。正德十四年(1519),太监张永敦促内阁首辅杨廷和至豹房面谒武宗,杨廷和的不满已经膨胀欲裂,回答充满了酸味和火气:

> 我辈止知圣驾在乾清宫,不知豹房何在。闻公等朝夕奏事豹房,不知所奏何事。我辈名为大臣,凡事不得与知,每日票本送上,辄从中改,不知何人执笔。看来我辈只当六部中一都

第一章 龙见天意

吏，誊稿而已。

武宗朝政及其生活方式，除了他的真性情，似乎是有意追慕和效仿永乐和宣德两帝，特别是尚武的兴趣和对建立武功的渴望。武宗的武功皇帝的功业渴望以及尚武的生活方式，绝不是文官们心目中帝王的模样，文官们认为皇帝不应亲身暴露于任何有危险性的场合，即使狩猎。因此，只要和武宗军事行动有关的活动，即会出现龙见事件，文官们借此表达对皇帝的不满，反复表达他们梦寐以求的圣帝明君，应该是周武王那样"垂拱而治"的人君，服习礼仪，不出禁门，日近廷臣。君臣表面上无风无浪的争执，实则乃是帝王施政方向和帝国基本政治路线之争。

有明一代，是君王和文官的共治史，更是君臣变着花样争取皇权和文官集团对帝国主导权的斗争史，正德皇帝是用自主和尚武精神剥离文官集团的控制，接替他的嘉靖皇帝，则是化身道士与文官集团对抗。豹房代表的武力，成为皇权顶在与文官集团斗争枪尖上的标志性利器和工具，它是明朝皇帝以武追求自主执政的工具，在文官集团的刻毒攻击下，正德以降，逐渐式微，皇帝尚武气息几乎绝迹。

嘉靖七年（1528），提督豹房太监奏称当时只存玉豹一只，请帝勿弃"祖宗成宪"，世宗下诏命令"这豹且留，今后再不许进"。

嘉靖以后的御苑，规模依然日渐衰退。后来年少的神宗表现了对军事的兴趣，也为朝臣所劝阻而未得到发挥，以致万历一朝中，豹房和与豹房有关的生活方式，继续消失。崇祯朝时，御苑所养的一切"珍禽奇兽"，也因思宗之命，或杀或纵，豹房的历史，至此结束。而明宫狩猎及尚武的生活方式，也在长期衰退之下以消失告终。

第五节　镇国公

正德六年（1511），刘六、刘七因不满明武宗统治，在京城附近发动起义。明武宗调边军勤王，大同游击将军江彬作战勇猛，得明武宗赏识，收为义子，入值豹房。

在江彬等人的怂恿下，从正德九年（1514）起，看厌了京师风景的明武宗就开始谋划逃离京师。

正德十二年（1517）七月，明武宗决定微服"巡视"居庸关，先到北京近郊的长城一线领略边塞风光。但此举遭到了负责镇守居庸关的御史张钦的极力反对，紧锁城门，逼退明武宗。半个月后，听闻张御史不在居庸关，明武宗再度驾临居庸关，并由此走向宣府、大同等长城一线。其实，明武宗去往宣府、大同的微服巡视或许并不简单。从15世纪末开始，蒙古草原上的各部落实力大增，多次骚扰大明边境，似乎一切有如当年也先南侵的预兆。故明武宗抛下政务巡边，似有对蒙古未雨绸缪的意思，只是皇帝追求自由，没有和文官集团商量并取得同意。

此时，恰逢蒙古鞑靼部小王子亲率五万大军攻打应州。闻讯，明武宗心中窃喜，立即亲率大军驰援。此战，《明武宗实录》和《明史》皆有记载，被称作应州大捷。《明史》称："冬十月癸卯，驻跸顺圣川。甲辰，小王子犯阳和，掠应州。丁未，亲督诸军御之，战五日。辛亥，寇引去，驻跸大同。"此役，是明朝自土木堡之变后第一次在塞外打败蒙古军队，带来了明朝北部边疆数十年的和平稳定局面。

史书上关于应州大战的真实内容已经被后世涂改得很难辨别真伪，鉴于明朝史官对于武宗本人的态度，这场大战无论如何都是必须弱化的。但是从其后鞑靼再无像样的进攻来看，此战应当不是一次简单的反围剿来得那么轻松。但是这恰恰是文人集团最厌恶的，不管是成祖的北伐还是后来英宗的土木堡之变，军事行动上的输赢带给文人集团的都只是损失。再加上此时这些被朱熹和儒家忽悠得只知道六经勤向窗前读的职业书生本身没有半点军事能力可言，所以极力避免打仗是所有文官集团心照不宣的共识。由此武宗也自然成了众矢之的。

很可惜武宗的不羁和尚武之道，没有后续的继承人，他身后，是一个极度僵化而庞大的帝国，在由一群职业儒家卫道士组成的大臣团面前，君王任何所谓个性的展示所带来都只能是嗤之以鼻的回敬——《明武宗实录》和《明史》中江彬、外鞑靼传载，应州之役本是大同总兵王勋等将领起了重要作用，而武宗却贪功自喜，正德十三年（1518），朱厚照下诏加封自己为奉天征讨大将军、镇国公，赐名朱寿，并赐予丹书

第一章　龙见天意

铁券，追封三代。令兵部存档，户部发饷，开亘古以来皇帝自己封赏自己的先例。朱厚照给兵部的谕旨是："总督军务威武大将军朱寿亲统六师，边境肃清，特加封镇国公，岁支禄米五千石。吏部如敕奉行。"

不久，武宗决定南巡，金吾卫指挥使张瑛"肉袒挟两囊土数升，当跸道哭谏"，武宗也不甘示弱，将带头闹事的官员全部下了诏狱，罚跪、廷杖者更是数不胜数。但文官们始终死谏，武宗只能无奈妥协。

事有凑巧，恰在此时，宁王朱宸濠在封地江西南昌起兵谋反，一举攻下九江，包围安庆，给了明武宗一个实打实的南巡理由。于是，在江彬等人的簇拥下，正德十四年（1519），明武宗朱厚照亲自下旨，令奉天威武征讨大将军、镇国公朱寿统率军队南下，去平定宁王朱宸濠的叛乱。

南征队伍刚离开北京，王守仁的捷报就送来了——宁王朱宸濠之乱在汀赣巡抚王阳明的吊打下，仅持续43天即宣告失败，宁王本人也成了王守仁的俘虏。镇国公朱寿决定把捷报压下来，一行人继续南下。碍于镇国公朱寿的神威，王守仁无奈，只能将擒获的宁王朱宸濠以"献俘"的形式，押送南京，交镇国公朱寿重新抓一次宁王。宁王朱宸濠二度被俘后，论罪伏诛，废除封国。

为了让自己的南征日子变得更加充实，明武宗决定绕道实行他的南巡计划，不料在一次泛舟钓鱼中，船翻落水，由此宾天。沈德符在《万历野获编》中将这个悲剧和上次龙见联系了起来，"上坠水得疾北还，实与前（龙）吸舟涌水事相应"。正德十六年（1521）三月，在南巡返京三个月后，明武宗病死豹房，年仅31岁。这期间，龙见再次出现，给予了这位"荒唐"皇帝一个盖棺定论式的嘲讽。

明武宗去世后，皇位由其堂弟、兴王世子朱厚熜继承。

明武宗的离世，也标志着一个时代的落幕。但皇帝与文官集团的冲突却从未停歇。在下一个即将来临的时代，皇帝将变身为道士，在道教的掩饰下，与大臣斗智斗勇。

附：

明朝十五帝列表

明太祖（洪武）	朱元璋	1328—1398
明惠宗（建文）	朱允炆	1377—1402
明成祖（永乐）	朱棣	1360—1424
明仁宗（洪熙）	朱高炽	1378—1425
明宣宗（宣德）	朱瞻基	1398—1435
明英宗（正统、天顺）	朱祁镇	1427—1464
明代宗（景泰）	朱祁钰	1428—1457
明宪宗（成化）	朱见深	1447—1487
明孝宗（弘治）	朱祐樘	1470—1505
明武宗（正德）	朱厚照	1491—1521
明世宗（嘉靖）	朱厚熜	1507—1567
明穆宗（隆庆）	朱载垕	1537—1572
明神宗（万历）	朱翊钧	1563—1620
明光宗（泰昌）	朱常洛	1582—1620
明熹宗（天启）	朱由校	1605—1627
明思宗（崇祯）	朱由检	1611—1644

第六节 功过罪罚

沉湎豹房嬉戏，热衷军事巡游，纵容宦官擅权，推崇特务统治……哪一桩哪一件，都是招黑的史料，没有后代维护，未得文官欢心，由是武宗荒淫无度，武宗朝风霾昼晦的形象深入人心。

叛逆率性，自由奔放，造就了武宗与文官集团的决裂式关系，在自我实现的道路上大开大合，不管不顾。与其父亲孝宗皇帝与文臣表面的无间配合不同,虽然朱家这两代皇帝都在致力压制内阁权力中枢的作用,但他们采取的态度却不同,温柔的获得盛赞,叛逆的打入地狱。

明孝宗弘治帝是当时朝臣心中贤君的典范,恭俭有制,勤政爱民,兢兢于保泰持盈之道,可贵的是,孝宗大概是中国历史上唯一一位严格奉行一夫一妻制的皇帝了。他和原配张皇后感情甚笃,两人在皇宫间日升而作日落而息,过着和普通老百姓一般的生活。作为明朝童年经历最为坎坷的一位皇帝,父亲宪宗娶了从小照顾自己的侍女,亲娘被逼自杀,自己从小吃百家饭长大还营养不良……这些经历,无不事事塑造了他近于质朴的性格和平常人的心性。有了儿子朱厚照之后,想到自己童年的不幸,孝宗对其宠爱有加,事事顺意,从小释放了朱厚照的天性,武宗皇帝逐渐养成了自我、贪玩甚至叛逆的性格,正是因为其性格因素,武宗的时代,安稳中隐藏着改革的因子。在他之后的嘉靖、隆庆孕育着晚明经济改革的种子,甚至有了改革的雏形;在他之前的弘治,却是墨守成规,放弃了众多改革的可能性。

明史记载,武宗早慧又博识,拥有完整的自我意识的他自然不希望自己也做文官集团的傀儡,而这注定了武宗在历史上的地位必然不会是一个正面的形象。正如《明史》对其赞言:"奋然欲以武功自雄。""犹幸用人之柄躬自操持,而秉钧诸臣补苴匡救,是以朝纲紊乱,而不底于危亡。假使承孝宗之遗泽,制节谨度,有中主之操,则国泰而名完,岂至重后人之訾议哉!"翻译一下,就是文官集团的集体指责:"别总想着自己去打仗建立武功勋业。""别以为自己多有能耐,若不是我们文官集团,大明早晚会被你玩死。如果你能和你爹孝宗皇帝一样顺从地与我们合作,哪会有这么多的批评呢。"

诚如此前的分析,孝宗被文官集团拱卫为明朝有名的一代中兴之主,很大一个原因便是他愿意和文官集团合作,这一方面源于他淳厚宽仁的秉性,另一方面也确实是彼时时代所迫。彼时的明朝国家机器,皇帝和文人集团已经紧密地绑在一起,而且文人集团在朝堂的主导作用甚至在一定程度上要超过皇帝本人。孝宗皇帝能力有所不逮,政治素养算不上太高的认识似乎已经形成共识,因此他逐渐担心权臣威胁他的统治,于是开始不信任内阁大员。孝宗之前,大臣的入阁应由皇帝确认人选并与时任阁臣商议,或者直接由内阁密荐。

而明孝宗在弘治八年(1495)二月,内阁大臣丘濬死后,令吏部会六部、大理寺、通政司、都察院和科道官一起廷推阁臣,如此一来,在选择大臣入阁上,内阁和阁臣自身权力和地位降低,而吏部权力上升。

而对军国大政的召对,亦不以阁臣为主,有一次孝宗公开对兵部尚书说:"内阁亦岂尽可托。"孝宗将六部尚书视为自己的议政大臣,冷落内阁。内阁被打压,显示了孝宗时期已经开始分化内阁权力,加强和巩固皇权。但表面上,孝宗皇帝仍表现出积极听取大臣们意见的合作姿态,为其赢得了难得的好名声。

孝宗对于内阁的分权和抑制,被武宗继承,武宗对内阁及文官集团甚至怀有一定的偏见,而这种结果也导致了武宗容易对宦官产生依赖。而正是这种依赖,引起了正德初期刘建、谢迁、李东阳等诸位顾命大臣与以刘瑾为首的绰号"八虎"的宦官团体争夺武宗支持与信任的斗争。武宗在此次朝宦斗争中,借助宦官之力有力地打压了对他有威胁的朝臣,同时也对宦官起了震慑作用,以此来巩固和扩大皇帝权威,增加朝臣和宦官对皇帝以至皇权的敬畏。

这似乎是孝宗精心布局和适时引发的一着棋。大明朝局随着土木堡之变,武将勋贵集团全军覆没后,文官集团的力量已经急剧膨胀,文武严重失衡。明朝皇帝们不得不另外找寻力量来制衡文官集团,而皇帝身边最近的宦官成了仅有的选择。

随着年纪的增长,武宗意识到了在治理国政方面阁臣的助力,也开始对内阁采取怀柔的方式。正德三年(1508),18岁的皇帝开始向文官集团伸出橄榄枝,不断为内阁阁臣加官晋爵,企图用这种方式收买他们,让他们安于阙位。具有较高名望和官阶的儒臣来辅佐皇帝,无疑是对皇帝决策的支持,这不仅可以扩张和控制皇权基础,而且可以提高皇帝决策的权威性。明武宗对内阁大臣的拉拢收买政策,很明显在当时的朝臣心中也起到了一定的作用,内阁阁员除刘忠、王鏊两人"刚正不阿,奉身早退"外,其他阁臣皆恋栈朝廷,连杨廷和在晋爵之后亦转变

第一章 龙见天意

了对年轻皇帝一直持有的批评态度。引来史家谈迁揶揄评说:"赫赫阁部,其柔绕指,夫谁不波焉。怵于积威,人丧其守……"

就这样,一部分大臣依然留在朝廷为明武宗所用,不能不说是明武宗政治手段的成熟,仅用一些荣誉头衔和高额俸禄就将众多朝臣拉拢在自己身边,对强大的文官集团打压而不致决裂,还有宦官势力的牵制,最终形成皇权巩固,这是武宗皇帝的成人礼。

真正的明武宗朱厚照,是一个什么样的君主呢?让我们拨开迷雾——

他虽然贪玩,流连豹房,但是批阅奏章、处理国家的重大事件从来没有耽误过。

宦官刘瑾权倾朝野实力强大,但他弹指之间就灭掉了刘瑾。明朝皇帝之所以信任太监并重用他们,也是因为明朝文官集团的力量远超过历史上任何王朝,皇帝一个人势单力孤,面对的却是整个文官集团,所以皇帝需要寻找盟友来对抗文官集团,而太监就是皇帝的盟友,所以朱元璋之后的明朝历代皇帝都会重用太监。

安化王、宁王谋逆造反准备了数十载,他几个月不费吹灰之力就平定了叛乱;百姓遭灾,他及时赈灾免赋;他出巡时从来不扰民。

自从土木堡之变后,北部边疆一直受到侵扰,但是朝廷上至皇帝、下至文武百官都不敢再次主动出击,而是收缩防御,造成长城以外明土尽失。他即位后多次出巡塞外筹划主动出击,与士兵同吃同住,他参与应州之战亲手杀敌,换来大明数十年的北境安定。

朱厚照属实贪玩,他对诸多大臣所提意见虽然没有听过多少但是也从没有因此惩罚过他们。他在位期间提拔任用了很多能臣,如刘健、谢迁、李东阳、杨廷和、杨一清等,有识人的眼光和用才的气魄。

历史的细节不断诉说,明武宗渴望打破体制常规,但最终却被这个体制打败。只是不同于其后的皇帝选择沉默,武宗骨子里对于自己个性的执着,让他以一种特立独行的方式与这个体制对抗。抹黑或事实都取决于视角,他可以是一个顽劣无比的弱智皇帝,也可以是一个一心破除桎梏、建立功业的人文君王。而这也恰恰是他的魅力所在。

即使对文官集团有所妥协，但骨子里，武宗始终是一个不管不顾、到处树敌的皇帝，和其父亲孝宗皇帝的好人形象相比，他完全是一副坏人的脸庞。

从小缺乏爱与安全感的孝宗，成为一个一辈子与人为善、寻求温暖的温暖或者说柔弱的男人。一个幼年时，便见识了皇宫最冷漠、最残酷的孩童；一个直到6岁才和父亲谋面，却又很快失去母亲的儿子；自己妻子的到来，儿子的出世，便是此生最大的慰藉。是以，他也将所能回报的一切感情和财富都赠予了他们母子，即便富甲天下，仍然追求心中那一方宁静和温暖，下定决心杜绝自己的童年悲剧重演。一个邪恶的万贵妃阴影笼罩了孝宗一生，生生把一代帝王逼成了坚贞如一的家庭好男人。他看到了父亲的妃子们常常争风吃醋、相互陷害，致使后宫乌烟瘴气。这么多年忍辱负重的生活让他看到了嫔妃之间争宠是后宫斗争的来源，不仅会造成很多冤魂，自己的母亲和养母吴废后都是因此冤死的，后宫的战争还会直接影响到皇帝在朝堂上的政策与表现。

孝宗皇帝对孝成敬皇后张氏，有弱水三千只取一瓢饮的深重情意，最为文官集团所喜欢，加之对文官集团的顺从，自然饱有明君之誉。孝宗笃爱妻子，不立妃嫔，两人共处如民间百姓夫妇。"旧制，帝与后无通宵宿者，预幸方召之。幸后，中人前后执火炬拥后以回，云避寒气。惟孝庙最宠爱敬皇后，遂淹宿若民间夫妇。"(《宙载》)"孝宗即位，立为后。笃爱，宫中同起居，无所别宠，有如民间伉俪然者。"(《胜朝彤史拾遗记》) 如此越矩，让一个准状元郎孰不可忍，仗义执言的结果，是到手的状元及第鸡飞蛋打："魏庄渠与顾未斋同举进士，廷试日，阁臣初拟定魏公第一，因其策中有云：'闻陛下一日之间，在坤宁宫之时多，在乾清宫之时少。'不可宣读，抑置二甲第九，而未斋遂得首擢。"(《说听》)

张皇后为孝宗生下二子一女，即朱厚照、朱厚炜、太康公主。因为张皇后的缘故，孝宗优待张皇后家外戚，为有明一朝外戚之最。仅立皇后四年，其父张峦便封伯。太子朱厚照一出生，张峦便晋封为侯，死后追封昌国公，他是大明首个追封国公的外戚。两个弟弟张鹤龄封寿宁侯，张延龄封建昌侯，食禄都在千石以上，这在明代外戚中亦是极其显赫与少见的。这两兄弟从此权势滔天，京城人呼之为"二张"。不可一世的张家兄弟从此开始了种种不法行为。"二张夺民田庐，讲宫寺舍。又豪奴姻亲凌官府，篡狱囚，莫敢诘。金玉积如山不厌，市津垄断往往皆二张人。"（《献征录卷第三》）

因为张峦的昌国公是追封的，根据明朝制度，他妻子金氏只能从其子，称寿宁侯太夫人。朱祐樘特别加封一级，为昌国太夫人。

张皇后的姑父高禄擢升礼部尚书，堂叔张岳、侄子张教、表弟金琦、干伯张嶙、义弟张忱封三品锦衣卫指挥使，表弟高岠封四品锦衣卫指挥佥事，此外张氏亲戚还有锦衣卫千户、百户若干。

朱祐樘甚至应他岳母金氏之请，连他岳父从前的小妾汤氏都追封为六品诰命安人。

多谋善智的首辅刘吉，长年营私被言官弹劾却屹立不倒，居内阁18年，只因反对朱祐樘如此破格宠遇张家，超过了其祖母太皇太后周家和嫡母王太后家，就被朱祐樘赶走致仕。

明朝规定，一个亲王死后坟地面积为50亩，郡王30亩，而朱祐樘给他岳父张峦一次就批发了翠微山30顷用作坟地，相当于60个亲王、100个君王按朝廷规制可用的面积，并为此调动了京师三大营官军上万人兴建。朱祐樘还亲笔为张峦书写神道碑，碑文曰："生峦，名成，贡太学，未仕。娶昌国太夫人金氏，实生今中宫，为朕佳配，诞育皇储，绵我国家亿万年之祚……"有明一朝，皇帝为臣子御笔神道碑只有三例，另外两例分别是朱元璋为大将军徐达、朱棣为黑衣宰相姚广孝，到朱祐樘这里，自己有了皇子，天大的功劳算到了岳父头上，可笑之余，亦暴露了孝宗皇帝强烈的家庭观念。为强化感激，朱祐樘还亲笔为张皇后家庙题匾曰"龙窝"，《兴济县志书》明载："在兴济县城外，西临御河，明昭圣皇后诞育处。弘治中，敕建宫于梓里，御制匾额曰：龙窝。"

兵部尚书马文升谏言九事、刑部尚书彭韶谏言四事，都特别对此提出异议，而朱祐樘的态度是，其他事一律令有司督办，唯独此事，虚心纳言，但坚决不改。

其实张皇后原本许聘给一个叫孙伯坚的秀才,只是重病未及迎娶。朱祐樘为东宫时选太子妃,张后家里想去应选,孙家同意解除婚约。结果张后竟然中选,成了未来皇后。朱祐樘听说了这事,一登基就特意给孙伯坚封了中书舍人,孙伯坚的哥哥孙伯强封了司仪署署丞,孙伯坚的老爹孙友封了尚宝少卿,感谢他们的通情达理,成就了自己的美满姻缘。吏部认为这完全不合规矩,但抗议无果。

孙伯坚秀才从此官运亨通,最后竟历弘治、正德、嘉靖三朝,升到了四品尚宝卿的实职高位。而朱祐樘的豁达大气与从容,亦由此彰显。

有孝宗皇帝对皇后家的无限宠溺,国舅寿宁侯张鹤龄和建昌侯张延龄兄弟,肆意败坏盐课,侵夺民田,甚至和太皇太后周家争田,大兴非歹之事。弘治一朝的正直大臣和官员,也多次对此提出谏言。

虽然张氏一门是小门小户,居家不谨,毫无远见,贪图财贿,恃宠非为,屡教不改,但朱祐樘似乎在和这户烟火气息十足的人家相处中,感受到了一直寻求的亲情慰藉,才会为他们一次又一次逾制甚至破坏朝廷法度,尽可能满足他们的物质需求,甚至放下帝皇尊严,努力在朝官、宦官面前为他们斡旋。

当满朝文官上书弹劾张氏兄弟时,朱祐樘无奈批复"朕只有这门亲,再不必来说"。一代帝皇的隐痛和悲凉,跃然纸间:冷宫长大,生母暴卒,生父冷漠,储位几乎不保,登基后寻找母家亲戚,却只找到源源不断的骗子,兄弟们陆续出外就藩……虽高居帝座九重,然孤家寡人,不外如是!

此事的解决之道,是朱祐樘让言官们都去张家吃和解酒,自持正义一方的言官们当然不肯吃张家的酒,无奈之下朱祐樘下旨强令他们前去。大家到了那一看,酒席竟是替皇宫置办宴席的光禄寺朝奉。换言之,是朱祐樘请他们喝酒,求朝臣们给自己这个皇帝一个脸面和一个台阶下。《明良记》记载了这件事:"又科道累劾后家专权,命司礼监拒之,而不得其辞。白帝求旨。帝手批:朕只有这门亲,再不必来说。仍密敕后家邀科道为宴谢罪。各官并辞不赴,遂请旨召之。及赴命,乃光禄茶饭也。"

孝宗皇帝的诚恳态度，让文官集团无奈而哀其不幸，毕竟除了皇后家事，孝宗皇帝对他们几乎是言听计从，但皇帝对张皇后家似乎优裕太过，张皇后家仗着皇帝的撑腰张扬太过——

弘治六年（1493）四月，赐寿宁侯张鹤龄房店76间。

弘治九年（1496）八月，赐金夫人宝源店房间67间。

弘治十六年（1503）二月，赐建昌侯张延龄庄田751顷，并把汝泾二位就藩亲王辞退的田一并赐予。

弘治十七年（1504）四月，在一起贵戚庄田纠纷案中，明孝宗偏帮小舅子张延龄，致使其一次性得地16705顷。连他给张皇后家建的家庙崇真宫，都要专门拨田地供奉，两次拨地分别是70顷50亩和24顷。

孝宗不仅封赏张延龄大片土地，还特许其田地增租。弘治十三年（1500）四月，孝宗特命寿宁侯张鹤龄河间府、肃宁等县庄田，每亩五分起科。当时其余皇庄官地不过是三分起科。户部数次上疏反对，说陛下恩有偏私，怕难以服天下人及其他亲王外戚的心，但是孝宗都一一驳回，仍旧特准。纵容之下，张家有恃无恐，放纵管家，如狼似虎，迫害小民，除皇帝赏赐的土地外，还额外兼并了更大面积的田土。为了征租，竟然打死了人，但是孝宗对其违法乱纪的行为仍旧不管不问。孝宗纵容皇后张氏使得外戚为害之烈，为有明一朝之盛。

弘治十八年（1505）五月，明孝宗在乾清宫驾崩，年仅36岁。皇太子朱厚照继承皇位，次年改元正德，张皇后被尊为皇太后，正德五年（1510）上尊号为"慈寿皇太后"。有了外甥正德皇帝的荫护，两位国舅也照样受到尊崇。正德十六年（1521）三月，31岁的朱厚照驾崩，由于没有子嗣兄弟，内阁首辅、大学士杨廷和与张太后商议后，根据《皇明祖训》中"兄终弟及""须立嫡母所生"的规定，决定迎立"兴献王长子，宪宗之孙，孝宗之从子，大行皇帝之从弟"朱厚熜为帝。朱厚熜气量褊狭，善于权谋，他认为自己这个皇位是根据祖训而立，他并不感谢武宗，亦并不尊崇张太后，为了给自己的父母争取地位，他掀起了长达18年的"大礼议"，他就是要通过"大礼议"告诉全天下，自己继承的是明太祖的江山，不是孝宗的，也不是武宗的。他已故的父亲兴献王朱祐杬应该入庙称宗，而母亲蒋氏才是大明帝国唯一的太后。朱厚熜成功为父母争得了"兴献帝"和"兴献后"的称号，并用皇太后的仪仗把母亲接到紫禁城，帝国一时并有蒋、张两位太后。

在"大礼议"之争中，嘉靖帝逐步提升母亲的地位，打压张太后。嘉靖三年（1524）七月，嘉靖帝在左顺门杖打和捉拿了反对"大礼议"的220名官员，然后为母亲蒋氏上尊号"章圣慈仁皇太后"。

嘉靖十二年（1533）十月，逮捕"二张"及其徒众，将张延龄以杀人罪判为绞刑，并革除了张鹤龄的爵位。嘉靖十六年（1537）冬天，张鹤龄被捕入狱，张延龄也判处斩刑，待秋后行刑。皇宫中的张太后四处求告，嘉靖不为所动。张鹤龄最终病死狱中，张延龄西市问斩，张太后惊惧病亡，大明权势熏天的外戚由此覆灭。

朱明王朝最大外戚的覆灭，并没有让历史转好，嘉靖一朝（1522—1566）越来越多地受到龙见困扰，其中犹以嘉靖二十九年至三十八年之间的十年为甚。在这期间，在正史上有18次准确时间的龙见记载，《明史》载："嘉靖四十年五月癸酉，青浦佘山九蛟并起，涌水成河。"

明末清初的张怡在《玉光剑气集》中曾收集了嘉靖朝龙见情事：

第一条龙出现在"嘉靖二十一年，杭州八字桥胡兽医家风雨昼作，屋住傍穴地出䶹，破椽瓦四五尺而起"。

第二条龙出现在"嘉靖三十二年，龙过方山，余祖茔松木大可数十围者悉连根拔起七八株"。

第三、第四条龙出现在"嘉靖三十七年六月六日，余避暑品嵓，见一白龙挂于山南，尾垂至地，复引一龙而上，并游云中。少焉，村民走报，起于青墩，坏庐舍数十家，其气勃勃然蒸人，甚可畏也，去此才二里许"。

第五条龙出现于"嘉靖四十五年六月三十日，龙过西湖，风雨大作，宝叔塔铁顶堕下，湖船翻三四只，接待寺新建千佛巨阁平地带起丈余者三次，跌为齑粉，无完植者。后有人自苏州回，云是日亦大风雨，有龙过"。

天下并不因为铲除外戚而安定,龙见屡屡发生,伴随着一次次政治危机和自然灾害。

说回孝宗皇帝,除了厚待皇后妻家,孝宗对各路亲王权贵的要求基本上也是来者不拒,博得了许多的赞誉和支持。

弘治三年三月,赐仁和长公主三河县庄地215顷;

弘治三年四月,赐瑞安伯王源顺天固安庄地225顷;

弘治三年九月,赐淳安大长公主饶阳县庄田160顷;

弘治三年九月,赐秀府顺义郡主永清县庄田27顷;

弘治四年正月,赐岐王祐榆永清县信安镇地575顷;

弘治四年四月,赐岐王刘武营地90顷;

弘治四年五月,赐茂陵神宫监太监陆恺定兴县地172顷;

弘治五年二月,赐益王望军台地200顷;

弘治五年九月,赐秀府顺义郡主东安县地27顷;

弘治六年五月,以丰润县,加南等社庄田500顷赐衡王管业;

弘治七年二月,赐重庆大长公主通州田13顷;

弘治七年四月,再赐衡王地150顷;

弘治八年三月,增赐顺义郡主东安县庄地31顷;

弘治九年九月,赐汝王玉田县望军台庄田700顷;

弘治九年十月,赐岐王德安府观滩店田300顷;

弘治十年十一月,赐德清长公主冀州庄田474顷55亩;

弘治十一年二月,又赐衡王平度州及昌邑寿光二县地1000顷;

弘治十一年三月,赐德清长公主衡水县地130顷;

弘治十一年六月,赐岐王德安府田300顷;

弘治十二年六月,赐荣王丰润县田500顷;

弘治十三年正月,赐寿王四川保宁府田403顷有奇;

弘治十三年二月,赐兴王湖广京山县近湖淤地1350余顷;

弘治十三年七月,再赐岐王德安府田612顷;

弘治十五年三月,赐衡王祐楎山东寿光潍县地1214顷。

孝宗对皇亲贵戚的纵容厚待,封赐皇亲、公主、亲王、勋贵的土地,已经能够管窥明朝中期土地兼并极其严重的真相。

反观正德年间,武宗却真正约束了皇亲贵戚的庄田兼并,并抑制了皇亲的各种无理要求。

正德元年正月,荣王请求霸州等地的马草场地,户部劝说不能给,武宗便拒绝了荣王的要求;

正德元年正月,仁和大长公主以孀居家贫为由,奏请浑河大同峪山的四座煤窑,工部劝说不能给,武宗便拒绝了大长公主的要求;

正德二年十一月,汝王上奏说原来赏赐辉二县三桥坡田地,户部查勘后有131顷,但是之前只给了70顷,请求将剩余的地也给他,武宗仍然拒绝;

正德三年五月,荣王上奏说他的长子、次子未受封,用度缺乏,请求颁赐,武宗却以祖训禄米已有定制,不敢违例为由,拒绝了他的请求;

正德元年七月,武宗增收德王田地的税,德王向他哭穷,说"臣无以自给",武宗却说"王何患贫",照旧加收他的税;

正德二年五月,针对宗室繁多,而国家财政建房压力太大的现状,武宗还颁布了宗室建房的费用标准,"自正德三年正月以后,凡将军授封出阁者,按季类奏。每镇国给银二百四十两,辅国视镇国六分去一,奉国视辅国五分去一,中尉视奉国四分去一,俱布政司给与自行修盖";

正德三年九月,由于之前宗室经常提前支取禄米,导致有藩王去世,多支取的禄米又还不回来,武宗特此规定宗室的禄米必须按季关支,不许提前支取,违令者将追究相关人员的责任。

经过几次拒绝和整顿后,正德年间宗室乞请田地的要求少了许多,再不像弘治年间那样几乎年年都有,而武宗本人赐给亲贵的田地也较之前大大减少。

正德二年九月,赐荣王龙阳县地方田地530顷;

正德三年二月,以静海县无税地6542顷赐皇亲沈傅吴让,沂州枣沟湖等处无税地707顷80亩赐泾王;

正德三年六月,赐荣王庄田七处共630余顷;

正德三年七月，赐庆云侯周寿庄田 870 顷；

正德三年十一月，赐仁和大长公主定兴新安二县庄田 307 顷 90 余亩；

正德四年五月，赐汝王退滩地 620 顷；

正德八年八月，赐庆阳伯夏儒庄田 3300 余顷；

正德九年四月，赐徽王彰德卫庄地 230 顷。

以上便是正德年间主要赐田记录，最大的两笔，都是给新皇亲，他的皇后及二妃家，总计不超过 1 万顷，还不如孝宗皇后家的一次得地。

另外，武宗还清查了勋贵的屯田，将他们隐匿多占的田地照例起科。

正德二年十二月，清查泾工田地，查出原属泾王的田地只有 250 顷，其余 707 顷 80 亩，抛荒地 627 顷 12 亩，都不是他的，于是被退还。

正德四年九月，查出公侯伯指挥等官张懋等，侵占庄田地共 1818 顷 70 余亩，照例起科，革去管庄人役，立案造册。

正德四年十二月，又清查了边镇镇守官的屯田，查出甘肃等处，镇守太监宋彬田 112 顷，总兵官署都督佥事卫勇田 87 顷，左副总兵都指挥佥事白琮田 14 顷，监枪都知监左监丞王欣田 11 顷，又采草湖田共 87 顷。分守凉州御马监太监张昭田 33 顷，右副总兵官都指挥佥事姜汉田 25 顷，分守肃州左参将都指挥佥事苏泰田 13 顷，守备西宁署都指挥佥事赵承序田 15 顷。武宗下令："镇守给水旱田各十顷，副总兵各半之，分守并监枪游击各旱田十顷，守备半之，原无者各给水田一顷，永为养廉定例。余听给舍余人等承种纳税，毋得数外滥给侵占。"只给他们留了很少的一部分，多余的庄田全部退还。

现在知道在正德年间为什么大家都讨厌明武宗了吧，跟他那个讲求中庸、仁慈宽厚的老好人父亲孝宗比起来，武宗似乎永远都在板着脸说"不"！

武宗为什么说"不"，那是因为国库里没有余钱，确实手紧。孝宗宽仁，以缓和社会矛盾维持了弘治朝的整体稳定，但表面掩饰的稳定，终究不能掩盖社会矛盾的持续积累，到了弘治末年，已是国库空虚、边防废弛、流民日增、民穷财尽。弘治十八年（1505）八月，武宗初即位时，刘健等三位大学士就联名上疏说："内承运库放支银两，全无印簿支销。二十年来，累数百万，以致府藏空竭。承领之人，岂无侵克？本库内官自请查算，岂可不查？司钥库收贮铜钱，亦数百万，托称内府关支，其实置之无用。若洪武等钱不行，则新铸弘治通宝，亦为虚费，岂可不用？"所以出现了熟知国库钱数的内阁阁臣，自请免除新皇登基赏赐的灼心之举。

  由此可见，弘治中兴年间，龙见显现，是几乎压抑不住的社会矛盾和民心浮动，山水画大家汪肇似乎深刻感受到社会的强烈脉搏，进而创作了《起蛟图》，这幅画堪称明代描绘蛟龙与风暴的顶峰之作，大明王朝黑云压顶，风雨欲来……

  呼唤道德气象清明之外，龙见更多的是依托自然灾异的频仍，以托道德和社会诉求，以天灾喻人祸。

第一章 龙见天意

第三回　自然灾异

龙见，大面积出现于元明，伴随龙见的，一是一次次政治危机，二是一次次自然灾异，三是造势新王朝龙兴。最终表现形式是少祥瑞而多灾异，灾异的具体表现包含但不限于干旱、严寒、洪涝、饥荒、大疫、蝗灾、地震、冰雹、沙尘暴、飓风等。

龙作为气象符号，事实上更接近于古人对客观世界的直观认识。特别是元明时期的古人，他们更多地认为龙见即是等同于描述极端气候的符号，即使是文人总结归纳民意，曲折委婉向皇帝表情达意，也需要自然灾异为他们造出龙见事件来搭台置景，以供他们登台表演。

海岸龙见，可能是可怕的海啸；江河龙见，则是汹涌暴涨的洪水；毁田破屋的龙见，似乎就是龙卷风；吸水入天的龙见，现在称作水龙卷……但古人的龙见，绝不仅仅是自然气象，绝不可忽视龙在古人心中的心理状态和政治影响。元明时期，人们对恶劣、极端天气的判断，与现在的我们认识一样，但古人往往透过恶劣的天气，会看到或联想到被扰乱的宇宙秩序和天道规律。天道无外乎人情，根据天人感应的固有观念，龙见即意味着人世间的规律和秩序正在被打破，其被破坏的程度，已经到了上天不得不通过龙见的形式警示或惩罚的地步。

龙见的心理震慑和社会影响，都是通过自然灾害的预警或发生作为载体的，因此，每次龙见实质是发生自然灾害，需要百姓承受极端气候巨变下实实在在的各种灾害。根据各种史志记载，龙见多以带来暴雨灾害的雨龙，带来汹涌水灾的水龙，带来天火闪电的火龙，带来严重雷击的雷龙，和通天彻地吸物上天的龙卷风为灾难外化形式出现。

第一节　升　天

乘龙登天，是白日飞升成仙的盛景，德行极高之人，才有龙降迎跨的规格。正史里，除却明孝宗跨龙归天，最为著名的，是黄帝骑龙而升天。

此次龙见典故见于《史记·孝武本纪》："黄帝采首山铜，铸鼎于荆山下，鼎既成，有龙垂胡髯下迎黄帝，黄帝上骑，群臣后宫从上者七十余人，龙乃上去，余小臣不得上，乃悉持龙髯，龙髯拔，堕黄帝之弓。百姓仰望黄帝既上天，乃抱其弓与胡髯号。"

黄帝统一了中原地区，为了纪念战胜蚩尤，采集首山铜，在荆山脚下铸造了一个大鼎，就在举行铸鼎庆典的盛大仪式上，黄帝被黄龙迎归上天，留下了黄帝乘龙升天的功德圆满、千古流芳的传说："黄帝乘龙戾云，顺天地之德。"

如果记述不虚，黄帝确实在天下定鼎的庆典上，被一条黄龙迎归上天，那绝不会是一件好事。那一定是个夏日，九州鼎定的王国，迎来了一出巨大的悲剧，一股巨大的龙卷风，搅动天地，遮天蔽日地向盛大的典礼现场而来，所过之处万物被席卷进一个巨大的旋涡，一时间泥沙漫天，田屋尽毁，远远看去，通天彻地间，仿若一条黄色龙须从九天下垂，在人间摆动，气势不凡，神威莫测。

不幸的是，龙卷风直直奔袭了典礼的主祭台，正在主祭天地的黄帝被瞬间卷进龙卷风中，疾速旋转仿佛骑龙升天，群臣和后宫之人七十余人靠近祭台，而未能幸免，小臣和百姓因离得较远而被卷抛在地，黄帝的箭弓亦被抛坠下来，众人号哭。

此次龙见，王国遭遇君臣核心团队的损失，却最终被以另外一个角度美化为黄帝骑龙飞升的故事。事实上，古时把死亡避讳称作升天，《史记》中的记叙，其实已经委婉以"升天"实说黄帝死于此次龙见的灾害，由于死状可怖，并有损黄帝英名，似乎才有此故事附会其英名和功业。

事实上，黄帝统一九州的功业，亦与龙有莫大干戚，黄帝建国，有神龙相助。《山海经·大荒北经》有云："蚩尤作兵伐黄帝。黄帝乃令应龙攻之冀州之野。应龙畜水……遂杀蚩尤……应龙已杀蚩尤，又杀夸父，乃去南方处之，故南方多雨。"应龙，背生双翼，《述异记》中记述"龙五百年为角龙，千年为应龙"，是上古时期黄帝的神龙，它曾奉黄帝之令讨伐蚩尤，并杀了蚩尤而成为功臣。在禹治洪水时，神龙曾以尾

第一章 龙见天意

扫地，疏导洪水而立功，此神龙又名为黄龙，黄龙即是应龙，因此应龙又是禹的功臣。

蚩尤来势汹汹进攻黄帝，黄帝派应龙打杀蚩尤，再杀夸父，应龙的本领是兴风作浪。应龙杀蚩尤后飞走了，飞到南方，南方便多雨，北方地区便产生了干旱，这时民间的百姓做成应龙形状的龙，祈求降雨，过不多久，天上果然降下雨来。这就是祭龙祈雨的来源。

之所以有神龙护佑，神龙迎归，是因为黄帝本来就是龙种，处处显示的是天命所归。唐张守节《史记正义》曰："（黄帝）母曰附宝，之祁野，见大电绕北斗枢星，感而怀孕，二十四月而生黄帝于寿丘……生日角龙颜，有景云之瑞，以土德王，故曰黄帝。"黄帝生下来就有"日角龙颜"，黄帝就是龙种。汉代纬书讲，伏羲氏首德于木，为百王之先。伏羲氏即是青龙、青帝。炎帝神农氏以火德为王，为赤龙；黄帝轩辕氏以土德为王，为黄龙。

早在汉代，人们已经注意到五行方位对应五色龙的天人感应，刘安在《淮南子·地形训》中论述龙在不同的地方出现对应不同的颜色，缘于土壤颜色的不同，北方黑土地生黑龙，南方红土地生红龙，中原黄土地生黄龙。用现在的科学解释，这就是龙卷风的成因，龙卷风不同的颜色，是因为不同地形、地域土壤的颜色不同，不同颜色的气尘蒸发上升形成不同颜色的云，阴气和阳气接触相迫形成雷鸣，激烈撞击形成闪电，高处云气相遇低处云气，冷热气流相交形成雨水，降落大地集中于河流而汇融于不同颜色的海：

> 正土之气也御乎埃天。埃天五百岁生缺，缺五百岁生黄埃，黄埃五百岁生黄澒，黄澒五百岁生黄金，黄金千岁生黄龙，黄龙入藏生黄泉。黄泉之埃，上为黄云。阴阳相薄为雷，激扬为电，上者就下，流水就通而合于黄海。

> 偏土之气御乎清天，清天八百岁生青曾，青曾八百岁生青澒，青澒八百岁生青金，青金八百岁生青龙，青龙入藏生青泉。青泉之埃，上为青云。阴阳相薄为雷，激扬为电，上者就

下，流水就通而合于青海。

壮土之气，御于赤天，赤天七百岁生赤丹，赤丹七百岁生赤澒，赤澒七百岁生赤金，赤金千岁生赤龙，赤龙入藏生赤泉。赤泉之埃，上为赤云。阴阳相薄为雷，激扬为电，上者就下，流水就通而合于赤海。

弱土之气，御于白天，白天九百岁生白礜，白礜九百岁生白澒，白澒九百岁生白金，白金千岁生白龙，白龙入藏生白泉。白泉之埃，上为白云。阴阳相薄为雷，激扬为电，上者就下，流水就通而合于白海。

牝土之气，御于玄天，玄天六百岁生玄砥，玄砥六百岁生玄澒，玄澒六百岁生玄金，玄金千岁生玄龙，玄龙入藏生玄泉。玄泉之埃，上为玄云。阴阳相薄为雷，激扬为电，上者就下，流水就通而合于玄海。

中央正土之气，生黄云，成黄金，育黄龙；东方偏土之气，生青云，成青金，育青龙；南方壮土之气，生赤云，成红铜，育赤龙；西方弱土之气，生白云，成白银，育白龙；北方牝土之气，生玄云，成黑铁，育玄龙。

除却古人认知有限，出现腐草为萤之类的跨物质变化颇为神秘之外，对于龙卷风颜色的形成认识是朴素而求实的。由于北方的土地是黑色的，龙卷风卷起黑土地的尘埃就形成了黑龙，同理，南方赤龙，中原黄龙，东边是海洋，龙卷风吸起东部海洋里的水，就形成了青色的水龙卷。

天气，为天意代言。

第二节　龙卷风

于轩辕皇帝和明孝宗而言，遭遇龙卷风殒命或于风雨之夜驾崩，都会被美化为骑龙上天，是上天召回在人间功德圆满的真龙天子，但于世间百姓而言，那就是实在而痛苦的灾难。

1457年，明朝代宗朱祁钰景泰八年，石亨、徐有贞、曹吉祥拥戴被囚禁在南宫的明英宗朱祁镇复位，英宗改元天顺，史称夺门之变。历经土木堡之变被蒙古囚禁八年后归国的明英宗，成了从自己同父异母兄弟手中篡取大位的皇帝，有失天道必然引起天变。这一次的龙见，发生在一年后遥远的天涯海角的海南琼州府。

《琼州府志》记载，天顺二年（1458）夏日的一个午后，海南琼州府治所在的琼山县，天空晴朗白云簇拥，县民们逐渐发现空中一片五色彩云从海上缓缓飘近，距离越来越近，速度却越来越快，足足九条巨大的龙尾，从彩云间拖拽下来，在海面上肆意摇摆，形成激烈的海水龙挂，挟势向县城冲过来，气势逼人。人们发现不对劲，但已经来不及了，一时间飞沙走石，九条龙从云端俯冲而下，袭向县衙，致使仪门尽毁，群龙同时扑向一个妇人，使其血肉横飞。群龙随即向东北腾空而去，捣毁街道，倒屋拔木，所过之处，茅草瓦片家什衣物裹卷上天，损失无算。估计此次龙见并没有警示到明英宗，反倒是诸如此类的龙袭等自然灾害，让海南的升斗小民饱受苦难。

以今人角度来看，此次风灾乃是夏季常见的台风天气，只是这一次程度极为剧烈而已。海南岛位于热带台风登陆的前锋线，尤其是每年夏季，正是台风挟带着降雨来袭的时候。

考诸《琼州府志》，自元到明三百年间，海南岛民经历的灾异包括三次淫雨（1305、1520、1585），八次大饥荒（1324、1434、1469、1528、1572、1595、1597、1608），三次大干旱（1403、1555、1618），两次大蝗灾（1404、1409），包括此次龙袭在内的四次大台风（1431、1458、1542、1616），六次大地震（1465、1469、1523、1524、1595、1605），三次大疾疫（1489、1506、1597），两次雨雪及极寒（1507、1606），一次大洪水（1520），一次海啸（1524），一次大雷击（1582），两次饥民流离（1595、1608）。

因为相信，所以看见，龙卷风在古人眼中是神龙，是因为人们心里相信龙卷风就是天威莫测的龙，它符合传说中龙的所有特征：贯通天地的疾速旋风，宛如蜿蜒的龙身，以龙尾在世间横扫，隆隆巨响震慑人心，电闪雷鸣暴雨常伴左右，气势惊人，凶猛凌厉，威力巨大，所到之处，田毁屋倾草树上天。如果附会一些道德教化、因果循环和天人感应，丰富一些龙见情节和细节，那么，这龙卷风无疑就是一条传递上天旨意的神龙，只是龙头往往隐藏在天空，露出一鳞半爪供世间凡人想象、惊吓以及膜拜。

唐代以前的古籍，关于日、月、星、龙、雷、电、风、雨、云、虹等天象的记载非常丰富，唯独没有龙卷风的记载，到了宋、明、清时期才有龙与风有关联的记载。远古先人并非疏漏，古代发生的龙卷风，只是被古籍记载为"龙"而已。确切地说，上古时代的人们，认识自然的能力有限，因此把龙卷风这种自然现象，认为是一种上天派来的主管行云布雨、惩戒凡间、传递天意的神龙。

上古先民面对强大而残酷的自然，弱小而卑微，任何一场自然灾害都有可能夺取自己甚至整个部族的生命，无法抵抗只能选择顺从和膜拜。人们于是遁入自然信仰，信仰于日月星辰、山川河流，于是有了太阳神羲和、月亮神嫦娥、三十六星宿、山神、河伯，甚至一草一木都具天地灵气，背后都有神灵。相信万物有灵的逻辑一旦成立，雷、电、风、雨、云、虹等每一种自然现象的背后，就无一不是天神在幕后操控，每一种自然现象，都是天意所在。龙卷风太过神奇，发出隆隆声音，在天地之间飞舞，能兴风降雨，其形状、声音、引来雷电暴雨、带来严重灾害后果，本身就足够神奇，于是，直接将之命名为"龙"，而不仅仅是风。

其实，风在上古先民意识里已经很可怕了，"風"的外框表天，天下有一条虫就是风。《说文解字》解释"風"为"風动虫生"，这里的虫就是似蛇的龙。龙，在《说文解字》里，被称为鳞虫之长，意为龙的形状像蛇。龙，似乎是古人直接根据龙卷风"隆隆"的声音而得名，龙的形象是蛇，天下有一条大蛇在飞舞就产生了风。

和"风"不同，"龙"是大威力、强烈度、有雷雨相伴，能带来人畜升天、房屋摧毁大灾害的"大风"，它外化为隆隆作响、状如飞蛇。王充《论衡》中已经清楚地认识到，龙多出现在雷雨天气，击折树木，

第一章 龙见天意

毁坏房屋，龙多登云而升天，龙载云雨而行。符合龙卷风的一切发展状态。

北宋沈括在《梦溪笔谈·卷七·象数一》中透露了龙的玄机："龙者……可以体之，然未必有是物也。"明确指出了龙是一种气体，可以成形，但未必是物体。

沈括以中国古代少有的科学家视角，在《梦溪笔谈·卷二十一·异事·异疾附》中，罕见地、纯粹自然而非形而上地记录了一次龙卷风：

> 熙宁九年，恩州武城县有旋风自东南来，望之插天如羊角，大木尽拔。俄顷，旋风卷入云霄中。既而渐近，所经县城，官舍民居略尽，悉卷入云中。县令儿女奴婢卷去，复坠地，死伤者数人。民间死伤亡失者，不可胜计。县城悉为丘墟，遂移今县。

这是一次堪称灾难级的龙卷风，不仅尽拔大木、略尽官舍民居，死伤亡失者，不可胜计，而且县令儿女奴婢亦未能幸免，悉数卷去复坠地，死伤者数人。最终，县城悉为丘墟，不得不迁址另建县城。在道德家、神学家和乌合黎民眼中，这无疑是一次天谴，上天连县衙县令都不放过，可见其或者当朝皇帝品行不端，已经令天帝震怒。

南宋陆游在成都做官时，以《龙挂》诗描写了成都六月天出现的一次龙卷风：

> 成都六月天大风，发屋动地声势雄。
> 黑云崔嵬行风中，凛如鬼神塞虚空，霹雳迸火射地红。
> 上帝有命起伏龙，龙尾不卷曳天东。
> 壮哉雨点车轴同，山摧江溢路不通，连根拔出千尺松。

诗人用形象的语言生动地展现了雄壮恐怖的极端大风天气，描写得细致入微，比喻和夸张更加深了龙卷风的可怖。那个大风天，天地之间充满了地动山摇的声音，黑云像高山一样在风中汹涌，仿佛满天鬼神齐列,霹雳闪得大地一片火色。天帝敕命神龙腾空,龙的尾巴从东方的天上直拖下来,以尾划地,所过之处,狼藉一片。一时间,雨点大得如同车轴,高山摧崩江水泛滥,千尺大树被连根拔起……

龙挂,即水龙卷,是一种偶尔出现在温暖水面上空的龙卷风。饱含水汽快速旋转的气柱状水龙卷,其危险的程度并不亚于陆上龙卷风,内部的风速每小时可达200公里。许多水龙卷形成在离雷雨发生地很远的地方,甚至出现在相当晴朗的天气里。宋代叶梦得在《避暑录话》中对其有描述:"五六月之间,每雷起云族,忽然而作,类不过移时,谓之过云雨,虽三二里间亦不同。或浓云中见若尾坠地蜿蜒屈伸者,亦止雨其一方,谓之龙挂。"

陆游还有一首《龙湫歌》,描写的就是由积雨云发展而成的猛烈旋风江中吸水,形成暴雨的过程:

> 环湫巨木老不花,渊沉千尺龙所家。
> 爪痕入木欲数寸,观者心掉不敢哗。
> 去年大旱绵千里,禾不立苗麦垂死。
> 林神社鬼无奈何,老龙欠伸徐一起。
> 隆隆之雷浩浩风,倒卷江水倾虚空。
> 鳞间出火作飞电,金蛇夜掣层云中。
> 明朝父老来赛雨,大巫吹箫小巫舞。
> 词门人散月娟娟,龙归抱珠湫底眠。

《三国演义》第二十一回《曹操煮酒论英雄》,曹操指天外龙挂,以龙的升潜隐显暗指英雄,正中韬光养晦龙腾心胸的刘备痛处,为防曹操过早地把他当作对手,将其英雄梦扼杀于摇篮,于是顾左右而言他,处处设防,却被曹操一一驳回,针针见血,上演了一出好看的攻心计——

> 玄德也防曹操谋害,就下处后园种菜,亲自浇灌,以为韬晦之计。关、张二人曰:"兄不留心天下大事,而学小人之事,何也?"玄德曰:"此非二弟所知也。"二人乃不复言。

一日，关、张不在，玄德正在后园浇菜，许褚、张辽引数十人入园中曰："丞相有命，请使君便行。"玄德惊问曰："有甚紧事？"许褚曰："不知。只教我来相请。"

玄德只得随二人入府见操。操笑曰："在家做得好大事！"唬得玄德面如土色。操执玄德手，直至后园，曰："玄德学圃不易！"玄德方才放心，答曰："无事消遣耳。"

操曰："适见枝头梅子青青，忽感去年征张绣时，道上缺水，将士皆渴；吾心生一计，以鞭虚指曰：'前面有梅林。'军士闻之，口皆生唾，由是不渴。今见此梅，不可不赏。又值煮酒正熟，故邀使君小亭一会。"玄德心神方定。随至小亭，已设樽俎：盘置青梅，一樽煮酒。

二人对坐，开怀畅饮。酒至半酣，忽阴云漠漠，骤雨将至。从人遥指天外龙挂，操与玄德凭栏观之。操曰："使君知龙之变化否？"玄德曰："未知其详。"操曰："龙能大能小，能升能隐；大则兴云吐雾，小则隐介藏形；升则飞腾于宇宙之间，隐则潜伏于波涛之内。方今春深，龙乘时变化，犹人得志而纵横四海。龙之为物，可比世之英雄。玄德久历四方，必知当世英雄。请试指言之。"玄德曰："备肉眼安识英雄？"操曰："休得过谦。"玄德曰："备叨恩庇，得仕于朝。天下英雄，实有未知。"操曰："既不识其面，亦闻其名。"

玄德曰："淮南袁术，兵粮足备，可为英雄？"操笑曰："冢中枯骨，吾早晚必擒之！"玄德曰："河北袁绍，四世三公，门多故吏；今虎踞冀州之地，部下能事者极多，可为英雄？"操笑曰："袁绍色厉胆薄，好谋无断；干大事而惜身，见小利而忘命：非英雄也。"

玄德曰："有一人名称八俊，威镇九州：刘景升可为英雄？"操曰："刘表虚名无实，非英雄也。"玄德曰："有一人血气方刚，江东领袖——孙伯符乃英雄也？"操曰："孙策藉父之名，非英雄也。"玄德曰："益州刘季玉，可为英雄乎？"

操曰:"刘璋虽系宗室,乃守户之犬耳,何足为英雄!"玄德曰:"如张绣、张鲁、韩遂等辈皆何如?"操鼓掌大笑曰:"此等碌碌小人,何足挂齿!"玄德曰:"舍此之外,备实不知。"操曰:"夫英雄者,胸怀大志,腹有良谋,有包藏宇宙之机,吞吐天地之志者也。"

玄德曰:"谁能当之?"操以手指玄德,后自指,曰:"今天下英雄,惟使君与操耳!"玄德闻言,吃了一惊,手中所执匙箸,不觉落于地下。时正值天雨将至,雷声大作。玄德乃从容俯首拾箸曰:"一震之威,乃至于此。"操笑曰:"丈夫亦畏雷乎?"

玄德曰:"圣人迅雷风烈必变,安得不畏?"将闻言失箸缘故,轻轻掩饰过了。操遂不疑玄德。后人有诗赞曰:"勉从虎穴暂趋身,说破英雄惊杀人。巧借闻雷来掩饰,随机应变信如神。"

曹操和刘备论英雄的季节,和陆游诗赋龙挂的季节一样,正是盛夏时节,这时正是龙卷风多发的时间,由于这个系统性极端天气无法准确描述,古人加入形而上的思维综合,简化统称其为"龙"。不承想,这似乎正好契合帝王真龙天子的自我定位,借其势以表天威之威猛与不测,增强帝王统治的震慑和神秘,威服天下。于是,各代帝王主导下的正史和方志,"龙"就这样大摇大摆地进入了历史。

考古代志史的龙见记载,至少有三分之一是以典型龙卷风自然现象为蓝本而加以夸张、神秘化记述的。粗略梳理《二十四史》的龙卷风"龙见",有多现于夏天、江河湖海或水井等水地、破坏力巨大等共同特征——

前燕慕容皝时(337—348)夏四月,有黑龙、白龙各一见于龙山,皝率群僚观之,去龙二百步,祭以太牢。二龙交首嬉翔,解角而去。皝大悦,大赦其境内,为新建宫室取名"和龙"。

齐东昏侯永元三年(501)七月丙辰,龙斗于建康淮河,激水五里。

梁武帝天监二年（503）北梁州潭中有龙斗，喷雾数里。

普通五年（524）六月，有龙斗于曲阿王陂，渐向西行，至建陵城而散。所经之处，树木皆折开数十丈。

太清元年（547），黎州水中又有龙斗，波浪涌起，云雾四合，而见白龙南走，黑龙随之。

元帝承圣三年（554）三月，先有二龙自南郡城西升天，百姓聚观，五彩分明。随后，城壕中又有龙腾出，焕烂五色，跳跃入云，六七小龙相随飞去。群鱼腾跃，坠死陆道。

陈武帝讨伐侯景，兵屯西昌，有龙见水滨，高五丈五尺，鳞甲鲜明耀眼，军队观者数万人。

武成帝河清二年（563），齐州上言，济河水口见八龙升天。

武平三年（572），龙见邯郸井中，其气五色属天。又见汲郡佛寺涸井中。

静帝大象元年（579），有黑龙与赤龙斗于汴州水侧，黑龙死。次年，宣帝崩，静帝立，禅于隋。

隋文帝仁寿四年（604），龙见代州总管府井中。其龙或变为铁马甲士弯弓上射之象。

玄宗天宝十四年（755）七月，有二龙斗于南阳城西。

宪宗元和十年（815）四月，滑州府报青龙见于新开河。

僖宗乾符三年（876）三月，奉天镇报称金龙昼见，自河升天。

蜀王建武成三年（910）八月，有五十条龙见于洵阳水中。永平二年（912年）十二月，黄龙见富义江，又见大昌池中。

乾德五年（967）夏，京师雨，有黑龙见尾于云际，自西北趋东南而行。六年（968）四月，单州单父县民王美家龙起井中，暴雨漂庐舍，失族属，及坏旧镇廨舍三百五十余区，大木皆折。

太宗太平兴国二年（977）五月，白龙见宁州要册龙庙池中，长数十丈，东向吐青白云，见者千余人。

南宋高宗绍兴二十五年（1155）六月，江州湖口县有赤龙横水中如山，风浪大作，寒气肃然，覆舟数十艘，士卒溺死数百人。

元至正二十七年（1367）六月丁巳，皇太子寝殿新甃井成，有龙自井而出，光焰烁人，宫人震慑仆地。

明武宗正德十二年（1517）六月癸亥，山阳见黑龙，一龙吸水，声闻数里，摄舟及舟女至空而坠。十三年（1518）五月癸丑，常熟俞野村迅雷震电，有白龙一、黑龙二乘云并下，口中吐火，目睛若炬，撤去民居三百余家，吸二十余舟于空中。舟人坠地，多怖死者。是夜红雨如注，五日乃息。十四年（1519）四月，鄱阳湖蛟龙斗。

神宗万历三十一年（1603）五月戊戌，历城大雨，二龙斗水中，山石皆飞，平地水高十丈。

清康熙元年（1662）七月二十九日，嘉兴二龙起海中，赤龙在前，青龙在后，鳞甲发火，过紫家埭，倒屋百余间，伤一人。三年（1664）七月朔，镇洋大风海溢，有龙下糜场，伤数人。十二年（1673）六月，深泽马铺民家龙起，大风雨，破壁而去。十三年（1674）夏，永嘉龙见；万载大水，龙出。十七年（1678）六月，咸宁大墓山有龙突现头角，三日，鳞甲晃如赤金，白昼飞腾，穿山为河，伤民畜。三十六年（1697）三月，毕节龙见赤水河。四十七年（1708），灵州井中有龙，时见其首尾，数日，忽大雨霹雳，腾空而去。

乾隆二年（1737）九月，青浦龙斗于泖，自西南至东北入海。五年（1740）五月，高邮大风，有白龙舞空中，鳞甲俱现。六年（1741）六月十三日，昆山东乡设网村有白龙卷去民房十七家。二十五日，席家潭有白龙卷去周家庄大舟并二人，坠巴城镇三里岸渚，复卷去镇民盛某，掷地，身无恙。七月壬辰，天顿黑，有白龙尾垂二丈余。十四年（1749）七月五日，高淳龙起于永丰圩下，首尾鳞甲俱现。十九年（1754）秋，济南巨治河有龙斗。二十年（1755）五月二十日，澄海狂风骤雨，有双龙自东而来，由蓬州所东门经过，冲倒城垣五十七丈，民房三百余间，有压毙者。二十一年（1756）六月，招收、龙井地方有龙自空冉冉而下。七月十四日，泰安蛟起夏辉村西河，高二丈，彩色灼烂，横飞东南，风云随之。五十六年（1791）六月，莒州赤龙见于龙王峪，先大后小，长数丈，所过草木如焚。六十年（1795）春，青浦有白

151

龙自东至金泽镇南，去地祇三四尺，所过屋瓦皆飞。

嘉庆十四年（1809）五月，有龙戏于瑞州城隍庙江均河，水立丈余。

道光九年（1829）十一月二十二日，滕县见青龙，长约数十丈，鳞甲俱现。二十八年（1848）七月二十三日，太平五龙同见空中，是夜飓风大作。

咸丰三年（1853）七月十五日，黄陂龙见于聂口，鳞甲宛然，拥船只什物于空中。五年（1855）七月二十三日，石首风雷大作，顷之二龙接尾而上。七年（1857）五月初八日，来凤县曾氏塘风雨骤至，有物长丈余，乘风入塘，形似牛，身备五色，目灼灼有光，水喷起。十年（1860）五月，松滋天鹅塘出龙，行陆地，所过禾稼尽偃。

同治十年（1871）三月二十二日，湖州有龙斗，狂风骤雨，拔木覆舟。

光绪十九年（1893）正月，灵台龙见于井中。二十一年（1895）十月，大通龙见于惠广寺。

元代杨瑀在《山居新话》中对有关于龙的记载，加入因果和道德之后，故事立即就有了引人入胜和震慑人心的效果。"是日忽二龙降于豪强之家，凡厅堂所有床椅、窗户，皆自相奋击，一无完者。摄一舟，决颐如口，衔于爪牙者当门之槛，牢不可脱。讼者之舟，摄覆平地。谋讼者，压折左肱，几死。龙所过之地，作善之家，分毫无犯。凡平日之强梁者，多破产焉。豪强寻亦遭讼，今渐费荡。呜呼！龙之有神，古所闻也；龙能彰善瘅恶，古所未闻也。愚民自以为天道冥冥。今观斯事，神岂远乎哉？闻之者足以为戒也。"

这二龙，看来是深具公平正义、锄强扶弱理想的龙卷风。

第三节　王朝五行

正史中龙见的记载，多归于"龙蛇之孽"，"龙蛇之孽"归于"五行志"条下。古人把宇宙万物划分为五种性质的事物，也即分成木、火、土、金、水五大类，并叫它们为"五行"，是古人集哲学、占卜、算命、历法、中医学、社会学等诸多学说于一身的理论。五行学说最早见于《尚书·洪范》记载的箕子与周武王的对话:"五行:一曰水、二曰火、三曰木、四曰金、五曰土。水曰润下(代表浸润),火曰炎上(代表破灭),木曰曲直(代表生长),金曰从革(代表敛聚),土爰稼穑(代表融合)。润下作咸,炎上作苦,曲直作酸,从革作辛,稼穑作甘。"

正所谓"天有五行,水火金木土,分时化育,以成万物。其神谓之五帝",水火金木土自有其相生相克的运行规律,一旦规律被破坏,即可引来灾异与不祥,天道就会被上天修正。孙悟空以一己之力破坏了天地既有运行规律,最终受到的惩罚,即是压在五行山下修正脾性。五行紊乱,表现为不适时宜,一个事物出现在不该出现的时间和地点,即是天象,凡瑞兴非时,则为妖孽。

木、火、土、金、水分别对应青、红、黄、白、黑五色,以及东、南、中、西、北五方,并主四季。

五行	阳	阴	方位	神兽	颜色
木	甲	乙	东	青龙	青
火	丙	丁	南	朱雀	红
土	戊	己	中	应龙	黄
金	庚	辛	西	白虎	白
水	壬	癸	北	玄武	黑

古人认为王朝罔替,乃是天道五行相克所定,按照王朝更迭五德说,以土、木、金、火、水相克的原理来阐释社会运动规律,其终始循环表现出命定论的特征,通过崇圣推演内圣与外王的关系,铸造不可动摇的权威。

战国时期的邹衍经过深思熟虑,把阴阳五行系统地表达为五行终始说,并为君主所接纳和使用,邹衍"适梁,惠王郊迎,执宾主之礼。适赵,平原君侧行撤席。如燕,昭王拥彗先驱,请列弟子之座而受业,筑碣石宫,身亲往师之。作《主运》。其游诸侯,见尊礼如此"(《史记·孟子荀卿列传》)。邹衍宣称,每个朝代都有与五行相对应的德,也就是来自天意的合法性。同时他指出，一德对一色，金德对白，木德对青，水德对黑，火德对红，土德对黄。五行相生相克，金克木，木克土，土克水，水克火，火克金，终而复始，五德亦是。所以，每一个称王做帝成功的人，都要给自己的王朝赋予一种克胜所灭朝代的所谓新德，而整个国家的颜色也会随之改变，这就是中国历史上特有的"颜色革命"，五德相生相克说成为王朝德运循环的主流。改朝换代往往意味着国家颜色的改变，这种看似简单的黑红白青黄背后，其实是一种影响了中国王朝政治近千年的学说，那便是"五德终始说"，"五德"是指五行木、火、土、金、水所代表的五种德行；"终始"是指"五德"周而复始地循环运转。

邹衍研究后认为，"五德从所不胜，虞土、夏木、殷金、周火"。黑色主水德，所以秦朝崇尚黑色。《史记·秦始皇本纪》："始皇推终始五德之传，以为周得火德，秦代周德，从所不胜。"

周是火德，秦始皇就采取克周德的水德，而水德相应的颜色就是黑色，所以整个大秦帝国就成了黑色帝国。大秦帝国一片黑，不仅是秦始皇采用了水德所代表的黑色做标志，"衣服旄旌节旗皆上黑"，同时还进行了一系列与水德相对应的制度改变，"方今水德之始，改年始，朝贺皆自十月朔……数以六为纪，符、法冠皆六寸，而舆六尺，六尺为步，乘六马"。十月为亥月，水旺于亥月，故以十月为年始；为什么帝国官方广泛规定使用"六"？乃是因为，河图一、六为水，因此在数字上也崇尚用"六"；黑色为水，因此服饰颜色也尚黑。

更为重要的是，水德对应刑杀，秦帝国的国家治理，主张严刑峻法，不尚仁义和善，"以为水德之始，刚毅戾深，事皆决于法，刻削毋仁恩和义……于是急法，久者不赦"。而过分地强调"水德"的"刚毅戾深"，也造成了秦二世而亡的局面。

"五德终始说"的起点其实是黄帝，他属于土德，其后的夏、商、周、秦分别为木、金、火、水，按照这样"天意的历史规律"，汉朝革了秦朝的命，土克水，汉朝应该是土德才对。可刘邦却自认为黑帝，乃水德，所以制度服色沿用秦旧。汉朝官方正式承认土德，是在百年之后的汉武帝时代才得以实现的。公元前104年，汉武帝正式宣布改制，奉土德为正朔，中国又由黑色世界变成了黄色世界，"以正月为岁首，服色尚黄，数用五，定官名，协音律"。

"五德终始说"的相克替代理论适用于暴力革命，西汉末年，王莽篡汉。为了证明自己是"被禅让"而非篡夺的正统性，王莽必须给自己在天道层面找出强有力的佐证。所以此时邹衍的"五行相胜"说就略显不合时宜了。因此王莽弃用了邹衍的富有竞争色彩的斗争历史发展观，而让刘歆建立了以"五行相生"为核心的"新五德终始说"，亦即木生火，火生土，土生金，金生水，水生木。王莽自称孙的后裔，继承舜的土德，而汉室是尧的后裔，属火德，火生土，因此他接受汉献帝的禅让，是符合天道的。

至此，"五德终始说"从原来的"相胜"变为"相乘"，也就是从原来的相克，变为相生，并影响后世。而恰恰是这次篡改，让"五德终始说"成为一个说辞和工具。新朝代以何德来继承大统，则变成政治家们的一种说辞，制定起来也略显随意，只是服务于政治，而无学术脉络可言。

但整体而言，后期的"五德终始说"都是朝代相生的关系，而这个学说一直延续到元代。

光武帝光复汉室，沿用了王莽以"新五德终始说"奉汉朝"火德"的德运，并未改回"土德"，以火生土，以寓汉朝中兴，东汉及以后的史书如《汉书》《三国志》等皆采用了这种说法。公元25年，刘秀成了火德皇帝，整个国家的颜色又变成了红色。

东汉末年，黄巾起义爆发，按照五行相克的理论，取火生土。黄巾军革命纲领《太平经》提出，东汉是火德王，汉运衰，代汉而兴者当为土德。黄巾军首领张角自称"黄天"，以示将承汉祚而王天下。不幸的是，这次农民起义的黄色世界并没有建立起来。

反倒是曹丕，实现了他这个黄色世界的梦想，他以禅让的方式，从东汉火德皇帝手中，接过了帝位，对应了"五德相生"的火生土理论。公元220年，他不但按照土德改制，还把年号定为"黄初"。

三国时期遭逢乱世，三个割据政权对应三种颜色，刘备号称自己是汉室正统，所以蜀汉应为火德，对应红色。孙权宣称要向曹魏为汉报仇，按照"五德相克"的理论，就采用了木克土的木德，所以东吴的世界是青色的。

到了晋朝，司马家受魏禅，自然承接的就是金德了。正所谓："金灵运，天符发。圣征见，参日月。惟我皇，体神圣。受魏禅，应天命。"禅让主五行相生理论，土生金，金德，于是西晋尚白色。

而到了晋恭帝司马德文禅位给南朝宋武帝刘裕时，则禅位玺书中写道"昔土德告沴，传祚于我有晋，今历运改卜，永终于兹，亦以金德而传于宋"。

后来唐朝自称"土德"，号称继承的是"汉朝"，直接跳过了魏晋南北朝及隋朝，成了黄色帝国。

北宋继承的是后周的木德，南宋与北宋一脉相承，仍是木德。

蒙古原是金附属，建元朝灭南宋，所以同属金德。

朱元璋最初参加的是红巾军，是追认宋朝的火德而致，所以红色就成了反元武装最为鲜明的标志，明朝也就崇尚火德，尚红色。

之后的清朝也是一样，水克火，清是水德。

"生有情，克有义"，事物都是在竞争中成长，在竞争中发展的。所谓的朝代相承、禅让只是古代统治者们为自己获取政权寻找的借口而已。所以五德的终始还是应该遵从邹衍最初的相胜之说。五德终始理论的盛行既是中国古代社会政治霸权论与宿命论相互碰撞的必然产物，也为历代帝王与史官认识与构建历史提供了最基本的思维范式。

圣王既能取威定霸，以兵戈定天下不从，同时也认为天下为有德者居之，圣王有天命，垂拱而治则万国宾服，最后昭示了历代飨国者既要应天命、顺五德以得华夏正统，也要争天命、取五德以安黎民社稷，这亦是中国人中庸而灵活的政治智慧。

检索三千年历史，五德终始与朝代更迭的对应为：

夏朝，为木德；

天命玄鸟，商汤灭夏，金胜于木，为金德；

凤鸣岐山，周朝灭商，火胜于金，为火德；

秦朝灭周，一统战国，水胜于火，为水德；

西汉灭秦，土胜于水，为土德；

王莽篡汉，建立新朝，土德；

东汉刘秀，败王莽，复兴汉室，火德；

曹丕篡汉，建立曹魏，土德；

两晋南北朝，金德；

隋朝统一，火德；

太原起兵，唐朝土德；

五代属土；

陈桥兵变，黄袍加身，宋代后周，木胜于土，为木德；

靖康之耻，金灭北宋，金，金也，金胜于木，为金德；

南宋偏安，南北相承，道统未断，亦为木德；

崖山海战，大元灭宋，金胜于木，为金德；

红巾起义，大明灭元，火胜于金，为火德；

废金改清，入关灭明，水胜于火，为水德。

由于意识认识问题，关于历代的五行属性，始终存在各种不同的看法，但作为古代帝国君臣治国之道，五行观念深深地烙进了他们的统治心智：一个朝代只有其五行属性确定了，才能匹配相生的因素，以聚集天地灵气助力国运昌盛，如秦帝国的国家色彩使用和国家推行"六"的度量使用。

龙见，亦是五行是否匹配的重要考量，顺应当朝五行，则是祥瑞；反之，逆势则是灾异。朝代自有其天属的五行和颜色，神龙亦有五色亦有显现的范围，与当朝是相生还是相克，自有其对应逻辑。龙见不合时宜造成灾异，主要表现为：神龙出现在不该出现的地方，神龙出现的颜色属性与当世五行不配，神龙出现的方位与当世五行不配，等等。

《晋书》记载的一次龙见，讲明了其中的道理：

第一章 龙见天意

157

魏明帝青龙元年正月甲申，青龙见郏之摩陂井中。凡瑞兴非时，则为妖孽，况困于井，非嘉祥矣。魏以改年，非也。干宝曰："自明帝，终魏世，青龙、黄龙见者，皆其主兴废之应也。魏土运，青木色，而不胜于金。黄得位，青失位之象也。青龙多见者，君德国运内相克伐也。故高贵乡公卒败于兵。"按刘向说，龙贵象而困井中，诸侯将有幽执之祸也。魏世，龙莫不在井，此居上者逼制之应。高贵乡公著《潜龙诗》，即此旨也。

曹髦（241—260），魏文帝曹丕之孙，东海王曹霖之子，曹魏第四位皇帝（254年11月1日—260年6月2日在位）。正始二年（241），生于东海王宫，自幼聪明好学，才慧早成。正始五年（244），封为高贵乡公。嘉平五年（253），大将军司马师废除齐王曹芳后，拥立为帝，年号正元。曹髦文韬武略，不满司马氏专权秉政。

有一天，一位大臣报告说，青龙元年正月甲申，在宁陵的一口井中发现了一条黄龙。此次龙见，乃是士大夫对司马昭的专横跋扈不满，借黄龙出现在井中暗示皇帝由于受到司马昭的控制，也像黄龙困在井中一样困在宫中。

如此龙见的逻辑，自古有之，以含蓄委婉曲折的路径，指向帝王天家之天下大事，不仅曹髦立即明白了这次龙见的主题，全天下人亦立即明白了此次龙见的指向。偏有部分朝臣反以为祥瑞，上表祝贺，曹髦伤情地说："非祥瑞也。龙者君象，乃上不在天，下不在田，居于井中，是幽困之兆也。"联想到自己的处境，与困井黄龙有何差异，于是愈感伤心。曹髦悲愤之际，遂作《潜龙诗》一首以发泄自己的不满：

伤哉龙受困，不能越深渊。上不飞天汉，下不见于田。
蟠居于井底，鳅鳝舞其前。藏牙伏爪甲，嗟我亦同然！

曹髦可谓直抒胸臆，无疑是向大权在握的司马氏发出的战斗檄书：本是真龙天子，本应身在天地大有作为，如今却身困井中，受到泥鳅欺负。但此时的曹髦，身处危难凶险激愤出此不平之语，不啻于招引杀身之祸，催促司马氏弑君篡位，不出数日曹髦果为司马氏所弑。

曹髦诗墨未干，司马昭就怒气冲冲地上殿对着曹髦大喝道："我司马有大功于魏，为何将我辈比作鳅鳝？"曹髦和左右大臣战战兢兢，不敢回答。司马昭冷笑一声，扬长而去。

因为《潜龙诗》，一个皇帝却被司马昭当着天下人奚落，这哪里还有一点君臣礼节？而且事后又逼着自己封他为晋王，这不是明显地要篡权夺位了吗？

士大夫和天下士人民意沸腾，不断有龙见井中的事件传闻于天下，皇帝被司马昭架空的故事一次又一次地在龙见井中的事件中被重复讲述：

> 魏高贵乡公正元元年冬十月戊戌，黄龙见于邺井中。
> 魏高贵乡公甘露元年正月辛丑，青龙见轵县井中。六月乙丑，青龙见元城县界井中。
> 甘露二年二月，青龙见温县井中。
> 甘露三年，黄龙青龙仍见顿丘、冠军、阳夏县界井中。
> 甘露四年正月，黄龙二见宁陵县界井中。

甘露五年（260），曹髦忍无可忍，决心拼死除掉这个乱国臣子，立即召侍中王沈、尚书王经、散骑常侍王业密谋。曹髦道："司马昭之心，路人皆知，我不能坐受废辱。今召诸卿来，就是要决心带兵和他拼死一斗，不知诸卿能否助我？"

尚书王经劝道："昔日鲁昭公不能忍受季孙氏欺辱，联合郈氏、钺氏攻打，结果兵败出逃，失掉了国家，为天下笑谈。现在朝政大权已久归司马氏所握，内外公卿，都是他的爪牙，而陛下宿卫空虚，甲兵单弱，怎么是他的对手？望皇上还是三思而后行。"

曹髦愤起道："我决心已下，虽死不惧，何况现在还未必能败！"说着，便从袖中取出诏书，扔到地上，让三位去看，自往永宁宫报告太后去了。

侍中王沈是个贪生怕死之徒,待皇帝走后,便对散骑常侍王业悄声道:"我看此事快去报告司马公吧,否则,我们难免受累,同归于尽!"王业表示同意,唯有尚书王经不从,说道:"我们不同意讨伐就是了,又何必去报告?这样做可实在对不起陛下对我们的信任。"王沈、王业二人不待王经说完,便直奔司马府。

司马昭闻报,立即通知中护军贾充,叫他整兵防备。魏帝曹髦从永宁宫出来,便亲率宫中300余名将士及官奴、童仆,怒气冲冲地向大将军府杀去。

时有太子舍人名叫成济,虽十分骁勇,但见天子,心亦有惧,向贾充道:"皇帝亲战,该怎么办好?"贾充大声道:"司马公养军丁口,用兵一时,此时正是你立功之机,还问什么!"成济又问道:"对皇帝怎么办?"贾充恶狠狠地说:"杀!"成济闻言,便挺矛向前,直奔曹髦。

曹髦大声喝道:"我是天子,贼臣怎么如此无礼?"成济并不答言,挺矛便刺。曹髦哪里招架得住?立时胸部便被刺中,跌下辇来,成济又复一矛,便结果了曹髦性命。

成济杀了皇帝,便去司马昭面前请功领赏。司马昭闻言,当众故作惊讶道:"是谁这样大胆,敢杀皇帝?"后见朝中众心难服,便把一切罪名统统归到成济一人身上,派兵搜捕。

成济当然不干,便光着膀子,爬到房顶,大声喊道:"是司马昭派我杀死皇帝的!"司马昭恼羞成怒,命人立即放箭,成济中箭被俘,后被杀死灭口。成济临刑前,仍大骂司马昭不止。

成济虽死了,皇帝也被杀了,但"司马昭之心,路人皆知"这句话,却演变成一句成语流传了下来。曹髦死后,以王礼葬于洛阳西北。

司马昭立15岁的常道乡公曹奂为魏帝,是为元帝,年号景元,天下皆知其是一位十足的傀儡皇帝,大权仍然在司马氏手中,于是龙见井中的事件仍然在持续出现,就像祥林嫂讲述自己的委屈一样,诉说皇帝的困境:

元帝景元元年十二月甲申，黄龙见华阴县井中。

景元三年二月，青龙见轵县井中。

龙见的舆论与诉求，抵不过刀斧的专制。在一次次的龙见井中的荒诞寓言和血泪预言中，公元265年，司马炎威逼曹奂"禅让"，建立了西晋王朝，实现了司马昭的心愿，历史上称他为晋武帝。

井中之龙在之后的历史中亦反复出现，但均是大不利皇帝之象。北魏太武帝拓跋焘太平真君六年（445）二月丙辰，有白龙见于京师家人井中。龙，神物也，而屈于井中，成为拓跋焘暴崩之征。北魏君主孝庄帝元子攸永安二年（529），晋阳龙见于井中，久不去，成为元子攸暴崩晋阳之征兆。

孙吴去号灭国则以神龙屈居百姓家吃人家小鸡仔为兆：

吴孙皓天册中，龙乳于长沙人家，啖鸡雏。京房《易妖》曰："龙乳人家，王者为庶人。"

果然，公元280年四月，孙吴政权孙皓投降西晋，被封为归命侯，西晋统一中国，改元太康。太康五年（284），孙皓在洛阳去世。

就在这一年，发生了龙见于武库的事件：

太康五年正月癸卯，二龙见武库井中。帝观之，有喜色。百僚将贺，刘毅独表曰："昔龙漦夏庭，祸发周室。龙见郑门，子产不贺。"帝答曰："朕德政未修，未有以应受嘉祥。"遂不贺也。孙盛曰："龙，水物也，何与于人！子产言之当矣。但非其所处，实为妖灾。夫龙以飞翔显见为瑞，今则潜伏幽处，非休祥也。"汉惠帝二年，两龙见兰陵井中，本志以为其后赵王幽死之象。武库者，帝王威御之器所宝藏也，屋宇邃密，非龙所处。是后七年，藩王相害，二十八年，果有二胡僭窃神器，二逆皆字曰龙，此之表异，为有证矣。

第一章　龙见天意

明弘治九年（1496）"六月庚辰，宣府镇南口墩骤雨火发，龙起刀鞘内"的龙见；北宋大中祥符二年（1009）八月，青蛇出无为军廨，亦是刀兵之象。

回过头来说"魏明帝青龙元年正月甲申，青龙见郏之摩陂井中"的五行颜色的预兆。《晋书》赞言已给出答案："魏土运，青木色，而不胜于金。黄得位，青失位之象也。青龙多见者，君德国运内相克伐也。故高贵乡公卒败于兵。"曹魏是土德，土德的配色应是黄色。而此次出现在宁陵井中的，是青龙，青是木德的配色，木德和土德总体是相克的。在曹魏，现黄龙则是祥瑞，而青龙则是失位之象，这个颜色的能量失衡，《晋书》认为最终应在了曹髦在甘露五年（260）"败于兵"，最终身死失位。

黄龙，本就是处于天下之中的君王之象。"黄龙者，四龙之长也。不漉池而渔，德至渊泉，则黄龙游于池。能高能下，能细能大，能幽能冥，能短能长，乍存乍亡。赤龙、《河图》者，地之符也。王者德至渊泉，则河出《龙图》。"

况且，西汉和曹魏本就是土德，因此黄龙现身是曹魏的祥瑞，西汉所现俱是黄龙。东汉是火德，但在汉献帝延康元年（220）三月，黄龙见谯，又郡国十三言黄龙见。不断的黄龙出现，对于火德的东汉并非吉兆，火生土，上天似乎在疯狂暗示，国祚应该从火德到土德的转换。果然，这一年十月，东汉皇帝汉献帝刘协被迫将皇帝位禅让给曹丕，东汉灭亡，中国历史进入三国时代，而曹魏即是土德。

但曹魏从魏明帝青龙元年（233）正月甲申到吴孙权赤乌五年（242）三月，以频繁龙见的速度和传递的困局无可救药地衰落下去。据《宋书·符瑞志》梳理，一共龙见16次，其中现身井中12次，另外4次黄龙祥瑞包括刘备未即位前，黄龙见武阳赤水，和吴孙权黄武元年（222）三月，鄱阳言黄龙见；16次龙见，青龙龙见6次，与曹魏土德相冲，为灾异，青龙的密集出现，似乎也预示着曹魏天祚的式微。

《宋书·符瑞志》记载的西汉、曹魏的龙见具体情事为：

汉惠帝二年正月癸酉，两龙见兰陵人家井中。

汉文帝十五年春，黄龙见成纪。

汉宣帝甘露元年四月，黄龙见新丰。

汉成帝鸿嘉元年冬，黄龙见真定。

汉成帝永始二年二月癸未，黄龙见东莱。

魏明帝青龙元年正月甲申，青龙见郏之摩陂井。帝亲与群臣共观之，既而诏书工图写，龙潜而不见。

魏明帝景初元年二月壬辰，山茌县言黄龙见。

魏少帝正元元年十月戊戌，黄龙见邺井中。

魏少帝甘露元年正月辛丑，青龙见轵县井中凡二。

甘露元年六月，青龙见元城县井中。

甘露二年二月，青龙见温县井中。

甘露三年八月甲戌，黄龙、青龙仍见顿丘、冠军、阳夏县井中。

甘露四年正月，黄龙二见宁陵县井中。

魏元帝景元元年十二月甲申，黄龙见莘县井中。

景元三年二月，青龙见轵县井中。

刘备未即位前，黄龙见武阳赤水，九日乃去。

吴孙权黄武元年三月，鄱阳言黄龙见。

吴孙权黄龙元年四月，夏口、武昌并言黄龙见；权因此改元。作黄龙牙，常在军中，进退视其所向，命胡综为赋。

吴孙权赤乌五年三月，海盐县言黄龙见县井中二。

赤乌十一年，云阳言黄龙见。黄龙二又见武陵吴寿，光色炫耀。

吴孙休永安四年九月，布山言白龙见。

永安六年四月，泉陵言黄龙见。

到了司马晋朝，朝代五行转为金德，在西晋开朝20年时间里，白龙以祥瑞的姿态，开始在史志中密集出现，而在汉和曹魏时代，白龙一次也

瑞鹤图——仙鹤是历代祥瑞

没有出现过。但在太康六年（285）之后，两晋存世的135年时间里，白龙竟然再也没有出现过一次，而这段时间确也是中国历史上著名的乱世：

晋武帝泰始元年十二月，白龙二见太原祁。

晋武帝咸宁二年六月丙申，白龙二见于新兴九原居民井中。

咸宁二年十一月癸巳，白龙二见须度支部。

晋武帝太康元年八月，白龙三见于永昌。

太康三年闰四月己丑，白龙二见济南历城。

太康六年九月，白龙见京兆阴盘。

宋朝木德，金克木，金龙出现是大灾祸。开宝七年（974）六月，棣州有火自空堕于城北门楼，有物抱东柱，龙形金色，足三尺许，其气甚腥。且视之，壁上有烟痕，爪迹三十六。公元976年，宋朝开国皇帝太祖赵匡胤和其弟赵光义发生"烛影斧声"宫廷疑案蹊跷离世，赵光义即位，即为宋太宗。

金朝金德，出现金龙乃是祥瑞。果然，天眷元年（1138）夏，有龙见于熙州野水，凡三日。初，于水面见一苍龙，良久而没。次日，见金龙一，爪承一婴儿，儿为龙所戏，略无惧色，三日如故。又见一人，乘白马，红袍玉带，如少年官状，马前有六蟾蜍，凡三时乃没，郡人竞往观之。

明朝火德，赤龙为祥；水克火，水德黑色，黑龙为灾。

正德七年六月十五日（1512年8月6日）晚，山东龙山东北160公里处，有赤龙腾空，光如火。它自西北到东南盘旋不已，之后飞入云霄，引来滚滚天雷。但是，赤龙并未造成什么破坏。这一年，豹房之造，迄今五年，所费价银已24万余两，今又添修房屋200余间。上在豹房游戏，昼夜不还大内。但和文官集团对于此次龙见的负面解读不同，此次龙见是赤龙现，应为祥瑞，这也表现出历史对正德皇帝的正反对立评价。

而整个明朝黑龙的出现，无一例外全是灾难。正德十二年（1517）六月癸亥，山阳见黑龙，一龙吸水，声闻数里，摄舟及舟女至空而坠。十三年（1518）五月癸丑，常熟俞野村迅雷震电，有白龙一、黑龙二乘云并下，口中吐火，目睛若炬，撤去民居三百余家，吸二十余舟于空中。舟人坠地，多怖死者。是夜红雨如注，五日乃息。

万历十九年（1591）六月己未，公安大水，有巨蛇如牛，首赤身黑，修二丈余，所至堤溃。四十五年（1617）八月，安丘青河村青白二龙斗。青龙木德，木生火，是有助于朝廷的神龙，而白龙金德，金克木，和明朝木德相克。两龙的争斗，在明朝末季，应社会矛盾尖锐、社会动荡之象。

清朝水德，有清一朝的史志，难见黄龙，乃是因为黄龙的土德克水德，但各地龙见似乎也并没有大面积出现水德所属的黑龙，多是金德的白龙，金生水，以及赤龙，也就是水德可克的火德之龙，具体龙见记载请参见附录四《正史龙见》。

第四节　龙兴祥瑞

历代繁多的龙见，有一类极为稀少，但十分特殊，即是开国皇帝的龙兴祥瑞。将龙与至高皇权捆绑，理论发轫于古圣先王最初的龙蛇信仰。

汉晋文献记载，伏羲、女娲、炎帝、黄帝、尧、禹等古圣先王身世都与龙、蛇有关。伏羲的记载最早见于战国的《易经·系辞下》《管子·封禅篇》，女娲始见于《楚辞·天问》，汉代以后二人身世开始与龙、蛇有了关联，《楚辞·天问》汉王逸注曰："女娲人头蛇身。"汉王延寿《鲁灵光殿赋》曰："伏羲鳞身，女娲蛇躯。"魏曹植《女娲画赞》曰："或云二皇，人首蛇形。"晋郭璞《玄中记》曰："伏羲龙身，女娲蛇躯。"人们认为伏羲鳞身（蛇身或龙身）、女娲蛇躯，说法虽有差别，其实都是指他们二人身体为龙蛇形状。汉代画像石上的伏羲、女娲形象已经确定为人首蛇身。

原始农业时代神农氏之后，炎帝、黄帝两位部落首领脱颖而出。相传炎帝是一位叫登的女子感天上的"神龙"而生，黄帝是附宝感"北斗"而生，尧帝是庆都感"赤龙"而生，始祖是龙繁衍的后代，因此，中华民族的子孙便是"龙的传人"了。

秦汉以后，关于炎帝的出生神话就已成型："（炎帝）神农氏，姜姓也。母曰任姒，有蟜氏之女，名曰女登，为少典正妃，游华山之阳，有神龙首，感女登于尚羊，生炎帝，人身牛首，长于姜水，因以氏焉。"据《孝经援神契》记载，炎帝长大以后，"弘身而牛颠，龙颜而大唇"。感龙而生，又有龙颜，这是在暗示炎帝就是龙种。

尧为五帝之一，其母"为帝喾妃，出以观河，遇赤龙，唵然阴风而感庆都，孕十四月而生尧于丹陵"。事实上，在文明国家形成的前夜，即我国古史传说的"五帝"时期，那些推动文明因素积聚的神话英雄——不仅黄帝、帝尧是感龙而生，而且颛顼、帝喾、帝舜、帝禹等亦无一不与龙有着这样或那样的纠葛。

"五帝"之首黄帝，不仅长得"龙颜有圣德"（《易·系辞下》正义引《世纪》),还"令应龙攻蚩尤"(《史记·五帝本纪》集解引《山海经》)。黄帝不仅平时"乘龙戾云"(《大戴礼记·五帝德》),就是在他辞世升天时,也是"有龙垂胡髯而下,迎黄帝"(《太平御览》卷九二九引《帝王世纪》)的。

"五帝"之二的颛顼,"乘龙而至四海",巡行天下,无比威严;"五帝"之三的帝喾,"春夏乘龙"(《大戴礼记·五帝德》),上天入地倚重龙驾。

"五帝"之四的帝尧,把华夏部落联盟议事会改造成与民众相对立的"公共权利",而他的出生与龙有着直接的关系,即其母庆都"出以观河,遇赤龙",一阵"晻然阴风而感庆都"(《易·系辞》下引《帝王世纪》)以致孕的。尧在唐地还曾"梦御龙以登天,而有天下"(《路史·后记》中引《帝王世纪》),后来居然梦想成真,成为华夏部落联盟的第四任盟主。

"五帝"之五的帝舜,也是生成一副"龙颜大口黑毛"(《山海经·海内经》注引《归藏·开筮》)的模样,他对龙十分钟爱,赐姓善于驯养龙的人为"董氏",专设畜龙之官,并在联盟议事会的"九官""十二牧"中封龙为"纳言"之职。

禹建夏朝,父亲鲧。《山海经·海内经》曰:"帝令祝融杀鲧于羽郊,鲧复生禹。"晋郭璞注引《开筮》曰:"鲧死三岁不腐,剖之以吴刀,化为黄龙也。"可见,尧、禹也是龙种。人们所熟知的"大禹治水"也充分利用了龙的神性:"有神龙,以尾画地,导水所注当决者,因而治之也。"(《楚辞·天问》王逸注)"禹尽力渠沟,导川夷岳,黄龙曳尾于前,玄龟负青泥于后"。禹对龙的脾性十分熟悉,有一次"禹省南方,济乎江,黄龙负舟,舟中之人,五色无主"。但禹镇定自若,说:"余何忧于龙焉?"结果是"龙附耳低尾而逝"(《吕氏春秋·知分》)。

这时的龙,已有现在中国龙的形象:美角似麒麟,迤身似蛇蟒,披鳞似鱼,健爪似鹰隼的"鳞虫之长,能幽能明,能细能巨,能短能长,春分而登天,秋分能潜渊"(《说文解字》卷十一下《鱼部》)的神奇动物。

天下平定，大首领禹似乎是驭龙之人了，确实是他驾驭着天下，《博物志》就此编排了一个曲折而有深意的故事：

> 昔禹平天下，会群臣于会稽之野，防风氏后至，杀之。夏德之盛，二龙降之。禹使范成光御之，以行域外。既周而还至南海，经防风，防风之神见禹使，怒而使射之。有迅雷风雨，二龙升去。二臣恐，以刃自贯其心而死。禹哀之，乃拔其刃，疗以不死之草而皆活，是为穿匈民。

大禹已是一个生杀予夺，决定生死，上天入地，比肩大神的人物了。

而在中国历史上，最早借助龙来树立权威的聪明人，是黄帝。

黄帝建立了中国人与龙的关系，中国人被称为"龙的传人"来源于黄帝时代的传说。黄帝在战败蚩尤统一中原后，部落图腾兼取了被吞并的其他氏族的标志性图案，如鸟、马、鹿、蛇、牛、鱼的标志图案等，最后拼合成了"龙"，一种虚拟的综合性神灵。后来，"龙"的形象开始出现于各种图案之中，并逐渐成了帝王的符瑞。

为了获得崇龙氏族部落的支持，以巩固自己在部落联盟中的地位，黄帝除了崇奉自己的图腾外，还以龙作为部落联盟的保护神。他把自己说成是龙的化身，是主宰雨水之神，并把自己的诞生神秘化。在尚未走出自然崇拜的原始部落人们的意识里，黄帝轻松获得了神秘力量加持的权威。

自此，龙对中国政治权威的崛起开始发挥最为重要的作用，黄帝之后的大多数帝王都被称为龙子、龙孙或其诞生与龙有关。随着社会权力之网的不断扩展，部落集团或以后的王国、帝国首领，为了有效地控制和联合各部落和统治天下，并长期占据首领的位置，通过各种方式树立自己的权威。其中最主要的方式就是把大家共同信仰的图腾神——龙——据为己有，把自己说成是龙种、龙子，与龙有着不可分割的关系，以神化自己，威服天下。这种文化含义是由把龙当作百虫之长等文化含义演变而来的。人们把龙当作百虫之长,认为龙具有非凡的本领和神奇的力量,能升天,能潜渊,能兴云布雨,能避邪御凶,是最有智慧、最有本领的动物。

进入帝国时代,虽然各种图腾文化元素已大部分消失,但人们对龙的崇敬之情,并没有因此而减弱,反而得到加强。特别是汉代以后,每一个皇帝都被视为"真龙天子",汉高祖刘邦系统性地通过神龙神化自己,开创了帝王真龙天子的信仰传统,历代帝王利用人们对龙图腾的虔诚崇拜心理,故意模糊甚至强行捆绑神龙崇拜与帝王崇拜,巧妙地将二者汇为一流,是帝国政治权威、社会权力结构产生的重要原因。《史记·高祖本纪》中记载刘邦的龙生神话,不但自成体系,之后在汉代还不断发酵,逐步扩充成世系,成为我国文化史上最完整、影响最为深远的神话之一。

《史记》之前的古书里,有很多神人、巫师乘龙升天、云游四方的记载,龙多作为人的座驾或装饰物,《大戴礼记·五帝德》也记载,黄帝乘龙戾云,顺天地之纪;颛顼乘龙而至四海,北至于幽陵,南至于交趾,西至于流沙,东至于蟠木;帝喾春夏乘龙,秋冬乘马,执中而获天下。"五帝"中的黄帝、颛顼、帝喾都有过乘龙游历四海、管理天下的经历。"龙图出河,龟书出洛,赤文篆字,以授轩辕"(《今本竹书纪年》)。"龙驾兮帝服,聊翱游兮周章"(《云中君》)。《庄子·逍遥游》说:"藐姑射之山,有神人居焉。肌肤若冰雪,绰约若处子;不食五谷,吸风饮露;乘云气,御飞龙,而游乎四海之外。"传说中这位貌美的神仙乘坐飞龙周游四海,使人心生无限的遐想。

春秋时期,人们已经以龙喻人。魏献子向蔡墨请教时说:"吾闻之,虫莫知于龙,以其不生得也。"知,智也。从中可以看出,当时人们认为龙是所有动物中最有智慧、最有本领的一种动物,并已经把龙和人君关联。晋献公二十二年(前655),晋国发生内乱,公子重耳逃到国外,介子推等人随侍左右。十九年后,重耳回国当上了晋国国君,是为晋文公。晋文公封赏当年跟他一起流亡国外的大臣时,竟然忘记了介子推。《吕氏春秋·介立》记录说介子推自为赋诗曰:"有龙于飞,周遍天下。

第一章　龙见天意

五蛇从之，为之丞辅。龙反其乡，得其处所。四蛇从之，得其露雨。一蛇羞之，槁死于中野。"高诱注："龙，君也，以喻文公。五蛇，以喻赵衰、狐偃、魏犨、介子推也。"上述文字又见于《史记·晋世家》，略有小异。介子推把晋文公比作龙，把追随者比作蛇，这是根据晋文公君臣各自的政治地位来比喻的。不过，当时还没有形成专门以龙来比喻君主的习俗。

战国时期出现了把专制君主比作龙的习俗。这种习俗的形成与法家政治思想的发展密切相关，法家们往往将专制君主比作龙。《韩非子·说难》曰："夫龙之为虫也，柔可狎而骑也。然其喉下有逆鳞径尺，若人有婴之者，则必杀人。人主亦有逆鳞，说者能无婴人主之逆鳞，则几矣。"从中可以看出：韩非把专制君主比作龙，认为专制君主也有逆鳞，人们要想不触犯专制君主的逆鳞是很难的。战国时期，中央集权的政治体制正在形成，专制君主的地位逐步提高，龙是传说中具有非凡本领和神奇力量的动物，所以人们将专制君主比作龙。春秋末年，人们开始把人比作龙，如孔子曾把老子比作龙，但没有至高无上的神圣地位。甚至还被视为带来灾难的邪恶生物，如二神龙止于夏帝庭所遗留的龙种褒姒。

秦朝末年，有人把秦始皇嬴政称为"祖龙"，这种说法便是继承和发展了战国以来把专制君主比作龙的习俗，龙正式成为王权的象征，《史记·秦始皇本纪》：

> 始皇不乐，使博士为《仙真人诗》，及行所游天下，传令乐人歌弦之。秋，使者从关东夜过华阴平舒道，有人持璧遮使者曰："为吾遗滈池君。"因言曰："今年祖龙死。"使者问其故，因忽不见，置其璧去。使者奉璧具以闻。始皇默然良久，曰："山鬼固不过知一岁事也。"退言曰："祖龙者，人之先也。"使御府视璧，乃二十八年行渡江所沈璧也。于是始皇卜之，卦得游徙吉。迁北河榆中三万家。

秦始皇为龙祖,是所谓白帝子。

"今年祖龙死",既是咒语,又是寓言。龙,比喻专制君主;祖龙,指秦始皇。嬴政自称"始皇",人们便以"祖龙"比之。从"始皇默然良久"一语可以看出,秦始皇对于奉璧人所言是心中有数的,知道"祖龙"一词就是指自己,只是不敢当众承认而已。他说"祖龙者,人之先也",意思是说:"祖龙"一词是指人类的祖先。这只是秦始皇个人的理解,并非奉璧人的意思。秦始皇之所以这样说,一方面是自我辩解、自我安慰,另一方面则是为了稳定人心。王充《论衡·纪妖篇》转述了这段文字,并解释说:"'祖龙死',谓始皇也。祖,人之本;龙,人君之象也。"由此可见,秦汉之际的人们已经把帝王视为龙了。于是,龙的身上便有了种种神异色彩和变幻莫测的特征。

秦代以前,虽然已经形成了把专制君主比作龙的习俗,但是还没有形成把龙当作专制皇权的固有象征。把龙当作专制皇权的固有象征,是西汉初年形成的,其标志是刘邦将自己的身世与龙联系起来。

秦汉巫风炽烈,神秘主义盛行,政治斗争往往披上一件神秘的外衣。秦始皇末年所发生的奉璧事件就是利用了人们对江神的迷信心理。同年,"有坠星下东郡,至地为石,黔首或刻其石曰'始皇帝死而地分'",这条反秦寓言也是利用了人们迷信天神的心理。

两年后,陈胜、吴广在大泽乡为了发动起义,"乃行卜。卜者知其指意,曰:'足下事皆成,有功。然足下卜之鬼乎?'陈胜、吴广喜,念鬼,曰:'此教我先威众耳。'乃丹书帛曰'陈胜王',置人所罾鱼腹中。卒买鱼烹食,得鱼腹中书,固以怪之矣。又间令吴广之次所丛祠中,夜篝火,狐鸣呼曰:'大楚兴,陈胜王。'卒皆夜惊恐。旦日,卒中往往语,皆指目陈胜。"鱼腹丹书、篝火狐鸣同样是营造天道舆论,争取人心,将起义置于天意加持之下,巩固陈胜领袖地位,方便行事。这些动作都取得了很好的效果,特别是鱼腹丹书、篝火狐鸣,使陈胜、吴广很快树立起威信,为发动起义奠定了很好的群众基础。

陈胜借鬼神的技巧,当然逃不过刘邦的眼睛。

在与项羽争夺帝位的过程中,工于心计的刘邦自然会利用和升级鬼

第一章 龙见天意

神心理收揽人心，龙取代了狐和鱼传递天意，高级了不知几个档次。始见于《史记·高祖本纪》的刘邦感生神话，首次正式将龙纳入帝王血统。"高祖，沛丰邑中阳里人，姓刘氏，字季。父曰太公，母曰刘媪。其先，刘媪尝息大泽之陂，梦与神遇。是时雷电晦冥，太公往视，则见蛟龙于其上。已而有身，遂产高祖。"不但如此，这一神话随着刘邦这位"龙子"的成长，继续延展，天衣无缝地把一些如同天文地理等各方面的事物结合，彼此印证，互相呼应，构成一个完整的体系。

首先，长大后刘邦相貌"隆准而龙颜，美须髯，左股有七十二黑子"。"隆准"者，尊贵为王，龙颜者，帝王相也，佐证着龙生神话，预示了刘邦将来的帝王身份。后来，"丰西泽中醉斩大蛇"，成为刘邦自称是赤帝子化身的依据。

> 高祖以亭长为县送徒郦山，徒多道亡……高祖被酒，夜径泽中，令一人行前。行前者还报曰："前有大蛇当径，愿还。"高祖醉，曰："壮士行，何畏！"乃前，拔剑击斩蛇，蛇遂分为两，径开。行数里，醉，因卧。
>
> 后人来至蛇所，有一老妪夜哭。人问何哭，妪曰："人杀吾子，故哭之。"人曰："妪子何为见杀？"妪曰："吾子，白帝子也，化为蛇，当道，今为赤帝子斩之，故哭。"人乃以妪为不诚，欲告之，妪因忽不见。

秦始皇即为这里的白帝子。丰西泽中醉斩大蛇后，老妪夜哭，指明为赤帝子斩白帝子。这一说法使刘邦建立了自己的威信，追随者日益畏之。在醉斩大蛇神话的渲染下，刘邦军队所竖立的红色的旗帜似乎是受命于天，替天行道的证明。"祠黄帝，祭蚩尤于沛庭，而衅鼓旗，帜皆赤。由所杀蛇白帝子，杀者赤帝子，故上赤。"为配合赤帝子的身份，刘邦建汉后，甚至将汉的五行属性定为水德，盖为金生水，赤色属金德。他利用了人们的崇龙心理，并且以五行学说作为以汉代秦的理论依据。

对于刘邦的自我神化，明代杨循吉一语道破其中玄机："斩蛇事，沛公自托以神灵其身，而骇天下之愚夫妇耳。大虹大霓、苍龙赤龙、流火之乌、跃舟之鱼，皆所以兆帝王之兴起者。此斩蛇之计，所由设也。"借神灵起身，蛊惑人心，愚弄一般百姓，从而获得支持。

但值得玩味的是，刘邦在情节离奇的龙生神话道路上纵情自嗨，越走越远，不但自成体系，还完善了血统完整的世系体系。刘邦奉尧为祖先，成书于汉代中期的《春秋合诚图》绘声绘色地详细记载了尧的感龙降生的详细过程："尧母庆都，有名于世，盖火帝之女，生于斗维之野。常在三河之南，天大雷电，有血流润大石之中，生庆都。庆都长大，形象火帝，常有黄云覆盖之，梦食不饥。及年二十，寄迹伊长孺家，出观三河之首，常若有神随之者，有赤龙负图出，庆都读之：'赤受天运。'下有图，人衣赤光，面八彩，须发长七尺二寸，兑上丰下，署曰：'赤帝起，诚天下宝。'龟龙阴风雨，赤龙与庆都合昏，有娠，龙消不见。既乳尧，貌如图表。及尧有知，庆都以图予尧。"

不但祖先尧，刘邦的父亲刘太公竟然慢慢也有了"感龙而生"的人生。《帝王世纪》曰："丰公，家于沛之丰，沛邑阳里。其妻梦赤马若龙戏已而生执嘉，是为太公，即太上皇也。"

不仅如此，刘邦成就帝业后，还和其妃子薄姬再次导演了一起龙生神话："豹已死，汉王入织室，见薄姬有色，诏内后宫，岁余不得幸……汉王心惨然，怜薄姬，是日召而幸之。薄姬曰：'昨夜妾梦苍龙据吾腹。'高帝曰：'此贵徵也，吾为女遂成之。'一幸生男，是为代王。其后，薄姬希见高祖。"未曾受宠的薄姬自称梦到苍龙盘踞其腹部，博得了刘邦的宠幸，果然产下一个男孩，这个一样拥有"感龙"而生经历的孩子刘恒，日后登基成为皇帝，是为汉文帝。

可见，刘邦龙生神话构建了完整的体系，上有祖先尧、其父刘太公感赤龙而生，下有刘邦之子刘恒梦龙而孕，天衣无缝地反复证明着刘氏政权的君权神授，创建出一套汉代独特的帝王神话系统。

刘邦继承和发展了战国晚期以来把专制君主比作龙的习俗。在此之前，人们只是把专制君主比作龙，而他现在则公然宣称自己就是龙种。这就等于说他是代表神灵来统治天下的真龙天子，其权力是神灵赐予

第一章 龙见天意

的。西汉中期，董仲舒对这一点做了进一步的阐述。他说："天子受命于天，天下受命于天子，一国则受命于君。"这是战国晚期以来专制主义政治思想发展所取得的重大突破，从此，龙成为专制皇权的象征，皇帝的容貌称为"龙颜"，皇帝的身体称为"龙体"，皇帝的衣服称为"龙袍"，皇帝的座椅称为"龙座"，皇帝的床铺称为"龙床"，皇帝所乘之舟称为"龙舟"，皇帝即位、登基称为"龙飞"或"龙潜"，皇帝的仪态称为"龙行虎步"，皇帝去世称为"驭龙宾天"。

这一系列象征和隐喻，不但极大地丰富了中国古代龙的内涵，而且使整个民族对龙的崇拜达到了登峰造极的程度。古代帝王被奉为"真龙天子"，君王登基即位被称为登上"九五至尊"：所谓"九五"，即是《乾》卦九五爻辞描述的"飞龙在天"的象征。据史书记载，唐玄宗李隆基即位之后，他当太子时曾居住的隆庆坊旧邸被改为兴庆宫，宫邸北面有一池被命名为"龙池"，意即颂扬这位"真龙"正是从这"龙池"中腾跃而上，从而成为一代"天子"的。

当时举国共庆这一盛事，朝中十位著名文臣遂以"龙池"为题各作律诗一首，合为十章《龙池乐》，将庆贺典礼推向了高潮。这十章《龙池乐》可视为以龙系统吹捧帝王的代表作。

紫微令姚崇作第一章：

> 恭闻帝里生灵沼，应报明君鼎业新。
> 既协翠泉光宝命，还符白水出真人。
> 此时舜海潜龙跃，此地尧河带马巡。
> 独有前池一小雁，叨承旧惠入天津。

左拾遗蔡孚作第二章：

> 帝宅王家大道边，神马龙龟涌圣泉。
> 昔日昔时经此地，看来看去渐成川。
> 歌台舞榭宜正月，柳岸梅洲胜往年。
> 莫言波上春云少，只为从龙直上天。

修文馆学士沈佺期作第三章：

>龙池跃龙龙已飞，龙德先天天不违。
>池开天汉分黄道，龙向天门入紫微。
>邸第楼台多气色，君王凫雁有光辉。
>为报寰中百川水，来朝上地莫东归。

黄门侍郎卢怀慎作第四章：

>代邸东南龙跃泉，清漪碧浪远浮天。
>楼台影就波中出，日月光疑镜里悬。
>雁沼回流成舜海，龟书荐祉应尧年。
>大川既济惭为楫，报德空思奉细涓。

殿中监姜皎作第五章：

>龙池初出此龙山，常经此地诣龙颜。
>日日芙蓉生夏水，年年杨柳变春湾。
>尧坛宝匣余烟雾，舜海渔舟尚往还。
>愿似飘飖五云影，从来从去九天间。

吏部尚书崔日用作第六章：

>龙兴白水汉兴符，圣主时乘运斗枢。
>岸上丰茸五花树，波中的皪千金珠。
>操环昔闻迎夏启，发匣先来瑞有虞。
>风色云光随隐见，赤云神化象江湖。

紫微侍郎苏颋作第七章：

>西京凤邸跃龙泉，佳气休光镇在天。
>轩后雾图今已得，秦王水剑昔常传。

第一章 龙见天意

恩鱼不似昆明钓,瑞鹤长如太液仙。
愿侍巡游同旧里,更闻箫鼓济楼船。

黄门侍郎李乂作第八章:

星分邑里四人居,水洊源流万顷余。
魏国君王称象处,晋家藩邸化龙初。
青蒲暂似游梁马,绿藻还疑宴镐鱼。
自有神灵滋液地,年年云物史官书。

工部侍郎姜晞作第九章:

灵沼萦回邸第前,浴日涵春写曙天。
始见龙台升凤阙,应如霄汉起神泉。
石匮渚傍还启圣,桃李初生更有仙。
欲化帝图从此受,正同河变一千年。

兵部郎中裴璀作第十章:

乾坤启圣吐龙泉,泉水年年胜一年。
始看鱼跃方成海,即睹龙飞利在天。
洲渚遥将银汉接,楼台直与紫微连。
休气荣光常不散,悬知此地是神仙。

这十首诗中,除了抒发身居显要地位的十位重臣荣沐"圣恩"、幸蒙知遇的感激涕零之情外,便是饱蘸笔墨赞颂了李隆基从"潜龙"腾跃而上,成为翱翔长空、光耀天下的"飞龙"的宏大气势就在这里,龙即是天子,天子即是龙,二者合二为一,展示出大唐帝国无以复加的赫赫权威和欣欣向荣的辉煌前景。

中国历史上历朝历代君王的威势,冠绝任何个人或群体,所谓"普天之下,莫非王土;率土之滨,莫非王臣"(《诗经·小雅·北山》),正是这一情状的写照。事实上，历代的人们也往往把当代的"明主"视为国家和民族的最神圣象征，并寄托着美好的期望和虔诚的崇拜。于是，人们便把自古以来最受推崇、最具宏伟气势的"龙"的形象移植到"天子"的身上，令二者在特定的象征旨趣上融为一体。中国龙的举世瞩目的壮伟气势，终于得到了最高的升华。

为神龙与皇权而张目的，是无可救药信奉"君权神授""天命所归"的大史家司马迁。司马迁在《史记》中明说，历代王朝的建立都是出于上天的旨意，都是受命而王，如《五帝本纪》黄帝"获宝鼎""有土德之瑞"；帝颛顼"载时以象天，依鬼神以制义"；帝喾"则天之义""明鬼神而敬事之"；《周本纪》文王姬昌，生而"有圣瑞"，为"受命之君"。有司马迁《史记》开龙与皇权的结合先例和集大成，以后史志自然遂成惯例。

特别是开国皇帝的龙见，自然就成了"天命所归"的标志性事件，宋太祖赵匡胤和明太祖朱元璋，就获得了上天龙见祥瑞的加持。

《宋史·五行志》载："太祖从周世宗征淮南，战于江亭，有龙自水中向太祖奋跃。识者惊异，以为出潜之兆。"周世宗三征南唐，是后周显德二年（南唐保大十三年，955年）至显德五年（南唐中兴元年，958年），周世宗柴荣三次率军进攻南唐的战争。此时的南唐，正是《韩熙载夜宴图》所描绘的国家状态，耽于享乐骨肉酥软。

为摆脱南北受敌的威胁，显德三年（956）正月，柴荣亲征寿州城，二月，殿前都虞候赵匡胤袭清流关与滁州，生擒皇甫晖和姚凤，侍卫马军都指挥使韩令坤攻占扬州。南唐接连失利，南唐中主李璟遣使求和，周世宗欲尽得江北之地，不许，于六合再败于赵匡胤。显德四年（957）二月十七日，周世宗再次亲征，得寿州后回东京。同年十月，世宗第三次亲征，李璟恐周军南渡，尽献庐、舒、蕲、黄四州，以江为界，纳贡称臣。后周征服南唐共得14州60县，消除了南面威胁，为北抗契丹创造了有利条件。

赵匡胤在柴荣三征淮南的战役中，升任同州节度使、殿前都指挥使，从此走上了开挂的人生，三年后黄袍加身，开创宋朝。此次战役，

第一章 龙见天意

177

完全是赵匡胤的龙兴之战，宋史附会有龙自水中向太祖奋跃，乃是题中自然之义。

朱元璋在成为洪武皇帝之前，就十分留心元朝境内的龙见事件。驭龙是他的象征性职责，他可不是不在乎神秘主义和象征意义的人。至正十四年（1354）秋，朱元璋正在南京以西的长江中下游作战，该地区遭遇大旱。当地父老告诉他，附近的泥沼地里时不时有龙出现。他们请他向龙祈祷，以避免灾害全面爆发。

许多年后，朱元璋记道："时信而往祷之，期日以三。后果答我所求。"果然，甘霖神奇而至。在谢龙的仪式上，朱元璋赞颂神龙："不伤而不溢，功天地，泽下民，效灵于我。"这正是他所希望的有朝一日自己的子民称颂自己的话，"今也，龙听天命，神鬼既知"。

为隆重其事，这个立志草创帝国的未来皇帝，赋诗以赞，同时表达了自己欲震"寰宇清宁"，当上"神龙"的宏达之志：

威则塞宇，潜则无形。
神龙治水，寰宇清宁。

14年后，明朝在朱元璋手中诞生，既然一位真龙天子登上了宝座，世间就再不需要化外的群龙侵扰人间秩序了，于是，洪武年间，再无龙见的祸患。

真龙治世，似乎是不论天上还是人间的大幸。

第五节　天地气象

龙见事件伴随着系统性的极端天气频繁起来，是在元明时期，这一时期随着自然灾害的频发和史志记录的完备，而大量沉淀于史书。

凡是极端气候，必然伴随着各种灾难性的龙见事件。除却前面所说的龙卷风，龙见还主要表现为大洪水的起蛟、大雷电的电龙，以及龙斗、龙死、龙伤、龙见公堂屋舍井中等猎奇、寓言性质的龙见，让我们分门别类检索正史中主要的极端天气表现的龙见事件。

起　蛟

元世祖忽必烈至元五年（1268）六月庚戌，汀州长汀县山蛟出，大雨骤至，平地涌水，深三丈余，深没民居八百余家，坏田二百余顷。

明嘉靖四十年（1561）五月癸酉，青浦佘山九蛟并起，涌水成河。

明万历十四年（1586）七月戊申，舒城大雷雨，起蛟百五十八，迹如斧劈，山崩田陷，民溺死无算。十九年（1591）六月己未，公安大水，有巨蛇如牛，首赤身黑，修二丈余，所至堤溃。

清康熙十三年（1674）夏，永嘉龙见；万载大水，龙出。四十五年（1706）五月初六日，金山之岩有龙出，金光闪烁。

清雍正二年（1724）十二月，木门海子起烟雾，有蛟龙飞出之状。

清乾隆二十六年（1761）七月十四日，泰安蛟起夏辉村西河，高二丈，彩色灼烂，横飞东南，风云随之。

清嘉庆九年（1804），曲阳济渎河水暴发，见龙车数乘涉水而没，水退。二十年（1815）六月，黄冈柳子巷蛟起，伤一百四十余人，冲没田宅无算。二十一年（1816）六月，蛟见于婴武水。

清道光六年（1826）六月初五日，宜都蛟起，坏民居，溺人无算。七年（1827）五月初十日，房县汪家河水溢，蛟起，坏民田无算。十年（1830）七月十二日，永嘉起蛟，裂山而出，漂没田庐，淹毙人畜无算。

雷电之龙

南朝宋文帝元嘉十三年（436）九月己酉，会稽郡西南向晓，忽大光明，有青龙腾跃凌云，久而后灭。吴兴诸处并以其日同见光景。

辽太宗大同元年（947）夏，有龙夜因雷而堕延陵人家井中，明旦视之，大如驴。将以戟刺之，俄见庭中及室中各有大蛇，如数百斛船，家人奔走。

唐贞观中，汾州言青龙见，吐物在空中，有光明如火。坠地，地陷，掘之得玄金，广尺，长七寸。

宋太祖开宝七年（974）六月，棣州有火自空堕于城北门楼，有物抱东柱，龙形金色，足三尺许，其气甚腥。且视之，壁上有烟痕，爪迹三十六。

金大定元年（1161），是岁，世宗居贞懿皇后忧，在辽阳，一日方寝，有红光照其室，及其龙见于室上，又夜有大星流入其邸。八月，复有云气自西来，黄龙见其中，人皆见之。是时，临潢府闻空中有车马声，仰视见风云杳蔼，神鬼兵甲蔽天，自北而南，仍有语促行者。末岁，海陵下诏南征。

元至正二十七年（1367）正月乙未夜，晋宁路绛州天鼓鸣空中，如闻战斗之声。六月丁巳，皇太子寝殿新甃井成，有龙自井而出，光焰烁人，宫人震慑仆地。又宫墙外长庆寺所掌成宗斡耳朵内大槐树，有龙缠绕其上，良久飞去，树皮皆剥。

明弘治九年（1496）六月庚辰，宣府镇南口墩骤雨火发，龙起刀鞘内。

明正德七年（1512）六月丁卯夜，招远有赤龙悬空，光如火，盘旋而上，天鼓随鸣。十三年（1518）五月癸丑，常熟俞野村迅雷震电，有白龙一、黑龙二乘云并下，口中吐火，目睛若炬，撤去民居三百余家，吸二十余舟于空中。舟人坠地，多怖死者。是夜红雨如注，五日乃息。

清顺治十一年（1654）六月十五日，狂风骤雨，霹雳不绝，殿中若有龙斗。

清康熙元年（1662）七月二十九日，嘉兴二龙起海中，赤龙在前，青龙在后，鳞甲发火，过紫家埭，倒屋百余间，伤一人。九月初九夜半，火龙见。二十六年（1687）六月，黄县龙昼见于朱家村，烟雾迷蒙，火光飞起。四十五年（1706）五月初六日，金山之岩有龙出，金光闪烁。

清乾隆九年（1744）六月十二日，浮山有龙飞入民间楼舍，须臾烟起，楼尽焚。

龙 斗

北朝梁武帝普通五年（524）六月，龙斗于曲阿王陂，渐向西行，至建陵城而散。所经之处，树木皆折开数十丈。

梁武帝太清元年（547），黎州水中又有龙斗。波浪涌起，云雾四合，而见白龙南走，黑龙随之。

北齐后主高纬隆化元年（576），并州招远楼下，有赤蛇与黑蛇斗，数日，赤蛇死。

唐天宝十四年（755）七月，有二龙斗于南阳城西。《易经·坤卦》："上六：龙战于野。"《文言》曰："阴疑于阳必战。"

唐光化三年（900）九月，杭州有龙斗于浙江，水溢，坏民庐舍。此应为钱塘江大潮造成灾害。

金皇统九年（1149）丁丑，有龙斗于利州榆林河上。大风坏民居官舍十六七，木瓦人畜皆飘扬十余里，死伤者数百，同知州事石抹里压死。

元至正十七年（1357）六月癸酉，温州有龙斗于乐清江中，飓风大作，所至有光如球，死者万余人。八月癸丑，祥符县西北有青白二龙见，若相斗之势，良久而散。

明万历十八年（1590）七月，猗氏大水，二龙斗于村，得遗卵，寻失。三十一年（1603）五月戊戌，历城大雨，二龙斗水中，山石皆飞，平地水高十丈。四十五年（1617）八月，安丘青河村青白二龙斗。

清同治十年（1871）三月二十二日，湖州有龙斗，狂风骤雨，拔木覆舟。

龙死龙伤龙走

王莽新朝天凤中，黄山宫有死龙，汉兵诛莽而世祖复兴，此易代之征也。至建安二十五（220）年，魏文帝代汉。

北魏正光元年（520）八月，有黑龙如狗，南走至宣阳门，跃而上，穿门楼下而出。魏衰之征也。

北齐后主高纬天统四年（568），贵乡人伐枯木，得一黄龙，折脚，死于孔中，齐称木德。

北周建德五年（576），黑龙坠于亳州而死。

唐贞元末，资州得龙丈余，西川节度使韦皋匣而献之，百姓纵观，三日，为烟所熏而死。

北宋宣和元年（1119）夏，雨，昼夜凡数日。及霁，开封县前茶肆中有异物如犬大，蹲踞卧榻下。细视之，身仅六七尺，色苍黑，其首类驴,两颊作鱼颔而色正绿,顶有角,生极长,于其际始分两歧,声如牛鸣,与世所绘龙无异。茶肆近军器作坊,兵卒来观,共杀食之。已而京城大水,讹言龙复仇云。

元至正二十三年（1363）正月甲辰,广西贵州江中有物登岸,蛇首四足而青色,长四尺许,军民聚观而杀之。

清康熙七年（1668）七月,咸宁有龙游于县署前,雨雾,不能升跃,市人系其颈以游于市。

虽然龙见可以外延出丰富的社会和象征意义,但究其根本,龙见事件还是极端天气的现象。天灾和人祸似乎永远是一对好兄弟,永远相伴随行,龙见的人祸指向,永远的基础还是天灾。连续重大天灾的背后,是极端天气的肆虐,极端天气的密集肆虐,背后是不断恶化的极端气候,龙见发生的数量与极端气候的走向呈正相关关系,极端气候走向恶劣,龙见发生就会越多,龙见即是极端天气的隐喻和标志符号。

竺可桢中国气象史研究表明,中国历史上几次最大规模的社会动乱时期,并不完全由吏治失败引起,更和四次小冰河期存在正相关关系,而小冰河期即是龙见发生的高峰期。

殷商末期到西周初年是第一次小冰河期,东汉末年、三国、西晋是第二次小冰河期,唐末、五代、北宋初是第三次小冰河期,明末清初是第四次小冰河期。

明末清初《阅世》《庸闲斋笔记》,及《明史·五行志》《清史稿·灾异志》等文献中都提到了第四次小冰河期的极寒气象。1450年以后是中国小冰河期的最后阶段,天气格外寒冷,尤其是末期的1580—1644年最为寒冷,这一甲子在一千年里最冷,在一万年里亦是第二冷,在一百万年里也能排进前七位,可以说是人类进入文明时期以来,经历最寒冷的一个甲子。不仅黄河以北,连江南地区,甚至福建、广东等华南地区都狂降暴雪。明朝亡国之君崇祯即位的1628年,正好是这个最寒冷甲子的中段,直到清代康熙中叶,帝国的整个气温才开始回暖。

大家都认为,极端寒冷的天象,是引发干旱、洪水、蝗灾、地震、疾疫、饥荒等极端气象的根源。

极 寒

元明两代,正值气候异常期,历史上称为小冰河期。大约从1270年开始,地球与之前的250年间气候温暖期相比,开始变冷,一直持续到清代1715年,持续时间450余年。千年极寒的1644年,正值崇祯十七年,世间应了这冰冷彻骨的背景,天下大乱:李自成在这一年建立大顺政权,朱明王朝在这一年灭亡,清朝在这一年入关定都北京,张献忠在这一年建立大西政权。

明清在极寒天象中交替,完成改朝换代。而大元的出现,就伴随着寒流,注定了一场凄凉的结局。至元八年(1271)蒙古族元世祖忽必烈草创元朝,当时正是凉风寒骨的开始,正是从相同时间开始,地球进入了小冰河期。大元的统治一直到洪武元年(1368)秋明太祖朱元璋北伐攻陷大都为止,前后共计98年,整个元代,都是在气候不断走向更加寒冷中度过的,其中仅有1316年一年,即延祐三年气候较为温暖,如何过冬始终是大元子民避不过去的艰难民生问题。

忽必烈在位的最后时期,天气变冷开始加剧,公元1292年,即至元二十九年,这是元朝建立后的第22个年头,我国正史上第一次官方记载了"龙见",这条龙出现在太湖边,随着蛟龙腾空,洪水便从龙口倾泻而下,淹没了盐湖的庄稼地,良田瞬时变成了沼泽,造成了严重的洪灾。官方记载为:是时,乌云密布、飞沙走石、飞龙上天、暴雨如注。太湖是位于长江三角洲中心地带的一大水系,它像一颗心脏,通过纵横交错的自然与人工河流的密网为这片淤积地带输送水分,上至明朝的第一个首都南京,下至沿海港口上海,皆仰赖它的润泽。

仅隔一年,龙再次降临蒙元帝国。这次,它出现在陈山,这是位于太湖东南75公里处的一座小山丘。陈山上有一座修建于宋代的龙王庙。这座庙被称为龙王行宫,行宫是皇宫的专称之一,因为龙王就像皇帝一样,在全国各处巡视,故有此说。因庙宇年久失修,地方官觉得应该重新修葺,以期取悦龙王,为全县普降甘霖。

修葺有了官方的主导,如火如荼地展开。至元三十年七月十五日(1293年8月25日),临近正午时分,正在梁上描绘祥云海涛的画工正

第一章 龙见天意

183

在作业，突然电闪雷鸣，狂风大作，两条龙贴着水面驭风而至，刹那间，龙王似乎带着他的幼子驾到了。双龙俯瞰了龙王庙的修葺工作，随即摆尾升天，没入云中。说时迟那时快，一阵雨从天而降，为该地长达两年的干旱画上了句号。

似乎是神龙带来祥瑞，但翌年，忽必烈驾崩。

三年后，龙王携子二度在陈山呼风唤雨，但同时，有一群龙乘暴雨大闹鄱阳湖，它们在空中纵横翻腾，兴风作浪，让周围的州府都遭受了洪涝之灾。

此后42年内，龙再未现身。直到元顺帝至元五年六月十五日（1339年7月29日），一条恶龙猛扑向滨海省福建的腹地山谷。恶龙带来的疾风骤雨横扫了800户民宅，冲毁了1300公顷农田。

10年后，五龙再次驾云莅临江南，吸卷海水于天空喷洒。

此后的17年内（1351—1367），有关龙见的记载有七次。

至正二十七年（1367），也就是元朝的最后一年，共有两次。第一次在六月四日（7月9日），北京。只见一道电光闪过，便有一条龙从废太子府的一口井中一飞冲天。那天早晨稍晚些的时候，有人看见这条龙栖息在附近一间寺院的洋槐树上，事后人们发现树干上有抓痕和灼烧的痕迹。第二次在一个月后，山东省的龙山，这里是一处祈雨圣地。在七月的暴雨中，一条龙曾现身山顶。待龙飞升后，一块大石自峰顶滚落，留在了该地的民间传说中。八个月后，元惠宗带领皇室成员，一路北上，经居庸关，避入先祖起家的蒙古草原，元朝的军事统治遂告终结。

一切似乎在蜂起的龙见事件中已有预兆，早已不满蒙古统治的汉人，毫不费力地解释了这些神奇的龙见——元朝衰亡的天兆。即1368年，朱元璋自华中的叛乱里脱颖而出，"飞龙在天"，草创明朝，号为洪武，取"武运洪大"之意，以昭示其天大的功绩。洪武年间，再无龙的祸患。

蒙元之于龙，并非不解其意，反而是把敬顺顶在额头放进心底的，但神龙似乎并没有护佑这个来自北方草原的尚武民族，立国终不过百年。但蒙元立国祈龙护佑的立意是明确而坚决的，其国号"元"，即是源于乾卦的"元贞利亨",六十四卦里乾卦为第一卦,全卦以龙寓理说事,被誉为"龙卦"。"龙爻"之说,本书将在之后的章节详述。

自秦以后,中原王朝传统上不再以族名为国号,以此显示皇帝超越民族界限、为天下共主的至尊地位。忽必烈在《建国号诏》中说:"诞膺景命,奄四海以宅尊;必有美名,绍百王而纪统。"意思是他要统一四海,继承华夏历代百王的正统地位,必须有一个承接汉文化正统的美名。这样,仅用"蒙古"这个民族的名称,已不足以表示新王朝的含义。

至于选用什么样的国号,这份诏书中说:"为秦为汉者,著从初起之地名;曰隋曰唐者,因即所封之爵邑。是皆徇百姓见闻之狃习,要一时经制之权宜,概以至公,不无少贬。"忽必烈又说:"昔为之有国者,或以所起之地,或所因受之封,为不足法也,故谓之'元'焉。元谓之大也,大不足以尽之,而谓之元者,大之至也。"忽必烈志比天高,秦、汉国号源于其兴起之地的地名,隋、唐的国号源自其开国皇帝在前朝受封的爵位,这种拘泥于百姓习惯的称谓只能算是权宜之计,要让它覆盖整个天下就显得有失偏颇,不足效法。所以新国号定为"元","元"的意思是大,大到极致。

"元"是忽必烈采用光禄大夫、太保、参领中书省事、同知枢密院事刘秉忠的意见,取《彖》对《易经》第一卦"乾卦"的卦辞"元亨利贞"中的"元"的解释:"大哉乾元,万物资始,乃统天"——蓬勃盛大的乾元之气是万物创始化生的动力资源,这种强劲有力、生生不息的动力资源统贯于整个天道运行过程之中。

明代元后,逐渐趋寒的气候走势并没有改变,由于立国较长,明代气温表现更为多变,但总体上气候是寒冷的。建国初期的洪武二十七年至正统三年(1394—1438),气温逐步恢复正常,朱明王朝表现出新朝气象,当政皇帝和群臣心气较高,开创了三大盛世,分别是朱元璋时期的洪武之治、永乐帝时期的永乐盛世、明仁宗和明宣宗时期的仁宣之治。

从正统皇帝开始,帝国天气再度转寒。这股寒潮总体持续了100年,

第一章 龙见天意

到嘉靖十五年（1536）终于停止，此后35年间，明王朝经历了唯一一次较长的暖期。到万历时期，寒潮再次来袭，寒风一直劲吹到明朝崇祯十七年（1644）轰然坍塌。

忽必烈汗迁都北京正值小冰河期的开始；1368年，元朝衰亡，处于小冰河期第一阶段的极寒期；1644年，明朝灭亡，正值这400年历史上记载的最漫长的严寒期的尾声。气温和重大历史事件相携而行。

由于自然科学的不被重视，中国古代的气象资料并没有完整而系统的记载。但今天的人们仍然可以从小冰河期诗人、作家、画家遗留下来的作品中管窥一斑，元明时期画家们留下的雪景图，今天看来仍然寒气逼人。中国历代文化发达、人文荟萃之地始终是江南，江南气候温润并非雪乡，因此雪的题材并未进入主流文化圈，元明时期一些流行于主流圈层的雪景图，从侧面说明江南暴雪已成常态。

宣德间（1426—1435）以画贡奉内廷，官直仁殿待诏的钱塘人戴进（1388—1462），因遭谗言被放归后浪迹江南，开"浙派绘画"，有《风雨归舟图》《雪山行旅图》《冒雪返家图》《踏雪寻梅图》《雪景山水图》等大量雪景图，反映的是正统四年到景泰六年（1439—1455），明代的第一次降温期的江南寒冷气象。

弘治十七年到正德四年（1504—1509）的寒冷期，催生了明朝第二批雪景图集中出现，唐寅（1470—1523）、周臣等画家开始突破以往的宫廷画风格，表现出一种新气象。

唐伯虎《函关雪霁图》轴作于明正德二年（1507），画面由远而近，依次为：雄峰笔立，银装素裹；楼阁房舍，皑皑积雪；溪流乱石，车马跋涉。画家自题："函关雪霁旅人稠，轻载驴骡重载牛。科斗店前山积铁，蛤蟆陵下酒倾油。晋昌唐寅作。"

唐伯虎画《柴门掩雪图》，写天寒地冻时节，白雪覆盖群山。山中数间茅舍，其中一间貌似酒馆，外挂酒旗店幌，于风中摆动。酒馆中门大开空无一人。远处的山路上，有一行旅举伞冒雪前行。酒馆后有一只乌篷渔船，有一渔夫在船篷中躲避风雪。

唐寅、仇英的绘画老师周臣，苏州人，活动于15世纪末至16世纪初,有《雪村访友图》等表现江南雪景的作品留世。

明朝第三次集中出现雪景图的时间,是嘉靖七年到十一年间(1528—1532),这一次的雪景图集中涌现,并非天气推动,而是天才引领。文徵明(1470—1559)是当时创作雪景图最多的画家,引领带动了雪景图的流行,虽然当时并非典型的极寒期,但仍然有一些年份是寒冷年度(1518、1519、1523、1529)。文徵明《关山积雪图》成稿于嘉靖十一年(1532),是整个明代集大成的雪景山水图,其用墨线勾勒山脉、山径、水岸等,略用干笔淡墨皴染,细笔写松柏、杂树、竹林、山寺、村舍、人物,在寒雪笼罩的崇山峻岭和冰封河流之间,有十七八人行进其间,或孤塞独行,或三二结伴而行,或在山径间相逢作揖,或孤坐草堂窗前,若有所思。文徵明用"留白"的方式渲染雪色,用浅淡石青、淡石绿和浅绛为主设色,但也用深浅红色点缀人物风衣、树叶、山寺。天空、河面用淡绿、浅绛参以淡墨皴染,满卷的冰天雪景视觉效果非常强烈。雪满山中,跋涉行旅,万籁俱静,一尘无染,真是一片孤高拔俗的冷逸世界。余有《雪景山水图》《湖山雪霁图》等。

明朝第四批雪景图集中出现在万历朝(1573—1619)后期,代表画家是董其昌(1555—1636)、赵左。董其昌的《燕吴八景图》,作于万历二十三年到二十六年(1595—1598)寒冷期的中期;赵左的《寒崖积雪图》,作于万历四十四年(1616),时值万历四十四年到四十七年间(1616—1619)明代的倒数第二个寒冷期。

明朝最后一批雪景图集中涌现于崇祯九年到十六年(1636—1643),崇祯十七年(1644)大明灭国。这段时间正是千年以来的极寒期,这时期的雪景图代表画家是张宏(1577—)、王时敏(1592—1680),分别作有《雪景山水图》《仿王维江山雪霁图轴》。

同样处于小冰河期的两宋期间,雪景图也集中涌现,成为主流题材。有经济发展的滋养,有宋徽宗赵佶的偏好,有范宽、王希孟、张择端、黄公望、李公麟、巨然等辈出的大师传承,把宋代绘画技法推到顶峰,形成了国画中的雪,一半下在了宋朝的盛世,寒林平远,得山之骨。宋朝的雪景有了细致的理论划分:雪者,有风雪,有江雪,有夜雪，有春雪，有暮雪，有欲雪，有雪霁。

　　透过雪景图的风雅，小冰河期给黎民带来的，却是实实在在的生存考验。气温长时间的持续下降，造成北方干旱，粮食大量减产，形成动辄几十年的社会剧烈动荡和战乱，长期的饥荒造成战乱无限扩大。元明以前的前三次"小冰河期"中国人口锐减超过五分之四，明末最后一次人口只锐减一半，乃得益于自美洲传来的抗旱高产作物土豆、玉米和红薯。

《风雨归舟图》(明·戴进)

第一章 龙见天意

《踏雪寻梅图》（明·戴进）

《函关雪霁图》（明·唐寅）

第一章 龙见天意

《柴门掩雪图》（局部）（明·唐寅）

《雪村访友图》(明·周臣)

第一章 龙见天意

《湖山雪霁图》（明·文徵明）

《仿王维江山雪霁图轴》（明·王时敏）

殷商末年和周初的人口变动缺乏史料记载。东汉末，汉族人口是6000万，几十年饥荒和大战乱后到西晋一统时汉族人口仅剩770万。随后又是八王之乱、五胡乱华，中国南北汉族人口仅存400万。唐末汉族人口也是6000万，至北宋初期只剩2000万。明末汉族人口1.2万，至清初社会安定时为5000多万。

毫不夸张地说，以龙见为标志的周期性极端严寒天气引发的系统性天灾，不啻于人间炼狱。

而在气候温暖的唐朝，龙见事件都显得那么温暖、柔软和走心，仿佛就是一场人间热闹游戏，关乎意趣，而无关冰冷残酷的死神面对。以唐朝有名的四大龙见观之史料记录最为详细，千人围观、活捉、屠龙、解剖，龙在大唐帝国，就是唐传奇一般的有故事、有情节、有烟火味的玩物存在。

一是千人围观龙的飞翔表演。据《旧唐书》记载，元和七年（812）六月丁亥朔，舒州桐城梅天陂内，有一黄一白两条龙，乘风雷而起，飞行高度约60米，飞行距离3000米，最后落入了浮塘陂中，当时有数千人围观，堪称古代最大的第一现场围观事件。

二是世人活捉神龙。《纪闻》记载，唐德宗年间，四川资州，有人捉到一条3米长的龙，最后装到一个盒子里，放到成都大慈寺供养。当地老百姓纷纷前来上香祈福，一连三天，络绎不绝。结果香火太旺盛，最后活活把龙给熏死了。

三是武士勇屠恶龙。据《太平广记》记载，唐玄宗任命张孝嵩为北庭都护，上任的路上路过沙州（今敦煌西），听说沙州黑河有孽龙作乱，于是自告奋勇，要屠龙为民除害。张在河边大摆烧烤，引出一条30多米长的龙，万箭齐发，将其射杀，并把龙舌割下来献给国家，唐玄宗大为称赞，赐号龙舌张，好一个屠龙狂人。

四是解剖求索神龙。《唐年补录》记载，唐咸通末年，桐城忽然从天上掉下一条青色的龙，当场死亡。现场有人好奇心膨胀，当即对这条龙尸进行了解剖，并记录说，龙身长30米，尾巴扁平，占身体的一半，身上鳞片类似鱼鳞,有脚,脚上有红色的蹼,头上双角长达 6 米,龙须也有 6 米长,喉咙里有伤口。最后官兵赶到,方才不舍作罢。

看来,世间悲哀都是一样的,但欢乐却各有各的不同。

十重炼狱

一个社会有三大底线行业,一是教育,二是医疗,三是法律。无论社会多么不堪,只要教育优秀、公平,底层就会有上升希望;只要医疗不黑暗堕落,生命就会得到起码的尊重;只要法律秉持正义,社会不良现象就能被压缩到最小……如果三大底线全部洞穿,就是人间炼狱。

灾荒年景,民生维艰,生存尚且艰难,哪谈什么教育、医疗、司法底线,那简直是人间炼狱。周期性的极寒引发的系统性灾难,每一个都如同炼狱堪称要命。细细梳理至少有十重炼狱:严寒、干旱、多雨、洪涝、蝗灾、地震、疾疫、饥荒、沙尘暴和表现为龙卷风、水龙卷的龙见。综合形成具有综合心理震慑力的极端天象和人祸的"龙见"社会现象。

而这些灾祸,轮番或组团频频造访脆弱的元明帝国,根据灾难发生的时间线,在元明近 400 年时间里,可梳理出 13 次自然灾害炼狱。

元贞元年至大德元年(1295—1297),干旱、洪涝、龙见。创世太祖忽必烈汗完美避过了元朝的第一次重大灾害,就在他驾崩的第二年,元成宗铁穆耳即位之初就遇上了气候转恶,干旱和洪水轮番肆虐,帝国在灾害的两端左右失顾。从 1295 年起,刚刚失去忽必烈的元朝,似乎失去了真龙治世的震慑,元朝大水从此一发不可收拾,这一年夏天,长江泛滥,最终演变为全国性灾难。1296 年夏天,长江再次肆虐,黄河亦多处决堤,全国上下"漂没田庐",水深火热无外如此。1297 年,铁穆耳被逼无奈,将年号从元贞改为大德,希望能止住帝国衰落的厄运。

大德七年(1303),大地震。元大德七年八月初六,公历 1303 年 9 月 17 日,山西省洪洞赵城发生强烈地震,是为我国史载的第一个 8 级地震。史料记载:"民居官舍荡然无存",建筑物破坏惨重,"山摧阜移,其土之奋怒奔突数里,跨涧踔谷""郁堡徙十余里",山川地貌为之改观,"死亡 20 万有余",人口伤亡巨大。震撼之烈、破坏之重、伤亡之大、波及之广当属其震。洪洞至今尚存有这次地震的遗迹,遍散于山西各处的碑刻题记,对当时震害的描述历历在目。

天历三年(1330),蝗灾、饥荒。元朝建立的第 30 个年头,环境的恶化加剧了王朝政局的动荡。天历三年,飞蝗四起,"嘉谷一叶忽中毒,芃芃枝干皆枯干",帝国范围内农作物损失惨重,此后百年内无过之者,失去食物的元民呼天不应,饿殍遍地。

至正二年至至正五年(1342—1345),严寒、干旱、饥荒、洪涝、疾疫。1344 年,一场来势凶猛的鼠疫迅速席卷全国,并通过帝国向西的征讨,经由抵御蒙古武士的意大利人,于 1345 年西传到达黑海,疫情覆盖欧洲,规模惊人。

在卫生保健条件恶劣的古代,每一次瘟疫暴发,都会导致人口的大量死亡,人谓之"瘟神"。《明史》记载,有明一代,瘟疫从未远离,时时暴发:

永乐六年正月,江西建昌、抚州,福建建宁、邵武从上一年至这个月,因传染病而死的有 7.84 万多人。

永乐八年,登州宁海等州县从正月至六月,因传染病而死的有 6000 多人。福建邵武连年传染病大流行,到这年的冬季,全家死绝的有 1.2 万户。

永乐九年七月,河南、陕西流行传染病。

永乐十一年六月,湖州三县流行传染病。七月,宁波五县流行传染病。

正统九年冬天,绍兴、宁波、台州瘟疫大流行,到第二年,死亡 3 万多人。

景泰四年冬天,建昌、武昌、汉阳流行传染病。

景泰六年四月,西安、平凉流行传染病。

景泰七年五月,桂林因传染病而死的有 2 万多人。

天顺五年四月,陕西流行传染病。

成化十一年八月，福建传染病大流行，蔓延到江西，死者无数。

正德元年六月，湖广平溪、清凉、镇远、偏桥四卫传染病大流行，死亡的人很多。靖州等处从七月至十二月传染病大流行，建宁、邵武从八月开始传染病也大流行。

正德十二年十月，泉州传染病大流行。

嘉靖元年二月，陕西传染病大流行。

嘉靖二年七月，南京传染病大流行，军人和平民死亡很多。

嘉靖四年九月，山东因传染病而死亡的有4128人。

嘉靖三十三年四月，都城内外传染病大流行。

嘉靖四十四年正月，京城遭饥荒并且流行传染病。

万历十年四月，京城流行传染病。

十五年五月，京城又流行传染病。

十六年五月，山东、陕西、山西、浙江都大旱，传染病流行。

崇祯十六年二月，京城传染病大流行，至九月才停止。

第二年春天，北畿、山东传染病流行。

1344年元朝瘟疫，伴随着帝国大范围的旱涝灾害持续发生。在这一背景下，未来明朝的创立者登上了历史舞台。《明史·太祖本纪》中披露朱元璋早年崛起时，源自"至正四年，旱蝗，大饥疫"。朱元璋当时16岁，正在为尽全力生存下去而努力。

至正十九年（1359），蝗灾、饥荒，"别十八里部东三百里蝗害麦……皆蝗，食禾稼草木俱尽。所至蔽日，碍人马不能行，填坑堑皆盈"。漫天黑压压的蝗虫，所到之处无论庄稼还是野草全部被啃食精光。蝗虫已经多到了行人无法在路上行走，路边的沟壑中全部爬满了蝗虫。

蝗灾必然造成大饥。等到了八月的时候，便有"大都霸州、通州、真定、彰德、怀庆、东昌、卫辉、河间之临邑，东平之须城、东阿、阳谷三县，山东益都、临淄二县，潍州、胶州、博兴州，大同、冀宁二郡，文水、榆次、寿阳、徐沟四县，沂、汾二州及孝义、平遥、介休三县，晋宁潞州及壶关、潞城、襄垣三县，霍州赵城、灵石二县，隰之永和,沁之武乡,辽之榆社,奉元及汴梁之祥符、原武、鄢陵、扶沟、杞、尉氏、洧川七县,郑之荥阳、氾水,许之长葛、郾城、襄城、临颍,钧之新郑、密县"地里粮食被蝗虫啃食一空,各地粮价大涨。大都路白银一锭仅能够得到大米八斗,在益都路营州阴县米价更是飙升到了一斗大米一斤黄金。

百姓只能去捕捉蝗虫充饥,但很快蝗虫潮水一般退去,走投无路的百姓不得不"人相食"。就在天子脚下的京师,通州百姓刘五因饥饿实在忍受不住,竟然将自己的儿子杀死后煮食了。

至正二十年(1360),饥荒,湖北房山县大饥,平章刘哈剌不花兵缺食,抓住了一位名叫李仲义的男子,不由分说就要将他杀死后煮食充饥。李仲义的老婆刘翠哥见状赶紧上前跪地求饶,愿代夫而烹,最终这些士兵将刘翠哥杀死煮食。一时间,闻者莫不哀之。

景泰元年至景泰七年(1450—1456),严寒、多雨、饥荒、洪涝、疾疫。从1450年开始,是中国第四次小冰河期的最后阶段,天气格外寒冷,景泰四年(1453)的冬天尤其寒冷,从东北部的山东到中部的江西竟普降大雪。是年四月,户部奏报,长江下游"冻死人民无算",长江南岸的常熟县冻死1800人,而长江以北死伤更重。次年春,大雪,竹木多冻死,海水结冰。明年冬,长江三角洲普降大雪,积雪深达1米。太湖沿岸港口结冰,船只全部停航,大批禽畜冻死。

景泰炼狱持续的时间恰好等于景泰皇帝在位的时间。他的同父异母的兄长被蒙古人俘虏,才由他即位。

正德十年至正德十五年(1515—1520),严寒、多雨、饥荒、地震、疾疫、龙见。明正德十年五月壬辰(1515年6月27日),云南永胜西北地震,《明武宗实录》卷一百二十五载:云南地震,逾月不止,或日至二三十震,黑气如雾,地裂水涌,坏城垣、官廨、民居,不可胜计。死者数千人,伤者倍之。这次地震发生了一次诡异的龙见事件。陆粲(1494—1551)在《庚巳编》中记载,一条粉白的龙夜半现身云南龙卫举人汪诚的园圃,这条龙的鳞甲锋利刺手,但懒洋洋地躺着并不离去。一连数日，有不少邻人来汪家参观，汪诚担心惹出祸事来，便采用了一种古老的驱龙术，在龙身上涂满狗血，果然，龙很快便消失了。汪家人之所以会发现这条龙，是因为从半年前那次大地震后，他们为了防范余震，一直夜宿在园圃中。

嘉靖二十三年至二十五年（1544—1546），严寒、干旱、饥荒、疾疫。

嘉靖三十四年（1555），地震。嘉靖三十四年十二月壬寅（1555年2月2日），陕西华县地震，死民百万，史称嘉靖大地震。《明史·五行志》载："壬寅，山西、陕西、河南同时地震，声如雷。渭南、华州、朝邑、三原、蒲州等处尤甚，或地裂泉涌，中有鱼物，或城郭房屋陷入地中，或平地突出山阜，或一日数震，或累日震不止。河渭大泛，华岳终南山鸣，河清数日，官吏、军民死八十三万有奇。"

现代科学家根据历史记录，纷纷得出比较一致的结论，据地震强度推断其为地震矩8至8.3级，烈度为11度，地震所造成的破坏延及黄河河谷至汾河河谷，受灾范围长达250公里。其间，城垣、官衙、民庐倾颓摧圮者不在少数。位于极震区的渭河流域，仓储尽圮，人民死者十居其半，山川移易，平地涌泉。地震发生的一个月之内，陕西、山西两省余震不断，西北至甘肃、东至山东、南至长江，都有震感。由于地震于午夜（子时）发生，多数人还在熟睡中，官方统计的死亡人数达83万人。实际死亡人数可能超过100万人。这是中国历史乃至世界历史上死亡人数最多的一次大地震，以震中为坐标，方圆2000里（800公里）的人口，竟有六成死亡。地震祸延97个县，山西、陕西、河南、甘肃、河北、山东、湖北、湖南、江苏及安徽10个省也受到不小影响。半年内，余震每个月都有三至五次，弄得人心惶惶、痛苦煎熬；小雁塔本来楼高15层，地震后塔顶被震毁，只余下13层。

万历十四年至万历十六年（1586—1588），严寒、干旱、饥荒、洪涝、蝗灾、疾疫、龙见。

万历四十三年至万历四十五年（1615—1617），严寒、干旱、饥荒、蝗灾、地震、龙见。

嘉靖、万历朝的人间，历经了三次炼狱煎熬，天气异常干燥，以上三个时期为最。连年干旱，旱为焦土，《明史》形容 1615 年帝国的景象为"赤地千里"。紧接干旱脚后跟的，是大饥荒，万历十五年七月九日（1587 年 8 月 12 日），户部右侍郎奏，黄河以北的饥民只能以野菜、草木为食；而陕西西南部的饥民，竟到了食石的地步。万历十六年（1588）春夏的持续干旱，使刚刚避过前一年饥荒的地区也陷入困境。四月六日（4 月 30 日），巡按广西御史奏报，西南地方也显露出饥馑之苦。他认为，应随事加恤，遏制事态恶化。三个星期后，广西御史陈惟芝奏，饥荒已造成了灾难性的影响。"人民相食，枕藉死亡，满城满野，有郑侠不能绘者，露根之余，可谓寒心。"与此同时，一位在南京的京官上奏，江北人民"饥相食"，江浙"米价腾贵"。

崇祯十年至崇祯十六年（1637—1643），严寒、大旱、饥荒、蝗灾、地震、疾疫、沙尘暴、龙见。其中尤以崇祯大旱为标志，崇祯大旱是指发生在 1637—1643 年间的一场特大旱灾。其持续时间之长、受旱范围之大，为近 500 年所未见。中国南、北方 23 个省（区）相继遭受严重旱灾。干旱少雨的主要区域在华北，河北、河南、山西、陕西、山东这些地区都连旱 5 年以上，旱区中心所在的河南省，连旱 7 年之久，以 1640 年干旱为最。

崇祯大旱是逐步发展的，1637 年主要出现在华北和西北地区，1638 年向南扩大到皖、苏等省。北方地区许多县志的灾异记载显示，1640 年出现数省特旱，核心旱区如山、陕、甘、冀出现人相食的极旱情况。山西汾水断流，临汾夏季甚至"风霾不息"，即持续性沙尘暴。海河流域各河断流，晋、冀、鲁、豫大多数州县伴随旱灾出现蝗灾、疫灾，甘肃省死人达 80% 以上。陕西"绝粜米市，木皮石面食尽，父子夫妇相剖啖，十亡八九"。

崇祯十二年（1639），每石米价银 1 两，崇祯十三年（1640）以后，每石米涨到银 3～5 两，加上沉重的赋役，民不聊生，迫使农民揭竿而起，起义不断，导致明朝崩溃。崇祯时（1628—1644）外有清兵临境，内有连年旱灾。河北、山东大量灾民弃耕逃亡，很多村庄变成无人村。自然灾害导致了经济的全面崩溃，并激化了社会动荡。崇祯时陕西关中爆发了李自成、张献忠农民起义，很快席卷大半个中国。

干旱事件前期呈北旱南涝的格局，且旱区逐年向东、向南扩大。1640 年以后北方降雨增多，转变为北涝南旱。在这期间瘟疫流行、蝗虫灾害猖獗。

明朝灭亡以后，气温于 1650 年后开始快速回升，这才有了清朝的"康乾盛世"，其实不过是气温回暖后灾情减弱罢了。经历过大灾大难的老百姓，生活期望值降到极低，只要社会稍显安定、食可果腹、衣可避寒，即会口称尧舜，称赞盛世。但古代的所谓"盛世"，不过是少有饿死冻死，根本没有安居乐业、富足自得一说，所以才有饥饿的盛世一说。

小冰河时代的来临，中原地区如果说尚可撑持，那么靠天吃饭的北方游牧民族就只有向死一途。在生存受到威胁时，只有扬起铁蹄向温暖的南方踏去。蒙古族和满族人都是在寒冷的驱赶下，才拼命往南寻找生存资源谋生，入主中原。残酷战争的屠杀和破坏，却也正好空出了大量的土地，解决了度过战争炼狱存活下来的人们的吃饭问题，给予了新政权休养生息的时间和空间。

龙见，不仅是自然的，更是社会的。

附：

正史龙见

《左传》：

昭公十九年，龙斗于郑时门之外洧渊。

惠帝二年正月癸酉旦，有两龙见于兰陵廷东里温陵井中，至乙亥夜去。

《后汉书·五行志》：

安帝延光三年，济南言黄龙见历城，琅琊言黄龙见诸。是时安帝听谗，免太尉杨震，震自杀。又帝独有一子，以为太子，信谗废之。是皇不中，故有龙孽，是时多用佞媚，故以为瑞应。明年正月，东郡又言黄龙二见濮阳。

桓帝延熹七年六月壬子，河内野王山上有龙死，长可数十丈。襄楷以为夫龙者为帝王瑞，《易》论大人。天凤中，黄山宫有死龙，汉兵诛莽而世祖复兴，此易代之征也。至建安二十五年，魏文帝代汉。

永康元年八月，巴郡言黄龙见。时，吏傅坚以郡欲上言，内白事以为走卒戏语，不可。太守不听，尝见坚语云："时，民以天热，欲就池浴，见池水浊，因戏相恐，'此中有黄龙'，语遂行人间。闻郡欲以为美，故言。"时，史以书帝纪。桓帝时政治衰缺，而在所多言瑞应，皆此类也。又先儒言：瑞兴非时，则为妖孽。而民讹言生龙语，皆龙孽也。

灵帝光和元年六月丁丑，有黑气堕北宫温明殿东庭中，黑如车盖，起奋讯，身五色，有头，体长十余丈，形貌似龙。上问蔡邕，对曰：所谓天投蜺者也。不见足尾，不得称龙。

《晋书》：

刘聪伪建元元年正月，平阳地震，其崇明观陷为池，水赤如血，赤气至天，有赤龙奋迅而去。流星起于牵牛，入紫微，龙形委蛇，其光照地，落于平阳北十里。视之则肉，臭闻于平阳。长三十步，广二十七步。肉旁常有哭声，昼夜不止。数日，聪后刘氏产一蛇一兽，各害人而走。寻之不得，顷之见于陨肉之旁。

魏明帝青龙元年正月甲申，青龙见郏之摩陂井中。凡瑞兴非时，则为妖孽，况困于井，非嘉祥矣。魏以改年，非也。干宝曰："自明帝终魏世，青龙、黄龙见者，皆其主兴废之应也。魏土运，青木色，而不胜于金。黄得位，青失位之象也。青龙多见者，君德国运内相克伐也。故高贵乡公卒败于兵。"按：刘向说，龙贵象而困井中，诸侯将有幽执之祸也。魏世，龙莫不在井，此居上者逼制之应。高贵乡公著《潜龙诗》，即此旨也。

魏高贵乡公正元元年冬十月戊戌，黄龙见于邺井中。

魏高贵乡公甘露元年正月辛丑，青龙见轵县井中。六月乙丑，青龙见元城县界井中。

甘露二年二月，青龙见温县井中。

甘露三年，黄龙青龙仍见顿丘、冠军、阳夏县井中。

甘露四年正月，黄龙二见宁陵县井中。

元帝景元元年十二月甲申，黄龙见莘县井中。

景元三年二月，青龙见轵县井中。

吴孙皓天册中，龙乳于长沙人家，啖鸡雏。京房《易妖》曰："龙乳人家，王者为庶人。"其后皓降晋。

晋武帝咸宁二年六月丙申，白龙二见于九原井中。

太康五年正月癸卯，二龙见武库井中。帝观之，有喜色。百僚将贺，刘毅独表曰："昔龙漦夏庭，祸发周室。龙见郑门，子产不贺。"帝答曰："朕德政未修，未有以应受嘉祥。"遂不贺也。孙盛曰："龙，水物也，何与于人！子产言之当矣。但非其所处，实为妖灾。夫龙以飞翔显见为瑞，今则潜伏幽处，非休祥也。"汉惠帝二年，两龙见兰陵井中，本志以为其后赵王幽死之象。武库者，帝王威御之器所宝藏也，屋宇邃密，非龙所处。是后七年，藩王相害，二十八年，果有二胡僭窃神器，二逆皆字曰龙，此之表异，为有证矣。

愍帝建兴二年十一月，枹罕羌妓产一龙子，色似锦，文常就母乳，遥见神光，少得就视。此亦皇之不建，于是帝竟沦没。

吕纂末，龙出东厢井中，到其殿前蟠卧，比旦失之。俄又有黑龙升其宫门。纂咸以为美瑞。或曰："龙者阴类，出入有时，今而屡见，必有下人谋上之变。"后纂果为吕超所杀。

武帝咸宁中，司徒府有二大蛇，长十许丈。后有一蛇夜出，被刃伤，不能去，乃觉之，发徒攻击，移时乃死。夫司徒，五教之府；此皇

第一章 龙见天意

极不建，故蛇孽见之。汉灵帝时，蛇见御座，杨赐云为帝溺于色之应也。魏代宫人猥多，晋又过之，燕游是湎，此其孽也。《诗》云"惟虺惟蛇，女子之祥"也。

惠帝元康五年三月癸巳，临淄有大蛇，长十余丈，负二小蛇入城北门，迳从市入汉城阳景王祠中，不见。天戒若曰，昔汉景王有定倾之功，而不厉节忠慎，以至失职夺功之辱。今齐王冏不寤，虽建兴复之功，而骄陵取祸，此其征也。

明帝太宁初，武昌有大蛇，常居故神祠空树中，每出头从人受食。京房《易妖》曰："蛇见于邑，不出三年有大兵，国有大忧。"寻有王敦之逆。

《宋书·符瑞志》：

黄龙者，四龙之长也。不漉池而渔，德至渊泉，则黄龙游于池。能高能下，能细能大，能幽能冥，能短能长，乍存乍亡。赤龙、《河图》者，地之符也。王者德至渊泉，则河出《龙图》。

汉惠帝二年正月癸酉，两龙见兰陵人家井中。

汉文帝十五年春，黄龙见成纪。

汉宣帝甘露元年四月，黄龙见新丰。

汉成帝鸿嘉元年冬，黄龙见真定。

汉成帝永始二年二月癸未，黄龙见东莱。

汉光武建武十二年六月，黄龙见东阿。

汉章帝元以来，至章和元年，凡三年，黄龙四十四见郡国。

元和中，青龙见郡国。元和中，白龙见郡国。

汉安帝延光元年八月辛卯，黄龙见九真。

延光三年九月辛亥，黄龙见济南历城。

延光三年十二月乙未，黄龙见琅邪诸县。

延光四年正月壬午，黄龙二见东郡濮阳。

汉桓帝建和元年二月，黄龙见沛国谯。

汉桓帝元嘉二年八月，黄龙见济阴句阳，又见金城允街。

汉桓帝永光元年八月，黄龙见巴郡。

汉献帝延康元年三月，黄龙见谯。又郡国十三言黄龙见。

魏明帝青龙元年正月甲申，青龙见郏之摩陂井。帝亲与群臣共观之，既而诏书工图写，龙潜而不见。

魏明帝景初元年二月壬辰，山茌县言黄龙见。

魏少帝正元元年十月戊戌，黄龙见邺井中。

魏少帝甘露元年正月辛丑，青龙见轵县井中凡二。

甘露元年六月，青龙见元城县界井中。

甘露二年二月，青龙见温县井中。

甘露三年八月甲戌，黄龙、青龙仍见顿丘、冠军、阳夏县井中。

甘露四年正月，黄龙二见宁陵县井中。

魏元帝景元元年十二月甲申，黄龙见莘县井中。

景元三年二月，青龙见轵县井中。

刘备未即位前，黄龙见武阳赤水，九日乃去。

吴孙权黄武元年三月，鄱阳言黄龙见。

吴孙权黄龙元年四月，夏口、武昌并言黄龙见；权因此改元。作黄龙牙，常在军中，进退视其所向，命胡综为赋。

吴孙权赤乌五年三月，海盐县言黄龙见县井中二。

赤乌十一年，云阳言黄龙见。黄龙二又见武陵吴寿，光色炫耀。

吴孙休永安四年九月，布山言白龙见。

永安六年四月，泉陵言黄龙见。

晋武帝泰始元年十二月，青龙二见济阴定陶。青龙见魏郡汤阴。黄龙见河南洛阳洛滨。白龙二见太原祁。

泰始二年七月壬午，黄龙见巴西阆中。

泰始三年四月戊午，有司奏："张掖太守焦胜言，玄池县大柳谷口青龙见。"

晋武帝咸宁二年六月丙申，白龙二见于新兴九原居民井中。

咸宁二年十月庚午，黄龙二见于汉嘉灵关。十一月癸巳，白龙二见

第一章　龙见天意

须度支部。十一月甲寅，青龙见京兆霸城。

晋武帝太康元年八月，白龙三见于永昌。

太康三年闰四月己丑，白龙二见济南历城。

太康五年正月癸卯，青龙二见武库井中，帝亲往观之。

太康六年九月，白龙见京兆阴盘。

太康九年十二月戊申，青龙一见鲁国公丘居民井中。

晋惠帝元康七年三月己酉朔，成皋县狱中有龙升天。

宋武帝永初元年七月，青龙见义兴阳羡。

永初元年八月，青龙二见南郡江陵。

文帝元嘉十三年九月己酉，会稽郡西南向晓，忽大光明，有青龙腾跃凌云，久而后灭。吴兴诸处并以其日同见光景。扬州刺史彭城王义康以闻。

元嘉二十一年十月己丑，永嘉永宁见黄龙自云而下，太守臧艺以闻。

元嘉二十五年五月丁丑，黑龙见玄武湖北，苑丞王世宗以闻。

元嘉二十五年五月戊戌，黑龙见玄武湖东北隈，扬州野吏张立之以闻。

元嘉二十五年八月辛亥，黄龙见会稽，太守孟颛以闻。

元嘉二十五年，广陵有龙自湖水中升天，百姓皆见。

孝武帝孝建二年七月癸丑，黄龙见石头城外水滨，中护军湘东王彧以闻。

孝建三年五月己未，龙见临川郡，江州刺史东海王祎以闻。

孝武大明元年五月癸亥，黑龙见晋陵占石村。改村为津里。

龙马者，仁马也，河水之精。高八尺五寸，长颈有翼，傍有垂毛，鸣声九哀一作音。腾黄者，神马也，其色黄。王者德御四方则出。白马硃鬣，王者任贤良则见。泽马者，王者劳来百姓则至。夏马骊，黑身白鬣尾，殷马骆，白身黑鬣尾，周马骓，赤身黑鬣尾。

汉章帝元和中，神马见郡国。

晋怀帝永嘉六年二月壬子，神马鸣南城门。

晋孝武帝太元十四年六月甲申朔，宁州刺史费统上言："所统晋宁之滇池县，旧有河水，周回二百余里。六月二十八日辛亥，神马二匹，一白一黑，忽出于河中，去岸百步。县民董聪见之。"

《隋书》：

梁天监二年，北梁州潭中有龙斗，喷雾数里。

普通五年六月，龙斗于曲阿王陂，因西行，至建陵城，所经之处，树木皆折开数十丈。

太清元年，黎州水中又有龙斗。波浪涌起，云雾四合，而见白龙南走，黑龙随之。

辽大同元年夏，有龙夜因雷而堕延陵人家井中，明旦视之，大如驴。将以戟刺之，俄见庭中及室中各有大蛇，如数百斛船，家人奔走。

陈太建十一年正月，龙见南兖州池中。

后齐天保九年，有龙长七八丈，见齐州大堂。

河清元年，龙见济州浴堂中。

天统四年，贵乡人伐枯木，得一黄龙，折脚，死于孔中，齐称木德。

武平三年，龙见邯郸井中，其气五色属天。又见汲郡佛寺涸井中。

武平七年，并州招远楼下，有赤蛇与黑蛇斗，数日，赤蛇死。

后周建德五年，黑龙坠于亳州而死。

仁寿四年，龙见代州总管府井中。其龙或变为铁马甲士弯弓上射之象。

《旧唐书》：

贞观八年七月七日，陇右山崩，大蛇屡见。太宗问秘书监虞世南曰："是何灾异？"对曰："春秋时梁山崩，晋侯召伯宗而问焉。对曰：'国主山川，故山崩川竭，君为之不举，降服出次，祝币以礼焉。'晋侯从之，卒亦无害。汉文帝九年，齐、楚地二十九山同日崩。文帝出令，郡国无来献，施惠于天下，远近欢洽，亦不为灾。后汉灵帝时，青蛇见御座。晋惠帝时，大蛇长三百步，经市入庙。今蛇见山泽，盖深山大泽，实生大蛇，亦不足怪也。唯修德可以消变。"上然之。

贞观中，汾州言青龙见，吐物在空中，有光明如火。坠地，地陷，掘之得玄金，广尺，长七寸。

大足元年，虔州别驾得六眼龟，一夕而失。神龙中，渭河有蛤蟆，大如一石鼎，里人聚观，数日而失。

先天二年六月，西京朝堂砖阶，无故自坏。砖下有大蛇长丈余，蛤蟆大如盘，面目赤如火，相向斗。俄而蛇入大树，蛤蟆入于草。

开元四年六月，郴州马岭山下，有白蛇长六七尺，黑蛇长丈余。两蛇斗，白蛇吞黑蛇，至粗处，口眼流血，黑蛇头穿白蛇腹出，俄而俱死。

天宝中，洛阳有巨蛇，高丈余，长百尺，出于芒山下。胡僧无畏见之，叹曰："此欲决水注洛城。"即以天竺法咒之，数日蛇死。

乾元二年九月，通州三冈县放生池中，日气下照，水腾波涌上，有黄龙跃出，高丈余，又于龙旁数处，浮出明珠。

元和七年四月，舒州桐城县有黄、青、白三龙各一，翼风雷自梅天陂起，约高二百尺，凡六里，降于浮塘陂。

九年四月，道州二青龙见于江中。大和二年六月七日，密州卑产山北面有龙见。初，赤龙从西来，续有青龙、黄龙从南来，后有白龙、黑龙从山北来，并形状分明。自申至戌，方散去。

《新唐书》：

贞观八年七月，陇右大蛇屡见。蛇，女子之祥；大者，有所象也。又汾州青龙见，吐物在空中，光明如火，堕地，地陷，掘之得玄金，广尺，长七寸。

显庆二年五月庚寅，有五龙见于岐州之皇后泉。

天宝十四载七月，有二龙斗于南阳城西。《易坤》："上六，龙战于野。"《文言》曰："阴疑于阳必战。"

至德元载八月朔，成都丈人庙有肉角蛇见。二载三月，有蛇斗于南阳门之外，一蛇死，一蛇上城。

建中二年夏，赵州宁晋县沙河北，有棠树甚茂，民祠之为神。有蛇数百千自东西来，趋北岸者聚棠树下，为二积，留南岸者为一积，俄有径寸龟三，绕行，积蛇尽死，而后各登其积。野人以告。蛇腹皆有疮，若矢所中。刺史康日知图其事,奉三龟来献。

四年九月戊寅,有龙见于汝州城壕。

建中四年九月戊寅,有龙见于汝州城壕。龙,大人象,其潜也渊,其飞也天;城壕,失其所也。

贞元末,资州得龙丈余,西川节度使韦皋匣而献之,百姓纵观,三日,为烟所熏而死。

大和二年六月丁丑,西北有龙斗。三年,成都门外有龙与牛斗。

光化三年九月,杭州有龙斗于浙江,水溢,坏民庐舍。占同天宝十四载。

《魏书》:

《洪范论》曰:龙,鳞虫也,生于水。云亦水之象,阴气盛,故其象至也,人君下悖人伦,上乱天道,必有篡杀之祸。

世祖神麚三年三月,有白龙二见于京师家人井中。

太平真君六年二月丙辰,有白龙见于京师家人井中。龙,神物也,而屈于井中,皆世祖暴崩之征也。

肃宗正光元年八月,有黑龙如狗,南走至宣阳门,跃而上,穿门楼下而出。魏衰之征也。

庄帝永安二年,晋阳龙见于井中,久不去。庄帝暴崩晋阳之征也。

前废帝普泰元年四月甲寅,有龙迹自宣阳门西出,复入城。乙卯,群臣入贺,帝曰:"国将兴,听于民;将亡,听于神。但当君臣上下,克己为治,未足恃此为庆。"

(北齐)武平三年,龙见邯郸井中,其气五色属天。又见汲郡佛寺涸井中。

《南齐书》:

《老子河洛谶》曰:"年历七七水灭绪,风云俱起龙麟举。"《易》曰:"云从龙,风从虎。"关尹云:"龙不知其乘风云而上天也。"

武进县彭山,旧茔在焉。其山冈阜相属数百里,上有五色云气,有龙出焉。

元徽三年，太祖在青溪宅，斋前池中忽扬波起浪，涌水如山，有金石响，须臾有青龙从池中出，左右皆见之。

昇明元年，青龙见齐郡。

建元四年，青龙见顺阳郡清水县平泉湖中。

永明七年，黄龙见曲江县黄池中，一宿二日。

中兴二年，山上云障四塞，顷有玄黄五色如龙，长十余丈，从西北升天。

宋泰始末，武进旧茔有兽见，一角，羊头，龙翼，马足，父老咸见，莫之识也。

永明十年，鄱阳郡献一角兽，麟首，鹿形，龙鸾共色。《瑞应图》云："天子万福允集，则一角兽至。"

《宋史》：

乾德五年夏，京师雨，有黑龙见尾于云际，自西北趋东南。占主大水。明年，州府二十四水坏田庐。

六年四月，单州单父县民王美家龙起井中，暴雨飘庐舍，失族属，及坏旧镇廨舍三百五十余区，大木皆折。

七年六月，棣州有火自空堕于城北门楼，有物抱东柱，龙形金色，足三尺许，其气甚腥。旦视之，壁上有烟痕，爪迹三十六。

太平兴国二年五月，白龙见宁州要册龙庙池中，长数十丈，东向吐青白云，见者千余人。

大中祥符二年八月，青蛇出无为军廨，长数尺。

三年，内侍任文庆奉诏于茅山设醮，祷郭真人池，取双龙以归。长二寸许，鳞极细，腹如玳瑁，置手中，仰覆无惧，中路风雨失一。五月，真宗皇帝从官内将龙带入朝班以示近臣，然后令文庆送还茅山。至华阳宫，投池中，俄于岸侧树上看到二龙，一乃放还者，一乃所失者。

六年五月，迎奉圣祖至谷熟县，于圣祖舟中幢节上得小龙二，如茅山池中，畜于禁中。己巳方午，忽失一，守者求之不得。是夜，闻雷声，有光如火照净阁。翌日，失者复至。即遣使送还茅山。八月，建昌军部民家麻姑山仙都观设醮。己巳五鼓，有龙出玉皇殿西北醮坛下，升中天,回视,长数尺,金色,隐隐有雷声,闻数里。

神宗熙宁二年,建州民杨纬言:"元年三月,大雷雨,所居之处有黄龙见,下获一木,如龙而形未具。七月,大雷雨,复有龙飞其上。及霁,木龙尾、翼、足皆具,归合旧木,宛然一体。"图像以进。

宣和元年夏,雨,昼夜凡数日。及霁,开封县前茶肆中有异物如犬大,蹲踞卧榻下。细视之,身仅六七尺,色苍黑,其首类驴,两颊作鱼颔而色正绿,顶有角,生极长,于其际始分两歧,声如牛鸣,与世所绘龙无异。茶肆近军器作坊,兵卒来观,共杀食之。已而京城大水,讹言龙复仇云。

绍兴初,朱胜非出守江州,过梁山,龙入其舟,才长数寸,赤背绿腹,白尾黑爪甲,目有光,近龙孽也。行都柴垛桥旌忠庙三蛇出没庭庑,大者盈尺,方鳞金色,首脊有金钱,遇霁,或变化数百于蕉卉间。庙徙而蛇孽亦绝。十一年四月,衡山县净居岩有蛇长二丈,身围数尺,黑色而方文,震死,山水大至。先是,山气遇夜辄昏昧,蛇毙始明。

七年五月乙酉,汴京有龙撼宣德门,灭"宣德"二字。刘豫急命修葺。是岁,伪齐亡。

八年夏,金房熙州洓水有苍龙见,明日为黄龙,以爪擘婴儿为戏者三日,有帝者服,乘白马,六蟾蜍在其前。

二十五年六月,湖口县赤龙横水中如山,寒风怒涛,覆舟数十艘,士卒溺者数十人。三十年春,宜黄县大蛇见于丞治,长二丈。捕之纵数里外,俄复至者数四。乾道五年七月乙亥,武宁县龙斗于复塘村,大雷雨,二龙奔逃,珠坠,大如车轮,牧童得之。自是连岁有水灾。

孝宗乾道五年七月乙亥,隆兴府武宁县龙斗于西北,大雨,俄顷迅雷起东南,二龙奔逃,坠珠如轮,其地复塘村,牧童得之。是邑境连岁有水灾。[按:龙斗而落珠大如车轮!此巨珠后来不知去向。]

《金史》:

收国元年八月己卯,黄龙见空中。十二月丁未,上候辽军还至熟结泺,有光复见于矛端。

天眷元年夏,有龙见于熙州野水,凡三日。初,于水面见一苍龙,良久而没。次日,见金龙一,爪承一婴儿,儿为龙所戏,略无惧色,三日如故。又见一人,乘白马,红袍玉带,如少年官状,马前有六蟾蜍,凡三时乃没,郡人竞往观之。

皇统九年丁丑,有龙斗于利州榆林河上。大风坏民居官舍十六七,木瓦人畜皆飘扬十余里,死伤者数百,同知州事石抹里压死。

正隆六年,是岁,世宗居贞懿皇后忧,在辽阳,一日方寝,有红光照其室,及其龙见于室上,又夜有大星流入其邸。八月,复有云气自西来,黄龙见其中,人皆见之。是时,临潢府闻空中有车马声,仰视见风云杳霭,神鬼兵甲蔽天,自北而南,仍有语促行者。末岁,海陵下诏南征。

世宗大定十四年八月丁巳朔,次飑里舌,是午,白龙见于御帐之东小渿中,既乘临雷云而上,尾犹曳地,良久北去。

明昌……五年七月丙戌,天寿节,先阴雨连日,至是开霁,有龙曳尾于殿前云间。

宣宗贞祐二年六月,壬戌,上次宜村,有黄龙见于西北。冬,黄河自陕州界至卫州八柳树,清十余日,纤鳞皆见。

《元史》:

至正二十七年正月乙未夜,晋宁路绛州天鼓鸣空中,如闻战斗之声。

至元五年六月庚戌,汀州长汀县山蛟出,大雨骤至,平地涌水,深三丈余,漂没民居八百余家,坏田二百余顷。

至正十七年六月癸酉,温州有龙斗于乐清江中,飓风大作,所至有光如球,死者万余人。八月癸丑,祥符县西北有青白二龙见,若相斗之势,良久而散。

二十三年正月甲辰,广西贵州江中有物登岸,蛇首四足而青色,长四尺许,军民聚观而杀之。

二十四年六月,保德州有黄龙见于咸宁井中。

二十七年六月丁巳,皇太子寝殿新甃井成,有龙自井而出,光焰烁人,宫人震慑仆地。又宫墙外长庆寺所掌成宗斡耳朵内大槐树,有龙缠绕其上,良久飞去,树皮皆剥。七月,益都临朐县有龙见于龙山,巨石重千斤，浮空而起。

二十八年十一月，大同路怀仁县河岸崩，有蛇大小相绾结，可载数车。

《明史》：

永乐十八年九月，诸城进龙马。民有牝马牧于海滨，一日，有物蜿蜒与马接。产驹，具龙文，其色青苍，谓之龙马云。

成化五年六月，河决杏花营，有卵浮于河，大如人首，下锐上圆，质青白，盖龙卵也。

弘治九年六月庚辰，宣府镇南口墩骤雨火发，龙起刀鞘内。

十八年五月辛卯，日午，旋风大起，云翳三殿，若有人骑龙入云者。

正德七年六月丁卯夜，招远有赤龙悬空，光如火，盘旋而上，天鼓随鸣。

十二年六月癸亥，山阳见黑龙，一龙吸水，声闻数里，摄舟及舟女至空而坠。

十三年五月癸丑，常熟俞野村迅雷震电，有白龙一、黑龙二乘云并下，口中吐火，目睛若炬，撤去民居三百余家，吸二十余舟于空中。舟人坠地，多怖死者。是夜红雨如注，五日乃息。

十四年四月，鄱阳湖蛟龙斗。

嘉靖四十年五月癸酉，青浦佘山九蛟并起，涌水成河。

万历十四年七月戊申，舒城大雷雨，起蛟百五十八，迹如斧劈，山崩田陷，民溺死无算。是岁，建昌民樵于山，逢巨蛇，一角，六足如鸡距，不噬不惊，或言此肥遗也。

十八年七月，猗氏大水，二龙斗于村，得遗卵，寻失。

十九年六月己未，公安大水，有巨蛇如牛，首赤身黑，修二丈余，所至堤溃。

三十一年五月戊戌，历城大雨，二龙斗水中，山石皆飞，平地水高十丈。

四十五年八月，安丘青河村青白二龙斗。

《粤西丛载·龙见》：

吴永安四年，布山白龙见。

高宗龙朔二年，龙降于灵川。时县西山风雨雷电七昼夜，既霁，山腹洞贯成岩，广百余尺，岩中石壁皆印龙鳞，溪水从岩流出，可通舟楫，而旧溪为平陆。

元至正间，兴业县南十里村民，见一马从石中出食草，居人扑杀分食，惟一老妪子妇三人不食。是夜雷雨大作，电光中，人见苍龙从空中下。其妪惊觉，有人喝曰："急出，无顾家！"母子遂出，上小山。困极，立化为石。其村为大池，人呼曰马塘。

明嘉靖五年二月，容县大水，连涨数日。水退，见两岸龙车轨迹。

嘉靖戊子，宣化县龙见。

嘉靖壬子春，宣化县飞龙见。

万历二十二年甲午夏，昭平县蛟起明源江，化为龙。

万历四十五年丁巳八月初四日，恭城县阴云密布，雨下如注，山涧水涌，连崩一十三岭，树木拔折。缘江鳞介之物，死者无算。巨木散材，河涯堆积如山。人云有蛟龙出焉。

万历四十六年夏六月，恭城县诸溪不雨而涨，伸家廖洞，传有龙关，日夜不休，山水若决，率皆泥淖。

泰昌二年四月，龙池井出神龙，大雷雨。

《清史稿》：

顺治六年十一月，仪徵有四龙见于西南。

十一年，涞水县兴云寺梁上有蛇，身具五彩，十日后变为白色。六月十五日，狂风骤雨，霹雳不绝，殿中若有龙斗，及霁，蛇乃不见。

康熙元年七月二十九日，嘉兴二龙起海中，赤龙在前，青龙在后，鳞甲发火，过紫家埭，倒屋百余间，伤一人。九月初九夜半，火龙见。

二年四月十六日，崇明龙见；三台东南出一蛇，长数丈，腰围约三尺，身有鳞甲，赤光。

三年五月二十一日，京山龙见，鳞甲俱现。七月朔，镇洋大风海溢，有龙下麋场，伤数人。八月初四日，天晴无云，黄龙见于东南。

七年七月，咸宁有龙游于县署前，雨霁，不能升跃，市人系其颈以游于市。

十二年六月，深泽马铺民家龙起，大风雨，破壁而去。

十二月十八日，丹阳见两龙悬空，移时始去。

十三年夏，永嘉龙见；万载大水，龙出。

十七年六月，咸宁大墓山有龙突现头角，三日，鳞甲晃如赤金，白昼飞腾，穿山为河，伤民畜。

十八年十月十五日，镇洋龙见于东南。

二十一年十月，青浦、兴化龙见。

二十六年六月，黄县龙昼见于朱家村，烟雾迷蒙，火光飞起。

三十六年三月，毕节龙见赤水河。

四十年八月，独山州南羊角村有龙见。

四十一年六月初九日，鳌泉有白龙跃于平地，飞去。

四十五年五月初六日，金山之岩有龙出，金光闪烁。

四十七年，灵州井中有龙，时见其首尾，数日，忽大雨霹雳，腾空而去。

六十年六月，金坛学宫前悬一龙，腥气逆鼻，焚香祷之，腾空而去。七月十三日，南笼大雷雨，龙见于城西。

雍正二年五月，横州有龙起。七月，北流飞龙见。十二月，木门海子起烟雾，有蛟龙飞出之状。

七年春，安定文苇塔见一龙腾空而去。

九年四月，安南有龙见于东北。六月，青浦龙见于沙滩。

乾隆二年二月，潮阳白龙见。

三年正月，枝江龙见于城西。九月，青浦龙斗于泖，自西南至东北入海。

五年五月，高邮大风，有白龙舞空中，鳞甲俱现。

六年六月十三日，昆山东乡设网村有白龙卷去民房十七家。二十五日，席家潭有白龙卷去周家庄大舟并二人，坠巴城镇三里岸渚，复卷去镇民盛某，掷地，身无恙。

九年六月十二日，浮山有龙飞入民间楼舍，须臾烟起，楼尽焚。七月壬辰，建安天顿黑，有白龙尾垂二丈余。

十二年八月，高州龙见于小华山。

十四年七月初五日，高淳龙起于永丰圩下，首尾鳞甲俱现。

十五年七月，正宁秦家店有龙破屋而升，俄大雷雨。

十九年秋，济南巨治河有龙斗。

二十年五月二十日，澄海狂风骤雨，有双龙自东而来，由蓬州所东门经过，冲倒城垣五十七丈，民房三百余间，有压毙者。

二十一年六月，招收、龙井地方有龙自空冉冉而下。

二十六年五月二十七日，葭州赤龙见于张体两川围中。六月初七日，高平火龙见于石末村。七月十四日，泰安蛟起夏辉村西河，高二丈，彩色灼烂，横飞东南，风云随之。

二十九年四月十三日，天门乌龙见，头角爪甲俱现。

四十三年三月，安丘龙见。

四十六年八月十二日，莒州群龙见于吴山东北。

五十五年五月，定海舟山龙起，漂没田庐，淹毙人口；越三日，龙斩三段，尾不见，其鳞巨如葵扇。

五十六年六月，莒州赤龙见于龙王峪，先大后小，长数丈，所过草木如焚。

六十年春，青浦有白龙自东至金泽镇南，去地祇三四尺，所过屋瓦皆飞。

嘉庆六年，东湖修孔子庙，见白龙乘风飞去。

九年，曲阳济渎河水暴发，见龙车数乘涉水而没，水退。

十四年五月，有龙戏于瑞州城隍庙江均河，水立丈余。

二十年六月，黄冈柳子巷蛟起，伤一百四十余人，冲没田宅无算。

二十一年六月，蛟见于婴武水。

道光四年七月，麻城龙见于月望岩。

五年七月甲辰，武进龙见于芙蓉湖。

六年六月初五日，宜都蛟起，坏民居，溺人无算。

七年五月初十日，房县汪家河水溢，蛟起，坏民田无算。

九年十一月二十二日，滕县见青龙，长约数十丈，鳞甲俱现。

十年六月，松滋城原寺出龙，过洋州上升。七月十二日，永嘉起蛟，裂山而出，漂没田庐，淹毙人畜无算。

十六年七月甲申，武进有龙陷地成潭。

二十八年五月，监利龙见于洪湖。七月二十三日，太平五龙同见空中，是夜飓风大作。

咸丰二年五月十七日，枝江天无片云，有白龙降于瓦窑湖，蜿蜒行数里，忽腾去。

三年七月初七日，西乡白龙见，长数十丈。七月十五日，黄陂龙见于聂口，鳞甲宛然，拥船只什物于空中。十一月，西宁西纳川降孽龙，臭闻数里。

五年七月二十三日，石首风雷大作，顷之二龙接尾而上。

七年五月初八日，来凤县曾氏塘风雨骤至，有物长丈余，乘风入塘，形似牛，身备五色，目灼灼有光，水喷起。

八年六月十七日，云梦有龙入城，坏庐舍无数，绕城东北去。

十年三月，麻城龙见。五月，松滋天鹅塘出龙，行陆地，所过禾稼尽偃。

十一年冬，平湖有二龙斗于海。

同治三年，苏州有龙斗。

四年正月，宜城龙见于芳草洲。

六年五月初五日，高淳见三龙。

十年三月二十二日，湖州有龙斗，狂风骤雨，拔木覆舟。五月十二日，高淳龙见。七月底，城有蛟起于井中。

光绪十九年正月，灵台龙见于井中。

二十一年十月，大通龙见于惠广寺。

附：

元明帝王世系年表

姓名	年号	登基年份	谥号
元朝 1271—1368 年			
忽必烈	中统/至元	1260	世祖
铁穆耳	元贞/大德	1295	成宗
海山	至大	1308	武宗
爱育黎拔力八达	皇庆/延祐	1312	仁宗
硕德八剌	至治	1321	英宗
也孙铁木儿	泰定/致和	1324	泰定帝
阿速吉八	天顺	1328	天顺帝
图帖睦尔	天历	1328	文宗
和世琜	至顺	1329	明宗
懿璘质班	至顺	1332	宁宗
妥懽帖睦尔	至顺/元统/至元/至正	1333	顺帝
明朝 1368—1644 年			
朱元璋	洪武	1368	太祖
朱允炆	建文	1399	惠帝
朱棣	永乐	1403	成祖
朱高炽	洪熙	1425	仁宗
朱瞻基	宣德	1426	宣宗
朱祁镇	正统	1436	英宗
朱祁钰	景泰	1450	代宗
朱祁镇	天顺	1457	英宗

续表

姓名	年号	登基年份	谥号
朱见深	成化	1465	宪宗
朱祐樘	弘治	1488	孝宗
朱厚照	正德	1506	武宗
朱厚熜	嘉靖	1522	世宗
朱载垕	隆庆	1567	穆宗
朱翊钧	万历	1573	神宗
朱常洛	泰昌	1620	光宗
朱由校	天启	1621	熹宗
朱由检	崇祯	1628	思宗
朱由崧	弘光	1644	安宗

附：

万历野获编节录

（明·沈德符）

龙 子

长沙李文正公在阁，孝宗忽下御札，问龙生九子之详。文正对云：

其子蒲牢好鸣；今为钟上钮鼻；
囚牛好音，今为胡琴头刻兽；
睚眦好杀，今为刀剑上吞口；
嘲风好险，今为殿阁走兽；
狻猊好坐，今为佛座骑象；
霸下好负重；今为碑碣石跌；
狴犴好讼，今为狱户首镇压；
赑屃好文，今为碑两旁蜿蜒；

蚩吻好吞，今为殿脊兽头。

凡九物皆龙种。此见之《怀麓堂集》者。而实不止此，又有宪章性好囚，饕餮性好水，蟋蜴性好腥，蠵蛭性好风雨，螭虎性好文，金猊性好烟，椒图性好闭口，蚓多性好立险，鳌鱼性好吞火，金吾性通灵不寐。此又见博物志诸书者，盖苗裔甚伙，不特九种已也。

且龙极淫，遇牝必交。如得牛则生麟，得豕则生象，得马则生龙驹，得雉则结卵成蛟，最为大地灾害，其遗体石罅中，数十年后，始裂山飞出，移城郭，夷墟市，所杀不胜计。比入海，往往为大鱼所噬，即幸成龙，未几辄殒，非能如神龙应龙之属，变化寿考也。又前代纪述中，有感妇人而诞小龙者，若汉高祖之母，龙据其上，乃生赤帝，成炎刘不亿，抑更神矣。

又龙生三子，一为吉吊，盖与鹿交，遗精而成，能壮阳治阴痿。

正德龙异

正德七年六月，山东招远县。夜有赤龙悬空如火，自西北转东南，盘旋而上。时上在豹房游戏，昼夜不还大内。

十二年，上始出宣府大同游幸。是年六月，直隶山阳县有九龙昼见，俱黑色，一龙吸水，声闻数里，吸渔舟并舟中女子于空中，复坠而无伤。

十三年八月，云南顺宁府澜沧江龙斗，水涌百丈，行人不能渡者七日。时上在宣府。

十四年初夏，江西大雨，鄱阳湖涨，小孤山亦没不见。水退后，死黑龙一、蛟二十余。未几宸濠反，被擒于鄱阳。时上南征至金陵京口，盖六飞四出，人皆有鱼服之忧。次年渔于氾光湖，上坠水得疾北还。实与前吸舟涌水事相应。即鄱阳之怪，亦似关圣躬，宁庶人长鲸耳，不足当此变也。

正德十五年七月，上在南京。时有物如猪头，其色正绿，堕于上前。又拘刷诸妇人之所，皆有人头悬挂满壁。时随驾大学士梁储等上疏切谏，谓耳目所未见，而不敢斥言。不二月而上不豫，仅得至京师，而龙驭上宾矣。意豕首及人头，皆属钱宁、江彬辈蘽街之徵欤？

第二章　龙见天象

龙，春分以升天，秋分以潜渊，或挂天上或伏地下，如同人心，起伏有致。苍龙之星，不仅是农时的标志，更是人心的天象，正所谓"天尊地卑，乾坤定矣……在天成象，在地成形，变化见矣"，追根溯源，中国文化从伏羲创八卦始，而八卦从乾卦始，乾卦为六龙之爻，以六龙飞腾潜跃喻示宇宙万物规律。中国文化原来是从一条龙肇始，这是天象"龙见"，在地成形的天人感应的神奇结果，细思极玄。

跨越八千多年，来自黄帝时期的石堆塑龙尚保存在查海遗址；距今六千五百年的一条蚌砌龙，至今仍躺在濮阳西水坡遗址。无言而有力地证明了新石器时代早期即已经开始了龙崇拜。

龙的物象升华为形而上的概念，是从距今三千年殷末周初的《周易》，从此进入中国意识建筑的最高层。龙，是《周易》的重要寓象，书中关于龙的记载，多达32处，成为《周易》最重要的喻体和意象。《易纬》曰："卦者，挂也。言悬挂物象，以示于人，故谓之卦。"因此《周易》六十四卦，每一卦的爻辞，都是先有物象，然后以物象旁说和升华相应的人事，龙是易经中最著名的说事的载体和物象。后世士人，将这一龙说语境和逻辑继承和发扬，纯熟地将"龙见"运用于他们的诉求表达，看来以龙说事的传统其来有自。

伏羲观察天上的"龙"也是为了定季节和年首。《周易》用观天文、查地理自然现象解释天地之道和阴阳之变的道理，乾卦中的爻辞都是以龙代表人来表现的，初九"潜龙勿用"、九二"见龙在田"、九四"或跃在渊"、九五"飞龙在天"、上九"亢龙有悔"、用九"群龙无首",分别说明"龙"在地平线以下、刚升出地平线、在地平线上、在天空高处、过了极高处开始降低、已经降落到地平线以下,都是一种自然之象。六位时成,时乘六龙,以御天。这"六龙"指的就是在不同的季节时,黄昏时所看到的天象。

伏羲总结出来的独特的天象龙见,是自然现象,亦是天地大道,是古人用以探索总结事物发展规律的智慧表达。因此,这个龙见,为天下万物所遵循,顺天象而变化,被奉为天道。龙亦在此获得了天道的加持,上升为一种天道表达的使者。

在所有典籍中,最早论及龙的生态特征的文字当数《周易》。《周易》以卦为单位,全书共六十四卦。每卦有四个组成部分,即卦画、卦名、周文王所创的卦辞、周公所创的爻辞。

卦的结构分为三个层次,最小的单位是爻,基本单位是经卦,每卦由两个经卦,或者说由六爻组成。易经六十四卦,每卦六爻,仅乾卦多出一条爻辞曰"用九",坤卦多出一条爻辞曰"用六"。用六代表阴,用九代表阳,一个说法是纯阴卦——坤卦的卦象是三条断掉的直线,加起来一共就是六段,所以阴称为六,而纯阳——乾卦的卦象是三条连续的直线,阳不能离阴而独存,地不能去天而孤在,于是,阳的三画再加上看不见的阴的六画,三加六就是九,所以阳称为九。

经卦有八个,即乾、坤、坎、离、巽、震、艮、兑,它们分别代表八种类别的自然物质,如乾代表天文之事、坤代表地理之事、坎代表水、离代表火、巽代表风、震代表雷、艮代表山、兑代表泽。

卦象是比较单纯的。八个经卦互相重叠构成六十四卦。经卦两两相重就产生了具有内部关系的复合卦象。根据八个经卦所代表事物的物理属性,从而形成了相制相克、相和相应的一系列矛盾,用以象征性地概括表示自然、社会的种种现象。

卦辞、爻辞,以及《彖》、孔子正解的《象》,即是从不同角度对这些矛盾进行解说,从而判定物象人事的凶吉。周易八卦在中国古代是社会各阶层广泛运用的一种文化思想理论体系。政治家、统治者、军事家用其运筹帷幄，治国安邦；民众百姓则将其作为养生、预测祸福、经商盈利的工具。周易八卦实际运用上水平的高低，差异在于各人对它含义理解之深浅。大凡精通者，当为贤哲、英雄人物，有通天彻地之能。

几千年以来，八卦图的排列组合严密逻辑性就像数学公理一样不可以更改。人们对于八卦图的解释和理解方面存在着不同时期、不同流派思想的说明文字。从古至今八卦图的成因始终是一个谜团，没有人能够拿出有科学依据的事实来解析八卦图完整的起源。

大概起始于六千年前，伏羲最早创制了先天八卦，其用阴爻和阳爻的组合来阐述天地中八种最原始的物质，后世道教将伏羲供奉为神。后天八卦出自周文王，只是和伏羲的先天八卦位置不同，其含义不变。

以龙说事，最典型的是以《周易》六十四卦中的乾卦——乾卦取天为象——为论龙之卦，因此被称为"龙爻"。《周易》以乾为君道，以坤为臣道；以九五象征君，以六二象征臣。《周易》以乾卦为首卦，坤卦从之。《周易》之《系辞》上篇引孔子之释"乾、坤，其《易》之蕴邪！乾、坤成列，而《易》立乎其中矣"；下篇亦引孔子之释"乾、坤，其《易》之门邪。乾，阳物也；坤，阴物也。阴阳合德而刚柔有体，以体天地之撰，以通神阴之德"。

《乾卦》以龙随阳气升降而变的六种形态——潜龙、见龙、惕龙、跃龙、飞龙、亢龙（这条天龙的六种形态，却恰与自然天象、春夏秋冬节气和春分、夏至、秋分、冬至时令的变化一一对应）来表示凶吉利害。《周易·系辞传》载："天生神物，圣人则之。天地变化，圣人效之。天垂象，见吉凶，圣人象之。"乾卦通过将龙的不同形态和卦象与卦义对应来表达寓意，乾卦的性德不仅与天象、季节、时令等自然规律一一对应，而且"龙爻"六爻和人生经历、伦理规则亦能一一对应，形成"人生六部曲"。古代易学家通过乾卦六爻龙位的变化，对君子立德的发展过程进行比喻，因此引发洞悉天命占卜命运的实践运用。因此，古代易传家多将龙的潜伏与飞跃阐释为君子的人事变化与凶吉利害，君子通过进德修业、自强不息来实现自己的人生与事业追求，正如乾卦象辞所说"天行健，君子以自强不息"鼓励了千百代中国人以天为象，刚健,永不停息、追求完美。

乾卦的卦辞是:

元亨利贞。

爻辞曰:

乾,元亨利贞。
初九:潜龙勿用。
九二:见龙在田,利见大人。
九三:君子终日乾乾,夕惕若厉,无咎。
九四:或跃在渊,无咎。
九五:飞龙在天,利见大人。
上九:亢龙有悔。
用九:见群龙无首,吉。

第一节 四 德

元亨利贞,乾之四德,是天道的本质。

《系辞》有载:"天地之大德曰生。"元亨利贞的核心就在于"生"——元者,万物之始;亨者,万物之长;利者,万物之遂;贞者,万物之成。与四时相配,元为春生,亨为夏长,利为秋收,贞为冬藏;与人生阶段相配,元为生,亨为老,利为病,贞为死;与事物发展阶段相配,元为发生,亨为发展,利为成熟,贞为回归。

这个动态的过程发展到贞的阶段并未终结,而是贞下起元,冬去春来,开始又一轮的循环,因而生生不息,变化日新,永葆蓬勃的生机。《彖》曰:"大哉乾元!万物资始,乃统天。云行雨施,品物流形,大明终始,六位时成,时乘六龙以御天。乾道变化,各正性命,保合太和,乃利贞。首出庶物,万国咸宁。"

"天"者,万物壮健,皆有衰怠,唯天运动日过一度,盖运转混没,未曾休息,故云"天行健"。

"天行健"者，谓天体之行，昼夜不息，周而复始，无时亏退，故云"天行健"。此谓天之自然之象。"君子以自强不息"，此以人事法天所行，言君子之人，用此卦象，自强勉力，不有止息。

"元"者，"大哉乾元，万物资始，乃统天"。蓬勃盛大的乾元之气，是万物所赖以创始化生的动力资源，这种刚健有力、生生不息的动力资源是统贯于天道运行的整个过程之中的。这亦是元朝国号的由来。

"云行雨施，品物流行"是对"亨"的解释，意思是，由于乾元之气的发动，得到阴气的配合，云化为雨润降于下，万物受其滋育，茁壮成长为各种品类，畅达亨通。

"大明终始，六位时成，时乘六龙以御天。""大明"指日，象征天道的运行。"六位"指一卦六爻所表示的六个时位。乾卦六爻，初爻为始，上爻为终，六个时位就是六个特定的时空环境。

全句是说，天道的运行适应六个不同的时空环境，遵循由始到终的发展程序，表现出不同的方式，初爻为潜，二爻为见，三爻为惕，四爻为跃，五爻为飞，上爻为亢，好比不同时间驾驭着因时而变的巨龙在浩瀚的天空自由翱翔。

"乾道变化，各正性命，保合太和，乃利贞"是对"利贞"的解释。"乾道"即天道，天道的变化使得万物各得其命。天所赋为命，物所受为性，万物由此而具有各自的禀赋，成就各自的品性，呈现仪态万方、丰富多彩的世界。这个世界通过万物协调并济的相互作用，形成了最高的和谐，是为"太和"。天道的变化长久保持"太和"状态，而万物各得其命以自全，便是"利贞"。

"首出庶物，万国咸宁"是指把天道运行的规律，应用于人事就会获得万物安宁的和谐。

第二节　苍　龙

龙的活动和潜伏规律是，"春分而登天，秋分而潜渊"（《说文解字》）。这意思并非大家想当然的神龙在春分的时候从蛰伏的水渊升天，挟风雷，行云雨，掌水事，到了秋分时节，再潜回深渊蛰伏过冬。确也是，春分到秋分，才是电闪雷鸣、大雨如注的季节，秋分之后天地仿佛少了龙的搅动，一片安静。

但乾卦中的"龙"，似乎来源于星相学，确凿指的是天上的苍龙七宿。苍龙七宿源自远古的星宿崇拜，上古时代，先人仰望星空，将黄道附近一圈的星宿划分成若干区域，称之为二十八宿；又将这二十八宿按方位分为东、南、西、北四宫，每宫七宿，分别将各宫所属七宿连缀并想象为一种神物，是为"天之四灵，以正四方"。这就是著名的"四象"：东方苍龙，南方朱雀，西方白虎，北方玄武。张衡在《灵宪》中有一番描述："苍龙连蜷于左，白虎猛据于右，朱雀奋翼于前，灵龟圈首于后。"

东方苍龙之象

苍龙七宿中的角、亢、氐、房、心、尾、箕，分别是青龙的龙角、咽喉、前足、胸、龙心、龙尾、龙尾，属性分别是木、金、土、日、月、火、水，组成一个完整的龙形星象。

角宿，苍龙龙角。属于室女座，其中角宿一和角宿二分别是一等星和三等星，较亮，日月和行星常会在这两颗星附近经过，古籍上称其为天关或天门。

亢宿，苍龙咽喉。《尔雅·释鸟》云"亢，鸟咙"，亢宿也属于室女座，亮度较低，在晚上9时前后位于东南方的半空中。

氐宿，苍龙前足。《尔雅·释天》："天根，氐也。"注称："角、亢下系于氐，若木之有根。"氐宿属于天秤座。

房宿，苍龙胸房。《尔雅·释天》："天驷，房也。"注称："龙为天马，故房四星谓之天驷。"房宿属于天蝎座。

心宿，苍龙龙心。心星，即著名的心宿二，古代称之为火，大火，是一颗红色巨星，《诗经》"七月流火"指的即是它，意思是说在农历七月天气转凉的时节，天刚擦黑的时候，可以看见大火星从西方落下去，意即时令到了秋天。心星属于天蝎座。

尾宿，苍龙龙尾。《左传》"童谣云'丙之晨，龙尾伏辰'"，注称："龙尾者，尾星也。日月之会曰辰，日在尾，故尾星伏不见。"尾宿属于天蝎座。

箕宿，苍龙龙尾。《诗经·小雅·大东》"维南有箕，不可以簸扬"，指的便是它，于凌晨时相继出现在南方的半空。箕宿属于人马座。

在中国天文神话话语体系中，我们生活的土地是平的，谓地平线之下为渊，地平线之上为天。古时，人们观察到苍龙七宿的角宿（龙角）在春分时节出现在地平线上，称为"龙抬头"，夏至苍龙七宿升至正南中天，即为"飞龙在天"；秋分苍龙自西方落下，龙角先隐入地平线以下，龙身尚在天上，因此称为"群龙无首"；正月苍龙则完全隐藏于北方地平线以下，呼为"潜龙"。田间耕作的人们注意到，苍龙七宿的出没周期，与一年农时周期正好相一致。春天农耕开始之际，苍龙七宿在东方夜空中开始慢慢上升，最先露出的是明亮的龙角——角宿；夏天作物生长，苍龙七宿高悬于南方夜空；而到了秋天，庄稼丰收，苍龙七宿也开始在西方下落；冬天万物伏藏，苍龙七宿则隐藏于北方地平线以下。

先民们总结出规律，苍龙七宿一旦升上东方，就是祭祀祈谷雨的时候，此后逐渐发展为谷雨时令加以固定。《左传·桓公五年》："凡祀，

第二章 龙见天象

启蛰而郊，龙见而雩。"杜预注："龙见，建巳之月。苍龙宿之体，昏见东方，万物始盛。待雨而大，故祭天。远为百谷祈膏雨也。"《北齐书·恩幸传·高阿那肱》："源师尝谘肱云：'龙见，当雩。'"

中国古代社会是一个以农业生产为经济命脉的农耕经济社会，靠天吃饭无法避免自然灾害的损害，风调雨顺的祈愿，最终落脚到水的适量，不旱不涝。在这种背景下，又受到万物有灵的观念以及传统巫术的影响，先民们便认为气象经由上天的某种神秘力量掌控，进而形成了名目繁多的水神，人们通过祈雨仪式来应对旱灾。在遍求诸神的过程中，各种具有司水布雨能力的水神不断融合发展至高级阶段就形成了龙。祭祀龙神是中国古代最具普遍性的祈雨仪式，先民相信祭祀龙可祈求风调雨顺。

商周时期龙作为水神的形象在史籍记载中频繁出现，《左传·昭公二十九年》云："龙，水物也。"《吕氏春秋·召类》云："以龙致雨。"龙作为水神的主要功能，是带来雨水，使农业丰收。

而天人合一、天人感应的观念，将先民们崇拜的对象指向了苍龙七宿，先民们总结和遵循苍龙七宿的运行规律，根据苍龙星座方位的变化来判断时令，指导农业生产，事实上遵循了顺天应时的天文历法，只有掌握并遵循这种自然规律，不误农时，才能获得丰收。因此，在人们心中，龙就是上天掌控农业生产的决定力量。

《乾卦》的爻辞随着阳气的升降而变化，是以黄昏时苍龙龙体在夜空中的位置来标识冬、春、夏、秋季候。初九潜龙指冬天，苍龙全体处于地平线之下；九二见龙在田指春分，龙角始见于地平线之上；九五飞龙在天作为夏天之象，苍龙全体陈列在天上；群龙无首为秋分之象。

《乾卦》共有七条爻辞。

"初九：潜龙勿用"，冬天的龙星，潜入北方地平线下看不见，所以无用。"初九"相当于《夏小正》的正月。所谓"潜龙"，即为潜于渊中之龙。它在黄昏时隐没在地平线之下，所以人们看不到天空中出现苍龙之象。剩下的六条爻龙，活跃于春分和秋分之间，所谓"大明终始，六位时成，时乘六龙以御天"。因此，所谓六位、六龙，不含"初九"，而是从"九二"开始。

"九二：见龙在田"，即春分时节，仲春的龙星从东方地平线上升了起来，崭露头角，龙德显扬，此时阳气上升，阴气下降。苍龙非常庞大，共七十五度，太阳每天行一度，则自春分黄昏时初见龙角星后，需经七十余日，这条龙才能完全升到地平线以上。"见龙在田"，即是秦汉流传至今的春分龙抬头。所谓龙抬头，就是春分时令，龙慢慢从寒冬蛰伏中苏醒过来，终于在东方地平线上露出了龙角，便是角宿。龙抬头时，正值春播季节，提醒人们及时播种，否则贻误农时，会影响秋天收成的丰歉，事关全家一年的温饱，因此人们十分重视观察龙抬头的星象，一旦发现了龙抬头，便下田灌溉春播。

龙抬头这一天，人们要吃龙鳞饼和龙须面，妇女停止用针，免伤龙目，人们还常常做引龙回的仪式，即以草木灰或谷糠从水边或井边一直撒至室内的水缸边，这种对龙神的民间虔诚崇拜，至今仍然存在，目的明确：祈求龙神赐福，保佑风调雨顺，寄望五谷丰登。

古人出于一种习惯，将龙抬头定在农历二月初二日，这并非意味龙抬头星象在这一天发生。实际上，它要到春分前后才出现，而春分则变动在农历二月初至二月底之间。如今的龙抬头星象已不是在农历二月而是推迟到三月才出现，这是由于几千年来的岁差现象累计的。在周朝和秦汉之际，确实在二月出现龙抬头，这有间接的文献记载可以为证。《礼记·月令》说："仲春之月，日在奎。"奎宿与角宿相距十四宿，恰为半周。所以每当太阳随着奎宿在西方地平线落下时，在东方地平线上升起的星座肯定是角宿。由此可知，农历二月春分龙抬头，是先秦时的实际星象。

"九三：君子终日乾乾，夕惕若厉"，季春上不在天，下不在田，故"乾乾"，这个阶段帝王正处于奋发自强、朝作夕忧的状态。《乾卦·正义》引《易纬》说："卦者，挂也。言悬挂物象，以示于人，故谓之卦。"每一条爻辞，都是先有物象，后产生相应的人事。在《乾卦》七条爻辞中，六条都有物象，即是龙的不同方位。"九三"不言龙象而直述君子，不过，《乾卦》中的君子，就相当于龙。《诗经·小雅·蓼萧》

说"既见君子,为龙为光",亦是此意。

"九四:或跃在渊",孟夏为春夏之交,苍龙七宿全体都摆脱了大地的羁绊,升上夜空,正尝试跃上长空。如果说在"九三"时苍龙方位的变化可以用"升"字来表述费劲和努力,那么,"九四"时用"跃",就是一种欣喜了。

"九五:飞龙在天",仲夏的龙星飞跃于正南中天,故称"飞龙"。九五,为乾卦诸爻当中至吉的爻,此时苍龙升至最高处,阳气也相应地达到极盛,比喻事物处于最鼎盛时期。由于天体之间的相互运动,夜间所见的星宿,始终从东部天空围绕着北极向西方移动。从"九二"春分苍龙位于东方地平线到正南方天顶,恰为四分之一周,季节正从春天到夏天,时令正从春分到夏至,因此,"九五飞龙在天"的节令是夏至。

《尚书·尧典》有说:"日永星火,以正仲夏。"日永即白天最长,星火即心宿,为苍龙星座之中星。心宿中天,则苍龙便位于正南方天顶。

"上九:亢龙有悔",季夏为夏秋之交,苍龙七宿开始从最高点掉头逐渐西沉,故称"亢龙"。亢,盛极;悔,改悔。苍龙升至极高位之后,开始下行。"上九"续接"九五","九五"时苍龙在天顶飞行,"上九"则表示处于最高位之后的悔改。

"用九:见群龙无首",秋分初昏时,龙角角宿必隐没于西方地平线以下,而苍龙其他各个部分仍在西方地平线以上,这正是苍龙无首的星象,此时,阴阳二气也正好达到平衡。所谓"群龙无首",应是龙体无首,"群龙"应是龙的身体各个部位。《乾卦》中并未涉及数条龙,只是一条龙不同的龙位和姿态。

"用九"之时,正好是"七月流火"之秋季。现在农历二月春分、五月夏至、八月秋分好理解,为什么古人说是七月秋分呢?这恐怕来自当时先民们所使用的《夏小正》,该历法规定一年为10个月、每月为36天。春分和夏至位于年初,相差尚不大,但到了秋天,已经累计出现和后来使用的农历历法的较大偏差,因此《夏小正》的七月,相当于农历八月和九月上旬,因此确也是"七月流火"的秋分时令。

爻象之位，实即指某一固定时节中苍龙之方位。每一个爻象，所占有的时节大致相等，各相当于《夏小正》的一个月。由于秋分以后至冬至以前，苍龙已潜入地下，所以《夏小正》的九月和十月也为潜龙之期，但"初九"并不将其包括在内。这是因为《乾卦》"初九"从正月开始，因为该月阳气始发，而《夏小正》的九、十月，盖相当于现在公历的11月至次年1月，尚未阴到极致、阳气未生。而从"初九"的辞义来看，即明显地表示阳气始发，为冬至以后之象，所以"初九"这个爻位，应不含整个潜龙的阶段。由于"潜龙勿用隽即不用以为占"，所以就《乾卦》而言，《乾卦》就是阳卦，亦即阳气上升活动时期之卦，在季节上正好位于自春分至秋分的半年之中，秋分至春分之间，阴气盛，阳气衰弱潜藏，故《乾卦》勿用。

《乾卦》爻辞中对"龙"的阐发，其实讲的就是苍龙群星一年四时的天位变化，龙位即指该时节黄昏时苍龙在天空的方位。一个爻位对应于一个时节。《乾卦》爻名中的"九"，即代表阳气，是《乾卦》的象征，其"初""二""三""四""五""上""用"七个数，表示七个时节，实际上同《夏小正》的正、四、五、六、七各个月份是相对应的。苍龙群星是当时人们进行农业活动时观测天象、确定时间的重要根据，农时节令的更替与农耕经济、国家治理紧密相连，所以苍龙群星进而成为天道自然的表现，受到人们的崇拜和礼祀。

第三节 六 龙

天上的这条东方苍龙，华丽地从东方抬头起飞，划过夜空，飞入西方深渊，从春分到秋分，一年一轮回，亘古不变。不仅信守农时，而且塑造人心人性，以至于最终成长为中华文化之源。

天人感应，龙爻六龙之姿，最终应在了世间君王九五飞龙之象。

梳理历史，夏族是崇龙之族，商族是一个典型的鸟崇拜之族即崇凤之族，代殷之周又是一个崇龙之族。

夏是中国历史上第一个国家政权。夏代龙的形象是"乘龙"，其作用仍离不开巫术，是沟通天人的神兽，还不是王权的象征。敦煌旧钞

上九 ▬▬▬▬	亢龙有悔。
九五 ▬▬▬▬	飞龙在天,利见大人。
九四 ▬▬▬▬	或跃在渊,无咎。
九三 ▬▬▬▬	君子终日乾乾,夕惕若厉,无咎。
九二 ▬▬▬▬	见龙在田,利见大人。
初九 ▬▬▬▬	潜龙勿用。

乾外用九:见群龙无首,吉。

第一卦 乾卦

《瑞应图》残卷引《括地图》说:"禹平天下,二龙降之,禹御龙行域外,既周而还。"禹的儿子夏启也"乘二龙",可见王者只是利用龙的神性,还没有把龙与王权等同起来。此时的龙,还未曾从巫术意义转化为王权的象征,这一转换,直到《周易》才充分地显示出来。但夏兴则二龙降,夏衰则二龙乱,二龙去,夏王朝的命运已和龙不可分了。

商崇凤,并不是意味着商就不崇拜龙,只是不把龙作为图腾,在商代各种各样的纹饰中,龙纹始终占据重要地位。重视龙纹的目的是强化统治者自己的通天神性,以其垄断的通天能力威慑臣民,龙从此开始有王权象征的萌芽。

周族推翻了统治近500年之久的商王朝,首先就是夺取商鼎,"商纣暴虐,鼎迁于周"(《左传·宣公三年》),周人剥夺了商人所垄断的通天手段与权力,这无疑是夺取政权最典型的标志。

《周易》在意识形态上把龙理念化、制度化。这是由于社会的发展,统治阶级的政治和礼法成分增大,依靠巫术来统治的成分减少了,龙也逐渐从沟通天人的神物变成地上的王权。《诗经·周颂·载见》记载"龙旗阳阳,和铃央央",统治者在祭祀中用龙纹旗帜,这就表明龙成了王权的象征。既然龙成了国家权力的象征,也就等于成了国家最高统治者的象征和隐喻了。殷商时期是青铜时代的鼎盛期,这一时期考古出土的青铜礼器,其器身装饰中除使用龙纹外,还使用了大量的夔、虬、饕饕、肥遗纹样，这些纹样大多是龙纹的变形。《说文解字》云："夔，神魖也，如龙一足。"《山海经·北山经》云："有蛇一首两身，名曰肥遗，见则其国大旱。"龙纹及其变形纹样是殷商青铜器的常用装饰纹样，这些青铜礼器被用于庄重的祭祀活动，商王在祭祀上天与祖先、祈求庇佑的同时，又向臣民昭示了自身权力具有天赋的合法性，神圣不可侵犯。

《易·乾》中所描绘的龙，就是指有"龙德"的人，即君王。——对照乾卦和周文王、周武王克殷建周的史事，可以推断，乾卦可能是文王克殷建周的战略性策略——"潜龙勿用"，以潜龙蛰伏深渊等待时机的龙比喻文王，周文王做殷周西伯侯时，曾被纣王囚于羑里，那时文王是"潜龙"。文王后被赎出回到西周，积善积德，天下归心，虽称臣于纣王，实际上是"三分天下有其二"，这时的文王已经"见龙在田"了。文王死后，武王继出，终克殷而登天下之位，即"飞龙在天"。（后文将有详细梳理）

"飞龙在天"是乾卦的九五爻辞，九五爻是外卦的中间一爻，是至尊之爻，所以后来历代帝王被称为九五至尊。《周易》以九五为君，以六二为臣；乾卦以刚健而行天的龙为象，坤卦以柔顺而行地的雌马为象；以乾为君道，以坤为臣道；君王如飞龙之在天，奉天命而君临天下；臣者如牝马行地，顺意辅佐君王。

《易》中的龙只喻"王"，并非指代"君子"，卦爻辞中的"君子"乃统治阶级中的贵族之通称。用龙比喻贤人君子是后来春秋时代的事情，孔子就称老子为龙。

但《易》乃群经之首，大道之源和中国哲学活水源头，它的了不起之处是揭示了事物的普遍规律。龙爻的六种形态，绝不仅仅服务于王道，而是浓缩和蕴含了博大精深的规律性内涵，成为"开物成务，冒天下之道"的系统性工具。

乾卦之龙的品性可概括为三点：一是龙为阳，《子夏易传》云："龙，所以象阳也。"龙象征着阳刚之气和刚健的天之德。二是龙具有随时变化的品性，可潜可见，可跃可飞。三是龙因时而变，善于把握时遇和机遇。特别是乾卦龙爻，以六龙喻人，包含着天道、人事、天人关系

第二章 龙见天象

三方面的哲理，完整规划和指导着每个人的人生六部曲，六种龙态变化包含着人生追求与自身修养的哲学智慧。

"初九：潜龙勿用"，指人生初期，象征人生的学习成长。最初阶段的龙还在行潜伏之道，《象传》云："潜龙勿用，阳在下也。"阳气初生，此时应该蓄积力量、潜心修己学习，不该过早暴露自己的志向和目标，更不该过早施用。标准是"潜"，潜龙阶段是深潜蓄势之时，宜养胆，唯有有胆识之人才能潜心修己。

初九曰："潜龙勿用。"何谓也？子曰："龙德而隐者也，不易乎世，不成乎名，遁世无闷，不见是而无闷，乐则行之，忧则违之，确乎其不可拔，潜龙也。"（《易传》）

正义曰：居第一之位，故称"初"；以其阳爻，故称"九"。潜者，隐伏之名；龙者，变化之物。言天之自然之气起于建子之月，阴气始盛，阳气潜在地下，故言"初九潜龙"也。此自然之象，圣人做法，言于此潜龙之时，小人道盛，圣人虽有龙德，于此时唯宜潜藏，勿可施用，故言"勿用"。

九二一爻，见龙在田，利见大人。指龙之羽翼初丰，象征人生的初试锋芒，这一阶段要合宜有度地向有可能重用自己的人展现自我，一个重要的前提条件是要学会分辨"大人"。这一阶段的标准是"见"，现龙阶段是初试牛刀之时，宜养胸怀，初遇大人不可跋扈凌人，而应具有海纳百川的胸怀。

九二曰："见龙在田，利见大人。"何谓也？子曰："龙德而正中者也。庸言之信，庸行之谨，闲邪存其诚，善世而不伐，德博而化，《易》曰'见龙在田，利见大人'。君德也。"（《易传》）

正义曰：阳气发见，故曰"见龙"。出潜离隐，故曰"见龙"，处于地上，故曰"在田"。

九三爻中，君子终日乾乾，夕惕若厉，无咎。指阅历经验均已具备，象征人生的锐意进取。"乾乾"是指君子勤奋工作的样子，"惕"是指戒慎恐惧，终日勤恳地做好本职工作，夜晚也要保持警惕，朝乾夕惕、不敢懈怠，方能避免灾祸。这一阶段的标准是"惕"，惕龙阶段是苦练内功的关键时期，应注重养情，因惕惧伤神，故宜审美以怡情。

九三曰："君子终日乾乾，夕惕若厉，无咎。"何谓也？子曰："君子进德修业。忠信所以进德也。修辞立其诚，所以居业也。知至至之，可与几也。知终终之，可与存义也。是故居上位而不骄，在下位而不忧，故乾乾因其时而惕，虽危无咎矣。"（《易传》）

九四爻，或跃在渊，无咎。指人生已达到德才兼备，象征人生的小有收获。因时而跃，若逢恰当的机遇便可跃离深渊；如果没有，则应继续行潜伏之道，等待机会，同时也应注意不要错失机遇。这一阶段的标准是"跃"，跃龙阶段宜养性，要因时遇是否适宜而作为，如不适宜则应行复潜之道，不能贪慕虚名美誉。

九四曰："或跃在渊，无咎。"何谓也？子曰："上下无常，非为邪也。进退无恒，非离群也。君子进德修业，欲及时也，故无咎。"（《易传》）

正义曰：或，疑也。跃，跳跃也。言九四阳气渐进，似若龙体欲飞，犹"疑惑"也。跃于在渊，未即飞也。此自然之象，犹若圣人位渐尊高欲进于王位，犹豫鹦疑，在于故位，未即进也。

九五爻，飞龙在天，利见大人。象征人生的成就辉煌。此时阳气的积蓄已达到完满，君子可以施展才华有所作为，但要注意施政不离仁德，以求上下相和。这一阶段的标准是"飞"，飞龙阶段是大展宏图之时，应当养气，上下相和才致和气。

九五曰："飞龙在天，利见大人。"何谓也？子曰："同声相应，同气相求。水流湿，火就燥。云从龙，风从虎。圣人作而万物睹。本乎天者亲上，本乎地者亲下。则各从其类也。"（《易传》）

正义曰：言九五阳气盛至于天，故云"飞龙在天"，犹若圣人有龙德飞腾而居天位，德备天下，为万物所瞻睹，故天下利见此居王位之大人。

上九：亢龙有悔。"亢龙"是一个极化的状态，揭示出物极必反，阳刚至极必然要向阴转化，极阳转化为阴才能保持长久，象征人生的功成身退。"悔"是指事物恶化后再进行补救使其恢复原来的状态，有亡羊补牢之意，这一条蕴含着"无悔"的人生智慧，即要根据环境变化及

第二章 龙见天象

237

时调整自身，争取避免出现"悔"的状态。这一阶段的标准是"悔"，亢龙阶段知极必反，则需要蓄力以备群龙之战。

上九曰："亢龙有悔。"何谓也？子曰："贵而无位，高而无民，贤人在下位而无辅，是以动而有悔也。"（《易传》）

正义曰：以人事言之，似圣人有龙德，上居天位，久而亢极，物极则反，故"有悔"也。

用九：见群龙，无首，吉。用九一条，群雄相争，应该养智，习阴道全身而退，不争首才能得永贞。

正义曰："用九见群龙"者，此一句说"乾元"能用天德也。九，天德也。若体"乾元"，圣人能用天德，则见"群龙"之义。"群龙"之义，以无首为吉，故曰"用九，见群龙，无首，吉"也。

《易·坤·爻辞》，则是对处于从属地位者成长阶段之归纳、提炼与诠释。其最后阶段之上六，则有**龙战于野，其血玄黄**之句，正义曰：上六是阴之至极，至阴与至阳的龙发生战争，各自流血阳归玄天，阴归黄地，及阴势必迎来阳气上升，这是天道。犹之于乾卦"九五"，阳极而阴生，亦是一理。

```
              用阴：利永贞。
              龙战于野，其血玄黄。
      客卦    黄裳，元吉。
              括囊，无咎无誉。
              含章可贞，或从王事，无成有终。
      主卦    直方大，不习，无不利。
              履霜，坚冰至。

      坤      元亨，利牝马之贞。君子有攸往，先迷，后得
              主，利。西南得朋，东北丧朋，安贞吉。

                  坤卦
```

虽是天道，但阴阳转换、主从易位，难度很大，代价亦大，要有充分的心理与应变准备。

第四节　王　道

在天成象、在地成形，变化见矣。在天成就日月星辰昼夜晦冥的现

象，在地成就山川河岳动植高下诸般的形态，而人世间万事万物错综复杂的变化，由是可以有迹可循。一部包藏宇宙万物运行规律的《周易》，究其源头，竟然是周文王为周确定的进攻商朝的攻略。

《周易》六十四卦体系，是意图揭示宇宙一切变化规律的天人合一的哲学体系，而乾、坤作为第一、第二卦，则是其全部思想体系的基础。

《易》源于河图洛书，上古有三本《易》：连山、归藏、周易。前两本失传，于是易经现在等同于《周易》。《周易》是群经之首，是一部渊源邃古、博大精深的哲学著作，是中国哲学的源头活水。其"易"有三层含义，一是"变化"，即世间万事万物的无穷变化；二是"简易"，即以简单诠释复杂、"以六爻穷变化"；三是"不变"，即永恒不变。中国哲学的许多思想，比如自强不息、厚德载物、亢龙有悔、履霜坚冰都出自这部著作。许多科学现象也和《周易》理论不谋而合，体现了中国古人的智慧。作为诺贝尔奖的成果，二进制和人类基因图谱，都和《周易》的阴阳和六十四卦惊人一致，太极生两仪，两仪生四象，四象生八卦，古老《周易》探索宇宙规律的六十四卦体系，被很多西方学者认为是掌握着神秘密码的神奇钥匙。

文王韬晦而演《周易》，《周易》实为周文王为周进攻商而确定的战略纲要。周文王的克商方略基础上诞生了《乾》卦爻辞的思想，这正是《周易》的创作深受殷周之际历史影响的一种反映。《系辞传》云："《易》之兴也，其当殷之末世，周之盛德邪？当文王与纣王之事邪？"马王堆帛书《周易·要》云："文王仁，不得其志，以成其虑。纣乃无道，文王作，讳而辟咎，然后《易》始兴也。"

皇甫谧《帝王世纪》云："文王在羑里，演六十四卦，著七八九六之爻，谓之《周易》。"姬昌被纣王囚禁羑里而演《周易》，史无异词。姬昌以克商方略延展出《乾》卦的思想体系，制定"潜""见""跃""飞""亢"等不同阶段，由小而大、由弱而强的辩证发展的策略，是周进攻商朝的指导性方略。

"潜龙勿用"，应在文王根据实力采取战略守势。

《乾》初九："潜龙勿用。"《象》曰："潜龙勿用，阳在下也。"是说乾阳处于初爻下位时，不可轻举妄动。《乾》初九之义，与周文王在实力不济时采取守势的战略思想是一致的。文王"受命称王"，就以受天命者自居，准备取商而有天下。匆忙向商发动了军事进攻，但很快就被打败，"纣乃囚西伯于羑里"。

文王在被囚期间，通过演《易》总结历史教训，重新谋划克商方略。《乾》卦开宗明义讲"潜龙勿用"，与文王在周邦实力不济之时，决定暂时放弃与"大邑商"正面冲突的战略抉择，而是选择像潜伏的龙一样，积蓄力量、韬光养晦，等待时机的到来。

"见龙在田"，应在文王对西土方国的团结怀柔。

《乾》九二："见龙在田，利见大人。"《象》曰："见龙在田，德施普也。"《文言》曰："《易》曰：见龙在田，利见大人，君德也。"所谓"见龙在田"，是说君主经过潜藏之后出来活动，他亲近百姓、了解民情，德业普施于世。《乾》九二所谓的"见龙在田"，与周文王对西土的团结怀柔是相互契合的。

文王针对向东用兵受挫的情况，转而将战略重点改变为对内争取民心，对外团结周边方国，通过广施德政来扩大在西土的影响和势力。在商纣王暴虐昏乱之际，文王推行德政，趁机收纳各地的贤士为己所用。《史记·周本纪》载："西伯曰文王，遵后稷、公刘之业，则古公、公季之法……礼下贤者，日中不暇食以待士，士以此多归之。伯夷、叔齐在孤竹，闻西伯善养老，盍往归之。太颠、闳夭、散宜生、鬻子、辛甲大夫之徒皆往归之。"而周邦周围的方国更是归之如流，《史记·周本纪》："西伯积善累德，诸侯皆向之。"一大批西土方国团结在了周的周围，广泛地赢得了民心。

"夕惕若厉"，应在文王小心翼翼地臣事殷商王朝。

《乾》九三："君子终日乾乾，夕惕若厉，无咎。"《象》曰："终日乾乾，反复道也。"意思是说，君子每日行事不息，一天到晚时刻警惕发生危难之事，如此方可没有过错。《乾》九三所谓的"夕惕若厉"，与周文王小心翼翼地臣事殷纣王，二者完全符合。《吕氏春秋·顺民》："文王处岐事纣，冤侮雅逊，朝夕必时，上贡必适，祭祀必敬。"据此，文王率领众多的与国，小心翼翼地侍奉殷纣王，除了向纣王纳贡以外，还需要恭敬地祭祀殷的先王。

事实上，文王"处岐事纣"，更多的是文王忍辱负重的姿态和表象，其目的是韬光养晦、积蓄力量，等待灭商时机的成熟和到来。

"或跃在渊"，应在文王对大邑商发动战略进攻。

《乾》九四："或跃在渊，无咎。"《象》曰："或跃在渊，进无咎也。"意思是说，蛟龙飞跃在渊，前进没有错。《乾》九四《象》所谓的"或跃在渊，进无咎也"，与文王展开并推进对商战略反攻是一致的。

文王先平定了西、北的犬戎，西境的密须，解决了东进灭商的后顾之忧后，率领江、汉、汝水流域，甚至古蜀国的武力东进伐殷，史料有记载"武王率西夷诸侯"，西夷即今云贵川的少数民族。

随着战线推进，周将国都由岐下徙于丰，由崇渡河向殷都朝歌进攻，沿途皆属平坦大道，商朝失去战略屏障。

"飞龙在天"，应在武王谋划灭商的战略决战。

《乾》九五："飞龙在天，利见大人。"《象》曰："飞龙在天，大人造也。"意思是说，蛟龙跃起而飞上了云天，象征大德大才之人登上了至尊高位。《乾》九五所谓的"飞龙在天"，与周文王谋划灭商大决战、准备君临天下的战略构想是相互暗合的。

周文王在迁都于丰之后，就开始谋划灭商的大决战，准备取代殷商而君临天下。然而，文王未能等到那一天便去世了，武王接过灭商大旗并坚定执行灭商的使命，之后的故事，通过《封神演义》就耳熟能详了。

武王伐纣前，先举行了一次军事大演习，"东观兵，至于盟津"，"诸侯不期而会盟津者八百"。武王赢得如此众多的盟军，表明伐纣的条件已经成熟，于是周武王进军朝歌，在商郊牧野，武王举行誓师大会，声讨商纣的罪行，申明伐纣是"恭行天之罚"。牧野之战十分宏大，《诗经·大明》说："殷商之旅，其会如林……牧野洋洋，檀车煌煌，驷骤

241

彭彭。"纣师"皆倒兵以战,以开武王。武王驰之,纣兵皆崩叛纣。纣走,反入登于鹿台之上,蒙衣其殊玉,自燔于火而死"。殷商王朝,在纣王手中竟在顷刻之间就走向了覆灭。

武王灭商后,面对如何巩固新王朝政权的尖锐问题忧心忡忡,向太公望、周公旦以及箕子询问治国之道,推出了一系列巩固政权的重大举措,应天命,得民心,行仁政。武王伐纣,是文王龙爻克商战略的胜利实现。

"亢龙有悔",应在武王认识到攻取之道不可久用。

《乾》上九:"亢龙有悔。"《象》曰:"亢龙有悔,盈不可久也。"意思是说,龙到了穷极之地,就难以持久下去。"亢龙有悔",反映了事物发展到顶点就要向相反方向转化的普遍规律。而以军事征服为核心的攻取之道,在旧王朝覆灭之后,无疑已经走向了顶点。如果继续以攻取之道来治理国家,就会带来严重的后果,这也符合"亢龙有悔"的规律,秦朝的短暂历史,是负面的案例。《乾》上九所谓"亢龙有悔",与武王攻取之道不可持久的战略认识,在精神实质上是一致的。

在文王的整个战略构想中,灭亡商朝并不是终极目的。对于灭商之后的整体布局,文王亦有着深入的思考和长远的规划。文王临终前对武王的遗训曰:

> 昔舜旧作小人,亲耕于历丘,恐求中,自稽厥志,不违于庶万姓之多欲。厥有施于上下远迩,乃易位迩稽,测阴阳之物,咸顺不逆。舜既得中,言不易实变名,身滋备惟允,翼翼不懈,用作三降之德。帝尧嘉之,用受厥绪。呜呼!祗之哉!昔微假中于河,以复有易,有易服厥罪,微无害,乃归中于河。微志弗忘,传贻子孙,至于成汤,祗备不懈,用受大命。呜呼!发,敬哉!朕闻兹不旧,命未有所延。今汝祗备毋懈,其有所由矣。不及尔身受大命,敬哉,勿淫!日不足,惟宿不详。(《保训》)

文王交代，历代流传下来的治国方略，其精髓就是"勿淫"。"淫"，即过分、过度。事物之过度者，皆可命之曰"淫"。久雨不止为"淫雨"，过度祭祀为"淫祀"，淫靡之乐为"淫乐"。文王以两个故事指"勿淫"就是"守中"，即以"中道"治国的道理。第一个故事举舜"求中"，"不违于庶万姓之多欲"，强调以"中"治民，即不要过分剥削庶民百姓。第二个故事举上甲微"假中于河，以复有易"，强调以"中"对待仇敌，避免对战败国实行过激的政策。文王借此告诉武王，"中道"是治国的基本原则。

旧王朝的覆灭标志着战争所肩负的使命已经完成，如果继续战争期间的攻取之道来治理国家，就会带来严重的后果。而"中道"则是摆脱攻取之道、开拓崭新局面的必由之路和有效方法。"中道"治国方略，是文王为新王朝所制定的由克敌向治国战略转向的总纲。

"群龙无首"，应在文王设计从武功向文治的战略转移。

《乾》用九："见群龙无首，吉。"《象》曰："用九，天德不可为首也。"乾卦至上九，"阳刚已发展到了穷极之地，'穷则变，变则通'"。极阳至阴，这是太极两仪的基本逻辑，《乾》至用九，标志着阳向阴发生了转化。联系文王克商的整体战略可知，周初从克敌向治国、从武功向文治的战略转移，即是阳向阴的战略转向。

阳主进取，阴主顺守；阳主"自强不息"，阴主"厚德载物"。《周易·二三子》对《坤》卦上六爻辞"龙战于野，其血玄黄"，解曰："此言大人之广德而施教于民也。夫文之孝，采物毕存者，其唯龙乎？德义广大，法物备具者，其唯圣人乎？'龙战于野'者，言大人之广德而下接民也。'其血玄黄'者，见文也。圣人出法教以道民，亦猷龙之文也，可谓'玄黄'矣，故曰'龙'，见龙而称莫大焉。"孔子认为，"龙战于野，其血玄黄"是大人向民众施行文教的方式。《周易》阴阳、文武的转化，在一定程度上反映了刚柔相济、文武并用的"逆取顺守"之道。汉初的陆贾评说："汤、武逆取而顺守之，文武并用，长久之术也。"

武王灭商后，贯彻了文王"偃武修文"的战略思想，"纵马于华山

第二章 龙见天象

243

之阳，放牛于桃林之虚，偃干戈，振兵释旅，示天下不复用也"。并大力进行制度建设，制作包括畿服、爵、谥、田制、法制、嫡长继承制、乐等内容的礼乐，成功实现了国家政策向文治的转移，大大巩固和加强了西周的政权。

第五节　龙见周易

把《周易》从贵族圈子的统治哲学，放之为士人的必须掌握的技能，并列为六经之首，其功在春秋时期的孔子。时值春秋中叶，随着耕作方式、战争形式和社会结构的进步，社会各阶层变化加剧，国野重置、礼崩乐坏。天下呼唤新的治理模式和结构，"絜静精微而不贼，属辞比事而不乱"，《周易》和《春秋》被历史推上了舞台。

春秋之前的周，以礼、乐、射、御、书、数六艺培养武士，这与周代国野制度及武士阶级的生活密切关联。从流传至今的《仪礼》一书来看，士人的礼、乐生活十分丰富，所以礼、乐被排在首要位置；在春秋时代以前，战争的主要方式是车战，所以射、御成为必修的军事课程；书、数作为基础的文化课程，反而置于六艺之末。

在西周及春秋时代，周王朝及其所属的诸侯国普遍实行一种"国野"分治制度，将一国所属的全部人口依职业分为士、农、工、商四种。士、工、商住在"国"（即城市），称"国人"；农住在"野"（即农村），称"野人"，也称"庶人"。《国语》载，春秋初叶管仲治齐，将齐"国"分为21乡，"工商之乡六，士乡十五"，将"野"分为五属，每属30乡。按当时规定，四种职业世代相袭，不得改变。这即是管仲对齐桓公所说的"士之子恒为士"，"工之子恒为工"，"商之子恒为商"，"农之子恒为农"。据管仲估算，齐国"士乡十五"以每家出一人计，即可"有士也三万人"。据此可知，《周礼》所说的"万民"当指"士"。也即是说，六艺是为士乡子弟开设的课程。因为只有士乡的人才有资格成为士人。至于农、工、商三种职业的人，他们根本没有资格成为士人，也就没有资格接受培养武士的六艺教育。六艺是士人阶层的特权。

大约从春秋中叶开始，固化的阶层受到生产力进步、人口增长和战争的影响，国野制度逐渐受到破坏，贵族沦为野人以及野人希望分享士人权利的历史趋势越来越不可阻挡。特别是礼崩乐坏和步战方式的出现，更是进一步动摇着六艺教育的社会基础，社会的发展呼唤出现新的、适用于进步后社会的教育模式。

这时，生于"野"的孔子出现了，他也是试图改变原有社会结构的"野人"，其课程设置和教化行为，不仅针对民间诉求，而且契合了时代前进的方向并兼顾了社会各阶层的利益，孔门一时成了当时最有活力和最受欢迎的文化输出机构。

孔子降低了射、御的比重，除了诗、书、礼、乐之外，孔子开设的课程在他晚年又增加了春秋与周易两门，与六艺一样，正好为六门，庄子称其为"六经"。"经也者，恒久之至道也"，"不易之称"，经是必须诵的一种书，所谓诵经，即是背诵。自此，儒家"游文于六经之中"。这六部古书，从远古留下来，在孔子之前，为王室贵族所有，深为历代统治者所器重。《国语·楚语上》记载申叔时谈到教育王室公子时所开列的教材即包含了这六部古书。"教之礼，使知上下之则；教之乐，以疏其秽而镇其浮……教之故志，使知废兴而戒惧焉；教之训典，使知族类，行比义焉。"这里提到了九种古籍：《春秋》《世》《诗》《礼》《乐》《令》《语》《故志》《训典》。孔子整理的六经大多已包括在里面了，而且这些书名已屡见于先秦其他文献中。

《礼记·经解》中，提到了《六经》的作用："孔子曰：诗之失，愚。书之失，诬。乐之失，奢。易之失，贼。礼之失，烦。春秋之失，乱。其为人也，温柔敦厚而不愚，则深于诗者也。疏通知远而不诬，则深于书者也。广博易良而不奢，则深于乐者也。洁静精微而不贼，则深于易者也。恭俭庄敬而不烦，则深于礼者也。属辞比事而不乱，则深于春秋者也。"

而《易》为六经之首，礼崩乐坏之前的士人，孔子仁教之后的出仕之人，都必须学《易》。古代统治者认为，揭示世界规律和本质的《易经》，不允许升斗小民学习，以免开智而难以管理，而对于统治集团特别是核心成员，这门统治哲学和治国智慧，则是以经书的形式予以严格

第二章 龙见天象

245

要求，学习、背诵及灵活运用。

而乾卦为《易经》之首，学《易》则从乾卦开始，乾卦以六龙喻事，龙在主流意识和权威语境建立上，牢牢占据主位。特别是董仲舒建议汉武帝"罢黜百家、独尊儒术"后，儒家学说独霸天下，入仕之人，所有的安邦治世的知识和才能锻炼，无不是从《周易》龙爻开始的，龙，自此就和社会主流精英进行了深度捆绑，跃上揭示世界规律的物象顶端。

孔子之于《易》，有其独到而精确的理解，他与其后学作《易传》，解说《周易》，凡7种10篇，含《彖传》上下篇、《象传》上下篇、《文言传》、《系辞传》上下篇、《说卦传》、《序卦传》和《杂卦传》。自汉代起，它们又被称为"十翼"，"翼"即"羽翼"，意为"辅助"理解经书。孔门传《易》的出发点和立足点，是"开物成务，冒天下之道"，通天下之志，定天下之业，断天下之疑。

孔子作《易传》，是由于《周易》经文深奥简古，到春秋时阅读理解已十分困难，《易传》创作时间离经文形成的时间有五六百年，它是解释说明经文的最原始、最权威的文字。《易传》以"一阴一阳之谓道"立论，认为宇宙自然界存在相反属性事物，相反事物的推摩作用是事物变化的普遍规律，六十四卦即反映了这种规律。《易传》使《周易》完成了从占筮之学到哲学的过渡。《易传》拥有自然主义的天道观，由天道推衍人事的整体思维模式，事物发展变化的辩证思想。孔子及其弟子认为，天、地既有其体，又有其德，天之体为阴阳之气，地之体为刚柔之质。一方面，阴阳之气实质上是能量与信息所构成之"场"，而刚柔之质则是气的能量密集化的存在形式；另一方面，天之德为乾，而地之德为坤，乾是健动不息的创生品格，而坤则是厚德载物的接纳性品格。

和司马迁的天命主义者不同，孔子是一个坚定的远鬼神重人事者。孔子对鬼神的态度，具有大智慧。

《论语·述而》曰"子不语怪力乱神"，也就是说，孔子不谈论鬼怪、勇力、悖乱以及神灵，怕分心影响了对正道的凝神思考。孔子不讲鬼神怪力，一心推行修身、齐家、治国、平天下，这正是儒家的核心宗旨。

《论语·雍也》，樊迟问知，子曰："务民之义，敬鬼神而远之，可谓知矣。"意思是樊迟问孔子怎样才算是智，孔子答："专注于老百姓应该符合的道义，尊重鬼神但要远离它，就可以说是智了。"孔子认为对鬼神要敬畏。

《论语·八佾》，子曰："吾不与祭，如不祭。"意思是说，如果我不亲自参与祭祀，而找人替代，跟没有祭祀便没什么分别。这更加体现了孔子面对鬼神的虔诚。

子曰："未能事人，焉能事鬼？敢问死，曰：未知生，焉知死？"子路问鬼神生死之事，孔子的回答则举重若轻，巧妙地将鬼神与生死等空而大，以及玄远幽冥的问题转移到了人生人事上。对于鬼神和生死等问题，孔子一向持存而不论的态度，他认为人最重要的使命首先是尽好人事。即便最终的"听天命"，也在"尽人事"之后。

对待鬼神，需要崇敬但不是崇尚，在尊敬的同时要更多地着眼于人事层面。即使在唯物主义的当今时代，孔子面对鬼神的这种敬而远之的态度仍有很大的借鉴意义。面对未知的神秘力量，特别是在彼时那个普遍崇拜乃至恐惧鬼神的时代，这种朴素的实践思想无异于如火炬天。

这种朴素的现实眼光和人本主义，同样运用在孔子对待龙的态度上。乾卦龙爻，六龙的传辞（详见本章第三节）亦是远龙而说正道，对龙举重若轻，对人用情至深。即使彼时龙已遁入与王权结合，开始神化之途，孔子仍然坚持原始朴素的眼光看待这条别人眼中的"神龙"，甚至认为龙就是天地之间的一股气，和他在《论语》中借而明理的牛、羊、马、犬、虎、豹、鱼、鸡、狐、貉等物别无二致。

孔子对龙的著名论述是，"龙食于清，游于清；龟食于清，游于浊；鱼食于浊，游于浊"。清，是天清，浊，乃水浊。龙食于地上，游于天上。

《史记·老子韩非列传》有载："孔谓弟子曰：'鸟，吾知其能飞；鱼，吾知其能游；兽，吾知其能走。走者可以为罔，游者可以为纶，飞者可以为矰。至于龙，吾不能知其乘风云而上天。吾今日见老子，其犹龙邪！'"

"孔子见老聃归，三日不谈。弟子问曰：'夫子见老聃，亦将何归哉？'孔子曰：'吾乃今于是乎见龙。龙合而成体，散而成章，乘云气而养乎阴阳。予口张而不能胁，予又何归老聃哉！'"

如对鬼神的态度一样，孔子并不否定龙的存在，但指出龙非鸟非鱼非兽，龙悠游于天地间，合而成体，散而成章，所以它能乘云而上天，亦能随风化于无形，人们无论如何都不能亲近捕捉。贯通天地臻入化境，这就是孔子问礼老子之后对深具大智慧、深有大学问的老子的大崇敬，于是，老子成了孔子心中的龙，学识渊深而莫测，志趣高邈而难知；如蛇之随时屈伸，如龙之应时变化。

但无论如何，经由孔子编撰和传播的《周易》，其中的 32 次"龙见"，将龙推到了中国文化的顶峰，塑造了整个民族的龙认同和崇拜。而后世将龙神化，那是统治者借龙造势巩固统治，自是后话。

附：

《周易》三十二次龙见

第一卦 乾

初九：潜龙，勿用。

九二：见龙在田，利见大人。

九三：君子终日乾乾，夕惕若厉，无咎。

九四：或跃在渊，无咎。

九五：飞龙在天，利见大人。

上九：亢龙有悔。

用九：见群龙无首，吉。

彖曰：……大明始终，六位时成，时乘六龙以御天。

象曰：天行健，君子以自强不息。潜龙勿用，阳在下也。见龙再田，德施普也……飞龙在天，大人造也。亢龙有悔，盈不可久也。

初九曰："潜龙勿用。"何谓也？子曰："龙德而隐者也。不易乎世，不成乎名；遁世而无闷，不见是而无闷；乐则行之，忧则违之；确乎其不可拔，乾龙也。"

九二曰："见龙在田，利见大人。"何谓也？子曰："龙德而正中者也。庸言之信，庸行之谨，闲邪存其诚，善世而不伐，德博而化。易曰：'见龙在田，利见大人。'君德也。"

九五曰："飞龙在天，利见大人。"何谓也？子曰："同声相应，同气相求；水流湿，火就燥；云从龙，风从虎。圣人作，而万物睹，本乎天者亲上，本乎地者亲下，则各从其类也。"

上九曰："亢龙有悔。"何谓也？子曰："贵而无位，高而无民，贤人在下而无辅，是以动而有悔也。"

潜龙勿用，下也。见龙在田，时舍也。终日乾乾，行事也。或跃在渊，自试也。飞龙在天，上治也。亢龙有悔，穷之灾也。

潜龙勿用，阳气潜藏。见龙在田，天下文明。终日乾乾，与时偕行。或跃在渊，乾道乃革。飞龙在天，乃位乎天德。亢龙有悔，与时偕极。乾元用九，乃见天则。

乾元者，始而亨者也……时乘六龙，以御天也。云行雨施，天下平也。

君子学以聚之，问以辩之，宽以居之，仁以行之。易曰："见龙在田，利见大人。"君德也。

第二卦 坤

上六：龙战于野，其血玄黄。象曰：龙战于野，其道穷也。

阴疑于阳，必战。为其嫌于无阳也，故称龙焉。犹未离其类也，故称血焉。

第六节 曹魏龙爻

六条爻龙飞跃在万事万物、历史进程里，再看一例大家津津乐道的曹魏建国的过程。似乎紧密契合乾卦六条龙爻的义理，曹操似乎就是周文王在世，再次完美运用了乾卦暗含的建国策略，曹魏45年兴衰成败的历史，暗合着乾卦六爻的爻辞。

潜龙勿用：曹操潜藏蓄势。

曹操少时机警过人，裴松之补充史料曰："才武绝人，莫之能害。博览群书，特好兵法，抄集诸家兵法，名曰《接要》，又注《孙武》十三篇，皆传于世。"

曹操出身宦官之家，为清流所轻视，但却具备时人少见的聪明才智。青年曹操担任洛阳北部尉时，曾经用雷厉风行的手段进行社会整治，"有犯禁者，不避豪强，皆棒杀之"，震慑效果显著，"小大震怖，奸宄遁逃"。

初试锋芒，曹操踌躇满志，遂向汉灵帝谏言，历陈时弊，但灵帝不听，曹操自知人微言轻，开始蛰伏养性。灵帝光和末年，朝廷征召曹操担任东郡太守，曹操不肯赴任，以生病为由回乡闲居，"筑室城外，春夏习读书传，秋冬射猎，以自娱乐"。

见龙在田：挟天子以令诸侯。

中平六年（189），汉灵帝刘宏驾崩，刘辩即位为帝，史称少帝，由于年幼，实权掌握在临朝称制的母亲何太后和母舅大将军何进手中。少帝在位时期，东汉政权已经名存实亡，他即位后不久，即遭遇以何进为首的外戚集团和以十常侍为首的内廷宦官集团这两大敌对政治集团的火并，被迫出宫，回宫后又受制于以"勤王"为名进京的凉州军阀董卓，终于被废为弘农王，中平六年（189）9月28日，其同父异母弟陈留王刘协即位为帝，是为汉献帝。

天下十八路诸侯起兵讨伐董卓，曹操其时只是陈留太守张邈手下的一员小将，在十八路诸侯中实力最弱。与各路诸侯们"日置酒高会，不图进取"不同，曹操孤军奋战，战于荥阳汴水。

随后，曹操在剿灭黄巾军中壮大了自己的实力，代理兖州牧，曹操获得了一块重要的根据地，收编了青州兵30万，并于196年施行屯田制，"夫定国之术，在于强兵足食"。

建安元年（196），曹操瞅准时机，挟刘协迁都许县，受拜司空，利用天子的旗号，征讨四方，以挟持皇帝获取最大的政治资本和人力资源，这就是著名的"挟天子以令诸侯"。建安十三年（208），汉献帝以曹操为丞相，建安二十年（215）立曹操之女曹节为皇后，翌年封曹操为魏王。延康元年十月乙卯（220年11月25日），刘协在魏王曹丕逼迫下禅位于曹丕，降封山阳公。

从兴义兵，屯田备战，到公元196年，挟天子以令诸侯，曹操在政坛上初露锋芒，小有成就，"利见大人"。

终日乾乾：曹操南征北战。

从公元196年挟天子以令诸侯开始，曹魏草创的大业急速拉开。公元200年官渡之战大败袁绍，至公元213年被汉献帝封为魏公，这一时期正当盛年的曹操一路高歌猛进，所向披靡，剑锋所指，无人可挡，基本上统一了中国北方，为曹魏政权的建立打下了基础。

建安十八年（213），汉献帝封曹操为魏公时，册文中详细地列举了曹操南征北战的功勋，此时的汉献帝已被曹门势力掌控，这份册文虽疑是曹氏党群代笔，但仍从侧面展现了十多年间曹操"终日乾乾"的状态。册文如下：

> 袁术僭逆，肆于淮南，慑惮君灵，用丕显谋，蕲阳之役，桥蕤授首，棱威南迈，术以陨溃，此又君之功也。回戈东征，吕布就戮，乘辕将返，张杨殂毙，眭固伏罪，张绣稽服，此又君之功也。袁绍逆乱天常，谋危社稷，凭恃其众，称兵内侮，当此之时，王师寡弱，天下寒心，莫有固志，君执大节，精贯白日，奋其武怒，运其神策，致届官渡，大歼丑类，俾我国家拯于危坠，此又君之功也。济师洪河，拓定四州，袁谭、高干，咸枭其首，海盗奔迸，黑山顺轨，此又君之功也。乌丸三种，崇乱二世，袁尚因之，逼据塞北，束马县车，一征而灭，此又君之功也。刘表背诞，不供贡职，王师首路，威风先逝，百城八郡，交臂屈膝，此又君之功也。马超、成宜，同恶相济，滨据河潼，求逞所欲，殄之渭南，献馘万计，遂定边境，抚和戎狄，此又君之功也。鲜卑、丁零，重译而至，箪于、白屋，请吏率职，此又君之功也。君有定天下之功，重之以明

德，班叙海内，宣美风俗，旁施勤教，恤慎刑狱，吏无苛政，民无怀慝；敦崇帝族，表继绝世，旧德前功，罔不咸秩；虽伊尹格于皇天，周公光于四海，方之蔑如也。

或跃在渊：曹操选择无咎。

乾卦九四，或跃在渊，无咎。《十三经注疏·周易正义》释曰："犹若圣人位渐尊高，欲进于王位，犹豫迟疑，在于故位未即进也。无咎者，以其迟疑进退，不即果敢以取尊位，故无咎也。"

九四的爻位离九五至尊只差一步，是最荣耀的位置又是最危险的位置。乾卦九四相当于曹操被封为魏公、建魏国的社稷、宗庙、官职，又晋为魏王，采用天子的礼仪，直到曹操去世。

随着曹操基本上统一了北方，曹操的政治地位也一路飙升，曹操公开的待遇已经等同于天子，可以采用天子的礼仪。曹操与天子之间的矛盾日益尖锐，甚至到了诛杀皇后伏氏一家的地步。代汉自立的念头像一只猛虎，时时在曹操心中跃动，为什么在称帝的问题上如此犹豫呢？一是"篡汉"的罪名属实耻辱，二是拥汉士人尚大有人在。最终，曹操并未代汉，所以，历史上"无咎"。

飞龙在天：曹丕篡汉称帝。

飞龙在天，九五至尊，最终应在了曹操的世子曹丕身上。

经过曹操一生的打拼，曹魏政治集团已得到巩固与壮大，曹操离天子只有一步之遥，为曹丕称帝创造了成熟的条件。

曹操去世后，曹丕决定把曹魏政治集团向前推进一步，终于在公元220年，逼汉献帝禅位，曹丕称帝，改国号黄初。"利见大人"，是指曹操留下了如云猛将、如雨谋臣——贾诩、钟繇、华歆、曹真、曹休、司马懿、夏侯惇等。正是这些文臣武将的大势，曹魏始终保持了三国之中实力最彰的优势。

曹丕代汉称帝，将曹魏政权推向了权力的顶峰，有道是"盛极必衰""过满则溢"，随着司马家族的壮大，曹魏势力衰微的阴气渐长。

亢龙有悔：从巅峰到式微。

极盛已至，难免有悔。"亢龙有悔"，相当于曹魏政权后期衰微直至被司马集团替代。

随着曹魏并吞东吴和西蜀，曹魏集团走到了极盛。而曹魏后代一代不如一代，再难以超过创业先辈的才能与智慧，曹门猛人如曹仁、夏侯惇、曹休、曹真、曹兖等人先后去世，追随曹操的得力老臣董昭、华歆、陈群、王朗也都相继离世，曹魏群英时代逐渐落幕。而以司马懿为首的司马家族也历经三代人的苦心经营，实力日趋壮大。当初曹魏集团巧取豪夺汉家天下，如今天道好轮回，司马氏以同样的方式，促使曹元帝禅位，司马炎登临天子之位，为晋武帝。

曹魏政权的运行脉络，几乎和乾卦六条龙爻的走势完全一致，天下的道理，被一个龙爻彰示到如此清楚明晰，全是神鬼莫测的玄妙和神奇。

作八卦的伏羲和演周易的文王，诚不我欺矣！

龙见

下册

张继 著

中国戏剧出版社

目　录（下册）

第三章　龙见天气　/255
　第一回　龙　灵　/261
　　第一节　图　腾　/264
　　第二节　龙　形　/268
　　第三节　合　符　/270
　　第四节　四　灵　/275
　　第五节　龙　凤　/283
　　第六节　兵　骑　/289
　第二回　龙　王　/294
　　第一节　盛名之下　/294
　　第二节　封　王　/299
　　第三节　水　神　/303
　　第四节　人　格　/306
　第三回　祈　雨　/318
　　第一节　人　牲　/318
　　第二节　仪　轨　/321
　　第三节　官　祀　/329
　　第四节　罪己诏　/332
　　第五节　司　天　/339

第六节　翰林天文　/342
　第四回　护　法　/347
　　　第一节　龙蹻　/347
　　　第二节　天龙八部　/352

第四章　龙见天性　/355
　　　第一节　先　祖　/356
　　　第二节　所　来　/359
　　　第三节　走　蛟　/369
　　　第四节　龙　颜　/378
　　　第五节　龙　子　/384
　　　第六节　龙　女　/391
　　　第七节　龙　宫　/395

第五章　龙见天下　/431
　　　第一节　龙　头　/432
　　　第二节　龙　门　/435
　　　第三节　龙　说　/440
　　　第四节　龙　纹　/451
　　　第五节　李　白　/462
　　　第六节　墨　龙　/467
　　　第七节　志　龙　/479

去龙后跋　/532

第三章　龙见天气

农耕社会靠天吃饭，雨水就是天大的事，龙王就是最大的神。祈雨千年，心中有龙，唯愿"龙见"，滋润生命。而且，向龙祈雨的灵验自古有传，郦善长《水经注》曰：《浮图澄别传》曰"石虎时，自正月不雨至六月，澄诣滏口祠，稽首曝露。即日，二白龙降于祠下，于是雨遍千里"。

求雨的"龙见"，是离亿兆平民百姓最近的"龙"事，饱含辛酸血泪的生活抗争，充满烟火气息的衣食向往。天气牵引着农耕中国最广范围、最长历史、最深意识、最具仪式感的祈雨，"龙见"于田，"龙见"于心。

宋端拱二年（989），宋太宗赵光义在位第13个年头，北宋京师开封以及河南、河北同时发生大旱，"三月不雨，至于五月"。京师大旱，挑动的不仅是田里农民的生计，还有龙座上的皇帝的神经，作为代天执政的真龙天子，此时最为敏感和尴尬。如何与天、与龙沟通，迅速引来甘霖，是检验皇帝皇位君权神授正统性和天子执政能力的试金石，关乎皇权尊严和统治稳固。因此，应对旱情的求雨，从来就不简单和单纯是形而下的行为，从来就是一场政治考验和执政秀场。

作为天子，天的儿子，"政事未当天心"，即会触怒上天，触发干预人间事务的"天谴"，包括但不限于旱灾、水灾、蝗灾、冰雹、地震等灾害性极端天气。出现灾情后，皇帝往往会出面向上天祷告，颁布罪己诏反省过失，但最主要的是求得降雨，解决干旱现实、社会心理和政治正确的问题,以顺天心,以安民心。

其中逻辑仍然简单而朴素——在以农耕为本的社会里,严重的旱灾,轻者导致稻麦歉收,重者甚至会引发社会动荡。天旱引发揭竿起义导致改朝换代似已成历史惯例,即使没到暴动的程度,为谋生路而流离的流民也是帝国秩序的极大威胁。因此,久旱无雨一直是事关天下苍生和帝国生死的大事,宋邢昺曾尖锐指出:"民之灾患,大者有四:一曰疫,二曰旱,三曰水,四曰畜灾。岁必有其一,但或轻或重耳。四事之害,旱暵为甚,盖田无畎浍,悉不可救,所损必尽。"而古代民间流行的天人感应思维认为,灾荒的降临一定是世间的统治出现了问题,所以上至皇帝、下至官吏都应该深刻反省自己的罪过,及时改正,力行德政。

天旱之际的祈雨,就成了历朝皇帝跨不过去的职责;求得来雨否,亦成了皇帝是否称职的标准。自从汉武帝时期董仲舒的"天人感应"受推崇以来,天人关系便是历代皇帝表现皇权的独特方式。

从兄长赵匡胤手中通过"禅让"接过皇位的宋太宗赵光义,自诩为太平天子,他立志要做一个称职甚至优秀的皇帝。为应答天诫,皇帝积极运筹,但收效甚微,连续三月未雨,春耕陷于困顿,烈日焚心,帝国上下悲情笼罩。赵光义焦灼万分,放出了狠话,《宋史》记载:

> 端拱二年,上以岁旱,手诏赐赵普等曰:"万方有罪,罪在朕躬。自星文变见以来,久愆雨雪。朕为人父母,心不遑宁,直以身为牺牲,焚于烈火,亦足以答谢天谴(该句采信自宋太宗《罪己诏》)。"

王禹偁上言:"乞自乘舆服御以下至百官俸料,非宿卫军士、边廷将帅,悉第减之,上答天谴,下厌人心。"

田锡上言:"此实阴阳失和,调燮倒置。上侵下之职而烛理未尽,下知上之失而规过未能。"奏上,上及群臣皆不悦,出锡知陈州。

发了狠的皇帝,直接在《罪己诏》中扬言要"以身为牺牲,焚于烈火",这个过于刚烈的表态,似乎是赵光义被天下民意逼到墙角的狠话,敢于直谏的左司谏、知制诰、兼大理寺评事王禹偁,谏言减天下百官俸禄,以"上答天谴,下厌人心",太平兴国三年(978)胡旦榜榜眼田锡上言直指阴阳失和,调燮倒置,无异于火上浇油而于事无补,被外放陈州知州,皇帝的罪己作秀,田锡却做了真。

一道天下似乎无法解决的问题,终于在"录囚"中得以完美解决,而且再添皇帝的声望与神奇:"戊戌,上亲录京城诸司系狱囚,多原减。是夕大雨。"录囚亦称虑囚,是由皇帝或有关官吏讯察囚犯并决定可否原宥的制度,"知其情状有冤滞与不也"。皇帝录囚本着"慎罚"宗旨,虽不是"大赦",也会降低处罚。怀仁措施的效果是,当夜就来了大雨。

就此,赵光义十分得意地显摆:"为君当如此勤政,即能感召和气。如后唐庄宗不恤国事,唯务畋游,动经旬浃,大伤苗稼。及还,乃降敕蠲放租赋,此甚不君也。"宋太宗把录囚视为感召和气,因此带来的降雨,有此"圣德",赵光义顺带鄙视了一把后唐庄宗李存勖,说他"不恤国事",游猎伤害苗稼后减免租赋,"甚不君",其得意之情溢于言表。

赵光义以太平自诩,他当政的第一个年号即为"太平兴国",可惜的是,宋太宗在位期间却并不太平,《宋史》记载:宋太宗在位21年,比较严重的水灾、旱灾、蝗灾共发生18次。皇帝的求雨职责,亦遭遇了诸多挑战。

端拱二年(989)赵光义扬言要自我牺牲,焚于烈火的求雨风波刚刚过去两年,淳化二年(991),宋帝国再次发生大旱灾,赵光义再次祭出"朕将自焚,以答天谴"的狠招。

淳化二年春三月,北宋境内多地久旱无雨,宋太宗组织官员集体祈雨,没有效果。宋太宗情急之下,发起毒誓,给宰相吕蒙正写了一道手诏说:"朕打算自焚求雨,以回应老天的谴责。"《资治通鉴》对此桥段详细记载说:

第三章 龙见天气

元元何罪？天谴如是，盖朕不德之所致也。卿等当于文德殿前筑一台，朕将暴露其上。三日不雨，卿等共焚朕以答天谴。

赵光义的意思是：（朕的）老百姓有什么罪过？遭到上天如此谴责，这是因为朕无德而造成的，你们在文德殿前修筑一座高台，朕站上高台在太阳下暴晒，如果三天后还不下雨，你们就在台子周围堆积木柴，举火把朕烧死，以回报天谴！

宋太宗如此一说，就把话给说死了，这可把宰相吕蒙正等一班朝臣吓个半死。天生大旱蝗灾，若是皇帝不德导致，也首先是他们这班朝臣不德所致，吕蒙正等人急忙上表谢罪："陛下临御以来，躬亲万机，勤恤民隐，未尝有纤微之失。盖臣等调燮无状，致此愆尤。"大家还把手诏给藏了起来，"蒙正等惶恐谢罪，匿诏书"。

上天似乎被自己的儿子为天下苍生所念而深为感动，发完毒誓的第二天，天气为之一变，《宋史》记载："翌日而雨，蝗尽死。"果然，天气，就是天意啊！但这天气转换和蝗虫横死，似乎也太过神奇，这也为赵光义蒙上了一层神秘主义的色彩，但这何尝不是赵光义的求仁得仁呢，干旱和蝗灾，反而表现宋太宗的圣德。

第二年，淳化三年（992）夏五月，上以久愆时雨，忧形于色，谓宰相曰："亢阳滋甚，朕恳祷精至，并走群望而未获嘉应者，岂非四方刑狱有冤滥、郡县吏不称职、朝廷政治有所阙乎？"因遣常参官 17 人分诣诸路按决刑狱。己酉，雨，宰臣相率称贺。

还是因为无雨干旱，宋太宗认为自己的施政有不当之处，遣人"按决刑狱"，结果就来了雨，宰执大臣们上表称贺。宋太宗再一次借机说教："朕孜孜求理，视民如伤，内省于心，无所负矣。"

求雨灵验的功劳，最终归于英明神武的皇帝。《宋史》记载，太平兴国六年（981），"春夏，京师旱"，四月辛未，宋太宗"幸太平兴国寺祷雨"，五月己未"雨降"，祈雨七天后雨降。《续资治通鉴长编》将这

龙见（下册）

258

次降雨的功劳记在了宋太宗的名下:"己未,德音降死罪囚,流以下释之,祷而雨故也。"

宋朝皇帝大旱之下,亲往求雨的祭坛,一般是寺观,求告神祇是昊天大帝,仪式为雩祀。对宋朝皇帝而言,如此雩祀,实则有政治表演性质(本章稍后会有论及),而根植于民间和百姓的求雨正神,却是龙王,民间祈雨似乎更加走心和贴地,不论是作土龙求雨,还是龙潭求雨,都紧扣龙王主题。祈雨,似乎成为最习以为常的"龙见"事件。

相较真龙现身以示天意,和见龙在田以示天象,一个是幽冥天道,一个是天外星象,毕竟离百姓生活太远。而天旱,就事关妻儿老小的口食生计,天旱求雨,事关对妻儿老小口食生计的努力抗争和虔诚祈愿。从古至今,龙乃司水之神,即便是皇帝和昊天大帝达成降雨共识,最终还不是由龙来降雨?

这就是天下百姓的"龙见"了。起于田地的朴素的祈雨仪式,在残酷的自然条件的倒逼之下,欣欣然成为全天下的群体运动,裹挟民意,此起彼伏。朝廷开始重视这种民心聚集的运动,将其有序纳入统治序列而不是推向对立面,是庙堂政治考量的逻辑。

于是,借助龙这一古老水神的普遍认知,祈雨"龙见"一旦加入政治意图,最终就成为皇帝和国家行为的表演秀,特别是进入堪称中国古代科技黄金时代的有宋一代,自然科学空前发达,科学家们极有可能已经掌握天气运行的规律,具备一定天气预报的技能后,皇帝的灵验求雨,极有可能就是和科学合谋的政治秀,以求雨的灵验效果,向普遍存在"天人感应"思想的平民百姓,不断灌输皇帝的神化身份,以巩固帝国的统治基础。

史书常见的北宋皇帝在天旱之际举行隆重的祈雨仪式,不久即出现天降甘霖的灵验事件,是一个具有集体玄幻色彩的历史故事。干旱祈雨本身是对皇帝的一种考验,但皇帝每每求雨即雨降,反而加强皇权的神性塑造,不得不令人怀疑北宋皇帝是背后通过当时的天文机构获得降雨的气象信息,然后选择合适的日期进行祈雨,在万民仰观之下见证祈雨成功,无疑会增加帝王本身的神秘感,增强政权的凝聚力。

于是在大旱—祈雨—雨降—万民感呼的祈雨逻辑中，皇帝完成了君权神授的政治宣示。

如此即好理解，古代皇帝为什么将钦天监等天文机构列为国家保密机构，予以严格管控，在披着神秘外衣的掩护下，似乎就是为了天气预报系统掌握在皇帝自己手中，用科学塑造自我神性，而未掌握天气预报科学的亿兆民众，无疑被皇帝引入了皇帝天命和真龙天子的神化认知歧途。

宋英宗即位后有疾，且与辅政的曹太后关系不洽，朝臣深以为忧，同时由于春天降水偏少，故群臣请宋英宗到寺庙祈雨。君臣都取得共识，祈雨本身是一种政治策略，一方面让百姓亲睹圣容，以示身体安康，减少天下的猜测；另一方面以示皇帝心忧百姓大旱之苦。宋英宗满口同意了权御史中丞王畴祈雨的建议，却迟迟不进行祈雨。蹊跷的背后，原来是宋英宗在祈雨前询问了天文官，可能是近期无雨。

既然这是一次蕴含着深刻政治含义的祈雨，祈雨后降雨自然是君臣及万民所望。所以，在了解到没有降雨的情况下，皇帝无奈，一直在"选拣时日"以拖延时间，期望雨期。

一场万民祈望的真龙天子皇帝与天、与龙沟通的盛大祈雨，背后竟藏着皇帝如此精妙的算盘，那个祈雨仪式，于皇帝而言就是一场皇权神威的盛大表演。通过科学作弊，通过天文漏题，皇帝考了一个满分，成功地把自己附会为天意和神龙的化身，天下百姓从头到尾被蒙在鼓里，被皇权愚弄，为皇权山呼……

龙见祈雨场，就这样被皇帝当作了君权神授和正统统治的秀场和宣示台，民间信仰的行雨龙王，就这样为权力所窃取，龙王的身后，却是皇帝心心念念的亿兆民心。

一切，还得从龙的神性开始说起……

第一回 龙 灵

山不在高，有仙则名；水不在深，有龙则灵。龙，神仙一样的存在，在古人眼中具有加持神秘力量的神奇功效。

神龙在人间大摇大摆地招摇过市，堂而皇之地被载入史册，即使借由各种天象煌煌然龙见，即使和皇权达成合作并相互神化，即使深入人心的震慑威服，似乎都是一种武力逼迫而非发自内心的热爱和尊崇，不可亲不可近，只可敬而远之，犹如事鬼，犹如事皇帝。

汉刘向对这种口里说爱龙，但心中无龙的心理揣摩到了精髓，他在《新序·杂事五》中向我们以龙事喻理：

> 叶公子高好龙，钩以写龙，凿以写龙，屋室雕文以写龙。于是天龙闻而下之，窥头于牖，施尾于堂。叶公见之，弃而还走，失其魂魄，五色无主。是叶公非好龙也，好夫似龙而非龙者也。

是的，这就是叶公好龙。

叶公沈诸梁，字子高，被楚昭王封为叶邑尹而始姓叶。叶公生于楚国王室之家，曾祖父是春秋五霸之一的楚庄王，其父沈尹戍在吴楚之战中屡立战功。秦国出兵击退吴军后，楚昭王把沈诸梁封到楚国北疆重镇"方城之外"的叶邑为尹。由故事可知，春秋时期长江流域的楚国，龙文化已经十分普及，崇龙之风已盛。

叶公所代表的"好夫似龙而非龙"的态度，折射出春秋时期的龙在先民的心目中还缺乏信仰的高度，因此对龙爱得不真诚、不彻底，或者迫于威力虚情假意，亦在情理之中。唯有信仰，方可舍身投入，飞蛾扑火亦是取义成仁。

当然，汉代刘向作为中原帝国的正统文化传播者，其编造叶公好龙，其实质是编排南蛮楚道之风，不入中原主流文化之道，不解主流文

第三章 龙见天气

化风情,停留在邯郸学步的可笑阶段,因此才有对神龙前好后惧的荒诞行为。作为汉朝宗室大臣,刘向对南蛮的贬斥和讪笑,通过"叶公好龙"流传千年而不散。这和同时代司马相如、扬雄从蜀地到长安,被人关心询问成都是否神仙妖怪虎狼和人共同在大街上共处,除了对云遮雾障蜀地的好奇外,问者的心中似乎也存着对西南夷的鄙视和取笑。

但事实是,"叶公好龙"故事中唯一真实的,似乎就是叶公沈诸梁好画龙。而历史上真实的沈诸梁,不仅是叶姓的始祖,还是春秋楚国的一位著名政治家、军事家。在叶邑,叶公养兵息民、发展农业,组织修筑了中国现存最早的水利工程,使当地数十万亩农田得以灌溉,比李冰修都江堰早两百多年。至今,叶公修筑的东陂、西陂遗址保存尚好,见证了叶公治水的历史。这当然是旁逸斜出的外传了。

从伏羲氏族的图腾起步,龙就开始了沿鳞虫之长、万灵之长向帝王象征、宗教信仰的路径不断占领民族认知心智,形成帝王信仰、民间信仰和宗教信仰的集大成者,并以反复出现的龙见事件,加深和强化神示的信仰效果,不断完善的祭拜和祈雨等仪轨,最终形成完整的龙王信仰。

考诸历史发展,龙王信仰经历了四个较大的发展阶段:图腾崇拜阶段、五行学说推动的神灵崇拜阶段、龙神崇拜与帝王崇拜相结合阶段、道教佛教龙信仰与民间龙信仰相结合阶段。

图腾崇拜阶段,远古部落把龙视为图腾,作为自己部落的祖先和标志。根据历史文献资料和有关传说,龙原形为蛇,始为伏羲氏族的图腾,后来成为太暭(一作太昊)部落的图腾。太暭部落是龙图腾崇拜最为重要的起源地之一。

神灵崇拜阶段,农牧业逐渐形成,宗教信仰得到发展,从较为单一的图腾崇拜过渡到自然多神灵崇拜,龙图腾崇拜也发展为龙神崇拜。春秋时期,有五行神,分别与五行之神相匹配的是龙、虎、凤、龟和麒麟;战国时开始了东、南、西、北、中五色龙崇拜,以及龙神信仰,人们把龙神化,奉龙为水神、虹神。

龙被神化后,又为世间皇权所借用,与帝王崇拜结合,真龙天子的概念正统而宏伟。商周时期，龙纹正式作为天子纹章与权力象征。这时候的商周天子悬挂九旒龙旗，并且穿着龙衮祭祀先王。秦汉时期，中国大统一，要求有一个与之相适应的大神，以整合各地、各民族的信仰，龙崇拜进一步与帝王崇拜结合在一起。中国古代帝王把自己美化成龙神的化身或龙神之子，或把自己说成是受龙神保护的天命之人，借助龙树立威信，获得人们普遍的信任和支持。相互赋能，龙亦在与皇权融合发展过程中，在皇权的拱卫下，获得了更为显赫的地位，收获了更大的世俗信仰，颇有宗教和皇权联手治世的意味，只不过，龙只是一个影子宗教，只是为皇权服务而绝不威胁。所以有了炎帝时应龙助耕，黄帝则乘龙飞升，颛顼帝乘龙至四海，帝喾春夏乘龙，禹王斗蛟龙而治水，秦始皇称"祖龙"等帝王与龙的美谈。

最后是道教佛教龙信仰与民间龙信仰相结合的阶段。中国本土宗教道教，十分注意吸纳本土文化进入自己的信仰体系，道士们看到了龙在庙堂和江湖蓬勃发展的势头，敏锐地认识到这是聚拢教众的有效目标，于是安排了四海龙王和五方龙王；隋唐时代，佛教在中国迅速传播，佛教天龙八部的龙信仰随之也传入中国，并迅速传播。自佛、道两教广泛传播之后，人们受其启发，将传统的神龙尊奉为龙王，于是中国大地上江、河、湖、海、渊、潭、塘、井，凡是有水处莫不驻有龙王，龙王、龙宫、龙女等配套也得到迅速完善。

遁入信仰之途，一是由于恐惧，被威服，以顺从换取庇护；二是源于祈福，有所求，希望获得神秘力量的加持。对龙王的信仰，最终主要落实到祈雨纾旱上来。毕竟，作为水神，"龙生于水，被五色而游，故神。欲小则化如蚕蠋，欲大则函于天地，欲上则凌于云气，欲下则入于深泉；变化无日，上下无时，谓之神"（《管子·水地篇》）。于是，饱受干旱天灾侵袭的古代先民们，数千年来，一遇大旱，无不前赴后继地跪倒在龙王庙前，万般无奈后，只得把下雨的祈望寄托于龙王，遁入一种虚空。

第三章 龙见天气

第一节 图 腾

龙之所来,盖于雷声"隆隆"。因此,最初的"龙"是拟声词,通"隆",来源于天雷滚滚。

人初之时,人类的发音器官不够发达,能够使用的音节少,语言简单朴素,对声音的模拟成为语言发展的一个重要来源。加之认知有限,对很多自然现象不理解,最后即归之于万物有灵,每一个事物背后都有神灵在掌控,由此产生对各种动物、各种花草、各种自然现象的自然神灵崇拜。

让我们回到远古洪荒时代,和我们的先祖一起去感受大自然面前人类如何渺小:大雨如注,电闪雷鸣,地动山摇,人们躲在山洞里,紧挨着彼此,手抓着手相互慰藉,一道闪电放大惊恐扭曲的脸庞,压到山头的滚滚乌云之中,传来充斥天地的轰隆声,人们恐慌的心,随着在巨大声浪中翻滚的树叶而震颤。又一道闪电,透迤地穿透墨黑的云层,打在一棵大树的树梢,刹那间火起,焦味和浓烟弥漫——有时闪电会直接抓向人群,被闪电抓住的人,死状惨烈——末日似乎正在不可阻挡地降临。

那个"隆隆"吼叫的东西,是不是就是幻化成曲折蜿蜒的闪电,划过天空,实施天谴?在先民意识里,这条曲曲折折、通彻天地的闪光的东西,叫"隆","隆"极其强大,能行云布雨,能电闪雷鸣,能毁万物于一瞬,在如此强大的神灵面前,畏惧充斥了的内心,除了崇拜和顺从,只能时时虔诚祈求平安。因惧而生敬,图腾和鬼神,就这样产生了。

甲骨文　　金文　　小篆

甲骨文的"雷"字

甲骨文"电"字

龙观念的产生,是原始先民对产生雷电的原因的一种生物化解释。甲骨文的"龙"字,有雷电来源一说,说"龙"与"电、雷"的字形十分相近,"龙"字保留了闪电的弯曲状,又将表示雷声的符号"口"状移至弯曲处的终端,表示龙的口部。龙字中的口开口朝下,表示雨从龙口中倾泻而下。

金文"龙"字字形,是在龙的形体上方加上"辛"。"辛",甲骨文字形为斧劈树木状,可引申出刑具意思。在"龙"字中,"辛"位于龙形的上方,从辛的语义和造字的上下结构中可以看出,这个"龙"字反映了原始先民对龙(雷神)的恐惧而又企图征服、掌控它的心理状态。

《集韵》在"龙"字下收录了"竜"这个异体字。该字的上方和"龙"字左上方一样,即甲骨文"辛"的隶定形式。"竜"的形义正是对雷电的征服状。此字形佐证了龙的原型是雷电。从龙字的发音上看,"lóng"正是记录了雷的隆隆之声。

龙图腾形成的时间,可以上溯到上古伏羲时代,伏羲氏以蛇为图腾。英国学者弗雷泽在定义图腾崇拜时说:"图腾崇拜是半社会半迷信的一种制度,它在古代和现代的野蛮人中最为普遍。根据这一种制度,部落或公社被分成若干群体或氏族,每一个成员都认为自己与共同尊崇的某种物象——通常是动物或植物存在血缘亲属关系。这种动物、植物或无生物被称为氏族的图腾,每一个氏族成员都以不危害图腾的方式来表示对图腾的尊敬。"混沌时期的远古先民尚分不清人与动物的界限,认为某种动物、植物是自己的祖先和保护神,这就是图腾。图腾作为氏族、部落的祖先和标志，一般是单一的某种动物、植物，氏族部落发生兼并战争，胜利一方往往同时消灭其图腾，新产生的部族拥有的还是单一的图腾。我们祖先在远古有多种图腾崇拜，蛇只是其中之一。

《帝王世纪》曰："太昊帝庖牺氏。风姓也。燧人之世，有巨人足迹，出于雷泽，华胥以足履之，有娠。生伏羲于成纪。蛇身人首，有圣德，都陈。燧人氏没，庖牺氏代之，继天而生，首德于木，为百王先。帝出于震，未有所因，故位在东方，主春。"伏羲氏生于成纪，徙治陈仓，都于陈，在位一百五十年，传十五世。伏羲虽蛇身人首，《拾遗记》卷二载："蛇身之神，即羲皇（伏羲）也。"但司马贞《补三皇本纪》言说羲氏"有龙瑞，以龙纪官，号曰龙师"。这种记载暗示了伏羲氏在龙图腾形成中所起的主导作用。

蛇，在远古曾经是一种受到膜拜的圣物，龙，就是蛇的图腾化产物。甲骨文金文中所见的"龙"字，即象形为一条大蛇。而抟土造人的伏羲、女娲在远古人的信念中，都是"蛇身之神"。《路史·后记》载"帝女游于华胥之渊，感蛇而孕，十三年而生庖牺"，庖牺即伏羲。郭璞传注《山海经》说，女娲人首蛇身，一天当中有七十次变化。在传世的汉代石刻画像和砖画中，也常是人面蛇身的伏羲、女娲交尾之相。

而伏羲、女娲之蛇身人首并非孤例，在中国上古神话中，有许多"神"一样的部落首领，都是人首蛇身。闻一多先生曾经"将山海经里所见的人面蛇身的神列一总表"，指出伏羲是以大蛇为图腾的氏族首领，他统辖的神有所谓钩长龙氏、潜龙氏、上龙氏、水龙氏等，也是一大群龙蛇之神。《山海经》中还有神通瑰奇的共工、相柳、楔窳、贰负等，都是蛇身之神。

人首蛇身的伏羲氏，首德于木，为百王之先，五行木德，属青，主东方，伏羲即是青龙、东方青帝；炎帝神农氏以火德为王，为赤龙，主南方；轩辕黄帝以土德为王，为黄龙，居中。

按照五行始终说，最先出现的是木，而非火、土。因此，青帝即是远古第一帝，青龙亦是中华民族第一龙。伏羲氏自然也就是龙图腾的创始者。伏羲亦是八卦创立者，传说中的伏羲坐于方坛之上，听八风之气，乃作八卦。八卦衍生易经，开华夏文明。据《易经》记载：伏羲仰则观象于天，俯则观法于地，旁观鸟兽之文，与地之宜，近取诸身，远取诸物，始画八卦。

《伏羲先天八卦图》用乾坤二卦取法大自然之象，是先天之卦位，天地居于上下，日月出于东西，山泽同处地理，风雷行于天空。所以《易传》说，雷以动之，风以散之，雨以润之，日以恒之，艮以止之，兑以泽之，乾以君之，坤以藏之的大自然物象。

《说卦传》说，天地定位，山泽通气，雷风相薄，水火不相射，数往者顺，知来者逆，是故易，逆数也。乾卦配天，天在上位，坤位配地，地在下位，是为天地定位。艮卦配山，山居西北，兑卦配泽，泽处东南，两相对峙，是为山泽通气。震卦配雷，雷始东北，东之春雷多有，巽卦配风，风自西南，西之秋风常见，是为雷风相薄。离卦配火，日为火之精，日出东方，坎卦配水，月为水之精，月出于西方，是为水火不相射。

伏羲氏是部落联盟首领，其自己领导的部落奉蛇为图腾，伏羲的人首蛇身喻有神力。伏羲"以龙纪官"，设春官青龙氏、夏官赤龙氏、秋官白龙氏、冬官黑龙氏、中官黄龙氏；又命其臣朱襄为飞龙氏、昊英为潜龙氏、大庭为居龙氏、混沌为降龙氏、阴康为土龙氏、栗陆为水龙氏。伏羲的后代主要分化成为九个支系，分居九个不同的区域，称为"九夷"，也就是之后蚩尤领导下的九黎，活动范围主要在今山东、山西、河北一带。

伏羲部落联盟中黄帝部落的图腾是熊，"黄帝有天下，号曰有熊"。黄帝和蚩尤发生部落联盟领导权之争取胜后，继承了伏羲氏的蛇图腾，获得部落联盟首领的正统标志后，将联盟内各个部落的图腾加以综合，在蛇形象基础上，综合了鹿角、驼头、龟眼、蛇项、蜃腹、鱼鳞、鹰爪、虎掌、牛耳，最终形成了自然界里所没有的虚拟图腾形象——龙。

第三章 龙见天气

第二节 龙 形

除了雷电来源说，甲骨文的"龙"字还有象形的解释，"龙"字形躯体细长蜿蜒，尾部弯曲上翘，头部作"辛"状，其口向内作钩状，描摹为凶猛动物的大口利齿，头顶上有"干"状冠角。"头有冠角，大口利齿，尾卷上翘"，正是龙的显著特征——头有冠角，象征其尊贵地位；大口利齿象征其凶猛狂野；尾卷上翘则象征其攻击姿势，象征天威难测、桀骜难驯。

西汉（包括王莽时期）的龙形象身体细长，似蛇形，身尾不分，末尾有鳍。头部似鳄鱼，整体较瘦长。分为有翼、无翼两种，翼为鸟翅形。有的角似牛角，细长，前端略带弧形。上下颚等长，上下唇分别向上下翻卷。兽腿，短粗。足部分为兽、鹰足两种，三趾。

到了东汉，龙体粗壮，似虎形，身尾分明，个别有鳍。角似牛角或鹿角，角下都出现突起的棱，顶端前卷。且都有翼。兽腿较长。以虎的形象为主，其他动物形象辅之。

建安至魏晋（十六国时期）的龙体较细长，似虎形，身尾分明。头角略似鹿角。羽翼分有无两种，有翼的龙形状仍旧为鸟翅形。腿为兽类，长。

南北朝至隋时，龙体细长，似虎形，身尾分明，颈和背上出现焰环。龙翼依旧分有无两种，出现飘带形翼，鸟翅形尚存。四肢上飘有长的兽毛。

到了唐宋时期，龙的形象日趋完整丰满，基本定型为我们今天看到的龙的形象。龙体粗壮丰满，回复到蛇体，身尾不分，脊背至尾都有鳞，宋代时尾上则有一圈鳍。吸取了狮子形象的特点，圆而丰满，脑后有鬣。唐代时出现分叉鹿角，前期略似鹿角尚存。上唇很长，顶端呈尖形，下唇短而不再下卷。龙翼已经都为飘带形。宋时出现四爪的足，后肢和尾常交叉盘旋。

宋代郭若虚指出画龙要掌握"三亭九似"，三亭，指脖亭、腰亭、尾亭；九似，指角似鹿，头似驼，眼似鬼，项似蛇，腹似蜃，鳞似鱼，爪似鹰，掌似虎，耳似牛。也就是说，龙的造型需综合许多动物的局部形象特征，并在脖、腰、尾三处加以强调，才能画得好。与之同时代的罗愿在《尔雅翼》中则说龙的形象是"头似驼，角似鹿，眼似兔，耳似牛，项似蛇，腹似蜃，鳞似鲤，爪似鹰，掌似虎"。眼睛似"鬼"还是似"兔"，应是传抄笔误所致。

明朝《本草纲目·翼》云："龙者鳞虫之长。王符言其形有九似：头似驼，角似鹿，眼似兔，耳似牛，项似蛇，腹似蜃，鳞似鲤，爪似鹰，掌似虎，其背有八十一鳞，具九九阳数。其声如戛铜盘是也。"又出现了新的说法：头似牛、眼似虾、嘴似驴、腹似蛇、足似凤、须似人、耳似象。

明唐伯虎在《六如居士画谱》收录了《画龙辑议》。他亦提出"三停九似"之说，"三停"是结构学和相面术上的术语，即三个段落或三个部分，"自首至项，自项至腹，自腹至尾，三停也"。

"龙有九似"用的是分解法，对龙的各个器官做出比喻性的描绘。"似"仅仅是相似，而不是相同。在物理形象相似的背后，赋予的是更多的精神内涵：

  头似驼，示体型之巨；

  角似鹿，示神态之贵；

  眼似兔，示明察天地；

  耳似牛，示聆听八荒；

  项似蛇，示旋转灵动；

  腹似蜃，示周行无忌；

  鳞似鲤，示深潜水府；

  爪似鹰，示高飞云天；

  掌似虎，示威武勇猛。

九种动物的最大优点，集于龙一身。"九"亦应是一个虚称，在汉文化中，"九"代表着"无穷多"，龙的能力和特性远远不止这九种，而

第三章 龙见天气

是集飞禽、游鱼、走兽等百物之能于一身，具有无所不能的神通，拥有凌驾于众生之上的威望，预示着龙的神性。最终成为"鳞虫之长，能幽能明，能细能巨，能短能长，春分而登天，秋分而潜渊"（《说文解字》）。在中国神话中扮演行云布雨的角色，变化无穷，应力无限；更有应龙掌管创世、造物、灭世，是为祖龙。也有上古神话中的烛龙，睁眼即天亮，闭眼则天黑，能呼风唤雨。

第三节 合 符

从黄帝集合九种动物优点创造的龙形象来看，他似乎顾全大局，放弃了自己部落图腾"熊"的融入，显示出团结与不争的气度。

看来，黄帝似乎亦是《易经》思想的贡献者，这一举动似乎完全和龙爻用九爻高度契合："用九，见群龙无首，吉。"在取得与蚩尤争夺的胜利后，飞龙在天，然后对部落联盟图腾不争不抢，反而展现出一种百川归流的雍容姿态，团结了众多部落，成功获得了所有部落对其领导权的认可。为了团结、亲近那些被吞并了的氏族、部落的人，在消灭了这个氏族、部落之后，黄帝并没有完全消灭他们精神崇拜和文化寄托的图腾，而是将失败者的图腾中的一部分加入新的图腾上，龙图腾展现了一种和合团结，表现了黄帝所代表的远古先人们的一种极其宝贵的和合精神。但本质上，从伏羲氏到黄帝，那是一次彻头彻尾的改朝换代，黄帝的图腾融合，展现了从武功到文治的帝王思想的转换，手法高超。

炎帝神农氏，建都于曲阜，因为部落主业为农耕，对通过星相定农时十分看重，因此对天文历法的研究是部落的强项。神农氏"以火纪官"，设春官大火氏、夏官敦火氏、秋官西火氏、冬官北火氏、中官中火氏。

"春官大火氏"，主察大火星即心宿星座。

"夏官敦火氏"，主察敦火星即柳宿星座，帝颛顼时代的夏官也叫火正祝融之官，别称北正，以观察火星的移动变化来预测夏季物候节气，创颛顼历。此后，帝喾、尧帝、舜帝及夏朝、商朝时的星象官，也都以火星的运行规律来预测夏季物候节气。今人研究上古史，如不懂得天文历法知识,把火正祝融之官,简单地解说成"上古管理火种的官",殊为不当。

"秋官西火氏",主察长庚星即太白星,亦即现代天文学所说的金星,太阳系九大行星之一,黎明现于东方,古称太白星,傍晚现于西方,古称长庚星。观察太阳的出入变化,可定金星的位置。

"中官中火氏",主察天上中宫主要星座天极星,即北斗七星,以斗柄所指,来确定每年十二个月的月名,划分季节,指导农事。至尧舜时期,这种工作,成为天子的专职之一,《尚书·舜典》:"正月上日,受终于文祖,在璿玑玉衡,以齐七政。"

神农氏炎帝部落和黄帝部落,最早一同居住在陕西,蚩尤领导的九黎部落联盟活动在今山东、河南和安徽一带,同是伏羲氏部落联盟的部落成员。随着伏羲氏十五世之后式微,神农氏和轩辕黄帝部落纷纷失去掌控不安分起来,其情状和周王室衰微群雄并起为春秋战国时高度近似。

远古天下定鼎的战争主线为,先是神农氏部落和强大的九黎部落联盟为了争夺黄河流域一块肥沃的土地,发生了一次战争。蚩尤部落联盟是治世十五世的伏羲氏后裔和炎帝一支后裔融合的组织,神农氏这是有向权威发起挑战和炎帝后裔内讧的性质,师出并不光彩。

蚩尤披挂上阵,骑着熊猫上场厮杀,炎帝战败,向当时最大的黄帝部落求援。炎黄两部落合并,共同攻击蚩尤,神龙和九天玄女参与了炎黄部落联盟的军队,预示着黄帝的天命已经从伏羲氏向炎黄转移。

天下终归一统,黄帝釜山合符,《史记·五帝本纪》记载,黄帝在打败炎帝和蚩尤后,巡阅四方,"合符釜山"。这次"合符",不仅统一了各部军令的符信,确立了政治上的结盟,还从原来各部落的图腾身上各取一部分元素组合起来,创造了新的动物形象——龙。各个部落图腾的元素源自但不限于蛇的身、猪的头、鹿的角、牛的耳、羊的胡须、鹰的爪、鱼的鳞、马的头、鱼的须、鼍的尾、狗的爪……说法众多。闻一多在《伏羲考》中论述:"龙是一种图腾,并且是只存在于图腾中而不存在于生物界中的一种虚拟的生物,因为它是由许多不同的图腾糅合成

第三章 龙见天气

的一种综合体……龙图腾,不拘它局部的像马也好,像狗也好,或像鱼、像鸟、像鹿都好,它的主干部分和基本形态却是蛇。这表明在当初那众图腾单体林立的时代,内中以蛇图腾最为强大,众图腾的合并与融化,便是这蛇图腾兼并与同化了许多弱小单体的结果。"

龙图腾黄帝族、炎帝族和九黎族三个主要部落裹挟其他小部落,从龙的图腾来看,包括水里捕鱼、山上狩猎、田里耕种的部落,逐步以黄帝族为主,相互融合,黄帝继承了伏羲氏的统治权和蛇图腾,并发展为龙图腾,将多部落多民族团结为龙的传人,炎黄部落联盟就是此后形成的华夏民族的雏形。

以农耕为业的炎帝部落,以牛为图腾,炎帝亦是牛首人身,乃神农氏人。炎帝属于烈山氏,"母曰任姒,有蟜氏女,名女登;为少典妇,游于华阳,有神龙首,感生炎帝。人身牛首,长于姜水。有圣德,以火得王,故号炎帝"。和黄帝联盟取得天下后,炎帝部落的图腾牛,以牛耳入龙身。

蚩尤领导的九黎,是一个部落联盟,是由九黎族、黎族、苗族、芒族等九个部落组成,每个部落都有一个酋长。而蚩尤就是九黎族的大首领。蚩尤带领九黎氏族部落在中原兴农耕、冶铜铁、制五兵、创百艺、明天道、理教化,"九黎(九夷)"部落被炎帝姜黎的后代即蚩尤兄弟、族兄弟81人兼并。蚩尤遂成为"九黎国"部落联盟首领,部众容纳了伏羲"九黎(九夷)"后裔及炎帝姜黎后代。河南、山东、河北交界处地区被称为"九黎之都"。河北省涿鹿县境内现存有蚩尤坟、黄帝泉(阪泉)、蚩尤三寨、蚩尤泉、八卦村、定车台、蚩尤血染山、土塔、上下七旗、桥山等遗址遗存。其他支系则分别演化形成黎族、苗族、芒族。

蚩尤部落的图腾崇拜即是"蚩尤","蚩尤"原指寄生在人体内的蛔虫,被蚩尤部落奉为祖先图腾神像,人们就将蚩尤当作九黎国君的名字,看来,蚩尤部落联盟成员深受蛔虫之害而没有办法,因此只能当作神灵供养,祈望以虔诚换取平安。自古至今,历史都是由胜利者书写的,胜者炎黄最终成为华夏文明始祖,而战败者完全不配拥有自己留在历史的名字,只能以部落崇拜的蚍虫呼之,伤害性极深,侮辱性极强。

九黎的九个大小部落都有各自的图腾,都相当接地气,有蟋蟀、蝉虫、麻雀、黄雀等虫鸟,部落之间图腾崇拜,都有着一物降一物的神奇规律,表现着远古部落之间争夺生存资源的残酷竞争。九黎部落联盟的图腾是"黄雀"。

作为战败被威服的一方,九黎部落联盟的众多图腾特征,并没有出现在华夏的综合图腾龙的身上。但中华民族共认炎帝、黄帝、蚩尤为三大文明始祖,历史似乎拒绝抹杀蚩尤的存在。

黄帝作为三皇之一,其后裔有五帝:少昊、颛顼、帝喾、尧、舜。

少昊领导东夷族,以凤鸟为图腾,所以又称"鸟夷",开创了凤文化。相传少昊出生的时候天降五只五色凤凰,按五方的颜色红、黄、青、白、玄而各降其位,少昊始以玄鸟燕子,续以凤鸟作为本部的图腾。

颛顼以龙龟为图腾,帝喾奉凤鸟为图腾,尧以龙为图腾,舜以凤为图腾。

因为图腾血脉,"天命玄鸟,降而生商",奉凤为图腾的商朝祖先契是由玄鸟生下来的,但先祖的追溯出现了两个,《礼记》记载商朝先祖是帝喾,《国语》记载商朝的先祖为舜帝,但无疑都是奉凤鸟为图腾的五帝,可见,图腾信仰早已深入先人们的骨髓。

附:

中国上古感生神话

伏　羲

大迹出雷泽,华胥履之,生伏栖。(《太平御览》卷七八引《诗含神雾》)

帝女游于华胥之渊,感蛇而孕,十三年而生庖牺。(《路史·后纪一》罗苹注引《宝椟记》)

母曰华胥,履大人迹于雷泽,而生庖牺于成纪,蛇身人首,有圣

德。(《史记·补三皇本纪》)

炎帝神农

有娲氏之女,为少典妃,感神龙而生炎帝。(《史记·三皇本纪》

炎帝神农氏,姜姓。母曰登,有娲氏之女,为少典妃,感神龙而生炎帝,人身牛首。(《史记·补三皇本纪》)

少典妃安登游于华阳,有神龙首感之于常羊,生人神农。人面龙颜,好耕,是谓神农,始为天子。(《玉函山房辑佚书》辑《春秋纬·元命苞》)

黄帝

母曰附宝,之祁野,见大电绕北斗枢星,感而怀孕,二十四月而生黄帝于寿丘。(《史记·五帝本纪·集解》)

附宝见大电光绕北斗权星,照郊野,感而孕,二十五月而生黄帝轩辕于寿邱。(《汉学堂丛书》辑《河图不稽命徵》)

(黄帝)姬姓,少典之子。少典取有蟜氏,名附宝,感大电绕枢,孕二十五月,以戊巳日生黄帝于天水……传十世,二千五百二十岁。(《汉书人表考》卷一)

少昊

黄帝时,大星如虹,下流华渚,女节梦接,意感而生白帝朱宣。(《玉函山房辑佚书》辑《春秋纬·元命苞》)

颛顼

瑶光之星如蜺,贯月正白,感女枢幽房之宫,生黑帝颛顼。(《太平御览》卷九引《河图》)

尧

尧母庆都盖大帝之女,生于斗维之野,常在三河东南。天大雷电,有血流润大石之中,生庆都,长大,形象大帝……年二十,寄伊长孺家。无夫,出观三河。奄然阴风,赤龙与庆都合,有娠尧而生尧。(《绎史》卷九引《春秋合诚图》)

(尧)母陈锋氏女,曰庆都,感赤龙,孕十四月而生尧于丹陵。(《汉书人表考》卷一)

舜

舜母握登,感大虹而生舜。(《宋书符瑞志》)

舜父在家贫厄,邑市而居。舜父夜卧,梦见一凤凰,自名为鸡,口衔米以哺,已言鸡为子孙,视之,是凤凰。(《法苑珠林》卷六二、《绎史》、刘向《孝子传》)

禹

禹母修己,吞神珠如薏故,胸拆生禹。(《世本·帝系篇》)

禹父鲧者,帝颛顼之后。鲧娶于有莘氏之女,名曰女嬉。年壮未孳,嬉于砥山,得薏苡而吞之,意若为人所感,因而妊孕,剖胁而产高密。(《吴越春秋·越王无余外传》)

女狄暮汲石纽山下泉,水中得月精如鸡子,爱而含之,不觉而吞,遂有娠,十四月,生夏禹。(《太平御览》引《〈遁甲开山图〉荣氏解》)

第四节 四 灵

合符釜山之后,作为社会群体的标志和象征,各个部落都升起了威武的龙旗,天外富有超自然神秘力量的神龙,成为华夏大地的保护神,天下人们统一了信仰,共同确定了黄帝的领导权,龙的传人自此成为中华民族的集体意识。

随着生产力的发展和社会制度的变迁,龙图腾逐渐失去其产生时的功利意义和巫祝神秘色彩,但作为一种意识形态,它却演化为一种特殊的文化信仰和风俗习惯,而被自觉保留在民族精神、审美意识和艺术文化的深层结构中,构成该民族传统文化的重要遗传机制和审美意识。夏朝的旗帜为龙旗,旗上绘有蛟龙;商朝的旗帜上,除日月之外,也有两条龙。自汉代以后,龙不仅成为皇权的标志和象征,而且成为中华民族的标志和象征。直至清代,仍在国旗上绘龙。

从一开始,龙就是作为一种权力意识和政治权威的象征符号而出现的产物。由蛇到龙的进化,就内蕴着轩辕黄帝争取更多人支持的政治智慧。黄帝一统天下,借用和延续远古巫术的神秘主义,不断为龙增加秉持天意、通天彻地的神性,最终与皇权融合,以增强其为皇权正统背书的权威性，实现皇权神授的统治合法性。

有持续的皇权加持和帝国制度保障，龙的封神之路宽阔而笔直，几千年来，龙没有一刻离开过中国人的生活，不论朝野士庶都将它尊为动物之长乃至万灵之长。春秋时期的五行思想，对龙神信仰产生重要影响。据《史记·封禅书》记载："黄帝得土德，黄龙地螾见。夏得木德，青龙止于郊……今秦变周，水德之时。昔秦文公出猎，获黑龙，此其水德之瑞。"这里的赤、黄、青、白、黑五色龙与水、金、木、火、土五行相对应，五色龙与统治者是否顺应天命关系密切，被统治者看成是天命之符。

五色神龙的"龙见"，如果与当朝五行、方位等相宜，即为祥瑞；而与当朝五行属性相冲，即是凶兆。对五龙神的崇拜，颇多灵验，在唐代进入官祭行列："至开元修理五岳、四渎……祭五龙神。"《三教源流搜神大全》载，唐代阳城出守道州，途经襄阳，有五老人前来迎接，自称春陵人，居于城西北五里处。阳城以帛相赠。至道州遂访其居处，只见五龙井，其所赠帛犹存。于是立庙以祀之，屡显灵异之事。五龙神庙在道州五龙井侧，庙额为"崇应"。庙中有前人题诗，因五龙井，遂称五老人为五龙神，亦称道州五龙神。

到战国时期，星相学已经十分发达，二十八星宿体系已经出现，星宿信仰和五行信仰开始结合，出现了四灵：青龙、白虎、朱雀、玄武。汉戴圣《礼记·礼运》明确记载："麟、凤、龟、龙，谓之四灵。"最终，四灵升华为昆仑丘四灵神兽，奉为中华大道风水形成的源头——左青龙昆仑丘，右白虎不周山，前朱雀凤凰岭，后玄武鳌背山。

四灵起源于古人对星辰的原始崇拜，《论衡·物势篇》中阐释说："东方木也，其星苍龙也；西方金也，其星白虎也；南方火也，其星朱雀也；北方水也，其星玄武也。天有四星之精，降生四兽之体。"中国古时的人们将天空分成东、南、西、北这四个区域，根据随物赋形的想象，将东方群星想象为苍龙的形象，称为苍龙象，北方玄武象，西方白虎象，南方朱雀象，统称为四象。"苍龙、白虎、朱雀、玄武，天之四灵，以正四方。"（《三辅黄图》）朱雀，是将井宿到轸宿想象为鸟，将柳宿想象为鸟嘴，将星宿想象为鸟颈，将张宿想象为嗉，将翼宿想象为羽翮。

随着阴阳五行学说的出现，人们又将四神的形象与阴阳五行五方五色相配，因此又有东方青之龙、西方白之虎、南方朱之雀、北方玄之武的说法。《礼记·曲礼上》曰："行，前朱鸟而后玄武，左青龙而右白虎，招摇在上。"陈皓注曰："行，军旅之出也。朱雀、玄武、青龙、白虎，四方宿名也。"又曰："旒数皆放之，龙旗则九旒，雀则七旒，虎则六旒，龟蛇则四旒也。"这种特定的表现形式是将四神的形象分别画在旌旗上，以此强大的仪式感完成强烈的心理暗示，来鼓舞士兵士气。《十三经注疏·礼记·曲礼上》论及其作用时说明，"如鸟之翔，如龟蛇之毒，龙腾虎奋，无能敌此四物"，有顺天应时、得天之助、战无不胜的寓意。

四神的形象在先秦两汉时期有着广泛的用途，如星相家利用它校四时，舆地家利用它辨九州，军事家利用它定方向，《吴子·治兵》在论及三军进止时说："行必左青龙、右白虎、前朱雀、后玄武，招摇在上，从事于下。"汉代建筑上广泛使用四灵瓦当，以期神人感应，保护守卫宅院。四神瓦当被严格施用于相应的位置上，按其所象征的内容，如象征东方的青龙放于东面的屋檐上，象征南方的朱雀放于南面的屋檐上，象征西方的白虎放于西面的屋檐上，象征北方的玄武放于北面的屋檐上，它们都具备着明确的符号性象征。

不仅世间，幽冥之道亦常用四灵。在汉魏两晋时期的墓葬中，经常可以见到在棺椁、墓壁上刻画青龙、白虎、玄武、朱雀，意在保护守卫墓主人的灵魂能够安全地升天入地，随葬品亦多有龙、虎、朱雀、玄武之类的形象在其上。

青龙，《太上黄箓斋仪》称其为："角宿天门星君，亢宿庭庭星君，氐宿天府星君，房宿天驷星君，心宿天王星君，尾宿天鸡星君，箕宿天律星君。"

它的形象一般为身似长蛇、头像麒麟首、尾像鲤鱼尾、面有长长的须、犄角像鹿角、身上有五个爪子、相貌很威武。青龙因为体态相貌看起来很勇武，所以它的主要作用是被人们当作震慑邪物的神兽，它的形象多装饰在殿门、城门、宫阙上或者是在墓葬中及其建筑和器物上。在墓葬中，它的作用已不是保护墓主人安详升天了，而是为了震慑邪物，守护墓主的灵魂安宁，不被打扰。《道门通教必用集》有云："东方龙角亢之精，吐云郁气，喊雷发声，飞翔八极，周游四冥，来立吾左。"

从汉高祖刘邦牵强附会成为龙生的儿子，历代皇帝均自我标榜为真龙天子，皇帝的象征便与龙的形象密不可分了。

附：

《宋书·符瑞志》所载青龙见国事状

汉章帝元和中，青龙见郡国。

魏明帝青龙元年正月甲申，青龙见郏之摩陂井。帝亲与群臣共观之，既而诏书工图写，龙潜而不见。

魏少帝甘露元年正月辛丑，青龙见轵县井中凡二。甘露元年六月，青龙见元城县界井中。甘露二年二月，青龙见温县井中。甘露三年八月甲戌，黄龙、青龙仍见顿丘、冠军、阳夏县井中。

魏元帝景元三年二月，青龙见轵县井中。

晋武帝泰始元年十二月，青龙二见济阴定陶。泰始元年十二月，青龙见魏郡汤阴。泰始三年四月戊午，有司奏："张掖太守焦胜言，氐池县大柳谷口青龙见。"

晋武帝咸宁五年十一月甲寅，青龙见京兆霸城。

晋武帝太康五年正月癸卯，青龙二见武库井中，帝亲往观之。太康九年十二月戊申，青龙一见鲁国公丘居民井中。

宋武帝永初元年七月，青龙见义兴阳羡。永初元年八月，青龙二见南郡江陵。

白虎，《太上黄箓斋仪》称其为："奎宿天将星君，娄宿天狱星君，胃宿天仓星君，昴宿天目星君，毕宿天耳星君，觜宿天屏星君，参宿天水星君。"作为神话中的西方神灵，其形状为虎，位于天空中的西方，属性为金,色白。

它的形象像虎,色为白色,性格凶猛无比,因此被很多古人认为是高贵的象征,《道门通教必用集》有云:"西方白虎上应觜宿,英英素质,肃肃清音,威摄禽兽,啸动山林,来立吾右。"白虎在神话传说中还是神仙的坐骑,《焦氏易林》载:"驾龙骑虎,周遍天下,为神人使。"

白虎常象征威武的军队,汉之前很多与兵家之事有关的东西大多以白虎命名,如古代军队里的白虎旗和用作调兵勘合的虎符。虎符为中国古代帝王授予臣属兵权和调发军队的信物,铜质、虎形,分左右两半,有子母口可以相合。右符留存中央,左符在将领之手。王若派人前往调动军队,就需带上右符,持符验合,军将才能听命而动,军队不执行执皇帝金符节者行兵令,除非皇帝亲临现场调兵。它盛行于战国、秦、汉时期。

虎符在古代战争中曾发挥了重要的作用,也发生了很多与其相关的故事。《史记》中记载,战国时期的公元前257年,秦国发兵围困赵国国都邯郸,赵平原君因夫人为魏信陵君之姊,乃求援于魏王及信陵君,魏王使老将晋鄙率10万军队救援赵国,但晋鄙畏惧秦国的强大,又命令驻军观望。魏国公子信陵君无忌为了驰援邯郸,遂与魏王夫人如姬密谋,使如姬在魏王卧室内窃得虎符,并以此虎符夺取了晋鄙的军队,大破秦兵,救了赵国。

《三国演义》第五十一回,曹操因赤壁之战兵败北退,诸葛亮则趁南郡空虚,命赵云夺城成功,并且俘获守将陈矫,取得虎符,然后以此虎符诈调荆州守军出救南郡,趁势又由张飞袭取了荆州,接着再用同样的方法调出襄阳守军,乘机由关羽袭取了襄阳。诸葛亮仅凭一个小小的虎符,便把曹兵调开,兵不血刃就夺取了三处城池,而耗费许多钱粮、兵马的东吴周瑜却一无所获。虽是演义,但也充分表明了虎符功能的强大。

辟邪方面,白虎一般和青龙联袂出现,一左一右联手辟邪,《风俗通义》有说:"虎者,阳物,百兽之长也,能执搏挫锐,噬食鬼魅。"

《宋书·符瑞志》:"白虎,王者不暴虐则白虎仁,不害物。"

附：

《宋书·符瑞志》所载白虎见国事状

汉宣帝元康四年，南郡获白虎。

汉章帝元和二年以来，至章和元年，凡三年，白虎二十九见郡国。

汉安帝延光三年八月戊子，白虎二见颍川阳翟。

汉献帝延康元年四月丁巳，饶安县言白虎见。又郡国二十七言白虎见。

吴孙权赤乌六年正月，新都言白虎见。赤乌十一年五月，鄱阳言白虎见。

晋武帝泰始元年十二月，白虎见河南阳翟。泰始元年十二月，白虎见弘农陆浑。泰始二年正月己亥，白虎见辽东乐浪。泰始二年正月辛丑，白虎见天水西。

晋武帝咸宁三年二月乙丑，白虎见沛国。晋武帝太康元年八月，白虎见永昌南罕。太康四年七月丙辰，白虎见建平北井。太康十年十月丁酉，白虎见犍为。

晋成帝咸和八年五月己巳，白虎见新昌县。晋简文帝咸安二年三月，白虎见豫章南昌县西乡石马山前。

晋孝武太元十四年十一月辛亥，白虎见豫章郡。太元十九年二月，行巩令刘启期言白虎频见。太元十九年二月，行温令赵邵言白虎频见。

晋安帝隆安五年十一月，襄阳言驺虞见于新野。

宋武帝永初元年八月癸巳，白虎见枝江。

少帝景平元年十月，白虎见桂阳耒阳。

文帝元嘉十九年十月，白虎见弋阳、期思二县，南豫州刺史武陵王骏以闻。元嘉二十五年二月己亥，白虎见武昌，武昌太守蔡兴宗以闻。元嘉二十五年十一月丁丑，白虎见蜀郡二，赤虎导前，益州刺史陆徽以闻。元嘉二十六年四月戊戌，白虎见南琅邪半阳山，二虎随从，太守王僧达以闻。

孝武孝建三年三月壬子，白虎见临川西丰。

朱雀，《太上黄箓斋仪》卷四十四称南方朱雀星君的朱雀为："井宿天井星君，鬼宿天匮星君，柳宿天厨星君，星宿天库星君，张宿天秤星君，翼宿天都星君，轸宿天街星君。"作为南方神灵，形状像鸟，属性为火，色赤，又被称为朱鸟。《道门通教必用集》云其形象为："南方朱雀，从禽之长，丹穴化生，碧雷流响，奇彩五色，神仪六象，来导吾前。"

朱雀即凤凰，在古代被人们尊称为鸟中之王，是祥瑞的象征。它最初是商族部落所崇拜的图腾。《史记·殷本纪》中也提到："殷契，母曰简狄，有娀氏之女，为帝喾次妃。三人行裕，见玄鸟坠卵，简狄取吞之，因孕生契。"

传说中朱雀象征着天下太平，所以朱雀在古代的影响力与龙的影响力并驾齐驱，因此它的形象也成为汉代谶纬玄学的一项重要的内容。

《宋书·符瑞志》中有："赤雀，文王时衔丹书来至。"《艺文类聚》引《瑞应图》中有："赤雀者，王者动作应天时，则衔书来。"从古至今，凤凰都是祥瑞。

玄武，《太上黄箓斋仪》称其为："斗宿天庙星君，牛宿天机星君，女宿天女星君，虚宿天卿星君，危宿天钱星君，室宿天廪星君，壁宿天市星君。"

玄武的形象是一蛇绕龟，比喻为阴阳交感，正所谓"雄不独处，雌不孤居，玄武龟蛇，蟠虬相扶，以明牝牡，毕竟相胥"。玄武属性为水，色玄。《道门通教必用集》云其形象为："北方玄武，太阴化生，虚危表质，龟蛇台形，盘游九地，统摄万灵，来从吾右。"

为何称为"玄武"，《楚辞·补注》考证说，"玄武为龟蛇，位于北方故曰玄，身有鳞甲故曰武"。

《宋书·符瑞志》："灵龟者，神龟也。王者德泽湛清，渔猎山川，从时则出。五色鲜明，三百岁游于蕖叶之上，三千岁常游于卷耳之上，知存亡，明于吉凶。"

玄武，也被人们称为真武大帝，亦称荡魔天尊，不仅是水神还是司命之神，是道教的主神之一，真武大帝名叫"叶光纪，精为玄武"(《重修纬书集成》卷六《河图》)，修炼于武当，威名响镇于北方。

附：

《宋书·符瑞志》所载玄武见国事状

灵龟者，神龟也。王者德泽湛清，渔猎山川，从时则出。五色鲜明，三百岁游于蕖叶之上，三千岁常游于卷耳之上。知存亡，明于吉凶。禹卑宫室，灵龟见。玄龟书者，天符也。王者德至渊泉，则锥出龟书。

魏文帝初，神龟出于灵池。

吴孙权时，灵龟出会稽章安。

魏元帝咸熙二年二月甲辰，朐县获灵龟以献。

晋长沙王乂坐同产兄楚王玮事，徙封常山，后还复国。在常山穿井，入地四丈，得白玉方三四尺。玉下有大石，其中有龟长二尺余，时人以为复国之祥。

宋文帝元嘉十九年四月戊申，白龟见吴兴余杭，太守文道恩以献。元嘉二十年四月辛卯，白龟见吴兴余杭，扬州刺史始兴王浚以闻。元嘉二十四年十月甲午，扬州刺史始兴王浚获白龟以献。

孝武帝大明三年三月戊子，毛龟见宣城广德，太守张辨以献。大明四年六月壬寅，车驾幸籍田，白龟见于千亩，尚书右仆射刘秀之以献。大明七年八月乙未，毛龟见新安王子鸾第，获以献。

明帝泰始二年八月丙辰朔，四眼龟见会稽，会稽太守巴陵王休若以献。泰始二年八月丙寅，六眼龟见东阳长山，文如爻卦，太守刘勰以献。泰始六年九月己巳，八眼龟见吴兴故鄣，太守褚渊以献。明帝泰豫元年十月壬戌，义兴阳羡县获毛龟，太守王蕴以献。

第五节 龙 凤

三国演义，罗贯中并称诸葛亮、庞统为"卧龙凤雏"，一时风行天下，不仅对仗工整，充满故事性，而且契合民间对龙凤呈祥组合没有来由的偏好，所以才易于传播。

刘备在荆州之时，水镜先生司马徽便曾对他说过这么一句话："卧龙凤雏，得其一者便可安天下！"可事实是，诸葛亮与庞统最终都投入刘备麾下，刘备依然没能安得天下，龙凤并未呈祥，这似乎也应了龙凤生拉硬扯的拉郎配，不合天道的寓意。

凤凰是传说中的一种瑞鸟，是四灵之一，为五行离火臻化为精的神灵，《春秋演孔图》为其定义"凤，火精"，《春秋元命苞》亦云"火离为凤""有羽之虫三百六十，而凤凰为长"。《毛诗陆疏广要》释之云："龙乘云，凤乘风……众鸟偃服也。"凤凰于飞，群鸟随从，是吉祥和谐的象征，天下安宁才有凤凰现身的盛景，《说文》释凤云："凤，神鸟也。天老曰：凤之象也，鸿前鹿后，蛇颈鱼尾、鹳颡鸳思、龙文虎背、燕颔鸡喙、五色备举，出于东方君子之国，翱翔四海之外，过昆仑，饮砥柱，濯羽弱水，莫宿风穴，见则天下大安宁。"

汉宣帝甘露三年二月，西汉发生了凤凰大祥瑞，凤凰集新蔡，群鸟四面行列，皆向凤凰立，以万数。这一年，40岁的汉宣帝再也不是20年前被霍光胁迫，连自己患难皇后许平君都不能保护的年轻皇帝了，甘露三年他不仅接受了南匈奴归降，敕画麒麟阁十一功臣，"孝宣之治"已致盛世之象。凤凰现世，乃是实至名归之誉，当然，和龙见一样，这天下吉凶之兆，亦是天下人对当朝皇帝的评价。

和龙见不一样，凤凰是单纯的吉祥之兆，因此历来受朝堂和江湖的一致欢迎。汉安帝延光三年二月，车驾东巡。其月戊子，凤凰集济南台县丞霍收舍树上，皇帝御赐台长嶷帛十五匹，收二十匹，尉半之，吏卒人三匹；凤凰所过亭部，无出当年田租，赐男子爵人二级。

凤凰和龙一样，亦是一种虚拟的神物，形象构成亦是来自多种动物，鹿、蛇、鱼、虎是它们共同的取象对象，按照古人的描绘，凤凰类孔雀，但又杂糅其他动物的特点，据《太平御览》卷九一五中描摹，凤凰头像天，目像日，背像月，翼像风，足像地，尾像纬，所言都是很厉害的比喻，但却抽象难明。对其描写较为详细的文献，还属《宋书·符瑞志》：

> 凤凰者，仁鸟也。不刳胎剖卵则至。或翔或集。雄曰凤，雌曰凰。蛇头燕颔，龟背鳖腹，鹤颈鸡喙，鸿前鱼尾，青首骈翼，鹭立而鸳鸯思。首戴德而背负仁，项荷义而膺抱信，足履正而尾系武。小音中钟，大音中鼓。延颈奋翼，五光备举。兴八风，降时雨，食有节，饮有仪，往有文，来有嘉，游必择地，饮不妄下。
>
> 其鸣，雄曰"节节"，雌曰"足足"。晨鸣曰"发明"，昼鸣曰"上朔"，夕鸣曰"归昌"，昏鸣曰"固常"，夜鸣曰"保长"。其乐也，徘徊徊徊，雍喈喈喈。
>
> 唯凤皇为能究万物，通天祉，象百状，达王道，率五音，成九德，备文武，正下国。故得凤之象，一则过之，二则翔之，三则集之，四则春秋居之，五则终身居之。

从以上典籍可见，从一开始凤凰就和麒麟一样，是雌雄统称，雄为凤，雌为凰。但逐渐地，一股集体执拗之力，生生认为龙与凤符合中国古典的阴阳之说，就像世间的天与地、夫与妻一样，因为对方的存在才能保持平衡和谐，因此龙凤往往联袂出现在婚礼大典、男女情事上，并作为阴阳平衡和谐之后的吉祥、美满的象征，创造、固化和习惯了龙凤呈祥、龙飞凤舞、龙翰凤翼、龙驹凤雏、龙蟠凤逸、龙跃凤鸣、伏龙凤雏、龙眉凤目、龙章凤姿、描龙绣凤等成语。《尚书》孔颖达疏谓："凤见龙至，为成功之验。"

殊不知，这种将龙与凤拉郎配，应该是中国传统文化中最大的误会了。凤为雄，凰为雌，自古早有定论，司马相如的名篇《凤求凰》有"凤兮翱翔兮，四海求凰；无奈佳人兮，不在东墙"句，这里司马相如将自己比为凤,将他的爱人卓文君比为凰。所以,"凤凰"一词的构成跟"鸳鸯"一样,"鸳"为公,"鸯"为母,两个字合起来才是一家"鸟"。《禽经》云:"凤禽,鸢类。越人谓之风伯。飞翔,则天大风。"可见凤乃禽类,只栖梧桐;而龙能上天、下地、入水,完全是一派三栖野兽的做派,内心狂野,表面猖狂,甚至忽而有形,忽而无形,让人难以捉摸。飞禽和兽类怎可跨物种配对?

再从五行来看,亦是不能呈现的格局。龙的五行属木,位于东方,色青;凤凰属火,位于南方,色红。明显的是火克木,二者只有相克而无相生的关系,而且红绿配,扎眼诛心哪。

但,无论怎么不可理喻,龙和凤就那么不管不顾地在一起了,而且联袂构成了独特而深入中国人人心和骨髓的龙凤文化,成为中国传统文化中极为重要的一部分。迄今,新人结婚的吉祥物担当,仍然是龙凤,传统家庭仍然是望子成龙、望女成凤,雷打不动。

为何龙与凤常常并存被人们提及,这恐怕得追溯到图腾崇拜,闻一多曾说:"就最早的意义说,龙与凤代表着我们古代民族中最基本的两个单元——夏民族和殷民族。"也就是说,龙是原始夏人的图腾,凤是原始殷人的图腾,因此把龙凤当成我们民族发祥和文化肇端的象征。我们知道龙的神性是喜飞、好飞、通天、善变、灵异、征瑞、兆祸、示威。那么凤到底有什么样的属性呢?凤被称为百鸟之王,相对于众麟之长的龙。二者在古代人们心目中同样尊贵,同样具有神性。凤象征着欣喜、安宁与高贵。于是,一些成语中"龙"和"凤"同时出现,以增强和聚集其尊贵的能量,正如,龙凤呈祥,指吉庆之事;龙肝凤脑,形容极端珍贵的食材;龙眉凤目,形容贵人相貌不同寻常,有大福大贵之意;龙飞凤翔,比喻仕途得意,飞黄腾达。由此可见,龙凤同时出现都表示吉祥、高贵、高升等积极的意义。

现在已知最早的龙凤合体,源自商朝的龙凤冠人形玉佩;而龙凤并提的滥觞,大约要算孔子见礼老子互相恭维对方的那段话:

第三章 龙见天气

孔子去，谓弟子曰："鸟，吾知其能飞；鱼，吾知其能游；兽，吾知其能走。走者可以为罔，游者可以为纶，飞者可以为矰。至于龙，吾不能知，其乘风云而上天。吾今日见老子，其犹龙邪！"

老子见孔子从弟子五人，问曰："前为凤与凰谁？"对曰："子路为勇。其次子贡为智，曾子为孝，颜回为仁，子张为武。"老子叹曰："吾闻南方有鸟，其名为凤……凤鸟之文，戴圣婴仁，右智左贤。"

孔子称赞老子是乘风云直上九天、变化莫测的龙，老子则称赞孔子是贤德仁爱的凤鸟。

如果说，春秋时的龙凤并提尚在品德层面，尚不涉及性别区分，那么到了秦朝，凤就逐渐走偏，逐渐朝女性化装饰和指代女性的方向发展。

秦始皇曾命令后妃着凤头凤钗凤头履，这是史料中凤凰最早用于女子的地方。但在汉代之前，凤与龙一样，主要还是男性化的物象，用来称赞圣贤，少见于女子。

汉代之后的龙凤，不再是圣贤的代称。龙因刘邦自称赤龙所生而与皇家扯上关系，是以，后来的皇帝们开始逐渐被称为真龙天子。真龙天子，自然是阳性和男性的象征。这时的凤依旧有其自身性别，雄鸟为凤，雌鸟为凰，《凤求凰》即为凤鸟追求凰鸟。名字中带有凤字的，亦多为男性。《水经注》有《曹凤》篇，记："后汉建武中，曹凤字仲理，为北地太守。政化尤异。黄龙见于九里谷高冈亭，角长二丈，大十围，梢至十余丈。天子嘉之，赐帛百匹，加秩中二千石。"

这时的夫妻和谐、婚姻美满的标志，还是雄凤雌凰的正常搭配，还没有龙什么事情。汉代刘向《列仙传》载，春秋时，有一华山隐士叫萧史，善吹箫，能以箫作鸾凤声。偶遇秦穆公之女弄玉，恰好弄玉也十分喜爱吹箫，知音相遇，喜结伉俪，住在凤台，每日由萧史教弄玉吹凤鸣之声，终于引来凤凰一群，萧史和弄玉双双乘鸾跨凤，升天而去。从此萧史弄玉吹箫引凤的故事世代相传，成为夫妻美满婚姻的象征。

到了唐代，凤凰开始大范围地指代女性，无论是妃嫔公主还是贫女歌姬，都可被喻为凤凰。同时，唐代妇女在日常生活中也大量使用了凤纹装饰衣服和家具，女子的住处也被冠以凤楼的美称，武则天曾想在明堂内供奉宝凤。

此时，凤凰依旧可以用来指代男性，"凤辇""凤驾"曾用以称呼皇帝的车驾，皇帝既穿龙袍，也会穿凤凰衫。

宋时，皇帝的车舆中依旧会有凤纹装饰，仅次于龙纹装饰，皇帝也会坐凤辇。此时的后妃车舆则以凤饰为主，后妃的衣服也以凤饰为主。

直到明代，皇帝与后妃的车舆在凤纹的使用上，才有了十分明确的区分。皇帝不再乘坐凤辇，装饰中也很少见凤纹。而后妃的车舆则全部用凤纹来装饰。此时皇帝的冕服上有龙无凤，皇后的冠服上有龙有凤，妃嫔的冠服上则是有凤无龙了。

上有所好，下必效之，民间将凤凰女性化贯彻得更加彻底，凤字开始逐渐作为女子的名字出现。"凤"彻底从"男儿郎"变成了"女娇娥"。而基于男女配对性质的龙凤搭配，鲜见于唐之前，在唐代以及两宋时期发展，于明代才出现明确的分野，完成龙凤呈祥的心理建设，成为约定俗成的传统。

不论如何变化，凤凰吉祥和永生征兆始终没有改变，凤凰留下了千古的见证。

周文王时期，在陕西凤翔、岐山一带，就有"凤凰集于岐山，飞鸣过雍"，自此周朝遂兴的传说，留下凤鸣岐山的千古吉兆。

唐安史之乱之时，唐明皇李隆基被迫出逃蜀地，至雍城，雍城因年久失修，城墙坍塌，守城太守心急如焚，动员全城百姓筑以新城进行防御，无奈新城筑起就塌，无法筑成。这一夜，天降瑞雪，皑皑一片。一只凤凰驾着祥云悄然落在雍城，在城西北角的三眼清泉边，引颈品饮清冽甘爽的清泉水，之后踏雪绕城行走数里，一声长鸣，振翅而去。有人将此事禀报太守，太守忙率人前往察看，果然有凤足印迹绕城一周。太守大喜，认为这才是新城理想的选址，忙组织人力筑之。新筑之城果然一牢永固，不再倒塌。"安史之乱"平定之后，公元677年，"（唐）至德初置凤翔府，取凤鸣岐山之义"（《雍胜略》），沿用至今。

附：

《宋书·符瑞志》所载凤凰见国事状

汉昭帝始元三年十月，凤皇集东海，遣使祠其处。

汉宣帝本始元年五月，凤皇集胶东。本始四年五月，凤皇集北海。

汉宣帝地节二年四月，凤皇集鲁，群鸟从之。

汉宣帝元康元年三月，凤皇集泰山、陈留。元康四年，南郡获威凤。

汉宣帝神爵二年二月，凤皇集京师，群鸟从之以万数。神爵四年春，凤皇集京师。神爵四年十月，凤皇十一集杜陵。神爵四年十二月，凤皇集上林。

汉宣帝五凤三年三月辛丑，神鸟集长乐宫东阙树上，又飞下地，五采炳发，留十余刻。

汉宣帝甘露三年二月，凤皇集新蔡，群鸟四面行列，皆向凤皇立，以万数。

汉光武建武十七年十月，凤皇五，高八九尺，毛羽五采，集颍川郡，群鸟并从行列，盖地数顷，留十七日乃去。

汉章帝元和二年以来，至章和元年，凡三年，凤皇百三十九见郡国。

汉章帝元和中，神鸟见郡国。

汉安帝延光三年二月，车驾东巡。其月戊子，凤皇集济南台县丞霍收舍树上，赐台长巤帛十五匹，收二十四，尉半之，吏卒人三匹；凤皇所过亭部，无出今年田租；赐男子爵人二级。

延光三年十月壬午，凤皇集京兆新丰西界槐树。

汉桓帝建和元年十一月，凤皇见济阴己氏。

汉灵帝光和四年秋，五色大鸟见新城，群鸟随之。民皆谓之凤皇。

汉献帝延康元年八月，石邑县言凤凰集。又郡国十三言凤凰见。

吴孙权黄武五年七月，苍梧言凤凰见。

孙权黄龙元年四月，夏口、武昌并言凤凰见。

吴孙亮建兴二年十一月，大鸟五见于春申。

吴孙皓建衡四年正月，西苑言凤凰集。

晋武帝泰始元年十二月，凤凰见上党高都。泰始元年十二月，凤凰二见河南山阳。泰始元年十二月，凤凰三见冯翊下邽。

晋穆帝升平四年二月辛亥，凤凰将九子见郾乡之丰城。十二月甲子，又见丰城，众鸟随从。升平五年四月己未，凤凰集泗北，至于辛酉。百姓聚观之。

宋武帝永初元年七月戊戌，凤凰见会稽山阴。

文帝元嘉十四年三月丙申，大鸟二集秣陵民王颛园中李树上，大如孔雀，头足小高，毛羽鲜明，文采五色，声音谐从，众鸟如山鸡者随之，如行三十步顷，东南飞去。扬州刺史彭城王义康以闻。改鸟所集永昌里曰凤凰里。

孝武帝孝建元年正月庚申，凤凰见丹徒篾贤亭，双鹄为引，众鸟陪从。征房将军武昌王浑以闻。

第六节　兵　骑

龙之有灵，被民间大量类比使用，但龙之灵异的方向，仍是紧扣龙的原始功能——坐骑和具威猛杀伤力和震慑力的武力，具体引申为坐骑和神兵。

晋葛洪《神仙传·壶公》有言："房忧不得到家，公以一竹杖与之，曰：'但骑此得到家耳。'房骑竹杖辞去，忽如睡觉，已到家……视之，唯一竹杖，方信之。房所骑竹杖，弃葛陂中，视之乃青龙耳。"说费长房从壶公学仙，辞归之时，壶公以一竹杖嘱咐骑行归家，忽以归，原来，竹杖是一条青龙，正是"长房回到葛陂中，人已登真竹化龙"。壶公竹杖化龙，驱使青龙供人骑乘，可见其神仙之道高深莫测。由此，"竹杖化龙"意即得道成仙的美称。

《列仙传》中亦有曰:"呼子先者,汉中阙下卜师也,寿百余年。夜有仙人,持二竹竿来至,呼子先骑之,乃龙也。上华阴山。"

《神仙传》又有苏仙公"所持'苏生竹',固是龙也"。邓德明《南康记》有汉匠陈邻,夜尝乘龙还家,"龙至家辄化青竹杖",俱是从龙在黄帝时代的骑乘工具获得功能传承。

龙化神兵的传说,以双剑化龙流传最为广泛,典出于《晋书·张华传》:

> 初,吴之未灭也,斗牛之间常有紫气,道术者皆以吴方强盛,未可图也,惟华以为不然。及吴平之后,紫气愈明。华闻豫章人雷焕妙达纬象,乃要焕宿,屏人曰:"可共寻天文,知将来吉凶。"因登楼仰观,焕曰:"仆察之久矣,惟斗牛之间颇有异气。"华曰:"是何祥也?"焕曰:"宝剑之精,上彻于天耳。"华曰:"君言得之。吾少时有相者言,吾年出六十,位登三事,当得宝剑佩之。斯言岂效与!"因问曰:"在何郡?"焕曰:"在豫章丰城。"华曰:"欲屈君为宰,密共寻之,可乎?"焕许之。华大喜,即补焕为丰城令。焕到县,掘狱屋基,入地四丈余,得一石函,光气非常,中有双剑,并刻题,一曰龙泉,一曰太阿。其夕,斗牛间气不复见焉。焕以南昌西山北岩下土以拭剑,光芒艳发。大盆盛水,置剑其上,视之者精芒炫目。遣使送一剑并土与华,留一自佩。或谓焕曰:"得两送一,张公岂可欺乎?"焕曰:"本朝将乱,张公当受其祸。此剑当系徐君墓树耳。灵异之物,终当化去,不永为人服也。"华得剑,宝爱之,常置坐侧。华以南昌土不如华阴赤土,报焕书曰:"详观剑文,乃干将也,莫邪何复不至?虽然,天生神物,终当合耳。"因以华阴土一斤致焕。焕更以拭剑,倍益精明。华诛,失剑所在。焕卒,子华为州从事,持剑行经延平津,剑忽于腰间跃出堕水,使人没水取之,不见剑,但见两龙各长数丈,蟠萦有文章,没者惧而反。须臾光彩照水,波浪惊沸,于

是失剑。华叹曰："先君化去之言，张公终合之论，此其验乎！"

故事发生在1700年前，传说在晋惠帝时，尚书、关内侯张华派遣雷焕寻找宝剑，雷焕在江西丰城得到古代名剑"龙泉"和"太阿"，将一剑送给张华，一剑自己佩带。不久，张华被人害死，"龙泉"穿过屋顶飞去，不知所踪。后来雷焕临终将"太阿"传给儿子雷华。后来，雷华佩带"太阿"外放路经延平津，腰间"太阿"忽然跳出剑鞘纵入河中。船夫在江底苦寻不着，却见雌雄两条龙交缠在一起。两把神剑就这样在延平津化成了龙。明才子徐渭在舟过延平津时有感题咏："为龙为剑非二物，或合或离何所因。"

剑为百兵之首，名剑自古就有神奇，化龙仅是一例，而其去向甚至可以昭示一国兴衰。排名古今名剑首位的"湛卢剑"，为春秋时期铸剑名匠欧冶子所铸，汉袁康《越绝书》卷十一《外传记宝剑》载"欧冶乃因天之精神，悉其伎巧，造为大刑三，小刑二：一曰湛卢，二曰纯钧，三曰胜邪，四曰鱼肠，五曰巨阙"，是为五大名剑。欧冶子是当时有名的铸剑师，他跟干将是师兄弟，干将铸造的干将、莫邪剑被吴王视为宝贝，而欧冶子则为勾践的父亲越王允常铸造了五大名剑。湛卢"剑之成也，精光贯天，日月争耀，星斗避彩，鬼神悲号"，这把剑锋利异常，毫及锋而逝，铁近刃如泥，举世无可匹者。

湛卢不仅锋利，而且非常有性格。湛卢在允常死后被勾践拥有，吴王阖闾将勾践打败，于是湛卢就到了吴王阖闾手上，但是吴王阖闾无道，杀王僚自立，又坑杀万人以殉其女，吴人悲怨，岂能得湛卢？于是湛卢从阖闾手中离奇消失。

《东周列国志》记述了湛卢的去向，楚昭王一天早晨在他的枕边发现这把寒光闪闪的宝剑，相剑者入宫解惑说：此乃"湛卢"宝剑，湛卢所在之国，其国祚必绵远昌炽。楚昭王大悦："此乃天降瑞兆也！"可见，湛卢宝剑已成为预示国家兴亡的神物了。历史在刀光剑影中向前流转，吴国和越国相继灭亡，而湛卢剑几经辗转流传，在唐朝时候，为薛

第三章 龙见天气

仁贵所得，助其攻灭隋朝。而到南宋，湛卢又为岳飞所得，随岳飞直捣黄龙，也是湛卢宝剑得偿所愿，惜乎岳飞被害功败垂成，湛卢剑遂不知所终至今。后人有题咏曰："斗间瞻气有双龙，人间何处问欧冶？欧冶一去几春秋，湛卢之剑亦悠悠。"

岳飞另一件神兵——沥泉神枪，更是神灵所钟。《说岳全传》称，此枪长一丈八尺，乃灵蛇所化。如果是按照演义小说的描写，那沥泉枪的故事就更加神奇而好看——

话说，宋徽宗赵佶原本是天庭长眉大仙被贬下凡，玉帝派赤须龙下凡，来祸乱大宋江山。赤须龙投胎转世，就是后来岳飞一生的对手金兀术。而岳飞的前世，便是西天如来佛祖法座下的金翅大鹏鸟。某次灵山法会，佛祖正在为众僧宣讲佛法。一只听佛祖宣讲佛法的老鳖竟然打起了瞌睡，护法的大鹏鸟认为老鳖对佛祖不尊，当场和老鳖厮打了起来，动了嗔念，佛祖便将大鹏鸟和老鳖贬下了红尘，老鳖投胎转世之人便是秦桧。

长大成人后的岳飞拜铁臂大侠周侗为师，很快就学得了一身惊人的武艺。但弓马娴熟、骑战出众的岳飞却没有一趁手的兵器。随后岳飞偶遇陈抟老祖得知，沥泉山沥泉洞中有一件盖世神兵，但神兵附近有猛兽出没，艺高人胆大的岳飞，决定探秘沥泉洞取走盖世神兵。

岳飞进入沥泉洞后，发现所谓的盖世神兵竟然是传说中的湛卢宝剑。就在岳飞想要取走宝剑时，一条剧毒大蛇从旁蹿出想要吞食岳飞。岳飞本是以龙蛇为食的金翅大鹏鸟，区区大蛇自不是对手。说时迟那时快，恼羞成怒的大蛇张开血盆大口，望着岳飞扑面撞来，岳飞连忙把身子一侧，让过蛇头，趁势将蛇尾一拖，一个霹雳，定睛看时，手中哪里是大蛇，却分明是一条丈八长的蘸金枪，枪杆镌刻"沥泉神矛"四字。

后来岳飞正是仗着手中沥泉枪和湛卢剑成就了不世威名。就在岳飞和他麾下的岳家军即将直捣黄龙府迎徽、钦还朝时，老鳖精转世的秦桧不断构陷，宋高宗赵构先后发出十二道金牌令箭，急招岳飞还朝。悲愤不能报国杀敌的岳飞，在钱塘江渡突遇狂风四起，一条似鱼似蛟的怪物想要掀翻岳飞乘坐的船只。挺枪激战怪物的岳飞,竟然不小心将沥泉枪掉入江水中,从此不知所踪,岳飞亦在失枪后丢命。

　　故事虽则神奇,但所讲道理相同。龙蛇,似乎代表着主人的道行和运势,预示着上天安排的命运,似也是"龙见"的逻辑。

第三章　龙见天气

第二回 龙 王

上古神龙，人格化之后，就成了富有烟火气的龙王，少了威严多了人情，少了神气多了感情。特别是《西游记》中的四海龙王，就像九天落入隔壁的老头邻居，有七情六欲，有七大姑八大姨，胆小、懦弱、猥琐、油滑，但也藏着那么一丝可爱和亲切。

如果说"龙"代表着一种神兽信仰，那么，"龙王"就代表着一种人神信仰。

第一节 盛名之下

"龙王"的形象，经由《封神演义》《西游记》的塑造和传播，方才大热为司水之神，自此深入人心，取代此前的水神河伯。大家最为熟悉的，还是《西游记》中的四海龙王，循着来处，来看看被美猴王上门讨要兵器披挂，龙王的高光出场：

> ……各样妖王，共有七十二洞，都来参拜猴王为尊……四猴道："我们这铁板桥下，水通东海龙宫。大王若肯下去，寻着老龙王，问他要件什么兵器，却不趁心？"悟空闻言甚喜道："等我去来。"
>
> 好猴王，跳至桥头，使一个闭水法，捻着诀，扑的钻入波中，分开水路，径入东洋海底。正行间，忽见一个巡海的夜叉，挡住问道："那推水来的，是何神圣？说个明白，好通报迎接。"悟空道："吾乃花果山天生圣人孙悟空，是你老龙王的紧邻，为何不识？"那夜叉听说，急转水晶宫传报道："大王，外面有个花果山天生圣人孙悟空，口称是大王近邻，将到宫也。"东海龙王敖广即忙起身，与龙子龙孙、虾兵蟹将出宫迎道："上仙请进，请进！"直至宫里相见，上坐献茶毕，问道："上仙几时得道，授何仙术？"悟空道："我自生身之后，出家

修行，得一个无生无灭之体。近因教演儿孙，守护山洞，奈何没件兵器。久闻贤邻享乐瑶宫贝阙，必有多余神器，特来告求一件。"龙王见说，不好推辞，即着鳜都司取出一把大捍刀奉上。悟空道："老孙不会使刀，乞另赐一件。"龙王又着鲌太尉，领鳝力士，抬出一捍九股叉来。悟空跳下来，接在手中，使了一路，放下道："轻，轻，轻！又不趁手！再乞另赐一件。"龙王笑道："上仙，你不曾看这叉，有三千六百斤重哩！"悟空道："不趁手，不趁手！"龙王心中恐惧，又着鲽提督、鲤总兵抬出一柄画杆方天戟。那戟有七千二百斤重。悟空见了，跑近前接在手中，丢几个架子，撒两个解数，插在中间道："也还轻，轻，轻！"老龙王一发害怕道："上仙，我宫中只有这根戟重，再没什么兵器了。"悟空笑道："古人云，愁海龙王没宝哩！你再去寻寻看。若有可意的，一一奉价。"龙王道："委的再无。"

　　正说处，后面闪过龙婆、龙女道："大王，观看此圣，决非小可。我们这海藏中那一块天河定底的神珍铁，这几日霞光艳艳，瑞气腾腾，敢莫是该出现遇此圣也？"龙王道："那是大禹治水之时，定江海浅深的一个定子，是一块神铁，能中何用？"龙婆道："莫管他用不用，且送与他，凭他怎么改造，送出宫门便了。"老龙王依言，尽向悟空说了。悟空道："拿出来我看。"龙王摇手道："扛不动，抬不动！须上仙亲去看看。"悟空道："在何处？你引我去。"龙王果引导至海藏中间，忽见金光万道。龙王指定道："那放光的便是。"悟空撩衣上前，摸了一把，乃是一根铁柱子，约有斗来粗，二丈有余长。他尽力两手挝过道："忒粗忒长些，再短细些方可用。"说毕，那宝贝就短了几尺，细了一围。悟空又掂一掂道："再细些更好。"那宝贝真个又细了几分。悟空十分欢喜，拿出海藏看时，原来两头是两个金箍，中间乃一段乌铁，紧挨箍有镌成的一行字，唤做"如意金箍棒一万三千五百斤"。心中暗喜道："想必这宝贝

第三章　龙见天气

如人意！"一边走，一边心思口念，手掭着道："再短细些更妙！"拿出外面，只有丈二长短，碗口粗细。

你看他弄神通，丢开解数，打转水晶宫里，唬得老龙王胆战心惊，小龙子魂飞魄散，龟鳖鼋鼍皆缩颈，鱼虾鳌蟹尽藏头。悟空将宝贝执在手中，坐在水晶宫殿上，对龙王笑道："多谢贤邻厚意。"龙王道："不敢，不敢！"悟空道："这块铁虽然好用，还有一说。"龙王道："上仙还有甚说？"悟空道："当时若无此铁，倒也罢了，如今手中既拿着他，身上更无衣服相趁，奈何？你这里若有披挂，索性送我一副，一总奉谢。"龙王道："这个却是没有。"悟空道："一客不犯二主，若没有，我也定不出此门。"龙王道："烦上仙再转一海，或者有之。"悟空又道："走三家不如坐一家，千万告求一副。"龙王道："委的没有，如有即当奉承。"悟空道："真个没有，就和你试试此铁！"龙王慌了道："上仙，切莫动手，切莫动手！待我看舍弟处可有，当送一副。"悟空道："令弟何在？"龙王道："舍弟乃南海龙王敖钦、北海龙王敖顺、西海龙王敖闰是也。"悟空道："我老孙不去，不去！俗语谓赊三不敌见二，只望你随高就低的送一副便了。"老龙道："不须上仙去。我这里有一面铁鼓，一口金钟，凡有紧急事，擂得鼓响，撞得钟鸣，舍弟们就顷刻而至。"悟空道："既是如此，快些去擂鼓撞钟！"真个那鼍将便去撞钟，鳖帅即来擂鼓。

少时，钟鼓响处，果然惊动那三海龙王。须臾来到，一齐在外面会着。敖钦道："大哥，有甚紧事，擂鼓撞钟？"老龙道："贤弟，不好说！有一个花果山什么天生圣人，早间来认我做邻居，后要求一件兵器，献钢叉嫌小，奉画戟嫌轻，将一块天河定底神珍铁，自己拿出手，丢了些解数。如今坐在宫中，又要索什么披挂。我处无有，故响钟鸣鼓，请贤弟来。你们可有什么披挂，送他一副，打发出门去罢了。"敖钦闻言，大怒道："我兄弟们点起兵，拿他不是！"老龙道："莫说拿，莫说拿！那块铁，挽着些儿就死，磕着些儿就亡，挨挨儿皮破，擦擦儿筋伤！"西海龙王敖闰说："二哥不可与他动手，且只凑副披挂与他，打发他出了门，启表奏上上天，天自诛也。"北海龙王敖顺道："说的是。我这里有一双藕丝步云履哩。"西海龙王敖闰道："我带了一副锁子黄金甲哩。"南海龙王敖钦道："我有一顶凤翅紫金冠哩。"老龙大喜，引入水晶宫相见了，以此奉上。悟空将金冠、金甲、云履都穿戴停当，使动如意棒，一路打出去，对众龙道："聒噪，聒噪！"四海龙王甚是不平，一边商议进表上奏不题。(《西游记》第三回《四海千山皆拱伏　九幽十类尽除名》)

在第四十五回，《西游记》对四海龙王形象描写为："玉爪垂钩白，银鳞舞镜明。髯飘素练根根爽，角耸轩昂挺挺清。磕额崔巍，圆睛幌亮。"龙王有玉白色的龙爪、银亮的龙鳞、分明的龙须、高大的龙角、外凸的额头、溜圆锃亮的眼睛。

百回《西游记》，有三十回都提到了龙王，师徒四人西行过程中，龙王先后七次出面帮助降雨或降妖。小说中，吴承恩给我们提供了丰富的信息：四海龙王敖姓，有妻女龙亲，守护着应龙祖先追随大禹治水留下的定海神针……与之前高高在上的神灵身份不同，唐之后出现的"龙王"，最为特别的是，龙王能够幻化成人形，参与到人间事务中来，展现世俗化的一面：泾河龙王摇身一变而作白衣秀士，管闲事寻闲气惹闲祸，与袁守诚打赌，反而激来自己违反天条惨遭杀身之祸；宝象国唐僧被化为斑斓猛虎，本为西海龙王敖闰之子的白龙马化身宫女搭救师父。

吴承恩的《西游记》，将龙王形象最终形成并相对稳固下来，后期的很多作品描写与刻画的龙王，都是从《西游记》中寻找原型。不仅如此，《西游记》中刻画的龙王形象逐渐地形成了人们心目中对于龙王的整体认知，可见其影响范围之大、程度之深。在《西游记》中，吴承恩成功地塑造了诸如泾河龙王、四海龙王、小白龙等性格鲜明的龙王形象，这些龙王具有了人化的特点，欺软怕硬（如泾河龙王对袁守诚，东海龙王对孙悟空），畏难惧险（东海龙王动辄向天庭搬救兵求救），龙据此彻底完成了从神灵到龙王的人格化转变。

中国最早的神仙谱系中是没有龙王的，龙王是水神，我们有的是与其职能一样的河伯。古代河伯很厉害，是一个对民间影响很大的神，但是等到龙被封为王后，就降级成为玉帝座下的一个职能神，河伯逐渐就变成了小神，地位远次于龙王。

中国出现"龙王"一词，是印度传入的佛教经文，其中《妙法莲华经》里有"天龙八部"："龙王有八，一难陀龙王，二跋难陀龙王，三沙迦罗龙王，四和修吉龙王，五德义迦龙王，六阿那婆达多龙王，七摩那时龙王，八伏钵罗龙王。"而在《华严经》中记载了"十大龙王"分别是："一毗楼博义龙王，二婆竭罗龙王，三云音妙幢龙王，四焰口海光龙王，五普高云幢龙王，六德义迦龙王，七无边步龙王，八清净色龙王，九普运大声龙王，十无热脑龙王。"

由此可见，明朝的吴承恩在创作《西游记》的时候，忘情于神魔世界，犯了一个时间线上的错误。"龙王"本就是玄奘从印度取回的经书中出现的事物，落地大唐后和中国古代龙神崇拜、海神信仰结合的产物。因此，玄奘启程取经之前，是没有"龙王"的，玄奘是唐太宗李世民时期出发西行取经的，而美猴王去东海龙宫借兵器，之后大闹天宫，再被如来压在五指山下五百年。

按此时间线推算，贞观元年（627）玄奘向唐太宗陈表，请允西行求法，贞观二年（628）开始西行，从五指山下救出孙悟空。朝前推至少五百年，那时至迟是公元128年，正值东汉永建三年，当时曹操正是北方强大的军事集团领袖。那时的龙，东晋顾恺之在《洛神赋图》中为我们描述为四脚健兽，为"矫若惊龙，翩若游鸿"的洛神拉车，稳健行于祥云之上。

驾车的龙的形象，符合魏晋时期龙的特征：体较细长，似虎形，身尾分明。头角略似鹿角。羽翼分有无两种，有翼的龙形状仍旧为鸟翅形。腿为兽类，长。

洛神离去之时，洛神乘六龙骈驾云车，向远方驶去，鲸鲵从水底涌

《洛神赋图》龙车

起围绕在车的左右。六龙、文鱼及鲸的描绘细致,形态生动奔放,云车、云气都在天空中作飞驰状,洛神不停回头望向送别的曹植,眼神中流露出不舍与依恋,人神殊途,含恨别离,这是洛神赋情节的高潮。

但另一种观点认为,中国龙王形象,亦是从自己文化土地上萌芽并生长,最早可见于《山海经》的山神形象逐渐演变为后来的龙王——"神计蒙处之,其状人身而龙首,恒游于漳渊,出入必有飘风暴雨"——这类山神,龙首人身,而且有着掌握风雨的本领。

还有一种雷神的形象,亦有龙王的影子,"雷泽中有雷神,龙身而人头,鼓其腹"。这种人首龙身,具有鼓肚响雷能力的雷神形象,亦让后世在塑造龙王形象时有所借鉴。而其衍生的龙族龙女形象也是最早来源于《山海经》:"又东南一百十里,曰洞庭之山,其上多黄金,其下多银铁,其木多柤、梨、橘、櫾系,其草多菱、蘪芜、芍药、芎藭。帝之二女居之,是常游于江渊。澧沅之风,交潇湘之渊,是在九江之间,出入必以飘风暴雨。是多怪神,状如人而载蛇,左右手操蛇。多怪鸟。"这两位出入时都随风伴雨的女神形象虽然描写比较朦胧,但却为后世的龙女形象的塑造奠定了基础。

第二节 封 王

虽则刘邦不断推动龙和皇权的结合,加强龙的神性,但五百年后,东晋顾恺之仍然把龙画为其最初的皇帝等上古大神的骑乘工具,这说明,龙的形象流变在东晋之前并不明显,所以顾恺之才将龙画为马状,并行马驭之实。可见,美猴王在那个时代入龙宫见龙王,就是一个伪命题，因为那时根本没有龙王，那时的龙，还是神仙的高级交通工具。

龙被敕封为王的身份认同，关键节点是公元751年，传统文化在唐朝发生了巨大的融合与突变。释、儒、道如火如荼地发展，并推动融合，形成了山有山神、地有土地、河有河神、海有龙王的民间神话体系的成型。

推动龙封王的，乃是玄奘取经归来佛经汉译，很多跟佛教有关的神随着佛教的普及迅速火了起来，比如天王与太子，龙王与二郎神。在这之前，龙有四海神、五色龙神，就是没有龙王。受佛教影响，就在"八部天龙"和"十大龙王"的启发下，将四海神变为四海龙王，为什么是四海呢？因为在中国传统观念里，四海八荒就代表了九州天下，如四海晏平即表示天下太平。为应四海概念，于是生造出西海和北海，生生凑成东、南、西、北四海，表示镇守天下四方。

而佛教中的龙，实为大蛇，引入中国后，有一种赤裸裸的凶恶且令人畏惧，于是借用远古大神龙的形象，改称"龙王"。四海龙王的敖姓，最早可追溯到明初杂剧《争玉板八仙过沧海》，这部杂剧是八仙过海故事的源头之一，里面出现了四海龙王，分别为东海龙王叫作敖广、西海龙王叫作敖钦、南海龙王叫作敖闰、北海龙王叫作敖顺。发展到《西游记》时，敖姓保留，名字却稍有不同。

封王以镇天下四方，这与世俗皇权的诉求高度一致，于是，皇权再一次与信仰合谋，将龙王信仰加以皇家确认，以保有和巩固统治和人心，唐玄宗把这个道理想得通透。于是在公元751年隆重其事地敕封四海龙王，《通典》记载：（天宝）十载正月，以东海为广德王，南海为广利王，西海为广润王，北海为广泽王。诏祠龙池，设坛官致祭，以祭雨师之仪祭龙王。祭祀四海龙王被列入国家祭祀典礼，《旧唐书》明载当时规定的礼法：

> 五岳、四镇、四海、四渎，年别一祭，各以五郊迎气日祭之。东岳岱山，祭于兖州；东镇沂山，祭于沂州；东海，于莱州；东渎大淮，于唐州。南岳衡山，于衡州；南镇会稽，于越

州；南海，于广州；南渎大江，于益州。中岳嵩山，于洛州。西岳华山，于华州；西镇吴山，于陇州；西海、西渎大河，于同州。北岳恒山，于定州；北镇医无闾山，于营州；北海、北渎大济，于洛州。其牲皆用太牢，笾、豆各四。祀官以当界都督刺史充。（天宝）十载正月，四海并封为王……太子中允李随祭东海广德王，义王府长史张九章祭南海广利王，太子中允柳奕祭西海广润王，太子洗马李齐荣祭北海广泽王。取三月十七日一时礼册。

五岳四渎历来是帝国祭祀的要所，可见唐朝统治者对龙神非常崇拜。

东海自古就是国人活动的重要场所，南海是海上丝绸之路，对外贸易之所，所以历朝的祭祀里，东海龙王和南海龙王的地位，远远高于西海龙王和北海龙王。古代官方认为四海中，只有东海和南海是有实指的海域，两位龙王领有实职。宋代认为，东海包括现在的渤海、黄海和今东海，甚至南及福建；南海包括现在的整个南中国海，甚至到达东南亚以西。而"其西、北海远在夷貊，独即方州行二时望祭之礼"，西海、北海都在蛮夷之地，所以地位低多了，甚至西海龙王、北海龙王，只能实行望祭。望祭就是没有实际领海，只能做个虚礼代替一下，所以，西海龙王在西渎庙望祭，北海龙王在北渎庙望祭，以西渎代替西海，北渎代替北海。而东海龙王则在山东莱州祭祀，还有登州、密州、明州等地的加庙，南海龙王在广州祭祀。十分类似于大唐帝国国内领土管辖和朝贡体系的管理，唐玄宗把世间和方外管理手法的统一，表明大唐的开阔眼光、心胸和煌煌国势。

自唐开始敕封龙王，历代对龙王的敕封就不断，这是皇权的体现，也是对社稷风雨的祈望。

《新五代史》记载，南吴二年正月，封东海为广德王，江渎广源王，淮渎长源王，马当上水府宁江王，采石中水府定江王，金山下水府镇江王。

第三章 龙见天气

宋太祖沿用唐代祭五龙之制。

《宋会要》记载宋仁宗康定二年（1041）十一月，诏封东海为渊圣广德王，南海洪圣广利王，西海通圣广润王，北海冲圣广泽王。敕建洪圣广利昭顺威显王庙，庙在广南路广州南海龙王祠，其配明顺夫人，徽宗宣和六年（1124）十一月封显仁妃，长子封辅灵侯，次子封赞宁侯，女封惠佑夫人。高宗绍兴七年九月，加封洪圣广利昭顺威显王。

宋徽宗大观二年（1108）诏天下五龙皆封王爵。封青龙神为广仁王，赤龙神为嘉泽王，黄龙神为孚应王，白龙神为义济王，黑龙神为灵泽王。由此形成五方龙王的体系。

清同治二年（1863）又封运河龙神为"延庥显应分水龙王之神"，令河道总督以时致祭。

对龙王的敕封、祭祀纳入国家制度，这说明龙王掌有十分重要的天职，究其根本，还是从诞生以来就自带的水神。中国历来是农业社会，农业是万民之本，尽管有"国之大事，在祀在戎"，但作为生产基础物质的农业却是一切物质活动之根本，并且对于祭祀活动来说，农业祭祀也是其中最重要的一环，而祈求风调雨顺历来都是祭祀的主题。这其中，对于雨神的祭祀尤为重中之重，特别是中国国土幅员辽阔，气候往往失调，华夏民族的祖先之所以恐惧龙，是因为龙卷风是一种灾害气象，能威胁人类的生命和财产安全，但居住在东北、华北、西北的祖先又期盼龙，是因为龙卷风能带来降雨，解除北方的干旱。每当干旱的时节，人们开始祈求龙的降临，带来降雨，逐渐形成了祈雨祭祀文化。

雨神最初并不是龙王，而是雨师。龙王作为操司风雨的神祇，却是天宝十年（751），唐玄宗封四海龙王，并对龙王行雨神祭祀开始大兴。到了北宋大观四年（1110）八月，宋徽宗又分封五方龙王，更丰富了祈雨的对象，为祈雨加了一把火。

随着龙王信仰以皇权册封的形式被进一步确立，全国各地纷纷建起了龙王庙，以供祭祀龙王之用，钱塘顺济龙王，赐额昭应庙，江塘有惠顺庙，龙山有广顺庙，顺济龙王庙在杨村顺济宫，南高峰龙王祠，在荣国寺后钵盂潭、累封曰孚应昭顺侯……《古今图书集成》记载登州广德王庙从唐一直兴盛至明,"贞观年建,中统三十八年修,洪武十八年,指挥谢规监修,学士谢溥记,万历中,参政李本纬、知府徐应元重修"。广德王庙即是东海龙神庙,事实上,四海龙王只有东海龙王修习水系法术,控制雨水、雷鸣、洪灾、海潮等,是绝对的司雨之神,水淹陈塘关即是一证。

南海龙王敖钦,修习火系法术,控制火灾、人间三昧真火、闪电。

西海广泽王敖闰,修习风系法术,操纵风源对流,司掌气候阴凉天气变迁。

北海龙王敖顺,修习雪系法术,掌管雪、冰雹、冷冻、冰霜。

龙王庙所供奉的龙王,形象为龙头人身的人格化形象,与人相似,是能与人交流生活的水神。《太平广记》有《震泽洞》记"洞中有千岁龙能变化,出入人间,有善译时俗之言"。这里的龙王已经可以幻化成人身,可以说人间语言,与人生活,但依然保留着龙头。

第三节 水 神

龙王虽与佛教传入有关,但却是在中国的土地上成长,拥有道教及民间文化的影响。东西南北中五方龙王和四海龙王,不仅在王朝的国家祭祀名单上,而且活跃于《封神演义》《西游记》等民间神话传说与话本小说之中,都是中土性格,拥有着非凡的神力。

龙最为愿众所虔诚信仰的龙的基本职司和神力,始终是能兴云雨、致雷电,或出为庆云,或发为洪水的物候宰。汉代画像石中就已有神龙降雨的图绘,其上刻有双龙喷雨,龙头下各有一人跪地用器皿接雨。

作为兴雨之神,龙诞生于水地,《山海经》记载"帝苑之水出焉,东北流注于瀁,其中多水玉,多蛟……视水出焉,东南流注于汝水,其中多人鱼,多蛟,多颉";凡出行,云必从龙,云是兴雨的必备条件。

龙的功能设定一开始亦是降雨的神兽,《吕氏春秋》载"龙致雨",《三坟》亦有"龙善变化,能致雷雨,为君物化"语。龙王降雨的本领是看家本事,《洛阳伽蓝记》记载"如来在乌场国行化,龙王瞋怒,兴大风雨,佛僧迦梨表里通湿",《全唐文》则有"固有神龙居止,水府司

第三章 龙见天气

存。降景佑放生灵，兴旱涸之风雨"。

《西游记》为我们详细描写了降雨背后龙及神仙们严密配合的兴风作雨的大阵仗："风婆婆见了，急忙扯开皮袋，巽二郎解放口绳。只听得呼呼风响，满城中揭瓦翻砖，扬砂走石……推云童子显神威，骨都都触石遮天；布雾郎君施法力，浓漠漠飞烟盖地……雷公奋怒，电母生嗔。龙施号令，雨漫乾坤。"

龙王与神龙一样，都能兴云致雨，只是天地司雨权全部掌握在玉帝一人之手，龙王是敕封的封疆之王，仅仅是执行降雨的专业部属。《西游记》第八十七回《凤仙郡冒天止雨 孙大圣劝善施霖》故事把其中逻辑讲得十分清楚，凤仙郡郡主踢翻了供奉的神台，引来玉帝暂停凤仙郡的雨水供应。于是，就出现了"一连三载遇干荒，草子不生绝五谷。大小人家买卖难，十门九户俱啼哭。三停饿死二停人，一停还似风中烛"这般惨绝人寰的场景。

经过孙悟空从中斡旋，凤仙郡郡主深深切责："本郡郡主并满城大小黎庶之家，无一家一人不皈依善果，礼佛敬天。"见平民百姓"人人归善"，玉帝降下圣旨，"今启垂慈，普降甘雨，求济黎民"。这里所谓归"善"，其实就是敬天庭。拜天，就是最大的善事。凤仙郡寡雨，其实并不关降雨龙王的事，完全就是天庭借题发挥，对冒犯天庭的凤仙郡稀缺的必需资源——雨水——进行残酷调控，以达到控制人心的目的。这才是重点。

《西游记》第四十一回，东海龙王敖广向孙悟空详细介绍了下雨的流程。龙王道："我虽司雨，不敢擅专，须得玉帝旨意，吩咐在那地方，要几尺几寸，甚么时辰起住，还要三官举笔，太乙移文，会令了雷公电母，风伯云童，俗语云龙无云而不行哩。"第六十九回，龙王道："大圣呼唤时，不曾说用水，小龙只身来了，不曾带得雨器，亦未有风云雷电，怎生降雨？"

背后的操盘者太远，民间百姓不关心，仍然向有降雨能力的龙王祈雨，每逢久旱不雨，百姓便向龙王求雨，祈求普降甘霖，滋养万物。

中国祈雨的源头，可以追溯到殷商时代，有甲骨文卜辞中说："其乍龙于凡田，有雨。"乍龙，就是作土龙求雨。

用土龙的形象求雨成功的案例不少，《山海经·大荒东经》中记载："旱而为应龙之状，乃得大雨。"《淮南鸿烈解·地形训》中记载："磁石上飞，云母来水，土龙致雨，燕雁代飞。"

周代求雨巫术仪式叫作雩祀，《左传·桓公五年》说"龙见而雩"，是说谷雨时节的祭祀活动，《说文解字》曰："雩，夏祭乐于赤帝以祈甘雨。"意为农业生产进入关键时期，举行隆重的祈求龙按时播雨的祭祀仪式称为雩祭，是一种常规的祭祀。为了农业生产而对龙进行祭祀以祈求降雨，可见古人把龙看作是人类生存的护佑者。因此，古人求雨的巫术活动，在民间由习惯而自然，虔诚以降，一直流传。

至唐，人们不仅作龙求雨，"唐代宗朝，京兆尹黎干以久旱，祈雨于朱雀门街。造土龙，悉召城中巫觋，舞于龙所"（《太平广记》），而且，人们开始将龙作为祭祀之神以求降雨：

> 玄宗尝幸东都，大旱。圣善寺竺乾国三藏僧无畏善召龙致雨术，上遣力士疾召请雨。
>
> 奏云："今旱数当然，召龙必兴烈风雷雨，适足暴物，不可为之。"上强之曰："人苦暑病久矣，虽暴风疾雷，亦足快意。"不得已，乃奉诏。有司陈请雨之具，幡幢像设甚备。笑曰："斯不足以致雨。"
>
> 悉命撤之，独盛一钵水，以小刀子搅旋之，胡言数百祝之。须臾有龙，状类其大指，赤色。首撒水上，俄复没于钵中。复以刀搅咒之三，顷之，白气自钵中兴，如炉烟，径上数尺，稍稍引出讲堂外。谓力士曰："巫去，雨至矣。"
>
> 力士绝驰去，还顾白气，旋绕亘空，若一匹素。既而昏霾大风，震雷而雨。力士才及天津之南，风雨亦随马而至，天衢大树多拔。力士比复奏，衣尽沾湿。（出《柳氏史》）

请龙以降雨，灵验如斯。

但是，祈雨仪轨，并非像三藏那么随意。《大云轮请雨经文》中详细记载了祭祀龙王求雨的仪式："从高座东，量三肘外，设青帏、高桌一，桌上设供器及乳糜杂果，供龙王，一身三头，并诸眷属……昼夜严净，虔诚结愿，讽诵经文。至一七日，或二七日，远至三七日，自然感召天和，甘霖应祷矣。"

龙王信仰一旦形成，其自觉普及和自发外延发展的速度就会十分迅速，受四海龙王和五方龙王的启发，中国大地上江、河、湖、海、渊、潭、塘、井，凡是有水处，莫不驻有龙王。古人深以为，水不在深，有龙则灵。

第四节　人　格

从人类最初的驭龙升天到祈龙降雨，古人最基本的初心始终未变，乃是寄托渴望驭龙胜天的心态。最亲近的，是龙王，一个守护世间执掌呼风唤雨水脉大权的水神，自然为世人所关注和传扬，形成引人入胜的龙王故事形象。

作为在主流意识里的存在，龙的人格具象化代表的龙王，在中国古代叙事文学中却丧失了它固有的神圣地位，反而常常受着玩弄与嘲讽。尽管这些龙王们依然掌管雷霆，能够掌管水族，兴云布雨，具有莫大威能，但却常常受人操纵，不得自由。这种迥异现象的出现与发展，颇为耐人寻味。

最早出现的真正意义上的龙王形象的传奇故事，应是唐代李朝威的《柳毅传》，其中塑造的洞庭龙君的形象，应为古代叙事文学中最早的龙王形象。而在这之后，宋代的《太平广记》所记录的大量龙王形象为其进一步的演化发展，到了明代之后，众多的"西游故事"为其形象的最终形成与固化。

《柳毅传》第一次塑造了龙王形象。而在《柳毅传》之后，这一故事逐渐发展演变开来，围绕"传书""救人""迎娶龙女"这一母题，出现了很多的变种。从金代开始，直到清代，这一故事就在被不断地改编与演绎。鲁迅曾考证，金人已取其事为杂剧，元尚仲贤则作《柳毅传书》,翻案而为《张生煮海》。清李渔又折中而成《蜃中楼》。明代的黄维揖将其改编为《龙绡到记》传奇,许自昌将其改编为《桔浦记》传奇。众多传书故事尽管在具体的人物处理与具体的情节掌控上不尽相同,但由于均出自同一个母题,都讲的是龙与凡人之间的故事,所以由此而产生的龙王形象也有很多的相似之处。这些故事中的龙王大都机智勇敢,翻江倒海,无所不能,但是性格狡诈多变,且往往以暴力作为处理问题的手段,经常与人类发生冲突,但结果也往往是以人类的胜利告终。

唐代传奇《柳毅传》主要内容为,落第文人柳毅在偶遇被弃龙女之后,由于为其悲惨命运所打动,便毅然决然地鼓起侠义之心,千里迢迢跑到洞庭湖向洞庭龙君报书传信使得龙女最终获得解救,并最终与龙女结为夫妻。全书情节跌宕,描写生动传神。《柳毅传》塑造了两位活灵活现、有血有肉的龙王形象。

其一为富有智慧的洞庭龙君,在听说自己子女的惨状之后,第一个反应居然是禁止左右哭泣,原因是"恐钱塘所知"。果然,不出洞庭龙君所料,钱塘龙君听到龙宫之中的哭声之后很快就"擘青天而飞去",让人不得不相信,洞庭龙君是掐准了钱塘龙君的性子,并相信他能够顺利救出女儿。果不其然,"俄而祥风庆云,融融怡怡,幢节玲珑,箫韶以随……后有一人,自然蛾眉,明珰身绡縠参差。进而视之,乃前寄辞者",龙女顺利获救。

其二是嫉恶如仇的钱塘龙君,洞庭龙君本因性情如火,故而触犯天条才被"縻系于此",听闻龙女受难,即刻飞去杀"六十万""伤稼八百里",将"无情郎"吃掉,救回龙女,虽然不免残忍暴戾,但仍不伤其耿直天性、霸道豪情。并且,在后来的逼婚过程中,书生柳毅据理力争,驳斥了洞庭龙君后,这位龙王却并未因此勃然大怒,反而立刻大惭,并说道:"寡人生长宫房,不闻正论。向者词述狂妄,唐突高明,退自循顾,戾不容责。幸君子不为此乖间可也。"如此知错能改,也足见其性子朴直诚恳。

元代杂剧《张生煮海》中,潮州儒生张羽寓居石佛寺,清夜抚琴,

第三章 龙见天气

招来东海龙王三女琼莲，二人生爱慕之情，约定中秋之夜相会。至期，因龙王阻挠，琼莲无法赴约。张羽便用仙姑所赠宝物，银锅煮海水，大海翻腾，龙王不得已将张羽召至龙宫，与琼莲婚配。故事中的龙王是被戏弄与征服的对象，它被人类打败，威严全无。

清代李渔将唐传奇《柳毅传》与元杂剧《张生煮海》的情节糅合在一起，改编为《蜃中楼》，讲述柳毅、张羽是同窗好友，又都在婚娶之年尚无佳偶，二人商定分头寻觅，既为己谋，又为友谋。柳毅寻觅至海滨，恰遇洞庭公主舜华和堂妹东海公主琼莲在蜃楼游玩。通过东华上仙的帮助，柳毅与两位佳人见面，并与舜华互订终身，又替张生订下琼莲。分手之后，柳、张考取功名，官拜御史。舜华却被叔父钱塘君许嫁给泾川龙王之子，但她坚守旧盟，忠贞不屈，甘受折磨，触怒龙王被罚牧羊。柳毅奉命巡河，遇之。舜华托柳投书于洞庭，柳转托张生。张生洞庭报信，钱塘君获讯大怒，遂率兵扫荡泾川龙府，杀死龙子，迎回舜华。钱塘君本欲为侄女说亲，将其嫁给张生，后知张、柳就是前次蜃楼定约之人，大怒，遂拒绝婚姻。张生在东华上仙的帮助下，煮海降龙。东海龙王被迫嫁女，两对有情人终成眷属。在这部戏曲中，较之《张生煮海》，龙王的形象更为丰满与具体，故事中的龙王大体是被戏弄的对象，但亦不失其善良的一面。

到了宋代，由于经济的发达，加之印刷技术与出版技术的发展，出现了很多叙事小说，这些作品中有很多描写到了龙王的形象，这些篇目大都收录在宋代百科全书式的著作《太平广记》之中。《太平广记》全书500卷，其中关于龙的文章有8卷81篇，大多是有关龙的神话传说、小说故事。

继《太平广记》中记载大量的龙王形象后，元末明初之时，出现了大量描写塑造龙王形象的话本小说和杂剧作品。文人笔下的龙王承担了不该承受的神光褪尽的尴尬，软弱窝囊或者贪婪残暴，使龙王几乎黯淡了神化的光彩而充满了人格化的性情。

明代小说《杨家府演义》第八卷"宣娘炼出鬼王丹"，说弱水蟹精拐去八仙炼的仙丹，铁拐李怒火冲天，便径直前往弱水，往水中抛下了数十个火葫芦，以此威胁弱水龙王，"龙王闻奏，惊慌无措"，不但不敢发怒，反而"忙差夜叉出问天仙爷爷因何烧我居宅"，实在显得胆小怕事得可怜。

《西游记》中东海龙王被美猴王上门强求兵器，无异于登门挑衅，龙王"心中恐惧"，从"一发害怕"到"胆战心惊"，把个懦弱本性暴露得淋漓尽致。到第十回"老龙王拙计犯天条，魏丞相遗书托冥吏"，泾河龙王听说要上"剐龙台"，立刻感到"心惊胆战，毛骨悚然"，昔日的威风一扫而光，急忙整衣向卖卦先生袁守诚下跪求救。得到袁守诚指出的生路后，又"含泪离去"，这龙王仿佛不是一河之王，怕死到绝无胆气可说。后来，龙王还是未能免受了一剐。再到第六十三回"二僧荡怪闹龙宫，群圣除邪获宝贝"，悟空为夺回金光寺塔上的原宝，将黑鱼、鲇鱼放回报信。此时万圣龙王正与九头驸马饮酒，见黑鱼、鲇鱼失魂落魄地跑来，"即停杯问何祸事"，那两个即告道：孙行者派我们来索要那顶宝贝，谁知"那老龙王听说是孙行者齐天大圣，吓得魂不附体，魄散九霄"。可他最终还是逃脱不了厄运，被赶来的孙悟空，"只一下，把个老龙头打得稀烂"。

除却胆小，龙族还在小节面前迷失原则，泾河龙王与袁守诚斗气以致更改天意引来剐龙之祸算一例。《太平广记》"震泽洞"龙女为美食美玉监守自盗亦算一例：话说洞庭山南有一深百余尺的洞穴，有位长城乃仰公误坠洞中经历一番离奇，出洞后，他对梁武帝述说了他的奇遇，言谈中提到东海龙王第七女掌管龙王的珠藏，并有数千小龙护卫着这些珠宝。梁武帝听了不觉心动，想派使者取几颗东海龙珠。于是长城乃仰公又出主意说：龙王一族"畏蜡，爱美玉及空青而嗜燕"。梁武帝便派使者带上于阗美玉、宣州空青、五百烧燕前去。"至龙宫，守门小蛟闻蜡气，俯伏不敢动。乃以烧燕百事赂之，令其通问，以其上者献龙女。龙女食之大嘉。又上玉函青缶，具陈帝旨……龙女知帝礼之，以大珠三，小珠七，杂珠一石，以报帝。"只因尝了燕子肉，龙女"食之大嘉"，又意外得到满意的礼品，龙女便监守自盗，将龙王的宝珠当作礼品送给了武帝。

唐传奇《萧旷》借龙宫织绡娘子之口，驳斥了龙嗜燕血的虚妄说法，但确认了龙嗜睡之事：

（萧）旷又曰："龙之嗜燕血，有之乎？"

（织绡娘子）女曰："龙之清虚，食饮沆瀣，若食燕血，岂能行藏？盖嗜者乃蛟蜃辈，无信造作，皆梁朝四公诞妄之同尔。"

旷又曰："龙何好？"

曰："好睡，大即千年，小不下数百岁。但仰于洞穴，鳞甲间聚其沙尘。或有鸟衔木实遗弃其上，乃甲拆生树，至于合抱，龙方觉悟，遂振迅修行，脱其体而入虚无，澄其神而归寂灭，自然形之与气，随其化用，散入真空。"

《封神演义》里的龙王就更加可怜，哪吒闹海打死了东海龙王敖光的三太子后，在南天宝德门与龙王相遇：话说哪吒在宝德门将敖光踏住后心，敖光扭颈回头看时，认得是哪吒，不觉心中大怒，况又被他打倒，用脚踏住，挣扎不得，乃大骂……哪吒被他骂得性起，恨不得就要一拳打死他，奈太乙真人吩咐，只是按住他道："你叫！你叫！我便打死你老泥鳅，也无甚大事！"……敖光听罢，骂曰："好孺子！打的好！打的好！"哪吒曰："你要打，就打你。"……一气打有一二十拳，打的敖光叫喊。哪吒道："你这老蠢才，乃是顽皮，不打你，你是不怕的。"古云"龙怕揭鳞，虎怕抽筋。"哪吒将敖光朝服一把扯去了半边，左胁下露出鳞甲，哪吒用手连抓几把，抓下四五十片鳞甲，鲜血淋漓，痛彻骨髓。敖光疼痛难忍，只求饶命。

一个"兴云步雨的正神"，被一个小屁孩褪尽神光，羞辱近死，从此贻为千古笑柄。明朝士人对龙王的如此鄙视，其逻辑似乎和"龙见"事件一般，影射嘲笑当朝皇帝的荒淫、昏聩怠荒，以春秋笔法表达对皇帝昏庸无能行为的痛恨，堪称小说中的"龙见"事件。

文化开明和国势强盛的唐朝，文化与政治处在较为和谐的发展状态，给了唐朝人民一种内在的包容、开放和自信，作为社会现实的神经末梢的文化，也必然会如实地反映这一特征。所以在这种情况下，就出现了《柳毅传》中的那种正面的、强大的龙王形象。

到了宋代，尽管赵宋朝廷的经济实力一时造极，并且文化氛围浓厚而宽松，但是由于四邻不安，国殇连连，人民的内心很难出现一种雍容感，作为承载着力量与荣耀的龙王形象，也便由此而受到了质疑，《太平广记》中所塑造的诸多龙王形象，尽管从总体上看还是正面形象多于负面的，但是龙王形象逐渐中性化的转变趋势已经不可避免。

明清两代，由于政治与文化的关系极其紧张，政治往往高压文化，所以在这个时期的文学作品中，人民意愿的自我表达渠道堵塞，文学成为自我真实意识的途径之一，明代四大奇书《三国志通俗演义》《水浒传》《西游记》《金瓶梅》的出现正是明证，尽管屡屡被禁，但是依然流传不息。在这种背景下，《西游记》出现那样一种龙王的形象便顺理成章了，人们正是借着对龙王形象的贬低与排斥，来抒发心中对真龙天子的不满。被孙悟空惊骇得六神无主的东海龙王，又何尝不是对当朝真龙的一种影射与嘲笑呢。

随着历史的车轮滚滚向前，民智渐开的结果造成了社会个体对自我精神的丰满追求，而骨感的现实激发塑造出反常理与反传统的神偶形象龙王，并借由龙王来抒发心中的不满，由此委屈了神勇几千年的龙，屈身于怯懦卑微的形象，亦是一大景观。

这可堪称为纸上"龙见"事件了吧。

附：

《柳毅传》

（唐）李朝威

仪凤中，有儒生柳毅者，应举下第，将还湘滨。念乡人有客于泾阳者，遂往告别。至六七里，鸟起马惊，疾逸道左。又六七里，乃止。见有妇人，牧羊于道畔。毅怪视之，乃殊色也。然而蛾脸不舒，巾袖无光,凝听翔立,若有所伺。毅诘之曰:"子何苦而自辱如是?"妇始楚而谢,终泣而对曰:"贱妾不幸,今日见辱问于长者。然而恨贯肌骨,亦何能愧避?幸一闻焉。妾,洞庭龙君小女也。父母配嫁泾川次子,而夫婿乐逸,为婢仆所惑,日以厌薄。既而将诉于舅姑,舅姑爱其子,不能御。迨诉频切,又得罪舅姑。舅姑毁黜以至此。"言讫,歔欷流涕,悲不自胜。又曰:"洞庭于兹,相远不知其几多也?长天茫茫,信耗莫通。心目断尽,无所知哀。闻君将还吴,密通洞庭。或以尺书寄托侍者,未卜将以为可乎?"毅曰:"吾义夫也。闻子之说,气血俱动,恨无毛羽,不能奋飞,是何可否之谓乎!然而洞庭深水也。吾行尘间,宁可致意耶?惟恐道途显晦,不相通达,致负诚托,又乖恳愿。子有何术可导我耶?"女悲泣且谢,曰:"负载珍重,不复言矣。脱获回耗,虽死必谢。君不许,何敢言。既许而问,则洞庭之与京邑,不足为异也。"毅请闻之。女曰:"洞庭之阴,有大橘树焉,乡人谓之'社橘'。君当解去兹带,束以他物。然后叩树三发,当有应者。因而随之,无有碍矣。幸君子书叙之外,悉以心诚之话倚托,千万无渝!"毅曰:"敬闻命矣。"女遂于襦间解书,再拜以进。东望愁泣,若不自胜。毅深为之戚,乃致书囊中,因复谓曰:"吾不知子之牧羊,何所用哉?神岂宰杀乎?"女曰:"非羊也,雨工也。""何为雨工?"曰:"雷霆之类也。"毅顾视之,则皆矫顾怒步,饮龁甚异,而大小毛角,则无别羊焉。毅又曰:"吾为使者,他日归洞庭,幸勿相避。"女曰:"宁止不避,当如亲戚耳。"语竟,引别东去。不数十步,回望女与羊,俱亡所见矣。

其夕,至邑而别其友,月余到乡,还家,乃访友于洞庭。洞庭之阴,果有社橘。遂易带向树,三击而止。俄有武夫出于波间,再拜请曰:"贵客将自何所至也?"毅不告其实,曰:"走谒大王耳。"武夫揭水止路,引毅以进。谓毅曰:"当闭目,数息可达矣。"毅如其言,遂至其宫。始见台阁相向,门户千万,奇草珍木,无所不有。夫乃止毅,停于大室之隅,曰:"客当居此以伺焉。"毅曰:"此何所也?"夫曰:"此灵虚殿也。"谛视之,则人间珍宝毕尽于此。柱以白璧,砌以青玉,床以珊瑚,帘以水精,雕琉璃于翠楣,饰琥珀于虹栋。奇秀深杳,不可殚言。然而王久不至。毅谓夫曰:"洞庭君安在哉?"曰:"吾君方幸玄珠阁,与太阳道士讲《火经》,少选当毕。"毅曰:"何谓《火经》?"夫曰:"吾君,龙也。龙以水为神,举一滴可包陵谷。道士,乃人也。人以火为神圣,发一灯可燎阿房。然而灵用不同,玄化各异。太阳道士精于人理,吾君邀以听焉。"语毕而宫门辟,景从云合,而见一人,披紫衣,执青玉。夫跃曰:"此吾君也!"乃至前以告之。

君望毅而问曰:"岂非人间之人乎?"毅对曰:"然。"毅而设拜,君亦拜,命坐于灵虚之下。谓毅曰:"水府幽深,寡人暗昧,夫子不远千里,将有为乎?"毅曰:"毅,大王之乡人也。长于楚,游学于秦。昨下第,闲驱泾水右涘,见大王爱女牧羊于野,风鬟雨鬓,所不忍视。毅因诘之,谓毅曰:'为夫婿所薄,舅姑不念,以至于此。'悲泗淋漓,诚怛人心。遂托书于毅。毅许之,今以至此。"因取书进之。洞庭君览毕,以袖掩面而泣曰:"老父之罪,不能鉴听,坐贻聋瞽,使闺窗孺弱,远罹构害。公,乃陌上人也,而能急之。幸被齿发,何敢负德!"词毕,又哀咤良久。左右皆流涕。时有宦人密侍君者,君以书授之,令达宫中。须臾,宫中皆恸哭。君惊,谓左右曰:"疾告宫中,无使有声,恐钱塘所知。"毅曰:"钱塘,何人也?"曰:"寡人之爱弟,昔为钱塘长,今则致政矣。"毅曰:"何故不使知?"曰:"以其勇过人耳。昔尧遭洪水九年者,乃此子一怒也。近与天将失意,塞其五山。上帝以寡人有薄德于古今,遂宽其同气之罪。然犹縻系于此,故钱塘之人日日候焉。"语未毕,而大声忽发,天拆地裂。宫殿摆簸,云烟沸涌。俄有赤龙长千余尺,电目血舌,朱鳞火鬣,项掣金锁,锁牵玉柱。千雷万霆,激绕其身,霰雪雨雹,一时皆下。乃擘青天而飞去。毅恐蹶仆地。君亲起持之曰:"无惧,固无害。"毅良久稍安,乃获自定。因告辞曰:"愿得生归,以避复来。"君曰:"必不如此。其去则然,其来则不然,幸为少尽缱绻。"因命酌互举,以款人事。

俄而祥风庆云,融融怡怡,幢节玲珑,箫韶以随。红妆千万,笑语熙熙。中有一人,自然蛾眉,明珰满身,绡縠参差。迫而视之,乃前寄辞者。然若喜若悲,零泪如丝。须臾,红烟蔽其左,紫气舒其右,香气

第三章 龙见天气

环旋，入于宫中。君笑谓毅曰："泾水之囚人至矣。"君乃辞归宫中。须臾，又闻怨苦，久而不已。有顷，君复出，与毅饮食。又有一人，披紫裳，执青玉，貌耸神溢，立于君左。君谓毅曰："此钱塘也。"毅起，趋拜之。钱塘亦尽礼相接，谓毅曰："女侄不幸，为顽童所辱。赖明君子信义昭彰，致达远冤。不然者，是为泾陵之土矣。飨德怀恩，词不悉心。"毅抈逊辞谢，俯仰唯唯。然后回告兄曰："向者辰发灵虚，已至泾阳，午战于彼，未还于此。中间驰至九天，以告上帝。帝知其冤，而宥其失。前所谴责，因而获免。然而刚肠激发，不遑辞候，惊扰宫中，复忤宾客。愧惕惭惧，不知所失。"因退而再拜。君曰："所杀几何？"曰："六十万。""伤稼乎？"曰："八百里。""无情郎安在？"曰："食之矣。"君怃然曰："顽童之为是心也，诚不可忍，然汝亦太草草。赖上帝显圣，谅其至冤。不然者，吾何辞焉？从此已去，勿复如是。"钱塘君复再拜。是夕，遂宿毅于凝光殿。

明日，又宴毅于凝碧宫。会友戚，张广乐，具以醪醴，罗以甘洁。初，笳角鼙鼓，旌旗剑戟，舞万夫于其右。中有一夫前曰："此《钱塘破阵乐》。"旌钺杰气，顾骤悍栗。座客视之，毛发皆竖。复有金石丝竹，罗绮珠翠，舞千女于其左，中有一女前进曰："此《贵主还宫乐》。"清音宛转，如诉如慕，坐客听下，不觉泪下。二舞既毕，龙君大悦。锡以纨绮，颁于舞人，然后密席贯坐，纵酒极娱。酒酣，洞庭君乃击席而歌曰："大天苍苍兮，大地茫茫，人各有志兮，何可思量，狐神鼠圣兮，薄社依墙。雷霆一发兮，其孰敢当？荷贞人兮信义长，令骨肉兮还故乡，齐言惭愧兮何时忘！"洞庭君歌罢，钱塘君再拜而歌曰："上天配合兮，生死有途。此不当妇兮，彼不当夫。腹心辛苦兮，泾水之隅。风霜满鬓兮，雨雪罗襦。赖明公兮引素书，令骨肉兮家如初。永言珍重兮无时无。"钱塘君歌阕，洞庭君俱起，奉觞于毅。毅踧踖而受爵，饮讫，复以二觞奉二君，乃歌曰："碧云悠悠兮，泾水东流。伤美人兮，雨泣花愁。尺书远达兮，以解君忧。哀冤果雪兮，还处其休。荷和雅兮感甘羞。山家寂寞兮难久留。欲将辞去兮悲绸缪。"歌罢，皆呼万岁。洞庭君因出碧玉箱，贮以开水犀；钱塘君复出红珀盘，贮以照夜玑：皆起进毅，毅辞谢而受。然后宫中之人，咸以绡彩珠璧，投于毅侧。重叠焕赫，须臾埋没前后。毅笑语四顾，愧谢不暇。洎酒阑欢极，毅辞起，复宿于凝光殿。

翌日，又宴毅于清光阁。钱塘因酒作色，踞谓毅曰："不闻猛石可裂不可卷，义士可杀不可羞耶？愚有衷曲，欲一陈于公。如可，则俱在云霄；如不可，则皆夷粪壤。足下以为何如哉？"毅曰："请闻之。"钱塘曰："泾阳之妻，则洞庭君之爱女也。淑性茂质，为九姻所重。不幸见辱于匪人，今则绝矣。将欲求托高义，世为亲戚，使受恩者知其所归，怀爱者知其所付，岂不为君子始终之道者？"毅肃然而作，欻然而笑曰："诚不知钱塘君孱困如是！毅始闻跨九州，怀五岳，泄其愤怒；复见断金锁，掣玉柱，赴其急难。毅以为刚决明直，无如君者。盖犯之者不避其死，感之者不爱其生，此真丈夫之志。奈何萧管方洽，亲宾正和，不顾其道，以威加人？岂仆人素望哉！若遇公于洪波之中，玄山之间，鼓以鳞须，被以云雨，将迫毅以死，毅则以禽兽视之，亦何恨哉！今体被衣冠，坐谈礼义，尽五常之志性，负百行怖之微旨，虽人世贤杰，有不如者，况江河灵类乎？而欲以蠢然之躯，悍然之性，乘酒假气，将迫于人，岂近直哉！且毅之质，不足以藏王一甲之间。然而敢以不伏之心，胜王不道之气。惟王筹之！"钱塘乃逡巡致谢曰："寡人生长宫房，不闻正论。向者词述疏狂，妄突高明。退自循顾，戾微不容责。幸君子不为此乖问可也。"其夕，复饮宴，其乐如旧。毅与钱塘遂为知心友。

明日，毅辞归。洞庭君夫人别宴毅于潜景殿，男女仆妾等悉出预会。夫人泣谓毅曰："骨肉受君子深恩，恨不得展愧戴，遂至睽别。"使前泾阳女当席拜毅以致谢。夫人又曰："此别岂有复相遇之日乎？"毅其始虽不诺钱塘之情，然当此席，殊有叹恨之色。宴罢，辞别，满宫凄然。赠遗珍宝，怪不可述。毅于是复循途出江岸，见从者十余人，担囊以随，至其家而辞去。毅因适广陵宝肆，鬻其所得。百未发一，财已盈兆。故淮右富族，咸以为莫如。遂娶于张氏，亡。又娶韩氏。数月，韩氏又亡。徙家金陵。常以鳏旷多感，或谋新匹。有媒氏告之曰："有卢氏女，范阳人也。父名曰浩，尝为清流宰。晚岁好道，独游云泉，今则不知所在矣。母曰郑氏。前年适清河张氏，不幸而张夫早亡。母怜其少，惜其慧美，欲择德以配焉。不识何如？"毅乃卜日就礼。既而男女二姓俱为豪族，法用礼物，尽其丰盛。金陵之士，莫不健仰。居月余，毅因晚入户，视其妻，深觉类于龙女，而艳逸丰厚，则又过之。因与话昔事。妻谓毅曰："人世岂有如是之理乎？"

经岁余，有一子。毅益重之。既产，逾月，乃秾饰换服，召亲戚相会之间，笑谓毅曰："君不忆余之于昔也？"毅曰："夙为洞庭君女传书，至今为忆？"妻曰："余即洞庭君之女也。泾川之冤，君使得白。衔君之恩，誓心求报。洎钱塘季父论亲不从，遂至睽违。天各一方，不能相问。父母欲配嫁于濯锦小儿某。惟以心誓难移，亲命难背。既为君子弃绝，分见无期。而当初之冤，虽得以告诸父母，而誓报君之意，复欲驰白于君子。值君子累娶，当娶于张，已而又娶于韩。迨张、韩继卒，君卜居于兹，故余之父母乃喜余得遂报君之意。今日获奉君子，咸善终世，死无恨矣。"因呜咽，泣涕交下。对毅曰："始不言者，知君无重色之心。今乃言者，知君有感余之意。妇人匪薄，不足以确厚永心，故因君爱子，以托相生。未知君意如何？愁惧兼心，不能自解。君附书之日，笑谓妾曰：'他日归洞庭，慎无相避。'诚不知当此之际，君岂有意于今日之事乎？其后季父请于君，君固不许。君乃诚将不可邪，抑您然邪？君其话之。"毅曰："似有命者。仆始见君子，长泾之隅，枉抑憔悴，诚有不平之志。然自约其心者，达君之冤，余无及也。以言'慎无相避'者，偶然耳，岂有意哉。洎钱塘逼迫之际，唯理有不可直，乃激人之怒耳。夫始以义行为之志，宁有杀其婿而纳其妻者邪？一不可也。某素以操真为志尚，宁有屈于己而伏于心者乎？二不可也。且以率肆胸臆，酬酢纷纶，唯直是图，不遑避害。然而将别之日。见君有依然之容，心甚恨之。终以人事扼束，无由报谢。吁，今日，君，卢氏也，又家于人间。则吾始心未为惑矣。从此以往，永奉欢好，心无纤虑也。"妻因深感娇泣，良久不已。有顷，谓毅曰："勿以他类，遂为无心，固当知报耳。夫龙寿万岁，今与君同之。水陆无往不适。君不以为妄也。"

毅嘉之曰:"吾不知国客乃复为神仙之饵!"乃相与觐洞庭。既至,而宾主盛礼,不可具纪。

后居南海仅四十年,其邸第、舆马、珍鲜、服玩,虽侯伯之室,无以加也。毅之族咸遂濡泽。以其春秋积序,容状不衰。南海之人,靡不惊异。

洎开元中,上方属意于神仙之事,精索道术。毅不得安,遂相与归洞庭。凡十余岁,莫知其迹。

至开元末,毅之表弟薛嘏为京畿令,谪官东南。经洞庭,晴昼长望,俄见碧山出于远波。舟人皆侧立,曰:"此本无山,恐水怪耳。"指顾之际,山与舟相逼,乃有彩船自山驰来,迎问于嘏。其中有一人呼之曰:"柳公来候耳。"嘏省然记之,乃促至山下,摄衣疾上。山有宫阙如人世,见毅立于宫室之中,前列丝竹,后罗珠翠,物玩之盛,殊倍人间。毅词理益玄,容颜益少。初迎嘏于砌,持嘏手曰:"别来瞬息,而发毛已黄。"嘏笑曰:"兄为神仙,弟为枯骨,命也。"毅因出药五十丸遗嘏,曰:"此药一丸,可增一岁耳。岁满复来,无久居人世以自苦也。"欢宴毕,嘏乃辞行。自是已后,遂绝影响。嘏常以是事告于人世。殆四纪,嘏亦不知所在。

陇西李朝威叙而叹曰:"五虫之长,必以灵者,别斯见矣。人,裸也,移信鳞虫。洞庭含纳大直,钱塘迅疾磊落,宜有承焉。嘏咏而不载,独可邻其境。愚义之,为斯文。"

第三章 龙见天气

第三回　祈　雨

　　和读书人通过小说家言以贬损帝王的口舌之争不同，处于农业社会基层底座的田间农民，则更加祈求风调雨顺的天象。在关乎生存的问题上，一条朴素的真理贯穿五千年农耕历史：谁能为稼禾带来雨露润泽，谁就是神！谁有雨水，就求谁！有一种不管不顾的执着和坚持。

　　这一朴素的执着和坚持，令兴雨正神龙王，在历代帝国广袤的田野上，持续享有崇高声誉和地位。农民们可管不得文人小说中龙王不堪的形象，圣山无上隆恩远在天外，比不得久旱的现实甘露。庄稼事关国计民生，朝廷也义无反顾地加入进来，一个求雨的巫祝活动，堂而皇之、名正言顺地进入了国家祭祀的礼仪行列。

　　民间小规模的祈雨巫祝，俗称"求雨"；朝廷主持的国家祈雨祭祀，呼为"雩祭"。

第一节　人　牲

　　民间祭龙祈雨的习俗，载于《山海经》第十四卷《大荒东经》：

> 应龙处南极，杀蚩尤与夸父，不得复上，故下数旱。旱而为应龙之状，乃得大雨。

　　长于蓄水的应龙，就住在这座山的最南端，受黄帝派遣杀了神人蚩尤和神人夸父，不能再回到天上，天上因没了兴云布雨的应龙，而使下界常常闹旱灾。下界的人们一遇天旱，就装扮成应龙的样子求雨，往往就得到大雨。

　　为应龙之状，是用土堆龙，甲骨卜辞中有做土龙致雨的记载："其作龙于凡田，有雨，吉。"用土龙感应应龙，形成天地微妙的交感互通而致雨。殷商时代的先人通过试验，果然灵验来雨。这是有文献记载的最早的求雨方式。因为灵验，祈雨活动开始活跃起来，人们唱歌跳舞以娱神，向天呼号以乞雨。祈雨的本质乃是原始信仰，通过宏伟的祭坛、丰盛的祭品、虔诚的舞乐、殷切的祈祷以及肃穆的氛围等一系列仪式化的符号和象征行为，祭祀神灵，祈求风调雨顺，五谷丰登。

土龙感应如果失效，巫风盛行之下，先人们往往钻进至诚不足以感天的牛角尖，于是就只能不断向神灵贡献珍贵的物品，这种自虐式的逼迫不断升级，最终直至献祭肢体和生命。

于是，一种残酷的人牲，在求雨中屡屡上演，甚至商王汤为表赤诚，亦差点在求雨时一把火把自己点了以祀天。

典据《淮南子》："汤时，大旱七年，卜，用人祭天。汤曰：'我本卜祭为民，岂乎自当之？。'乃使人积薪，剪发断爪自洁，居柴上，将自焚以祭天，火将然（燃），即降大雨。"商汤这是主动担责，把巫祝的工作和责任揽到自己身上，而"焚巫"祈雨在商朝，那绝不是石破天惊的大事。好在商汤王至诚感动天地，以致在点火的时候即降大雨，这亦为商汤博取仁主之名增加了浓墨重彩的一笔，这是此后作为真龙天子的皇帝具有与天沟通的感应能力的肇始。

在古代人看来，巫具有沟通天人的能力，能够充当人与神的中介，替人祈于神灵。因此，在古代祈雨活动中，巫一直扮演着重要的角色，有时还是主祭者，"择巫之洁清辨利者为祝"。

既然如此，那么祈雨"焚巫"必然是经常的事情，《左传·僖公二十一年》记载鲁僖公为求雨解旱，要烧死巫尪，被劝止情事："夏，大旱。公欲焚巫尪。"杜预注："巫尪，女巫也，主祈祷请雨者。或以为尪非巫也。瘠病之人，其面上向，俗谓天哀其病，恐雨入其鼻，故为之旱，是以公欲焚之。"后以"焚巫"作求雨的典故。唐杜甫《七月三日》诗："前圣慎焚巫，武王亲救暍。"

"焚巫"与远古时代焚人祀神有密切联系，春秋以降，由于民智逐渐开化和人本观念的发展，焚人祭神的献牲越来越多地受到批评，《艺文类聚》卷六六引《庄子》述宋景公祷雨，见证了此种人本和人祠的冲突和选择："昔宋景公时大旱，卜之，必以人祠乃雨。景公下堂顿首曰：'吾所以求雨，为民也，今必使吾以人祠乃雨，将自当之。'"

第三章 龙见天气

319

历史不断进步，焚巫逐渐为"暴巫"所取代，即让巫在烈日下曝晒，以晒替代焚，以祈祝代替死亡。《礼记·檀弓下》记载，鲁国大旱，穆子按惯例暴巫尪祈雨。为了显示敬神祈雨的虔诚，一些国君和有司官吏亲自曝晒，《说苑》载齐国大旱，齐景公出野曝露三日，果获澍雨；汉洛阳令祝良，"岁时亢旱，天子祈雨不得，（洛阳令祝）良乃暴身阶庭，告诚引罪"（《长沙耆旧传》）。隋、唐、宋三代，每遇京师或全国大旱，朝廷不但举行祈雨活动，而且皇帝本人还要采取素服、减膳、独居、露坐听政等自罚措施配合祈雨，以期感动苍天早日降雨。唐玄宗祷雨曾曝立三日，宋宁宗嘉定十年（1217）"不雨，帝日午曝立，祷于宫中"。作为惩罚式求雨，除了曝晒之外，史书还记载有截断肢体祈雨的事例，《续资治通鉴长编》载"有龟山僧智悟，请就开宝寺福圣塔，断左手祈雨"，《宋高僧传》亦载僧道舟"尝截左耳为民祈雨"，史书典籍记载，颇为推崇与赞赏。

起于远古巫术，祈雨的形式自然包含了大量巫术因素，即使绵延千年，祈雨仪轨从寻常百姓祷祠，到郡守县令祈祀，再到中央有司的陈祝，甚至皇帝主持的雩祀和皇帝个人的祈祷，祈雨过程都保留着巫术因素。包括但不限于祈请模式、模仿模式、交感模式、引诱模式、惩罚模式等类型，按五色、方位、性别焚香献祭祈祷是祈请巫术，堆土造龙、祭拜龙王画像和牌位致雨是一种交感巫术，而"暴巫"则是惩罚巫术，应男女欢媾以求阴阳感应致雨是交感巫术，女性聚阴露阴是引诱巫术。

而祈雨仪式沿袭远古祭神、娱神的"舞雩"，其目的是在祭神中借助舞蹈并依赖巫术力量增强祈雨效果，其中逐渐加入和丰富原始水神龙崇拜的要素，有观点甚至认为卜辞中出现的所有舞乐，几乎是为了祈雨。"舞雩"是求雨祭祀舞蹈的专用名词，逐渐发展为后来的"龙舞"，至今火热流传。

西周舞雩由司巫主持，舞蹈的名称是"皇舞"，女巫手持鸟羽而舞。在形式上，春秋舞雩采用"二佾"之舞，《春秋公羊传·桓公五年》："君亲之南郊……使童男女各八人舞而呼。"汉儒对祈雨仪式场面进行了一定复原和引申，并趋向于程序化，天旱祈雨"立土人舞童二佾"（杜佑《通典》），不舞不乐。清代入关以后，考源溯流，大雩之礼也采用汉儒描述，用舞童十六人，衣玄衣，分八列，执羽翳，舞皇舞，"其羽翳尽染五采，盖本周礼皇舞三式"。汉代以后的其他朝代如晋、隋、宋、明等雩祀多用"八佾"之舞，由8岁到19岁的舞童八行八列六十四人，穿玄色衣服，手持羽翳，歌唱《诗经》中的《云汉》诗："取其修德禳灾，以和阴阳之义。""八佾"之舞场面壮观，展现了雩祀作为国家重要礼仪活动的强大仪式性一面。

至西周，祈雨的礼仪日臻完备，国家设有专司祈雨的巫师。《周礼》载，周朝设春官大宗伯职位，其职责就是祭祀天、地和人鬼，并明确规定："司巫掌握群巫之政令，若国大旱，则率巫而舞雩。""舞雩"即"雩祭"。"大雩者何，旱祭也……使童男女各八人舞而呼雨，故谓之雩。"（《春秋公羊传·桓公五年》）

并且，为维持这一国家行为，周朝已经完备了雩祭活动的祭礼税收来源"雩敛"和专门祈雨场地"雩坛"。

第二节 仪 轨

及汉，董仲舒在民间做土龙求雨大盛的基础上，结合前朝雩礼规范，融入西汉流行的阴阳五行学说和方术理念，淋漓尽致地发挥了祭龙求雨古礼，形成繁杂和系统的祭仪，成为后代官方祈雨的基本范式。

董仲舒说服汉武帝的逻辑是——天旱之年，民间自发的小规模求雨可为灵验，但是遭遇大旱之年，则需要朝廷举国家之力加持，大规模隆重举行求雨，才有可能感动天地，情动龙王。

董仲舒祈雨之法强调五行理念，附会了大量阴阳五行因素，祭品、服饰、方位、颜色对应于五方观念，阴阳观念亦被严格遵循和应用——由于冬春为阴，所以春祈数字为八，冬祈为六，皆为阴数；夏至秋为阳，夏祈数字为七、五，秋祈为九，均为阳数。另外，在古代人看来，旱灾的发生，是由于阴阳错行引起的，郑玄说："阳气盛而恒旱。"祈雨的目的是帮助补充阴气，因此"闭诸阳，纵诸阴"就成为祈雨的基本原则：西汉第一次雩祀，令民间"不得举火"；乾隆十二年（1747）京师大旱,有人按照求雨闭阳纵阴的观念,要求停止正阳门外石路工程……阴阳五行观念贯穿了汉代以后的整个古代社会。

董仲舒将以阴阳五行和以天人感应为核心的求雨仪轨,归纳总结到哲学著作《春秋繁露》中,对雩祭从五行进行了解释,大旱由阳灭阴而起,尊压卑,只能虔诚拜请,没有其他的好办法:

> 大雩者何?旱祭也。难者曰:"大旱雩祭而请雨,大水鸣鼓而攻社,天地之所为、阴阳之所起也,或请焉、或怒焉者何?"曰:"大旱者,阳灭阴也,阳灭阴者,尊压卑也,固其义也,虽太甚,拜请之而已,无敢有加也。"

托为炎帝所作的《神农书·求雨篇》亦从五行出发,按不同时间匹配不同的五色龙编排求雨仪式,并上了人骨焚祭的大招:

> 春夏雨日而不雨,甲乙,命为青龙,又为火龙东方,小童舞之;
> 丙丁不雨,命为赤龙南方,壮者舞之;
> 戊己不雨,命为黄龙,壮者舞之;
> 庚辛不雨,命为白龙,又为火龙西方,老人舞之;
> 壬癸不雨,命为黑龙北方,老人舞之。
> 如此不雨,潜处阖南门,置水其外;开北门,取人骨埋之。如此不雨,命巫祝而曝之,曝之不雨,神山积薪,击鼓而焚之。

在《神农书·求雨篇》基础上,董仲舒更进一步,《春秋繁露·求雨第七十四》分四季规范求雨仪轨,十分详尽,妥帖规整,如同一个有智老人手把手教育每一个后人:

> 春旱求雨,令县邑以水日祷社稷山川,家人祀户。(郑玄注《礼记》曰:"春,阳气出,祀之于户,内阳也。"春旱乃阳

气过盛，故内阳求雨则祀户也。祀户之礼，南面设主于户内之西，祭先脾，乃制脾及肾为俎，奠于主北。又设盛于俎西，祭黍稷，祭肉，祭醴，皆三。祭肉，脾一，肾一对。既祭，撤之，更陈鼎俎，设馔于筵前。迎尸略如祭宗庙之礼。）无伐名木，无斩山林，暴巫聚尪，（暴者，曝晒也。尪者，疾病之人，其面向天暴之，冀天之哀其病而雨也。以巫尪通于神，吁嗟而唤雨。）八日于邑东门之外，（用八数者，《月令》曰："孟春之月，律中大簇，其数八。"春为少阴，故数八，亦河图东方木之成数也。天三生木，地八成之。）为四通之坛，方八尺，植苍缯八，其神共工，祭之以生鱼八、玄酒、具清酒、脯脯，择巫之洁清辩言利者以为祝，祝斋三日，服苍衣，先再拜，乃跪陈，陈已，复再拜，乃起。祝曰："昊天生五谷以养人，今五谷病旱，恐不成实，敬进清酒脯脯，再拜请雨。雨幸大澍，奉牲祷。"以甲乙日（《月令》曰："孟春之月，其日甲乙。"甲乙亦二十四山方位，东方之向。）为大苍龙一，长八丈，居中央。为小龙七，（用七，角音之数，龙星之象也。）各长四丈，（用四，清角之音数，东方之象。）于东方。皆东向，其间相去八尺。小童八人，皆斋三日，服青衣而舞之。田啬夫亦斋三日，（田啬夫即田畯，职掌农事之官。）服青衣而立之。凿社通之于闾外之沟，取五虾蟆，错置社之中。（《焦氏易林·大过之升》云："虾蟆群坐，从天请雨，云雷疾聚，应时辄下，得其愿所。"）池方八尺，深一尺，置水虾蟆焉，具清酒、脯脯，祝斋三日，服苍衣拜跪，陈祝如初。取三岁雄鸡与三岁豭猪，（豭猪，牡豕即公猪。）皆燔之于四通神宇，令民阖邑里南门，置水其外，开里北门，具老豭猪一，置之于里北门之外，市中亦置豭猪一，闻彼鼓声，皆烧豭猪尾，（令猪哀告也。）取死人骨埋之，（盛阴气也。）开山渊，积薪而燔之。通道桥之壅塞不行者，决渎。（渎，通也。）幸而得雨，以猪（小猪也）一，酒盐黍财足，以茅为席，毋断。

第三章 龙见天气

夏求雨，令县邑以水日，家人祀灶，（祀灶，灶神之祭，五祀之一。郑玄注《礼记》曰："夏，阳气盛，热于外，祀之于灶，从火类也。祀之先祭肺者，阳位在上，肺亦在上，肺为尊也。灶在庙门外之东，祀灶之礼，先席于门之奥东面，设主于灶陉，乃制肺及心肝为俎，奠于主西。又设盛于俎南，亦祭黍三，祭肺、心、肝各一，祭醴三。亦既祭彻之，更陈鼎俎，设馔于筵前。迎尸如祀户之礼。"）无举土功，（土功，指治水、筑城、建造宫殿等工程。不伤阴也。）更火浚井，（更火者，佩刚卯以逐盛阳也。浚井者，疏通水井以盛阴也。阴盛阳去则雨来。）暴釜于坛，（欲承雨也。）臼杵于术，（术，《说文》云："邑中道也。"《周易·系辞》云："断木为杵，掘地为臼。"）七日为四通之坛于邑南门之外，方七尺，植赤缯七。（其用数七，《月令》曰："孟夏之月，律中中吕，其数七。"夏为少阳，故数七，亦河图南方火之成数也。地二生火，天七成之。）其神蚩尤，（《初学记》引《归藏·启筮》云："蚩尤出自羊水，八肱八趾疏首，登九淖以伐空桑，黄帝杀之于青丘。"）祭之以赤雄鸡七、玄酒，具清酒、膊脯，祝斋三日，服赤衣，（夏日主赤。）拜跪陈祝如春辞。以丙丁日为大赤龙一，（《月令》曰："孟夏之月，其日丙丁。"丙丁亦二十四山方位，南方之向。）长七丈，居中央，又为小龙六，各长三丈五尺，方皆南乡，其间相去七尺，壮者七人，皆斋三日，服赤衣而舞，司空啬夫亦斋三日，（司空啬夫，司空属官，职掌水利营建之事。）服赤衣而立之，凿社，而通之间外之沟，取五虾蟆，错置里社之中，池方七尺，具酒脯，祝斋，衣赤衣，拜跪陈祝如初，取三岁雄鸡豰猪，燔之四通神宇，开阴闭阳如春也。

季夏祷山陵以助之，（汤祷桑林是也。季夏亦长夏也，长夏主湿土。）令县邑十日壹徙市于邑南门之外，五日禁男子无得行入市，（五、十为河图中土之生数和成数也。男子不入市，女子群聚，盛阴闭阳以求雨也。）家人祠中霤，（霤，屋水流也。祠中霤，所祭土神，亦五祀之一。郑氏注《礼记》曰："中霤，犹中室也。土主中央而神在室，古者复穴，是以名室为霤云。祀之先祭心者，五脏之次，心次肺，至此，心为尊也。祀中霤之礼，设主于牖下，乃制心及肺肝为俎。其祭肉，心肺肝各一，他皆如祀户之礼。）无举土功，聚巫市傍，为之结盖，为四通之坛于中央，植黄缯五，其神后稷，（后稷，姬姓，名弃，其母有邰氏女，曰姜嫄，生于稷山，被尊为稷王、农神、耕神、谷神。童时，好种树、麻、菽。成人后，有相地之宜，善种谷物，教民耕种与稼穑之术。尧舜时，为司农之神。）祭之以母酏五，（《通典》注云："母，音模，礼谓之淳母。"《礼记·内则》："淳母，煎醢加于黍食上，沃之以膏，曰淳母。"即肉酱油浇黄米饭。酏，即酏食，以酒酏为饼，即发酵之大饼和馒头类。）玄酒，具清酒、脯脯。令各为祝斋三日，衣黄衣。（长夏主土，土色黄。）皆如春祠。以戊己日为大黄龙一，（《月令》曰："中央土，其日戊己。"）长五丈，居中央，又为小龙四，各长二丈五尺，于南方，皆南乡，其间相去五尺，丈夫五人，皆斋三日，服黄衣而舞之，老者五人，（老者以求阳衰也。）亦斋三日，衣黄衣而立之，亦通社中于闾外之沟，虾蟆池方五尺，深一尺，他皆如前。

秋暴巫尪至九日，（《月令》曰："孟秋之月，律中夷则，其数九。"秋为老阳，故数九，亦河图西方金之成数也。地四生金，天九成之。）无举火事，（抑阳助阴也。）无煎金器，（煎金以生水也。）家人祠门，（郑玄注《礼记》曰："秋阴气出，祀之于门，外阴也。祀之先祭肝者，秋为阴中，于藏值肝，肝为尊也。祀门之礼，北面设主于门左枢乃制肝及肺心为俎，奠于主南。又设盛于俎东，其他皆如祭灶之礼。"）为四通之坛于邑西门之外，方九尺，植白缯九，其神少昊，（少昊，又名少皞，姬姓，名挚，字玄嚣。又称白帝，号青阳氏，又号金天氏。）祭之以桐木鱼九，玄酒，具清酒、脯脯，衣白衣，他如春。以庚辛日为大白龙一,(《月令》曰:"孟秋之月,其日庚辛。")长九丈,居中央,为小龙八,各长四丈五尺,于西方,皆西乡,其间相去九尺,鳏者九人,皆斋三日,服白衣而舞之,司马亦斋三日,衣白衣而立之,虾蟆池方九尺,深一尺,他皆如前。

冬舞龙六日,(《月令》曰:"孟冬之月,律中应钟,其数六。"冬为老阴,故数六,亦河图北方水之成数也。天一生水,地六成之。)祷于名山以助之,家人祠井,(《礼记·月令》为祀行,《淮南子》蔡邕《独断》皆云:"冬祀井。"《白虎通》论五祀亦谓门、户、井、灶、中霤也。然往来连属亦云井,《易经·井卦》云:"往来井井。"故井亦行也,祀井即祀行也。其言井者,井宿也。古部落逐水草而居,至冬必迁移以避严寒,故祀行。而立冬时,依先天星象,井宿在冬,故祀行时,亦望东而拜祭。而后儒以为夏日盛德在火而祭灶,自然冬日盛德在水而祭井,所祭之井宿亦变成了水井之神,故行神便成了井神。巫咸曰:"东井,水星也。"东井主水,故求雨祭之也。郑玄注《礼记》曰:"冬,盛阴,寒于水,祀之于行,从辟除之类也。祀之先祭肾者,阴位在下,肾亦在下,肾为尊也。行在庙门外之西,为軷坛,厚二寸,广五尺,轮四尺。祀行之礼,北面设主于軷上,乃制肾及脾为俎,奠于主南。又设盛于俎东,祭肉,肾一,脾再,其他皆如祀门之礼。"设盛于东,向东而祭,便是祠井也。)无罋水,(以求水满也。)为四通之坛于邑北门之外,方六尺,植黑缯六,其神玄冥,(玄冥,北方之神,亦水神。)祭之以黑狗子六、玄酒,具清酒、脾脯,祝斋三日,衣黑衣,祝礼如春。以壬癸日为大黑龙一,(《月令》曰:"孟冬之月,其日壬癸。")长六丈,居中央,又为小龙五,各长三丈,于北方,皆北乡,其间相去六尺,老者六人,皆斋三日,衣黑衣而舞之,尉亦斋三日,服黑衣而立之,虾蟆池皆如春。

四时皆以水日,为龙必取洁土为之,结盖,龙成而发之。

(《初学记》引许慎《淮南子》注云:"汤遭旱,作土龙以象龙,云从龙,故致雨也。")四时皆以庚子之日,(取金水相生之象也。)令吏民夫妇皆偶处。(《孔子家语·本命解》云:"群生闭藏于阴而育之始,故圣人因时以合偶男女。")凡求雨之大体,丈夫欲藏匿,女子欲和而乐。(阳藏阴喜而行雨也。)

至宋,官方多次颁布"祈雨法",如宋真宗咸平二年(999)颁行的"祈雨法"、景德三年(1006)颁行的"画龙祈雨法",宋孝宗颁行"蜥蜴祈雨法"等,要求地方官吏遵照执行。祈雨的主要举措,就是以龙或者是其他水生物致雨,其本质是交感巫术,即以道具式的土龙、画龙等象征想象中的真龙,辅以阴阳五行之术,以求同类相感。

除了造龙之外,祈雨过程中常常要聚集蛇、虾蟆、蜥蜴等与龙属于同类的水生动物,在古代人看来,它们都能带来降雨,"祝蜥蜴以祈雨,龙之同类也"。人们还发明了很多的求龙的方法,《太平御览》记载了一个祈雨的终南捷径:

> 交州丹渊有神龙。每旱,村人以芮草置渊上,流鱼则多死。龙怒,即时大雨。

看来,人才是万物灵长。

清《广东新语》记载"土龙"一篇,记载了雩祭请雨的民俗,说明从汉代董仲舒编订雩祭仪轨之后,祈雨仪式在中国庄稼田里延续了两千年:广人亢旱,以水日雩祭于社而请雨。以土为龙,身皆黑而尾白,长九尺,使丈夫八人,小儿八人,皆衣黑衣,丈夫舁龙,小儿欢呼曰:乌龙头,白龙尾。小童求雨天公喜。"自北而南,又自南而北,乃归于社息焉。复取五虾蟆错置社之中,掘池方五尺,深一尺,置水,埋虾蟆其中而闭之。"

求雨效果如何呢?

《广东新语》有"金龙"篇记载:

茂名灵湫中有一龙井，晋时有潘茂名真人者，以金铸五龙纳井中。自永嘉至今，每遇旱，高凉太守出五金龙祭之，雨立至。或谓金龙者，丹砂所成，然非能为雨也，为雨者祭金龙者也。然亦灵异，万历间，有太守尝窃其一，引至中途，金龙飞入于水，今止存四。然大旱时，汲龙湫之水以祷亦得雨，不必定出金龙云。

明郎瑛《七修类稿》有"祈雨"篇亦云：

吾友吴惟可谨，丁丑进士，尝与予言：其祖宦游某地，时天旱，守延一法师祈雨。师曰："今天久旱，非入龙湫驱龙，则不可得。阖郡官人，当拜俟于湫，慎不可惊惧呼我名也。"守疑且信之。师至湫所，焚符躬下，顷之乘龙而起，游泳湫面，时雨如注。

虽是传奇故事，亦表达了苦旱中求雨百姓的美好祈望。

王充和董仲舒同时代，却是唯物和唯心两条道上跑的车，但王充独独和董仲舒在设土龙求雨这件事上同流，表扬"仲舒览见深鸿，立事不妄，设土龙之象，果有状也"，王充还专门写《论衡·乱龙篇》，认为董仲舒发挥了《春秋》上关于雩祭的道理，用设置土龙的办法招致下雨，是因为云和龙是同类之物可以互相招致。《周易》说："云从龙，风从虎。"根据同类相招的道理，所以就设置土龙，由于阴气、阳气构成的万物是以类相感召的，所以和龙同类的云雨就自然来到了。王充以十五个例子和四大理由解释设土龙能招来云雨，一些类比说辞辑录于下，却是有失牵强附会，权且一观。

叶公好龙，墙壁上、盂樽上都画有龙像，真正的龙听说了就下到叶公那里。龙与云雨的气性相同，所以能相互感动，因为是同类而相互应从。叶公因为画龙而招来了真的龙，现在设土龙也能招致云雨。

神荼、郁垒捉鬼，他们居住在东海度朔山上，站立在桃树之下查看天下的恶鬼。鬼给人间造成灾祸，神荼与郁垒用芦索捆住他们，抓他们去喂虎。所以今天大家砍桃树做成木头人，让桃人站立在门旁，画上虎的形象，把它附在门框上。桃人并不是神荼和郁垒，画的虎也不是吃鬼的那只虎，刻桃人，画老虎，以模仿它们的形状，希望用它们来抵御凶祸。如今土龙也不是招致雨的真龙，与桃符和画虎能御凶一样，土龙也能招致云雨。

有若的样貌酷似孔子，孔子死后，弟子们思慕他，共同推有若坐在孔子的座位上尊敬地侍奉他。云雨的智慧，假使和孔子的弟子们的智慧一样，即使知道土龙不是真龙，然而仍要被感动，因思慕同类而降临人间。

第三节　官　祀

有龙出现，即是天下大事。皇帝和庙堂严格遵循着这一原则，龙所蕴含的巨大的人心感召能量，为历代皇帝所清醒认识，于是与龙有关的情事，一概应纳入官方体制，为巩固统治基础和稳固皇权服务。求雨，民众的心理实质是求龙，庙堂自然不会放任这个龙见机会，以作为皇权神性的表演舞台，敛聚人心。

董仲舒通过《春秋繁露》贩卖的是阴阳五行合和的理念，汉武帝似乎更加关心的是通过官方规范，如何通过祈雨仪式巩固政权。农业问题和龙见，是古代农业社会历代统治者的命脉，官方祈雨尤其是王室的雩祀，实与王朝政治活动密切相关。

因此，历朝官方祈雨活动，充满仪式感和重要性，喻祈于祭，喻祈于仪。

官方祈雨的最早记载，是殷商时代的甲骨卜辞，它反映了殷王室的祈雨活动："帝及今四月命雨？贞：帝弗其及今四月命雨"；"甲子卜，其求雨于东方"。

此后，祈雨与农业社会王朝的命运相始终，并得到了不断的丰富和充实，官方祈雨活动形成为地方官吏、中央有司和皇帝祈雨以及国家雩祀等四层的帝国系统化政务活动。

地方祈雨。郡县官吏每年要重点关注天气特别是雨水多寡，发生旱灾则应按照指令和规定祈雨。汉代"自立春至立夏尽立秋，郡国上雨泽。若少，郡县各扫除社稷"，一般而言，地方郡县祈雨是因时而宜相机自主进行，大旱则由皇帝下诏举行。后汉顺帝阳嘉三年（134），河南、三辅大旱，皇帝就坐不住了，"下司隶、河南祷祀河神、名山、大泽"。晋武帝咸宁二年（276）久旱不雨，皇帝诏令"诸旱处广加祈请"。地方郡县祈雨的对象通常是属境内名山、大渎以及龙王、风伯、雨师等自然神灵及社庙、先贤祠庙、佛寺道观等，"山川百原，能兴云致雨者也。众水所出为百原，必先祭其本"。北魏文成帝和平元年（460）天旱无雨，下诏各州郡在辖界内洒扫祭祀大小神明，宋代射洪令张士逊"祷雨白崖山陆使君祠"，又"祷欧阳太守庙"，元文宗天历二年（1329）关中大旱，陕西行台中丞张养浩祷雨于华山岳祠。

天旱已灼心，祈雨再不应，百姓再相逼，难免怒从心头起，北魏奚康生任相州刺史，天旱到西门豹祠祈雨，"不获，令吏取豹舌"（《魏书》）；北齐文宣帝因"祈雨不应，毁西门豹祠，掘其冢"（《北齐书》）；洪武二年（1369）松陵天旱，"太守陈府公初下车，首诣瞿县祠求雨，十日不降，守怒，欲焚县象"（《东维子集》）。

地方祈雨是寓祈于祭，动员全郡县百姓参与祠户、祠灶、祠门、祠井、社祭、四方祭、门祭、市祭、山泉祭、桥道祭和报祭等。

中央祈雨。按照礼制规定，西周有司祈雨的对象是山川等自然神灵和古圣先贤、后土之神句龙及土谷之神社稷等。汉代由太常司管祈雨，唐以后由礼部司管，祈祀对象主要是岳镇海渎等自然神灵和社稷宗庙等祖先神灵。

国家祈雨，需要各有司各大臣共同参与，汉代令"公卿官长以次行雩礼求雨"，汉武帝"令百官求雨"，后周太祖"分命群臣祷雨"，后梁太祖"宣宰臣各赴望祠祷雨"，宋太宗、神宗命群臣、宰臣"祀郊庙、社稷"祷雨等。

皇帝祈雨。京城大旱，或者地方严重旱灾，皇帝一般会亲自下场为庶民祷获澍雨，名山大川是皇帝祈雨的主要对象，西周宣帝曾祈雨仲山，北魏孝文帝曾祈雨武州山，唐太宗曾遣长孙无忌、房玄龄等祈雨于名山大川，唐玄宗派人祈雨骊山，宋仁宗"遣内臣入蜀祈雨"。宗庙、社稷、郊坛，特别是佛寺道观，因为结合了宗教神仙信仰，亦是皇帝祈雨的场所。

龙潭信仰在清代皇帝中占有重要地位，每逢京师天旱，首先祈雨黑龙潭，次祈天神坛，再祈社稷坛。乾隆十五年（1750）亢旱持续，乾隆皇帝一月内两次求雨黑龙潭。

国家雩祀，是国家的礼仪，由皇帝履行，其意义远远超越了祈雨，而重在"礼祀"。殷商甲骨卜辞同样记载了商王室的雩祀活动："贞雩方，其有贝。贞雩方，无贝。"在《春秋》一书中，雩祀记载即有二十余次，可见是国家时常举行的隆重礼仪活动。

雩祀分为常雩和大雩两种，常雩每年四月"见龙在田"，即龙星升上东方天空的时候举行，"凡祀，启蛰而郊，龙见而雩"。而大雩只有在旱情特别严重时才举行。

汉朝以降，历朝历代统治者都把祈雨这项活动作为国家行为，每年都要举办隆重的祭典，《春秋左氏传》说龙星出现要雩祭，这是春天二月雩祭，为谷苗祈求雨水。桓公五年龙星初现于农历四月立夏左右，这个时节正是春季农作物生长成熟的重要阶段，服虔注《左传》："龙星体见，万物始盛，待雨而大。""其时穷，人力尽"，此时不降雨，就有可能造成饥荒，所以，这时求雨就成为古代社会的经常性活动。

秋天八月也要雩祭，是为谷穗祈求长得饱满，久而久之便形成了传统节日。在祭龙求雨的历史过程中，人们期盼龙带来降雨，龙由龙神逐渐演变成了龙王。

唐以后，雩祀成为祭天大祀，形式愈加完善复杂，集中表现为程序更加缜密、设高坛雩雨以敬天帝、雩雨。常雩的设立是将民间偶发性的祈雨演变成一惯性的国家行为，也就是从"民则祀之"逐步演变为"圣王之祀"的过程，即皇帝最终垄断了祈祷雨泽的权力。

龙见而雩，此常雩，常雩不书，而旱被大雩，为不时之雩。汉以后，雩祀"三请不雨"才"始行大雩"。雩，天子之礼也，"大雩之祭以上帝为尊"，唐之后雩祀的"上帝"为昊天大帝。

第三章 龙见天气

第四节　罪己诏

　　古人常常将自然天气灾异与现实政治捆绑联想，以此反映时政得失及皇帝施政的对错。如果发生严重大旱，即是阴阳失衡，在天人感应理论下，自然灾害被赋予人为因素，认为是"上干天和"的必然结果，是上天对统治者现行失常政治的谴责，正如董仲舒所言："灾者，天之谴也；异者，天之威也。谴之而不知，乃畏之以威……凡灾异之本，尽生于国家之失。"

　　董仲舒所提出的灾异谴告说，自此亦一直为历代君臣黎民所接受，使之成为灾害时期维护社会稳定、安定百姓心理的重要标志和着手解决问题的关键点。事实上，就如同龙一样——君臣都心里透彻地明白，那就是一个虚拟的动物，但大家都心知肚明地以龙喻事、以龙说事，形成独特的言论场——干旱求雨，亦是同理，至少在皇帝一方是意在诗外，走上了"龙见"处理的老路子。以北宋为例，仰于自然科学的发达，作为皇帝宋徽宗已经认识到所谓天文灾异皆属自然现象："日月行黄道，及其相掩，人下而望，有南北仰侧之异，故谓之蚀；月假日光，行于日所不烛，亦以为蚀。日月之光，盖未始亏，人望而然。"（《宋大诏令集》）

　　而社会有识之士，如早在西汉时的王充就已经看透了风雨，他在《论衡·顺鼓篇》中讲述说，长久下雨不天晴，试让君王在高枕上安心躺着，雨仍然会自行停止。雨停久了就出现大旱，试让君王在高枕上安心躺着，旱久了就仍然会自行下雨。为什么呢？天气晴、旱到了极点，就会转变成阴、雨；天气阴、雨到了极点就会转变成晴、旱。晴、旱、雨、涝是自然现象，是有规律的，冬天求雨能求得来吗？显然在冬天无论怎样都求不来雨。到了夏季，你不求龙，雨水也会自然而来。

　　但是，以天文灾异这样的所谓天谴方式作为君主自身或中央及地方官员的一种警诫，"天于人君有告戒之道焉，示之以象而已"已是中国古代放之四海俱都认可的固定习惯。皇帝还不得不接受这种天人感应的理论，甚至更进一步，何不利用这种民众认识，利用自己掌握的信息，将祈雨和祈雨灵验，作为巩固统治和神圣皇权、展示君主宽容及仁德呢？于是，祈雨逐渐成为皇帝的秀场、皇权的秀场，事实证明，北宋的皇帝们极有可能就是这么干的，本章后文将有论及。

皇帝们清楚，干旱和祈雨，已经唤起了帝国子民心中的"龙见"，其心理影响已被无限放大，他们需要第一时间表态。好在处理流程皇帝们已经驾轻就熟，首先是发布《罪己诏》表明态度。商汤王早在千年以前天旱不雨的情况下，就已经为后来的皇帝们做出了罪己的表率，《吕氏春秋·顺民》记载，商代开国之君汤于桑林祷雨，是可追溯的国君最早的"罪己诏"："天大旱，五年不收。汤乃以身祷于桑林。曰：余一人有罪，无及万夫；万夫有罪，在余一人。"《宋大诏令集》所载儆灾诏令，是自然灾害及特殊天文现象发生之时北宋君主颁布的诏令。就其内容来看，此类诏令的重点并不是诸如蠲免赋税、放粮赈灾等具体救灾措施，而是君主罪己思过、赦降罪囚、遣使巡察等针对百姓进行精神和心理抚慰的应对举措，蕴含着宣示君主仁德、树立君主权威、稳定社会秩序的文化、政治意义。

罪己诏，是皇帝在君臣错位或者国家遭受重大天灾、政权处于危机时，自省或检讨自己的过失、过错的一贯做法，既然自命真龙天子，既然垄断了祈雨的权力，自然要为干旱承担责任。在这种情况下，皇帝不得不在祈雨仪式之外，被动地按照固定模式采取一些政治修补举措。

《宋大诏令集》载有宋太祖建隆三年（962）至宋徽宗宣和元年（1119）的儆灾诏令凡98条，其中涉及水、旱、蝗、风、雪等自然灾害的有57条，涉及星变、彗星、日食等特殊天文现象的有36条，此外还有火灾5条，其中皇帝直接提及罪己的就有60条之多。从文献看，北宋时期灾异发生之时，皇帝会首先下诏罪己，以收揽民心，安抚天下。因为按照灾异谴告的说法，灾异的发生往往与君主的为政阙失有关，所以赵宋君主在儆灾诏令中最常见的言辞就是检讨自己的行为和政治得失，并恳切地表示愿意承担灾异的责任。

端拱二年（989）"自三月不雨，至于五月"，旱灾严重，宋太宗下《罪己御札》言："万方有罪，罪在朕躬。顾兹雨雪愆期，应是祆星所致。为人父母，莫敢遑宁，直以身为牺牲，焚于烈火，亦未足以答谢天谴。当与卿等审刑政之阙失，念稼穑之艰难，恤物安人，以祈元祐。"字面意思，子民受难，赖于帝王，焚心似火。

嘉祐元年（1056），"京师自五月大雨不止，水冒安上门，门关折，坏官私庐舍数万区，城中系筏渡人……而诸路亦奏江河决溢，河北尤甚，民多流亡"，宋仁宗自责"此皆朕德不明，天意所谴，致兹灾潦，害及下民。是亦邦治未孚，王政多阙。赏罚有所不当，诏令得非未便。狱讼颇枉，赋役烦急，既民冤失业者众，则天灾缘政而生"。

在这些罪己诏令中，北宋皇帝们不只是表明罪己的态度，为了达到警示官员、安抚百姓、稳定社会的目的，他们与之前的历代君主一样，还采取一些具体的罪己措施，如易服、不御正殿、撤除声乐、减省常膳、外求直言以指陈时政等。在中国道德全能社会的背景下，君主愿意与民共苦的行为及悔过自新的决心，已经是帝王了不起的仁爱百姓、体恤下情、德行高尚了，这对那些处于灾害之中生活困窘、无所适从的黎民百姓来说，无疑是极大的精神支柱和心理抚慰。

录囚和轻赋等措施，亦是皇帝求得天地人和的方式和手段，阴阳调和则可致雨。天旱不雨，皇帝有时会亲自录囚，"决畿内系囚"，或"敕有司阅狱"，处理冤案，梳理冤情。汉和帝与太尉、司徒一同前往"洛阳狱，录囚徒"，唐太宗"亲录囚徒"，地方州府长吏则要"亲问刑狱，省察冤滥"，并根据旱情程度适当减轻刑罚，释放罪行较轻的犯人。此外，旱灾发生后，朝廷会不同程度地省繇轻赋，停止不紧要的工程。

一顿操作暖人心，北宋一朝于是出现了皇帝求雨灵异事件，十分灵验，以至于让人不得不怀疑皇帝们在求雨秀场，完全是提前拿到了正确答案。

延伸阅读：罪己诏外传

"诏"之语权专归皇帝，起自秦始皇宣告"命为'制'，令为'诏'"的专利。"罪己诏"的起源，古人认为是从"禹、汤罪己"开始的。据古籍记载：大禹登上帝位后，有一次，无意中看见了犯罪的人，就伤心地哭了起来，左右问其故，禹曰：尧舜之时，民皆用尧舜之心为心，而予为君，百姓各以其心为心，是以痛之。禹见民心涣散，深感内疚，认为自己没有当好这个帝王，于是自省自责，主动承担失查和保护的责任，收到了预期的效果，后来经附会神化，遂成为后世皇帝效法的"罪己诏"。

中国历史上第一次明确地颁布"罪己诏"的人是汉文帝。公元前179年，有人建议汉文帝要早立太子，汉文帝不同意，就颁"诏"说："朕既不德……"意思是说，如果我现在立太子，就是更加加重了我的不道德。

《二十五史》中，共有77位皇帝下过246份罪己诏：汉朝15位、三国1位、晋朝7位、南朝14位、北朝1位、隋朝1位、唐朝8位、五代6位、宋代7位、辽代1位、金代1位、元朝4位、明朝3位、清朝8位。时间跨度为2074年，平均8年就有一份罪己诏。仅唐太宗一人就有28份。

"罪己诏"通常是在为政阙失，上天降灾，或国家危亡三个关头出现，用意都是皇帝自责。

为政阙失罪己诏，最著名的是汉武帝刘彻的《轮台罪己诏》。

一代雄主汉武帝，大开大合、纵横捭阖、穷兵黩武、好大喜功、不拘细节、不恤下民，在创造不世伟业的同时，亦使男丁尽失，民力枯竭，晚年又好神仙方术，热衷宫殿，大兴巫蛊，卫皇后和太子刘据俱死于此，株连甚广。征和三年（公元前90），汉武帝即察太子无辜，乃建"思子宫"以自责悔过；征和四年（公元前89），当群臣之面自责曰："朕即位以来，所为狂悖，使天下愁苦，不可追悔。自今事有伤害百姓、糜费天下者，悉罢之……向时愚惑，为方士所欺。天下岂有仙人，尽妖妄耳！节食服药，差可少病而已。"

随后，他又驳回了大臣桑弘羊等人屯田轮台的奏请，决定"弃轮台之地，而下哀痛之诏"，即《轮台罪己诏》，他"深陈既往之悔"，不忍心再"扰劳天下"，决心"禁苛暴，止擅赋，力本农"，"由是不复出军。而封丞相车千秋为富民侯，以明休息，思富养民也"。汉武帝由此开始全面调整国家的内外政策，不但使政权转危为安，而且为"昭、宣中兴"打下了基础。

第三章 龙见天气

汉武帝一朝，虽薄于民生，但彻底解决了匈奴问题，开疆拓土，真正实现了国家大一统的宏大战略，没有大汉帝国的艰苦付出，怎会有如此煌煌成就？一将功成都万骨枯，何况推动一个帝国走上巅峰辉煌？所以，汉武帝的《轮台罪己诏》，虽罪己以缓和阶级矛盾，但事实上却是大汉国家战略风向转型的宣言书，从极端的武功向国家稳定发展转向。

上天降灾的罪己诏，数宋太宗赵光义对自己最"狠"，先后两次要学成汤先贤，扬言要自焚祭天以求雨救民。

一是端拱二年（989）"自三月不雨，至于五月"，旱灾严重，宋太宗下《罪己御札》言："万方有罪，罪在朕躬……直以身为牺牲，焚于烈火……以祈元祐。"二是淳化二年（991）春三月，北宋境内多地久旱无雨，宋太宗给宰相吕蒙正写了一道手诏说："元元何罪？天谴如是，盖朕不德之所致也。卿等当于文德殿前筑一台，朕将暴露其上。三日不雨，卿等共焚朕以答天谴。"

成汤革命，灭夏建商。始建国，逢大旱，心急如焚的汤，诚惶诚恐地向天帝祈祷求雨，说："尔有善，朕弗敢蔽；罪当朕躬，弗敢自赦，惟简在上帝之心。其尔万方有罪，在予一人；予一人有罪，无以尔万方。"（《尚书·汤诰》）此后，商朝仍然连年大旱，五谷不收，负责祭祀的大臣说，要用人为牺牲，向上帝祈祷求雨。于是，汤"剪发断爪"，身为牺牲，祷于桑林，"以六事自责"，曰："余一人有罪无及万夫，万夫有罪在余一人。无以一人之不敬，使上帝鬼神伤民之命。"于是，民大悦，雨亦大至。此典被解释为成汤罪己行为，深感天地，于是来雨。

国家危亡罪己诏。唐德宗即位不久，就先后有号称"四王""二帝"的几个节度使举兵反叛。建中四年（783），长安失守，德宗仓皇逃亡，被叛军一路追杀至奉天城。次年春，他痛定思痛，改年号为"兴元"，并颁《罪己大赦诏》，"分命朝臣诸道宣谕"。诏书中历数了自己的罪过后，说："天谴于上而朕不寤，人怨于下而朕不知"，"上累于祖宗，下负于蒸庶，痛心靦面，罪实在予"。此诏文字真挚动人，很有感召力。"赦下，四方人心大悦。及上还长安明年，李抱真入朝为上言：'山东宣布赦书，士卒皆感泣，臣见人情如此，知贼不足平也！'"民心军心为之大振，局势因而大变，不久，动乱即告平息。

唐德宗的及时表态，达到了收拢人心团结国家各阶层的正向作用。

附：

汉武帝《轮台罪己诏》

上乃下诏，深陈既往之悔，曰：前有司奏，欲益民赋三十助边用，是重困老弱孤独也。而今又请遣卒田轮台。轮台西于车师千余里，前开陵侯击车师时，危须、尉犁、楼兰六国子弟在京师者皆先归，发畜食迎汉军，又自发兵，凡数万人，王各自将，共围车师，降其王。诸国兵便罢，力不能复至道上食汉军。汉军破城，食至多，然士自载不足以竟师，强者尽食畜产，羸者道死数千人。朕发酒泉驴、橐驼负食，出玉门迎军。吏卒起张掖，不甚远，然尚厮留其众。

曩者，朕之不明，以军候弘上书言"匈奴缚马前后足，置城下，驰言'秦人，我匄若马'"，又汉使者久留不还，故兴师遣贰师将军，欲以为使者威重也。古者卿大夫与谋，参以蓍龟，不吉不行。乃者以缚马书遍视丞相、御史、二千石、诸大夫、郎为文学者，乃至郡属国都尉成忠、赵破奴等，皆以"虏自缚其马，不祥甚哉！"或以为"欲以见强，夫不足者视人有余"。《易》之卦得《大过》，爻在九五，匈奴困败。公车方士、太史治星望气，及太卜龟蓍，皆以为吉，匈奴必破，时不可再得也。又曰："北伐行将，于鬴山必克。"卦诸将，贰师最吉。故朕亲发贰师下鬴山，诏之必毋深入。今计谋卦兆皆反缪。重合侯得虏候者，言："闻汉军当来，匈奴使巫埋羊牛所出诸道及水上以诅军。单于遗天子马裘，常使巫祝之。缚马者，诅军事也。"又卜"汉军一将不吉"。匈奴常言："汉极大，然不能饥渴，失一狼，走千羊。"

乃者贰师败，军士死略离散，悲痛常在朕心。今请远田轮台，欲起亭燧，是扰劳天下，非所以优民也。今朕不忍闻。大鸿胪等又议，欲募囚徒送匈奴使者，明封侯之赏以报忿，五伯所弗能为也。且匈奴得汉降者，常提掖搜索，问以所闻。今边塞未正，阑出不禁，障候长吏使卒猎兽，以皮肉为利，卒苦而烽火乏，失亦上集不得，后降者来，若捕生口虏，乃知之。当今务在禁苛暴，止擅赋，力本农，修马复令，以补缺，毋乏武备而已。郡国二千石各上进畜马方略补边状，与计对。

附：

唐德宗《罪己大赦诏》

癸酉朔，赦天下，改元。制曰：致理兴化，必在推诚；忘己济人，不吝改过。朕嗣服丕构，君临万邦，失守宗祧，越在草莽。不念率德，诚莫追于既往；永言思咎，期有复于将来。明征其义，以示天下。

小子惧德不嗣，罔敢怠荒，然以长于深宫之中，暗于经国之务，积习易溺，居安忘危，不知稼穑之艰难，不恤征戍之劳苦，泽靡下究，情未上通，事既壅隔，人怀疑阻。犹昧省己，遂用兴戎，征师四方，转饷千里，赋车籍马，远近骚然，行赍居送，众庶劳止，或一日屡交锋刃，或连年不解甲胄。祀奠乏主，室家靡依，死生流离，怨气凝结，力役不息，田莱多荒。暴令峻于诛求，疲甿空于杼轴，转死沟壑，离去乡间，邑里邱墟，人烟断绝。天谴于上而朕不寤，人怨于下而朕不知，驯致乱阶，变兴都邑，万品失序，九庙震惊，上累于祖宗，下负于蒸庶，痛心靦面，罪实在予，永言愧悼，若坠泉谷。自今中外所上书奏，不得更言"圣文文武"之号。李希烈、田悦、王武俊、李纳等，咸以勋旧，各守藩维，朕抚驭乖方，致其疑惧；皆由上失其道而下罹其灾，朕实不君，人则何罪！宜并所管将吏等一切待之如初。

朱滔虽缘朱泚连坐，路远必不同谋，念其旧勋，务在弘贷，如能效顺，亦与维新。朱泚反易天常，盗窃名器，暴犯陵寝，所不忍言，获罪祖宗，朕不敢赦。其胁从将吏百姓等，在官军未到京城以前，去逆效顺并散归本道、本军者，并从赦例。

诸军、诸道应赴奉天及进收京城将士，并赐名奉天定难功臣。其所加垫陌钱、税间架、竹、木、茶、漆、榷铁之类，悉宜停罢。

……

第五节 司 天

祈雨之灵验，无过于宋皇，灵验的效果，却绝非由于皇帝自焚祭天的笃定信念，隐藏在轰轰烈烈祈雨表面之后的答案，别有一番滋味，酸爽入心。

在亿兆黎民心目中，他们的皇帝，作为天子，既然皇权是上天授予，他自然应有不同于凡人的神秘之处，当其子民因干旱而百稼不收从而流离失所之时，仁主有忧民之旨，圣人有恤物之心。皇帝有责任承担起，并且有神力承担起沟通人神的重任，实现灾情的缓解，使四海晏平子民安乐。

罪己诏，似乎是皇帝对天灾的应急表达，"以答天谴"，但世间需要的不仅仅是皇帝的态度，帝国田地里的庄稼和王土上的万民，需要的是实实在在的雨水。于是，皇帝需要祈雨，祈雨而雨降，即意味着上天对皇帝在人间统治的肯定。于是降雨后，君臣相贺，万民感呼，史官也会记载祈雨的整个过程，把降雨归功于皇帝的祈雨之举，最终归于皇帝的德政。所以，皇帝祈雨所蕴含的深层次政治意义，甚至皇帝在祈雨中的姿态，要远远大于降雨缓解旱情本身的现实功能。因此，祈雨是皇帝的一个特殊政治秀场，不得不引起历代皇帝们的极度重视。

北宋皇帝是祈雨秀场上的优秀表演大师，所祈应验的成绩，为其他朝代皇帝所艳羡和嫉妒。《续资治通鉴长编》和《宋史》记载了北宋皇帝祈雨应验的优异成绩：

开宝三年（970），"春夏，京师旱"。四月丁亥，宋太祖"幸建隆观、相国开宝寺祷雨"，辛卯，雨。祈雨四天后雨降。

淳化二年（991）春三月，宋太宗扬言："三日不雨，卿等共焚朕以答天谴。""翌日而雨，蝗尽死。"该例前文已有表述，太过神奇。

咸平元年（998）五月甲子，宋真宗"幸大相国寺祈雨，升殿而雨"。祈雨后回到大殿天即降雨。

咸平四年（1001）二月丁巳，宋真宗"幸大相国寺、上清宫祈雨"。戊午，"雨，帝方临轩决事，沾服不御盖"。祈雨后的第二天雨降。

大中祥符二年（1009）二月乙巳，宋真宗"幸大相国寺、上清宫、景德开宝寺祈雨"，己酉，雨。祈雨三日后雨降。

大中祥符八年（1015）正月戊申，宋真宗"分遣侍臣祷雨于玉清昭应宫、庙社诸神祠"，未应验。二月癸酉，皇帝"亲谒玉清昭应宫，幸开宝寺、上清宫祈雨"，这次祈雨奏效，七日后，是月庚辰"大雨"。

天圣五年（1027）六月甲戌，宋仁宗于"玉清昭应宫及开宝寺祈雨"，丁丑"雨"。祈雨三日后雨降。

庆历三年（1043），"自春夏不雨，岁时失望"，五月庚辰，宋仁宗"幸相国寺、会灵观祈雨"，八日后"雨"，"群臣称贺"。

庆历五年（1045）二月辛亥，宋仁宗"祈雨于相国、天清寺、会灵、祥源观"，两日后"雨"。

庆历七年（1047）三月天旱，辛丑，宋仁宗下诏罪己后，"幸西太一宫祈雨，所过神祠皆遣中使致祷"，祈雨还宫之后即降雨。

嘉祐七年（1062）三月乙丑，宋仁宗"祈雨于西太一宫"，五日内雨降。

熙宁六年（1073）三月宋神宗祈雨，应验，王安石称颂说："民每欲雨，陛下辄一祈未尝不辄应，此陛下至诚感天之效。"神宗按捺住内心的激动，自谦地表示："时雨应祈，稼穑是赖，获此嘉应，非朕敢任，其赦天下，与民均福。"

种种祈雨应验的神奇，使得皇帝愈加神秘，它不禁让赵宋子民产生他们的皇帝能沟通上天的错觉。北宋的人们恐怕没有注意到，他们生活的朝代有沈括、毕昇、燕肃、苏颂、钱乙等中国古代最闪光的科技大神，他们生活的年代是中国古代自然科学的黄金时代。宋代的天文、历法之学，处于中国古代天文学发展的高峰期，毕昇发明了活字印刷术，指南针在北宋时应用于航海，唐宋时期发明了火药和火药武器。天文观测水平亦不断提高，沈括的"十二气历"比英国早800多年，《新仪象法要》记载了北宋进行过5次大规模的恒星位置观测，《宋史·天文志》中保存了测定二十八星宿位置的成果，《灵台秘苑》收载了包括345个星官距星的入宿、去极度。宋朝科学发展的程度，似乎已经可以支撑对降雨比较准确的预报。

当然，这也不能责怪北宋的民智不开，从古至今，在古代统治逻辑里，天文的研究与应用，事涉阴阳五行与天意天道运行，与帝王、江山有着玄妙的联系，所以始终被皇家垄断。北宋的皇帝们十分重视对天文学的管理，多次下诏禁止民间、官员、士兵等私习阴阳、天文之书，任何人都不得妄说阴阳卜筮鬼神，每当有天文异象之时，则由天文官负责解释。同时对天文机构的司天技术人员严加限制以防泄露天文机密，如禁止天文机构里面的专职人员出任外官、出入官员之家、泄露天象信息。其对天文信息的提升为国家机密的强制垄断化管理，与历代统治者禁止民间私习《易经》是同样的思维逻辑和管控途径，《易经》在民间的被禁，原因是该知识系统是总结事物发展规律的工具，一旦民间民智大开，对于帝国统治而言，将是极大的冲击。

北宋统治者对天文学的严密控制，使得民间难以确知未来的气象变化，而皇帝却可以通过天文机构，独家垄断获知未来的天气预报。

北宋初，国家天文机构沿唐制称司天台，端拱元年（988）九月始称司天监，元丰改制后，司天监改称太史局，其名异而实同，职事大致如一，《宋史·志》载：

> 太史局掌测验天文，考定历法。凡日月、星辰、风云、气候、祥眚之事，日具所占以闻。岁颁历于天下，则预造进呈。祭祀、冠昏及大典礼，则选所用日。
>
> 其官有令，有正，有春官、夏官、中官、秋官、冬官正，有丞，有直长，有灵台郎，有保章正。其判局及同判，则选五官正以上业优考深者充。保章正五年、直长至令十年一迁，惟灵台郎试中乃迁，而挈壶正无迁法。
>
> 其别局有天文院、测验浑仪刻漏所，掌浑仪台昼夜测验辰象。

太史局规制完整，每日将天象情况上报，当时的司天官长从五行阴阳出发，结合天象变化，星占出未来水旱等吉凶，用于择选吉日，作为皇帝对重大事宜趋吉避凶的决策参考。在古人的世界中，不同的星象被赋予了不同的含义，不同的星象代表着吉凶。所以，太史局都是学者型官员，他们不仅要熟悉阴阳五行，还要善于观察天体、气象变化，根据云、雨、风、雷、电等天气色彩、形状和变化，发现总结云和雨的关系，最终形成了解天气变化的系统，因此，在不断实践、摸索、总结的基础上，太史局和顶尖气象学家掌握对未来天气较为准确的预报能力，是完全合乎逻辑的推论。

第六节　翰林天文

显德七年（960）正月初一，汴梁还沉浸在春节的氛围中，突然一份紧急军情就震动了朝野：北汉联合契丹大举来犯，边关告急。如此危难之机，殿前都点检赵匡胤请命，7岁的后周恭帝柴宗训下旨其领军出征。

事不宜迟，正月初三，赵匡胤率军出征。但当走到陈桥驿后，太阳仍然挂在天上，却传下安营扎寨的军令，将士们都很纳闷。这时，随军出征的军校苗训者，仰头观天象出神，神情有异。

军中将士都熟识这位苗训，一早便追随赵匡胤效命，因是陈抟老祖的得意弟子，善天文占候术，以谋略见长，素有苗半仙之称。苗训是赵匡胤口中"诸葛孔明再世"的大军师，仿若周武王的姜太公、刘备的诸葛亮、李世民的徐茂公、朱元璋的刘伯温，在后世小说戏曲中，几位拥有玄妙功能的军师齐齐被演义和传颂：正月里来正月正，刘伯温走进南京城，打板算卦苗广义，修道先生徐茂公，神机妙算诸葛亮，斩将封神姜太公……

身负如此神奇光环，苗训这一举动自然意义深远，赵匡胤的亲随军官楚昭辅上得前来，问苗训道："有何天象？"苗训指着太阳说："好奇怪，天上怎么出现了两个太阳？"楚昭辅打眼细看，顿时惊叫："果真有两个太阳，下面那个太阳正把上面的太阳给吃掉了！"苗训深以为然，两人速速入帐向赵匡胤报告奇特天象。

数万大军尽皆仰头,细看如今解释为"日食"的奇特天象,天气就是天意,这可是要变天的天兆啊!不知什么地方传出了一句话——"一日克一日,点检做天子",风一样地在大军中流传。点检者,正是赵匡胤当时的官职!

天意有赐,授命有兆。第二天早上,一大批将校在苗训、楚昭辅的鼓动下,赵普、赵光义将赵匡胤拥出寝室,齐声高呼,军中无主,愿策太尉为天子,并将一件象征天子的黄色上衣披在他身上,因为有天象已经昭示,众将校统统顺理成章地跪伏在地,齐心拥戴新的天子,一切自然而然水到渠成地高呼"万岁"。赵匡胤接受拥戴,返回京城,在京城亲信石守信等人的配合下,迅速控制了局势,兵不血刃地夺取了后周天下,这就是历史上有名的"陈桥兵变",大宋由此开国,改号建隆。

《续资治通鉴长编》卷一建隆元年如此记载这一奇特天象以及所应的改朝换代:

> 军校河中苗训者号知天文,见日下复有一日,黑光久相摩荡,指谓太祖亲吏宋城楚昭辅曰:"此天命也。"

《宋史》透露"军中知星者"苗训,就是整个天象昭示、黄袍加身事件的精心策划、周密运作者:

> 苗训,河中人,善天文占候之术。仕周为殿前散员右第一直散指挥使。显德末,从太祖北征,训视日上复有一日,久相摩荡,指谓楚昭辅曰:"此天命也。"夕次陈桥,太祖为六师推戴,训皆预白其事。既受禅,擢为翰林天文,寻加银青光禄大夫、检校工部尚书。年七十余卒。

苗训借天象催生了大宋,赵匡胤自然了然于心,并对天象有了严重的认识,坐上帝位后,即擢苗训为翰林天文,牢牢掌握天象观测、解释

第三章 龙见天气

的所有权。开国皇帝的天象思维,始终在北宋皇帝间严格传承,形成了对天文的极度重视。

苗训与赵匡胤的结识,至少在公元950年之前。据《潞安府志》记载,苗广义,名训,潞城宋村人,少年时西上华山,拜当时著名道士陈抟为师。回乡后,在柳叶镇耍金桥搭一简棚,算卦相面,坐诊看病,岐黄济世,药到病愈,吉凶祸福,掐断如神,一时被推为乡间神人。当时柳叶镇有一郭姓人家,家中几亩薄田靠郭老伯勤劳耕作,一天早上,儿媳张氏送饭到地头,便将饭罐挂在古树杈上,招呼了公公之后便回。家翁用饭后中毒身亡,张氏以毒死家翁罪被判死刑,押进死牢待秋后处斩。冤狱生成,当地连续大旱70余天,官民祈雨无果。苗训算来干旱与张氏冤狱有关,于是让人做同样饭菜挂到古树杈上,两个时辰摘下喂狗,狗被毒毙。苗训指挥点燃古树,发现树中枯洞中蜷伏着一条大毒蛇,张氏冤屈由从被申。即日,当地普降大雨。

一日,在江湖上闯荡的赵匡胤路经柳叶镇,苗训见赵紫面丰颐,气宇轩昂,有帝王之相,忙起身相迎,于是向其分析天下大势后,建议他投靠郭威,见机行事。赵匡胤依言行事,并和苗训约定,待时机成熟,共谋大业。广顺元年(951)赵匡胤来到河北,投靠后汉枢密使郭威,次年郭威发动兵变,灭了后汉,建立后周。赵匡胤因作战勇敢被提拔为禁军头目,并因此结交了郭威养子柴荣。显德元年(954)周太祖郭威病逝,柴荣即位称帝,是为周世宗,赵匡胤被破格提拔为殿前都虞候,成为后周禁军高级将领。这时已和赵匡胤相聚的苗训,先后向他推荐了赵普等能人志士,到周世宗病亡时,赵匡胤已形成了文有苗训、赵普、楚昭辅,武有潘美、高怀德、石守信、郑子明的强大开国班底。

建国不久,苗训多次上奏致仕,被准予归乡,赵匡胤以国号宋,赐苗训家乡苗家庄为宋村,沿用至今。苗训晚年自卜墓地于潞城宋村西岭,病故后葬其地。到了太宗年间,皇家一位精通地理风水的先生,路经此地,见这里山清水秀,风景优美,王气缭绕,苗训墓地凤舞鸾翔,双翅拱抱,墓中正对龙脉,忙上奏朝廷。朝廷遣潘美将墓地连接西岭主峰之间,挖沟6丈多深,见血水出方止,曰:已断主脉,苗氏后代不会出现与帝王比肩者，只会出现才子美女罢了。果然苗氏子孙自宋元再无显达，明时苗门女子显贵，多为亲王郡王妃，镇辅诸将军夫人。

有天文地理之智的智者，洞悉天理，自然会被皇家防范和警惕，要么为我所用，要么严密控制，总之为皇权服务是唯一生路。

苗训以北宋开国之功，开了天文翰林的新职，后发展为天文翰林院，亦称翰林天文局，属翰林院。掌观测天象，占候卜筮，以其观测所得与司天监对照。建炎三年（1129）并归太史局，绍兴元年（1131）复置。翰林天文官，扮演着皇帝身边天文顾问的角色。虽然太史局、翰林天文官的主要职责并不是预测水旱天气，但在久旱之时，皇帝向他们询问未来的气象信息是题中应有之义，特别是准备祈雨时，这种询问就显得更为重要。

为了增强祈雨的灵验效果，皇帝会亲自或派亲信询问天文官员，从而保证气象信息在封闭渠道传递和运行。因此，史书中少见关于皇帝祈雨前问询天文官的专题记载，但散见于君臣奏对的文字中，其中透露出了皇帝以天气预报信息确定祈雨日期的机密鳞爪。

宋仁宗在庆历三年（1043）五月祈雨时，《续资治通鉴长编》在注文中就有记载："京师夏旱，谏官王公素乞亲行祷雨。帝曰：'太史言月二日当雨，一日欲出祷。'"在宋仁宗与王素的交谈中，宋仁宗透露了在祈雨前已经从天文官那里了解到了未来几日的气象情况，可见宋代天文机构有类似今天气象台天气预报的职能，皇帝对它提供的信息很重视，根据天文机构提供的气象信息确定祈雨日期。

嘉祐八年（1063）进士及第、科技牛人沈括，熙宁五年（1072）九月升任太子中允、提举司天监，裁撤冗员，改革机构，改进仪器，召请卫朴修造新历法，并向全国征集观测天象的书籍。他成为神宗祈雨的首席科学家，他在《梦溪笔谈》中谈五运六气的时候，透露了神宗向其咨询何时有雨的情事：

> 熙宁中，京师久旱，祈祷备至，连日重阴，人谓必雨，一日骤晴，炎日赫然。余时因事入对，上问雨期，余对曰："雨候已见，期在明日。"众以谓频日晦溽，尚且不雨，如此旸燥，岂复有望？次日，果大雨。是时湿土用事，连日阴者，从气已效，但为厥阴所胜，未能成雨，后日骤晴者，燥金入候，厥阴当折，则太阴得伸，明日运气皆顺，以是知其必雨。此亦当处所占也。若他处候别，所占迹异。

沈括根据京师的气象情况来预报天气，做出"期在明日"的判断，结果应验。可见，在宋代，科学家们已能够利用所掌握的气象知识预测天气变化。

同时，民间田间的农业生产不断总结出的气象知识，有时也成为皇帝了解天气变化的参考，宋真宗从太史局拿不到准确的雨期，转而向邢昺寻求田间农作智慧，反而大有应验。"邢尚书，曹州农家子，深晓播殖。真宗每雨雪不时，忧形于色，责日官所定雨泽丰凶之兆，多或不中。昺因进《耒耜岁占》三卷，大有稽验，皆牧童村老岁月于畎亩间揣占所得。"

祈雨前已预知有雨，这是皇帝不为外人所道的机密，皇帝们反而会利用传统礼仪，郑重其事地做一场祈雨表演，等待祈雨应验而在子民面前获得心底的拥戴。天文科学由此成为皇权的卫道者。在这场祈雨的表演秀中，皇帝为导演兼主演，各色官员为配角，百姓为吃瓜群众，剧目的最好结局，是皇帝做出祈雨姿态，然后天降甘霖，君臣相庆，万民山呼，形成皇帝从人到通天之神的完整证据链，以及君权神授神圣而完美闭环和表现。所以，皇帝祈雨表面是一种礼制，实则是一种政治，是皇帝宣示皇权、巩固统治的手段。在应验的祈雨活动中，和田间地头旱情缓解相比，皇帝真命天子的身份借此获得天下子民心智认证，才更加重要。

第四回　护　法

神争一炷香，实是争燃香人的心。香火鼎盛中，享祭的神灵才根深蒂固，生长扎实；香火寥落，神灵们就如失去了土壤的根基，遁入一种虚无与缥缈，失去神性和敬畏。

宗教都是争取人心，有着深厚信众基础和悠久发展历史的龙，天生就是吸纳人心的神灵，纳入自己的神灵体系，就是龙背后流量向本宗教信仰的变现，于是，龙被捧上了宗教的殿堂，以威武为信仰护法，以神性揽聚人心。

第一节　龙　蹻

作为中国本土宗教，道教吸纳融合中国上古原始巫术、自然崇拜、动物崇拜和神仙方术的创新并发展，全盘继承了先秦时期的神人乘龙周游四海、乘龙升天，以及以龙沟通天人的信仰。

取法于夏后开"珥两蛇，乘两龙"（《山海经·大荒西经》），道教将龙作为龙蹻，与虎蹻、鹿蹻并称"三蹻"，是有道之士上天入地、沟通鬼神的乘骑工具。葛洪在《抱朴子》中载明，"凡乘蹻道有三法：一曰龙蹻，二曰虎蹻，三曰鹿蹻"，龙蹻就是神仙骑龙飞行，神仙都来迎来送往，妖魔鬼怪退避三舍。河南濮阳近7000年前的仰韶文化考古发现，古墓中已经出现蚌壳摆塑的龙、虎、鹿，这不仅是上应天文的"四象"构图——青龙、白虎、朱雀和玄武——的最初萌芽，也是寄托着墓主人召唤骑乘三蹻升仙的美好愿望。

道教兴起后，为壮大其神仙体系，把古代天文四象的青龙、白虎、朱雀、玄武纳入其神仙体系，作为护卫之神，左青龙右白虎的规制，常见于道教宫观，一直持续到如今。

道士掌握着禁咒、祈禳、占卜预言的仪式和解释权，经常主持通神祈雨、降妖驱魔的活动，他们不仅在祈雨中把龙作为能通天行雨的神兽，而且道教神仙们多以龙为坐骑"役使鬼神风雨"。"大凡学仙之道，用龙蹻者，龙能上天入地，穿山入水，不出此术，鬼神莫能测，能助奉道之士，混合杳冥通大道也。"（《道藏》）"龙蹻"即乘龙之术，可见龙在道教中是神仙驾驭的神兽。

而龙被人格化为龙王，是后来道教为了与佛教争夺信徒和政治上的支持，把道教中的龙也都尊奉成了龙王。据信出于魏晋时期的《太上洞渊神咒经》，讲述真君出世、天下太平的思想，认为在末世劫运的大动乱之后，当有真君出世，圣贤及仙人道士为其辅佐，使天下大乐，道法兴盛，人更益寿。

《太上洞渊神咒经》中有"龙王品"，列有以方位为区分的"五帝龙王"，以海洋为区分的"四海龙王"，以天地万物为区分的54名龙王和62名神龙王，从大地龙王到法海龙王，从日月龙王到星宿龙王，还有深林神龙王、花流神龙王、多善神龙王，甚至还有"三十八山神龙王、二十四向龙王、天星八卦神龙王"——

道言：昔于三天之上，以观世界。伏见诸天诸地，疫疠流行，人多疾病，国土炎旱，五谷不收，两两三三，莫知何计。尔时，天尊乘五色云，来临国土，作大神通，变现光明，与诸天龙王、仙童玉女七千二百余人，宣扬正法，普救众生。大雨洪流，应时甘润。汝等莫生不信，殃沉九祖，幽魂苦爽，名系鬼官之中，百劫千生，终无出日。若能勤心，受持读诵，功德深远，人民无灾，各各延寿长年，无有中伤。

道言：国若有难，兵戈竞起，人民相食，天地震动，日月不明。其国但于福德之方，宫苑之内，或有泉池之处，置九龙之位，立五圣之形，转念此经，礼虚皇上帝镇国。天龙当得，妖氛自灭，兵革不兴，君臣有道，龙德相扶，天下太平，恒居禄位。是时，诸仙等众，闻此演说，悉皆利益普润，含灵俱作礼，各愿受持。

《太上洞渊召诸天龙王微妙上品》

东方青帝青龙王，南方赤帝赤龙王，
西方白帝白龙王，北方黑帝黑龙王，
中央黄帝黄龙王。

日月龙王，星宿龙王。天宫龙王，龙宫龙王。

天门龙王，阎罗龙王，地狱龙王。

天德龙王，地德龙王。

天人龙王，飞人龙王。

莲华龙王，花林龙王。

五岳龙王，山川龙王。

又加杀鬼龙王，伽罗吞鬼龙王。

小吉龙王，大吉龙王。

金光龙王，金色龙王。

阳炁龙王，阴炁龙王。

医药龙王，狮子龙王。

镇国龙王，镇宅龙王。

钱财龙王，井灶龙王。

金银龙王，珍宝龙王。

库藏龙王，富贵龙王。

五冈龙王，五谷龙王。

金头龙王，衣食龙王。

官职龙王，官禄龙王。

江海龙王，云海龙王，

淮海龙王，山海龙王，渊海龙王。

国土龙王，州县龙王，城市龙王，灵坛龙王。

风伯龙王，震动龙王。

雷雨龙王，大雨龙王，散水龙王。

天雨龙王。

道言：告诸众生，吾所说诸天龙王神咒妙经，皆当三日三夜烧香诵念，普召天龙，时旱即雨，虽有雷电，终无损害。其龙来降，随意所愿。所求福德长生，男女官职，人民疾病，住宅凶危，一切怨家及诸官事，无有不吉。如有魔王及诸邪鬼，若闻此经不去者，头破作七分，令

第三章 龙见天气

绝根本。吾所说此经所厌者伏，所攘者却。如有国土、城邑、村乡，频遭天火烧失者，但家家先书四海龙王名字，安着住宅四角，然后焚香受持，水龙来护。

东方东海龙王，南方南海龙王，

西方西海龙王，北方北海龙王。

各各浮空而来，神通变现，须臾之间，吐水万石，火精见之，入地千尺。复有大水龙王，主镇中央，随方守镇，扫除不祥。

道言：善男子善女人家事龙王，若能书写常安龙处，及着库藏之中，皆以清水净果，依时供养。或是月朝月半祭龙之日，读诵经文，呼召龙王，家当富贵，无有虚耗，库藏盈溢。此经神验，不可称量。是时，四众闻此演说，欢喜无量，八万四千龙王，一时踊跃，天地振动，神龙俱会，大雨洪流，普救众生，一切天人，同时称善，稽首奉行。

中国上古巫教中，龙只是神人通天的工具，而道教的龙，则有守土之责。普天之下，凡有水之处，都有龙王驻守，作为封疆水神，管理辖地水旱。后来不断附会，龙王逐渐兼管人间生老病死、吉凶祸福，几乎无所不能，相较佛教道教的龙更为世俗，更适合中国民众的心理，而且道教的龙的行雨更有了人情味和传奇色彩。

唐玄宗祠龙和宋徽宗封龙后，龙在民间的地位得到大幅度的提升。但是，龙虽为神，却仍只是道教利用民间对龙的信仰而吸引信众的手段而已。龙在道教中始终没有被放在显赫的位置，各地的道教宫观中，也没有专门供奉龙的塑像或朝堂，龙只是道教建筑的装饰纹样，至多不过是仙、道的坐骑或受命掌管行云布雨职责的一方神灵而已。可在民间，龙却扬眉吐气了，成为一种信仰最众的神祇，各地龙王庙林立，烟火四时不绝。

虽说似乎万能，但人们向龙王祈求的方向，主要是降雨、应愿和护佑。求雨自不必说，龙王之所以被人们长期信奉和祭祀，其中一个重要原因便是它能使人得偿所愿，《太上洞渊召诸天龙王微妙上品》载明：

"其龙来降,随意所愿。所求福德长生,男女官职,人民疾病,住宅凶危,一切怨家及诸官事,无有不吉。"可见,龙王能显灵,而且认为它能实现人们的愿望。作为水神,有水之地即有龙王,其重要职责就是保护人们水事的安全,特别是黄河、海行之人认为龙王祭祀使他们可以安全出行。龙王护海之说在一些文献中也有提及,宣和年间,"诏遣给事中路允迪……往高丽……宣祝于显仁助顺渊圣广德王祠。神物出现,状如蜥蜴,实东海龙若也……"路允迪出使高丽时祭祀东海广德王,以求航行顺利,可见人们所信仰的"龙王"有护海神力。

道教中有四条龙的故事始终在流传:

第一条是黄帝龙蹻升仙的黄龙。《史记·封禅书》记载:"黄帝采首山铜,铸鼎于荆山下。鼎既成,有龙垂胡䫇下迎黄帝。黄帝上骑,群臣后宫从上者七十余人,龙乃上去。"黄帝从宁封子那里得到《龙蹻经》,学会了驭龙之术,之后便前往首山采掘铜矿,准备铸造铜鼎。铜鼎铸成时,有一条神龙从天而降,飞到黄帝身边,龙将龙须垂下,黄帝骑上龙背,七十余群臣从龙而上,随着黄帝龙蹻升仙。

第二条是四灵之首的青龙。青龙源于远古的星宿崇拜,古人将天上的二十八星宿神格化为青龙、白虎、朱雀、玄武四灵,青龙是代表太昊与东方七宿的东方之神,具有多重含义:在八卦中为震、巽,在五行中属木,于四季中象征着春季。《淮南子·天文训》记载:"天神之贵者,莫贵于青龙,或曰天一,或曰太阴,青龙所居,不可背之。"古人认为青龙创造了天地万物,是天地之主,也是四灵之首。

第三条是姑射山神龙。"藐姑射之山,有神人居焉,肌肤若冰雪,绰约若处子,不食五谷,吸风饮露,乘云气,御飞龙,而游乎四海之外;其神凝,使物不疵疠而年谷熟。"《庄子·逍遥游》里记载了姑射山的一位仙女,天姿灵秀,意气高洁,掌管人间冰雪。姑射山神女不食人间烟火,常常骑着一条神龙遨游四海。道教追求长生久视、飞升成仙,姑射山神女御龙飞行的生活非常符合道教的神仙状态,令人神往。

第四条是许天师剪除的恶龙。许天师即许逊,字敬之,世称许真君、许旌阳,为道教净明派的祖师,也是道教著名的四大天师之一。许天师没有得道成仙之前，曾经前往四川出任旌阳县令，在任职期间，许真人一心为民，深受民众喜爱，人们也称他为许旌阳。当地有一条蛟龙时常出来祸害百姓，许天师最初没有办法降伏它，一日许逊在树林休憩之时忽然出现五位仙童，献予他一把斩蛟灵剑，许逊正是用此剑斩灭蛟龙为民除害。据传此神剑"指天天裂，指地地坼，指星辰则失度，指江河则逆流，万邪不敢当，神圣之宝也"。

第二节　天龙八部

和道家几乎无所不能的龙王不同，佛教中的龙是佛法的护卫者，佛教于东汉明帝永平十年（67）正式由官方传入中原，到唐宋时实现了佛教的本土化，佛教中的众龙与中国古代神话中的龙神、水神相结合，最后转变成了龙王信仰。

佛教有八部护法神，分别是天众、龙众、夜叉、乾闼婆、阿修罗、迦楼罗、紧那罗和摩睺罗迦，总称为"天龙八部"。龙在八部众中位置仅次于"天"，具有相当大的神通。它们居于大海、池沼和空中，能兴云布雨、降福消灾。作为佛教中的护法神之一，龙在佛教中经常出现，它们的首领为龙王，具有强大的威力，常守护在佛和帝释天的身边，掌管行云布雨、滋润大地的职责。

在佛经中，龙王名目繁多，以五大龙王及八大龙王最为著名。《大方等大集经》认为有五大龙王，分别是善住龙王、难陀婆难陀龙王、阿耨达龙王、婆楼那龙王和摩那苏婆帝龙王，此五大龙王依次为一切象龙、蛇龙、马龙、鱼龙及虾龙之主。

《妙法莲华经》称龙王有八位，分别是难陀龙王、跋难陀龙王、娑伽罗龙王、和修吉龙王、德叉迦龙王、阿那婆达多龙王、摩那斯龙王和优钵罗龙王。

《须弥藏经》按功能将其分为天龙、神龙、地龙、伏龙四种，并解释道："一天龙，守天宫殿持令不落者；二神龙，兴云致雨益人间者；三地龙，决江开渎者；四伏藏龙，守轮王大福人藏者。"其中神龙的兴云致雨与中国民间的龙王职责相同，而地龙则与中国神话中帮大禹治水的应龙职责相吻合，两个地域文化在相互融合中多有交集。

《大集经·须弥藏品》中将龙王分为五类、《最胜经》中有七龙王、《名义大集》中有八十一龙王、《大云轮请雨经》中有一百八十五龙王，这些龙王及其所在的"天龙八部"均受佛之教化，以护持佛法、保护众生为天职。另一类是不顺佛法，不敬沙门的龙，即"八部鬼众"中的"诸龙"，所以它们常受到四种苦：一是热沙烫身之苦，二是被金翅大鹏鸟捕食之苦，三是变蛇形之苦，四是虫咬之苦。

但是，龙王在佛教中的地位并不高，佛教崇拜的大致分为佛、菩萨、罗汉、诸天、鬼神等级别，天龙八部只属于最后一级。和道教先期将龙虎用作门神逻辑一样，龙也被装饰在各地的石窟和佛寺建筑上，除了龙形护法，常见的是龙的九个儿子中的三个。

老二螭吻，又名鸱尾，鱼形的龙。相传大约在南北朝时，由印度摩羯鱼随佛教传入的。它是佛经中雨神座下之物，好在险要处张望，喜欢吞火，故能灭火。故此，它多被安放在屋脊两头，作为消灾灭火之用。

老六霸下，又名赑屃，形似龟，平生好负重，力大无穷，碑座下的龟趺是其遗像。传说霸下上古时代常驮着三山五岳，在江河湖海里兴风作浪。后来大禹治水时收服了它，它服从大禹的指挥，推山挖沟，疏通河道，为治水做出了贡献。洪水治服了，大禹担心霸下又到处撒野，便搬来顶天立地的石碑，上面镌刻霸下治水的功迹，叫霸下驮着，沉重的石碑压得它不能随便行走。霸下和龟十分相似，但细看却有差异，霸下有一排牙齿，而龟类却没有，霸下和龟类在背甲上甲片的数目和形状也有差异。霸下又称石龟，是长寿和吉祥的象征。它总是吃力地向前昂着头，四只脚拼命地撑地，挣扎着向前，但总也挪不开步子。我国显赫的名碑都由霸下驮着，在佛家碑林和古迹胜地中都可以看到。

老八狻猊，又称金猊、灵猊。狻猊本是狮子的别名，所以形状像狮，好烟火，又好坐。庙中佛座及香炉上能见其风采。狮子这种连虎豹都敢吃，相貌又很轩昂的动物，是随着佛教传入中国的。由于佛祖释迦牟尼有"无畏的狮子"之喻，人们便顺理成章地将其安排成佛的坐骑，或者雕在香炉上让其款款地享用香火。

第三章 龙见天气

353

佛教众龙，是虔诚护法，护佑芸芸信众；能普降法雨，润泽世界清凉。《华严经》云："有无量诸大龙王，即如毗楼博义龙王、娑竭罗龙王等，莫不勤力兴云布雨，令诸众生热恼消灭。"

自原始巫术开始，一直到后来佛道二教的兴盛，龙神信仰就与宗教传播紧密联系在一起，深刻影响了几千年来中国传统文化的发展。在佛道二教的传播和民间的祈雨仪式中，没有哪一种动物能像龙那样时时出现在人们的视野里。至今，龙神崇拜在民间保持着广泛而稳定的群众基础，成为一个独特的民族文化。

第四章　龙见天性

不论是大神坐骑，还是行雨神龙；不论是九似之貌，还是人形龙王；不论龙见世间，还是龙爻九天……龙，都是人为想象创造而来，都是人类社会活动人化自然的一个独特现象，从头到尾，从内到外，从天到地，都是人类天性和社会性的集合和表现，其中尤以"龙见"现象为典型。

唐玄宗敕封四海龙王之后，龙的人格化形象跃然鲜活起来。从此，龙不仅有应龙、烛龙、蛟龙、夔龙、青龙等远古先辈，一种泛着烟火气、人情味的龙王开始深入大众心里。龙王不仅有了开府视事的府衙——龙宫，有了夫人、女儿——龙母和龙女，有了四海龙王兄弟、五方龙王同事、虾兵蟹将的办事组织，还有河、井、潭等龙王官僚体系，事业稳健、家庭美满的同时，龙王还极爱莺莺燕燕拈花惹草，生下了九个不像自己的儿子……人们在龙王形象搭建和龙王世界的生态建设过程中，一股脑儿把人类的性格、好恶、喜怒、优点，还有缺点，全都融进了龙王的形象和龙王的世界，龙王是不是越来越像我们身边的人？——有感情、有缺点、有家庭琐事、有家长里短，镜像着人的世界，显现着人性和天性。

人们还总结出龙的好恶，十分可爱，"龙之性，粗猛而畏蜡，爱玉及空青，而嗜烧燕肉"（《天中记·南部新书》），而且"畏铁"，因为"金铁味辛，辛能害目，蛟龙护其目避之而去"（《天中记·封氏见闻》）。

第一节 先 祖

烛龙，是龙族的先祖，和伏羲、女娲创世古神同时出现在神话中。《山海经·大荒经》有云：

西北海之外，赤水之北，有章尾山。有神，人面蛇身而赤，直目正乘，其瞑乃晦，其视乃明。不食不寝不息，风雨是谒。是烛九阴，是谓烛龙。

《海外北经》：

钟山之神，名曰烛阴，视为昼，眠为夜，吹为冬，呼为夏，不饮，不食，不息，息为风；身长千里，在无䏿之东，其为物，人面，蛇身，赤色，居钟山下。

烛龙，亦称烛九阴，是盘古大神在凡间的遗留，烛龙人身蛇面，法力无边，它睁开眼就是白昼，它闭上眼就是黑夜，它吸气就是冬天，呼气就是夏天，不眠不休。烛龙这种控制昼夜更替和时间轮回的无上神力，显然传承自盘古，在上古神话里面，只有"龙首蛇身，嘘为风雨，吹为雷电，开目为昼，闭目为夜"（《广博物志》）的盘古大神，才有如此随意控制时间的能力。烛龙出现的时间，同于伏羲、女娲，都是天地开辟后的第一批上古大神。

上古烛龙、青龙等都是高居天上，统率星斗神明，强大而尊贵。黑龙造孽，需要女娲亲自出手。不周山倒，有地方常年黑暗，天帝就派烛龙充当太阳。

烛龙以降，是应龙。梳理龙族历史，应龙是龙族修炼的顶点："虺五百年化为蛟，蛟千年化为龙，龙五百年为角龙，角龙千年为应龙。"（《述异记》）"虺"是一种生活在水里面的大蛇，有龙族血脉。如果"虺"想渡过九天雷劫等大劫，一步步升级到顶点，需要经过蛟、龙、角龙和应龙四个阶段，最少也得需要3000年时间。

天地间只在黄帝炎帝时期，出现过一条应龙，有给大旱之地带来大雨的神通。《山海经·大荒东经》："应龙处南极，杀蚩尤夸父，不得复上。故下数旱，旱而为应龙之状，乃得大雨。"《淮南子》记载，它是真龙和凤凰生育的后代，也是中国神话里，唯一的一只双翼飞龙。应龙的特征是生双翅，鳞身脊棘，头大而长，吻尖，鼻、目、耳皆小，眼眶大，眉弓高，牙齿利，前额突起，颈细腹大，尾尖长，四肢强壮，宛如一只生翅的扬子鳄。在战国的玉雕，汉代的石刻、帛画和漆器上，常出现。

在部分盘古神话中，说应龙生于盘古时期，它还抚育了盘古。据说当年东皇太一之妃就是应龙，生凤凰、麒麟，而烛龙之子鼓被应龙戮杀于钟山之崖。据《山海经》《荆州占》记载："应龙为黄龙，黄龙为轩辕星之神，为天之后妃。"

回过头来再梳理一下应龙的历史事件，应龙的真正面目似乎在满满浮现。在《山海经》里，从黄帝和蚩尤的涿鹿之战，到大禹成为治水英雄建立夏朝，约有1000年时间。在这段时间里，至关重要的三次历史事件，应龙都参与了。

一是参与黄帝与蚩尤的战争。《山海经》的《大荒北经》记载，涿鹿之战由九黎王国率先发难，在冀州迎战的就是神兽应龙。在这个神话故事中，应龙有一项神异能力——蓄水。"蓄水"不是神龙降雨或喷水的神力，而是说应龙擅长挖渠筑堤，建造水库，利用水攻。在这种情况下，蚩尤派雨师和风伯出场，应龙的堤坝被雨水冲毁，最终败下阵来。

二是和黄帝一道驱逐旱神女魃。《山海经》记载，旱神女魃是一位上古女首领，她的氏族最早居住在钟山，后来迁徙到赤水。女魃曾是应龙在黄帝旗帜下的同盟，他们合力在"凶犁山"杀掉了蚩尤，女魃也因此成为涿鹿之战的功臣。然而，应龙和黄帝发现，女魃并不是一位贤明的首领。她治理的地方经常发生干旱，饿殍遍地，女魃部落还时常入侵炎黄部落。于是，应龙再一次上阵，他利用"蓄水"的神力，将旱神女魃驱逐到北方。

三是以神力帮助大禹治水。在《山海经》的《海内经》中，应龙、

第四章　龙见天性

357

旋龟和大禹，是治理史前大洪水的主要力量。其中，应龙在前面以尾画地辟出江河，疏通河道归流洪水入海。旋龟在后面运输木料和土方，大禹负责协调指挥。大禹治水成功以后，应龙迁徙到南方。据说南方多雨潮湿的天气，就是应龙带来的。

《山海经》记载的应龙，形象是一条龙，但是却具有明显的人格化特征，擅长治水，并以水攻击蚩尤和女魃，在1000多年的时间里，应龙始终都是炎黄部落联盟的中流砥柱。那么，被记载为一条生双翼的应龙，会不会是一个善水工的部落呢，只不过该部落以应龙为图腾，遂以图腾留名于《山海经》，亦是为增加其神性的记载方式。这和蚩尤部落被称作蚩尤是一个逻辑，而蚩尤部落的特长，是善刀工和作战。

《山海经》还收录了雷神、鸣蛇、蛟龙、夔龙等龙。

《山海经·海内东经》记载："雷泽中有雷神，龙身而人头，鼓其腹。"可以看出，雷神最开始是居住在雷泽中的龙，已是人头龙身模样。

鸣蛇，身体和蛇一样大，背上生有四翼，发磬磬之音可能为快要化龙得道的蛟蛇。《山海经·中次二经》说："鲜山多金玉，无草木，鲜水出焉，而北流注于伊水。其中多鸣蛇，其状如蛇而四翼，其音如磬，见则其邑大旱。"

夔龙，传说中海上的一种神龙，形状如同牛一般，它出现的地方必然有风雨，黄帝得到此龙，用它的皮做成战鼓，鼓声如雷，震慑三军，因此得以打败蚩尤。《山海经·大荒东经》："东海中有流坡山，入海七千里。其上有兽，状如牛，苍身而无角，一足，出入水则必有风雨，其光如日月，其声如雷，其名曰'夔'。黄帝得之，以其皮为鼓，橛以雷兽之骨，声闻五百里，以威天下。"

但更多的古籍中则说夔是蛇状怪物。"夔，神魅也，如龙一足"（《说文解字》）。"夔，一足"（《六帖》）。在商晚期和西周时期青铜器的装饰上，夔龙纹是主要纹饰之一，形象多为张口、卷尾的长条形，外形与青铜器饰面的结构线相适合，以直线为主、弧线为辅，具有古拙的美感。

蛟龙，传说是鲧死后的肉体孕育所化，三岁之后破体而出，化为蛟龙。《山海经·海内经》："鲧死，三岁入腐，剖之以吴刀，化为黄龙。"此处黄龙为蛟龙。

青龙，为"四圣""四象"（青龙、白虎、朱雀、玄武）与"天之四灵"之一，又称为苍龙，代表东方，青色，因此称为"东方青龙"。

我国古代的天文学家将天上的若干星星分为二十八个星区，即二十八宿，用以观察月亮的运行和划分季节，并把二十八宿分为四组，每组七宿，分别以东、南、西、北四个方位，青、红、白、黑四种颜色以及龙、鸟、虎、玄武（龟蛇相交）四种动物相配，称为"四象"或"四宫"。龙表示东方，青色，因此称为"东宫青龙"。

到了秦汉，这"四象"又变为"四灵"或"四神"（龙、凤、龟、麟）了，神秘的色彩也越来越浓。现存于南阳汉画馆的汉代《东宫苍龙星座》画像石，是由一条龙和十八颗星以及刻有玉兔和蟾蜍的月亮组成的，这条龙就是整个苍龙星座的标志。汉代的画像砖、石和瓦当中，便有大量的"四灵"形象。

五帝龙王，道教《太上洞渊神咒经》以五帝龙王作为龙族的最高领袖，是为五色龙种的始祖。《太上洞渊神咒经·龙王品》："天龙当得，妖氛自灭，兵革不兴，君臣有道，龙德相扶，天下太平，恒居禄位。"《太上洞渊召诸天龙王微妙上品》："东方青帝青龙王，南方赤帝赤龙王，西方白帝白龙王，北方黑帝黑龙王，中央黄帝黄龙王。"

第二节 所 来

东汉许慎已经将龙奉为"鳞虫之长"，《淮南子·卷四·地形训》更进一步，俨然将龙捧为动物始祖，汪洋恣肆，天马行空，但惜乎全是文人想当然，根据全是莫须有：

羽嘉生飞龙，飞龙生凤凰，凤凰生鸾鸟，鸾鸟生庶鸟，凡羽者生于庶鸟。

毛犊生应龙，应龙生建马，建马生麒麟，麒麟生庶兽，凡毛者生于庶兽。

介鳞生蛟龙，蛟龙生鲲鲠，鲲鲠生建邪，建邪生庶鱼，凡鳞者生于庶鱼。

　　介潭生先龙，先龙生玄鼋，玄鼋生灵龟，灵龟生庶龟，凡介者生于庶龟。

　　龙之所来，是一桩理不清的公案。如果是走兽类，则是哺乳胎生，如果是飞鸟类，则应是卵生孵化，最终人们回到其形状来源的基础——蛇身上寻找答案，多认为龙是如蛇产卵而卵生，这被堂而皇之地记载进了官方史书《明史·五行志》。

　　《明史·五行志》的原文记载是："成化五年六月，河决杏花营，有卵浮于河，大如人首，下锐上圆，质青白，盖龙卵也。"1469年6月，黄河在杏花营决口，有蛋在河中漂浮，大如人头，下面尖，上面圆，质地呈青白色，大概是龙蛋。这段无意间记载龙之所生方式的"龙见"事件，应在了明廷中明宪宗朱见深身上，在纪氏肚子中种下一颗龙蛋，最终逃过万贵妃毒手，成为后来的明孝宗朱祐樘。

　　就在黄河杏花营决口、黄河上漂来一颗龙蛋的成化五年那个夏天，明宪宗来到内藏库见到征讨广西掳进宫中的蛮族纪氏，"幸之"，不承想春风一度竟致怀孕。本来，这是天家好事，但当时后宫却是万贞儿作贵妃。万贵妃三年前，曾为朱见深生过一个儿子，却早夭，为了自己在宫中的权力与地位，万贵妃想方设法除掉宫中所有的新生命。明宪宗对万贵妃有着恋母般的情结，这助长了万贵妃的绞杀计划。

　　老天对朱家开眼，各种巧合，纪氏竟然生下了皇子朱祐樘，并悄悄抚养其长到6岁。后宫所有的宦官、宫女、妃嫔都知道朱祐樘的存在，但却无一例外地保持了沉默，严守着这个秘密，致使万贵妃没有任何察觉。

　　1475年5月的某一天，明宪宗朱见深哀叹自己年龄已老却还没有儿子接续皇祚，太监张敏这才将朱祐樘和盘托出。"帝大喜，即日幸西内，遣使往迎皇子。"这时的朱祐樘已经6岁，因为长期幽禁，胎发也没有剪过，一直拖到了地上，瘦弱不堪。

这就是成化五年那颗龙蛋,这次"龙见"事件,实是指向明宪宗当时已有儿子朱祐樘。

为了说明皇帝已有龙种的这一龙见背后的事实,生生在史书上造出了龙种浮现天下,却侧面说明了龙是卵生的"事实"。东晋郭璞《山海经注》中,亦描述蛟为卵生:"蛟,似蛇而四脚,小头细颈,有白婴,大者数十围,卵生,子如一二斛瓮,吞人。"陈耀文在《天中记》中采此说,有《掘尾》故事说:

> 昔有温氏媪者,端溪人也。居常涧中捕鱼以资日给。忽于水侧遇一卵大如斗,乃将归置器中,经十日许,有一物如守宫,长尺余,穿卵而出,因任其去留。稍长二尺,便能入水捕鱼,日得十余头。稍长五尺许,得鱼渐多。常游波水,濚洄媪侧。媪后治鱼,误断其尾,遂逡巡去,数年乃还。媪见其辉光炳耀,谓曰:"龙子复来耶?"因蟠旋游戏,亲驯如初。秦始皇闻之,曰:"此龙子也,朕德之所致。"乃使以元珪之礼聘媪。媪恋土,不以为乐,至始兴江,去端溪千余里,龙辄引船还,不踰夕至本所。如此数四,使者惧而止,卒不能召媪。媪殒,瘗于江阴,龙子常为大波至墓侧,萦浪转沙以成坟,人谓之掘尾龙。今人谓船为龙掘尾,即此也。

又有《金龙池》故事亦表明龙蛇卵生:

> 平阳府平山麓有金龙池,晋永嘉中有韩媪者,出野见巨卵,持归,育之得一儿,名"橛儿",儿生四岁。刘渊筑城不就,募能城者,橛儿应募,因变为蛇,令媪遗灰识其后,其后凭灰筑城,立就。渊怪之,遂潜入山穴,露尾数寸,使者斩之,忽涌泉出穴,化为池。

现有的科学解释是,凡是有鳞的动物都是卵生的。

既是卵生,明郎瑛问道,同为卵生动物——上至飞鸟,下至爬虫——那又怎么没有获得属于龙的神力呢？无法解释，最终只能以"龙为神物，变化不测作结"。

但龙似乎根本就不是动物。龙之所来之途，如何拥有神力，才是龙之为神龙的关键。龙生龙，可以传承神力；巨蟒修炼百年，然后乘雷电飞天化龙；蛟化龙，"蛟千年化为龙"（《述异记》）；鱼化龙，鲤鱼跃龙门，即可化身成龙。化龙之途靠修炼升级，一路在成龙的道路上集天地灵气，聚万物修为，假以漫长时间，才能在化龙的同时获得天赐神力。化龙之途，艰辛而光荣，符合中国百姓的向上、向好、向善的大众审美，始终被传颂，特别是鲤鱼跃龙门，那似乎就是"朝为田舍郎，暮登天子堂"科举中第的比照式典故创造。

每个神话，都在一定程度上折射着史前的历史真相以及现实的投射，并且随着社会的发展，神话逐步寓言化，成为表达文人思想主张的一种工具。蛇化龙、鱼化龙无不喻示着阶层的跃迁。实现阶层跃迁，都是社会底层人的梦想，在古代中国，作为草根子弟，要实现阶层跃迁，大体上有两种途径，这两种途径折射到神话中，就有了"鲤鱼化龙"和"蛇化龙"的传说。

鱼化龙

鱼龙，最早起源于《山海经》："陵居以北有鱼龙，状如鲤。"由此定调，鲤鱼化龙。宋代《埤雅·释鱼》认为，只有鲤鱼才能去跃龙门而成龙，"俗说鱼跃龙门，过而为龙，唯鲤或然"。《孔子家语》记载，孔子喜得贵子，鲁昭公以鲤鱼作赏赐，孔子因此为儿子取名鲤，字伯鱼。可见做家长的孔夫子，亦逃不过望子成龙的凡俗窠臼。

商朝晚期，鱼龙以皇家瑞兽的身份出现在玉雕之中，鱼龙是一种龙头鱼身的龙。

隋唐时期出现科考制度之后，才有了"鲤鱼跃龙门"这句比喻高中的学子们一步登天的话，龙门，在黄河河津，《三秦记》曰：

> 河津，一名龙门，巨灵迹犹存，去长安九百里。水悬舡而行，旁有山，水陆不通，龟鱼之属莫能上。江湖大鱼集门下数千，不得上，上即为龙。故云："曝腮龙门，垂耳辕下。"
>
> 又曰：龙首山，长六十里，头入于渭，尾达樊川。头高二十丈，尾渐下，高五六丈。土赤不毛。云昔有黑龙从山南出饮渭，其行道因成王山，故因名也。

唐《封氏见闻记》记述唐时习俗："故当代以进士登科为登龙门。"李白时有诗称"黄河三尺鲤，本在孟津居。点额不成龙，归来伴凡鱼"，而"一登龙门，便声誉百倍"（《与韩荆州书》）。该比喻一直流传，元末《琵琶记·南浦嘱别》就有言："孩儿出去在今日中，爹爹妈妈来相送，但愿得鱼化龙，青云直上。"鲤鱼未能跃过龙门，只要等下一次风云际会，他仍然可以再来，就像科考落第之后再考。

宋朝首先将鱼龙神化，鲤鱼跃龙门的体系真正系统化，鲤鱼跃过龙门之后，便会化为真龙，而不再是鱼龙。龙分为真龙、角龙、黄龙、应龙四个阶段，鲤鱼所幻化的龙，是低阶的真龙。《西游记》曾经提到过，西海龙王的三太子小白龙敖烈撒的一泡龙尿，被鲤鱼饮用后也会化为真龙，所以推测鲤鱼所幻化的龙，在龙族中地位很低。

鱼化龙既有鲤鱼跳龙门化龙之向，也有龙鱼的反向变化。有"白龙鱼服"一典，用白龙化为鱼游在渊中，比喻帝王或大官吏隐藏身份，改装出行。典出西汉刘向《说苑·正谏》：

> 吴王欲从民饮酒，伍子胥谏曰："不可！昔白龙下清泠之渊，化为鱼，渔者豫且射中其目。白龙上诉天帝，天帝曰：'当是之时，若安置而形？'白龙对曰：'吾下清泠之渊化为鱼。'天帝曰：'鱼固人之所射也，若是，豫且何罪？'夫白龙，天帝贵畜也；豫且，宋国贱臣也。白龙不化，豫且不射。今弃万乘之位，而从布衣之士饮酒，臣恐其有豫且之患矣。"王乃止。

第四章·龙见天性

没有了龙的威严和身份,就少了人身保护。但化龙之鱼,却有天兆和天命。《晋书》为我们讲了一个神奇的故事:

(前秦皇帝)苻生。洪之孙。嗣父健位。僭称帝。初。生梦大鱼食蒲。又长安谣云东海大鱼化为龙,男便为王女为公,问在何所洛门东。东海,苻坚封地,时为龙骧将军,第在洛门之东。生不知是坚。以谣言之故,诛其侍中鱼遵及其子孙。

《资治通鉴》把这个故事讲得更加引人入胜,苻生梦见大鱼吃蒲草,原先苻氏就是姓蒲氏,所以有鱼吃蒲之意。同时长安城里也有民谣说:"东海大鱼化为龙,男皆为王女为公。"苻生和自己所做的梦一联系,认为是鱼氏要作乱,于是就处死了太师、录尚书事、广宁公鱼遵以及他的七个儿子、十个孙子。

金紫光禄大夫牛夷害怕祸及自己,请求外放到荆州任职,苻生不答应,反而任命他为中军将军。在召见牛夷时对他开玩笑说:"牛性迟重,善持辕轭;虽无骥足,动负百石。"牛夷说:"虽服大车,未经峻壁;愿试重载,乃知勋绩。"苻生笑着说:"何其快也,公嫌所载轻乎?朕将以鱼公爵位处公。"牛夷听后十分害怕,认为苻生有处死自己的意图,为了不被族灭,他回去后就自杀了。

龙鱼之化,亦是社会政治事件的解释和附会,这是中国人长久以来的说话、思维和处世方式,和后来的"龙见"事件的套路何其相似,可见古今人性相通。

蛇化龙

蛇,是源自黄帝对龙最初的创造基础,是对龙最为朴素的溯源。中国古代神话中,开天辟地的盘古、人类始祖伏羲、造人大神女娲等上古大神都被描绘成人面蛇身的形象。黄帝统一华夏之后,将联盟各部落的图腾融为一体,以伏羲的蛇图腾为基础,经过民间艺术家的想象和创造,嫁接了禽的脚、马的毛、鬣的尾、狗的爪、鱼的鳞和须组合而成了龙，是艺术的升华。蛇被认为是中华民族龙图腾的前身，就是闻一多先生的"龙蛇同源"说。

炎黄二帝之后，民间便有了"天上龙，地上蛇"的传统说法，而古人也普遍认为，蛇可以通过修炼变化为真龙，古代神话逐渐出现了一套蛇化龙的完整过程：蛇—蟒—蚺—蛟—真龙—角龙—黄龙—应龙—神龙。

神话传说中，蛇想变成龙，就需要不断地修炼，并且每到一个修炼关口，就会遭遇上天降下来的劫难，只有躲过劫难，才会进入下一个阶段的修炼，是为渡劫。直到完成所有阶段的修炼后，蛇才会成为龙。而一旦修炼关口渡劫失败，蛇就会被天雷击杀焚烧，灰飞烟灭。传说中，蛇需要修炼一百年，然后躲过劫难，才会变成蛟；蛟需要修炼一千年，才会变成角龙；角龙需要继续修炼，躲过劫难升级为应龙，应龙需要继续修炼，躲过劫难升级为神龙，到神龙阶段，蛇才真正意义上成为龙。

然而蛇之化龙，人皆忌之，像行伍出身，一将功成万骨枯，伤害性极大。蛇化之龙，蛟龙出海、火龙过山，每次渡劫带来的是自己都无法控制的灾害，伤害有余却不能造福世间，所以古人遇水架桥，桥下必悬斩龙剑。而鱼之化龙，人皆奉之，像读书应考，出仕为官，人畜无害。

有意思的是，中国神话起源于蛇，而西方神话，亦是从亚当和夏娃听信蛇的谗言，偷吃智慧树上的禁果，被逐出伊甸园开始的。东西方原始人普遍认为蛇是人的先祖，拥有掌管众生的法力，把蛇作为氏族部落的图腾，能够使自己的氏族繁荣和兴旺。

美洲印第安人共有9个氏族部落以蛇图腾为始祖符号，有一整套蛇图腾崇拜仪式。萌生于夏禹铸九鼎时期，被称为荒诞奇伟的《山海经》中，关于蛇的描写多达100余次，描述的蛇的种类有20余种，记载了铜石并用时代九州方圆内蛇、蛇怪以及赋予神性的蛇图腾、龙图腾、操蛇、驾龙之蛇和祭祀之蛇。《山海经》共载有58个有氏族图腾，其中8个氏族就是以蛇为图腾的。

蛇在各民族文学艺术创作中是永恒的题材，《楚辞·天问》述女娲是人头蛇身，唐司马贞的《补史记·三皇本纪》说伏羲是人头蛇身，

《山海经·海外西经》云"轩辕之国在此穷山之际,其不寿者八百岁。在女子国北。人面蛇身,尾交首上",轩辕之国一国人都是人面蛇身。《列子》补充说:"疱牺氏、女娲氏、神农氏、夏后氏,蛇身人面,牛首虎鼻。"《白蛇传》则讲述了浪漫感人的人蛇恋,千年流传。另外,各种关于珥蛇、践蛇和操蛇的神话记载也散见于各类经典古籍中。

《山海经·西山经》记载钟山父子的神话呈现着由"蛇"到"龙"的演变历程。神话中鼓的形象是"人面而龙身"。袁珂《山海经校注》认为:"钟山,其子曰'鼓'者,谓钟山山神之子曰鼓也。"《海外北经》云:"'钟山之神,名曰烛阴……其为物人面蛇身。'正与鼓之状合,是知鼓即钟山山神烛阴之子耳。"烛阴与鼓是父与子的关系,即烛阴是蛇身,鼓是龙躯。显见,烛阴与鼓的父子传承进化,暗示了蛇与龙相互承传的内在联系。

金鳞岂是池中物,一遇风云便化龙。在蛇化龙的不断进化中,经历着多种阶段的变体,以及形成不同类型的龙。

虺,五百年化为蛟,蛟千年化为龙,是龙的幼年期。

虬,一般把没有生出角的小龙称为虬龙,是成长中的龙,《说文解字》解释为:龙无角者。李善注《甘泉赋》引《说文》:虬,龙无角者。故古文献中注释:"有角曰虬,无角曰龙。"

另一种则说幼龙生出角后才称虬。两种说法虽有出入,但都把成长中的龙称为虬。还有的把盘曲的龙称为虬龙,唐代诗人杜牧在《题青云馆》诗中就有"虬蟠千仞剧羊肠"之句。其形象曾出现在西周末期的青铜器装饰上。

螭,《广雅》曰:有鳞曰蛟龙,有翼曰应龙,有角曰虬龙,无角曰螭龙。螭龙是一种没有角的早期龙,昆仑山第三层有螭潭百里,多龙螭,皆白色,千岁一蜕其五藏。此潭左侧有五色后石,云是白螭之肠化为石。(《王子年拾遗录》)螭食乎清而游乎浊,对蟠螭有两种差异较大的说法:一种是指黄色的无角龙,以作神仙车驾的副驾,《楚辞》曰:乘水车兮荷盖,驾两龙兮骖螭……驾青虬兮骖白螭,吾与重华游兮瑶之圃。宋玉《高唐赋》也有云:乘玉舆兮驷苍螭。另一种是指雌性的龙,在《汉书·司马相如传》中就有"赤螭,雌龙也"的注释,故在出土的战国玉佩上有龙螭合体的形状作装饰,意为雌雄交尾。春秋至秦汉之际,青铜器、玉雕、铜镜或建筑上,常用蟠螭的形状作装饰,其形式有单螭、双螭、三螭、五螭以至群螭多种。或做衔牌状,或做穿环状,或做卷书状。此外,还有博古螭、环身螭等各种变化。

蛟,《万历野获编》记载为龙和雉交结卵而来,最为大地灾害。"其遗体石罅中。数十年后,始裂山飞出。移城郭,夷墟市,所杀不胜计。比入海,往往为大鱼所噬。即幸成龙,未几辄殒。非能如神龙应龙之属。变化寿考也。"

蛟龙泛指能发洪水的有鳞的龙。相传蛟龙得水即能兴云作雾,腾踔太空。在古文中常用来比喻有才能的人获得施展的机会。关于蛟的来历和形状,古典文献中说法不一,有的说"龙无角曰蛟",有的说"有鳞曰蛟龙"。而《墨客挥犀》卷三则说得更为具体:蛟之状如蛇,其首如虎,长者至数丈,多居于溪潭石穴下,声如牛鸣。倘蛟看见岸边或溪谷之行人,即以口中之腥涎绕之,使人坠水,即于腋下吮其血,直至血尽方止。岸人和舟人常遭其患。

南朝宋刘义庆《世说新语》中有"周处"篇描写周处入水三天三夜斩蛟,亦是斩除自身戾气的故事:

> 周处年少时,凶强侠气,为乡里所患。又义兴水中有蛟,山中有邅迹虎,并皆暴犯百姓。义兴人谓为三横,而处尤剧。或说处杀虎斩蛟,实冀三横唯余其一。处即刺杀虎,又入水击蛟。蛟或浮或没,行数十里,处与之俱。经三日三夜,乡里皆谓已死,更相庆。竟杀蛟而出,闻里人相庆,始知为人情所患,有自改意。乃入吴寻二陆。平原不在,正见清河,具以情告,并云欲自修改而年已蹉跎,终无所成。清河曰:"古人贵朝闻夕死,况君前途尚可。且人患志之不立,何忧令名不彰邪?"处遂改励,终为忠臣。

角龙，指有角的龙，"蛟千年化为龙，龙五百年为角龙"，角龙便是龙中老者。

火龙，是以火慑势的龙。全身有紫火缠绕，凡有火龙经过之处，则一切物体均被烧焦。

《清史稿》载："浮山有龙飞入民间楼舍，须臾烟起，楼尽焚""五十六年六月，莒州赤龙见于龙王峪，先大后小，长数丈，所过草木如焚"。

蟠龙，《方言》曰：龙未升天曰蟠龙。龙的形状作盘曲环绕，在中国古代建筑中，一般把盘绕在柱上的龙和装饰屋梁上、天花板上的龙均习惯地称为蟠龙。《太平御览》对蟠龙又有另一番解释："蟠龙，身长四丈，青黑色，赤带如锦纹，常随水而下，入于海。有毒，伤人即死。"

蜃龙，蜃栖息在海岸或江河口，模样似蛟。蜃口中吐出的气可以看到各种各样的幻影，这些幻影大多数是亭台楼阁，仿若仙境。这即是现在常说的海市蜃楼。

除却动物化龙，自西汉以降，传出各种东西化龙的说法。如前文所述太阿、龙泉二剑化龙，葛陂的竹竿化龙，《异苑》甚至记载了一把梭子化龙的神奇故事：

> 陶侃常捕鱼，得一织梭，还挂于壁。有顷雷雨，梭变成赤龙，从屋腾跃而去。

《魏书》也记载了一个黑龙化狗走去的故事，以应龙气离去而魏衰：

> （北魏）正光元年八月，有黑龙如狗，南走至宣阳门，跃而上，穿门楼下而出。魏衰之征也。

关于双剑化龙和木梭化龙，唐传奇《萧旷》借龙宫善织的织绡娘子之口，从五行相生相克的理论角度，从龙自身角度予以了评价：

> （萧）旷又曰："雷氏子佩丰城剑至延平津，跃入水，化为

龙，有之乎？"

（织绡娘子）女曰："妄也！龙，木类；剑乃金，金既克木而不相生，焉能变化？岂同雀入水为蛤、雉入水为蜃哉，但宝剑灵物，金水相生而入水，雷生自不能沉于泉，信其下，搜剑不获，乃妄言为龙。且雷焕只言'化去'，张司空但言'终合'，俱不说为龙。任剑之灵异，且人之鼓铸锻炼，非自然之物，是知终不能为龙，明矣？"

旷又曰："梭化为龙，如何？"

女曰："梭，木也；龙本属木，变化归木，又何怪也。"

第三节　走　蛟

走蛟，是蛟修炼一千年会沿江入海化龙的升级历程，和鲤鱼跃龙门一样，是修炼化龙典型且关键的一步。

和蟒蛇遇雷雨飞升渡劫化龙不同，根据传说，走蛟的时候，通常也是电闪雷鸣、狂风暴雨，或者是无天气征兆，就是蛟龙裹挟疯狂水势，形成江河暴涨、巨大洪水等拥有巨大破坏力的自然现象，古人称"蛟水"是也，古人以为洪水为蛟所发，故称。

清薛福成《庸盦笔记·轶闻·死生有命》有载蛟水之可怕，"询知上游五里之牛口滩蛟水陡发，是日舟过巴斗滩者，无不覆溺"，以至于谈蛟而色变，"诚伯又逢黔人谈及蛟水，则为之色变"（《庸盦笔记·述异·蛟龙利害悬殊》）。蛟龙为了化龙，自然爆发神力，裹挟大水，不管不顾，沿河道一路向东，一直入海化龙，这可是它等待千年的天机。

走蛟的标志是山裂，《万历野获编》"山裂"篇有记载：

正统十四年己巳，陕西某县，山鸣三日，移数里，崩压民家数十户。是秋即有英宗北狩之变。

成化十六年庚子，云南巨津州白石雪山，中裂分为二，其半走入金沙江中。是年大阉汪直，用事佳兵，与尚书王越，比周黩武，越冒封威宁伯。

嘉靖二十六年丁未，陕西澄城县界头岭，吼声如风者数昼夜，山四裂而去，东西各五里，南北各十里。是年督臣曾铣，与首揆夏言，议复河套，征调兵粮，关中骚动，次年二人俱论斩。山至镇重，而崩裂至此，其徵上应紫微，下亦主将相，其验如此。

弘治十年，云南师宗州，有马者笼山，其高插天，去山二十里阿定乡有一小山。一夕移于马者笼山之侧，有三大树随山而徙，皆不摇动。土人但闻风雷震撼，旦起视旧处，已为平地。

近年万历己亥八月，陕西狄道县毛家坡，山崩裂。山南平地涌出大小山凡五座，此等皆极异事，而无灾沴应之者，时圣君有以消弭之也。又云云南镇南州，有石吠山，顶有石类犬，每遇凶年，则石有声如犬吠，因以名山，此尤奇事。又正德末年，广西土官岑猛所部，田州江心，忽有石浮出，反卧岸傍，猛恶之，密遣数百人夜移他处，至明复然未几猛败灭，此石不复见。

和如此性急而执着的蛟龙自然没有道理可讲，于是人们习惯于在桥的下方悬挂古剑，防备走蛟情绪高涨伤害桥梁，水漫出河造成更大损失。因为洪水频发，因此古人认为走蛟事件时常发生。

蛟，正是能发洪水的有鳞的广义龙类，许慎《说文解字》卷十三云："蛟，龙之属也。池鱼满三千六百，蛟来为之长，能率鱼飞，置笱水中即蛟去。"根据《说文解字》，可见有水即有蛟，正所谓：积水成川，蛟龙生焉。池里鱼满三千六百尾，就会出现蛟，带领着鱼类飞翔，最终入江河，归大海。传说蛟怕鳖，很多鱼塘都会养鳖，以避蛟的到来。

蛟究竟何种模样？三国时训诂学家张揖在《广雅》卷十中云："蛟状鱼身而蛇尾，皮有珠玑，似蜥蜴而大身，有甲皮，可作鼓。"晋郭璞《山海经注》对"虎蛟"的解释是"蛟似蛇，四足龙属，其状鱼身而蛇尾，其音如鸳鸯，食者不肿，可以已痔"。唐代颜师古在《汉书注》卷五七中引郭璞对蛟所做的另一更为详细的解释是:"其状云似蛇,而四脚细颈,颈有白婴,大者数围,卵生子如一二斛瓮,能吞人也。"宋彭乘在《墨客挥犀》卷三对蛟给予生动描述:"蛟之状如蛇,其首如虎,长者数丈。多居溪潭石穴,声如牛鸣。岸行或溪行者,时遭其害。见人先腥涎绕之,即于腰下咂其血,血尽乃止。"

蛟的原始意象似乎是在综合鳄鱼、大鱼、蟒蛇、牛等动物特点的基础上组合而成的一种具有神化色彩的动物。古人视鳄为蛟龙,蛟龙是以鳄鱼为原型的神灵。

另外,蛇与牛也是蛟的原型动物之一。将蛇身与牛首融入蛟的形象应该是在宋代以后的事,洪迈《夷坚志》中所述之"阁山蛟",身长九尺,以身缠人,并吸人血,以致人亡。清人薛福成对蛟的描述则表明清时蛟的形象组合已经完成,他在《庸盦笔记·述异》中有"发蛟"篇,记录了发蛟的可怕情状,同时描摹了蛟的模样,首似牛,身体兼具龙、蛇特点:

> 湖北黄陂县之西有邝山者,层峦滴翠,高矗云霄,与木兰山对峙。山之麓有古寺曰"清净庵",地仅半弓,编茅为屋,一老僧卓锡其中。同治十三年四月二十五日,天朗气清,旷无云翳。甫交亭午,忽闻庵后石壁如裂,声震远近,屋瓦皆飞。僧亟出探望,但见石崖内水势滔天,飞流直下,霎时山门已冲去。僧随手攀一板片,浮沉其间。俄有逐浪而来,其头如牛,仰露水面,偶触木石,则波涛激起丈余。由蔡店而至黄邑西濠,沿岸民房冲塌无算,漂没不下千人。盖自邝山至河口,被灾者几及二百余里云。

蛟形象的出现与洪水密切相关,这与龙作为水神的特点是一致的,因而人们也习惯将之称为"蛟龙"。水虺五百年化为蛟,蛟千年化为龙,在修炼时间未到之前,蛟龙一般不会显山露水,而是选择湖渊河流水潭水底等聚水处潜伏静息。隐栖在池塘与河川的蛟龙,一般会被称作"潜蛟",这是一个褒义词,是人们认为耐得住寂寞、修炼能力的阶段。

但毕竟是在水中修炼了几百、上千年的神物,蛟本身亦具有一定的神力。最大的神迹,是护佑大汉帝星落定世间:"刘媪常息大泽之陂,梦与神遇。是时雷电冥晦,太公往视,则见蛟龙於其上。已而有身,遂产高祖。"(《史记》)而董仲舒亦是梦蛟龙入怀,乃作《春秋繁露》。

刘敬叔《异苑》记载了李增杀蛟而被蛟龙寻仇的故事,展现了蛟龙的神力:

> 承阳人李增行经大溪,见两蛟在川,引弓射之,中一即死。增归,因复出市,有一女子素服衔涕,捉所射箭。增怪之,问焉,答曰:"何用问焉?若是君箭,便以相还。"授矢而灭。增恶而骤返,未达家,暴死于路。

蛟龙的有情有义,不仅对同类,甚至和人们发生了关系,《续搜神记》讲述了一个蛟母的故事,三个蛟龙儿子已经有了人类的感情:

> 长沙有人忘姓名。家江边。有女下渚浣衣,觉身中有异,后不以为患,遂妊身。生三物,皆如虾鱼。女以己所生,甚怜之,著澡盘水中养。经三月,此物遂大,乃是蛟子。各有字,大者为当洪,次者名破阻,小者曰扑岸。天暴雨,三蛟一时俱去,遂失所在。后天欲雨,此物辄来。女亦知其当来,便出望之。蛟子亦出头望母,良久复去。经年,此女亡后,三蛟一时俱至墓所哭泣,经日乃去。闻其哭声,状如狗嗥。

蛟龙报恩的故事还有:

> 安城平都县尹氏,居在郡东十里曰黄屯,尹佃舍在焉。玄嘉二十三年六月中,尹儿年十三,守舍。见一人可年二十许,骑白马,张伞及从者四人,衣并黄色,从东方而来,于门呼尹儿,来暂寄息。因入舍中,庭下坐床,一人捉伞覆之。尹儿看

其衣悉无缝，马五色班，似鳞甲而无毛。有顷，雨气至，此人上马去，顾谓尹儿曰："明日当更来。"尹儿观其去，西行，蹑虚而渐升。须臾，云四合，白昼为之晦暝。明日，大水暴出，山谷沸涌，丘壑淼漫，将掩尹舍。忽见大蛟，长三丈余，盘屈庇其舍头焉。

千年的蛟龙修行时间，太过漫长和清苦，一些蛟龙自然无法做到始终安分守己，由是出现了恶蛟。

曹操10岁时即遇蛟退之："魏太祖，年十岁，浴于谯水，蛟来逼，自奋水击蛟，乃退，毕浴而还。"（《幼童传》）

投江后的屈原为蛟龙所扰，不得不现身教授制作粽子以避蛟龙恶抢：屈原五月五日投汨罗而死，楚人哀之，每至此日，以竹筒贮粉米祭之。汉建武中，长沙区回白日忽见一士人，自称三闾大夫，谓曰："闻君常见祭，甚善。但常年所遗为蛟龙所窃，若今有惠，可以楝叶塞其上，五色丝缚之，此二物是蛟龙所惮。"（《续齐谐记》）《齐谐记》记曰：蛟龙畏楝树叶、五色丝。

歙州祁门县蛟潭，俗传武陵乡有洪氏女，许嫁与鄱阳黎氏。将娶，吉日未定，蛟化为男子。貌如其婿，具礼而娶去。后月余，黎氏始到，知为蛟所娶，遂就蛟穴求之。于路逢其蛟化为人，容貌殊丽，其婿心疑为蛟。视，见蛟窃笑，遂杀之。果复蛟形。又前到蛟穴，见其妻，并一犬在妻之旁。乃取妻及犬以归。始登船，而风雨暴至，木石飞腾，其妻及犬，皆化为蛟而去……（《太平广记·洪氏女》）

东晋太守邓遐入洌水斩杀为害一方的恶蛟，此时蛟龙绕足，已有蛇的身子：襄城北洌水极深，有蛟为害。太守邓遐勇果，时人方樊哙，拔剑入水，蛟绕其足，遐自挥剑截蛟数段，流血丹水，自此无害。（《荆州记》）

孔门弟子澹台灭明被两蛟夺宝，怒而杀之，对河伯声称可以义求不可以力劫，毁玉而去以示自己不是吝啬：澹台子羽赍千金之璧渡河，河伯欲之。阳侯波起，两蛟夹船。子羽左操璧，右操剑，击蛟，皆死。既

济，三投璧於河，河伯三跃而归之，子羽毁璧而去。(《博物志》)

建安神医董奉，遇蛟为害，以符杀蛟：城东门通大桥，常有蛟，为百姓害。董奉疏一符与水中，少时，见一蛟死浮出。(《寻阳记》)

如果对蛟龙防卫过当，滥杀一气，老天亦会惩罚：东海上有勇士菑丘䜣者，过神渊，强使饮马，马沉。欣朝服，拔剑入水，三日三夜，杀二蛟一龙而出。雷电随而击之七日七夜，眇其左目。(《韩诗外传》) 吃你一匹马，竟然不依不饶灭了人全家，而且连龙也杀，这似乎确实是有违天理天规，被雷电追击七日七夜，瞎其左眼确也不为过。人与蛟、龙，无非都是同样的修行。

附：

《太平广记》涉蛟记载

汉武白蛟

汉武帝恒以季秋之月，泛灵溢之舟于琳池之上，穷夜达昼。于季台之下，以香金为钩，缩丝纶，以舟鲤为饵，不逾旬日，钓一白蛟长三四丈，若龙而无鳞甲。帝曰："非龙也。"于是付太官为鲜。而肉紫青，脆美无伦。诏赐臣下，以为神感所获。后竟不得。(《王子年拾遗记》)

浔阳桥

浔阳城东门通大桥，常有蛟为百姓害。董奉疏符沉水中，少日，见一蛟死浮出。(《寻阳记》)

王 述

吴大帝赤乌三年七月，有王述者采药于天台山。时热，息于石桥下，临溪饮。忽见溪中有一小青衣长尺余，执一青衣乘赤鲤鱼，径入云中，渐渐不见。述良久登峻岩四望，见海上风云起，顷刻雷电交鸣，俄然将至。述惧，伏于虚树中。见牵一物如布，而色如漆，不知所适。及天霁，又见所乘之赤鲤小童，还入溪中，乃黑蛟耳。(《三吴记》)

王 植

王植，新赣人也。乘舟过襄江。时晚日远眺，谓友朱寿曰："此中昔楚昭王获萍实之处，仲尼言童谣之应也。"寿曰："他人以童谣为偶然，而圣人必知之。"言讫，见二人自岸下。青衣持芦杖谓植曰："卿来何自？"植曰："自新赣而至于此尔。"二人曰："观君皆儒士也，习何典教？"植、寿曰，各习诗礼。二人且笑曰："尼父云：'子不语神怪'。又云：'敬鬼神而远之'。何也？"寿曰："夫子圣人也，不言神怪者。恐惑典教。又言'敬鬼神而远之'者。以戒彝伦，其意在奉宗之孝。"二人曰："善。"又曰："卿信乎？"曰："然。"二人曰："我实非鬼神，又非人类。今日偶与卿谈，乃天使也。"又谓植曰："明日此岸有李环、戴政，俱商徒，以利剥万民，所贪未已。上帝恶，欲惩其罪于三日内。卿无此泊。慎之。"言讫，没于江。寿、植但惊异之，未明何怪也。及明，植谓寿曰："有此之不祥，可移于远矣。"乃牵舟于上流五有余步。缆讫，见十余大舟自上流而至。果泊于植本处，植曰："可便详问其故，要知姓字。"于是寿杖策而问之。二商姓字，果如其所言。寿心惊曰："事定矣。"乃谓植曰："夫阴晦之间，恶人之不善，今夕方信之矣。"植曰："夫言幽明者，以幽有神而神之明，奈何不信乎？"时晋恭帝元熙元年七月也。八日至十日，果有大风雷雨。而二商一时沉溺。植初闻二人之言，私告于人。及是共观者有数百人。内有耿谭者年七十，素谙土事，谓植曰："此中有二蛟如青蛇，长丈余，往往见于波中，时化游于洲渚，然亦不甚伤物。卿所见二人青衣者，恐是此蛟有灵，奉上帝之命也。"（《九江记》）

陆社儿

陆社儿者，江夏民，常种稻于江际。夜归，路逢一女子，甚有容质。谓社儿曰："我昨自县前来，今欲归浦里，愿投君宿。"然辞色甚有忧容。社儿不得已，同归，闭室共寝。未几，便闻暴风震雷明照。社儿但觉此女惊惶，制之不止。须臾雷震，只在帘前。社儿寝室，有物突开。乘电光，见一大毛手拿此女去。社儿仆地，绝而复苏。及明，邻里异而问之。社儿告以女子投宿之事。少顷，乡人有渡江来者，云，此去九里，有大蛟龙无首，长百余丈，血流注地，盘泊数亩。有千万禽鸟，临而噪之也。（《九江记》）

长沙女

长沙有人忘姓名。家江边。有女下渚浣衣,觉身中有异,后不以为患,遂妊身。生三物,皆如虾鱼。女以己所生,甚怜之,著澡盘水中养。经三月,此物遂大,乃是蛟子。各有字,大者为当洪,次者名破阻,小者曰扑岸。天暴雨,三蛟一时俱去,遂失所在。后天欲雨,此物辄来。女亦知其当来,便出望之。蛟子亦出头望母,良久复去。经年,此女亡后,三蛟一时俱至墓所哭泣,经日乃去。闻其哭声,状如狗嗥。(《续搜神记》)

苏颋

唐苏颋始为乌程尉。暇日,曾与同寮泛舟沿溪,醉后讽咏,因至道矶寺。寺前是雪溪最深处。此水深不可测,中有蛟螭,代为人患。颋乘醉步行,还自骆驼桥,遇桥坏堕水,直至潭底。水中有令人扶尚书出,遂冉冉至水上,颋遂得济。(《广异记》)

斗蛟

唐天宝末,歙州牛与蛟斗。初水中蛟杀人及畜等甚众,其牛因饮,为蛟所绕,直入潭底水中,便尔相触。数日牛出,潭水赤。时人谓为蛟死。(《广异记》)

洪氏女

歙州祁门县蛟潭。俗传武陵乡有洪氏女,许嫁与鄱阳黎氏。将娶,吉日未定,蛟化为男子。貌如其婿,具礼而娶去。后月余,黎氏始到,知为蛟所娶,遂就蛟穴求之。于路逢其蛟化为人,容貌殊丽,其婿心疑为蛟。视,见蛟窃笑,遂杀之。果复蛟形。又前到蛟穴,见其妻,并一犬在妻之旁。乃取妻及犬以归。始登船,而风雨暴至,木石飞腾,其妻及犬,皆化为蛟而去。其婿为恶风飘到余姚,后数年归焉。其后道人许旌阳又斩蛟于此,仍以板窒其穴。今天清日朗,尚有仿佛见之。(《歙州图经》)

洪贞

鸡笼山在婺源县南九十五里,高一百六十丈,回环一十五里九十步,形如鸡笼焉。唐开元中,有蛟龙变为道人,歙人洪贞以弟子之礼师之。道流将卜居，寻诸名山。到黄山，贞问此山何如，道流曰："确而寒。"次到飞布山，又问之。道流曰："高而无辅。"到此山，又问之。道流曰："此山宜葬。葬者可致侯王。不然，即出妖怪而已。"贞问其所以，而不之告。道流于室中寝，贞入，但见蛟龙，由是候睡觉而辞归。道流遂入鄱阳而去。贞归，迁其父于此山。后二年，鄱阳洪水大发，漂荡数千家。贞本好道，常焚香持念，颇有方术。居于祁南之回玉乡，乡人遂称其变现神通，将图非望。潜署百官，州中豪杰皆应之。后州发兵就捕，获数十人，而贞竟不知所在。（《述异记》。陈校本作《婺州图经》）

老　蛟

苏州武丘寺山，世言吴王阖闾陵。有石穴，出于岩下，若嵌凿状。中有水，深不可测。或言秦王凿取剑之所。唐永泰中，有少年经过，见一美女，在水中浴。问少年同戏否，因前牵拽。少年遂解衣而入，因溺死。数日，尸方浮出，而身尽干枯。其下必是老蛟潜窟，媚人以吮血故也。其同行者述其状云。（《通幽记》）

武休潭

王蜀先主时，修斜谷阁道，凤州衙将白。忘其名掌其事焉。至武休潭，见一妇人浮水而来，意其溺者，命仆夫钩至岸滨。忽化为大蛇，没于潭中。白公以为不祥，因而致疾。愚为诵岑参《招北客赋》云："瞿塘之东，下有千岁老蛟。化为妇人，炫服靓妆，游于水滨。"白公闻之，方悟蛟也，厥疾寻瘳。又内官宋愈昭，自言于柳州江岸，为二三女人所招，里民叫而止之，亦蛟也。岑赋所言，斯足为证。（《北梦琐言》）

伐　蛟

《月令》："季秋伐蛟取鼍，以明蛟可伐而龙不可触也。"蛟之为物，不识其形状。非有鳞鬣四足乎？或曰，虬蝮蛟蜦，状如蛇也。南僧说蛟之形，如马蟥，即水蛭也。涎沫腥黏，掉尾缠人，而噬其血。蜀人号为"马绊蛇"。头如猫鼠，有一点白，汉州古城潭内马绊蛇，往往害人。乡里募勇者伐之，身涂药，游泳于潭底，蛟乃跃于沙汭，蟠蜿力困，里灌噪以助，竟毙之。（《北梦琐言》）

第四节 龙 颜

龙的样貌事实上已有"九似"的定论，但历史上各类史志都记录了百姓眼中所见的龙的模样，水汽淋漓灵气活现，亦不失一种猎奇般的"龙见"。

明嘉靖二十九年（1550）进士陈耀文，从浩如烟海的早期典籍中挖掘资料，编纂了一本通晓万物的大百科全书《天中记》，这部书囊括了远古时代对龙的记述，有很多奇怪的故事，如"龙之目可见百里"，但"龙不见石"，就如同"人不见风，鱼不见水，鬼不见地，羊不见雨，狗不见雪"一样。这是说龙眼。

再说龙舌，这次的见证者是沈括。

神册五年（920）夏五月庚辰，有龙见于拽剌山阳水上。上（辽太祖耶律阿保机）射获之，藏其骨肉于府。（《辽史·太祖本纪下》）元好问《续夷坚志》卷二叙述此事更为详细，描绘龙的舌头形状像蒲秸一样。蒲秸即蒲剑，指菖蒲草的叶子，因其形狭长似剑，故又名水剑草。

> 辽祖神册五年三月，黑龙见拽剌山阳水。辽祖驰往，三日乃得至，而龙尚不去，辽祖射之而毙。龙一角，尾长而足短，身长五尺，舌长两寸有半。命藏之内库。贞祐南渡尚在，人见舌作蒲秸形也。

如剑的龙舌，元好问之前的沈括曾亲眼所见。宋神宗熙宁八年（1075），沈括奉命出使，与契丹贵族谈判争议地界。他后来在《梦溪笔谈·杂志一》中追述当年的旅途见闻：

> 黑水之西有连山，谓之夜来山，极高峻。契丹坟墓皆在山之东南麓。近西有远祖射龙庙，在山之上。有龙舌藏于庙中，其形如剑。

龙头、龙牙、龙爪骨亦被发现，《五杂俎》记载，崇祯九年

（1636），山西省东南的曲底村发生山崩，露出了一具完整的龙骨，龙头五斗大，龙牙宽 3 厘米多，龙爪长 1.2 米，显然是一头庞然大物。

龙膏亦有大神奇，龙膏点灯，光清澄若水，光焰五色，是为祥瑞，《王子年拾遗录》有记曰：

> 方文山，一名蛮雉山。东有龙场，方千里。有龙，皮骨如山阜，肤血如流水。燕昭王时，以龙膏为灯，光清澄若水，光焰五色，人以为瑞。

再说龙鳞，同治《宜都县志》卷四下记载，咸丰十年（1860）夏五月，湖北宜都地区遭受水灾。就在大水到来之前——

> 白洋江中有物浮出，不见首尾。舟人往视，则鳞甲森然，狎之不动；批其甲则脱，共得二十余片，巨浪倏震，物掉转不见。甲大如掌，金碧射目，有细纹如龟背形。后数日，大水至。

这一起遭遇，可谓真真切切。乡民们不仅驾着船靠了上去，而且亲手揭下了二十多片像巴掌那么大的金碧色鳞片。

其实，不独是龙鳞，龙角就被曹宽收藏——石晋时，常山帅安重荣将谋干纪。其管界与邢台连接，斗杀一龙。乡豪有曹宽者见之，取其双角。前有一物如帘，纹如乱锦，人莫知之。曹宽经年为寇所杀。

袁枚《续子不语》记载了一起用龙脊椎骨当春臼使用，以龙颔卖钱的奇事：

> 乾隆辛亥（1791）八月，镇海招宝山之侧，白昼天忽晦冥。有两龙互擒一龙，掉诸海滨，大可数十围，如人世所画龙状。乡人竞分取之，其一脊骨正可作臼。有得其颔者市之，获钱二十缗。

这条坠龙形状非常像世间所画的龙，脊椎骨竟然能够当春臼使用，龙颔即下巴连带龙须可卖钱。

第四章　龙见天性

苏鹗《杜阳杂编》卷上有这样的记载：唐代宗时，宰相元载有一柄用龙须制成的拂尘，颜色像熟透了的桑葚，约三尺长，后来被代宗索去。

尤为令人惊奇的是，唐代成都大慈寺甚至公开展览过一条身长一丈多的活龙，据《太平广记》载：

> 韦皋镇蜀末年，资州献一龙，身长丈余，鳞甲悉具。皋以木匣贮之，蟠屈于内。时属元日，置之大慈寺殿上，百姓皆传，纵观二三日，为香烟熏死。

所获之龙被供在大慈寺中，前往瞻仰者接踵而至，搞得香火太旺，不出三天，活龙竟生生被熏死。事发于贞元末年，大约在公元800年。

说到真实性，著名的唯物主义者王充，现身为龙做证。《后汉书·孝章帝纪》载，汉章帝建初五年（80），有黄龙出现在流经零陵郡泉陵县的湘江中，而且是两大六小，整整有八条黄龙。王充在《论衡·验符篇》中详细记载了泉陵城外目击者所提供的情况：

> 湘水去泉陵城七里……二黄龙见，长出十六丈，身大于马，举头顾望，状如图中画龙，燕室丘民皆观见之；去龙可数十步，又见状如驹马，小大凡六，出水遨戏陵上，盖二龙之子也……

南宋诗人姜夔曾近距离、多角度了解白湖坠龙，在坠龙之地他前后生活了近20年。从诗中描述的场景来看，坠龙事件发生时，当地乡民用席子遮盖龙的身体，官府还派员亲临祭祀，前往围观的人摩肩接踵，热闹非常。姜夔很容易从目击者那里了解到详情，诗中对坠龙的描写切近而传神，细致到龙鳞、龙髯、龙角、龙脊鳍、龙味，最终都写进了《昔游诗其八》中：

> 洞庭西北角，云梦更无边。

复有白湖沌，渺莽里数千。
岂惟大盗窟，神龙所盘旋。
白湖辛巳岁，忽堕死蜿蜒。
一鳞大如箕，一鬐大如椽。
白身青鬐鬣，两角上梢天。
半体卧沙上，半体犹沈渊。
里正闻之官，官使吏致虔。
作斋为禳禬，观者足阗阗。
敛席覆其体，数里闻腥膻。
一夕雷雨过，此物忽已迁。
遗迹陷成川，中可行大船。

这条腹白背青的龙，并没有完全脱离水，它半身卧在沙滩上，半身仍泡在湖水里，它似乎也是从半空坠落下来的，可能在坠地时受了伤，所以，一朝雷雨过后白龙就随雷雨升天而去，留下的身体压痕大可行船。这条巨龙的鳞片大如簸箕，胡须粗如屋椽，"两角上梢天"，是说龙角确长，直指向天。

诗作于绍兴三十一年（1161），这一年的秋季，海陵王完颜亮统率金兵大举犯宋，被杀于瓜洲渡，坠龙的凶兆正好应在了敌酋身死上。这是典型的用政治解释的"龙见"事件。

清朝吴江县一个夏天午后，青天白日之下，有一个动物自空坠落在平望镇以西的一处墓地。这个动物的模样十分罕见，牛头，鳄鱼身子，头上长角，身上有鳞，四条腿，足有五趾，后腿好似痿弱无力，只能靠前腿来缓慢爬行，腥臭无比，在旱地上养神两天之后，在一场猛烈的雷雨中一跃而起，腾空远去。俞樾在《右台仙馆笔记》中记载了这一奇事。

《聊斋志异》卷四有一则记载，题为《无目龙》，45字无妖异似纪实，写尽龙貌：

沂水大雨，忽堕一龙双睛俱无，奄有余息。邑令公以八十席

第四章 龙见天性

覆之,未能周身。又为设野祭。犹反复以尾击地,其声塙然。

沂水县令动用了80领席子,居然还不能完全遮住坠龙的身体,这条龙巨长,龙尾反复击地,沉重而有力量。

坠龙现象并不孤立:

> 乾隆五十八年(1793),光州大旱。忽大雷震,堕一龙于东乡去城十余里某村,村屋崩塌。蛇然而卧,腥秽熏人。时正六月,蝇绕之。远近人共为篷以避日。久不得水,鳞皆翘起,蝇入而咕嘬之,则骤然一合,蝇尽死。州尊亲祭。数日,大雷雨,腾空而去,又坏房舍以千百计,闻篷席有飞至西乡去城数十里外者。

龙鳞在这条坠龙身上表现得灵活自如,多有灵性。在多数情况下,坠龙总是受到当地居民的特殊礼遇。人们为它搭起凉棚以遮蔽阳光,不断用水浇洒它的身体,州、县的地方官员甚至亲临现场,举行祭祀活动。

> 崇祯十五年(1642)四月中,顺天三河县地方,半空中忽堕下一龙,牛头而蛇身,有角有鳞,婉转叫号于沙土中,以水沃之则稍止。抚按不敢奏闻。如是者三昼夜,乃死。

崇祯十五年的中国,关内关外烽烟四起,朱明王朝已日暮途穷,政治局势险恶到了极点,此龙坠是为大不祥。

所见不一定为实,用一鳞半爪来形容龙给我们的龙颜再合适不过。一鳞半爪原就指龙在云中,东露一鳞,西露半爪,不见全身(清赵执信《谈龙录》)。比喻只见事物的一部分,不是全部,也比喻事物的零星片断,不完整。龙的形象并不是从一开始就是现在所常见的模样,而是经历了几千年的演变,不同时代的龙的形象也不尽相同。

商代的龙,构图简单,头方正,无胡须,有四肢,爪为三爪;战国的龙，头较扁，身体变长，已有潇洒的神采；汉代的龙，龙身逐渐丰满起来；唐代的龙，身材短胖，龙角分叉；宋代的龙，龙身修长，头部更为复杂；明代的龙，爪为五爪，代表五行俱全，只限皇帝使用，其他人只能是四爪，代表四季，或三爪，代表三才；最终，神龙成长为鳞虫之长，颔下有明珠，喉下有逆鳞，头上有博山，又名尺木……呵气成云，既能变水又能变火，是我们愿意相信和熟悉的那个模样。

附：

《梦溪笔谈》（卷二十）

（北宋·沈括）

彭蠡小龙，显异至多，人人能道之，一事最著。熙宁中，王师南征，有军仗数十船，泛江而南。自离真州，即有一小蛇登船。般师识之，曰："此彭蠡小龙也，当是来护军仗耳。"主典者以洁器荐之，蛇伏其中。船乘便风，日棹数百里，未尝有波涛之恐。不日至洞庭，蛇乃附一商人船回南康。世传其封域止于洞庭，未尝逾洞庭而南也。有司以状闻，诏封神为顺济王，遣礼官林希致诏。予中至祠下，焚香毕，空中忽有一蛇坠祝肩上，祝曰："龙君至矣。"其重一臂不能胜。徐下至几案间，首如龟，不类蛇首也。子中致诏意曰："使人至此，斋三日然后致祭。王受天子命，不可以不斋戒。"蛇受命，径入银香奁中，蟠三日不动。祭之日，既酌酒，蛇乃自奁中引首吸之。俄出，循案行，色如湿胭脂，烂然有光。穿一蕲彩花过，其尾尚赤，其前已变为黄矣，正如雌黄色。又过一花，复变为绿，如嫩草之色。少顷，行上屋梁。乘纸幡脚以船，轻若鸿毛。倏忽入帐中，遂不见。明日，子中还，蛇在船后送之，逾彭蠡而回。此龙常游舟楫间，与常蛇无辨。但蛇行必蜿蜒，而此乃直得，江人常以此辨之。

天圣中，近辅献龙卵，云："得自大河中。"诏遣中人送润州金山寺。是岁大水，金山庐舍为水所漂者数十间，人皆以为龙卵所致。至今置藏，余屡见之：形类色理，都如鸡卵，大若五升囊；举之至轻，唯空壳耳。

……

治平中，泽州人家穿井，土中见一物，蜿蜒如龙蛇。人畏之，不敢触，久之，见其不动，试摸之，乃石也。村民无知，遂碎之，时程伯纯为晋城令，求得一段，鳞甲皆如生物。盖蛇蜃所化，如石蟹之类。

……

昔人文章用北狄事，多言黑山。黑山在大幕之北，今谓之姚家族，有城在其西南，谓之庆州。余奉使，尝帐宿其下。山长数十里，土石皆紫黑，似今之磁石。有水出其下，所谓黑水也。胡人言黑水原下委高，水曾逆流。余临视之，无此理，亦常流耳。山在水之东。大底北方水多黑色，故有卢龙郡。北人谓水为龙，卢龙即黑水也。黑水之西有连山，谓之夜来山，极高峻。契丹坟墓皆在山之东南麓，近西有远祖射龙庙，在山之上，有龙舌藏于庙中，其形如剑。山西别是一族，尤为劲悍，唯啖生肉血，不火食，胡人谓之"山西族"，北与"黑水胡"、南与"达靼"接境。

第五节　龙　子

至唐，龙逐渐走出神龙的光环，在唐玄宗官方敕封四海龙王的推动下，民间开始了轰轰烈烈的龙王崇拜。既是王，那就得有王的样子，龙子龙女龙母不能少，龙的亲戚朋友同事不能少，开府视事的龙宫不能少，再有掌握大量资源和权力的王，三妻四妾不能少……一切均须比照世间王侯的规制和规格办理。

在生产力低下的古代，人口就是最大生产力，因此形成了多子多孙的牢固观念。于是，龙就有了九子，而且都不是和龙母所生，而是天下留种，这实为古人生育观念所致。希腊神话中宙斯的到处留情，除却道德观念，亦是古代人类生育观念的需求。在强大的大自然面前，人类生存发展处境艰难，人口出生率、成活率还低，因此掌握大量资源的阶层，有着强烈而自然的人口资源创造冲动，这是关乎家族兴衰的天大的事，香火传承如此重要，以至于"不孝有三，无后为大"。

龙性本淫，语出明朝谢肇淛的随笔札记《五杂俎》："盖龙性淫，无所不交，故种独多耳。"甚至与人交媾，谢肇淛转述说，岭南有善致雨者，正是利用了龙的淫性，他们把少女架在空中当饵，当龙围着少女盘旋欲与之交媾时，人们设法阻止，龙因近不得身而洒下雨露。文人编排龙如是不堪，却从另一方面表现为龙淫实是影射当时王侯和权贵阶层的生活状态，确是比较可信。

无论如何，龙生下了九子，虽然相貌、秉性各有不同，但九个龙子的母性基因十分强大，没有一个传承了父亲的龙貌和性格。这正是明人李东阳《怀麓堂集》所载，龙生九子不成龙，各有所好。

龙生九子的说辞，是明中期后直到清前期的文人间拼凑的产物。其源头是弘治朝大学士李东阳奉帝旨，与翰林编修罗玘、吏部员外郎刘绩共同翻检古籍拼凑，经由其弟子杨慎发扬光大的一个假说。

明徐应秋撰《玉芝堂谈荟·龙生九子》引李东阳《怀麓堂集》：

龙生九子不成龙，各有所好：

囚牛，平生好音乐，今胡琴头上刻兽是其遗像；

睚眦，平生好杀，今刀柄上龙吞口是其遗像；

嘲风，平生好险，今殿角走兽是其遗像；

蒲牢，平生好鸣，今钟上兽钮是其遗像；

狻猊，平生好坐，今佛座狮子是其遗像；

霸下，平生好负重，今碑座兽是其遗像；

狴犴，平生好讼，今狱门上狮子头是其遗像；

负屃，平生好文，今碑两旁文龙是其遗像；

螭吻，平生好吞，今殿脊兽头是其遗像。

第四章 龙见天性

《万历野获编》"龙子"篇记载了这件趣事：长沙李文正公在阁。孝宗忽下御札。问龙生九子之详，文正对……龙极淫，遇牝必交，如得牛则生麟，得豕则生象，得马则生龙驹，得雉则结卵成蛟……与鹿交为吉吊。

明杨慎撰《升庵外集》，亦载有"龙生九子"事，与上述《怀麓堂集》中所载蒲牢、狴犴、睚眦三者相同外，另有六者异名：

赑屃，形似龟，好负重，今石碑下龟趺是也；
螭吻，形似兽，性好望，今屋上兽头是也；
饕餮，好饮食，立于鼎盖；
蚣蝮，性好水，立于桥柱；
金猊，性好烟火，立于香炉，形似狮；
椒图，性好闭，立于门首，形似螺蚌。

明陆容所撰《菽园杂记》中，亦列有兽吻、徒牢、螭吻、宪章、鳌鱼、蜥蜴、蟾蜍、赑屃、金吾等名；与《怀麓堂集》《升庵外集》所载异。

清高士奇撰《天禄识余·龙种》："俗传龙子九种，各有所好，一曰赑屃，形似龟，好负重，今石碑下龟趺是也；二曰螭吻，形似兽，性好望，今屋上兽头是也；三曰蒲牢，形似龙而小，性好叫吼，今钟上级星也；四曰狴犴，似虎有威力，故立于狱门；五曰饕餮，好饮食，故立于鼎盖；六曰蚣蝮，性好水，故立于桥柱；七曰睚眦，性好杀，故立于刀环；八曰金猊，形似狮，似好烟火，故立于香炉；九曰椒图，形似螺蚌，性好闭，故立于门铺。"

孝宗皇帝十分关心"龙事"，其执政期内发生"龙见"后，还特地询问翰林编修罗玘，罗玘以博闻著称。

囚牛，其母亲是一头牛，所以囚牛生下来也是牛的模样。虽然长相粗糙，囚牛却十分风雅，平生爱好音乐，耳音奇好，能辨万物声音，在众龙子中性情最温驯。它不嗜杀不逞狠，专好音律，常蹲在琴头上欣赏弹拨弦拉的音乐，因此琴头上便刻上它的遗像。这个装饰现在一直沿用下来，一些贵重的胡琴头部至今仍刻有龙头的形象，称其为"龙头胡琴"。

睚眦，其母亲是一只豺，相貌似豺，好腥杀。睚眦随了母亲的性格，常被雕饰在刀柄剑鞘吞口，为刀剑增添了逼人的刀斧气和慑人的力量。睚眦的本义是怒目而视,所谓"一饭之德必偿,睚眦之怨必报"。报则不免腥杀,平生好杀,喜血腥之气,有仇必报。成语"睚眦必报",就是取它心胸狭隘之本义。睚眦不仅装饰在沙场名将的兵器上,更大量地用在仪仗和宫殿守卫者武器上,从而更显得威严庄重。

嘲风(亦为凤),它的母亲是名叫狻猊,平生好险又好望,喜欢独居,善攀爬,常年居住在洞穴和缝隙中。所以嘲风也是生性好险又好望,人们就把它的遗像安装在殿台角上。殿台角上的这些走兽排列着单行队,挺立在垂脊的前端,走兽的领头是一位骑禽的"仙人",后面依次为龙、凤、狮子、天马、海马、狻猊、押鱼、獬豸、斗牛、行什。它们的安放有严格的等级制度,只有北京故宫的太和殿才能十样俱全,次要的殿堂则要相应减少。嘲风,不仅象征吉祥、美观和威严,而且还有威慑妖魔、清除灾祸的含义。嘲风的安置,使整个宫殿的造型既规格严整又富于变化,达到庄重与生动的和谐,宏伟与精巧的统一,它使高耸的殿堂平添了一层神秘气氛。《渊鉴类函·鳞介·龙》四引(明陈仁锡)《潜确(居)类书》:"龙生九子……嘲风好险,形殿角上。"

蒲牢,它的母亲是只蟾蜍,形似盘曲的龙,平生好鸣好吼,洪钟上的龙形兽钮是它的遗像。它在兄弟间也是身形较小,并且是出了名的胆小鬼。蒲牢居住在海边,虽为龙子,却一向害怕庞然大物的鲸鱼。当鲸鱼一发起攻击,它就吓得大声吼叫。人们根据其"性好鸣"的特点,"凡钟欲令声大者",即把蒲牢铸为钟钮,而把敲钟的木杵做成鲸鱼形状。敲钟时,让鲸鱼一下又一下撞击蒲牢,使之"响入云霄"且"专声独远"。

又传说蒲牢受击就大声吼叫,充作洪钟提梁的兽钮,助其鸣声远扬。《文选》汉班孟坚(固)《东都赋》:"于是发鲸鱼,铿华钟。"《注》:"(三国)薛淙《西京赋·注》曰:海中有大鱼曰鲸,海边又有兽名蒲牢,蒲牢素畏鲸,鲸鱼击蒲牢,辄大鸣。故作蒲牢于上,所以撞之为鲸鱼。"后因以蒲牢为钟的别名。《全唐诗》卷六一六皮日休《寺钟暝》:"重击蒲牢唅山日,冥冥烟树睹栖禽。"古时钟上多作兽头。

狻猊,它的母亲是一只狮子,传承了母亲狮子的样貌和温和、喜静不喜动的性格。人们利用它好蹲坐且喜欢烟火的特点,便把它的遗像安

第四章　龙见天性

装在佛座上或香炉上，随之吞烟吐雾。

狻猊，本是狮子的别名，其形似狮子，由于佛祖释迦牟尼有"无畏的狮子"之喻，人们便顺理成章地将其安排成佛的坐骑，或者雕在香炉上让其款款地享用香火。明清之际的石狮或铜狮颈下项圈中间的龙形装饰物也是狻猊的形象，它使守卫大门的中国传统门狮更为狰狞威武。

赑屃，又名霸下，母亲是一只乌龟，力大无穷，好负重。传说在上古时期，霸下常常背着三山五岳出来兴风作浪。大禹将它收服后，它便开始跟着大禹治水。治水成功后，大禹为表彰它的功绩，便做了一块碑让它背着。所以霸下的形象常常是驮着一块碑，各地的宫殿、祠堂、陵墓中均可见到其背负石碑的样子。

赑屃，形似龟，又称石龟，是长寿和吉祥的象征。它总是吃力地向前昂着头，四只脚拼命地撑着，挣扎着向前走，但总是移不开步。我国一些显赫石碑的基座都由霸下驮着，在佛家碑林和一些古迹胜地中都可以看到。

狴犴，又名宪章，母亲是一只老虎，形似虎。狴犴有武力却不以武力逞强，平生好讼，追求公正。传说狴犴不仅急公好义、仗义执言，而且能明辨是非、秉公而断，再加上它的形象威风凛凛，人们敬佩它的公正无私，除将之装饰在狱门上外，还匍匐在官衙的大堂两侧。每当衙门长官坐堂，行政长官衔牌和肃静回避牌的上端，便有它的形象，它虎视眈眈，环视察看，维护公堂的肃穆正气。

负屃，母亲是一条龙，所以负屃的外形是最像龙王的。负屃平生好文，喜欢文学，所以常年盘绕在石碑头顶。负屃与六哥霸下关系很好，时常一起出没。

我国碑碣的历史久远，内容丰富，它们有的造型古朴，碑体细滑、明亮，光可鉴人；有的刻制精致，字字有姿，笔笔生动；也有的是名家诗文石刻，脍炙人口，千古称绝。而负屃十分爱好这种闪耀着艺术光彩的碑文，它甘愿化作图案纹龙去衬托这些传世的文学珍品，把碑座装饰得更为典雅秀美。它们互相盘绕着，看上去似在慢慢蠕动，和底座的霸下相配在一起，更觉壮观。

螭吻，又名鸱尾、鸱吻，母亲是一条鱼，它以它口阔噪粗，平生好吞。人类利用它喜欢吞的特点，把它安置在殿脊两端让它充当吞脊兽，寓意灭火消灾，殿脊两端的卷尾龙头就是其遗像。

《太平御览》有云："唐会要目，汉相梁殿灾后，越巫言：'海中有鱼虬，尾似鸱，激浪即降雨。'遂作其像于尾，以厌火祥。"文中所说的"巫"是方士，"鱼虬"则是螭吻的前身。螭吻属水性，用它作为镇邪之物以避火。

龙生九子，九实乃虚指，以示数量之多，又是阳极之贵数，以示地位尊崇。折射出中华先人对子孙众多的期盼。所以，"龙生九子"存在其他版本亦在情理之中，乃是指龙王并非只有九个儿子。除了以上九位，龙王还有但不限于以下所出。

蚣蝮，嘴大，性善好水，又称吸水兽，会调节水量，使江河水"少能载船，多不淹禾"，保佑一方平安，备受百姓崇敬。以此灵异之物镇于桥顶两侧，面向滔滔河水，寓示大桥会永避水害，长存永安。

蚣蝮不仅能吞江，还能吐雨，因此多用于建筑物的排水口，故宫、天坛等皇家建筑群里经常可以看到蚣蝮的身影。

椒图，形似螺蚌，性好闭，最反感别人进入它的巢穴，铺首衔环为其形象。因而人们常将其形象雕在大门的铺首上，或刻画在门板上。螺蚌遇到外物侵犯，总是将壳口紧合。人们将其用于门上，是取其可以紧闭，以求安全之意。

饕餮，原是中国古代传说中的神兽，能吃嗜吃贪吃，甚至把自己的身体吃掉，只剩一个大头和一张大嘴，古代钟鼎彝器上多刻其头部形状以为装饰。《吕氏春秋·先识览》："周鼎著饕餮，有首无身，食人未咽，害及其身，以言报更也。"《神异经·西南荒经》："西南方有人焉，身多毛，头上戴豕，贪如狼恶，好自积财，而不食人谷，强者夺老弱者，畏群而击单，名曰饕餮。"

饕餮相传为尧舜时的四凶之一。《左传·文公十八年》："舜臣尧，宾于四门，流四凶族，浑敦、穷奇、梼杌、饕餮，投诸四裔，以御螭魅。是以尧崩而天下如一，同心戴舜，以为天子，以其举十六相，去四

第四章 龙见天性

凶也。"最终被杨慎归为龙王的儿子。

貔貅，相传是一种凶猛瑞兽，而这种猛兽分为雌性及雄性，雄性名"貔"，雌性名为"貅"，类"凤"与"凰"，但流传至今已不分雌雄而合称。在古时这种瑞兽是分一角和两角的，一角的称为"天禄"，两角的称为"辟邪"，后来再没有分一角或两角，多以一角造型为主。在南方，一般喜欢称这种瑞兽为"貔貅"，而在北方则依然称为"辟邪"。至于天禄，则被归于"四不像"。

貔貅龙头、马身、麟脚，形状似狮子，毛色灰白，会飞，以财为食，纳食四方之财。它有嘴无肛门，能吞万物而从不泻，可招财聚宝，只进不出，神通特异。貔貅凶猛威武，它在天上负责巡视工作，阻止妖魔鬼怪、瘟疫疾病扰乱天庭。古代人们也常用貔貅来作为军队的称呼。

犼，俗称为望天吼、朝天吼，有守望习惯。华表柱顶之蹬龙（即朝天吼）对天咆哮，被视为上传天意，下达民情。又有文献记载，观音菩萨的坐宠即为"朝天吼"。

受"龙生九子"的影响，吴承恩在《西游记》中，为泾河龙王安排了九个儿子，而且去向清晰职责明白，拷贝演绎了龙生九子的西游版，完善并普及了龙王形象和龙王家族，流传广泛，令人印象深刻。

话说唐僧师徒一行四人，在菩萨的帮助下，收服了红孩儿，又踏上了漫漫取经路。不知不觉中，来到了黑水河，迎接他们的是龙族的考验。在黑水河上，黑河妖孽将唐僧擒去。沙僧与行者心慌道："怎么好？老师父步步逢灾，才脱了魔障，幸得这一路平安，又遇着黑水迍邅！"抓走唐僧的妖孽，正是鼍龙，这条鼍龙为什么为祸这里，还得追究到唐太宗李世民。原来，鼍龙的父亲是泾河龙王，因他错行了风雨，刻减了雨数，被天曹降旨，着人曹官魏徵丞相梦里斩了。鼍龙的母亲无处安身，将小龙带到此地，恩养成人。鼍龙的母亲疾故后，只有鼍龙无方居住，作为母舅，龙王着他在黑水河养性修真。

接下来，就是龙生九子的故事桥段，悟空问龙王，他的妹妹有几个孩子，龙王说九个，分别是：

第一个小黄龙，见居淮渎，在古代淮水与长江、黄河和济水并称

"四渎"。

第二个小骊龙,见居济渎,镇守济水。

第三个青背龙,见居江渎,镇守长江。

第四个赤髯龙,见居河渎,镇守黄河。

第五个徒劳龙,与佛祖司钟,管理时间。

第六个稳兽龙,与神官镇脊,似与嘲风有功能重叠。

第七个敬仲龙,与玉帝守擎天华表,古代宫殿等大型建筑物前面做装饰用的巨大石柱,柱身多雕刻龙凤等图案。敬仲龙是守护擎天华表的龙。

第八个蜃龙,砥据太岳,守护武当山。

第九个鼍龙,因年幼无甚执事,居黑水河养性,待成名,别迁调用。可他在黑水河兴风作浪,捉走唐僧,企图吃唐僧肉以求达到长生不老,后被摩昂太子收服。

纵观泾河龙王的九个儿子,前四个镇守着仅次于"四海"的"四渎",次四个为宗教信仰服务,最后一个就是鼍龙,还在磨砺心性。

第六节　龙　女

和神女、山鬼一样,龙女是具有独特气质和含义的文学符号。

《山海经》中一个个山神、女神的形象,是中国最早将龙氏一族神化的早期雏形,虽然他们还都尚未称为龙王、龙女,但是这种形象在后期中国志怪小说中逐渐被称为龙王、龙女的形象,并加以丰满。这一时期,龙女形象的诞生,成为打开古代文人墨客奇思幻想的一把钥匙,开启了中国志怪小说的龙女故事的大门,为后世描绘形姿曼妙的龙女形象开以先河。

六朝志怪小说和唐传奇的大量涌现,使得先秦时期模糊的龙女形象逐渐鲜明和丰满,并逐渐掺入中国文人的审美习惯和标准,对印度那伽故事中龙女形象的丑陋、兽性等特点加以改造,逐渐幻化为中国文人心目中深情美貌、雍容高贵的女性形象。

最早的龙女形象和龙女故事,见于佛经故事,《广博物志》有载:

"昔娑竭罗龙王女,年始八岁,有一宝珠,价值三千大千世界,持以上佛,佛即受之。忽然之间,变成男子,具菩萨行,即往南方无垢世界,坐宝莲华,成等正觉……"佛经的龙女欠缺着美感。

东晋干宝的《搜神记·河伯婿》篇,已经赋予了龙女人类的美貌和情感、情欲,但龙族似乎是在利用人类,稍显无情。故事讲述了有人在吴地余杭县湖边遇到河伯,河伯将女儿许配给他的一段奇遇,但这一连串的幸福仅仅持续了三日,婚后第四日便被河伯"礼既有限,发遣去",新婚夫妇被迫分离,人神永隔。河伯之女不仅"年可十八九,姿容婉媚",美貌动人,而且有着和人一样的七情六欲,"以金瓯、麝香囊与婿别,涕泣而分。又与钱十万,药方三卷,云'可以施功布德'。复云'十年当相迎'"。这是龙女形象形成过程中的人性化的一个表现。虽有河伯女这样的人格化龙女,但龙的形象在六朝的志怪作品中总体仍然比较简单,到唐传奇才开始趋于生动,龙王和其亲眷有了人的亲戚朋友、人情往来、无间烦恼。

到唐传奇兴盛的时代,龙的系列群像里,最有代表性的是龙女。龙女形象经过发展演变,逐渐褪去令人类陌生和恐惧的兽性和兽形,直至被赋予为人类所亲近甚至与之婚配的人格化的温柔女性形象,光彩夺目,至情至性。在《震泽洞》《柳毅》《俱名国》《凌波女》《刘贯词》《许汉阳》《柳子华》中,龙族皆以人形出现,形象逐渐丰满,较之六朝志怪中的龙,是一个质的飞跃。

《震泽洞》中的龙女为东海龙王第七女,居于震泽洞负责看守宝珠。《凌波女》讲述了"容色浓艳,梳交心髻,大帔广裳"的美貌龙女向玄宗讨要音乐的故事,表现了龙女高雅的志趣。《俱名国》中的龙女知恩图报,有情有义。《刘贯词》中的龙女,集美貌与善良于一身:唐洛阳刘贯词在苏州交好龙子蔡霞秀才,龙子托刘贯词为其传书,刘到龙宫,先见到"年四十余,衣服皆紫,貌可爱"的龙母,又见到"年可十五六,容色绝代,辨慧过人"的龙女,三人对坐间,龙母眼赤,直视贯词。龙女急曰:"哥哥凭来,宜且礼待。况令消患,不可动摇。"未几,龙母复瞪视眼赤,口角湿下。龙女急掩其口曰:"哥哥深诚托人,不宜如此。"乃曰:"娘年高,风疾发动,祗对不得。兄宜且出。"

该传奇中,龙母仍然具有兽性,但已可控制兽欲,而龙女已善良聪慧领先常人,数次不动声色、态度坚决、喻之以理阻挡龙母要吃掉刘贯词的冲动,其中表达了龙族从兽到人的嬗变过程。嬗变毕竟有个进度,在《许汉阳》中,龙女样貌虽已同仙女,但实则是好杀吃人的恶魔。

龙女形象是自《柳毅》的人神恋打开美好局面的,人神婚恋主题本身就充满奇幻色彩,这为龙女增加了极大的关注度。人神婚恋的女神不仅有天界仙女(《华岳神女》《太阴夫人》),而且有花妖鬼魅(《窦玉》《计真》),龙虎狐蛇(《柳毅传》《申屠澄》)之属。在这些爱情故事中,人类往往为男性,异类大多为女性,人与异类之间产生了缠绵的感情,或天宫玉阙,或龙宫地府,或人间凡世,上演着一出出悲欢离合的故事。

六朝至唐,即使有人龙交合的志怪小说,却并不是两厢情愿的美好,而往往是人类女子被迫怀孕或被抢成婚,体现了人类对神秘的龙的恐惧与厌恶,完全没有《柳毅》中那种生死追随的爱情的美感与光辉。

前文所述《太平广记·洪氏女》,是蛟龙幻化人形骗婚;《搜神后记·龙母》,是龙用神性趁其不备,在无感情况下受孕诞下龙子;《道家杂记》的"张鲁女"篇,人间女子被"白雾蒙身,因而孕焉。耻之自裁。将死,谓其婢曰:'我死后,可破腹视之。'婢如其言,得龙子一双,遂送于汉水。既而女殡于山。后数有龙至,其墓前成蹊",张鲁女耻于被奸污怀孕,愤而自杀,表达了对龙的厌恶。

相比这些为人类所恶的男龙,《柳毅》中的风鬟雨鬓、哀怨动人的龙女,散发的是人性真善美的光芒,爱情是一剂成就经典的神奇药水,人神恋是一剂口口传播的玄妙催化剂,终于在《柳毅传》中产生了绚烂的化学反应,爱情和人性才是人类永垂不朽、光耀千秋的主题。

有了真心、爱情和人神婚配的打底,《柳毅传》诞生了最美的龙女。她不仅有着超人的对抗自然界的神奇力量,她褪去的不仅是龙的獠牙,获得的也不仅是同人一样的温婉贤淑、美丽娇艳,书中描绘龙女"俄而祥风庆云,融融怡怡,幢节玲珑,箫韶以随。红妆千万,笑语熙熙。中

第四章 龙见天性

有一人，自然蛾眉，明珰满身，绡縠参差。迫而视之，乃前寄辞者。然若喜若悲，零泪如丝。须臾，红烟蔽其左，紫气舒其右，香气环旋，人于宫中"，完完全全已经是典型的中国古典美人了。而更让人亲近和熨帖的是，龙女具有和人类一样的家庭关系，不足为外人道的小媳妇境遇，以及丰富的人的情感与观念，其内心向善、向好，为了报答柳毅的救命之恩，毅然而坚定地抛弃高贵地位追随一介书生，服从于自己内心的感情方向，最后甚至不惜化身卢氏之女得以婚配柳毅，"从此以往，永奉欢好"。这不就是我们人间的隔壁邻家的事吗？可怜得让人落泪，圆满到令人开心。

《柳毅传》由龙女身遭凌辱写起，到柳毅为之传书入洞庭，钱塘君怒杀泾河小龙，再到钱塘君逼婚、柳毅拒婚，最终柳毅返乡两度娶妻两度丧妻，复娶龙女，得以成仙，故事情节都围绕着龙女而展开，成功地塑造出了一个美丽哀怨、多情感人的龙女形象。

龙女因受到夫婿及公婆的不公平对待而"蛾脸不舒，中袖无光"，引起柳毅的无限怜爱。当柳毅为其传书回洞庭之后，得到解救的龙女"自然蛾眉，明珰满身，绡縠参差"。龙女的叔父钱塘君向柳毅提亲，要将龙女许配给他。柳毅却认为受到人格的侮辱而拒绝了。当最后告别时，"淑性茂质"的龙女当席拜毅以致谢，柳毅为其美貌所动，殊感怅惋。"毅其始虽不诺钱塘之请，然当此席，殊有叹恨之色。"

之后，多情的龙女开始追婚。龙女以高贵的身份，对地位低下的读书人穷追不舍，不惜化身范阳卢氏之女得以婚配柳毅。在《柳毅》中，龙女因为爱情而形象光辉照人。传奇虽标以"柳毅"，但更打动人的还是龙女，龙女的美好形象终因这一场曲折的人龙恋情而逐渐清晰、丰满起来。

到宋元时期，龙女故事沿袭着龙女报恩和柳毅传书的母题继续发展，因为宋元时期市民阶层兴起，龙女不可避免地向世俗化方向发展，体现了市民百姓的审美取向。

宋刘斧有《朱蛇记》，故事写宋代有一个叫李元的书生，在参加科举考试的路上看到一群小孩在玩弄一条红色的小蛇。他一时恻隐之心发作,用钱买下小蛇,为它疗伤,放生。不想这条小蛇原来是南海龙王的孩子,李元不但得了金银,而且还获赠龙女云姐,云姐为其窃得试题,使得李元连中数元,仕途顺利。

李好古《沙门岛张生煮海》中的龙女琼莲是东海龙王的第三女,她在对爱情的追求上比《柳毅》中的龙女十分直接,"我见秀才聪明智慧、丰标俊雅,一心愿与你为妻。则是有父母在堂,等我问了时,你到八月十五日中秋节届,前来我家,招你为婿"。龙女一心追求自己的爱情和幸福,少见古代惯有的约束,反映了元代婚姻爱情问题上相对自由的状态,女人们更为外向、大方、率真,龙女不断从神坛走向人间,走向世俗。

明清时期,龙女逐渐理性而独立,从前代的被解救对象,升华成了帮助别人的情义女人。在《聊斋志异·罗刹海市》中,马骥弃儒经商,泛海来到以丑为美的大罗刹国,度过了一段仕途生活,后来通过龙宫世子来到龙宫,凭借一篇《海市赋》而名声大噪,继而得以娶龙女,当驸马,龙女"实仙人也"。诀别一场,龙女理性和独立的形象清风扑面,"仙尘路隔,不能相依。妾亦不忍以鱼水之爱,夺膝下之欢"。不再像先前的龙女那样依附寄托他人,虽然托身海洋,龙女不能随马骥重返人间,但她亦没有以鱼水之爱去挽留马骥,而是毫不犹豫地送自己心爱的男人回到他适合的地方去,这种思维,已有现代女性的雏形。

第七节 龙 宫

龙宫之直观印象,莫过于元代朱玉为我们描绘的《龙宫水府图》。龙宫图取材于唐人小说《柳毅传》中"柳毅传书"的情节,朱玉选取柳毅下马揖见、龙王率众侍从出门迎请的一瞬,大不盈尺的画面充满了情节性和戏剧性。柳毅的平静、龙王的恭谨和钱塘龙王的暴怒,成功地刻画出人物的性格和心态,特别是钱塘龙王狰狞狂叫,右手持斧,左手龙珠神通已发,夺门而出,暴怒至原形毕露,青面獠牙,殊为可怖,暴躁孔武有力的性格凸出纸面,和东海龙王的谦谦君子相形成鲜明对比。

龙王宫阙上下翻腾起伏的海浪显示着龙宫与凡间迥异的环境,而画

龙见（下册）

龙宫水府图　元·朱玉

面上端的一片空白，迷蒙苍茫，似云似雾，延展了画意，营造了神仙意境。龙宫的规制、豪奢并没有直接描绘，但龙宫大门的雄伟尊贵、宫阙一角的精致华贵，龙族的华丽服饰以及龙王的出行礼仪规制，无不无声而有力地疯狂暗示着龙宫宫殿的宏大与辉煌，一个大富大贵之地。

这个龙宫出世，即成为人们心中龙宫的样子，广受传颂。该图左上钤"朱君璧氏"印一方，并清乾隆、嘉庆内府收藏印记四方。

君璧，是朱玉的字，又名徵士。明殷奎撰《朱徵士墓志铭》曰：

> 徵士讳玉字君璧姓朱氏……昆山人……生十二年遭外艰，能厉志树立，既长喜绘事，闻佳山水每翛然独往。数千里不以为难，永嘉王振鹏在仁宗朝以界画称旨拜官荣显，徵士从之游，尽其技，王君亟称许之。至顺庚午中奉中宫教金图藏经佛像引首以进，方不盈矩，曲极其状。而意度横生，不束于绳墨。人言王君盖不之过云……徵士行内修平居，言貌循循，薄于利欲，身且老犹精谨如壮者。廿有五（1365）年十一月七日辛，春秋七十有四。

元散曲名家冯子振行书赠朱君璧诗并序讲述了一个小故事，以彰朱玉龙宫图的妙绝达天，"元季海寇犯境，邑人弃家避难。玉独抱二图坐楼上。寇遥望城中虹气贯月，踪迹而至。疑有至宝，见二图，大怒裂碎而去。杨铁崖名其楼曰'虹月楼'"。苏州府志对此亦有记载。

虽说朱玉对龙宫的描绘精妙绝伦，但《龙宫水府图》毕竟是见微知著，以高墙、铜门透露出富贵威严之气，以具象形式直观地表现出龙宫"王者居"的特征。但描绘的毕竟是宫门，让人意犹未尽，我们来看其他文字记载里的龙宫，以补单个角落描绘之不足。

龙王模仿的是人间的王侯，他在东海开府视事，全然应是王府标准，起居亦有王侯宸居的特征，建筑规模之宏巨：《苏州客》洛阳龙宫是"朱门甲第，楼阁参差"；《李卫公靖》霍山龙宫是"朱门大第，墙宇甚峻"；《柳毅传》写龙宫规模恢宏是"台阁相向，门户万千"，而龙宫各宫殿功能分明：灵虚殿接待客人，玄珠阁为洞庭君听经处，凝光殿为客宿处，举行宫宴则在凝碧殿、清光阁、潜景殿。

而且，龙宫建筑用料奢华、内部装饰精致，黄金作屋瓦，白玉为门枢，屏开玳瑁甲，槛植珊瑚珠，几为黄金珠玉宝藏堆砌，世之王侯居莫及。

《李百善救蛇登第》中南海龙宫阙台高耸，走廊笔直，大殿入云，亭台楼阁峻峭，连窗户也是玉璧磨就：

第四章 龙见天性

> 朱扉高阙，侍卫甚严。修廊绳直，大殿云齐，紫阁临空，危亭枕水，宝饰虚檐，砌梵寒玉，穿珠落帘，磨璧成牖。

《剪灯新话·龙堂灵会录》将龙宫的描述细致到屋瓦、门枢、屏风、门槛：

> 江湖之渊，神物所居，珠宫贝阙，与世不殊。黄金作屋瓦，白玉为门枢，屏开玳瑁甲，槛植珊瑚珠。

这段描写被《西游记》第六十回引申使用，《救金鲤海龙王报德》描写西湖龙宫是水晶砌成，玳瑁房梁，黄金屋瓦，白玉地砖，龙宫被称为"水晶宫"即由此而来："龙宫之宴不寻常，水晶宫殿玳瑁梁，明珠异宝锦绮张，黄金屋瓦白玉堂。"

《聊斋志异·罗刹海市》中的东海龙宫亦是玳瑁房梁，但是鲂鳞作瓦，一样的珠光宝气："玳瑁为梁，鲂鳞作瓦；四壁晶明，鉴影炫目。"

东海龙王龙宫亦称龙户、水府、水晶宫，"状如佛寺所图天宫，光明迭激，目不能视"（段成式《酉阳杂俎》）。杜光庭《录异记》对东海龙宫具体位置有记载：

> 海龙王宅在苏州东，入海五六日程，小岛之前阔百余里，四面海水黏浊。

龙宫位于海底或江河湖泊等水下，是大众所接受的普遍认知，《柳毅传》说洞庭龙宫位于洞庭湖底，《刘贯词》记龙子蔡霞所居的龙宫位于渭水河中。甚至水井之中也有龙宫，《西游记》第三十八回就写到乌鸡国王宫的后花园枯井里有一座龙王的水晶宫，这是中国龙藏渊潭的观念延伸，古人认为渊潭可潜藏龙物，《尸子》卷下："清水有黄金，笼渊有玉英。"并且只要是"积水成川"的地方，就有"蛟龙生焉"（《荀子·劝学篇》），道典《太上洞玄灵宝八威召龙妙经》有龙王居虞渊龙池之说。

关于四海龙王宫位置的描述首见于《西游记》，它是沿《剪灯新话·水宫庆会录》所写四海神宫殿位置的路子来写的。《水宫庆会录》事说南海神广利王造灵德殿，请潮州人士余善文到海底宫殿制"上梁文"，并邀请东、西、北三海的海神来参加这个盛大庆会。最后宴会结束，广利王请这位秀才留下诗作以"流传于龙宫"。《西游记》第三回说到东海龙宫处东洋海底，第四十三回说到西海龙宫处西洋大海，全书未及南北龙王龙宫位置。

既是仙所龙宫，凡人进入龙宫自然需要机缘凑巧和神秘仪式，古代小说所写进入龙宫的方法、形式不一。其一为用一物敲击水边建筑或树木，由来自龙宫的武夫、夜叉等引入龙宫，《柳毅传》中柳毅入洞庭龙宫之法为洞庭龙女传授："君当解去兹带，束以他物。然后叩树（大橘树）三发，当有应者。因而随之，无有碍矣。"柳毅如法击树后，湖中出一"武夫"将其领入龙宫；《续玄怪录·苏州客》记洛阳刘贯词"合眼"叩河边桥柱，有"紫衣仆"出，引之入渭河龙宫。

进入龙宫的第二种方式是乘船，《酉阳杂俎》第557条记一位士人乘其岳父东海长须国国王为其所备之船，"瞬息至岸"到达海龙王宫。《博异志·许汉阳》《朱蛇记》《剪灯新话·水宫庆会录》《西湖二集·救金鲤海龙王报德》亦载凡人以乘船方式入龙宫。

《酉阳杂俎》记录了进入龙宫的第三种方式——骑马，该书第394条记于圆国大臣"车驾白马，入水不溺"，进入龙宫。《聊斋志异·罗刹海市》亦有人间文士马骥骑东洋龙王三太子的白马入海龙王宫的描述。

第四种方式是服珠而假借水族神通而入龙宫，《宣室志》第五记胡商用消面虫置油膏中，放入银鼎，"构火其下"煎海，得海中仙人所送"径二寸许"的宝珠一颗。胡商吞服宝珠后便可自由出入龙宫而"无碍"，吴郡的陆颙"执胡人佩带，从而入焉。其海水皆豁开数步，鳞介之族，俱辟易而去"。

第五种方法，是念避水诀，向天借用神力。此法为小说所写诸神怪入龙宫最常用的方法，《西游记》中孙悟空进入龙宫时候都要念"避水诀"或使用"避水法"。《女仙外史》记竹化青龙、木梢所化白龙载鲍

第四章 龙见天性

姑、曼尼进入东海龙宫，和悟空通过变化神通以水族身貌进入龙宫，其理皆出自借外部之神力。

进入龙宫的世间凡人，带回了龙宫生活的场景描述。《柳毅传》三写龙宫宴饮场面，凝碧宫盛宴描写最为豪盛，小说首写大型歌舞表演场景：

> 初，笳角鼙鼓，旌旗剑戟，舞万夫于其右。中有一夫前曰："此《钱塘破阵乐》。"旌铠杰气，顾骤悍栗。座客视之，毛发皆竖。复有金石丝竹，罗绮珠翠，舞千女于其左，中有一女前进曰："此《贵主还宫乐》。"清音宛转，如诉如慕，坐客听下，不觉泪下。二舞跂毕，龙君大悦。锡以纨绮，颁于舞人。

两支宫廷乐舞表演场面极其宏大，《旧唐书》"志第九·音乐二"记《破阵乐》属宫廷舞乐，为太宗所制。乐舞表演完毕，龙宫君臣"密席贯坐，纵酒极娱"，龙君击席长歌以答谢柳毅，并赠送各类珍宝，宫人们纷投绡彩珠璧。整个场面气氛热烈，珠光宝气、"重叠焕赫"。

宋朝《朱蛇记》写南海龙王宴请李元："王乃命置酒高会，器皿金玉、水陆交错。复出清歌妙舞之姬，又奏仙韵钧天之乐，俱非世所有。"

《李元吴江救朱蛇》写西海龙王宫宴："两旁仙乐缭绕，数十美女各执乐器，依次而入。前面执宝杯盘进酒鲜果者，皆绝色美女。但闻异香馥郁，瑞气氤氲。"

《龙堂灵会录》吴江龙宫宴，以歌行体描写："长鲸鸣，巨鲛舞，鳖吹笙，鼍击鼓……八音迭奏杂仙韶，宫商响切逼云霄，湘妃姊妹抚瑶瑟，秦家公主来吹箫。""待以天厨八珍之异馔，饮以仙府九酝之深钟。"《西游记》对此稍加改动，变为第六十回乱石山碧波潭龙宫宴："高堂设宴罗宾主，大小官员冠冕珠。……红眼马郎品玉箫。"

龙宫的饮食，保留着龙族的习惯，食材多就地取材，来自海中水族之珍。《酉阳杂俎》中，一个书生误入长须国，被招为驸马，后来老国王说长须国有难，请书生入龙宫见龙王求情，龙王想来想去，也想不到有个长须国,左右报曰:"此岛虾合供大王此月食料,前日已追到。"龙王笑道:"客固为虾所魅耳。吾虽为王,所食皆禀天符,不得妄食。今为客减食。"原来长须国人都是虾精,书生为虾精所迷。龙王带书生前去观看,有房屋大的铁锅几十个,其中满满都是虾。看来,即使已经为仙成神,自然界弱肉强食的习惯,在海洋神界依然奉行。

龙族亲戚谱系也在龙王和人间的交往中有所透露,不说《西游记》中四海敖氏龙王兄弟,凡有水之地,都是龙族族谱网络所至。唐传奇《灵应传》借灵应龙女之口将龙族族系渊源勾述为:

> 妾家族望,海内咸知。只如彭蠡洞庭,皆外祖也;陵水罗水,皆中表也。内外昆季,百有余人,散居吴越之间,各分地土。咸京八水,半是宗亲……昔者,泾阳君与洞庭外祖世为姻戚。

灵应龙女至少向我们透露了以下信息:一是龙族聚居区域的三大区域——西北的"咸京八水",指京都长安地区的各水域;长江中下游的吴越地区,即以鄱阳湖(彭蠡)、洞庭湖到下游的钱塘、会稽东海;西南象郡石龙的罗水、陵水一带,即现今的广西境内。二是龙族间亲缘关系的层层叠叠十分分明,灵应龙族称彭蠡、洞庭龙君"外祖",为翁婿之亲;称陵、罗二水龙族"中表",属表亲;称吴越各水龙族"内外昆季",则当为堂亲或表亲;又咸京八水为同姓宗亲,曾与象郡石龙为姻亲。据考,《灵应传》灵应龙女所述海内龙族关系实将《梁四公记》《柳毅传》两篇中的相关内容当成故实引用,构建起系统的龙族谱系。

明清时期最有影响力的龙族谱系之说是:四海龙王为江河湖海所有龙族的领导中心。此说首见于《西游记》,清代无垢道人借《仙佛全传演义》一书对此陈述渊源:玉帝封敕孝子平和为四海龙王,并将各水域龙王统统归属于他的领导。平和分封四个儿子分镇四海,其中以长子敖广守镇东海,并领导西、南、北三海。

单说东海龙王在东海开府,官阶品秩办公规制全然模仿人间王侯的

第四章 龙见天性

标准,自带一套治理班底,统领水族,专司降水。在传世的龙王画像中,多将龙王描绘为龙头人身、蟒袍金冠的王侯之相,而在各地龙王庙的塑像中,龙王则是一定品级的官员形象。明代话本《救金鲤海龙王报德》中提到了东海龙王的穿着:"头戴通天之冠,身穿衮龙之袍,腰系碧玉之带,足践步云之履。"《济公全传》中则说东海龙王"身穿红缎紫金盘龙袍,头戴平天冠,前后十二冕旒,脚蹬方头粉底青缎靴,腰围玉带,肋佩紫金鞘的宝剑,双穗下垂"。

作为镇守一方兼理全国水务的封疆大吏,龙王在龙宫开府视事,自然包括理政和辖区治安。且不论龙宫侍卫、仆从数量众多、衣着华丽,《李元吴江救朱蛇》即有云"宫口有两人出迎,皆头戴貂禅冠,身披紫骆褵,腰系黄金带,手执花纹简,进前施礼"。就龙王管辖甚巨,公务繁忙而论,行政班底及领导的水族军队确实需要浩大规模,《天妃娘妈传》第十一回详细叙述南海龙王宫理政的情景,龙宫里戍卒巡边、龙王早朝、群臣议政、起兵御敌等场面的描写,俨然人间王国。小说所写龙宫的军事力量"龙兵",《西游记》第四十一回已有描写,但《西游记》所说"龙兵"职能是辅助龙王降雨,此文中的"龙兵",则是作为卫国御外的武装力量。"龙兵"的构成大致为:虾兵、鳝力士、蟹将、鳜都司、鲤总兵、鳊提督、鳖帅等。

至于龙王办公出行,仪仗更是壮观,《点石斋画报》曾有《龙王出巡图》,据说龙王"出巡之际,先期有夜叉持牌游行水面,牌上隐约有字,模糊莫辨",而龙王来到时,"虾兵蟹将逐队而来,龟子鳖孙衔尾而逝,继之以鼍将军、蚌元帅,杂以鼍鸣鲸吼声,波涛汹涌声,怪状奇形,数以千计",然而龙王并未显露真形,只见"白雾一团,隐隐有鼓乐声",百姓虔心祭拜,就能获得丰富渔获。如此盛大的龙王出巡阵仗,在胶东一带称作"过龙兵",同样是对人间王侯出行礼仪的效仿。

可能正因为龙王如此应验,龙宫在世人心目中,始终是宝藏地和祈雨圣殿。

龙宫多宝,已成为传统文化的重要共识,龙宫宝物种类繁多,包括但不限于金银珠绡、医药仙方,甚至金箍棒。珠绡财宝为各类金银玉

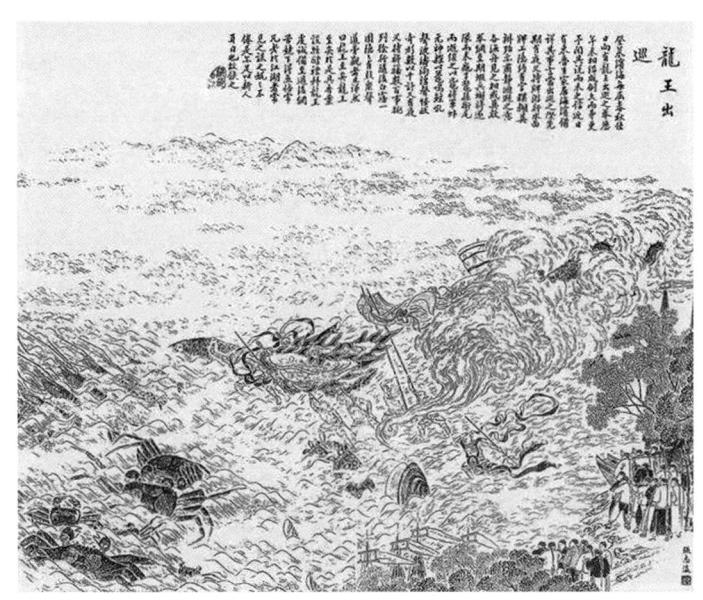

《龙王出巡图》

器、明珠、丝织品,《柳毅传》篇记龙宫有碧玉箱、红珀盘、开水犀、照夜玑,以及绡彩珠璧。明珠是著名的龙宫诸宝之一,它可用以照明、消灾,《济公全书卷》记敖广在龙宫挂夜明珠来照明,《仙佛全传演义》第二回写平和盗取龙潭龙神口中明珠治愈其母失明的双目。龙宫又多医药仙方,梁代僧旻、宝唱所撰《经律异相》借龙王说:"吾此海中多有神药,不愈我病,唯未得法药。"孙思邈救昆明池龙神索龙宫三十仙方的故事常被人津津乐道。

此外,作为龙王管理降雨的公所,龙宫亦成为祈雨的圣殿。北魏高允《鹿苑赋》有"祈龙宫以降雨",是说向龙宫祈雨可应验。《柳毅传》写洞庭龙女泾河岸边所牧羊群为雨工,掌握降雨乃是龙宫的基本职能。

古代民间有在龙宫庙祈雨的习俗,清庚岭劳人的《蜃楼志》记某年广东大旱知府连日到龙宫庙祈雨,表现出世间官府对接幽冥龙宫的对等对接的工作关系。《大云经·祈雨坛法》记载天旱祈雨时,在露地作坛,

"在坛中画七宝水池，池中画海龙王宫"。

附：

《天中记》涉龙记载

（明·陈耀文）

龙

鳞虫之长，鳞虫三百六十，而龙为之长。（《大戴礼》）

龙，鳞虫之长，能幽能明，能细能巨，能短能长。春分而登天，秋分而潜渊。（《说文》）

水虫之神，蛟龙，水虫之神者也，乘于水则神立，失于水则神废……故曰蛟龙得水而神可立也。（《管子·形势》）

被五色，龙被五色而游，故神欲小则化如蚕蠋，欲大则极于天下，欲上则凌于云气，欲沈则入于深泉。变化无日，上下无时，谓之神。（《管子·水地》）

龙名，有鳞曰蛟龙，有翼曰应龙，有角曰虬龙，无角曰螭龙。（《广雅》）龙未升天曰蟠龙。（《方言》）天有九龙，应龙有翼。（《项岱》）

雨师，山中辰日称雨师者，龙也。（《抱朴子》）

龙生，黄金千岁生黄龙，青金千岁生青龙，赤金千岁生赤龙，白金千岁生白龙，玄金千岁生玄龙。（《河图》）

兴云，龙之言萌也，阴中之阳。故言龙举而云兴。（《春秋元命苞》）有自然之龙，有蛇蠋化成之龙。（《抱朴子》）

尺木，龙无尺木无以升天，圣人无尺土无以王天下。桓谭《新论》短书言，龙无尺木无以升天，谓龙从木中升天也，盖当雷电树木击之时，龙适与雷电俱在树木之侧，雷电去龙随而上，故谓从树木之中升天也。（《论衡》）孙策署太史慈门下督出，教曰龙欲腾骞先阶尺木者也。《江表传杂俎》云龙头上有一物，如博山形，名尺木，龙无尺木不能升天盖杜撰也，雅翼引之似误。

生龙，羽嘉生飞龙，毛犊生应龙，介鳞生蛟龙，介潭生先龙。（《淮

南子·地形训》)

天用，天用莫如龙，索隐曰，易曰行天莫如龙是也。(《汉平准书》)

阳精，管辂答徐季龙曰：龙者阳精，以潜于阴，幽灵上通，和气感神，二物相扶故能兴云矣。

逆鳞，夫龙之为虫，柔可狎而骑也。然其喉下有逆鳞，径尺若人有婴之者，则必杀人人。主亦有逆鳞，说者能无婴人主之逆鳞，则几矣。(韩非《说难》)

剖卵，夫蛟龙伏潜于川，而卵剖于陵。其雄鸣于上，其雌鸣于下，风而化成形，精之至也。(《淮南子·泰族训》) 人不见龙之飞举而高者，风雨奉之也。(韩非《说林》) 江湖见龙卵主大水……龙迎夏则凌云而奋鳞，乐时也；涉冬则漏泥而潜蟠，避害也。(《张衡·应间》)

四龙之长，黄龙者四龙之长，四方之正色，神灵之精也。能巨细，能幽明，能短能长，乍存乍亡，王者不漉池而渔，则应和气而防于池沼。不众行，不群处，必待风雨而游乎青气之中，游乎天外之野，出入应命，以时上下，有圣则见，无圣则处。(《瑞应图》)

大辰之精，盖青龙者，大辰之精，木官之瑞。(魏缪袭《青龙赋》) 青龙，水之精，垂雨而下，不处深泉，有仁圣君子在位，不肖斥退则见。(《瑞应图》)

天飞，应龙潜于潢污，鱼鼋媟之，不睹其能奋灵德，合风云，超忽荒，而躔昊苍也。故夫泥蟠而天飞者，应龙之神也。时暗而久章者，君子之贞也。(班固《答宾戏》)

土德，汉公孙臣云：黄帝得土德，黄龙地螾见。(《史记·封禅书》) 黄帝治天下，而力牧、泰山稽辅之。……青龙进驾。(《淮南子》) 黄帝录图，五龙舞河。(《魏文帝杂占》)

应龙，蚩尤作兵伐黄帝，黄帝乃令应龙攻之冀县之野，应龙已杀蚩尤，又杀夸父乃去南方处之，故南方多雨。应龙处南极，杀蚩尤与夸父不得，复上故下数旱，旱而为应龙之状，乃得大雨。(《山海经》)

火德，尧游河渚，赤龙负图以出，图赤如绨。(《春秋元命苞》) 尧火德，故赤龙应焉。(《中侯》)

五采，舜以太尉即位，与三公临观于河，黄龙五采，负图天赐。黄帝以黄玉为柙，白玉检、黄金绳，黄芝为泥，章曰：天赐黄帝符玺。（《河图》）

木德，夏得木德，青龙止于郊。（《封禅书》）

负舟，禹南省，方济于江，黄龙负舟，舟中之人五色无主，禹乃熙笑而称曰：我受命于天，竭力而劳万民。生，寄也；死，归也。何足以滑和！视龙犹蝘蜓，颜色不变，龙乃弭耳掉尾而逃。禹之视物亦细矣。（《淮南子·精神训》）

豢龙，秋，龙见于绛郊，魏献子问于蔡墨曰：吾闻之，虫莫知于龙，以其不生得也。谓之智，信乎？对曰：人实不知，非龙实知。古者畜龙，故国有豢龙氏、有御龙氏。昔有飂叔安，有裔子曰董父，实甚好龙，能求其嗜欲以饮食之，龙多归之。乃扰畜龙，以服事帝舜，帝赐之姓曰董，氏曰豢龙。封诸鬷川……故帝舜氏世有畜龙。及有夏，孔甲扰于帝，帝赐之乘龙，河、汉各二，各有雌雄，孔甲不能食，而未获豢龙氏。有陶唐氏既衰，其后有刘累学扰龙于豢龙氏，以事孔甲，能饮食之。夏后嘉之，赐氏曰御龙，以更豕韦之后。龙一雌死，潜醢以食夏后。夏后飨之，既而使求之，惧而迁于鲁县，范氏其后也。龙，水物也，水官弃矣，故龙不生得。周易有之乾曰，潜见飞亢；坤曰，龙战于野，若不朝夕见，谁能物之。（《春秋左传·昭公二十九年》）

震鳞，震鳞漦于夏庭兮，匝三正而灭姬。（《幽通赋》）

天使，龙斗于马，谓之阳，牛山之阴。管子入复于桓公曰：天使使者临君之郊，请使大夫初饬、左右玄服天之使者乎！天下闻之曰：神哉齐桓公，天使使者临其郊。不待举兵，而朝者八诸侯。此乘天威而动天下之道也。故智者役使鬼神而愚者信之。（《管子·轻重丁》）

矫矫，晋文公出亡，周流天下。舟之侨也，去虞而从焉。文公反国，择可爵而爵之，择可禄而禄之，舟之侨独不与焉。文公酌诸大夫酒，酒酣。舟之侨进辞曰：有龙矫矫，顷失其所，一蛇从之，周流天下，龙反其渊，安宁其处，一蛇者干，独不得其所。舟之侨曰：请而得其赏，廉者不受也，言尽而名至，仁者不为也。遂历阶而去。文公求之不得。(《说苑》) 吕览介子推事同，介子推云：惟闻君子之道，谒而得位，道士不居也。争而得财，廉士不受也，遂去向之介山之上。(《新序》)

龙斗，郑大水，龙斗于时门之外洧渊，国人请为禜焉，子产弗许曰：我斗，龙不我觌也；龙斗，我独何觌焉？禳之，则彼其室也，吾无求于龙，龙亦无求于我。乃止也。(《左传·昭公十九年》)

贵畜，吴王欲从民饮酒，伍子胥谏曰：不可，昔白龙下清泠之渊，化为鱼，渔者豫且，射中其目，白龙上诉天帝。天帝曰：当是之时，若安置而形。白龙对曰：我下清泠之渊，化为鱼。天帝曰：鱼固人之所射也，豫且何罪？夫白龙，天帝贵畜也，豫且，宋国贱臣也，白龙不化，豫且不射，今弃万乘之位，而从布衣之士饮酒，臣恐其有豫且之患矣！王乃止。(《说苑》) 九石虎多微行，初察作所韦谖谏曰：白龙鱼服，有豫且之祸，海若潜游，罹葛陂之酷，愿思二神为先鉴。(《十六国春秋》)

射龙，韩雉见申羊于鲁，有龙饮于沂，韩雉曰：吾闻也，出见虎，搏之；见龙，射之。今弗射，是不得行吾闻也，遂射之。(《尸子》)

屠龙，朱泙漫学屠龙于支离益，单千金之家，三年技成而无所用其巧。(《庄子》)

骊龙，人有见宋王者，锡车十乘，以其十乘骄穉庄子。庄子曰：河上有家贫恃纬萧而食者，其子没于渊，得千金之珠。其父谓其子曰：取石来锻之！夫千金之珠，必在九重之渊而骊龙颔下。子能得珠者，必遭其睡也。使骊龙而寤，子尚奚微之有哉！今宋国之深，非直九重之渊也；宋王之猛，非直骊龙也。子能得车者，必遭其睡也；使宋王而寤，子为斋粉夫。(《庄子》)

九色，王母乘紫云之辇，又驾九色之班龙。(《汉武内传》)

角长三丈，建武中，曹凤字仲理，为北地太守，政化尤异，黄龙应于九里谷高冈亭，角长三丈，大十围，稍至十余丈，天子嘉之，赐帛百匹加秩中二千石。(《水经注》)

八龙，湘水去泉陵城七里，水上聚石曰燕室丘，临水有侠山，其下岩淦，水深不测。建初三年，二黄龙见，长出十六丈，身大于马，举头

407

顾望,状如图中画龙。燕室丘民皆观见之。去龙可数十步,又见状如驹马小大凡六,出水遨戏陵上,盖二龙之子也。并二龙为八,出移一时乃入。(《论衡》)当阳南有龙川凤川云,汉武时八龙五凤常游于此,亦呼为五凤堆。(《述异记》)

龙羹　元和元年大雨,有一青龙堕于宫中,帝命烹之,赐群臣龙羹各一杯,故李尤七命曰:味兼龙羹。(《述异记》)

画赤　吴赤乌中,(曹)不兴之青溪,见赤龙出水上,写献孙皓送秘府。至宋时,陆探微见画叹其妙,因至青溪,复见其龙,时累月亢旱,祈祷无应,乃取不兴龙置水上,应时畜水成雾,累日滂沛。(《浙江志》)

病龙　汤阴西有真人社,旧传孙登寓此,值旱,众祷于龙得雨,将祭谢之,登曰:此病龙,雨安能苏禾稼!众弗信,请嗅之,水果腥秽。龙时背生疽,闻登言化老翁求治,曰:病疮当有报,不数日,果大雨,大石上忽裂一井,其水湛然,盖龙穿此以报也。(《山川纪异》)

龙鲊　陆机尝饷华鲊,于时宾客满坐,华发器,便曰:此龙肉也,众未之信,华曰试以苦酒濯之,必有异。既而五色光起。机还问鲊主,果云:园中茅积下得一白鱼,质状殊常,以作鲊,过美,故以相献。(《晋书》)

痴龙　洛下有一洞穴,妇推夫坠穴至底,匍匐从就,行数十里,穴有微明,觉所践如尘,而闻粳米香,唼之芬美,即裹以为粮。复遇如泥者,味似向尘,又赍以去,所历幽远。前进凡遇如此者九处。最后所至,苦告饥馁,长人指中庭一大柏树,有一羊,令跪捋羊须,初得一珠,长人取之,次捋亦取,后捋令啗食,即得疗饥。请问九处之名,苔曰:还问张华当悉。此人便复随穴而行,遂得出交郡,往还六七年间,即归洛。问华,以所得二物示之,华云:如尘者,是黄河龙涎;似泥者,是昆仑山下泥。九处地仙名九馆,羊为痴龙。其初一珠食之与天地等寿,次者延年,后者止饥而已。(《幽冥录》)

神兽　吕光伐乌兹,军其城南。营外夜有一黑物,大如断堤,摇动,有头有角,目光若电。及明,而云雾四周,遂不复见。旦视其处,南北五里，东西三十余步，鳞甲隐地之所昭然犹在。光叹曰：黑龙也。俄而云起西北，暴雨灭其迹。杜进言于光曰：龙者神兽，人君利见之象，易曰：见龙在田，德施普也。斯诚明将军道合灵和，德符幽显。愿将军勉之，以成大庆。光有喜色。（《晋书》）

龙角，五年，鉴献龙角一枚，长九尺三寸，色红，有文。（《南史》）

化毒龙，梁武帝郗皇后酷妒忌，及终，化为龙，入于后宫，通梦于帝，或见形，光彩照灼，帝体将不安，龙辄激水腾涌，于露井上为殿，衣服委积，常置银辘卢金瓶灌百味以祀之。（《南史》）郗皇后性妒忌，武帝初立未及册命，因忿怒忽投殿庭井中，众趋井救之，后已化为毒龙，烟焰冲天，人莫敢近，帝悲叹久之，因册为龙天王，便于井上立祠。（《两京记》）

龙道，魏崔挺，字双根，为光州刺史，州治旧掖城西北数里有斧山，峰岭高峻，北临沧海，南望岱岳，挺于顶上欲营观宇，故老曰：此岭秋夏之际常有暴雨，相传云是龙道，恐此观不可久立。挺曰：人神相去何远之，有蚪龙倏忽，岂唯一路乎！遂营之，数年间果无风雨之异。挺既代，即为风雨所毁，遂莫能立，众以为善化所感。（《列传》）

龙鸣，齐天统三年，行台右丞卢潜屯兵于皖，于时，龙鸣城内，潜以不祥，移军在外，乃号为龙鸣城。（《寰宇记》）

入云，江陵城壕中有龙腾出，焕烂五色，竦跃入云，六七小龙相随飞去，群鱼腾跃，坠死于道，龙出处为窟若数百斛圌。（《南史》）

地龙，初，承圣二年三月，有二龙自南郡城西升天，五采分明，遥映江水。百姓咸仰面目之，父老或聚而悲，窃相谓曰：地龙已去，国其亡乎？（《王僧辩传》）故老窃相泣曰：昔年龙出建康淮，而天下大乱，今复有焉，祸至无日矣。帝闻而恶之，逾年而遘祸。（《南史》）

龙睡，陆法和拒任约至安南，入赤亭湖。法和乘轻舟，不介胄，沿流而下，去约军一里乃还。谓将士曰：彼龙睡不动，吾军之龙其能踊跃？若待明日攻之，当不损客而自破贼。（《三国典略》）

助战，隋师济江，荆州吕肃败后，别师康世宪降，欲烧隋舰，更决死一战。于是有五黄龙备色象，各长十余丈，骧首连接，顺流而东，风

第四章　龙见天性

浪大起，云雾晦暝。陈人震骇，不觉火自焚。故隋文下诏，以告郊庙。（《陈书》）贞观中，汾州言青龙、白龙见。白龙吐物，初在空中，有光如火，至地，陷入二尺。掘之，则玄金也，形圆，斜广尺余，高六七寸。（《旧唐书》）

龙金，俱名国有商人，驱八牛牧于泽中。时有离车，捕得一龙，云将食之。商人以八牛易致，取放别池中。龙忽人语，邀入宫中，有龙女与八饼金，云：此是龙金，截已更生，足汝父母养属终身用之不尽。（《法苑珠林》）

争食，唐贞观十八年十月，文水县天大雷震，云中落一石下，大如碓觜，脊高腹平。县丞张孝静奏。时有西域摩伽陀菩提寺长年师到西京，颇推博识。敕问之，是龙食，二龙相争，故落下耳。（《法苑珠林》）

龙肝，蜀县令刘静妻患疾，正谏大夫明崇俨诊之，曰："须得生龙肝，食之必愈。"静以为不可得，俨乃画符，乘风放之上天。须臾有龙下，入瓮水中，剔取食之而差。（《朝野佥载》）春秋时，周侯治滑，久疾目。医者曰：当得龙肝治之，乃平复，舍此不可治。周侯询左右，叱曰：龙蟠韦城池中，岁旱，祷皆有应，屠而取其肝可矣。侯令取之，是日，惊雷怒风作，化龙由南而去，冲其城缺，迄今城缺，补之复坏如故。（《图经》）

九子，张路斯，颖上人，隋初明经登第。景龙中为宣城令，夫人关州石氏，生九子。张自宣城罢归，常钓于焦氏台之阴。一日，顾见钓处有宫室楼殿，遂入居之。自是夜出旦归，归辄体寒而湿。夫人惊问之。公曰：我，龙也。蓼人郑祥远者，亦龙也。明日取决，可使九子助我。领有绛绡者我也，青绡者郑也。明日，九子以弓矢射青绡者，中之，怒而去，公亦逐之，所过为溪谷，达于淮。而青绡者，投于合淝之西山以死，为龙穴山。九子皆化为龙。公子兄为马步使者，子孙散居颖山，其墓皆存焉。（《张龙公碑》）

炎沙，开元中，叶天师讲经于明州奉化县，忽一老父自云守藏龙，千岁方免炎沙之罚，今为胡僧咒水，欲取统天镇海之宝。天师以符救之。波停风息，老父泣谢，仙师令致清泉，遂成石渠，经冬不竭。至今

谓之天师渠。(《幽怪录》)

龙舌氏，北庭西北沙州有黑河中巨龙，为患民甚苦之，凡吏兹土者，皆先备牲醴往祀河浒，然后敢视事。开元中，南阳张嵩为都防，即命致祭，密令左右挈弓矢侍其侧。俄有巨龙，长百尺，自波中跃出，委首于席，伸其舌长数尺，将食未及，为矢所毙。于时中右胁遽伏于地，声若山摧，龙既死。观者如市，嵩命封其腹，具表以献上，上诏断其舌函以赐嵩，且降优诏劳之，因赐号为龙舌张氏。(《宣室志》)

龙吟，太尉房管尝修学终南山，谷中忽闻声若戛铜器之韵，盖未之前闻也。问父老，云：此龙吟也，不久雨至矣！管望之，冉冉云气游漫，果骤雨作。自尔再闻，征验不差。后将赤金钵戛之，为伪龙吟。(《灵怪录》)

兴庆小龙，天宝中，兴庆池小龙尝出游宫垣南沟水中，蜿蜒奇状，靡不瞻睹。及銮舆西幸，龙一夕乘云雨，自池中望西南而去。上至嘉陵江，将乘舟，有龙翼舟而进，上泫然流涕顾谓左右曰：此吾池中龙也，命以酒沃酹之，于是，龙振甲而去。(《次柳氏旧闻》)

五龙井，唐阳城出守道州，至襄阳，有五老人来迓，自云舂陵人。城与之缣帛，问其所居，曰城西北五里。至则访焉，唯有五龙井，缣帛尚存。因为立庙。(《类要》)

脯龙，茅山龙池中，其龙如蜥蜴而五色，自昔严奉。贞观中，敕取龙子以观，御制歌送归。黄冠之徒竞诧其神，李德裕恐其惑世，尝捕而脯之，龙亦竟不能神也。(《戎幕闲谈》)

龙湫，牛僧孺镇襄州日，以久旱，祈祷无应，有处士众云蓥龙者，公请致雨。处士曰：江汉间无龙，独一湫泊中有之，黑龙也。强驱之，必虑为灾，难制。固命之。果有大雨，汉水泛涨，漂溺万户。处士避罪，亦潜去。(《玉泉子》)

懒龙，伽闲而宴息，见神告曰：天方亢阳，百姓苗死，身胡藏其懒龙耶。伽曰：为之奈何？神曰：若今夕但小指出窗隙外，其如人何。伽依之，其夜霆击异常，质明视指，微有红线脉焉。(《宋高僧传》) 舒州刺史孔威进龙骨一具，因有表录其事状云：州之桐城县善政乡百姓胡举,有青龙斗死于庭中。时四月,尚有茧箔在庭。忽云雷暴起,闻云中有击触声,血如洒雨,洒茧箔上,血不污箔,渐旋结聚,可拾置掌上。须臾,令人冷痛入骨。初龙拖尾及地,绕一泔桶,即腾身入云。及雨,悉是泔也。龙既死,剖之,喉中有大疮。凡长十余丈。身尾相半。尾本偏薄。鳞鬣皆鱼。唯有须长二丈。其足有赤膜翳之。双角各长二丈。其腹相自龃龉。时遣大云仓使督送州。以肉重不能全举,乃斫之为数十段,载之赴官。(《唐年补录》)

畏铁,唐海州南有沟水,上通淮楚。公私漕运之路也。宝应中,堰破水涸,渔商绝行。州差东海令李知远主役修复,堰将成辄坏。如此者数四,用费颇多,知远甚以为忧。或说梁武帝筑浮山堰,频有缺坏,乃以铁数万斤,填积其下,堰乃成。知远闻之,即依其言而塞穴。初堰之将坏也,辄闻其下殷如雷声。至是,其声移于上流数里。盖金铁味辛,辛能害目,蛟龙护其目,避而去之,故堰可成。大历中,刑部郎中程皓家在相州,宅前有小池,有人造剑,于池内淬之,蛇鱼皆死。余家井中有鱼数十头,因有急,家人以药白投之,信宿鱼皆浮出,知鱼亦畏铁焉。(《封氏见闻记》)

烧睡龙,太江之南,芦荻之间,往往烧起龙。朱梁末,辰州民向氏因烧起一龙,四面风雷急雨,不能扑灭。寻为煨烬,而角不化,莹白如玉。向氏宝而藏之,湖南行军高郁酬其价而强取。于时术士曰:高司马其祸乎?安用不祥之物以速之?俄而被诛。(《北梦琐言》)

降龙师,庄宗时,畏戕僧诚惠自号降龙师。帝雅重之,每屈膝施敬,诸王嫔御皆为之拜,诚惠悉倨坐而受之。初,自台山谓帝,镇州王镕不为之礼,诚惠恚怒曰:吾有毒龙五百,岂劳于命一龙揭片石,常山其为沼乎!逾年,而滹川大溢,败镇之郭。或闻其言,益以为神。由是帝敬之愈笃。(《后汉》)镇州大水,坏其南城,诚慧曰:彼无信心,吾使一小龙警之。自言能役使毒龙故也。同光初彻到阙,权贵皆拜之,唯郭崇韬知其为人,终不设拜。京师旱,迎至洛下祈雨,数旬无征应。或以焚燎为闻,惧而潜去。至寺惭恚而终,建塔号法雨大师,何其谬也!(《北梦琐言》)五台山北台下有龙池约二亩有余。佛经云,禁五百毒龙之所，每至亭午，昏雾暂开，比丘及净行居士方可一睹。比丘尼及女子近，即雷电风雨时大作。如近池，必为毒气所吸，逡巡而没。(《传载》)

安天龙，同光中，沧州民子路逢白蛇以绳系之，摆其头落，须臾雷电摄此子上空中，为电火烧死。坠地而背有朱书曰：此人杀安天龙安今为天符所诛。(《北梦琐言》)

不睡龙，吴越钱镠，少在军中，未尝寝，乃刻木为枕以自警，或命诸孙讽诗以达旦。晋天福中，契丹使至朝廷，以近侍李泳为监伴，使虏有判官者幽蓟人谓泳曰：吴越常不睡乎？泳诘其故。对曰：尝闻五台山王子大师言，浙中不睡龙今已归矣！访所闻乃长兴壬辰之后也。(《九国志》)

雌雄，刘洞微善画龙，一日有夫妇造门观画，因谓曰：龙有雌雄，其状不同，雄者角浪凹峭，目深鼻豁，鬣尖鳞密，上壮下杀，朱火烨烨。雌者角靡浪平，目肆鼻直，鬣圆鳞薄，尾壮于腹。刘不能平，问之，其人曰：身乃龙也，请公观之。遂化双龙而去。(《乘异记》)

龙门，河津，一名龙门，巨灵迹犹存，去长安九百里，水悬船而行，旁有山，水陆不通，龟鱼之属，莫能上。江海大鱼，洎集门下数千，不得上。上即为龙，故云曝鳃龙门，垂耳辕下。(《辛氏三秦记》)龙门之下，每岁季春，有黄鲤二鱼，自海及诸川争来赴之。一岁中，登龙门者，不过七十一。初登龙门，即有风雨随之，火自后烧其尾，则为龙矣。(林登《博物志》)鳣，鲔也，出巩穴，三月则上渡龙门，得渡为龙矣，否则点额而还。非夫往还之会，何能便有兹称乎？(《水经注·河水四》)交趾封谿县有堤防龙门，水深百寻，大鱼登此门化成龙，不得过，暴腮点额，血流此水，常如丹池。有泰潜江出沤山，分九十九流，三百里共防一口。(《交州记》)苻子观于龙门，有一鱼，奋鳞鼓鬐而登乎龙门，而为龙。又一术士，凌波溯流而不陷，挂铃行歌，飘浪于龙门，而终日栖迟而不化。彼同功而事异，迹一而理二，夫何哉？无乃鱼以实应，而人以伪求乎？(《苻子》)

龙骨，旧说，春水时至，鱼发龙门，则有化者，至今汾晋山中，龙有遗骨角甚众，采以为药，有五色者。(《国史补》)蜀五城县，其地值

第四章 龙见天性

天门。龙升天不达,死坠此地,故掘取龙骨。(《华阳国志》)《拾遗记》曰:方丈山东有龙场,地方千里,龙皮骨如山阜,布散百余顷。《述异记》:晋宁县有龙葬洲。父老云,龙蜕骨于此洲,其水今犹多龙骨。按山阜冈岫,能与云雨者。皆有龙骨。或深或浅,多在土中。齿角尾足,宛然皆具。大者数十丈,或盈十围。小者才一二尺,或三四寸。体皆具焉。尝因采取见之。(《感应经》)

龙蜕,张泽者,居于郓州东城。则枝间一龙蜕,才大如新蝉之壳,头爪爪尾皆具,中空而坚,扣之,有声如玉,且光莹夺目,遇暗则光烛于室,遂宝之于家传玩好事。又沈么者,绍金间为青州从官,于庭前葡萄架上得一龙蜕,一一皆具,而无光。(《春渚纪闻》)

龙性,龙之性粗猛,而畏蜡,爱玉及空青,而嗜烧燕肉。故食燕肉人,不可渡海。(《调燮类编》)

玉京子,安期生常跨一龙而朝玉京,故号之玉京子。(《传奇》)

龙户,古有豢龙氏,长安有豢龙户,观水即知龙色目有无,悉知之。懿皇朝,龙户上言龙池中走失两条。往关东寻访数十日,东都魏王池中见之,取而归阙。经华州时,李讷为华州刺史。讷父名建构,向与白居易相善。讷为人正直,闻得龙来,大以为虚妄,命就公府视之,则于一小瓶子中倒于盆内,乃二细鳅鱼也。讷怒目曰:何以为验?其人对曰:验非难也。请于地中凿一穴,阔一尺。已而注水其间,收鳅投水内,鱼到水中相趁旋转,尾触穴四隅,随触而陷,水亦暴涨。逡巡穴已阔数尺。其人谘讷云:恐穴更广,即难制也。遂擸入瓶中。讷方奇之,厚赠钱帛,携归辇下。(《中华野史》)

咒龙,西域方士能神祝者,临渊,禹步吹气,龙即出浮。其初出,乃长十数丈。于是方士更吹之,一吹则龙辄一缩,至长数寸,方士乃掇取著壶中。或有四五龙,以少水养之,以疏物塞壶口。于是方士闻有旱处,便赍龙往卖之,一龙直数十斤金,举国会敛以雇之。直毕,乃发壶,出一龙,著渊潭之中,因复禹步吹之,辄一吹一出,长数十丈。须臾,云雨四集。(《抱朴子》)

住米仓,毗呵罗寺有神龙,住米仓中,奴取米,龙辄却后,奴若长

取米，龙不与，仓中米若尽，奴向龙拜，仓即盈溢。(《外国事》)

龙火，龙火得水而炽，人火得水而灭。(《内典》)

龙妇，波知国有三池，传云大池有龙王，次者龙妇，小者龙子。行人设祭乃得过，不祭多遇风雪。(《后魏书》)

马钓，朝鲜扶余县扶苏山下，有一怪石跨于江渚，石上有龙攫之迹。谚传苏定方伐百济，临江欲渡，忽风雨大作，以白马为饵，钓得一龙，须臾明霁，遂渡师伐之。故江曰白马，岩曰钓龙台。(《朝鲜志》)

济僧，西方乌场国西有池，龙王居之。池边有一寺，五十余僧。龙王每作神变，国王祈请，以金玉昭唉投之池中，在后涌出，令僧取之。此寺衣食恃龙而济世，人名曰龙王寺。(《伽蓝记》)

不见石，骊龙之目见百里纤芥，龙能变水，人能变火，龙不见石，人不见风，鱼不见水，鬼不见地，羊不见雨，狗不见雪，阴阳自然。(《变化论》)

潜灵，潜灵俟庆云以腾竦，栖禽阶劲风以凌虚。(《抱朴子》)

宫毗罗，成都濯龙池，隋蜀王秀取土筑广子城，因为池。有胡僧见之曰：摩诃宫毗罗。盖胡僧谓摩诃为大宫，毗罗为龙。谓此池广大，有龙也。郡志翻译云：宫毗罗，蛟也。(《成都记》)

五花树，龙池之山，四方高，中有池，方七百里，群龙居之，多五花树，群龙食之。去会稽四万五千里。(《括地图》)

业报，唐乾符中，有僧日以课诵。为事因下峡，泊舟白帝城。夜深持念之际，忽觉有腥秽之气，见水面有一人渐逼船来。僧问之，曰：某非人也，姓许名道坤，唐初为夔牧，以贪残暴虐，殁受业报，为灩滪堆龙王三千年，于今二千四十年矣。适闻师持课，故来逊谢耳。僧曰：峡路险恶，多覆溺之患，盍敕诸龙而禁戢之，可乎？曰：此类实繁，皆业报所作，非常力所能制也。僧将复问，忽失。(《报应录》)

连眉，虺五百年化为蛟，蛟千年化为龙，龙五百年而为角龙，又五百年为应龙，蟒蛇目圆，蛟眉连生。(《述异记》)

蛟妾，夏桀之末，宫中有女子化为龙，不可近。俄而复为妇人，甚丽而食人。桀命为蛟妾，告桀吉凶之事。(《述异记》)

夹船，荆有佽飞者，得宝剑于干遂，反涉江，至于中流，有两蛟夹绕其舡，佽飞拔宝剑曰：此江中腐肉朽骨弃剑也，赴江，刺蛟杀之。荆王闻之仕以执珪。(《吕氏春秋》)

杀二蛟，东海有勇士曰菑丘欣，以勇猛闻于天下。遇神渊曰饮马，其仆曰：饮马于此者，马必死。曰：以欣之言饮之。其马果沈。菑丘欣去朝服，拔剑而入，三日三夜，杀三蛟一龙而出。雷电随而击之七日七夜，眇其左目。(《补外史》)

射蛟，汉武帝元封五年，自浔阳浮江，亲射蛟，江中获之九子，瓠子河决，有蛟龙从九子自决中逆上，入河喷沫，流波数十里。(《西京杂记》)

白蛟，汉昭帝常游渭水，使群臣渔钓为乐。时有大夫任绪，钓得白蛟，长三丈，若大蛇，无鳞甲，头有一角，长二尺，软如肉焉，牙如唇外。帝曰：此鱼鲲之类。非珍祥也。乃命太官为鲊，骨青肉紫，味甚美。帝后思之，使罾者复觅，终不得也。(《拾遗记》)

奋击，曹公，幼而智勇。年十岁，常浴于谯水，有蛟逼之，自水奋击，蛟乃潜退。于是毕浴而还，弗之言也。后有人见大蛇，奔逐。太祖笑之曰：吾为蛟所击而未惧，斯畏蛇而恐耶？众问乃知，咸惊异焉。(《太平御览》)

青龙乘鲤，吴太帝赤乌三年七月，有王述者采药于天台山，时热，息桥下，忽见溪中有一小青童，长尺余，执一青蒲而乘赤鲤鱼，径入云中，渐渐不见，述良久登峻崖四望，见海上风寒起，顷刻，雷电交鸣，俄然将至，述惧，伏于虚树中。天霁，又见所乘之赤鲤小童，还入溪中，乃黑蛟耳。(《三吴记》)

沉符，浔阳城东门通大桥，常有蛟，为百姓害。董奉踈符沉水中，少见一蛟死浮出。(《浔阳记》)

苍蛟，义兴郡溪渚长桥下有苍蛟，吞啖人。周处执剑桥侧伺，久之，遇出，于是悬自桥上投下蛟背而刺蛟，数创，流血满溪，自郡渚至太湖句浦乃死。(《志怪》)

斩蛟渚，晋邓遐，字应远。勇力绝人，气盖当时，时人方之樊哙。

治郡号为名将，为襄阳太守。城北沔水中有蛟，常为人害，遐遂拔剑入水，蛟绕其足，遐挥剑截蛟流血，江水为之俱赤，因名曰斩蛟渚，亦谓之斩蛟津。（《襄阳耆旧传》）

真君斩蛟，许真君名逊，字敬之，本汝南人，后于豫章遇一少年，容仪修整，自称慎郎。许君与之语，知非人类，指顾之间，少年去。真君谓门人曰：适来少年，乃是蛟蜃之精，吾念江西累为洪水为害，若非剪戮，恐致逃遁。蜃精知真君识之，潜于龙沙洲，化为黄牛。真君遥观谓弟子施大玉曰：彼之精怪，化作黄牛，我今化其身为黑牛，乃以手巾挂脖，将以认之。汝见牛奔斗，当以剑截彼。真君乃化身而去。俄顷，见黑牛奔趁黄牛而来，大玉以剑挥牛，中其左股，因投入城西井中。从此井径归潭州，却化为人。先是，蜃精化为美少年，以珍实财货数万，获娶潭州刺史贾玉女。至是，真君求见贾使君谓曰：闻君有贵壻，略请见之。贾公乃命慎郎出，慎郎怖畏，托疾潜藏。真君厉声而言曰：此是江湖害物，蛟蜃老魅，焉敢遁形！于是蜃精复变本形，宛转堂下，寻为吏兵所杀。真君又令其二子出，以水噀之，即化为小蜃。真君谓贾玉曰：汝家骨肉几为鱼鳖也，今须速移，不得暂停。贾玉仓皇徙居。俄顷之间，官舍崩没，白浪腾涌，即今旧迹宛然在焉。（《十二真君》）

蛟湖，徽歙黄墩湖一名蛟湖，其湖有蜃，常与吕湖蜃斗。程灵铣好勇而善射，梦蜃化人告之曰：吾为吕湖蜃厄，君若助，吾必厚报，束帛练者我也。明日灵铣弯弓射之，正中后蜃。后有一道教灵铣求善墓地，灵铣随陈武帝有功，为佐命功臣。（《歙州图经》）

灌口，赵昱尝隐青城山，隋炀帝起为嘉州太守。时犍为潭中有老蛟为害，昱率甲士千人，夹江鼓噪，昱持刀入水，有顷潭水尽赤，昱左手持蛟首，右手持刀奋波而出。后嘉陵水涨，蜀人见昱云雾中骑白马而下，宋太宗封神勇大将军。（《方舆胜览》）

蛟不为害，唐苏颋始为乌程尉，暇日曾与同僚泛舟沿溪，醉后讽咏。因至道矶寺，寺前是雪溪最深处，此水深不可测，中有蛟螭，代为人患。颋乘醉步行，还自骆驼桥，遇桥破，堕水，直至潭底。水中有人令扶尚书至水上，颋遂得济。（《广异记》）

雉卵为蛟，唐陆穑续水经云：蛇雉遗卵于地，千年而为蛟龙属。汉武亲射蛟于浔阳江中，乃其蛇出殻之日，害于一方，洪水飘荡。吴人谓之发洪。余于杭州新城县之伊山，忽见茂草中一雌雉飞起丈余，翅羽零乱，又复入草，数四不绝，久而不出，因薙草注视，则一巨蛇一雌雉蟠结缠纠，津沫狼藉，斯须雉惊而飞，蛇亦入草，始验穑之说。（《玉世清话》）

化人，王蜀先主时，修谷阁道，凤州衙将白某掌其事焉。至武休潭，见一妇人浮水而来，意其溺者，命役夫钩致岸滨。忽化为大蛇，没入潭中。白以为不祥，因而致疾。愚为诵岑参赋云：瞿塘之东，下有千岁老蛟，化为妇人，彩服靓妆，浮于水滨。白公闻之，方悟蛟也，厥疾寻瘳。又内官宋愈昭，自言于柳州江岸，为二三女人所招，里民呼而止之，亦蛟也。（《北梦琐言》）河间滹沱河水，常有蛟，入五月恒暴，遂变为人，于岸上与人并行，至悬岸处推与俱下。（《舆地志》）

毛蛟，芜湖有蟝矶，蟝，老蛟也。蟝似蛇，四足，能害人。贾生所谓偭蟝，獭以隐处者也。（《方舆》）

附：

《剪灯新话》涉龙新话

（明·瞿佑）

龙堂灵会录

吴江有龙王堂，堂，盖庙也，所以奉事香火，故谓之堂。或以为右崖陡出，若塘岸焉，故又谓之龙王塘。其地左吴淞而右太湖，风涛险恶，众水听汇，过者必致敬于庙庭而后行，夙着灵异，具载于范石湖所编《吴郡志》。元统间，闻生子述者，以歌诗鸣于吴下。因过其处，适值龙挂，乃白龙也，馨鬣下垂，如一玉柱，鳞甲照耀，如明镜数百片；转侧于乌云之内，良久而没。子述自以为平生奇观，莫之能及。雨止，登庙，周览既毕，乃题古风一章于庑下曰：

龙王之堂龙作主，栋宇青红照江渚，岁时奉事孰敢违，求晴得晴雨得雨。平生好奇无与侔，访水寻山遍吴楚，扁舟一叶过垂虹，濯足沧浪浣尘土。神龙有心慰劳苦，变化风云快观睹，鬐尾蜿蜒玉柱垂，鳞甲光芒银镜舞。村中稽首朝翁姥，船上燃香拜商贾，共说神龙素有灵，降福除灾敢轻侮！我登龙堂共龙语，至诚感格龙应许。汲挽湖波作酒浆，采撷江花当肴脯。大字淋漓写庭户，过者惊疑居者怒。世间不识谪仙人，笑别神龙指归路。

　　题毕，回舟，卧于蓬下。忽有鱼头鬼身者，自庙而来，施礼于前曰："龙王奉邀。"子述曰："龙玉处于水府，贱子游于尘世，风马牛之不相及也。虽有严命，何以能至！"鱼头者曰："君毋苦，但请瞑目，少顷即当至矣。"子述如言，但闻风水声，久之，渐止，开目，则见殿宇峥嵘，仪卫森列，寒光逼人，不可睨视，真所谓水晶宫也。王闻其至，冠眼剑珮而出，延之上阶，致谢曰："日间蒙惠高作，伺旨既佳，笔势又妙，庙庭得此，光彩倍增。是以屈君至此，欲得奉酬。"坐未定，阍者传言客至，王遽出门迎接。见有三人同入，其一高冠巨履，威仪简重；其一乌帽青裘，风度潇洒；其一则葛巾野服而已。分次而坐。王谓子述曰："君不识三客乎？乃越范相国，晋张使君，唐陆处士耳，世所渭吴地三高是也。"王对三客言子述题诗之事，俱各传观，称赞不已。王曰："诗人远临，贵客偕至，赏心乐事，不期而同。"即命左右设宴于中堂，凡铺陈之物，饮馔之味，皆非人世所有。酒至，方欲饮，阍者奔入曰："吴大夫伍君在门。"王急起迎之。既入，范相国犹据首席，不能谦避。伍君勃然变色而谓王曰："此地乃吴国之境，王乃吴地之神，吾乃吴国之忠臣，彼乃吴国之仇人也。吴俗无知，妄以三高为目，立亭馆以奉之。王又延之入室，置之上座，曩日吞吴之恨，宁忍忘之耶？"即数范相国："汝有三大罪，而人罔知，故千载之下，得以欺世而盗名。吾今为汝一白之，使大奸无所容，大恶不得隐矣！"相国默然，请闻其说。乃曰："昔勾践志于复仇，卧薪尝胆，十年生聚，十年教训。以此战伐，孰能御之？何至假负薪之女，为诲淫之事，出此鄙计，不以为惭。吴既已亡，又不能除去尤物，反与共载而去。昔太公蒙面以斩妲己，高颎违令而诛丽华，以此方之，孰得孰失？是谋国之不臧也。既已

第四章　龙见天性

灭吴,以勾践为人,长颈鸟喙,可与共患难,不可与同逸乐,浮海而去,以书遗大夫种云:'蜚鸟尽,良弓藏;狡兔死,走狗烹,子可以去矣。'夫自不能事君,又诱其臣与之偕去,令其主孤立于上,国空无人,于心安乎?昔鲍叔之荐管仲,萧何之追韩信,以此方之,孰是孰非?是事君之不忠也。既已去位,本求高蹈。何乃聚敛积实。耕于海滨,父子力作,以营千金,屡散而复积,此欲何为哉?昔鲁仲连辞金而不受,张子房辟谷而远引,以此方之,孰贤孰愚?是持身之不廉也。负此三大罪,安得居吾之上乎?"相国面色如土,不敢出声。久之,乃曰:"子之罪我则然矣!愿闻子之所事。"伍君曰:"吾以家族之不幸。遍游诸国,不避艰险,终能用吴以复父兄之仇,又能为夫盖复父之仇,则孝为有余矣。事吴至死不去,以毕志于其君,虽遭属镂之惨,终无怨词,则忠为有余矣。君不终用,至于临死,又能逆料沼吴之祸,而为身后之忧,则智为有余矣。使吾尚在,则会稽之栖,下可以复振;欈李之战,不可以诡胜;而越之君臣将不暇于朝食,又焉能得志于吾国乎?盖尝论之,吴之亡不在于西子之进,而在于吾之被逸,越之霸不在于种、蠡之用,而在于吾之受戮。吾若不死,则苎萝之妹,适足为后宫之娱;荣楯之华,适足为前殿之夸,姑苏之台,麋鹿岂可得游;至德之庙,禾黍岂至于遽生哉!惟自残其骨髓,自害其股肱,故仇人得以乘其机,敌国得以投其隙,盖有幸而然耳。岂子代国之功,谋国之策乎?"相国辞塞,乃虚位以让之。伍君遂据其上,相国居第二位、第三、第四位则张使君、陆处士,子述居第五,王坐于末席。已而酒行乐作。王请坐客各赋诗歌以为乐。伍君乃左抚剑,右击盆,朗朗而作歌曰:

驾艅艎之长身兮,览吴会之故都。怅馆娃之无人兮,麋鹿游于姑苏。忆吴子之骤强兮,盖得人以为任。战柏举而入楚兮,盟黄池而服晋。何用贤之不终兮,乃自坏其长城。洎甬东而乞死兮,始踯躅而哀鸣。泛鸱夷于江中兮,驱白马于潮头。眺胥山之旧庙兮,挟天风而远游。龙宫郁其嵯峨兮,水殿开而宴会。日既吉而辰良兮,接宾朋之冠珮。莫椒浆而酌桂醑兮,击金钟而戛鸣球。湘妃汉女出歌舞兮,瑞雾霭而祥烟浮。夜迢迢而未央兮,心摇摇而易醉。抚忙剑而作歌兮,聊以泄千古不平之气。

歌竟,范相国持杯而咏诗曰:

> 霸越平吴,扁舟五湖,昂昂之鹤,泛泛之凫。
> 功成身退,辞荣避位,良弓既藏,黄金曷铸?
> 万岁千秋,魂魄来游,今夕何夕,于此淹留!
> 吹笙击鼓,罗列樽俎,妙女娇娃,载歌载舞,
> 有酒如河,有肉如坡,相对不乐,日月几何?
> 金樽翠爵,为君斟酌,后会未期,且此欢谑。

张使君亦倚席而吟诗曰:

> 驱车适故国,挂席来东吴。西风旦夕起,飞尘满皇都。
> 人生在世间,贵乎得所图。问渠华亭鹤,何似松江鲈?
> 岂意千年后,高名犹不孤。郁郁神灵府,济济英俊徒。
> 华筵列玳瑁,美酝倾醍醐。妙舞蹑珠履,狂吟扣金壶。
> 顾余复何人?亦得同歌呼。作诗记胜事,流传遍江湖。

陆处士遂离席而陈诗曰:

> 生计萧条具一船,笔床茶灶共周旋。
> 但笼甫里能言鸭,不钓裹江缩项鳊。
> 鼓瑟吹笙传盛事,倒冠落珮预华筵。
> 何须温峤燃犀照,已被旁人作话传。

子述乃制长短句一篇,献于座间曰:

> 江湖之渊,神物所居,

第四章 龙见天性

珠宫贝阙，与世不殊。
黄金作屋瓦，白玉为门枢，
屏开玳瑁甲，槛植珊瑚珠。
祥云瑞霭相扶舆，上通三光下八区，
自非冯夷与海若，孰得于此久踌躇！
高堂开宴罗宾主，礼数繁多冠冕聚，
忙呼玉女捧牙盘，催唤神娥调翠釜。
长鲸鸣，巨蛟舞，鳖吹笙，鼍击鼓。
骊颔之珠照樽俎，虾须之帘挂廊庑。
八音迭奏杂仙韶，宫商响切逼云霄。
湘妃姊妹抚瑶瑟，秦家公主来吹箫。
麻姑碎擘麒麟脯，洛妃斜拂凤凰翘，
天吴紫凤颠倒而奔走，金支翠旗缥缈而动摇。
胥山之神余所慕，曾谒神祠拜神墓。
相国不改古衣冠，使君犹存晋风度。
座中更有天随生，口食杞菊骨骼清，
平生梦想不可见，岂期一旦皆相迎。
主人灵圣尤难测，驱驾风云归顷刻，
周游八极隘四溟，固知不是池中物。
鲰生何幸得遭逢，坐令槁朽生华风！
待以天厨八珍之异馔，饮以仙府九酝之深钟。
唾壶缺，麈柄折，醉眼生花双耳热。
不来洲畔采明珠，不去波间摸明月，
但将诗句写鲛绡，留向龙宫记奇绝。

歌咏俱毕，觥筹交错。但闻水村喔喔晨鸡鸣，山寺隆隆晓钟击。伍君先别，三高继往。王以红珀盘捧照乘之珠，碧瑶箱盛开水之角，馈赠于子述，命使送还。抵舟，则东方洞然，水路明朗，乃于中流稽首庙堂而去。

水宫庆会录

至正甲申岁，潮州士人余善文于所居白昼闲坐，忽有力士二人，黄巾绣袄，自外而入，致敬于前曰："广利王奉邀。"善文惊曰："广利洋海之神，善文尘世之士，幽显路殊，安得相及？"二人曰："君但请行，毋用辞阻。"遂与之偕出南门外，见大红船泊于江浒。登船，有两黄龙挟之而行，速如风雨，瞬息已至。止于门下，二人入报。顷之，请入。广利降阶而接曰："久仰声华，坐屈冠盖，幸勿见讶。"遂延之上阶，与之对坐。

善文局蹐退逊。广利曰："君居阳界，寡人处水府，不相统摄，可毋辞也。"善文曰："大王贵重，仆乃一介寒儒，敢当盛礼！"固辞。广利左右有二臣曰鼋参军、鳖主簿者，趋出奏曰："客言是也，王可从其所请，不宜自损威德，有失观视。"广利乃居中而坐，别设一榻于右，命善文坐。乃言曰："敝居僻陋，蛟鳄之与邻，鱼蟹之与居，无以昭示神威，阐扬帝命。今欲别构一殿，命名灵德，工匠已举，木石咸具，所乏者惟上梁文尔。侧闻君子负不世之才，蕴济时之略，故特奉邀至此，幸为寡人制之。"即命近侍取白玉之砚，捧文犀之管，并鲛绡丈许，置善文前。善文俯首听命，一挥而就，文不加点。其词曰：

伏以天壤之间，海为最大；人物之内，神为最灵。既属香火之依归，可乏庙堂之壮丽？是用重营宝殿，新揭华名；挂龙骨以为梁，灵光耀日；缉鱼鳞而作瓦，瑞气蟠空。列明珠白璧之帘栊，接青雀黄龙之舸舰。琐窗启而海色在户，绣闼开而云影临轩。雨顺风调，镇南溟八千余里；天高地厚，垂后世亿万斯年。通江汉之朝宗，受溪湖之献纳。天吴紫凤，纷纭而到；鬼国罗刹，次第而来。岿然若鲁灵光，美哉如汉景福。控蛮荆而引瓯越，永壮宏观；叫阊阖而呈琅玕，宜兴善颂。遂为短唱，助举修梁。

抛梁东，方丈蓬莱指顾中。笑看扶桑三百尺，金鸡啼罢日轮红。
抛梁西，弱水流沙路不迷。后衣瑶池王母降，一双青鸟向人啼。

第四章　龙见天性

抛梁南，巨浸漫漫万族涵。要识封疆宽几许？大鹏飞尽水如蓝。
抛梁北，众星绚烂环辰极。遥瞻何处是中原？一发青山浮翠色。
抛梁上，乘龙夜去陪天仗。袖中奏罢一封书，尽与苍生除祸瘴。
抛梁下，水族纷纶承德化。清晓频闻赞拜声，江坤河伯朝灵驾。
伏愿上梁之后，万族归仁，百灵仰德。珠宫贝阙，应无上之三光，衮衣绣裳，备人间之五福。

书罢，进呈。广利大喜。卜日落成，发使诣东西北三海，请其王赴庆殿之会。翌日，三神皆至，从者千乘万骑，神鲛毒鼉，踊跃后先，长鲸大鲲，奔驰左右，鱼头鬼面之卒，执旌旄而操戈戟者，又不知其几多也。是日，广利顶通天之冠，御绛纱之袍，秉碧玉之圭，趋迎于门，其礼甚肃。三神亦各盛其冠冕，严其剑珮，威仪极俨恪，但所服之袍，各随其方而色不同焉。叙暄凉毕，揖让而坐。善文亦以白衣坐于殿角，方欲与三神叙礼，忽东海广渊王座后有一从臣，铁冠而长髭者，号赤鯶公，跃出广利前而请曰："今兹贵殿落成，特为三王而设斯会，虽江汉之长，川泽之君，咸不得预席，其礼可谓严矣。彼白衣而末坐者为何人斯？乃敢于此唐突也！"广利曰："此乃潮阳秀士余君善文也，吾构灵德殿，请其作上梁文，故留之在此尔。"广渊遽言曰："文士在座，汝乌得多言？姑退！"赤鯶公乃赧然而下。已而酒进乐作，有美女二十人，摇明珰，曳轻裾，于筵前舞凌波之队，歌凌波之词曰：

若有人兮波之中，折杨柳兮采芙蓉。振瑶环兮琼珮，璆锵鸣兮玲珑。衣翩翩兮若惊鸿，身矫矫兮如游龙。轻尘生兮罗袜，斜日照兮芳容。寒独立兮西复东，羌可遏兮不可从。忽飘然而长往，御泠泠之轻风。

舞竟，复有歌童四十辈，倚新妆，飘香袖，于庭下舞采莲之队，歌采莲之曲曰：

桂棹兮兰舟，泛波光兮远游。捐予玦兮别浦，解予珮兮芳洲。波摇摇兮舟不定，折荷花兮断荷柄。露何为兮沾裳？风何为兮吹鬓？棹歌起兮彩袖挥，翡翠散兮鸳鸯飞。张莲叶兮为盖，缉藕丝兮为衣。日欲落兮风更急，微烟生兮淡月出。早归来兮难久留，对芳华兮乐不可以终极。

二舞既毕，然后击灵鼍之鼓，吹玉龙之笛，众乐毕陈，觥筹交错。于是东西北三神，共捧一觞，致善文前曰："吾等僻处遐陬，不闻典礼，今日之会，获睹盛仪，而又幸遇大君子在座，光采倍增，愿为一诗以记之，使流传于龙宫水府，抑亦一胜事也。不知可乎？"善文不可辞，遂献水宫庆会诗二十韵：

帝德乾坤大，神功岭海安。
渊宫舟栋宇，水路息波澜。
列爵王侯贵，分符地界宽。
威灵闻赫羿，事业保全完。
南极常通奏，炎方永授官。
登堂朝玉帛，设宴会衣冠。
凤舞三檐盖，龙驮七宝鞍。
传书双鲤跃，扶辇六鳌蟠。
王母调金鼎，天妃捧玉盘。
杯凝红琥珀，袖拂碧琅玕。
座上湘灵舞，频将锦瑟弹。
曲终汉女至，忙把翠旗看。
瑞雾迷珠箔，祥烟绕画栏。
屏开云母莹，帘卷水晶寒。
共饮三危露，同餐九转丹。
良辰宜酩酊，乐事称盘桓。
异味充喉舌，灵光照肺肝。

第四章 龙见天性

浑如到兜率，又似梦邯郸。

献酢陪高台，歌呼得尽欢。

题诗传胜事，春色满毫端。

诗进，座间大悦。已而，日落咸池，月生东谷，诸神大醉，倾扶而出，各归其国，车马骈阗之声，犹逾时不绝。明日，广利特设一宴，以谢善文。宴罢，以玻璃盘盛照夜之珠十，通天之犀二，为润笔之资，复命二使送之还郡。善文到家，携所得于波斯宝肆鬻焉，获财亿万计，遂为富族。后亦不以功名为意，弃家修道，遍游名山，不知所终。

附：

《水经注》涉龙记载

（北魏·郦道元）

卷一

释氏《西域志》曰：阿耨达太山，其上有大渊水，宫殿楼观甚大焉，山即昆仑山也。《穆天子传》二曰：天子升于昆仑之丘，以观黄帝之宫，而封丰隆之葬。丰隆，雷公也。黄帝宫即阿耨达宫也。

其处有积金，为天墉城，面方千里。城上安金台五所，玉楼十二，其北户出，承渊山，又有墉城，金台玉楼，相似如一。渊精之阙，光碧之堂，琼华之室，紫翠丹房，景烛日晖，朱霞九光，西王母之所治，真官仙灵之所宗，上通旋机，元气流布，五常玉衡。理九天而调阴阳。品物群生，希奇特出，皆在于此。天人济济，不可具记。其北海外，又有钟山，上有金台玉阙，亦元气之所含，天帝居治处也。

东方朔《十洲记》曰：方丈在东海中央。东西南北岸相去正等。方丈面各五千里，上专是群龙所聚，有金玉琉璃之宫，三天司命所治处。群仙不欲升天者皆往来也。张华叙东方朔《神异经》曰：昆仑有铜柱焉，其高入天，所谓天柱也。围三千里，圆周如削。下有回屋，仙人九府治。上有大鸟，名曰希有，南向，张左翼覆东王公，右翼覆西王母，背上小处无羽，一万九千里，西王母岁登翼上，之东王公也。故其柱铭曰：昆仑铜柱，其高入天，圆周如削，肤体美焉。其鸟铭曰：有鸟希有，绿赤煌煌，不鸣不食，东覆东王公，西覆西王母。王母欲东，登之自通。鸟希有，绿赤煌煌，不鸣不食，东覆东王公，西覆西王母。王母欲东，登之自通。阴阳相须，惟会益工。《遁甲开山图》曰：五龙见教，天皇被迹，望在无外柱州昆仑山上。荣氏《注》云：五龙治在五方，为五行神。五龙降，天皇兄弟十二人，分五方为十二部，法五龙之迹，行无为之化，天下仙圣，治在柱州昆仑山上。无外之山，在昆仑东南一万二千里，五龙天皇，皆出此中，为十二时神也。《山海经》曰：昆仑之邱，实惟帝之下都，其神陆吾，是司天之九部及帝之囿时。

卷二

南河又东迳且末国北，又东，右会阿耨达大水。释氏《西域记》曰：阿耨达山西北有大水，北流注牢兰海者也。

释氏《西域记》曰：牢兰海东伏流龙沙堆，在屯皇东南四百里阿步干——鲜卑山东流至金城为大河。河出昆仑，昆仑即阿耨达山也。河水又东，迳石城南，谓之石城津。阚骃曰：在金城西北矣。

卷三

黄龙，应于九里谷高冈亭，角长三丈，大十围，梢至十余丈。

卷四

《尔雅》曰：鳣，鲔也。出巩穴，三月则上渡龙门，得渡为龙矣，否则点额而还。

卷六

《海外西经》曰：巫咸国在女丑北，右手操青蛇，左手操赤蛇，在登葆山，群巫所从上下也。《大荒西经》云：大荒之中，有灵山，巫咸、巫即、巫盼、巫彭、巫姑、巫真、巫礼、巫抵、巫谢、巫罗十巫，从此升降，百药爰在。郭景纯《注》曰：言群巫上下灵山，采药往来也。盖神巫所游，故山得其名矣。

卷十四

白狼水又东北迳龙山西，燕慕容皝以柳城之北，龙山之南，福地

427

也，使阳裕筑龙城，改柳城为龙城县。十二年，黑龙、白龙见于龙山，皝亲观龙，去二百步，祭以太牢，二龙交首嬉翔，解角而去。皝悦，大赦，号新宫曰和龙宫。立龙翔祠于山上。

卷十六

《语林》曰：陈协数进阮步兵酒，后晋文王欲修九龙堰，阮举协，文王用之。掘地得古承水铜龙六枚，堰遂成。水历堨东注，谓之千金渠。逮于晋世，大水暴注，沟渎泄坏，又广功焉。石人东胁下文云：太始七年六月二十三日，大水迸瀑，出常流上三丈，荡坏二堨。五龙泄水，南注泻下，加岁久漱啮，每涝即坏，历载捐弃大功，故为今遏。更于西开泄，名曰代龙渠。地形正平，诚得泻泄至理，千金不与水势激争，无缘今当坏，由其卑下，水得逾上漱啮故也。今增高千金于旧一丈四尺，五龙自然必历世无患。若五龙岁久复坏，可转于西，更开二碣。二渠合用二十三万五千六百九十八功，以其年十月二十三日起作，功重人少，到八年四月二十日毕，代龙渠即九龙渠也。

卷十九

高祖在关东，令萧何成未央宫。何斩龙首山而营之。山长六十余里，头临渭水，尾达樊川。头高二十丈，尾渐下，高五六丈，土色赤而坚。云昔有黑龙从南山出，饮渭水，其行道因山成迹，山即基，阙不假筑，高出长安城。北有玄武阙，即北阙也。

卷二十

西流与马池水合，水出上邽西南六十余里，谓之龙渊水，言神马出水，事同徐吾来渊之异，故因名焉。《开山图》曰：陇西神马山有渊池，龙马所生。即是水也。

卷二十一

汝水又东南流，与白沟水合，水出夏亭城西，又南迳龙城西。城西北即摩陂也，纵广可一十五里。魏青龙元年，有龙见于郏之摩陂，明帝幸陂观龙，于是改摩陂曰龙陂，其城曰龙城，其水又南入于汝水。

卷二十五

沂水又西流，昔韩雉射龙于斯水之上。

《尸子》曰：韩雉见申羊于鲁，有龙饮于沂。韩雉曰：吾闻之，出见虎，搏之，见龙，射之，今弗射，是不得行吾闻也。遂射之。沂水又西右注泗水也。

泗水又东迳陵栅南，《西征记》曰：旧陵县之治也。泗水又东南迳淮阳城北，城临泗水。昔蓟丘诉饮马斩蛟，眇目于此处也。

卷二十八

又东北出城西南，注于龙陂，陂，古天井水也，广圆二百余步，在灵溪东，江堤内。水至渊深，有龙见于其中，故曰龙陂。

卷三十五

昔禹南济江，黄龙夹舟，舟人五色无主。禹笑曰：吾受命于天，竭力养民。生，性也。死，命也，何忧龙哉？于是二龙弭鳞掉尾而去焉，故水地取名矣。

江之北岸，上有小城，故监利县尉治也。又东得清扬土坞二口，江浦也。大江右迳石首山北，又东迳赭要。赭要，洲名，在大江中，次北湖洲下。江水左得饭筐上口，秋夏水通下口。上下口间。相距三十余里。赭要下即杨子洲，在大江中。二洲之间，常苦蛟害。昔荆佽飞济此，遇两蛟，斩之，自后罕有所患矣。

宋景平二年，迎文帝于江陵，法驾顿此，因以为名。文帝车驾发江陵，至此黑龙跃出，负帝所乘舟，左右失色。上谓长史王云昙曰：乃夏禹所以受天命矣，我何德以堪之？故有龙穴之名焉。

卷三十六

温水又西南迳滇池城，池在县西北，周三百许里，上源深广，下流浅狭，似如倒流，故曰滇池也。长老传言，池中有神马，家马交之，则生骏驹，日行五百里。晋太元十四年，宁州刺史费统言：晋宁郡滇池县两神马，一白一黑，盘戏河水之上。

卷三十七

又东迳龙渊县故城南，又东左合北水。建安二十三年，立州之始，蛟龙蟠编于南、北二津，故改龙渊，以龙编为名也。

县东十许里至平乐村，又有石穴，出清泉，中有潜龙，每至大旱，平乐左近村居，輂草秽著穴中。龙怒，须臾水出，荡其草秽，傍侧之田，皆得浇灌。

丹水又迳其下，积而为渊。渊有神龙，每旱，村人以芮草投渊上流，鱼则多死。龙怒，当时大雨。

卷三十八

《山海经》云：洞庭之山，帝之二女居焉。沅、澧之风，交潇、湘之浦，出入多飘风暴雨。湖中有君山、编山。君山有石穴，潜通吴之包山，郭景纯所谓巴陵地道者也。是山，湘君之所游处，故曰君山矣。昔秦始皇遭风于此，而问其故。博士曰：湘君入则多风。秦王乃赭其山。汉武帝亦登之，射蛟于是山。

第五章　龙见天下

天上龙，生机勃勃地活在中国人的原始思想里、骨髓里，思想是内心世界，行为是外在世界，"外在世界是内心世界的反映"（查尔斯·哈尼尔），意即我们的思想永远在有意识抑或无意识地指挥着我们的行为，每个中国人是龙的传人的深度自我认知，形成了全民族独特的龙的思维意识和思维模式。

于是，有意识抑或无意识，天下万方，四海八荒，普天之下，龙以各种形式灵气活现、栩栩如生地活在华夏的每个角落，流传在每个中国人的口中，闪现在日常生活的点点滴滴，在大家习以为常中，一鳞半爪龙脉隐现，串联出龙见天下的龙腾盛景。对一个人最好的念念不忘，是将之作为名字来念，念久了就成了习惯和自然，刻进骨髓，最终形成民族意识和思想底色。

龙就成了中国的底色和民族意识，疆域四至，几乎每个地方都有"龙江""龙山""龙岩""龙泉""龙潭""龙湫""龙洞""龙桥"。衣有"龙袍""龙冠"，食有"龙葵""龙须菜""龙虾""龙眼"，饮有"龙井"，住有"龙宫""龙亭"，行有"龙舟"，用有"龙灯""龙马"，种有"龙舌兰""龙须草""龙柏""龙爪槐"。得意的女婿叫"乘龙快婿"，金榜题名是"跃龙门"。工具有"龙门架"，连闲聊亦是"摆龙门阵"。水车叫"龙骨水车"。而龙形雕塑、装饰更是遍布城市乡村，穿透各个阶层、年龄、性别、行业……

也许谁也不会留意，用以控制水流的水阀，其实叫"水龙头"，似乎天生它就应该叫"龙头",这就是潜意识了。

第一节 龙 头

就从"水龙头"说起。

中国最优秀的水龙头,在紫禁城。不知大家参观故宫的时候,是否注意到很多宫殿建筑的室外台基栏板端部有龙头造型的排水设施,其双角后张,唇部上扬,眼如铜铃,有震慑之感。这只排水神兽正是好水的六龙子蚣蝮,"蚣蝮,性好水,故立于桥柱"(《升庵集》),《天中记》撰者陈耀文所著《正杨》记为"六曰'虫八虫夏',性好水,故立于桥柱",比对可证,"虫八虫夏"即为蚣蝮。古人认为,暴雨时节,洪水泛滥时,蚣蝮便将水吸入自己腹中,并及时排出,以消除水患。紫禁城营建于明,能工巧匠们巧妙地把蚣蝮形象运用到了台基排水系统中,取其吞水之性祈喻排水顺畅。

虽取天意神性,但蚣蝮的排水设计科学而先进。有学者进行详细分析,特辑于下。

首先,蚣蝮所处的高程(某点沿铅垂线方向到绝对基面的距离)有利于排水。蚣蝮位于台基望柱(望柱是指栏板之间的立柱)的底部,其嘴部的出水口是整个台基地面的最低点。古代工匠在铺墁台基地面时,会考虑排水需要,将地面铺墁成不易察觉的微小坡度,使得地面离建筑越远,其高程越低。在望柱底部,古代工匠会安装蚣蝮,使其仅露出头部,尾部作为进水口,嘴部作为出水口,且在整个台基的高程最低。这样一来,雨水很快就会汇集到蚣蝮造型位置,并从蚣蝮尾部汇入,从嘴部排出。其次,蚣蝮的"肚子"有利于临时存水。台基地面的雨水,通常流向栏板底部位置,并汇入蚣蝮尾部的进水口。而在暴雨时期,雨水量较大,汇集在栏板底部位置的雨水较多,若存积时间过长,则雨水有可能渗入栏板与地面的接缝中,使得其中的土体松动,造成安全隐患。蚣蝮内部有较大的空间,有利于栏板底部的雨水迅速汇入进水口,避免了雨水在栏板位置的积存。再次,蚣蝮突出台基外的造型可以保护台基。若蚣蝮的排水口与台基侧壁相齐,那么雨水就会沿着台基侧壁往下流向地面，不仅会污染台基侧壁的须弥座石，而且会造成侧壁渗水的安全隐患。古代工匠将螭首造型凸出在台基侧壁以外若干尺寸，可以使得雨水向前排出，避免了上述隐患的发生，且形成良好的排水效果。以前朝三大殿（太和殿、中和殿、保和殿）3层台基上的1142个螭首为例，在雨季时节，这些排水兽造型不仅能发挥有效排水功能，而且还形成了"千龙吐水"的奇观。

螭首的运用，不仅有持久的实用性，而且巧妙地融入帝王建筑艺术中，并为紫禁城增光添彩。

造型上，螭首是龙六子，其外观与紫禁城其他龙既有相似之处，又有一定区别，与其他龙族形成多样而丰富的装饰图案系列。

雕刻上，螭首的龙角、龙眼、龙须、龙嘴凸凹有致，栩栩如生，呼之欲出，是我国古代精湛建筑艺术瑰宝。

规制上，龙子螭首用于紫禁城排水系统，巧妙地衬托出皇家宫殿建筑的特有形象。

功效上，螭首作为辟邪镇水神兽，辟克各种潜在的鬼祟、妖邪、灾祸，具有神秘力量和震慑效果，可以镇住水怪，防止其产生水患；消失功效上，可以吸水、吐水，及时将台基面层的雨水排向地面，避免古建筑台基遭受水淹破坏，事实上，紫禁城螭首排水，数百年未堵，集科学性、艺术性、文化性于一体，堪称最强"水龙头"。

清乾隆皇帝对西方的喷泉大生好奇，打算在圆明园东边建造一个喷泉，但又不愿意完全照搬西方的喷泉。于是请当时在宫廷供职的欧洲画家郎世宁设计出中西合璧的十二生肖青铜兽首，放置于花园中央，每隔两小时依次轮流喷水，这可算是中国水龙头的雏形。

之所以把水阀称为"水龙头"，可谓中国的特有现象，于华夏文化之外的人，是无法理解和想象的，要理解这一命名，他首先得了解龙王掌管降雨的中国文化背景，还得清楚龙会口吐大水而形成雨，因此，"龙吐水"成为古人对龙的一种形象表达，而水龙头的喷水功能也正好与"龙吐水"不谋而合。而且作为神仙，水量大小多寡甚至有无，在神力满满的龙王，那是随心所欲无所不能。因此，"水龙头"名称的形成，源于中国源远流长的"龙"文化。而从古代拜龙祈雨，到现在控制自来水龙头，要水则开，不用则关，予取予夺，全在自己手中，对于天命控制权的转换，似乎也体现了人类改造自然的心理满足，对龙真正掌控的昂然姿态。

现代意义上的自来水阀门"水龙头"，事实上诞生于16世纪的伊斯坦布尔，比北京城早了四五百年。水龙头出现以前，供水泉墙上镶嵌着一种兽头状的，通常用石头制成、少数由金属制成的"流水嘴"，从那里流出来的水一直是不加任何控制的长流水。为了避免浪费和有效解决长期供应问题，人们研制出了水龙头。最初的水龙头是用青铜浇铸的，后来改用更为便宜的黄铜。

而中国配合水泵系统的水龙头的雏形，其实更倾向于一种灭火工具。在古代，火灾的危害十分大，为了防火灭灾，早在黄帝时期，就专门设立了管理用火安全的部门"火政"，而至宋朝不仅建立了望火楼，而且"诸州、县、镇、寨、城内每十家为一甲，选一家为甲头"（《庆元条法事类》卷80《失火》），负责防火，形成群防。神宗还批准"禁军数百人设铺守宿"，其中将100人分为两铺，"以潜火为名，分地守宿"，这就是所谓的"潜火铺"，中国最早的防火机构名。

火灾是对人类安全和生存最大的危害之一，所以在很久以前人们就发明和使用消防工具，"救火之器，古惟水袋、唧筒"（《冷庐杂识》）。

水袋是以皮缝制的大口袋，在口袋上装上竹质或铁质的喷嘴，使用时将水灌入袋中，用力挤压水袋，袋里的水就顺喷嘴的方向射向远处，达到以水灭火的目的。

唧筒又叫水枪，以一根稍细的中空的"枪"紧密套入另一根稍粗的"枪"状筒体内，使用时将粗筒内灌满水，使劲将细筒往下压，粗筒内的水就沿细筒喷向远方，达到灭火的效果。这两种消防工具喷水量很小，且喷一次水后须立即再灌水，其灭火能力和效果均十分有限。

清《冷庐杂识》有载："顺治初，上海县唐氏得水龙之制于倭人，久而他处渐传其制。"传入上海的日本人工水泵消防器材，其工作原理为，基于一只形状与椭圆形浴桶相似但桶壁稍高的木桶，将人工水泵安置在桶内，救火时，挑水夫就近取水不断注入水桶，二人或四人不停地上下推拉水泵的杠杆，抽上来的水沿水带通过水龙头而喷射向失火处。

这种水泵比水袋、唧筒的喷射距离大，且可不间断持续喷水，似乎与云中会喷水的龙有点相像，于是被爱称"水龙"，接水的带子被叫作"水龙带"，喷水头被叫作"水龙头"，简称"龙头"。由于灭火效果好，因此"他处渐传其制"，可谓古代灭火的革命性进步。即使如今，武汉还把消防车叫作"救火龙"。

后来，随着城市市政设施的不断进步，自来水管龙一样地在城市肌体里蔓延，自来水管的终端阀门控制，让用水迈入了现代文明，每家每户都是多个水龙头，方便开关使用，相当于每家每户都随心控制着多条水龙。

古说几龙治水，那是生产力和科技限制下的望天吃饭、靠天吃饭的窘境，如今却是家中有龙，龙头还控制在我们手里，时代潮流，浩浩荡荡，裹挟着龙为人所用。祈雨，似乎已成为遥远的记忆。

而至于"车龙头"，则取意方向决定和引领，龙为鳞虫之长，龙头所向，万物之道；"龙头杖"则取竹杖化龙的典故，扶人安全而快捷；"龙头企业""龙头产品"则取意位置和秩序，龙能上天，那是头部高位的意思。

第二节　龙　门

现在的南方的乡村合院屋宅，很多地方仍然称院门为"龙门"，与高门大户和低门小户的区别无关，各个家庭对于美好生活的向往，是一样的。"龙门"的美好祈愿，源远流长。

最初的龙门，有两处。一处在河南洛阳，称作洛阳龙门；另一处在陕西与山西交界处，叫禹凿龙门。

洛阳龙门，又名伊阙，位于河南洛阳南25里处，这里有龙门山和香山两山对峙，伊河水从中穿流而过，远处眺望犹如一座天然的门阙，所以南北朝前称它为"伊阙"。隋炀帝即位后，一日上了洛阳北面的邙山，望见南面的雄浑伊阙，感叹为真龙天子之门户，并迁都洛阳，将皇宫的

第五章　龙见天下

435

正门正对伊阙,从此以后,伊阙被称为"龙门"。这个称呼取代了伊阙,白居易赞道:"洛阳四郊,山水之胜,龙门首焉。"洛阳龙门因门狭窄而水流湍急,河水破门而出,奔腾直泻,气势恢宏。

禹凿龙门,又名禹门,在山西河津市西北和陕西韩城市东北。黄河流经这里时,两面大山对峙的峭壁,形如阙门。阙,专指古代宫殿大门两侧高的大建筑物,也称阙门或门阙。据东晋王嘉《名山记》记载,黄河到此,直下千仞,水浪起伏,如山如沸。两岸均悬崖断壁,唯神龙可越,故名"龙门"。相传,这里的龙门是大禹治水时开凿的,所以又叫"禹门"。北魏地理学家郦道元《水经注》称:"龙门为禹所凿,广八十步,岩际镌迹尚存。"史学家、文学家司马迁就是龙门人。他在《史记·太史公自序》中自述:"迁生龙门,耕牧河山之阳。"说明他出生于龙门,耕种放牧于龙门山之南,黄河水之北。如今,他的祠堂和墓地就在距禹凿龙门不远的陕西省韩城市芝川镇南。

"鲤鱼跃龙门"实指禹凿龙门。

《太平广记》引《三秦记》"龙门"条有载:"龙门山,在河东界。禹凿山断门阔一里余。黄河自中流下,两岸不通车马……龙门之下,每岁季春,有黄鲤鱼,自海及诸川争来赴之。一岁中,登龙门者,不过七十二。初登龙门,即有云雨随之,天火自后烧其尾,乃化为龙矣。"大禹在治理黄河时,曾将河东界的龙门山凿开一里余宽,名为龙门。到了每年春天接近尾声的时候,就会有许多黄鲤鱼成群结队、不辞辛苦地从五湖四海游向龙门这里。一年之中,能登上龙门的黄鲤鱼只有72条而已。如果能在湍急的水流中抵挡住强大的水流冲击力而跃上龙门,鲤鱼就可化身为龙。一旦有鱼跳过龙门时,立即就会有云雨相随,而且还有天火自后烧其尾。这就是广泛流传于民间的传说"鲤鱼跳龙门"。因此也产生了成语"一登龙门,声誉十倍",在科举时代喻指会试得中,其荣誉地位随之显著提高。也喻指一经名家援引,其声价就大大提高。《后汉书·李膺传》有载:"膺独持风裁,以声名自高,士有被其容接者,名为登龙门。"李白《与韩荆州书》亦说:"岂不以有周公之风,躬吐握之事,使海内豪俊,奔走而归之一,一登龙门,便声誉十倍。"

隋唐时期兴起的科举制度，就是人间的"龙门"。从东汉直到南北朝时期，一直以来都是豪门望族的天下，朝廷用人行政、加官晋爵重视的不是人的才能品德，而是家世背景、出身门第，这一套制度称为"九品中正"制度，也叫门阀制度，结果是"上品无寒门，下品无世族"，朝野上下人浮于事，朝廷昏庸无能，黎民百姓叫苦不迭。隋唐王朝建立后，统治者为巩固自己的政治基础，创立了科举制度，即通过考试来选拔人才，授以官职。由于科举不再像以前那样重视门第出身，无论你的身份如何，一旦高中，便可平步青云。

所以，科举对那些出身寒微的读书人有着特别的吸引力，正如"黄河鲤鱼居孟津，只为就近跃龙门"。科举士子与鲤鱼跃龙门的情形何其相似，因此人们就把科举看成寒士的"龙门"。也有人干脆就把考场的正门称为龙门，《红楼梦》第一百一十九回写宝玉与贾兰一同去应科举，考完后宝玉不见了踪迹，贾兰回到家中说："我们俩人一起去交了卷子，一同出来，在龙门口一挤就不见了。"与之相关的，还有一个成语"龙门点额"。郦道元《水经注·河水四》："《尔雅》曰：'鳠，鲔也。'出巩穴三月，则上渡龙门，得渡为龙矣，否则点额而还。"故以成语"龙门点额"喻仕路失意或科场落第。南朝梁元帝《东宫荐石门侯启》："窃以凤鸣朝阳，必资蓝田之宝；龙门点额，亦俟堂溪之珍。"唐朝大诗人李白曾在《赠崔侍御》一诗中写道："黄河三尺鲤，本在孟津居。点额不成龙，归来伴凡鱼。"诗中以不得成龙的鱼比喻科举落第。

又有传说龙门为应龙所辟，这与大禹治水应龙划江相吻合，有赋赞曰"阙之所成兮，得应龙之伟力"，阙即伊阙。当鲤鱼跃龙门时，就会有应龙盘旋上空，选择点化应成龙的黄河鲤鱼。这应龙有如此后开科选士皇帝——贞观年间，唐太宗看到新科进士们从端门列队而出时，就非常高兴地说"天下英雄，尽入吾彀中矣"，在他看来，科举制度是使天下英才为其效力的手段，科考入仕的进士，如同跃上龙门的鲤鱼，成龙的同时，亦为朝廷所用。龙门，象征着飞黄腾达的本质变化，科举时代，考取进士与"登龙门"意思几为等同。

龙门，自古就是由关中进入河东的战略要地，历代兵家欲争陕、晋

第五章　龙见天下

者，无不争雄于龙门。兵过龙门天险，和鲤鱼跳龙门相似，体现的都是性质和局势发生实质性提升变化。

作为关隘，龙门是东西门户，有一夫当关、万夫莫开的战略功能，兵力较弱一方，只要抢占龙门，就如同给对方的攻击上了一道锁。

五胡十六国中后期，统一北方的前秦崩溃，姚氏关中建国，是为后秦，慕容氏山西建立西燕。后秦皇帝姚兴进军河东，虽兵力强盛，奈何西燕扼守龙门，纵是秦兵虎狼之师，亦是望门兴叹。

南北朝后期，北魏裂土为东魏（北齐前身）和西魏（北周前身），宇文泰控西魏，高欢掌东魏。东魏名义上的国都是邺，但高欢看重西魏晋阳（太原），欲纳入版图而后快。两魏开战，龙门被顶到战略焦点位置，东魏控制龙门则能固守晋阳，西魏控制龙门则能东向争河东。此后，无论是北齐攻北周之关中，还是北周攻北齐之河东，龙门都是最便捷而又最重要的战略通道。

隋唐，龙门东西要冲的战略地位，依然非常重要，李渊从太原起兵攻长安，李世民过河攻刘武周，都是以夺取龙门关隘为战役关键。

不论仕途和军事，龙门都代表着吉祥和福地，而且自带神龙属性和流量，于是"龙门"之称，不断在华夏大地复制，以求其美好寓意，由此神州大地"龙门"遍地：龙门市、龙门县、龙门镇、龙门乡、龙门村、龙门路、龙门桥、龙门渡、龙门站等举不胜举。

延津龙门还出现了一位传奇人物——薛仁贵，他以一己之力带火了"龙门阵"。

"龙门阵"是薛仁贵东征中临危布局所摆军阵，不仅大破渤辽兵马大元帅铁世文军队，铁世文也在此阵中被薛仁贵射杀，薛仁贵因此阵扬名天下。徐茂公评价"龙门阵"为："你要是打他的龙头他龙尾唰地一摆，就把你缠在里头了；你要是打他龙尾，龙头一摆就把你打个半死不活；你要打他中间更坏，他龙头龙尾往里一裹让你全军覆没。"徐茂公所说龙头、龙尾时刻处在运动之中，龙门阵就类似于一条盘踞的龙，头尾呼应，流动绞杀，威力无穷。

故事来源于话本《薛仁贵征辽事略》和《说唐演义后传》。话说唐太宗意欲征东辽，梦见自己被一敌将追赶，幸得一白袍小将救驾，方免于难。徐茂公测梦推断出白袍小将叫薛仁贵，为山西绛州龙门县人，并说欲征辽非此人不得成功。太宗因命张士贵前往绛州招军，应梦寻臣。薛仁贵本破落人家子弟，虽寒窑藏身，但谙熟文韬武略，胸有安邦定国之志，两次投军都因张士贵惧怕薛仁贵将来立功超过自己，被赶出辕门。后薛仁贵打虎救了程咬金，得赠令箭一支，据以第三次投军成功，但被张士贵强令改名薛礼，埋没于前营当火头军。太宗亲征东辽，委张士贵为先锋。张氏父子本事平常，全靠薛仁贵英勇才所向披靡，同时亦对薛仁贵加以种种欺骗和打压，防其出头。后太宗打猎遇险，薛仁贵救驾，才真相大白。太宗遂拜薛仁贵为元帅，平定东辽。张士贵父子因冒功事件败露，便企图谋反，被薛仁贵活擒。太宗班师后，斩了张士贵父子。薛仁贵官封平辽王，衣锦荣归，与妻柳金花、樊秀花团圆。

明清以来，民间说书人常讲薛仁贵征东大摆龙门阵的故事，这些故事娓娓动听，深入人心，家喻户晓。人们以其阵势之多变奇幻，借喻讲故事之情节曲折复杂，并推而衍之，一切讲故事、闲谈、聊天，都统统称为"摆龙门阵"，这在巴蜀尤为突出，最终形成为地方特色，接地气、有趣，有一种说不清的亲昵和知心，表现力极为强烈。

薛仁贵摆龙门阵，"摆"的意思是铺排式排列，巴蜀方言之摆龙门阵，"摆"变成了铺排式述。一个"摆"字，便活脱脱显示出了其气派声势之非同凡响。平常吃饭放三两菜碟不是摆，七碗八碟七荤八素排满一桌，那才叫摆，此为摆席；做生意沿街叫卖也不叫摆，七头八脑琳琅满目铺开一地，方可叫摆，这是摆摊。

原原本本、正正经经讲述一件事情，也没有摆的意味，"摆龙门阵"须得"铺开来说"，如摆摊、摆席、摆谱、摆阔、摆架子、摆擂台一样，非得铺陈排比不可，极尽铺陈、排比、夸张、联想之能事。易中天先生在《读城记》中写道："显然，龙门阵不同于一般聊天、侃山、吹牛的地方，就在于它和'赋'一样，必须极尽铺陈、排比、夸张、联想之能事。"

蜀人这种本事，源远流长，司马相如、扬雄就是纸上铺排大"赋"的大家，不想这种本领在民间摆龙门阵中发扬光大开来。作为市民化的

"赋",龙门阵不能如司马相如、扬雄作赋那般文雅,它需要热闹、绘声绘色、有滋有味、没完没了,无边无际,就像过不完的市井生活,将严肃付诸谐谑,将刻板演绎轻松,将神圣化解为庸俗,有滋有味。

"摆龙门阵"虽有薛仁贵龙门阵渊源一说,但从"鲤鱼跃龙门"的本真化龙故事出发,恐怕更加有说服力和传播性,神鬼故事、鱼化神龙的传奇,恐怕远比薛仁贵的小说情节更加津津有味、百说不厌。即使是从薛仁贵评书引出"龙门阵"的既定说法,那也是基于"龙"和"龙门"这一母题,富有神怪色彩,方才引人入胜。

"龙门"不仅活在人们的口舌之中,凡是门型高贵之地,都被冠以"龙门",以求吉祥,即使施工工具也被称作"龙门架""龙门吊""龙门刨"。

第三节 龙 说

语言是文化的载体和重要表现形式,承载着特定的文化内涵,是人们的意识形态集中起来的价值观念、思想道德、审美意趣。语言是民族文化精神的表征,语言中充盈着民族的文化思维、文化观念和文化价值的创造。

作为中华民族最重要的意识载体,龙承载着中国人共同认可的价值观念、思想道德和审美情趣,外化出了独特而丰富的"龙语言",寓意广泛、内涵深刻,形成了最为普及的"龙见","龙"借由人们对含龙语言的大面积、高频次的熟稔使用,刚健强壮、深入骨髓、永不停息地在中国人心中,在华夏大地上升天、潜渊、在田、在天……灵气逼人,神气毕现。

龙在语言中活得最灵动而深刻的,是在数量众多、构词凝练、内涵丰富的涉"龙"成语里有着丰富的传统文化信息,凝聚着中华民族的文化精髓,涉"龙"成语高度凝聚着博大精深的龙文化。

首先,涉"龙"成语来源于神话传说。神话是关于神仙或古代英雄的故事,是古代人民对自然现象和文化的解释与想象的故事;传说是人们流传下来的关于一些人或事的叙述,往往都带有夸大、神化的成分。正因其故事离奇,神秘魔幻,反而具有传播的魔力——

白龙鱼服,喻贵人微服出行而遇险,源于白龙化鱼被渔夫射中,天帝不以渔夫为罪。出自汉刘向《说苑·正谏》:"昔白龙下清泠之渊,化为鱼,渔者豫且射中其目。白龙上诉天帝,天帝曰:'当是之时,若安置而形?'白龙对曰:'我下清泠之渊化为鱼。'天帝曰:'鱼固人之所射也。若是,豫且何罪夫!'"亦作:白龙微服。清黄遵宪《和钟西耘庶常德祥津门感怀诗》:"秋草木兰驰道静,白龙微服记为鱼。"

蛟龙得水,源于蛟龙得水后就能兴云作雨飞腾升天,比喻有才能的人得到了施展本领的机会。《三国志·吴书·周瑜传》:"刘备以枭雄之姿,而有关羽、张飞熊虎之将,恐蛟龙得云雨,终非池中物。"

探骊得珠,骊龙,黑色的龙。骊龙颔下取明珠,指在黑龙的颔下掏取明珠,比喻冒险贪求,自取其祸。后常比喻文章含义深刻,措辞扼要,得到要领,能抓住事物的要害。语本《庄子·列御寇》:"河上有家贫恃纬萧而食者,其子没于渊,得千金之珠。其父谓其子曰:'取石来锻之!夫千金之珠,必在九重之渊,而骊龙颔下,子能得珠者,必遭其睡也;使骊龙而寐,子尚奚微之有哉!'"

批逆龙鳞,传说龙喉下有逆鳞径尺,有触之必怒而杀人。《韩非子·说难》:"夫龙之为虫也,可扰押而骑也。然其喉下有逆鳞径尺,若人有婴之者,则必杀人。人主亦有逆鳞,说者能无婴人主之逆鳞,则几矣。"龙属于虫类,可以驯养、游戏、坐骑,然而它喉咙下端有一尺长的倒鳞,人要触动它的倒鳞,一定会被它伤害。君主也有倒鳞,游说的人能不触犯君主的倒鳞,那就是善于游说的人了。

匣里龙吟,本指剑的神通,后常用来比喻人虽在野,而声名远闻于外。《拾遗记》一:"帝颛顼有曳影之剑……未用之时,常于匣里如龙虎之吟。"

画龙点睛,唐张彦远《历代名画记》卷七:"武帝(梁武帝)饰佛寺,多命僧繇(张僧繇)画之……金陵安乐寺四白龙不点睛,每云:'点睛即飞去。'人以为妄诞,固请点之,须臾雷电破壁,两龙乘之腾去上天,二龙未点眼者见在。"

第五章 龙见天下

441

屠龙之技，《庄子·列御寇》："朱泙漫学屠龙于支离益，单千金之家，三年技成，而无所用其巧。"朱泙漫想学一门别人都不会的绝技，就把家产变卖出门拜师学艺。三年后学成归来，给人介绍如何杀龙的方法，大家都很羡慕他，孩子们要求看他的杀龙宝刀，一个老头说杀龙的绝技虽然好，但现在根本没有龙可杀，朱泙漫这才恍然大悟。一门好的技能或技术要贴合当时的环境，如果脱离了环境，那么再好的技术在当时看来也显得无意义了。正如刘禹锡《何卜赋》云："屠龙之伎，非曰不伟。时无所用，莫若履豨。"

鼎湖龙去，黄帝铸鼎于荆山下，鼎成，有龙垂胡髯引黄帝升天。后因名其处为鼎湖，常用以代称皇帝驾崩。

其次，涉"龙"成语来源于历史事件。历史事件是指史料中记载的人物事件，大多以人物传记的形式呈现。历史事件被概括为一个成语后，其本身意义或引申意义就被成语固化流传——

乘龙佳婿，《楚国先贤传》："孙俊字文英，与李元礼俱娶太尉桓焉女。时人谓桓叔元两女俱乘龙，言得婿如龙也。"乘龙佳婿，旧指才貌双全的女婿，得婿如龙，形容得到称心如意的佳婿。汤显祖《紫钗记·回求仆马》有云："待做这乘龙快婿，骐骥才郎。"张四维《双烈记·就婚》："花烛夜，笙歌院，乘龙女婿人争美。"

伏龙凤雏，刘备访世事于司马德操。德操曰："儒生俗士，岂识时务？识时务者在乎俊杰。此间自有伏龙、凤雏。"备问为谁，曰："诸葛孔明、庞士元也。"（《三国志·蜀志·诸葛亮传》）"伏龙"也作"卧龙"。由此，伏龙凤雏指隐而未现的有大学问和大能耐的人。

龙驹凤雏，语据《晋书·陆云传》："陆云六岁能属文，与兄机齐名……吴尚书闵鸿见而奇之，曰：'此儿若非龙驹，当是凤雏。'"比喻有才华的英俊青少年。

岁在龙蛇，岁星运行至辰巳年谓之岁在龙蛇。后用"岁在龙蛇"为命数将终的典故，语本《后汉书·郑玄传》："五年春，梦孔子告之曰：'起，起，今年岁在辰，来年岁在巳。'既寤，以谶合之，知命当终，有顷寝疾。"

再次，涉"龙"成语来源于文学名篇的连珠妙语，这些关键词往往是一篇名作的精华——

龙飞凤舞，语出苏轼《表忠观碑》："天目之山，苕水出焉，龙飞凤舞，萃于临安。"

龙行虎步，出于《宋书·武帝纪上》："刘裕龙行虎步，视瞻不凡。"

日角龙颜，出于《史记·五帝本纪》，"（黄帝者）生，日角龙颜，有景云之瑞。"日角，指额角中央隆起，形状如日；龙颜，指眉骨圆起。旧时相术，认为"日角龙颜"是大贵之相，因而指帝王相貌。

龙吟虎啸，语出《文选·归田赋》李善注引《淮南子》："龙吟而景云至，虎啸而谷风臻。"

云龙风虎，出于《易·乾》："同声相应，同气相求，水流湿，火就燥，云从龙，风从虎，圣人作而万物睹。"同类的事物相互感应，以喻圣主贤臣的遇合。龙战于野、亢龙有悔、飞龙在天、潜龙勿用等成语，均出自《易·乾》。

龙争虎斗，语出《割鸿沟赋》："龙争虎斗兮，万象交奔；镞尽兵穷兮，白日犹昏。"

龙肝凤髓，出处为苏轼《江瑶柱传》："方其为席上之珍，风味蔼然。虽龙肝凤髓，有不及者。"比喻极难得的珍贵食品。

龙楼凤阁，出处为奚罟《解连环·姑苏怀古》："信龙楼凤阁，无奈都由笑歌休却。"指帝王宫阙或神仙洞府。

攀龙附凤，出处为扬雄《法言·渊骞》："攀龙鳞，附凤翼，巽以扬之，勃勃乎其不可及也。"比喻依附帝王建功立业。

龙潭虎窟，出于王实甫《丽春堂》三折："闲对着绿树青山，消遣我烦心倦目，潜入那水国渔乡，早跳出龙潭虎窟。"比喻凶险之处。

龙盘虎踞，出自刘胜《文木赋》："枝条摧折，既剥且刊，见其文章，或如龙盘虎踞，复似鸾集凤翔。"形容地势雄壮险要。李白《永王东巡歌》亦有："龙蟠虎踞帝王州，帝子金陵访古丘。"

藏龙卧虎，语出庾信《同会河阳公新造山地聊得寓目》诗："暗石疑藏虎，盘根似卧龙。"意指隐藏着未被发现的人才，也指隐藏不露或深藏不露的人才。

降龙伏虎，出于马致远《黄粱梦》一折："出家人长生不老，炼药修真，降龙伏虎。"比喻有极大的本领。

龙马精神，出于李郢《上裴晋公》："四朝忧国鬓如丝，龙马精神海鹤姿。"比喻人精神高昂旺盛。

车如流水马如龙，出于《东观汉纪·明德马皇后》："吾前过濯龙门，见外家问起居，车如流水马如龙，亦不谴怒，但绝其岁用，冀以嘿止欢耳。"车络绎不绝，有如流水；马首尾相接，好似游龙。

矫若惊龙，出于《晋书·王羲之传》："论者称其笔势，以为飘若浮云，矫若惊龙。"常用于形容书法笔势刚健，或舞姿婀娜。

龙骧虎步，出自嵇康《卜疑》："将如毛公蔺生之龙骧虎步，慕为壮士乎？"像龙马昂首，如老虎迈步，形容气概威武雄壮。

在龙语言的形成和传播中，由于龙不是切实的动物崇拜，而是虚拟的文化创造，因此创造龙语言的维度众多，边界极广，物理和精神属性可牵连甚众。到唐宋时期，龙的形象日趋完整丰满，基本定型为我们今天看到的龙的形象。宋代郭若虚指出画龙的"三亭九似"之要，集合了鹿角、驼头、兔眼、牛耳、蛇项、蜃腹、鱼鳞、鹰爪、虎掌。"龙有九似"用的是分解法，对龙的各个器官做出比喻性的描绘，"似"仅仅是相似，而不是相同。在物理形象相似的背后，赋予的是更多的精神内涵——

龙头似驼，示体型之巨；

角似鹿，示神态之贵；

眼似兔，示明察天地；

耳似牛，示聆听八荒；

项似蛇，示旋转灵动；

腹似蜃，示周行无忌；

鳞似鲤，示深潜水府；

爪似鹰，示高飞云天；

掌似虎，示威武勇猛。

每一种动物都有许多的优点，龙取的是众优之长，"九"只是一个约数，在汉文化中，"九"还代表着"无穷多"，意即龙集合了飞禽、游鱼、走兽万物的优点，预示着龙具有无所不能的神通，拥有凌驾于众生之上的威望。神话思维的特征之一是类比推演原则，先民们以已知事物或现象的特征来说明未知事物或现象的特征，从身体经验出发，从小的、近的、日常的经验事实出发解释大的、远的、神秘的非经验事实。只要两种事物在形式或功能上具有相似性便可以将它们同化。正如龙的形象的构筑，就是选取了虎、蛇、马、鱼等动物作为取材对象，由这些动物身上的特质类比推演出龙的外形和精神象征，人们在创造龙语言的时候，不自觉地将龙与这些动物一同搭配构成了许多成语。

因此，龙语言场景中，龙往往与多种动物联袂出场，共表形意。

龙虎至阳

"龙"字成语常与"虎"字相对出现，"虎"，《说文解字》释为："山兽之君"，意为动物中最为威武勇猛、残酷凶暴的动物。因此龙虎的联袂出现，更能表现出威武勇猛、凶残等意象。例如：龙拿虎跳，形容威武勇猛；龙盘虎踞，形容地势险要；龙潭虎穴，比喻极其险要的地方；龙腾虎跃，比喻跑跳时动作矫健有力。

老虎是山中王者，老虎生性低调谨慎凶猛，一旦发威将势不可挡，《风俗通·祀典·桃梗苇茭画虎》中说："虎者阳物，百兽之长，能执搏挫锐，噬食鬼魅。"将"毛虫之长"虎的威猛展现无遗。"鳞虫之长"的龙亦是至阳之物，龙虎至阳组合，是两个王者的握手和对话。

威武凶猛、威风凛凛是龙与虎共有的特质，所以作为"毛虫之长"的虎自然就与作为"鳞虫之长"的龙有了对应与比附，二者有并驾齐驱之势。春秋以降，龙虎对应、互补，甚而交缠、结合的图案就更常见了，形成了龙中有虎、形影相随的互融关系，体现在语言当中就是龙与虎一同构成了很多成语：

龙跳虎卧、虎卧龙跳、龙拿虎跳、虎掷龙拿、虎掷龙挐、龙腾虎啸、龙腾虎跃、生龙活虎，都体现了龙与虎跳跃腾挪的姿态。

龙行虎步、龙吟虎啸、龙骧虎步、龙骧虎视、龙盘虎踞，都表现了二者威武庄严之态。

龙争虎斗、龙战虎争、藏龙卧虎、潜龙伏虎、云龙风虎、虎略龙韬、酒龙诗虎、绣虎雕龙、龙文虎脊，都展现了二者平分秋色的龙虎之姿。

马八尺以上为龙

《明史》中记载了三次龙马祥瑞事件。"永乐十八年九月，诸城进龙马。民有牝马牧于海滨，一日云雾晦冥，有物蜿蜒与马接。产驹，具龙纹，其色青苍，谓之龙马。"因为龙的关系，人们就把这匹非同一般的"马驹"称作"龙马"，并作为祥瑞进献给朱棣。

"宣德七年五月，忻州民武焕家马生一驹，鹿耳牛尾，玉面琼蹄，肉文被体如鳞。""武焕"家生的"龙马"样貌记载得尤为详细：耳朵像鹿，尾巴像牛；蹄子晶莹剔透，浑身布满了鳞甲一样的花纹。

"嘉靖四十二年四月，海盐有海马万数，岸行二十余里。其一最巨，高如楼。"1563 年的浙江"海盐"，竟有上万的"海马"登岸，而且在陆地上行进了二十多里路。这里的"海马"是说从海里出来的马，也就是"龙马"，而且是上万匹，更有甚者，为首的一匹竟然有当时的"楼房"那么高，堪称庞然天物。

《周礼》有言"马八尺以上为龙"；《山海经·图赞》说"马实龙精，爱出水类"；《吕氏春秋·本味》有"马之美者，青龙之匹"的说法；《吴承恩诗文集》讲"马有三分龙性"，因此他在《西游记》安排小白龙做唐僧的取经坐骑。一些史籍载称，修弥国有马如龙，"腾虚逐日"；汉宣帝时，使臣至大宛，"得名马像龙而还"；天宝年间，"有马生龙驹……身有鳞而不生毛"；唐玄宗时，曾得到过生着龙鳞的异马一匹，后来，明皇西幸，这匹马在咸阳西跳入渭水化龙而去。由此可见，龙与马的关系，是相互交融的关系。

《汉语大词典》中解释"龙马"是"古代传说中龙头马身的神兽"，这个神兽来自儒家关于《周易》卦形来源的传说。《书·顾命》："大玉、夷玉、天球、河图，在东序。"孔传："伏羲王天下，龙马出河，遂则其文以画八卦，谓之'河图'。"据汉儒孔安国、刘歆等解说：伏羲时有龙马出于黄河，马背有旋毛如星点，称作龙图。伏羲取法以画八卦生蓍法。夏禹治水时有神龟出于洛水，背上有裂纹，纹如文字，禹取法而作《尚书·洪范》"九畴"。古代认为出现"河图洛书"是帝王圣者受命之祥瑞。《汉书·翟义传》："河图洛书远自昆仑，出于重野……此乃皇天上帝所以安帝室，俾我成就洪烈也。"

之后，随着历史的发展，后世逐渐以"龙马"美喻骏马，用龙的活跃矫健之意形容马壮。南朝梁简文帝《洛阳道》诗曰"金鞍照龙马，罗袂拂春桑"，李白的《白马篇》也有"龙马花雪毛，金鞍五陵豪"。

龙马的语言组合，通常指向祥瑞。在成语龙马精神、龙骧虎步、龙骧虎视、龙文虎脊、骥子龙文中，虽然字面上看是"龙"字，实际意义却是指"马"。

"龙马精神"，用来比喻人精神高昂旺盛，"龙马"是指古代传说中的神马，也可以指称骏马。

"龙骧虎步"，意思是像龙马昂头、老虎迈步，形容人气概雄壮威武。骧，是马头上举的意思。

"龙骧虎视"，比喻人目光远大，气概非凡。

"云起龙骧"则比喻英雄豪杰乘时而起。

"龙文虎脊"，常常用来代称骏马。龙文，是古时西域的一种骏马。

"骥子龙文"，用来比喻优秀后进，骥子指千里驹，龙文是骏马名。

龙头多取材于马头，汉代的王充言"世俗画龙之像，马首蛇尾"，由此推断，龙乃马、蛇之类。不光龙头，龙身也有"似马形"者。《论衡》载，曾有两条身长十余丈的"黄龙"，在去泉陵城七里的湘水中出现，好似画中龙的样子，附近的居民都去观看。在距龙数十步的地方，又见到六条小"龙子"，在陵上嬉戏，这龙子的形状，就很像马驹。《录异记》记，有群龙出入汉江水上，大者长数丈，小者也有丈余，都"如马、驴之形"。而事实上，《洛神赋图》中的龙即是马身，那是那段时间龙的形象，而且功能也与马相似，都是交通工具。

《汉语大词典》中"龙"有一个义项谓"高大的马，骏马"。在古人心目中，马是具有龙性的，龙与马都姿态强健、行动迅捷，一个来无影去无踪，一个健步如飞，共同代表着奋发进取、昂扬向上的精神特质。

蛇化龙不变其文

许慎《说文解字》有云："龙，鳞虫之长，能幽，能明，能细，能巨，能短，能长，春分而登天，秋分而潜渊，从肉，飞之形。"由于这些特有属性，龙从古至今被视作神物，被视为主宰、操纵天象的神灵。它具有善水、能飞、通天、善变、灵异、征瑞、兆祸、示威等神性。

龙的形象和神性，主要取材于蛇。外形上，蛇将悠长弯转，可以盘绕和伸展的躯体贡献给了龙，《说文》将蛇作"它"，曰："它，虫也。从虫而长，像冤曲垂尾形。""长"而"曲"，亦正好是龙的躯体特征。特性上，蛇将能隐能显、能静能动、能大能小贡献给了龙，蛇类喜居荫蔽潮湿、人迹罕至之处，又时不时地出现在人们的面前，可谓"能隐能显"；蛇有冬眠和夏天活跃的习性，与龙春分而升天、秋分而潜渊的习性一致，此谓"能静能动"；蛇定期蜕皮长大，而且种类繁多，体型大小不一，表现为"能大能小"。

龙有九似中有"项似蛇"一说，其实龙在首尾之间的那一段身躯与蛇一样是蜿蜒曲折的。成语龙蛇飞动、龙蛇落笔、笔走龙蛇就充分体现了二者的这一共性，抓住了二者曲折蜿蜒、行动自如、线条流畅的共同特点。

蛇可修炼化为龙的特性，也体现了龙与蛇的亲近关系。《史记·外戚世家》提到"传曰：蛇化为龙，不变其文"。《抱朴子》中说"有自然之龙，有蛇蠋化成之龙"。《述异记》言"虺五百年化为蛟，蛟千年化为龙"，虺是体型小且有毒的蛇。

蛇与龙虽然有着相近的姿态，体型大小和本质却相去甚远，因此便在龙语言的使用上，产生了一些将二者组合作为对比的成语。龙象征积极向上一类，而蛇则代表坏人、小人。龙蛇飞动，主要因为二者形似，龙飞腾，蛇游动，形容书法气势奔放，笔力劲健。

朱熹《朱子语类》第130卷有云："如在欧公文集序，先说得许多天来底大，恁地好了，到结束处，却只如此，盖不止龙头蛇尾矣。""龙头蛇尾"比喻开头盛大，结尾衰减。

《敦煌变文集·伍子胥变文》："皂帛难分，龙蛇混杂。"释道元《景德传灯录·文殊》亦有"凡圣同居，龙蛇混杂"。"龙蛇混杂"比喻好人和坏人混在一起。

《管子·枢言》："一龙一蛇，一日五化之谓周。"《后汉书·冯衍传》："一龙一蛇，与道翱翔，与时变化，夫岂守一节哉？""一龙一蛇"比喻人的处藏或出或藏，或显或隐，随着情况的不同而变更。

《西游记》第四十五回："你也忒自重了，更不让我远乡之僧。也罢，这正是'强龙不压地头蛇'。""强龙不压地头蛇"，比喻实力强大者也难对付当地的势力。

曼衍鱼龙

龙"鳞似鲤"，在给予龙鳞片的同时，鱼也把在水底悠游自在的能力赋予了龙。

鱼龙之化，始终神奇而曼妙，充满传播的神仙气息。人们很早就迷恋这种神仙变化，难以自拔，于是花大力气开发了一种大型幻术，称作"曼衍鱼龙"。

早在汉代，人们就已经能熟练表演大型魔术"曼衍鱼龙"，众人沉迷其中。"曼衍"，据古人描述是只八百尺长的大动物，背上会忽然变出神山仙境来。"鱼龙曼衍"演出中有三个主要过程，节目演出时第一段出场的是一头名叫"含利"的瑞兽在庭院中嬉戏，然后跳入水池，顿时激起水花，"含利"在水花的掩护下忽然变成一条大鱼；第二段是大鱼不但会游泳，还会抬头喷水，随后变化为龙马，龙马遍体披鳞，似龙又似马，马背上驮着画卷急促前进，"龙马负图"象征吉祥幸福；第三段，在水雾的遮掩下，龙马突然化成八丈长的黄龙，跃出水面在庭院中遨游嬉戏，此时日出雾散，天空灿烂无比。这是记载最早的具备完整演出形式的幻术节目，也是汉代宫廷杂技代表作之一。后世往往沿用"鱼龙"或"鱼龙之戏"来概括整个杂技，该戏甚至成为"百戏"的代名词。

自汉代以来，幻术节目"鱼龙曼衍"深受历代朝野的欢迎。从记载看，魏、晋、隋、唐一直到清代都有遗迹可循。清代成书的《鹅幻汇编》中称这个节目为"鲤鱼化龙"，其表演形式与汉代的"鱼龙曼衍"基本相同，只是规模小得多，表演也不在水中，而是借助烟火戏法来演出。柳永《破阵乐》有云：绕金堤、曼衍鱼龙戏，簇娇春罗绮，喧天丝管。

　　由于太过离奇变幻，"鱼龙曼衍"逐渐走出百戏指代的范围，固化为比喻事物的离奇变幻的成语。蔡寅《变雅楼三十年诗征序》："蚌鹬争衡，鱼龙曼衍，离奇变幻之局，孰有甚于近三十年者！""曼衍鱼龙"就被引申为各种离奇事情纷纷出现，各种人物都表演一番的意义。

　　"鱼化龙"象征着高升和进阶，自然引得大圆满的喜悦；但"龙化鱼"则是反向的不祥。成语"白龙鱼服"讲的是有一条白龙很好奇想要看看人间是什么样子的，于是游入清泠之渊，但是怕自己的外形显露吓到黎民百姓，就把自己变化成一条鱼的样子，它一路游一路看，为了看得更真切，不时地跃出水面来观看。而有一个叫作豫且的渔夫打鱼方式很特别，不用渔网而是用弓箭来射鱼的眼睛，这条白龙在一次跃出水面时被豫且射中了眼睛。这条龙忍着疼痛跳入水中化回原形，然而眼睛已经受伤了，于是向天帝告状，说豫且一介凡人胆大妄为竟然伤害神仙。没想到天帝却说豫且射它的时候它现的是鱼形，一个普通人怎么能看出来你是鱼还是神龙呢？豫且只是做一个渔夫该做的事，你白龙就自认倒霉吧。在这里，龙用来比喻王公贵族，鱼则是普通平民的代表，龙变成鱼的样子即贵人穿上平民的装束，"白龙鱼服"用以比喻贵人微服出行而遇险。

　　和龙蛇混杂一样，鱼龙也常常混杂，乃是因为二者鳞片满身，相似相像，难辨难分，才能混杂在一起。虽然难以分辨，但本质却完全不一样，葛洪在《抱朴子·吴失》中说："鱼质龙文，似是而非，遭水而喜，见獭即悲。"龙和鱼虽同文同喜水，但是一旦遇到了水獭就区别开来，鱼怕被水獭捕食，龙却是不惧的。

　　与龙相关的语言浩如烟海，灿若群星。龙的形象神态，举手投足都被赋予一定的内涵，不难发现在与龙有关的这些语言大多数被赋予了褒义、积极的意义，在中国人的意识中生生不息，活灵活现。

第四节 龙 纹

纹进人心，深入骨髓之前，龙纹最初一定是纹在额头、面庞、手臂、前胸后背、大腿小腿，以借龙的神气、凶恶、勇猛，在险象丛生、危机四伏的丛林、草原、湖泊，为自己壮胆，向猛兽示威。原始人的纹身，绝不是美观那么肤浅和简单，其中蕴含着本质的生存智慧和强烈的生命欲望。

龙的崇拜形成集体意识之后，部落的图腾成为共同认可的标志，龙纹标准化、标识化，在领地内反复标识，用以团结群体，密切血缘关系，维系社会组织，和其他部落相互区别。以龙作为氏族族名的，据《竹书纪年》载：伏羲氏各氏族中有飞龙氏、潜龙氏、居龙氏、降龙氏、土龙氏、水龙氏、青龙氏、赤龙氏、白龙氏、黑龙氏、黄龙氏。

进入商周时期，龙的图腾含义日渐消失，龙由图腾时代原始的龙形象变成真正的龙纹，龙的"神性"极大发展，龙已是"出水则必风雨、其光如日月、其声如雷"，能代表上天意志的神物。

商王朝非常重视巫术，巫术活动中必不可少青铜礼器，青铜器上的纹饰有浓郁的原始信仰色彩，即通过各种象征性的纹饰，向人们展示应崇拜的神灵，求其保护，免受怪物的侵害。在这种纹饰中，龙纹成为主要的部分，常与饕餮、云、雷等纹样纠缠于青铜上，使得古代中国祭祀用的富丽堂皇的青铜器拥有超自然的力量，这些怪异形象的象征符号，指向了某种似乎超世间的权威神力。

除了将龙纹刻画在青铜器上，商周的统治者还把龙纹画在旗帜和衣服上，以作为身份的象征。商周时期，龙纹已经正式成为天子纹章和权力象征。

《商颂·玄鸟》："龙旂十乘，大糦是乘。"

《荀子·礼论》："天子大路越席，所以养体也；……龙旂九斿，所以养信也。"

《周礼·春官》:"享先王,则衮冕。"

后世龙的主要象征性皆始于商周,影响延续数千年。

随着专制程度的不断加深,君权日益膨胀,帝王之家凭借政治优势,将龙据为己有。由此,龙与帝王直接相联系的趋向渐为明晰。在《吕氏春秋》中,便有将晋文公"喻之为龙"的记载;其后有秦始皇称"祖龙"之说。

自汉代,龙纹演化出蛟龙、盘龙、夔龙、黄龙等形式,有二爪、三爪、四爪、五爪等。龙象至尊的观念可追溯到周代,《礼记·礼器》载:"礼有以文为贵者,天子龙衮。"秦汉以后,龙已定型为帝王化身,皇室专利。皇帝为"真龙天子",出生曰"真龙天降",驾崩称"龙御上宾",所居者龙庭,卧者龙床,坐者龙椅,穿者龙袍。

宋至清,天子龙相之说得以发展,龙成为帝王至尊的象征,形象演变为明清时代随处可见的黄龙,龙纹为皇室所独占。明清盛行的龙纹为创自唐宋、定型于宋元的黄龙。

自元代起,除蒙古人外,皆不得服用龙凤纹,并规定五爪为龙。明代龙纹为皇室所独享,并规定四爪为蟒,功臣、宦官可赐用蟒纹。明代龙纹及造型粗壮,威武生猛,龙首魁梧,有怒发冲冠之气势。龙趾呈三角形,略微内弯,锋利刚劲。

清代龙纹,总体显得华贵精巧,富丽堂皇。嘉靖、隆庆、万历年间,龙纹则以行龙为多。有双龙相对的,有张牙舞爪的,两龙争珠、回首而望的,也有龙凤对舞的。有行于花间、舞于彩云的龙形,也有游于海涛之中的蛟龙,但总体显得瘦弱,失去了驾云行海、叱咤风云的神威。

随着历史的发展,皇家对使用龙纹的禁限逐渐收紧。清代不但禁止民间使用龙纹,在准予用龙纹的范围内,又通过使用龙纹的数量、龙的造型来区分尊卑差别。如正龙,龙头平视正前方,龙身盘踞而坐,象征天下承平,江山安定,皇权稳固,为最尊贵的龙纹形象,皇帝专用;升龙,龙头向上,躯干在下,蜿蜒升腾。取《易》乾卦的九五爻辞"飞龙在天"之象,唯王专用。三公虽位极人臣也只能用降龙,龙头向下,龙身在上。

龙　袍

龙纹最典型和集中的运用，当数龙袍。龙袍是中国古代皇帝的衣裳，它集中展现了封建帝国最高统治者对服饰的功利要求，既是帝王的灵魂和思想在服饰中的浓缩，也是通过象征和装饰演绎皇权意志的极端之作。

早期皇帝并不以龙为贵，元以前，龙袍并非只有皇帝能穿。依照礼法，帝王、贵族、高官在衣冠上使用的日、月、星辰、山、龙、华虫、宗彝、藻等12种纹饰，被称为"十二章纹"。

日、月、星辰，取其照临，如三光之耀，象征皇权天授。

山，取其稳重，象征王者镇重，安静四方。

龙，取其应变，象征人君的应机布教而善于变化。

华虫（雉鸡），取其文丽，表示王者有文章之德。

宗彝，取其忠孝，以及深浅有知、威猛有德之意。

藻，取其洁净，象征冰清玉洁。

火，取其光明，表达火焰向上，率领人民归上之意。

粉米（白米），取其滋养之意，象征济养之德。

黼（斧形），白刃而銎（斧子上安柄的孔）黑，取其善于决断之意。

黻（双兽双背形），谓君臣可相济，见善去恶，取其明辨，寓意臣民有背恶向善的含义。

但随着皇权对龙纹使用的垄断，龙袍逐渐发展为皇帝专有的衣裳，以用料华丽、工艺繁复著称。龙袍上藻饰华丽繁满，宝光四溢，传递一种昂扬节奏和激越旋律。金龙翻腾行坐怒发纷飞，首尾相缠布满袍服，变幻莫测的五彩祥云飘浮左右，寿山平水珠涌宝现，仙鹤灵芝、花果美器点缀其间……构织为一件件神奇瑰丽的盛装艳服。十二章纹和龙纹成为皇帝龙袍独享的纹饰，龙袍上共装饰有正龙、升龙16条，其中大型金龙9条为主体纹饰。另外，辅助纹饰有象征祥瑞福寿、江山稳固的海水江崖、五色祥云、暗八仙、八吉祥、儒家八宝、蝙蝠、仙鹤、蔬果等出章入典的图案，采用隐喻、暗示、联想等手法，炫耀皇帝权威，昭示驭万民的至高地位，彰显至尊的威严，象征意义深刻而丰富。元陈泰《题苍龙戏海图》诗赞龙纹织锦云：

> 天孙织云春锦红，玉梭误落乘刚风。
> 一夕变化云冥蒙，海水起立为珠宫。
> 坐令年年机杼空，谁与黼黻上帝躬。
> 求梭不得愁鬼工，安知入君怀袖中。

龙袍色彩的运用也极富讲究。

色彩是极富表情的特殊语言，它一方面表现人们的审美追求，另一方面作为思想观念的载体，标志着人们的社会归属。从远古人类穿衣着裳开始，衣服和颜色就绝不是蔽体御寒那么单纯和简单，衣服的社会和思想象征的意义，伴随着第一件衣服的上身就已经产生。"黄帝、尧、舜垂衣裳而治天下，盖取之乾坤。"所谓乾者即天，坤者即地。上衣用天色为"玄"，下裳用地色为"黄"，乾坤之象不可颠倒，合乎天地玄黄之象。这种上衣下裳的形制以及上黑下黄的服色，是古人对天地崇拜而产生的色彩观念。

进入封建社会后，服饰色彩犹如帝国的等级旗帜，生动鲜活地反映着人们的财富、权力和地位。历代封建王朝在制定舆服制度时，都要确定一种颜色，作为最高级别的服饰色彩。

周朝的服饰色彩为天子丹、诸侯青、大夫绿、士黄、布衣黑。

秦始皇笃信阴阳五行学说，以木、火、土、金、水五种物质属性涵盖万事万物的本质。与之相对应的方位是东、南、中、西、北，与之相配属的颜色是青、赤、黄、白、黑。朝代的更迭源于五行相生相克的原理。周属火德，能克火者为水，故秦崇水德，其色尚黑。

隋文帝时，以皇权为中央集权，取五行中央及其代表色黄色为皇室尊崇的专用色。唐代确定黄袍为皇帝的专用服装，唐宋以后均以黄为上，依次为紫、赤、绿、青。

朱元璋的大姐夫朱贞"性孝友恭谨"，深得朱元璋信赖，死后被追赠为陇西王，谥"恭献"，以"龙袍"入殓，"龙"虽五趾，但袍色呈淡蓝色，和明龙袍赤黄、大红规制不符，实为五趾蟒龙袍，这是用颜色区分等级。

清代皇室对黄色的运用，细化到了极致，指定明黄为皇室专用色，使其为至高皇权的象征。贵为皇权继承人的皇太子按规定也只能穿略带红色的杏黄色，诸皇子又为略带褐色的金黄色。同为黄色，色调上的细微变化，意义却有着亲疏尊卑的含义。

悍 龙

龙纹，在不同历史时期，都有其自身具备的特征，不同时代的历史精神、文化内涵和人文情怀，影响着龙纹的变化，元代是蒙古族于马上得来的天下，战斗气息浓烈，因此当时龙纹粗犷狰狞，朝代的性格在龙纹的样貌上体现得淋漓尽致。

元代是我国历史上第一个由北方少数民族建立的封建帝国。在元代建立了多民族统一国家，蒙古族世代生活在漠北草原上，过着"随阳而徙，岁无宁居"的游牧生活。这种生活反向映射了其淳朴的民风与坚毅的性格，亦"略于文而敏于事"。在草原游牧生活靠狩猎为生的背景下，造就了其独特的民族性格和民族精神。

元代龙纹在宋代龙纹的基础上有所变化，蒙古游牧民族骁勇善战的性情，导致龙纹有种尚武气息，龙的形态造型传递出马背民族威武霸气的力量感，龙纹造型勇猛凶悍，整体粗犷，崇尚的是富贵华丽、意气风发且凶神恶煞。

元代的龙纹比前朝更生动完善，龙的姿态更潇洒自如，具体而言：龙头更为扁长，神态威武，嘴角张开似低吼状，且伸出舌头露出牙齿，角似鹿角伸向脑后，龙眼虽小但双眼瞪圆有神，龙须较短呈飘逸状，龙发、肘毛飘逸清秀动势奔放，精神饱满，气势磅礴。

龙身似蛇形且细长，背鳍多做齐整密集状，显得雄壮灵活；龙颈如鹤颈，连接头部部位尤为细长弯曲，龙尾纤细卷曲；龙爪为三爪，四爪者、五爪者较为少见。

壮 龙

明代是由汉族建立的统一王朝,汉民族的审美观念与元代蒙古族的审美性趣差异颇多。建国后,明朝减少用兵,转向休养生息,社会活力恢复带来龙纹的活泼表现。

明洪武时期,龙纹的造型基本上保持着元代龙纹的形状,其特征概括为头小、颈细、身体细长、少毛发、三四爪,精神面貌庄重威严、稳重肃穆。体态一如元之旧样,但头部变化很大,呈圆形猫脸,俗称猫脸龙,其头部特点均为角软无鬣,圆脸猫睛。其整体风格与明代政权刚刚建立、处于休养生息阶段的大环境吻合,出现了历史上唯一的闭嘴龙纹时代,表现出一定的亲民与和善。

永乐宣德时期,历史上最凶猛的龙纹出现了。改变了前朝那种身细、头小的幼稚龙形态,龙之形象生猛,通身粗壮,四肢强健;趾甲较之元龙缩短,形如匕首,五爪呈风车状;龙首饱满,张嘴龙上颚翻卷如象鼻,闭嘴龙嘴钝如猪,俗称猪嘴龙;眼侧如比目,角齐如刀切,极少分叉;鬣毛丰满呈球状,怒发冲天,排列整齐。总之一派勃勃生机,反映出明初永宣时期的国力与国势。

到了成化、弘治、正德年间,龙形失去了前朝张牙舞爪、叱咤风云的雄姿,龙纹逐渐发生改变,由永宣之凶猛向成弘之俊美转化。常见的一种闭嘴龙,多在花间、莲池、海水彩云中出现,呈现出一派祥和景象。虽然龙依然动态十足,但与永宣龙纹比较,身在心不在,有不思进取之态。

正德皇帝为明代最不循规蹈矩的君王,我行我素,天马行空,自封"威武大将军",这一时期出现了应龙龙纹,《张果星经》云"又有辅翼,则为真龙",认为有翼方是真龙。这与明朝形成的"五爪金龙为天子象征"之说不同,古籍中记载有翼飞龙,方为天子之象。龙在正德朝生出翅膀,是皇帝力图摆脱当时"五爪真龙"的文官集团舆论,独辟蹊径召唤翼龙,一心想升天潜渊纵横捭阖,体现的正是皇帝摆脱文官集团控制、自主帝业的意志。

明后期的龙头部比例增大,身体粗壮,表情活泼,没有太多的肃杀之气,大多带有愉悦、安详的感觉,显示明王朝进入了比较富庶的时代,无论是官僚还是民间都开始追求精神上的享乐,龙纹图案的风格迎合统治者的物质追求,整体气氛喜庆欢快。

万历后,明朝式微。龙纹虽然依旧,但内涵精神由嚣张变为恐惧。到崇祯,龙已老态,毛发细弱,有凄凉之感。

总体而言,明朝龙纹的特点是:龙头呈敦厚状,与元代扁长的龙头外轮廓有明显差异,毛发如火炬状竖起,双眼炯炯有神,眼珠瞪出并伴有竖长的睫毛。龙身胸前大多饰有曲折的绶带,龙背上有明显的火焰纹,怒发冲冠,以示主宰权势。龙身粗壮,颈部尤为有力,龙爪似轮,一、二趾如蟹钳朝里钩,脚趾较元朝时短,脚掌呈圆状。

明朝龙纹似乎是天子的心理写照,随社会世态起伏。明初永宣时期其形壮美,眼里有光,宏图大略,龙的精神随郑和下西洋、永乐大典、建紫禁城而大涨;明中期成化、弘治、正德三朝,度过了土木堡之变带来的帝国黑暗期,龙因历练而变得成熟优美。从嘉靖帝起的明晚期,龙态慵懒不思进取,传递出无可奈何的凄美之征。

从某种意义而言,龙纹和皇帝果然是心意相通,天人相应。

鸡爪龙

清代龙纹,华贵精巧,富丽堂皇,但力量感和锋利度缺失。清代是满族统治的时代,龙纹体现了满族繁缛精巧的审美偏好。

雍乾盛世时期的龙纹与时代的繁荣样貌相呼应,仰首伸眉一副欣欣向荣的模样。这时的龙角分叉呈山字形,龙的眼睛显圆,龙的爪已不似明代鹰爪如"风车"状,龙爪拇指与食指相距较大,趾甲显得细小,没有了元、明时期三角形的那种锋利感。所以,清代龙爪给人以有形无力感或慈祥感,龙的神态由威严变得和善,不再具有神圣不可侵犯的至尊无上的神貌。

清朝后期,面对外强的入侵,清政府采取闭关锁国的政策,国门最终被利炮坚船打开。这时的龙纹形象和善,不再具有神圣不可侵犯的至尊无上的神貌,失去了之前的威武健壮。龙纹的身躯更为臃肿,神态呆滞毫无威严之感,身型线条简化,苍老无力,老态龙钟,四肢无力。之前的龙体盘曲度大，有三波九折之美，而清末时盘曲少了，故显腰体僵硬。正应了当时衰退的政治经济形势一般。

具体而言，清代龙纹的特点为：龙头轮廓同明代类似，但龙的面部平视前方，双眼无神少了精神，多了老年神态，缺少了威严感；龙须的明显特征是呈八字向外展开，无力下坠；龙的毛发不如明代粗壮有力竖起，而是向后飘逸。龙身常扭曲成弓形，其腹下有一段下坠，酷似蛇的腹部，龙身神似元代鱼鳞状，背鳍部分装饰性凸起，同元代、明代背鳍相比弱小萎缩。龙爪因无脚掌显得飘逸腾空，脚趾呈九十度直角，被戏称为"鸡爪"，"鸡爪龙"已失去了龙的威武本性。

赐服

蟒服、飞鱼服、斗牛服、麒麟服之制始于明代，是明代特有的赐服制度。名为"蟒""飞鱼""斗牛""麒麟"，其实都是龙形的变异，蟒龙、飞鱼、斗牛、麒麟都有祥瑞吉兆的含义，明帝国综合利用了它们的祥瑞特点，创造性地使之与龙形发生联系——龙减趾为蟒，龙加翅为飞鱼，龙加角为斗牛，龙缩短为麒麟——并将其成功地应用于服饰装饰，形成独特的赐服现象，为中国古代龙纹使用增添了浓墨重彩的一笔。

蟒服

明沈德符《万历野获编》有载："蟒衣为象龙之服，与至尊所御袍相肖，但减一爪耳。"纵观历代龙纹的变化发展，龙自秦汉至元多为三趾，明清时多为四趾，而到明朝，龙被极端人格化而出现五趾龙，完全比照人类的手足结构发展。但"减一爪"三、四趾的龙，虽被沈德符称为蟒龙，其实仍然是龙。

《万历野获编》载，明朝人臣的赐服一直以坐蟒纹样为最高等级，而"衮龙"二字只能用以称呼皇帝的明黄色的五爪衮龙袍。明朝的龙袍制作工艺繁复，宋应星在《天工开物·乃服篇·龙袍》中说："凡上供龙袍，我朝局在苏、杭。其花楼高一丈五尺，能手两人扳提花本，织来数寸即换龙形。各房斗合，不出一手，赭黄亦先染丝，工器原无殊异，但人工慎重与资本皆数十倍，以效忠敬之谊。其中节目效细，不可得而详考云。"完全是至高权力和至尊身份的象征。

为示隆恩,明成祖永乐时始有赐亲王及他王衮龙袍的先例,被视作"非常之典",但只针对皇帝的亲弟侄。明英宗时期,也赐给一些比较疏远的郡王,已属"滥典"。如果赏赐外国国王或夷王的衣服袍料中有五爪龙纹的,则只称"蟒龙",不称"衮龙",以称谓的不同显示尊卑有别。《朝鲜王朝实录·高宗实录》记载了蟒龙服的使用规制:"(高宗)教曰:'古制胸背圆龙,御用五爪,世子用四爪,世孙用三爪矣。'"《明实录》亦有记载,正德十三年(1518),天方国遣使进贡,武宗便下诏赐予"蟒龙金织衣"。

五爪的蟒龙正式成为"衮龙"之下、蟒之上最高等级的赐服纹样,所以《明史》有"第蟒有五爪、四爪之分"的说法,五爪之蟒即是蟒龙。

五爪蟒龙已属真龙天子的天恩浩荡了,四爪的龙那是绝不能称为"龙"了,洪武初曾有规制,"官自一品至六品,穿四爪龙,以金绣为之",四爪龙统称"蟒"。即使蟒服,一眼望去仍是龙袍,有僭越皇家龙纹,混淆视听,模糊等级之嫌。弘治元年(1488),都御史边镛奏请孝宗禁绝蟒衣:"品官未闻蟒衣之制,诸谙书皆云蟒者大蛇,非龙类。蟒无足无角,龙则角足皆具。今蟒衣皆龙形。宜令内外官有赐者俱缴进,内外机房不许织。违者坐以法。"(明沈德符《万历野获编·补遗》)

飞 鱼

飞鱼来自《山海经·西山经》:

> 泰器之山,观水出焉,西流注于流沙,是多文鳐鱼,状如鲤鱼,鱼身而鸟翼,苍文而白首,赤喙,常行西海游于东海,以夜飞。其音如鸾鸡,其味酸甘,食之已狂,见则天下大穰。

其实,飞鱼就是海上飞鱼,"飞鱼身圆,长丈余,羽重沓,翼如胡蝉"(《太平御览》),这类鱼遭到敌害攻击的时候,会跃出海面,展开羽翼滑翔,似乎有飞翔的本领,平时并不常见,于是被古人认为是吉兆,"见则天下大穰"。

正德年间,好武猎奇的明武宗首次将飞鱼纹引入服饰装饰中,等级仅次于蟒服。飞鱼服上有四爪飞鱼纹"飞鱼类蟒,亦有二角。所谓飞鱼纹,是作蟒形而加鱼鳍鱼尾为稍异飞鱼类蟒,非真作飞鱼形",飞鱼纹身上有鳍、有鳞、有翼、有爪,鱼尾,与龙、蟒以云纹为背景不同的是,飞鱼通常以水纹为背景,是明代锦衣卫、大内太监朝日、夕月、耕藉、视牲所穿赐服,佩绣春刀。除此之外,只有蒙皇帝恩赐,才可穿着,是明代仅次于蟒服的一种二品赐服。

较之蟒服,飞鱼服与龙袍的区别要略微明显一些,因为飞鱼服上的飞鱼有一对很小的羽翼。但即使这样,仍然会时时被误认为是蟒服,甚至皇帝也会看走眼。嘉靖十六年(1537),嘉靖皇帝惊奇地发现兵部尚书张瓒服蟒上朝,"帝怒,谕阁臣夏言曰:'尚书二品,何自服蟒?'言对曰:'瓒所服,乃钦赐飞鱼服,鲜明类蟒耳。'帝曰:'飞鱼何组两角?其严禁之。'"(明沈德符《万历野获编·补遗》)

斗 牛

斗牛原本是天上二十八宿中的斗宿和牛宿,《前赤壁赋》"月出于东山之上,徘徊于斗牛之间"和"气冲斗牛",都是星宿所指。宋人陆佃《埤雅》记载:斗牛"以前像蛇,蛇体如龙"。斗牛纹并非真为牛形,通常是蟒首牛角,头上双角向下弯曲如牛角状,这也是它与蟒纹和飞鱼纹的最大不同。

斗牛纹"身圆长有鳞,麒麟尾,其地位次于飞鱼服"(《明史·舆服志三》),其与蟒服、飞鱼服,因服装的纹饰都与皇帝所穿的龙衮服相似,本不在品官服制度之内,而是明朝内使监宦官、宰辅蒙恩特赏的赐服。斗牛服补子一般为立有功劳,方才得天子赐服,获得这类赐服被认为是极大的荣宠。但在正德十三年(1518),斗牛服为一品官员的常例官服。

麒　麟

传说中麒麟身似鹿，牛尾，狼蹄，周身布满鳞甲，头上肉角，不践草，不食生食，是著名的仁兽，现之则有大吉祥。

麒麟形象实则为缩短版的龙，麒麟纹首见于服饰装饰是在周延载元年（694），武则天赐"左右卫饰以麒麟"（《旧唐书·典服志》）。明代的麒麟服有两种，一种是直接在胸背、两肩和膝襕处织绣麒麟纹，另一种是在官服的补子上装饰麒麟纹样。

明代的麒麟纹一般似龙，双角，龙首、狮尾，身有鳞，只是身长较龙为短。与蟒、飞鱼、斗牛基于想象不同的是，麒麟在明代被张冠李戴为长颈鹿。明成祖永乐十二年（1414）秋，榜葛剌也就是今天的孟加拉国，向大明朝进贡了一只神奇的动物。当时的朝臣看到莫不惊呼，指为传说中的瑞兽麒麟，呼为祥瑞，好一出基于盛世出祥瑞逻辑编造的哄朱棣开心的大戏。明朝画师沈度还郑重其事地把长颈鹿画下来，传为《麒麟图》。

蟒纹、飞鱼纹、斗牛纹、麒麟纹，事实上皆为龙形的变异，主要运用方向是皇帝赐服，以示恩隆甚重，其实质都是龙袍的衍生之物。其逻辑，与大量运用于建筑之上的"龙之九子"有异曲同工之妙——龙在各个能够体现等级、尊崇、权力的细分类别中，都会建立一套龙的变形系统，以随时随地地龙见天下，彰显帝国龙盘稳固、皇帝的天命所归。

麒麟图

第五节 李 白

恣肆、浪漫、飘逸、瑰丽的神仙故事，绝不可忘记李白，那个仙气飘飘的道士兼闪闪发光的诗人。况且，龙，大合诗仙修仙、游仙的性情，作为他笔下的常客，龙在太白恣意的想象和华丽的字词间腾挪隐现，扩展神仙意境，呈现雕龙之姿。

《李白全集》共收录李白存世诗歌 1010 首，其中有 148 首龙现其中，竟然占到总量的七分之一，可见李白对龙是真爱。李白的"仙龙"是跟随李白游仙的主题，《梦游天姥吟留别》中："千岩万转路不定，迷花倚石忽已暝。熊咆龙吟殷岩泉，栗深林兮惊层巅。云青青兮欲雨，水澹澹兮生烟。"诗人以龙吟来反映岩泉震撼，使得诗中的浪漫主义色彩更加浓郁，瀑响作龙吟，更符合诗人"游仙"的心境。

龙形象的使用，亦为李白诗歌插上了夸张豪放的翅膀。《蜀道难》："上有六龙回日之高标，下有冲波逆折之回川。"其中六龙的用典，源于《淮南子》，《淮南子》注云："日乘车，驾以六龙。羲和御之。日至此面而薄于虞渊，羲和至此而回六螭。"大神羲和驾六龙以乘车，载着太阳在天空运行，从扶桑至虞泉循环往复，形成昼夜。李白通过"六龙回日"这个典故体现蜀山之高峻，几乎可以碰到驾驭六龙的羲和，而实际上六龙也可以理解为是太阳。通过这样的描述，不仅可以生动而夸张地描述蜀山之高峻，还给予这种高峻一种仙幻的味道，充满了瑰丽的梦幻色彩，浪漫无过乎诗仙太白。

有统计，与修仙相关的龙意象或者与龙有关的修仙典故在李白诗中共出现了 15 次，其中黄帝于鼎湖乘龙升仙 7 次：

黄帝铸鼎于荆山，炼丹砂。丹砂成黄金，骑龙飞上太清家。(《飞龙引》其一)

后宫婵娟多花颜，乘鸾飞烟亦不还，骑龙攀天造天关。(《飞龙引》其二))

穷兵黩武有如此，鼎湖飞龙安可乘。(《登高丘而望远海》)

鼎湖梦渌水，龙驾空茫然。(《答长安崔少府叔封游终南翠微寺太宗皇帝金沙泉见寄》)

玉浆倘惠故人饮，骑二茅龙上天飞。(《西岳云台歌送丹丘子》)

轩后上天时，攀龙遗小臣。(《送鲁郡刘长史迁弘农长史》)

乘龙天飞，目瞻两角。(《来日大难》)

唐早期，道家文化受到朝廷的重视，道家代表人物老子甚至被尊为帝。《唐会要》载：

> 武德三年五月，晋州人吉善行于羊角山见一老叟，乘白马朱鬣，仪容甚伟，曰："谓吾语唐天子，吾汝祖也。今年平贼后，子孙享国千岁。"高祖异之，乃立庙于其地。乾封元年三月二十日，追尊老君为太上玄元皇帝。至永昌元年却称老君。至神龙元年二月四日，依旧号太上玄元皇帝。至天宝二年正月十五日，加太上玄元皇帝号为大圣祖玄元皇帝。八载六月十五日加号为大圣祖大道玄元皇帝。十三载二月七日加号大圣高上大道金阙玄元皇帝。

李唐尊道家代表人物老子为祖，乃是因为在老子出函谷关之后，曾有化胡一说，而李唐一族就具有胡人血统，加之老子原名李聃，与李唐一族同为李姓，因此李唐王朝便以老子为祖，并尊老子为帝，以示天降正统。

道教自然被尊为国教，李白其道，在自己的诗歌中经常表现出对于修仙得道的仙幻追求。他甚至通过严格的程序成为一名在籍的道士，托身寄情于神仙世界。黄帝乘龙升仙自然成为他的热切关注，并激发了自己得道成仙的向往与憧憬，梦想自己有朝一日"长周旋，蹑星虹，身骑飞龙耳生风，横河跨海与天通"(《元丹丘歌》)。

以双龙化剑、竹杖成龙和龙马的仙幻故事为基底，李白诗中仙龙亦指向剑与马。其中《梁甫吟》一诗写道："张公两龙剑，神物合有时。"张公，指西晋张华。据史书记载，西晋雷焕获得古代名剑干将、莫邪，

第五章 龙见天下

463

把干将送给张华,自留莫邪。后来张华被杀,干将失落。雷焕死后,他的儿子雷华佩带莫邪经过延平津时,剑突然从腰间跃进水中,与早已在水中的干将会合,化作两条蛟龙。这首诗是天宝三年(744)李白离开长安时所写,通过神话传说表达遭受挫折的愤懑,以及期盼得到皇帝赏识重用。以龙喻剑,常在李白的诗歌中出现出现了6次:

宝剑双蛟龙,雪花照芙蓉。(《古风》十六)

赠剑刻玉字,延平两蛟龙。(《洞庭醉后送绛州吕使君果流澧州》)

宁知草间人,腰下有龙泉。(《在水军宴赠幕府诸侍御》)

龙泉解锦带,为尔倾千觞。(《夜别张五》)

金羁络骏马,锦带横龙泉。(《留别广陵诸公》)

万里横戈探虎穴,三杯拔剑舞龙泉。(《送羽林陶将军》)

首先,李白本来就是一个剑客,剑术高明,武功莫测,对于仗剑游历、豪放浪漫的诗人而言,宝剑对其十分重要。"十步杀一人,千里不留行。事了拂衣去,深藏身与名",这种古君子与侠义之风,激荡了李白一辈子,其豪迈、洒脱,古今莫追。以龙喻剑,缘是以此突出宝剑的锋利与珍贵。李白诗歌中的宝剑,首先是李白独立狂傲、英雄建功的标志,"秦王扫六合,虎视何雄哉。挥剑决浮云,诸侯尽西来"(《古风·其三》),"君王按剑望边色,旄头已落胡天空"(《送族弟绾从军安西》),宝剑都透着一股王者风范,隐含着李白心底建功立业的人生追求。

其次,宝剑亦是李白追求自由彰显任侠之风的诗歌意象,《新唐书·文艺列传》记述李白"喜纵横术、击剑,好任侠",他一生都将佩剑携带左右,作为个人剑客标志,"边尘染衣剑,白日凋华发"(《禅房怀友人岑伦》)。

再次,宝剑闲置、"倚剑"是人才埋没失意落魄的隐喻,如"宝书玉剑挂高阁,金鞍骏马散故人"(《猛虎行》),"倚剑增浩叹,扪襟还自怜"(《郢门秋怀》),"长铗归来乎,秋风思归客"(《于五松山赠南陵常赞府》),都透着一股悲凉。宝剑引忧亦解忧,性格乐观的李白亦以剑自娱,"抚长剑,一扬眉,清水白石何离离。脱吾帽,向君笑。饮君酒,为君吟"(《扶风豪士歌》)。

有了宝剑傍身,豪放不羁爱自由的李白,对马的需求是切实而真诚的,他在诗歌中用龙这一形象形容马,先后12次,如"龙马花雪毛,金鞍五陵豪"《白马篇》,"战舰森森罗虎士,征帆一一引龙驹"(《永王东巡歌》),"五马如飞龙,青丝结金络"(《陌上桑》),"朝天数换飞龙马,敕赐珊瑚白玉鞭"(《玉壶吟》)。

诗中的仙龙,可上天入地升天潜渊,神奇无限无所不能,但李白现实中却始终越不过仕途化龙那道龙门。"达则兼济天下,穷则独善其身",诗人一生却耿耿于此不得开怀,"龙门""龙庭""龙堂"等诗中含"龙"地名,是压在他心中的一道道伤口,触之血流。出仕"兼济天下"是李白现实人生中的向往和憧憬,犹如他道士人生中骑龙升仙的理想一样,强烈而无奈,愿望越大失望越大。

李白诗中以"龙"命名的地名在李白的诗歌中出现有25处,其中"龙门"悲伤地出现了5次,"龙潭"出现了3次,"龙山"出现了3次,"龙庭"出现2次,"青龙山"出现2次,"黄龙城""龙沙""龙伯国""白龙潭""龙标""卢龙山""龙池""苍龙门""铜龙楼""龙堂"各出现1次。

单说"龙门":

黄河西来决昆仑,咆哮万里触龙门。(《公无渡河》)

琴奏龙门之绿桐,玉壶美酒清若空。(《前有樽酒行二首·其二》)

朝发汝海东,暮栖龙门中。(《秋夜宿龙门香山寺奉寄王方城十七丈奉国莹上幼成令问》)

欲往泾溪不辞远,龙门鼍波虎眼转。(《泾溪东亭寄郑少府谔》)

李白以《冬夜醉宿龙门,觉起言志》借龙门抒胸臆最为坦荡和心碎:

醉来脱宝剑,旅憩高堂眠。

第五章 龙见天下

中夜忽惊觉，起立明灯前。
开轩聊直望，晓雪河冰壮。
哀哀歌苦寒，郁郁独惆怅。
傅说版筑臣，李斯鹰犬人。
飙起匡社稷，宁复长艰辛。
而我胡为者，叹息龙门下。
富贵未可期，殷忧向谁写。
去去泪满襟，举声梁甫吟。
青云当自致，何必求知音。

该龙门之诗，是开元十九年（731）李白干谒长安两年碰壁后，回家经河南"叹息龙门下"的失意之作，表达了青云直上当靠自己，靠别人上位殊不可行，纯属自寻屈辱和烦恼。但李白仍然信心满满、乐观向上，毕竟，名臣傅说也当过夯土工，李斯也起于鹰犬狩猎人。

开元十八年，李白30岁，已是而立之年，但仕途仍然云断山阻。是年春，李白告别安陆的妻子，取道南阳，西入长安。留诗《凤凰曲》《凤台曲》《秦女休行》《秦女卷衣》谒宰相张说，以期求取进仕之道。逢张说病重，结识其子张垍。寓居终南山玉真公主（玄宗御妹）别馆。献诗给玉真公主，有《怀仙歌》《玉真仙人词》，未能得见玉真公主，逢雨，留诗《玉真公主别馆苦雨赠卫尉张卿二首》。又曾谒见其他王公大臣求荐，均无果。

在长安结识陆调，陆介绍李白去豳州。暮秋，李白游邠州，拜谒邠州司马李粲，希求得到举荐未果；冬游坊州，拜谒坊州司马王嵩，希望得到举荐未果。

开元十九年（731），李白31岁。是年春，李白返回长安，穷愁潦倒，由于干谒无门，与长安少年浪游，日以斗鸡、走狗、饮酒赌博为事。又同"五陵豪"交往，受凌辱，在长安玄武门李白因斗殴惊动宪台，幸被陆调救出。

初夏，离长安，经开封，到宋城。游览古迹梁园，留诗《梁园吟》。秋到嵩山，拜会女道士焦炼师，写诗《赠嵩山焦炼师》以表愿从师学道的心情。恋故元丹丘的山居所在，遂有隐居之意。有诗《题元丹丘山居》《嵩山采菖蒲者》。暮秋，滞留洛阳。留诗《梁甫吟》《行路难》《寄远十二首》。

此间，李白游览了龙门，留诗《冬夜醉宿龙门，觉起言志》。这就是"龙门"诗创作时李白的境遇和心境。

李白诗中的"龙门"，无一例外均指鲤鱼跳龙门的龙门山。"鲤鱼跃龙门"的故事蕴含了人们对于成功的向往，对于一心出仕效国而无门的李白而言，尤为迫切而伤心。"而我胡为者，叹息龙门下"，"龙门"于此已不再是单纯的地名，强烈地突出了诗仙李白不受重用、壮志难酬的无奈与愤慨。

龙门是李白一生都没有翻过去的那道坎。虽然龙在他的诗歌里生龙活虎、上天入地，但他终其一生没有化为龙和骑上龙。但他不知道，他身后，他那些闪闪发光的诗句，像一条条永垂不朽的神龙，一次次龙蹯，把他载上九天，周游天下，不拘山河。

第六节 墨 龙

画龙的功利性目的，主要是为祈雨，宋人刘攽有《画龙》诗云：

> 南人谒雨急画龙，画师放笔为老雄。
> 烟云满壁夺画色，雷电应手生狂风。
> 观者皆惊爪牙动，攫拿意似翻长空。
> 吾疑迅奋出户牖，何事经时留此中。

盛唐名家冯绍正，擅长画龙与水。记载唐玄宗一代杂事的史料笔记《明皇杂录》记载了冯绍正画龙召雨的传奇故事：

唐开元中，关辅大旱，京师阙雨尤甚，亟命大臣遍祷于山泽间，而无感应。上于龙池新创一殿，因召少府监冯绍正，令于四壁各画一龙。绍正乃先于四壁画素龙，奇状蜿蜒，如欲振跃。绘事未半，若风云随笔而生。上及从官于壁下观之，鳞甲皆湿，设色未终，有白气若帘庑间出，入于池中，波涌涛汹，雷电随起，侍御数百人皆见。白龙自波际乘云气而上，俄顷阴雨四布，风雨暴作，不终日而甘霖遍于畿内。

三国时代东吴的曹不兴，是世所公认的画龙顶级高手，据张勃、许嵩《吴录》载，曹不兴在当时以画技名列民间八绝之一。他受聘于孙权，成了一名宫廷画家，他为吴主孙皓画了幅《青溪赤龙图》，画卷传到了南朝刘宋，文帝在位期间，干旱成灾，以此画置于水上祈雨，顿时大雨倾盆，足见曹不兴画龙之传神。刘宋画家陆探微曾见到此轴，尝试将它放置水上，顿时"应时蓄水成雾，累日滂霈"，活生生一条真龙！故南朝齐谢赫说："不兴之迹，殆莫复传。唯秘阁之内，一龙而已。观其风骨，名岂虚成。"

纵观龙画发展史，龙的形象在汉唐时多呈兽形，宋以后渐变为蛇形。最早画龙之人应是"叶公好龙"中的叶公，虽然刘向将叶公刻画成口是心非的虚伪之辈，但历史上的叶公擅画龙确有此事。能以画龙感应真龙现身，足以表明叶公画龙传神，上可通天。

后有东晋大画家顾恺之善画龙，"多才艺，尤工丹青，传写形势，莫不绝妙"。其传世之作《洛神赋图》中，洛神端坐于云车之上，回首顾盼，云车由一神女驾驶，驱使六龙并驾拉车奔行云中；另有一龙从水中跃起，奋爪升腾，颇有气势。图中之龙皆头部略短，双角细长微曲，蛇颈兽躯，形态驯良温顺，一派祥瑞。

到了南北朝，历史上著名的"画龙点睛"的故事出现了，主角是画龙高手张僧繇，唐人李嗣真称他的画"骨法奇伟，师模宏远，岂惟六法精备，实亦万类皆妙。千变万化，诡状殊形"，画龙技术高超。唐张彦远《历代名画记》有载:"武帝崇饰佛寺,多命僧繇画之……又金陵安乐寺四白龙,不点眼睛,每云:'点睛即飞去'。人以为妄诞,固请点之。须臾,雷电破壁,两龙乘云腾去上天,二龙未点睛者见在。"从此,张僧繇声名大噪,"画龙点睛"的成语亦流传至今。

至唐,"(吴)道子画龙,则麟甲飞动,每天雨则烟雾生",《酉阳杂俎》续集也有载:"(长安)西中三门里南门,吴生画龙及刷天王须,笔迹如铁,有执炉天女,窃眸欲语。"生动逼真,笔力遒劲,几可乱真。

宋朝军事积弱,南宋更是偏安一隅,激发出士大夫阶层以龙形、龙势的强势,来浇灭心中屈辱的块垒,寄意国势奋起。北宋的董羽和南宋的陈容,成为画龙顶级大家。

董羽提出了一整套完整的画龙理论《画龙辑议》,被人们称作"三停九似",成为历代画龙的法则。董羽,毗陵(今江苏常州)人,在南唐时是翰林院待诏,跟随李煜到汴京后被降一级使用,为图画院艺学。南唐并入北宋后,董羽既以画龙水知名,宋太宗赵光义就命其画端拱楼下的龙水四壁,"一日上(宋太宗)与嫔御登楼,时皇子尚幼,见画壁惊畏啼呼,亟令朽墁。羽卒不受赏,亦其命也"(《图画见闻志》),董羽用力太深,画龙太过逼真,凶猛恐怖,惊吓了皇子。

宋代之龙,摆脱了祥瑞和神仙坐骑的驯服姿态,而是为求雨的凶恶之态,有宋一代求雨的盛行,激发了画龙的兴盛。北宋官修的《宣和画谱》中单开了"龙鱼"一门,在共计十个门类中排在第五位,排名甚至在山水画之前。

画龙天才陈容,把龙画推到了历史顶点,被后世尊为画龙祖师。据夏文彦《图绘宝鉴》记载:"陈容,字公储,自号所翁,福唐(今福建福清)人。(宋理宗)端平二年(1235)进士,历郡文学,倅临江,入为国子监主簿,出守莆田。贾秋壑(权相贾似道)招致宾幕。无何,醉辄狎侮之,贾不为忤。诗文豪壮善画龙,得变化之意。泼墨成云,噀水成雾。醉余大叫,脱巾濡墨,信手涂抹,然后以笔成之。或全体,或一臂一首,隐约而不可名状者,曾不经意,而得皆神妙。"

陈容画龙，与前所不同，开创了水墨画龙的先河，用笔劲挺粗犷，墨色渲染云雾，或加以海水、闪电，气氛浓烈，强调表现了龙的凶猛、粗野，不像过去那样驯良、优雅。据说陈容画龙的时候必须得拿两坛酒，独处一室，一边喝酒一边酝酿，直到两坛酒喝完，他才趁着醉意和情绪作画，作画的方式也别具一格，他往往是直接把头巾解下来，蘸着墨汁在纸上各种挥洒，然后才开始拿笔细细勾勒，一条活灵活现朦朦胧胧的龙就这样光辉出世。

宋末庄肃谓陈容"善画水龙，得变化隐显之状，罕作具体，多写龙头"，称其善画龙的局部，而且多写变化中具有动感的龙；元人吴澄言其画龙"虽在墙壁绢素之上，如见能飞跃，盖得龙之真也"，是谓陈容画的龙栩栩如生，具有传神之妙。后人以"云蒸雨飞、天垂海立、腾骧天骄、幽怪潜见"来形容他的作品。他的《云龙图》《九龙图》至今被认为是龙画中的上品。

《云龙图》画风较为工整、细腻，署款"所翁作"，图上有其题诗曰："抉河汉，触华嵩。普厥施，收成功。骑元气，游太空。"将作者之诗情与画意融为一体，是其典型的风格。

《九龙图》描绘了险山云雾和湍急的潮水之中，九条形态各异的龙，或攀伏山岩之上，怒目圆睁；或游行于云空之中，雷电云雾掩映；或龙戏水珠、波涛汹涌；或雌雄相待，欲追欲逐；或作势欲搏，霸气外露……九条龙自右往左依次为：

首龙,刚刚从岩穴中飞跃而出,头尾毕露,紧抓巨石,翘首以待。

首龙

次龙,仅露头尾,与缭绕的雾气相容,双目斜视,回眸而望。

次龙

三龙，从岩石上跃起，双目炯炯正视前方，张牙舞爪，神态凌厉。

三龙

四龙，被突如其来的巨浪顺势卷入漩涡，目露精光，左爪紧握明珠，正自奋力。

四龙

五龙、六龙正自搏斗，一龙龙角已脱，猛然腾空警惕监视疾驰的另一龙。

五龙、六龙

七龙，在云海中嬉戏遨游，掩于天地云雾之间。

七龙

八龙,穿过云雾翱翔天空,尾巴若隐若现,有云游天外之姿。

八龙

九龙,则俯身于岩石之上,回望龙局,有历尽风浪劫波的大成之态。

九龙

画卷有清乾隆御笔题文曰:

奇笔惊看陈所翁,画龙性讶与龙通;
劈开硖石倒流水,喷出湫云浮御空。
变化老聃犹可肖,形容居寀讵能工;
干元用九羲爻象,岂在三三拘数中。

作者题记曰:

楚中写凿真龙窥,金陵点眼双龙飞诸梁羽化张亦去,雌雄笈杀刘洞微八轴吴龙不堪挂,醉余吐出胸中画龙门三峡浪如山,从臾涨天声价大飞龙出峡驾春江,九河之势不敢降一龙天池戴赤木,菌蠢猛省云雾邦钧天奇女又遭谪,雷公擘山天地黑玉龙皎皎摩苍崖,蟠蜿似避阳陵客鼾鼻睡起金蛇奔,崭然头角当海门摩牙厉爪攫明月,天吴起舞摇天根云头教子掣金镮,第五图中龙最老两龙遍活黎与蒸,马鬃夜半天瓢倒桃花浪暖透三层,禹门烄绛谁敢登苍髯绛鬣火烧尾,十月霹雳随飞腾蜀侯高卧南阳武,貌出全形奇且古神功收敛待时来,天下苍生望霖雨所翁写出九龙图,笔端妙处世所无远观云水似飞动,即之疑是神所摹宣城龙公生九子,尽入老翁图画里阿谁为我屠双牛,一牛莫着金笼头。九鹿之图跋于涪翁,九马之图赞于坡老,所翁之龙虽非鹿马并然,欲效苏黄二先生赞迹,则余岂敢姑述以志岁月。

迄今存世署款为陈容的画龙作品,计有21件,均是上品。

《云龙图》（明·陈容）

明代龙画最著者，数浙派画家汪肇的写意山水人物画《起蛟图》，画面描绘了主仆二人于狂风骤雨之中行经山径，主人似闻惊雷驻足回首仰视，恰见天际翻滚乌云之中有一条蛟龙奋爪腾云而上。此画笔法老辣、墨气淋漓；所绘情景虽世间所无，却合于情理；它成功地表现了人、雨、龙这三者的关系，给人以身临其境之感。

《起蛟图》（明·汪肇）

第五章　龙见天下

清代画龙高手中,成就最高者是周璕,他画的龙翻腾在云雾里,几至百遍,远处浅、近处深,隐隐隆隆,非常好看。"周璕,江宁人,善丹青。康熙中,以画龙著名。尝以所画张于黄鹤楼,标其价曰'一百两'。有臬司某者,登楼见之,赏玩不置,曰:'诚须一百两。'璕即卷遗之,曰:'某非必欲得百金也,聊以觇世眼耳!公能识之,是某知己也,当为知己赠。'由是遂知名。"

《墨龙图》是其画龙的代表作,画面为一条巨龙隐现于斑斓的云气之中,龙兴祥云,长须巨口、双目如珠,烘染以云雾,几至百遍,浅深远近,隐隐隆隆,诚足悦目。

《墨龙图》(清·周璕)

中国画表现的中国龙,是真正意义上的艺术显性龙见,随着龙与皇权和帝王的捆绑,随着龙作为祥瑞的民间铺排流传,随着龙作为求雨的神性崇拜对象,龙的图画形象不断在华夏土地上流传,形成了可以具象认知的图画肖像,龙画起到了比飞檐、丹陛、染织、服饰、车辇、衾被、诗歌、文字、器皿、装饰上的龙更为直观的传播,图像认知的直接性,激发了广大文化不普及的底层人民,让龙更加通畅地现身天下四维。

第七节 志 龙

志，文字记载。

龙不仅堂皇地出现在二十五史等官修正史和地方志中，更大量地出现在各种志怪、百科、笔记、传奇体例的书本中，除却本书之前已有涉及的各种唐传奇、《太平广记》，更沿着生动、修仙、志怪的故事道路发展，大面积地出现在《夷坚志》《聊斋志异》《子不语》中。

龙以志载的形式在字里行间翻腾涌动、腾挪跌宕，系统而隆重其事地推进龙的传奇故事传播，由此形成以龙为母题的话本和口头交互式兴盛。

奉宋太宗敕命编撰的杂著《太平广记》，为宋初官修四大书之一，取材于汉代至宋初的纪实故事，内容囊括神仙鬼怪、禽兽草木以至僧道人物，其中关于龙的记载较为广泛，“龙”类在《太平广记》中位于418—425卷，有8卷之多，共81条，对于龙的种类、性情、象征意义及与佛道的关系等皆有述及，直接或间接地反映了当时人们对于龙的认识。

由于《太平广记》是一个文本汇编类的著作，其中的龙王形象亦是千姿百态，可作为龙百科，书中记载龙的种类繁多，几乎每一条关于龙的记载都有不同的种类和名称，如“苍龙”条之苍龙，“曹风”“任顼”“周邯”条之黄龙，“江陵姥”条之土龙，“南鄠国”条之毛龙，“五色石”“柳毅”条之赤龙，“震泽洞”条之恶龙、石龙，“震泽洞”“梁武后”“宋云”“五台山池”条之毒龙，“震泽洞”“柳毅”“俱名国”“刘贯词”“凌波女”条之龙女，“齐浣”条之五色蛰龙，“旃然”“豢龙者”条之黑龙，“萧昕”“韦宥”“法喜寺”条之白龙，“任顼”条之骊龙，“许汉阳”条之水龙王，“周邯”“金龙子”条之金龙，“孔威”条之青龙，“郭彦郎”条之乖龙、“汉武帝”条之九色斑龙，“续生”条之猪龙，“水饰图经”条之应龙，“唐玄宗龙马”条之龙马等，另有井龙、雨龙、阎浮龙、潭龙、犀浦龙、安天龙、白蛟、黑蛟等。

龙栖息活动的地方，《太平广义》亦归纳为，一是有水的地方，《管子形势解》记载:"蛟龙,水虫之神者也。乘于水则神立,失水则神废。"江、河、湖、海、池、溪、山涧、井、潭、泽、湫都是龙的住处。"凌波女"条载龙女生活于凌波池中,"妾是陛下凌波池中龙女"。"井龙"条载龙生活于井中:"近井,狮子吼,若不自安。俄顷,风雷大至,有龙出井而去。""史氏子"条载龙生活于溪水:"时暑甚,憩一小溪,忽有一叶大如掌……此必龙也。"二是龙庙、洞窟。南北朝时即有了民间祭祀的龙庙,洞窟是人们根据蛇窟类比而来。"赵齐嵩"条载,赵齐嵩不慎从栈道摔下谷底,看到石窟中飞出一条龙:"须臾,石窟中云气相旋而出。俄而随云有巨赤斑蛇,粗合拱,鳞甲焕然。摆头而双角出,蜿身而四足生,奋迅鬐鬣摇动首尾。乃知龙也。""龙庙"条载:"故相国令狐楚居守北都时,有一龙自庙中出,倾都士女皆纵观。"

《太平广记》中龙的性情,一是至情至性,"柳毅"条中,龙女温柔、多情、勇于追求自由和爱情并且知恩图报。"刘贯词"条中聪慧伶俐的龙妹渠、俊爽重义的龙子霞,都是至情至性之龙。二是恩怨分明,"江陵姥"条中,土龙为了报答江陵姥的喂养之恩,在江陵姥死后,悲痛万分,"及姥死,家人闻土下有声如哭。后人掘地,见一异物蠢然,不测大小,须臾失之。俗谓之土龙"。"释玄照"条载,三条龙想报答释玄照的讲经之恩,"得闻法力,无以为报。或长老指使,愿效微力"。后听从释玄照的建议,在干旱的地方降雨拯救万民,后又在孙思邈的帮助下免受擅自行雨之罪,又将寺庙之前挡住道路的前山移走,以回报孙思邈的救命之恩。"韦思恭"条韦思恭与王生、董生"见一大蛇长数丈",王董二人想要把那条大蛇吃掉,韦思恭劝阻未果,王与董"乃投石而扣蛇且死,縈而归烹之",后来"王与董皆不知所在,韦子于寺廊下无事"。

《太平广记》中的龙,有着常人一般的喜好和禁忌,龙喜欢美玉、空青,以燕子和青泥为食,而忌蜡、铁。"震泽洞"条载"龙畏蜡,爱美玉及空青而嗜燕";《张公洞》条亦载,"旁有青泥数斗……试探咀嚼,觉芳馨,食之遂饱……此龙食也"。"李宣"条也记载了龙嗜好食燕,"盖钓术多以煎燕为饵,果发龙之嗜欲也"。

《太平广记》中的龙，总体呈现出宋前汉后崇龙的传统，视龙见为祥瑞，《太平广记》多取材自魏晋至宋的笔记小说，文人在著书之时，关于龙的形象笔力之所到，必然会受到传统的影响，从而将龙写成传统形象中的尊崇祥瑞之象。"苍龙"条以二苍龙现而应圣人降生；"曹凤"条以黄龙现而赏赐当地官员，逻辑是黄龙吉兆，预示天下太平政治清明；"盐井龙"条明确说"龙之为灵瑞"。

　　和宋前龙的祥瑞之征不同，生活在经济发达的宋朝的龙，更加日常化、生活化、世俗化，不断以各种身边可见形象融入市民、农人生活，并作为司雨之神，和宋朝盛大而频繁的祈雨活动捆绑，深度影响着百姓的生活，在给人们带来祥瑞的同时，也给人造成困扰，于是人们纷纷向其祈求祥瑞、避免灾祸，带着浓厚的时代色彩和生活氛围。这期间的龙，亲民化地活在人们周围，南宋成书的《夷坚志》是洪迈创作的一部志怪小说集，收录当时龙类掌故32条，文字质朴，篇幅简短，记述了龙会幻化成蛇、鱼、犬、牛甚至人的多种形象现身于宋朝人们的日常生活的故事。书名出自《列子·汤问》："大禹行而见之，伯益知而名之，夷坚闻而志之。"

　　"闽丞厅柱"条载，南宋绍兴年间，闽丞薛允功家的厅柱被雷劈断，其原因乃是"薛之子尝见一青蛇入柱下，戏掣其尾不可出。既震，皆疑其物盖龙云"。

　　"大孤龙"条载，郭三益枢密赴长沙过大孤山，天晴无风，江水清泚。舟至中流屹不动。如有物维之者，忽于柁上见小儿。可长五寸，形体皆具，垂两股，夹柁而坐。郭命衣冠焚香，沥酒祷之，有顷化为长蛇，昂首入水中，舟即能去。

　　"济南王生"条载，济南王生路过龙母祠，"睹龙女塑容端丽，心为之动，默念他年娶妻如此，足慰人心。及出门，有巨蛇蟠马鞍上驱之弗去"，巨蛇便是龙女所化，应愿而来。

　　"缙云鲐飞"条载，渔者获巨鲤并献于县，县令将巨鲤烹饪，但鲐至未及食，"忽雰雾昼冥雷雨骤至。盘中鲐缕，舞跃而出。大风彻屋脊……识者以为龙螭之类也"。

第五章　龙见天下

"建昌井中鱼"条载，居民浚治建昌军驿前大井，"得一鱼可三指大，类鲫而眼上赤纹色如金，头有两角，细而坚硬……皆疑以为龙类云"。

"宣和龙"条载，宣和元年（1119），开封县前茶肆家晨起拂拭案榻，见一龙"若犬蹲其旁"，待到天亮后再视之，乃"有声如牛……鳞色苍黑，首如牛，两颊如鱼头"。

"宗立本小儿"条载，宗立本夫妇收留一个六七岁小儿，该小儿聪慧异常，"每览读文书，一过辄忆，又能把巨笔作一丈阔字，篆隶草不学而成，见名贤古帖墨迹，稍加摹临，必曲尽其妙"，后逢一胡僧，才知此小儿乃是五台山五百小龙之一，失之三岁矣。

宋朝的龙，已经摆脱通天神使和神仙坐骑的身份，成为司雨之神，有宋一代，祈雨为盛，前文亦有涉及。宋书《夷坚志》中的龙，自然有龙见水盛甚至水灾的搭配。"湖口龙"条载，有人因携妓入龙王庙饮酒而触怒龙神，"北风大作，白浪涌起如屋，见向所谓山者，乃大赤斑龙……舟覆者数十艘，沉士卒数十人，巨商同宗行者亦多溺死"。"程师回"条载，龙因程师回"击鼓吹笛奏蕃乐，烧油炸鱼"，于是"风忽暴起，暗雾四合……多腾入舟，舟必覆"。"大孤山龙"条载，陈晦叔辉行舟经过吴城庙谒礼不敬，至晚乃有"风涛之变，双桅皆折"，又不肯祭龙，因而触怒龙神，使得"天地斗暗，雷电风雨总至，对面不辨色，白波连空"。"皇甫自牧"条载，皇甫自牧泛舟江上，由于"袒裼不冠屦"而冒犯龙招致水难。

至清，奇幻委曲、诙谐曼妙的《聊斋志异》志魔、志幻、志神、志仙，自然不会漏过龙兽。《聊斋志异》中涉及龙兽的作品计有十余篇，从中可以看到清朝龙的模样。但和狐仙等仙物相比，《聊斋志异》的龙多以猎奇为主，并没有完全体现蒲松龄写鬼写人、刺贪刺虐的鬼怪特点。

"猪婆龙"条写猪婆龙即鼍，曰"形似龙而短，能横飞"，意即龙的外形则较鼍长一些；"西僧"条突出刻画龙角"二龙交角对口"，"龙"条描摹龙足"鳞甲张动，爪中抟一人头"。在传统龙兽外形的基础上，丰富了清代民间有关龙兽的想象。

祈雨在清代仍十分盛行,推动着龙司雨之神的形象完善和善变、布雨的神幻魔力。首先,能大能小,自是神龙天性,"蛰龙"条载蛰龙如欲变幻至大者,单一龙头便如巨瓮,"头大如瓮,身数十围",更有甚者"以八十席围之,未能周身"(《龙无目》)。至于欲变幻至小者,蒲松龄的刻画更为活灵活现,可"细裁如箸"(《龙戏珠》),亦可"细裁如蚓"(《龙》),或形似小蛇(《龙》),更有甚者,可细小如麦芒、赤线,蛰伏于人目中:"有民妇适野,值大风,尘沙扑面。觉一目眯,如含麦芒,揉之吹之,迄不愈。启睑而审视之,睛固无恙,但有赤线蜿蜒于肉分。"(《龙》)。其次,龙善变的神性特征还表现在可以自由幻化成其他动物,如化身为蛇(《龙》《龙戏蛛》)、猪婆龙(《西湖主》)、鱼(《雹神》)等。

如此神性,不仅可呼风唤雨,拥有自然神性,亦能干预人间事务,惩戒恶人或纵凶作恶,具有社会神性。

自然神性方面,"疲龙"条载因行云施雨过度疲劳而坠海的龙形象:"龙半浮半沉,仰其首,以舟承颔;睛半含,嗒然若丧。"龙的出现往往是风雨从之,云雷相伴,"老龙舡户"条载:古时粤东多无头冤案,城隍托梦于巡抚助其断案,却又不言明真凶,仅留暗语提示,其中有句"天际生云"。巡抚夜不能寐,辗转反侧而后顿悟"生云者,龙也"。

社会神性方面,"博兴女"条载,一恶霸强抢民女欺之不成,便缢杀之,女子家人寻之不得无计可施之时,"天忽雨,雷电绕豪家,霹雳一声,龙下攫豪首去。天晴,渊中女尸浮出,一手捉人头审视,则豪头也"。"龙戏蛛"条载,二龙无端作恶,将"廉政爱民"的齐东令徐公家中共七人击死,异史氏浩叹:"奈何以循良之吏,罹此惨毒?"

受《聊斋志异》风行的影响,在搜集民间奇人逸闻的基础上,袁枚编纂而成的一部志怪小说《子不语》,"广采游心骇耳之事,妄言妄听,记而存之",专门记载鬼怪神异故事,其中有许多关于龙的传闻逸事,对古代龙形象做了一次汇总,大部分龙充当了守护神的角色,反映了民众渴求庇护的心态,而恶龙和毒龙的肆意作祟则带有隐喻的成分,暗指权力黑暗、民生多艰。

传统文化龙形象所指,一是基于龙图腾崇拜的皇权象征,二是上古神兽祥瑞的化身,三是民间灾祸与邪恶的代表。《子不语》中的龙形象是在以上三种传统形象基础之上融合多种时代因素的产物,书中涉龙故事主要有《龙护高家堰》《吕道人驱龙》《李通判》《赌钱神号迷龙》《夜叉偷酒》《霹雳脯》《秃尾龙》《摸龙阿太》《龙阵风》《梦中联句》《龙母》《青龙党》《山阴风灾》《太白山神》《三种旱魃》《指上栖龙》十六篇。十六篇故事中的龙形象风格迥异,在一定程度上体现了清朝中叶人们对于龙的认知。

龙兽作为依据典籍和传说衍生出来的神物,其神力承载了先民对安宁生活的向往,反映了他们渴望得到庇佑的心理。

"指上栖龙"条,萃里民王兴的左手大指"著红纹,形纡曲,仅寸许,可五六折",小小一处指尖竟为应龙所栖。雷雨之时,龙应声遁入云端,而"雷雨晦冥,龙来哀号,声若牛吼",可见龙兽的体型可大可小。

"秃尾龙"条,乡人但凡"祈晴祷雨",就会无所不应,龙不仅可以操纵天气,而且能判别人心、德怨分明,秃尾龙就对慈母和恶父的态度大相径庭。"白龙潭"条,白龙化身为人投宿,临走前留下一水缸的黄金作为回报,有君子之风。

龙不仅有勇猛威武之力,杭州恶少在背上纹小青龙,号称"青龙党",借龙之名横行乡里;而且,龙还具有治病辟邪的本领,得精气所化的"烟龙",就有"疗怯"之效,足使"一切毒虫皆不敢近"。

纪晓岚也记述狐鬼神怪故事,辑成《阅微草堂笔记》,以乡野怪谈推行自我价值观,以或有或无的因果、或是或非的报应,彰显善恶有报因而劝善惩恶。对于龙的故事,《阅微草堂笔记》所涉不多,但总体而言都把龙描写为人的对立面,并无曲折故事,多为志怪的描述性演义,如说明雨分天雨和龙雨,江河中的蛟龙头如羊头、牛头,清风明月夜见龙飞掠天空,山中巨蛇吸鸟吞食等。而对于龙性至淫,纪晓岚编撰了一个乡野故事,对龙进行了无情的讽刺,可谓揭皮诛心,殊为有趣。

纪晓岚生活的年代,正值乾隆盛世,君臣都油然有一种天朝心态,睥睨世界。而西方科技的迅速发展,虽然不被清朝接纳,但世界科技进步的浪潮,多多少少冲刷着清朝上下,外国的望远镜、自鸣钟、写字机器人等都传进了紫禁城,实现了中国神话里的千里眼,刷新了传统上的计时日晷、毛笔书写等传统,同时亦有意识和无意识地冲击着传统观念。纪晓岚作为可接触乾隆帝的朝臣,作为《四库全书》的编撰者,其被新生的科技潮流影响概莫能外,因为纪作为帝国文魁,因而掌握着帝国文化的话语权,通过其著作《阅微草堂笔记》,自然流露出他所受的思想影响。龙之所以被其无情嘲弄,失去了往日的神性光辉和无上尊严,那必是纪晓岚心智被科学开化,眼光已经剥离了笼罩在龙身上的神圣光芒,作为一只具有强大力量的动物,不再被远敬而顶礼膜拜,可以近亵而嬉笑怒骂。

时代潮流滚滚向前,依靠玄幻神光笼罩、万民奉若神明而生存的龙,正被文明进步不断侵蚀生存土壤,最终融入新的文明,经过科学的过滤和文化的融合,抽离成为中华民族的精神图腾和意识符号,不再是那个高高在上的神。

龙的时代,就此一去不复返。

附1:

《太平广记》(龙一至龙八)

418卷·龙一

苍 龙

孔子当生之夜,二苍龙亘天而下,来附徵在之房,因而生夫子。有二神女擎香露,空中而来,以沐浴徵在。(《王子年拾遗记》)

曹 凤

后汉建武中,曹凤字仲理,为北地太守。政化尤异。黄龙见于九里谷高冈亭,角长二丈,大十围,梢至十余丈。天子嘉之,赐帛百匹,加

秩中二千石。(《水经注》)

张鲁女
张鲁之女，曾浣衣于山下，有白雾蒙身，因而孕焉。耻之自裁。将死，谓其婢曰："我死后，可破腹视之。"婢如其言，得龙子一双，遂送于汉水。既而女殡于山。后数有龙至，其墓前成蹊。(《道家杂记》)

江陵姥
江陵赵姥以沽酒为业。义熙中，居室内忽地隆起，姥察为异。朝夕以酒酹之。尝见一物出头似驴，而地初无孔穴。及姥死，家人闻土下有声如哭。后人掘地，见一异物蠢然，不测大小，须臾失之。俗谓之土龙。(《渚宫旧事》)

甘宗
秦使者甘宗所奏西域事云，外国方士能神咒者，临川禹步吹气，龙即浮出。初出，乃长数十丈。方士吹之，一吹则龙辄一缩。至长数寸，乃取置壶中，以少水养之。外国常苦旱灾，于是方士闻有（"有"原作"而"，据明抄本、陈校本改）旱处，便赍龙往，出卖之。一龙直金数十斤。举国会敛以顾之。直毕，乃发壶出龙，置渊中。复禹步吹之，长数十丈。须臾雨四集矣。(《抱朴子》)

南鄡国
南鄡国有洞穴阴源，其下通地脉，中有毛龙毛鱼。时蜕骨于旷泽之中。鱼龙同穴而处。其国献毛龙一于殷。殷（《王子年拾遗记》"于殷殷"作"雌一雄殁"。按事应在舜时，"殷"字讹。）置豢龙之官。至夏代不绝。因以命族。至禹导川，及四海会同，乃放于洛汭。(《拾遗录》)

龙场
《王子年拾遗记》曰：方丈山东有龙场，地方千里，龙皮骨如山阜，布散百余顷。《述异记》："晋宁县有龙葬洲。父老云，龙蜕骨于此洲，其水今犹多龙骨。按山阜冈岫，能兴云雨者。皆有龙骨。或深或浅，多在土中。齿角尾足，宛然皆具。大者数十丈，或盈十围。小者才一二尺，或三四寸。体皆具焉。尝因采取见之。""蝉生于腹育，开背而出，必因雨而蜕，如蛇之蜕皮云。"近蒲洲人家，拆草屋，于栋上得龙骨长

一丈许，宛然皆具。(《感应经》)

五色石

天目山人全文猛于新丰后湖观音寺西岸，获一五色石大如斗。文彩盘虋，如有夜光。文猛以为神异，抱献之梁武。梁武喜，命置于大极殿侧。将年余，石忽光照廊庑，有声如雷。帝以为不祥，召杰公示之。对曰："此上界化生龙之石也，非人间物。若以洛水赤砺石和酒合药，煮之百余沸，柔软可食。琢以为饮食之器，令人延寿。福德之人，所应受用。有声者，龙欲取之。"帝令驰取赤石。如其法，命工琢之以为瓯，各容五斗之半，以盛御膳。香美殊常。以其余屑，置于旧处。忽有赤龙，扬须鼓鬣，掉尾入殿，拥石腾跃而去。帝遣推验。乃是普通二年，始平郡石鼓村，斗龙所竞之石。其瓯遭侯景之乱，不知所之。(《梁四公记》)

震泽洞

震泽中，洞庭山南有洞穴深百余尺。有长城乃仰公睺误堕洞中，旁行，升降五十余里，至一龙宫。周围四五里，下有青泥至膝，有官室门阙。龙以气辟水，霏如轻雾，昼夜光明。遇守门小蛟龙，张鳞奋爪拒之，不得入。公睺在洞百有余日，食青泥，味若粳米。忽仿佛说得归路，寻出之。为吴郡守时，乃具事闻梁武帝。帝问杰公。公曰："此洞穴有四枝：一通洞庭湖西岸，一通蜀道青水浦北岸，一通罗浮两山间穴溪，一通枯桑岛东岸。益东海龙王第七女掌龙王珠藏，小龙千数卫护此珠。龙畏蜡，爱美玉及空青而嗜燕。若遣使信，可得宝珠。"帝闻大嘉。乃诏有能使者，厚赏之。有会稽郡鄞县白水乡郎庾毗罗请行。杰公曰："汝五世祖烧杀鄞县东海谭之龙百余头，还为龙所害。汝龙门之冤也，可行乎？"毗罗伏实，乃止。于是合浦郡洛黎县瓯越罗子春兄弟二人，上书自言："家代于陵水罗水龙为婚，远祖黐能化恶龙。晋简文帝以臣祖和化毒龙。今龙化县，即是臣祖住宅也。象郡石龙，刚猛难化，臣祖化之。化石龙县是也。东海南天台湘川彭蠡铜鼓石头等诸水大龙，皆识臣宗祖，亦知臣是其子孙。请通帝命。"杰公曰："汝家制龙石尚在否？"答曰："在。谨赍至都，试取观之。"公曰："汝石但能制微风雨召戎虏之龙，不能制海王珠藏之龙。"又问曰："汝有西海龙脑香否？"曰：

"无。"公曰:"奈之何御龙?"帝曰:"事不谐矣。"公曰:"西海大船,求龙脑香可得。昔桐柏真人数扬道义,许谧、茅容乘龙,各赠制龙石十斤。今亦应在,请访之。"帝敕命求之。于茅山华龙隐居陶弘景得石两片。公曰:"是矣。"帝敕百工,以于阗舒河中美玉,造小函二,以桐木灰发其光,取宣州空青,汰其甚精者,用海鱼胶之,成二缶。火烧之,龙脑香寻亦继至。杰公曰:"以蜡涂子春等身及衣佩。"又乃赍烧燕五百枚入洞穴,至龙宫。守门小蛟闻蜡气,俯伏不敢动。乃以烧燕百事赂之,令其通问。以其上上者献龙女,龙女食之大嘉。又上玉函青缶,具陈帝旨。洞中有千岁龙能变化,出入人间,有善译时俗之言。龙女知帝礼之,以大珠三、小珠七、杂珠一石,以报帝。命子春乘龙,载珠还国,食顷之间便至。龙辞去,子春荐珠。帝大喜。得聘通灵异,获天人之宝。以珠示杰公。杰公曰:"三珠,其一是天帝如意珠之下者,其二是骊龙珠之中者。七珠,二是虫珠,五是海蚌珠,人间之上者。杂珠是蚌蛤等珠,不如大珠之贵。"帝遍示百僚,朝廷咸谓杰公虚诞,莫不诘之。杰公曰:"如意珠上上者,夜光照四十余里;中者十里;下者一里。光之所及,无风雨雷电水火刀兵诸毒厉。骊珠上者,夜光百步;中者十步;下者一室。光之所及,无蛇虺豸之毒。虫珠,七色而多赤,六足二目,当其凹处,有白如铁鼻。蚌珠五色。皆有夜光,及数尺。无瑕者为之上,有瑕者为下。珠蚌五,于时与月盈亏。蛇珠所致,隋侯唅参,即其事也。"又问蛇鹤之异。对曰:"使其自适。"帝命杰公记蛇鹤二珠。斗余杂珠,散于殿前。取大黄蛇玄鹤各十数,处布珠中间。于是鹤衔其珠,鸣舞徘徊;蛇衔其珠,盘曲宛转。群臣观者,莫不叹服。帝复出如意龙虫等珠,光之远近。七九八数。皆如杰公之言。子春在龙宫得食,如花如药。如青如饴,食之香美。赍食至京师,得人间风日,乃坚如石,不可咀咽。帝令秘府藏之。拜子春为奉车都尉,二弟为奉朝请,赐布帛各千匹。追访公睐往不为龙害之由,为用麻油和蜡,以作照鱼衣,乃身有蜡气故也。(《梁四公记》)

梁武后

梁武郗皇后性妒忌。武帝初立,未及册命,因忿怒。忽投殿庭井

中。众趋井救之，后已化为毒龙，烟焰冲天，人莫敢近。帝悲叹久之，因册为龙天王，便于井上立祠。(《两京记》)

刘 甲

宋刘甲居江陵。元嘉中，女年十四，姿色端丽，未尝读佛经，忽能暗诵法华经。女所住屋，寻有奇光。女云，已得正觉，宜作二七日斋。家为置高座，设宝帐。女登座，讲论词玄。又说人之灾祥，诸事皆验。远近敬礼，解衣投宝，不可胜数。衡阳王在镇，躬率参佐观之。经十二日，有道士史玄真曰："此怪邪也。"振褐往焉。女即已知，遣人守门。云："魔邪寻至，凡着道服，咸勿纳之。"真变服奄入。女初犹喝骂，真便直前，以水洒之，即顿绝，良久乃苏。问以诸事，皆云不识。真曰："此龙魅也。"自是复常，嫁为宣氏妻。(《渚宫旧事》)

宋 云

后魏宋云使西域，至积雪山，中有池，毒龙居之。昔三（明抄本"三"作"五"）百商人止宿池侧，值龙忿怒，泛杀商人。果阤王闻之，舍位与子，向乌场国学婆罗门咒。四年之中，善得其术。还复王位，就池咒龙。龙化为人，悔过向王。王即从之。(《洛阳伽蓝记》)

蔡 玉

弘农郡太守蔡玉以国忌日于崇敬寺设斋。忽有黑云甚密，从东北而上，正临佛殿。云中隐隐雷鸣。官属犹未行香，并在殿前，聚立仰看。见两童子赤衣，两童子青衣，俱从云中下来。赤衣二童子先至殿西南角柱下，抽出一白蛇身长丈余，仰掷云中。雷声渐渐大而下来。少选之间，向白蛇从云中直下，还入所出柱下。于是云气转低着地。青衣童子乃下就住，一人捧殿柱，离地数寸。一童子从下又拔出一白蛇长二丈许，仰掷云中。于是四童子亦一时腾上，入云而去。云气稍高，布散遍天。至夜。雷雨大霽，至晚方霁。后看殿柱根，乃蹉半寸许，不当本处。寺僧谓此柱腹空。乃凿柱至心，其内果空，为龙藏隐。(《大业拾遗记》)

李 靖

唐卫国公李靖，微时，尝射猎灵山中，寓食山中。村翁奇其为人，每丰馈焉，岁久益厚。忽遇群鹿，乃遂之。会暮，欲舍之不能。俄而阴

第五章 龙见天下

晦迷路，茫然不知所归，怅怅而行，因闷益甚。极目有灯火光，因驰赴焉。既至，乃朱门大第，墙宇甚峻。扣门久之，一人出问。靖告迷道，且请寓宿。人曰："郎君已出，独太夫人在。宿应不可。"靖曰："试为咨白。"乃入告。复出曰："夫人初欲不许，且以阴黑，客又言迷，不可不作主人。"邀入厅中。有顷，一青衣出曰："夫人来。"年可五十余，青裙素襦，神气清雅，宛若士大夫家。靖前拜之。夫人答拜曰："儿子皆不在，不合奉留。今天色阴晦，归路又迷，此若不容，遣将何适。然此乃山野之居，儿子还时，或夜到而喧，勿以为忧。"既而食。颇鲜美，然多鱼。食毕，夫人入宅。二青衣送床席裯褥，衾被香洁，皆极铺陈，闭户系之而去。靖独念山野之外，夜到而闹者何物也？惧不敢寝，端坐听之。夜将半，闻扣门声甚急。又闻一人应之，曰："天符，报大郎子当行雨。周此山七百里，五更须足。无慢滞，无暴厉。"应者受符入呈。闻夫人曰："儿子二人未归，行雨符到，固辞不可。违时见责。纵使报之，亦以晚矣。僮仆无任专之理，当如之何？"一小青衣曰："适观厅中客，非常人也。盍请乎？"夫人喜。因自扣其门曰："郎觉否？请暂出相见。"靖曰："诺。"遂下阶见之。夫人曰："此非人宅，乃龙宫也。妾长男赴东海婚礼，小男送妹，适奉天符，次当行雨。计两处云程，合逾万里。报之不及，求代又难，辄欲奉烦顷刻间。如何？"靖曰："靖俗人，非乘云者。奈何能行雨？有方可教，即唯命耳。"夫人曰："苟从吾言，无有不可也。"遂敕黄头，鞚青骢马来。又命取雨器，乃一小瓶子，系于鞍前。戒曰："郎乘马，无勒衔勒，信其行。马跑地嘶鸣，即取瓶中水一滴，滴马鬃上。慎勿多也。"于是上马腾腾而行，倏勿渐高，但讶其隐疾，不自知其云上也。风急如箭，雷霆起于步下。于是随所跃，辄滴之。既而电掣云开，下见所憩村。思曰："吾扰此村多矣。方德其人，计无以报。今久旱，苗稼将悴。而雨在我手，宁复惜之？"顾一滴不足濡，乃连下二十滴。俄顷雨毕，骑马复归。夫人者泣于厅曰："何相误之甚！本约一滴，何私下二十尺之雨？此一滴，乃地上一尺雨也。此村夜半，平地水深二丈。岂复有人？妾已受谴，杖八十矣。"但视其背，血痕满焉。儿子亦连坐。奈何？靖惭怖，不知所对。夫人复曰："郎君世间人，不识云雨之变，诚不敢恨。只恐龙师来寻，有所惊恐，宜速去此。然而劳烦，未有以报，山居无物，有二奴奉赠。总取亦可，取一亦可。唯意所择。"于是命二奴出来。一奴从东廊出，仪貌和悦，怡怡然。一奴从西廊出，愤气勃然，拗怒而立。靖曰："我猎徒，以斗猛事。今但取一奴，而取悦者，人以我为怯也。"因曰："两人皆取则不敢。夫人既赐，欲取怒者。"夫人微笑曰："郎之所欲乃尔。"遂揖与别，奴亦随去。出门数步，回望失宅，顾问其奴，亦不见矣。独寻路而归。及明，望其村，水已极目，大树或露梢而已，不复有人。其后竟以兵权静寇难，功盖天下。而终不及于相。岂非取奴之不得乎？世言关东出相，关西出将，岂东西喻邪？所以言奴者，亦下之象。向使二奴皆取，即极将相矣。（《续玄怪录》）

419卷·龙二

柳毅（见前文）。

420卷·龙三

俱名国

僧祇律云，佛住舍卫城南方。有邑名大林，时有商人驱八牛到北方俱名国。有一商人在泽中牧牛。时有离车捕龙食之，捕得一龙，离车穿鼻牵行。商人问离车："今汝牵此龙何用？"云："我将杀而为啖。"商人欲以一牛易之，捕者邀至八牛，方许。商人即放龙令去。既而复虑离车追逐，复捕取放别池中。龙忽变为人，语谓商人曰："君施我命，今欲报恩，可共入宫，当报大德。"商人答言："龙性率暴，嗔恚无常，或能杀我。"答云："不尔。前人系我，我力能杀彼人。但以我受菩萨法，都无杀心。何况君今施我寿命，顾当加害。若不去者，少住此中。我先往扫除。"商人后入宫内，见龙门边，二龙系在一处。因问汝为何被系。答言："此龙女半月中，三日受斋法。我兄弟守护此龙女，不为坚固，为离车所捕。以是被系。"龙女俄出，呼商人入宫坐宝床上。龙女言："龙中有食，能尽寿而消者，有二十年消者。有七年消者，有阎浮提人食者。未知君欲何食。"答言:"须欲阎浮提食。"即时种种饮食俱备。商人问龙女:"此龙何故被系?"龙女言:"此有过,我欲杀之。"商人言:"汝莫杀。""乃言不尔,要当杀之。"商人言:"汝放彼者,我当食耳。"复言曰:"不得直放之,当罚六月,摈置人间。"商人见龙宫中,宝物庄严饰宫殿,即问:"汝有如是庄严,因受菩萨何为?"答言:"我龙法有五事苦。何等为五?谓生时、眠时、淫时、嗔时、死时。一日之中,三过皮肉落地,热沙簸身。"商言:"汝欲何求耶?"答言:"人道中生,为畜生苦不知法,故欲就如来出家。"龙女即与八饼金,言此金足汝父母眷属终身用之不尽。复言汝合眼。即以神变持着本国,以八饼金与父母。曰:"此是龙金。"说已更生尽寿用之不可尽。时思念仁慈不得不行,暂救龙女,恩报弥重;况持大斋,受福宁小?

释玄照

释玄照修道于嵩山白鹊谷,操行精悫,冠于缁流。常愿讲《法华经》千遍,以利于人。既讲于山中,虽沍寒酷热,山林险邃,而来者恒满讲席焉。时有三叟,眉须皓白,容状瑰异,虔心谛听。如此累日。玄照异之。忽一旦,晨谒玄曰:"弟子龙也,各有所任,亦颇劳苦,已历数千百年矣。得闻法力,无以为报,或长老指使,愿效微力。"玄照曰:"今愆阳经时,国内荒馑,可致甘泽,以救生灵。即贫道所愿也。"三叟曰:"召云致雨,固是细事。但雨禁绝重,不奉命擅行,诛责非细,身首为忧也。试说一计,庶几可矣。长老能行之乎?"玄照曰:"愿闻其说。"三叟曰:"少室山孙思邈处士道高德重,必能脱弟子之祸,则雨可立致矣。"玄照曰:"贫道知孙处士之在山也,而不知其所行,又何若此邪?"三叟曰:"孙公之仁,不可诊度,着千金翼方,惠利济于万代,名已籍于帝官,诚为贵真也。如一言救庇,当保无恙。但长老先与之约,如其许诺,即便奉依。"即以拯护之方,授于玄照。玄照诣思邈所居,恳诚祗谒,情礼甚谨。坐定久之,乃曰:"处士以贤哲之度,济拔为心,今者亢阳,寸苗不植,嗷嗷百姓,焦枯若此,仁哲之用,固在于今。幸一开恩,以救危歉。"思邈曰:"仆之无堪,遁弃山野,以何功力,济于人也?苟有可施,固无所吝。"玄照曰:"贫道昨遇三龙,令其致雨。皆云,不奉上帝之命,擅行雨者,诛罪非轻。唯处士德尊功大,救之则免。特布腹心,仰希裁度。"思邈曰:"但可施设,仆无所惜。"玄照曰:"既雨之后,三龙避罪,投处士后沼中以隐。当有异人捕之,处士喻而遣之,必得释罪矣。"思邈许之。玄照归,见三叟于道左,玄照以思邈之旨示之。三叟约一日一夜,千里雨足,于是如期泛洒,泽甚广被。翌日,玄照来谒思邈。对语之际,有一人骨状殊异,径往后沼之畔,喑哑叱咤。斯须,水结为冰。俄有三獭,二苍一白,自池而出。此人以赤索系之,将欲挚去。思邈召而谓曰:"三物之罪,死无以赎。然昨者擅命,是鄙夫之意也,幸望脱之。兼以此诚上达,恕其重责也。"此人受教,登时便解而释之,携索而去。有顷,三叟致谢思邈,愿有所酬。孙曰:"吾山谷之中,无所用者,不须为报。"回诣玄照,愿陈力致效。玄照曰:"山中一食一衲,此外无阙,不须酬也。"三叟再为请。玄照因言,前山当路,不便往来,却之可否?三叟曰:"固是小事耳。但勿以风雷为责,即可为之。"是夕,雷霆震击。及晓开霁,寺前豁然,数里如掌。三叟复来,告谢而去。思邈至道,不求其报,尤为奇特矣。(《神仙感遇传》)

王景融

唐前侍御史王景融,瀛州平舒人也。迁父灵柩就洛州,于埏道掘着龙窟,大如瓮口。景融俯而观之,有气如烟直上,冲其目,遂失明。旬日而卒。(《朝野佥载》)

凌波女

玄宗在东都,昼寝于殿,梦一女子容色浓艳,梳交心髻,大袖广裳,拜于床下。上曰:"汝是何人?"曰:"妾是陛下凌波池中龙女,卫宫护驾,妾实有功。今陛下洞晓钧天之音,乞赐一曲,以光族类。"上于梦中为鼓胡琴,拾新旧之声为《凌波曲》。龙女再拜而去。及觉,尽记之。因命禁乐。自("自"字原阙,据明抄本补)与琵琶,习而翻之。遂宴从官于凌波宫,临池奏新曲。池中波涛涌起复定,有神女出于波心,乃昨夜之女子也。良久方没。因遣置庙于池上,每岁祀之。(《逸史》)

陶岘

陶岘者，彭泽令孙也。开元中，家于昆山。富有田业。择家人不欺能守事者，悉付之家事。身则泛游于江湖，遍行天下。往往数载不归。见其子孙成人，皆不辨其名字也。岘之，文学可以经济。自谓疏脱，不谋仕宦。有知生者通于八音，命陶人为甓，潜记岁时，取其声，不失其验。尝撰《集乐》录八音，以定音之得失。自制三舟，备极空巧。一舟自载，一舟置宾，一舟贮饮馔。客有前进士孟彦深、进士孟云卿、布衣焦遂，各置仆妾共载。而岘有夕乐一部，常奏清商曲。逢其山泉，则穷其境物，乘兴春行。岘且名闻朝廷，又值天下无事，经过郡邑，无不招延。岘拒之曰："某麋鹿闲人，非王公上客。"亦有未招而诣者。系水仙（《甘泽谣》"系水仙"作"系方伯"）之为人，江山之可驻耳。吴越之土，号为水仙。曾有亲戚为南海守，因访韶石而往省焉。郡守喜其远来，赠钱百万。及遇古剑，长二尺许，又玉环，径四寸，及海船昆仑奴名摩诃，善游水而勇捷，遂悉以钱而贯之。曰："吾家至宝也。"乃回棹，下白芷，入湘江。每遇水色可爱，则遗剑环于水，命摩诃取之，以为戏乐。如是数岁。因渡巢湖，亦投剑环，而令取之。摩诃才入，获剑环而便出曰："为毒蛇所啮。"遽刃去一指，乃能得免。焦遂曰："摩诃所伤，得非阴灵怒乎？盖水府不欲人窥也。"岘曰："敬奉喻。然某常慕谢康乐之为人。云终当乐死山水，但徇所好，莫知其他。且栖迟逆旅之中，载于大块之上，居布素之贱，擅贵游之欢，浪迹怡情仅三十载，固亦分也。不得升玉墀见天子，施功惠养，逞志平生，亦其分也。"乃命移舟曰："要须一到襄阳山，便归吴郡也。"行次西塞山，维舟吉祥佛舍。见江水黑而不流，曰："此必有怪物。"乃投剑环，命摩诃下取，见汩没波际，久而方出，气力危绝，殆不任持。曰："剑环不可取也。有龙高二丈许，而剑环置前，某引手将取，龙辄怒目。"岘曰："汝与剑环，吾之三宝。今者二物既亡，尔将安用？必须为吾力争之也。"摩诃不得已，被发大呼，目眦流血，穷泉一入，不复还也。久之，见摩诃肢体磔裂，污于水上。如有示于岘也。岘流涕水滨，乃命回棹。因赋诗自叙，不复议游江湖矣。诗曰："匡庐旧业自有主，吴越新居安此生。白

发数茎归未得，青山一望计还程。鹤翻枫叶夕阳动，鹭立芦花秋水明。从此舍舟何所诣，酒旗歌扇正相迎。"（《甘泽谣》）

齐　浣

唐开元中，河南采访使汴州刺，使齐浣以徐城险急，奏开十八里河，达于青水，平长淮之险。其河随州县分掘。亳州真源县丞崔延祎纠其县徒，开数千步，中得龙堂。初开谓是古墓，然状如新筑净洁。周视，北壁下有五色蛰龙长丈余，头边鲤鱼五六枚，各长尺余。又有灵龟两头，长一尺二寸，眸长九分，如常龟。祎以白开河御史邬元昌，状上齐浣。浣命移龙入淮，取龟入汴。祎移龙及鱼二百余里，至淮岸，白鱼数百万跳跃赴龙，水为之沸。龙入淮喷水，云雾杳冥，遂不复见。初将移之也，御史锡拔其一须。元昌差网送龟至宋，遇水泊，大龟屡引颈向水。网户怜之，暂放水中。水阔数尺，深不过五寸，遂失大龟所在。涸水求之，亦不获。空致龟焉。（《广异记》）

沙州黑河

北庭西北沙州有黑河。深可驾舟，其水往往泛滥，荡室庐，潴原野。由是西北之禾稼尽去，地荒而不可治，居人亦远徙，用逃垫溺之患。其吏于北庭沙州者，皆先备牲酎，望祀于河浒，然后敢视政。否即淫雨连月，或大水激射，圮城邑，则里中民尽鱼其族也。唐开元中，南阳张嵩奉诏都护于北庭，挈符印至境上，且召郊迎吏讯其事。或曰："黑河中有巨龙，嗜羔特犬彘，故往往漂浪腾水，以凯郡人望祀河浒。我知之久矣。"即命致牢醴，布筵席，密召左右，执弓矢以俟于侧。嵩率僚吏，班于河上，峨冠敛板，磬折肃躬。俄顷，有龙长百尺自波中跃而出。俄然升岸，目有火光射人。离人约有数十步，嵩即命彀矢引满以伺焉。既而果及于几筵，身渐短而长数尺。方将食，未及，而嵩发矢。一时众矢共发，而龙势不能施而摧。龙既死，里中俱来观之，哗然若市。嵩喜已除民害，遂以献上。上壮其果断，诏断其舌，函以赐嵩。且子孙承袭在沙州为刺史，至今号为龙舌张氏。

兴庆池龙

唐玄宗尝潜龙于兴庆宫。及即位，其兴庆池尝有一小龙出游宫外御沟水中。奇状蜿蜒，负腾逸之状。宫嫔内竖，靡不具瞻。后玄宗幸蜀，銮舆将发，前一夕，其龙自池中御素云，跃然亘空，望西南而去。环列之士，率共观之。及上行至嘉陵江，乘舟将渡，见小龙翼舟而进。侍臣咸睹之。上泫然泣下，顾谓左右曰："此吾兴庆池中龙也。"命以酒沃酹，上亲自祝之，龙乃自水中振鬣而去。

井龙

开元末，西国献狮子，至安西道中，系于驿树。近井，狮子吼，若不自安。俄顷，风雷大至，有龙出井而去。（《国史补》）

旃然

玄宗将封泰山。进次荥阳旃然河，上见黑龙，命弓矢。亲射之。矢发龙灭。自尔旃然伏流，于今百余年矣。按旃然即济水也。济水溢而为荥，遂名旃然。左传云"楚师济于旃然"是也。（《开天传信记》）

龙门

旧说："春水时至，鱼发龙门。则有化者。"至今汾晋山中，龙有遗骨遗角甚众。采以为药。有五色者。（《国史补》）

421卷·龙四

萧昕

唐故兵部萧昕常为京兆尹。时京师大旱，炎郁之气，蒸为疾厉。代宗命宰臣，下有司祷祀山川，凡月余，暑气愈盛。时天竺僧不空三藏居于静住寺。三藏善以持念召龙兴云雨。昕于是诣寺，谓三藏曰："今兹骄阳累月矣，圣上悬忧，撤乐贬食，岁凶是念，民瘵为忧。幸吾师为结坛场致雨也。"三藏曰："易与耳。然召龙以兴云雨，吾恐风雷之震，有害于生植，又何补于稼穑耶？"昕曰："迅雷甚雨，诚不能滋百谷，适足以清暑热，而少解黔首之病也。愿无辞焉。"三藏不获已，乃命其徒，取华木皮仅尺余，缵小龙于其上，而以炉瓯香水置于前。三藏转咒，震舌呼祝。咒者食顷，即以缵龙授昕曰："可投此于曲江中，投讫亟还，无冒风雨。"昕如言投之。旋有白龙才尺余，摇鬣振鳞自水出。俄而身长数丈，状如曳素。倏忽亘天。昕鞭马疾驱，未及数十步，云物凝晦，暴雨骤降。比至永崇里,道中之水,已若决渠矣。

遗尺潭

昆山县遗尺潭,本大历中,村女为皇太子元妃,遗玉尺,化为龙,至今遂成潭。(《传载》)

刘贯词

唐洛阳刘贯词,大历中,求丐于苏州,逢蔡霞秀才者精彩俊爽。一相见,意颇殷勤,以兄呼贯词。既而携羊酒来宴。酒阑曰:"兄今泛游江湖间,何为乎?"曰:"求丐耳。"霞曰:"有所抵耶,泛行郡国耶?"曰:"蓬行耳。"霞曰:"然则几获而止。"曰:"十万。"霞曰:"蓬行而望十万,乃无翼而思飞者也。设令必得,亦废数年。霞居洛中左右,亦不贫,以他故避地,音问久绝。意有所恳,祈兄为回。途中之费,蓬游之望,不掷日月而得。如何?"曰:"固所愿耳。"霞于是遗钱十万,授书一缄,白曰:"逆旅中遽蒙周念,既无形迹,辄露心诚。霞家长鳞虫,宅渭桥下,合眼叩桥柱,当有应者,必邀入宅。娘奉见时,必请与霞少妹相见。既为兄弟,情不合疏。书中亦令渠出拜。渠虽年幼,性颇慧聪,使渠助为主人,百缗之赠,渠当必诺。"贯词遂归。到渭桥下,一潭泓澄,何计自达?久之,以为龙神不当我欺,试合眼叩之。忽有一人应,因视之,则失桥及潭矣。有朱门甲第,楼阁参差。有紫衣使拱立于前,而问其意。贯词曰:"来自吴郡,郎君有书。"问者执书以入。顷而复出曰:"太夫人奉屈。"遂入厅中。见太夫人者年四十余,衣服皆紫,貌可爱。贯词拜之,太夫人答拜。且谢曰:"儿子远游,久绝音耗,劳君惠顾,数千里达书。渠少失意上官,其恨未减。一从遁去,三岁寂然。非君特来,愁绪犹积。"言讫命坐。贯词曰:"郎君约为兄弟,小妹子即贯词妹也,亦当相见。"夫人曰:"儿子书中亦言。渠略梳头,即出奉见。"俄有青衣曰:"小娘子来。"年可十五六,容色绝代,辨慧过人。既拜,坐于母下。遂命具馔,亦甚精洁。方对食,太夫人忽眼赤,直视贯词。女急曰:"哥哥凭来,宜且礼待。况令消患,不可动摇。"因曰:"书中以兄处分,令以百缗奉赠。既难独举,须使轻赍。今奉一器,其价相当。可乎?"贯词曰:"已为兄弟,寄一书札，岂宜受其赐？"太夫人曰："郎君贫游，儿子备述。今副其请，不可推辞。"贾词谢之。因命取镇国碗来，又进食。未几，太夫人复瞪视眼赤，口两角湿下。女急掩其口曰："哥哥深诚托人，不宜如此。"乃曰："娘年高，风疾发动，祗对不得。兄宜且出。"女若惧者，遣青衣持碗，自随而授贾词曰："此罽宾国碗，其国以镇灾厉。唐人得之，固无所用。得钱十万，可货之。其下勿鬻。某缘娘疾，须侍左右，不遂从容。"再拜而入。贾词持碗而行，数步回顾，碧潭危桥，宛似初到。视手中器，乃一黄色铜碗也。其价只三五环耳，大以为龙妹之妄也。执鬻于市，有酬七百八百者，亦酬五百者。念龙神贵信，不当欺人。日日持行于市。及岁余，西市店忽有胡客来，视之大喜，问其价。贾词曰："二百缗。"客曰："物宜所直，何止二百缗？尚非中国之宝，有之何益？百缗可乎？"贾词以初约只尔，不复广求，遂许之交受。客曰："此乃罽宾国镇国碗也。在其国，大禳人患厄。此碗失来，其国大荒，兵戈乱起。吾闻为龙子所窃，已近四年，其君方以国中半年之赋召赎。君何以致之？"贾词具告其实。客曰："罽宾守龙上诉，当追寻次，此霞所以避地也。阴冥吏严，不得陈首，借君为由送之耳。殷勤见妹者，非固亲也，虑老龙之馋，或欲相陷，以其妹卫君耳。此碗既出，渠亦当来，亦消患之道也。五十日后，漕洛波腾，瀺灂晦日，是霞归之候也。"曰："何以五十日然后归？"客曰："吾携过岭，方敢来复。"贾记之，及期往视，诚然矣。（《续玄怪录》）

韦　氏

京兆韦氏，名家女也，适武昌孟氏。唐大历末，孟与妻弟韦生同选，韦生授扬子县尉，孟授阆州录事参军，分路之官。韦氏从夫入蜀，路不通车舆，韦氏乘马，从夫至骆谷口中，忽然马惊，坠于岸下数百丈。视之杳黑，人无入路。孟生悲号，一家恸哭，无如之何。遂设祭服丧舍去。韦氏至下，坠约数丈枯叶之上，体无所损，初似闷绝，少顷而苏。经一日，饥甚，遂取木叶裹雪而食。傍视有一岩罅，不知深浅。仰视坠处，如大井焉。分当死矣。忽于岩谷中，见光一点如灯，后更渐大，乃有二焉。渐近，是龙目也。韦惧甚，负石壁而立。此龙渐出,可长五六丈。至穴边,腾孔而出。顷又见双眼,复是一龙欲出。韦氏自度必死,宁为龙所害。候龙将出,遂抱龙跨之。龙亦不顾,直跃穴外,遂腾于空。韦氏不敢下顾,任龙所之。如半日许,意疑已过万里。试开眼下视,此龙渐低。又见江海及草木。其去地度四五丈,恐负入江,遂放身自坠,落于深草之上。良久乃苏。韦氏不食,已经三四日矣,气力渐惫。徐徐而行,遇一渔翁,惊非其人。韦氏问此何所,渔翁曰:"此扬子县。"韦氏私喜,曰:"去县几里?"翁曰:"二十里。"韦氏具述其由,兼饥渴。渔翁伤异之,舟中有茶粥,饮食之。韦氏问曰:"此县韦少府上未到?"翁曰:"不知到未。"韦氏曰:"某即韦少府之妹也。倘为载去,至县当厚相报。"渔翁与载至县门。韦少府已上数日矣。韦氏至门,遣报孟家十三姊。韦生不信,曰:"十三姊随孟郎入蜀,那忽来此?"韦氏令具说此由,韦生虽惊,亦未深信。出见之,其姊号哭,话其迍厄,颜色痿瘁,殆不可言。乃舍之将息,寻亦平复。韦生终有所疑。后数日,蜀中凶问果至,韦生意乃豁然,方更悲喜。追酬渔父二十千,遣人送姊入蜀。孟氏悲喜无极。后数十年,韦氏表弟裴纲,贞元中,犹为洪州高安尉。自说其事。(《原化记》)

任　　顼

唐建中初,有乐安任顼者,好读书,不喜尘俗事,居深山中,有终焉之志。尝一日,闭关昼坐。有一翁叩门来谒,衣黄衣,貌甚秀,曳杖而至。顼延坐与语。既久,顼讶其言讷而色沮,甚有不乐事。因问翁曰:"何为而色沮乎?岂非有忧耶?不然,是家有疾而翁念之深耶?"老人曰:"果如是。吾忧俟子一问固久矣。且我非人,乃龙也。西去一里有大湫,吾家之数百岁,今为一人所苦,祸且将及。非子不能脱我死,辄来奉诉。子今幸问我,故得而言也。"顼曰:"某尘中人耳,独知有诗书礼乐,他术则某不能晓。然何以脱翁之祸乎?"老人曰:"但授我语,非藉他术,独劳数十言而已。"顼曰:"愿受教。"翁曰:"后二日,愿子为我晨至湫上。当亭午之际,有一道士自西来者,此所谓祸我者也。道士当竭我湫中水,且屠我。子伺其湫水竭,宜厉声呼曰:"天有命,杀黄龙者死?言毕,湫当满,道士必又为术,子因又呼之。如是者三，我得完其生矣。必重报。幸无他为虑。"项诺之。已而祈谢甚恳。久之方去。后二日，项遂往山西，果有大湫，即坐于湫旁以伺之。至当午，忽有片云，自西冉冉而降于湫上。有一道士自云中下，颀然而长，约丈余，立湫之岸，于袖中出墨符数道投湫中。顷之，湫水尽涸，见一黄龙，帖然俯于沙。项即厉声呼："天有命，杀黄龙者死！"言讫，湫水尽溢。道士怒，即于袖中，出丹字数符投之。湫水又竭，即震声呼，如前词。其水再溢，道士怒甚。凡食顷，乃出朱符十余道，向空掷之，尽化为赤云，入湫。湫水即竭，呼之如前词。湫水又溢。道士顾谓项曰："吾一十年始得此龙为食，奈何子儒士也，奚救此异类耶？"怒责数言而去。项亦还山中。是夕，梦前时老人来谢曰："赖得君子救我。不然，几死道士手。深诚所感，千万何言。今奉一珠，可于湫岸访之，用表我心重报也。"项往寻之，果得一粒径寸珠，于湫岸草中，光耀洞澈，殆不可识。项后特至广陵市，有胡人见之曰："此真骊龙之宝也，而世人莫可得。"以数千万为价而市之。（《宣室志》）

赵齐嵩

贞元十二年，赵齐嵩选授成都县尉，收拾行李兼及仆从，负札以行，欲以赴任。然栈道甚险而狭，常以马鞭拂小树枝，遂被鞭梢缴树，猝不可脱，马又不住，遂坠马。枝柔叶软，不能碍挽，直至谷底，而无所损。视上直千余仞，旁无他路，分死而已。所从仆辈无计，遂闻于官而归。赵子进退无路，坠之翌日，忽闻雷声殷殷，乃知天欲雨。须臾，石窟中云气相旋而出。俄而随云有巨赤斑蛇，粗合拱，鳞甲焕然。摆头而双角出，蜿身而四足生。奋迅謦欬，摇动首尾。乃知龙也。赵生自念曰："我住亦死，乘龙出亦死，宁出而死。"攀龙尾而附其身，龙乘云直上，不知几千仞，赵尽死而攀之。既而至中天，施体而行。赵生方得跨之，必死于泉矣。南视见云水一色，乃南海也。生又叹曰："今日不葬于山，卒于泉矣。"而龙将到海，飞行渐低。去海一二百步，舍龙而投诸地。海岸素有芦苇，虽堕而靡有所损。半日，乃行路逢人，问之。曰："清远县也。"然至于县，且无伴从凭据，人不之信，不得缱绻。迤逦以至长安，月余日，达舍。家内始作三七斋，僧徒大集。忽见赵生至，皆惊恐奔曰："魂来归。"赵生当门而坐，妻孥辈亦恐其有复生。云："请于日行，看有影否。"赵生怒其家人之诈恐，不肯于日行。疏亲曰："若不肯日中行，必是鬼也。"见赵生言，犹云："乃鬼语耳。"良久，自叙其事，方大喜。行于危险，乘骑者可以为戒也。（《博异志》）

422卷·龙五

许汉阳

许汉阳，本汝南人也。贞元中，舟行于洪饶间。日暮，江波急，寻小浦路入。不觉行三四里，到一湖中，虽广而水才三二尺。又北行一里许，见湖岸竹树森茂，乃投以泊舟。渐近，见亭宇甚盛，有二青衣双鬟方鸦，素面如玉，迎舟而笑。汉阳讶之，而调以游词，又大笑，复走入宅。汉阳束带，上岸投谒。未行三数步，青衣延入宅内厅，揖坐。云："女郎易服次。"须臾，青衣命汉阳入中门。见满庭皆大池，池中荷芰芬芳，四岸斐如碧玉。作两道虹桥，以通南北。北有大阁。上阶，见白金书曰"夜明宫"。四面奇花果木，森耸连云。青衣引上阁一层，又有青衣六七人，见者列拜。又引第二层，方见女郎六七人。目未尝睹，皆拜问所来。汉阳具述不意至此。女郎揖坐讫，青衣具饮食，所用皆非人间见者。食讫命酒。其中有奇树高数丈，枝干如梧，叶似芭蕉，有红花满树未吐。盏如杯，正对饮所。一女郎执酒，命一青衣捧一鸟如鹦鹉，置饮前栏干上。叫一声，而树上花一时开，芳香袭人。每花中有美人长尺余，婉丽之姿，绰曳之服，各称其质。诸乐弦管尽备。其人再拜。女郎举酒，众乐俱作，萧萧泠泠，窅如神仙。才一巡，已夕，月色复明。女郎所论，皆非人间事，汉阳所不测。时因汉阳以人事辩之，则女郎一无所酬答。欢饮至二更，筵宴已毕，其树花片片落池中，人亦落，便失所在。一女郎取一卷文书以示，汉阳览之，乃《江海赋》。女郎令汉阳读之，遂为读一遍。女郎又请自读一遍，命青衣收之。一女即谓诸女郎，兼语汉阳曰："有感怀一章，欲请诵之。"女郎及汉阳曰:"善。"及吟曰:"海门连洞庭,每去三千里。十载一归来,辛苦潇湘水。"女郎命青衣取诸卷,兼笔砚,请汉阳与录之。汉阳展卷,皆金花之素,上以银字札之,卷大如拱斗。已半卷书过矣,观其笔,乃白玉为管,研乃碧玉,以玻璃为匣,研中皆研银水。写毕,令以汉阳之名押之。展向前,见数首,皆有人名押署。有名仲方者,有名巫者,有名朝阳者,而不见姓。女郎遂收索卷。汉阳曰:"有一篇欲奉和,拟继此可乎?"女郎曰:"不可。此亦每归呈父母兄弟,不欲杂尔。"汉阳曰:"适以弊名押署,复可乎?"曰:"事别,非君子所谕。"四更已来,命悉收拾。挥霍次,一青衣曰:"郎可归舟矣。"汉阳乃起。诸女郎曰:"忻此旅泊接奉,不得郑重耳。"恨恨而别。归舟忽大风,云色陡暗,寸步黯黑。至平明,观夜来饮所,乃空林树而已。汉阳解缆,行至昨晚桱口江岸人家,见十数人,似有非常。因泊舟而讯。人曰:"江口溺杀四人,至二更后,却捞出。三人已卒,其一人,虽似死而未甚。有巫女以杨柳水洒拂禁咒,久之能言曰:'昨夜水龙王诸女及姨姊妹六七人归过洞庭,宵宴于此,取我辈四人作酒。掾客少,不多饮,所以我却得来。'汉阳异之,乃问曰:"客者谓谁。"曰:"一措大耳,不记姓名。"又云,青衣言,诸小娘子苦爱人间文字,不可得,常欲请一措大文字而无由。又问今在何处,已发舟也。汉阳乃念昨宵之事,及感怀之什,皆可验也。汉阳默然而归舟,觉腹中不安,乃吐出鲜血数升,知悉以人血为酒尔。三日方平。(《博异志》)

刘禹锡

唐连州刺史刘禹锡,贞元中,寓居荥泽。首夏独坐林亭,忽然间大雨,天地昏黑,久方开霁。独亭中杏树,云气不散。禹锡就视树下,有一物形如龟鳖,腥秽颇甚,大五斗釜。禹锡因以瓦砾投之,其物即缓缓登阶,止于檐柱。禹锡乃退立于床下,支策以观之。其物仰视柱杪,款以前趾,抉去半柱。因大震一声,屋瓦飞纷乱下,亭内东壁,上下罅裂丈许。先是亭东紫花苜蓿数亩,禹锡时于裂处,分明遥见。雷既收声,其物亦失,而东壁之裂,亦已自吻合矣。禹锡亟视之,首

蓿如故，壁曾无动处。(《集异记》)

周邯

贞元中，有处士周邯，豪俊之士也。因彝人卖奴，年十四五。视其貌甚慧黠。言善入水，如履平地。令其沉潜，虽经日移时。终无所苦。云，蜀之溪壑潭洞，无不届也。邯因买之，易其名曰"水精"。异其能也。邯自蜀乘舟下峡，抵江陵，经瞿塘滟滪，遂令水精沉而视其邃远。水精入，移时而出，多探金银器物。邯喜甚。每舣船于江潭，皆令水精沉之，复有所得。沿流抵江都，经牛渚矶，古云最深处，是温峤爇犀照水怪之滨。又使没入。移时复得宝玉。云，甚有水怪，莫能名状，皆怒目戟手，身仅免祸。因兹邯亦至富赡。后数年，邯有友人王泽，牧相州，邯适河北而访之。泽甚喜，与之游宴，日不能暇。因相与至州北隅八角井。天然磐石，而凿成八角焉，阔可三丈余。且暮烟云蓊郁，漫衍百余步。晦夜，有光如火红射出千尺，鉴物若昼。古老相传云，有金龙潜其底，或亢阳祷之，亦甚有应。泽曰："此井应有至宝，但无计而究其是非耳。"邯笑曰："甚易。"遂命水精曰："汝可与我投此井到底，看有何怪异。泽亦当有所赏也。"水精已久不入水，忻然脱衣沉之。良久而出，语邯曰："有一黄龙极大，鳞如金色，抱数颗明珠熟寐。水精欲劫之，但手无刃。惮其龙忽觉，是以不敢触。若得一利剑，如龙觉，当斩之无惮也。"邯与泽大喜。泽曰："吾有剑，非常之宝也。汝可持往而劫之。"水精饮酒伏剑而入。移时，四面观者如堵。忽见水精自井面跃出数百步。续有金龙。亦长数百尺，爪甲锋颖，自空拿攫水精。却入井去。左右慑栗，不敢近睹。但邯悲其水精，泽恨失其宝剑，逡巡。有一老人，身衣褐裘，貌甚古朴。而谒泽曰："某土地之神，使君何容易而轻其百姓？此穴金龙，是上玄使者。宰其瑰璧，泽润一方。岂有信一微物，欲因睡而劫之？龙忽震怒，作用神化，摇天关，摆地轴，捶山岳而碎丘陵，百里为江湖，万人为鱼鳖。君之骨肉焉可保？昔者钟离不爱其宝，孟尝自返其珠，子不之效，乃肆其贪婪之心。纵使猾韧之徒，取宝无惮，今已啖其躯而锻其珠矣。"泽报恨，无词而对。又曰："君须火急悔过而祷焉，无使甚怒耳。"老

第五章　龙见天下

人倏去。泽遂具牲牢奠之。(《传奇》)

资州龙

韦皋镇蜀末年，资州献一龙，身长丈余，鳞甲悉具。皋以木匣贮之，蟠屈于内。时属元日，置于大慈寺殿上，百姓皆传，纵观二三日，为香烟熏死。国史阙书。是何祥也？(《纪闻》)

韦思恭

元和六年，京兆韦思恭与董生、王生三人结友，于嵩山岳寺肄业。寺东北百余步，有取水盆在岩下。围丈余，而深可容十斛。旋取旋增，终无耗。一寺所汲也。三人者自春居此，至七月中，三人乘暇欲取水。路臻于石盆。见一大蛇长数丈，黑若纯漆，而有白花，似锦，蜿蜒盆中。三子见而骇，视之良久。王与董议曰："彼可取而食之。"韦曰："不可。昔葛陂之竹，渔父之梭，雷氏之剑，尚皆为龙，安知此名山大镇，岂非龙潜其身耶。况此蛇鳞甲，尤异于常者。是可戒也。"二子不纳所言，乃投石而扣蛇且死，縈而归烹之。二子皆呲韦生之诈洁。俄而报盆所又有蛇者。二子之盆所，又欲击。韦生谏而不允。二子方举石欲投，蛇腾空而去。及三子归院，烹蛇未熟。忽闻山中有声，殷然地动。觇之，则此山间风云暴起，飞沙走石。不瞬息至寺，天地晦暝，对面相失。寺中人闻风云暴起中云："莫错击。"须臾，雨火中半下，书生之宇，并焚荡且尽。王与董，皆不知所在，韦子于寺廊下无事。故神化之理，亦甚昭然。不能全为善，但吐少善言，则蛟龙之祸不及矣。而况于常行善道哉！其二子尸，迨两日，于寺门南隅下方索得。斯乃韦自说。至于好杀者，足以为戒矣。(《博异志》)

卢元裕

故唐太守卢元裕未仕时，尝以中元设幡幢像，置盂兰于其间。俄闻盆中有唧唧之音。元裕视，见一小龙才寸许，逸状奇姿，婉然可爱。于是以水沃之，其龙伸足振鬣已长数尺矣。元裕大恐。有白云自盆中而起，其龙亦逐云而去。元裕即翰之父也。(《宣室志》)

卢　翰

唐安太守卢元裕子翰言，太守少时，尝结友读书终南山。日晚溪行，崖中得一圆石，莹白如鉴。方执玩忽次，坠地而折。中有白鱼约长寸余，随石宛转落涧中。渐盈尺，俄长丈余，鼓鬐掉尾。云雷暴兴，风雨大至。（《纪闻》）

李　修

唐浙西观察使李修，元和七年，为绛郡守。是岁，其属县龙门有龙见。时观者千数。郡以状闻于太府。时相国河东府张弘靖为河中节度使，相国之子故舒州刺史以宗，尝为文以赞其事。（《宣室志》）

韦　宥

唐元和，故都尉韦宥出牧温州，忽忽不乐，江波修永，舟船燠热。一日晚凉，乃跨马登岸，依舟而行。忽浅沙乱流，芦苇青翠，因纵辔饮马。而芦枝有拂鞍者。宥因闲援熟视，忽见新丝筝弦，周缠芦心。宥即收芦伸弦，其长倍寻。试纵之，应乎复结。宥奇骇，因置于怀。行次江馆，其家室皆已维舟入亭矣。宥故驸马也，家有妓。即付筝妓曰："我于芦心得之，颇甚新紧。然沙洲江徼，是物何自而来？吾甚异之。试施于器，以听其音。"妓将安之，更无少异，唯短三二寸耳。方馔，妓即置之，随置复结。食罢视之，则已蜿蜒摇动。妓惊告众，竞来观之，而双眸瞭然矣。宥骇曰："得非龙乎？"命衣冠，焚香致敬。盛诸盂水之内，投之于江。才及中流，风浪皆作，蒸云走雷，咫尺昏晦。俄有白龙百尺，拿攫升天。众咸观之，良久乃灭。（《集异记》）

尺　木

龙头上有一物如博山形，名尺木。龙无尺木，不能升天。（《酉阳杂俎》）

史氏子

有史氏子者，唐元和中，曾与道流游华山。时暑甚，憩一小溪。忽有一叶大如掌，红殷可爱，随流而下。史独接得，置于怀中。坐食顷，觉怀中冷重。潜起观之，其上鳞栗栗而起。史警惧，弃林中。遂白众人："此必龙也，可速去！"须臾，林中白烟生，弥布一谷。史下山未半，风雨大至。（《酉阳杂俎》）

423卷·龙六

卢君畅

故东都留守判官祠部郎中范阳卢君畅为白衣时,侨居汉上。尝一日,独驱郊野,见二白犬腰甚长,而其臆丰,飘然若坠,俱驰走田间。卢讶其异于常犬,因立马以望。俄而其犬俱跳入于一湫中,已而湫浪泛腾,旋有二白龙自湫中起,云气噎空,风雷大震。卢惧甚,鞭马而归。未及行数里,衣尽沾湿。方悟二犬乃龙也。(《宣室志》)

元义方

元义方使新罗,发鸡林州。遇海岛,中有泉,舟人皆汲水饮之。忽有小蛇自泉中出。海师遽曰:"龙怒。"遂发。未数里,风云雷电皆至,三日三夜不绝。及雨霁,见远岸城邑,乃莱州。(《国史补》)

平昌井

平昌城旧与荆水通,有神龙("龙"字原阙。据明抄本、陈校本补)出入焉,故名龙城。外国有寺曰咀呵罗,寺有神龙住米仓中。奴取米,龙辄却。奴若常取米,龙即不与。仓中米若尽,奴向龙拜,仓即盈溢。(《外国事》)

虎头骨

南中旱,即以长绳系虎头骨,投有龙处。入水,即数人牵制不定。俄顷,云起潭中,雨亦随降。(《尚书故实》)

法喜寺

政阳郡东南有法喜寺。去郡远百里,而正居渭水西。唐元和末,寺僧有频梦一白龙者自渭水来,止于佛殿西楹,蟠绕且久,乃直东而去。明日则雨。如是者数矣。其僧异之,因语与人。人曰:"福地盖神祇所居,固龙之宅也。而佛寺亦为龙所依焉。故释氏有天龙八部,其义在矣。况郊野外寺,殿宇清敞,为龙之止,不亦宜乎?愿以土龙置于寺楹间,且用识其梦也。"僧召工,合土为偶龙,具告其状,而于殿西楹置焉。功毕,甚得云间势,蜿蜒鳞鬣,曲尽其妙,虽丹青之巧,不能加也。至长庆初,其寺居人有偃于外门者,见一物从西轩直出,飘飘然若升云状,飞驰出寺,望谓水而去。夜将分,始归西轩下,细而观之,果白龙也。明日因告寺僧。僧奇之。又数日,寺僧尽赴村民会斋去。至午方归。因入殿视,像龙已失矣。寺僧且叹且异,相顾语曰:"是龙也,虽假以土,尚能变化无方,去莫如其适,来莫穷其自。果灵物乎?"及晚,有阴云起于渭水,俄而将逼殿宇。忽有一物自云中跃而出,指西轩以入。寺僧惧惊,且视之,乃见像龙已在西楹上。迫而观之,其龙鬐鬣鳞角,若尽沾湿。自是因以铁锁系之。其后里中有旱涝,祈祷之,应若影响。(《宣室志》)

龙 庙

汾水贯太原而南注。水有二桥。其南桥下尝有龙见,由是架龙庙于桥下。故相国令狐楚居守北都时,有一龙自庙中出,倾都士女皆纵观。近食顷,方拿奋而去。旋有震雷暴雨焉。又明年秋,汾水延溢,有一白蛇自庙中出,既出而庙屋摧圮,其桥亦坏。时唐太和初也。(《宣室志》)

拿龙者

牛僧孺镇襄州日,以久旱,祈祷无应,有处士自云拿龙者,公请致雨。处士曰:"江汉间无龙,独一湫泊中有之,黑龙也。强驱逐之,虑为灾,难制。"公固命之。果有大雨,汉水漫涨,漂溺万户。处士惧罪,亦亡去。(《尚书故实》)

孔 威

唐咸通末,舒州刺史孔威进龙骨一具,因有表录其事状云:"州之桐城具善政乡百姓胡举,有青龙斗死于庭中。时四月,尚有茧箔在庭。忽云雷暴起,闻云中击触声,血如酾雨,洒茧箔上,血不污于箔,渐旋结聚,可拾置掌上。须臾,令人冷痛入骨。初龙拖尾及地,绕一泔桶,即腾身入云。及雨,悉是泔也。龙既死,剖之,喉中有大疮。凡长十余尺。身尾相半。尾本褊薄。鳞鬣皆鱼。唯有须长二丈。其足有赤膜翳之。双角各长二丈。其腹相自龃龉。时遣大云仓使督而送州。以肉重不能全举,乃刳之为数十段,载之赴官。(《唐年补录》)

华阴湫

唐咸通九年春,华阴县南十里余,一夕风雷暴作,有龙移湫,自远而至。先其崖岸高，无贮水之处，此夕徒开数十丈。小山东西直南北，峰峦草树，一无所伤。碧波回塘，湛若疏凿。京洛行旅，无不枉道就观。有好事者，自辇毂蒲津，相率而至。车马不绝音，逮于累日。京城南灵应台有三娘湫，与炭谷相近，水波澄明，莫测深浅。每秋风摇落，常有草木之叶，飘于其上。虽片叶纤芥，必而禽衔而去。祷祈者多致花钿锦绮之类，启视投之，欻然而没。乾符初。有朝士数人，同游于终南山，遂及湫所，因话灵应之事。其间不信者，试以木石投之，寻有巨鱼跃出波心，鳞甲如雪。俄而风雨晦暝，车马几为暴水所漂。尔后人愈敬伏，莫有犯者。（《剧谈录》）

崔道枢

唐中书舍人书颜，子婿崔道枢举进士者屡屡。一年春下第，归宁汉上所居。因井渫，得鲤鱼一头长五尺，鳞鬣金色，其目光射人。众视异于常鱼。令仆者投于江中。道枢与表兄韦氏，密备鼎俎，烹而食之。经信宿，韦得疾暴卒。有碧衣使人引至府舍，廨宇颇甚严肃。既入门，见厅事有女子戴金翠冠，着紫绣衣，据案而坐。左右侍者皆黄衫巾帻，如官内之饰。有一吏人从后执簿领出。及轩陛间，付双环青衣，置于绣衣案上。吏引韦生东庑曹署，理杀鱼之状。韦引过。道枢云："非某之罪。"吏曰："此雨龙也，若潜伏于江海湫湄，虽为人所食，即从而可辨矣。但昨者得之于井中，崔氏与君又非愚昧，杀而食之，但难获免。然君且还，试与崔君广为佛道功德，庶几稍减其过。自兹浃旬，当复相召。"韦忽然而寤，且以所说，话于亲属，命道枢具述其事。道枢虽怀忧迫，亦未深信。才及旬余，韦生果殁。韦乃道枢之姑子也。数日后，寄魂于母云："已因杀鱼获罪，所至之地，即水府，非久当受重谴。可急修黄箓道斋，尚冀得宽刑辞。表弟之过亦成矣，今夕当自知其事。"韦母泣告道枢。及暝，昏然而寝，复见碧衣人引至公署，俱是韦氏之所述。俄有吏执黑纸丹文书字，立道枢于屏侧，疾趋而入。俄见绣衣举笔而书讫，吏接之而出，令道枢览之。其初云："崔道枢官至三品，寿至八十。"后有判云："所害雨龙，事关天府。原之不可，案罪急追。所有官爵，并皆削除。年亦减一半。"时道枢冬季，其母方修崇福力，才及春首,抱疾数日而终。时崔妻拿咸在京师,韦颜备述其事。旧传夔及牛渚矶是水府,未详道枢所至何许。(原阙出处,陈校本作出《剧谈录》)

金龙子

唐昭宗文德二年正朔御武德殿,有紫气出于昭德殿东隅,郁郁如烟。令大内留后司寻其所出,得金龙子一枚,长五寸许。群臣称贺。帝曰:"朕不以金龙为祥瑞,以偃息干戈为祥瑞。卿等各宜尽忠,以体朕怀。"门下奏,请改文德二年为龙纪元年。(《大唐杂记》)

黄 驯

荆州当阳县倚山为廨宇。内有井极深。井中有龙窠。旁入不知几许。欲晴霁及将雨,往往有云气自井而出。唐光化中,有道士称自商山来,入井中,取龙窠及草药而去。其后有令黄驯者,到任之后,常系马于井旁,滓秽流渍,尽入于井中。或有讥之者,饰词以对。岁余,驯及马皆瞽。(《录异记》)

临汉豕

邛州临汉县内有湫,往往人见牝豕出入,号曰"母猪龙湫"。唐天复四年,蜀城大旱,使俾守宰躬往灵迹求雨。于时邑长具牢醴,命邑寮偕往祭之。三奠迨终,乃张筵于湫上,以神胙客。坐于烈日,铺席。以湫为上,每酒巡至湫,则捧觞以献。俟雨沾足,方撤此筵。歌吹方酣,忽见湫上黑气如云,氛氲直上,狂电烨然,玄云陡暗,雨雹立至。令长与寮吏,鼓舞去盖,蒙湿而归。翌日,此一境雨足,他邑依然赤地焉。夫人之至诚,则龙畜亦能感动。享德济旱,勿谓不智。(《北梦琐言》)

烧 龙

太江之南,芦荻之间,往往烧起龙。唐天复中,澧州叶源村民邓氏子烧畲,柴草积于天井,火势既盛,龙突出,腾在半空,紫带为火所燎,风力益壮,狂焰弥炽,摆之不落,竟以仆地而毙。长亘数百步。村民徙居而避之。朱梁末,辰州民向氏因烧起一龙,四面风雷急雨,不能扑灭。寻为煨烬,而角不化,莹白如玉。向氏宝而藏之,湖南行军高郁酬其价而强取。于时术士曰:"高司马其祸乎?安用不祥之物以速之?"俄而被诛。(《北梦琐言》)

柳翁

天祐中,饶州有柳翁常乘小舟钓鄱阳江中,不知其居处妻子,亦不见其饮食。凡水族之类,与山川之深远者,无不周知之。鄱阳人渔钓者,咸谘访而后行。吕师造为刺史,修城掘濠,至城北则雨,止后则晴。或问柳翁。翁曰:"此下龙穴也。震动其上,则龙不安而出穴。龙出则雨矣。掘之不已。必得其穴,则霖雨方将为患矣。"既深数丈,果得方木长数十尺,交构叠之,累积数十重,其下雾气冲人,不可入而止。其木皆腥涎萦之,刻削平正,非人力所及。自是果霖雨为患。吕氏诸子将网鱼于鄱阳江,召问柳翁。翁指南岸一处,"今日唯此处有鱼,然有一小龙在焉。"诸子不信,网之,果大获。舟中以巨盆贮之。中有一鳝鱼长一二尺,双目精明,有二长须,绕盆而行。群鱼皆翼从之,将至北岸。遂失所在。柳翁竟不知所终。(《稽神录》)

424卷·龙七

阎浮龙

龙在阎浮提者五十七亿。龙于翟陋尼不降浊水。西洲人食浊则夭。单越人恶冷风,龙不发冷。于弗姿提洲,不作雷声,不起电光。东洲恶之也。其雷声,兜率天作歌颂音,阎浮提作海潮音。其雨,兜率天上雨摩尼,获世城雨美膳。海中注雨不绝如连。阿修中雨罗丘伏,(《酉阳杂俎》三"阿修中雨罗丘伏"句作"阿修罗中雨兵仗",此有倒讹)阎浮提中雨清浮水。(《酉阳杂俎》)

吴山人

陇州吴山县,有一人乘白马夜行,凡县人皆梦之。语曰:"我欲移居,暂假尔牛。"言讫即过。其夕,数百家牛,及明,皆被体汗流如水。于县南山曲出一湫,方圆百余步。里人以此湫因牛而迁,谓之"特牛湫"也。(《独异志》)

白将军

僧元可言,近传有白将军者尝于曲江洗马,马忽跳出惊走。前足有物,色白如衣带,萦绕数匝,遽令解之。血流数升。白异之,遂封纸帖中，藏于衣箱。一日，送客至浐水，出示诸客。客曰："盍以水试之？"白以剑划地成窍，置虫于中，沃盥其上。少顷，虫蠕而长，窍中泉涌。倏忽自盘若一席，有黑气如香烟，径出檐外。众惧曰："必龙也。"遂急归。未数里，风雨骤至，大震数声。（《酉阳杂俎》）

温媪

温媪者，即康州悦城县孀妇也，绩布为业。尝于野岸拾菜，见沙草中有五卵，遂收归，置绩筐中。不数日，忽见五小蛇，壳一斑四青。遂送于江次，固无意望报也。媪常濯浣于江边。忽一日，见鱼在水跳跃，戏于媪前。自尔为常，渐有知者。乡里咸为龙之母，敬而事之，或询以灾福。亦言多徵应。自是媪亦渐丰足。朝廷知之，遣使徵入京师。至全义岭，有疾，却返悦城而卒。乡里共葬之江东岸。忽一夕，天地晦暝，风雨随作。及明，移其冢于西，而草木悉于西岸。（《岭表录异》）

柳子华

柳子华，唐时为城都令。一旦方午，忽有犊车一乘，前后女骑导从径入厅事。使一介告柳云："龙女且来矣。"俄而下车，左右扶卫升阶，与子华相见。云："宿命与君合为匹偶。"因止。命酒乐极欢，成礼而去。自是往复为常，远近咸知之。子华罢秩，不知所之。俗云："入龙宫，得水仙矣。"（《剧谈录》）

斑石

京邑有一士子，因山行，拾得一石子。青赤斑斓，大如鸡子。甚异之。置巾箱中五六年。因与婴儿弄，遂失之。数日，昼忽风雨暝晦，庭前树下，降水不绝如瀑布状。人咸异其故。风雨息，树下忽见此石已破，中如鸡卵出壳焉。乃知为龙子也。（《原化记》）

张公洞

义兴县山水秀绝，张公洞尤奇丽。里人云，张道陵修行之所也。中有洞壑，众未敢入。土氓姚生习道，挈杖瓶火，负囊以入。约行数百步，渐渐明朗，云树依稀。近通步武，又十余里，见二道士对弈。曰："何人？焉得来此？"具言始末。曰："大志之士也。"姚生馁甚，因求食。旁有青泥数斗，道士指曰："可食此。"试探咀嚼，觉芳馨，食之遂饱。道士曰："尔可去，慎勿语世人。"再拜而返，密怀其余。以访市肆，偶胡贾见。惊曰："此龙食也。何方而得？"乃述其事。俱往寻之，但黑巨穴，不复有路。青泥出外，已硬如石，不可复食。（《逸史》）

五台山池

五台山北台下有龙池约二亩有余。佛经云，禁五百毒龙之所，每至亭午，昏雾暂开，比丘及净行居士方可一睹。比丘尼及女子近，即雷电风雨时大作。如近池，必为毒气所吸，逡巡而没。（《传奇》）

张　老

荆湘有僧寺背山近水，水中有龙。时或雷风大作，损坏树木。寺中有挥钟张老者，术士也。而僧不知。张老恶此龙损物，欲禁杀之，密为法。此龙已知，化为人，潜告僧曰："某实龙也，住此水多年。或因出，风雨损物，为张老所禁，性命危急，非和尚救之不可。倘救其命，奉一宝珠，以伸报答。某即移于别处。"僧诺之。夜唤张老，求释之。张老曰："和尚莫受此龙献珠否？此龙甚穷，唯有此珠，性又吝恶。今若受珠，他时悔无及。"僧不之信。曰："君但为我放之。"张老不得已，乃放。龙夜后送珠于僧，而移出潭水。张老亦辞僧去。后数日，忽大雷雨，坏此僧舍，夺其珠。果如张老之言。（《原化记》）

费鸡师

蜀川有一费鸡师者，善知将来之事，而亦能为人禳救。多在邛州。蜀人皆神之。时有一僧言，往者双流县保唐寺，寺有张二师者，因巡行僧房，见有空院，将欲住持，率家人扫洒之际，于柱上得一小瓶子。二师观之，见一蛇在瓶内。覆瓶出之，约长一尺，文彩斑驳，五色备具。以杖触之，随手而长。众悉惊异。二师令一物挟之，送于寺外。当携掇之际，随触随大，以至丈余，如屋椽矣。二人担之方举，送者愈惧，观者随而益多。距寺约二三里，所在撼动之时，增长不已。众益惧，遂击伤，至于死。明日，此寺院中有虹蜺，亭午时下寺中。僧有事至临邛，见鸡师说之。鸡师曰："杀龙女矣！张二师与汝寺之僧徒。皆当死乎！"后卒如其言。他应验不可胜记。竟不知是何术。韦绚长足为杜元颖从事，其弟妹皆识费师。于京中已悉知有此事。自到，即询访鸡师之术。

凡有病者来告，鸡师发即抱一鸡而往。及其门，乃持咒其鸡，令入内，抵病者之所。鸡入而死，病者差。鸡出则病者不起矣。时人遂号为"费鸡师"。又以石子置病者腹上，作法结印，其石子断者，其人亦不起也。又能书符，先焚符为灰，和汤水，与人吞之，俄复吐出，其符宛然如不烧。又云，城南建昌桥下，其南岸先有龙窟，岁常损人。至有连马而溺者，如有攫拿于水。当韦皋时，前后运石，凡几万数。顷之，石复失焉。后命道士投简于内，以土筑之，方满。自此之后，龙窟移于建昌寺佛殿下，与西廊龙井通焉。而建昌桥下，往往损人而不甚也。询问吏卒，往时人马溺于其间，良久尸浮皆白，其血被吮吸已尽，而尸乃出焉。（《戎幕闲谈》）

汾水老姥

汾水边有一老姥获一赤鲤，颜色异常，不与众鱼同。既携归，老姥怜惜，且奇之。凿一小池，汲水养之。经月余后，忽见云雾兴起，其赤鲤即腾跃，逡巡之间，乃渐升霄汉，其水池即竭。至夜，又复来如故。人见之者甚惊讶，以为妖怪。老姥恐为祸，颇追悔焉。遂亲至小池边祷祝曰："我本惜尔命，容尔生，反欲祸我耶？"言才绝，其赤鲤跃起，云从风至，即入汾水。唯空中遗下一珠，如弹丸，光晶射人。其老姥得之，众人不敢取。后五年，老姥长子患风，病渐笃，医莫能疗，老姥甚伤。忽意取是珠，以召良医。其珠忽化为一丸丹。老姥曰："此赤鲤遗我，以救我子，答我之惠也。"遂与子服之，其病寻愈。（《潇湘录》）

李　宣

李宣宰阳县，县左有潭，传有龙居，而鳞物尤美。李之子惰学，爱钓术，日住潭上。一旦龙见，满潭火发，如舒锦被。李子褫魄，委竿而走。盖钓术多以煎燕为饵，果发龙之嗜欲也。（《北梦琐言》）

濛阳湫

彭州濛阳县界，地名清流，有一湫。乡俗云，此湫龙与西山慈母池龙为昏，每岁一会。新繁人王睿乃博物者，多所辨正。尝鄙之。秋雨后经过此湫，乃遇西边雷雨冥晦，狂风拔树。王睿絷马障树而避。须臾，雷电之势，止于湫上，倏然而霁，天无纤云。诘彼居人，正符前说也。

云安县西有小汤溪。土俗云，此溪龙与云安溪龙为亲。此乃不经之谈也。或一日，风雷自小汤溪，循蜀江中而下，至云安县。云物回薄，入溪中，疾电狂霆诚可畏。有柳毅洞庭之事，与此相符。小汤之事自目睹。（《北梦琐言》）

盐井龙

王蜀时。夔州大昌盐井水中往往有龙，或白或黄，鳞鬣光明。搅之不动，唯沮沫而已。彼人不以为异。近者秭归永济井卤槽，亦有龙蟠，与大昌者无异。识者曰："龙之为灵瑞也，负图以升天，今乃见于卤中，岂能云行雨施乎？"云安县汉成宫绝顶，有天池深七八丈。其中有物如蜥蜴，长咫尺，五色备具，跃于水面，像小龙也。有高遇者为刺史，诣宫设醮，忽浮出。或问监官李德符曰："是何祥也？"符曰："某自生长于此，且未常见汉成池中之物。高既无善政，谄佛佞神，亦已至矣。安可定其是非也？"夷陵清江有狼山潭，其中有龙。土豪李务求祷而事之。往见锦衾覆水，或浮出大木，横塞水面，号为龙巢。遂州高栋溪潭，每岁龙见，一如狼山之事。（《北梦琐言》）

尹　皓

朱梁尹皓镇华州。夏将半，出城巡警。时蒲雍各有兵戈相持故也。因下马，于荒地中得一物如石，又如卵。其色青黑，光滑可爱。命左右收之。又行三二十里，见村院佛堂。遂置于像前。其夜雷霆大震，猛雨如注，天火烧佛堂，而不损佛像。盖龙卵也。院外柳树数百株，皆倒植之。其卵已失。（《玉堂闲话》）

425卷·龙八

张　温

王蜀时，梓州有张温者好捕鱼，曾作客馆镇将。夏中，携宾观鱼，偶游近龙潭之下。热甚，志不快。自入水举网，获一鱼长尺许，鬐鳞如金，拨剌不已。俯岸人皆异之。逡巡晦暝，风雨骤作。温惶骇，奔走数里，依然烈景。或曰："所获金鱼，即潭龙也。"是知龙为鱼服，自贻其患。苟无风雨之变，亦难逃鼎俎矣。龙潭取鱼，亦宜戒慎。（《北梦琐

言》)

郭彦郎

世言乖龙苦于行雨，而多窜匿，为雷神捕之。或在古木及楹柱之内，若旷野之间，无处逃匿，即入牛角或牧童之身。往往为此物所累而震死也。蜀邸有军将郭彦郎者，行舟侠江，至罗云漵。方食而卧，心神恍惚如梦，见一黄衣人曰："莫错。"而于口中探得一物而去。觉来，但觉咽喉中痛。于是篙工辈但见船上雷电晦暝，震声甚厉。斯则乖龙入口也。南山宣律师，乖龙入中指节，又非虚说。所以孔圣之言，迅雷风烈必变，可不敬之乎？"（《北梦琐言》）

王宗郎

蜀庚午岁，金州刺史王宗郎奏洵阳县洵水畔有青烟庙。数日，庙上烟云昏晦，昼夜奏乐。忽一旦，水波腾跃，有群龙出于水上，行入汉江。大者数丈，小者丈余，如五方之色，有如牛马驴羊之形。大小五十，累累接迹，行入汉江，却过庙所。往复数里，或隐或见。三日乃止。（《录异记》）

犀浦龙

癸酉年，犀浦界田中有小龙青黑色。割为两片，旬日臭败，寻亦失去。摩呵池大厅西面亦有龙井，甚灵，人不可犯。（《录异记》）

井　鱼

成都书台坊武侯宅南，乘烟观内古井中有鱼。长六七寸。往往游于井上。水必腾涌。相传井中有龙。（《录异记》）

安天龙

后唐同光中，沧州民有子母苦于科徭，流移近界封店。路逢白蛇，其子以绳系蛇项，约而行，无何摆其头落。须臾，一片白云起，雷电暴作，撮将此子上天空中，为雷火烧杀坠地。而背有大书，人莫之识。忽有一人云，何不以青物蒙之，即识其字。遂以青裙被之。有识字读之曰："此人杀害安天龙，为天神所诛。"葆光子曰："龙神物也，况有安天之号，必能变化无方。岂有一竖子绳系而殒之？遽致天人之罚。斯又何哉！"（《北梦琐言》）

曹宽

石晋时，常山帅安重荣将谋干纪。其管界与邢台连接，斗杀一龙。乡豪有曹宽者见之，取其双角。前有一物如帘，纹如乱锦，人莫知之。曹宽经年为寇所杀。壬寅年，讨镇州，诛安重荣也。葆光子读《北史》，见陆法和在梁时，将兵拒侯景将任约于江上。曰："彼龙睡不动，吾军之龙。甚自跃踊。"遂击之大败，而擒任约。是则军阵之上，龙必先斗。常山龙死，得非王师大捷，重荣授首乎？黄巢败于陈州，李克用脱梁王之难，皆大雨震雷之助。（《北梦琐言》）

梦青衣

孟蜀主母后之宫有卫圣神龙堂，亦尝修饰严洁。盖即世俗之家神也。一旦别欲广其殿宇，因昼寝，梦一青衣谓后曰："今神龙意欲出宫外居止，宜于寺观中安排可也。"后欲从之，而子未许。后又梦见青衣重请，因选昭觉寺廊庑间，特建一庙。土木既就，绘事云毕，遂宣教坊乐。自宫中引出，奏送神曲；归新庙中，奏迎神曲。其日玄云四合，大风振起，及神归位，雨即滂沱。或曰："卫圣神龙出离宫殿，是不祥也。"逾年，国亡灭而去，土地归庙中矣。（《野人闲话》）

附2：

《夷坚志》涉龙记载

（南宋·洪迈）

闽丞厅柱

绍兴己巳二月二十五日，福州大雷雨。闽丞薛允功，未明起。闻霹雳声甚近，及旦，厅事一柱已斧为三，附栋椽泥，皆坠碎土如爪迹，印于书几及狼籍西庑间。时将迓新丞，胡床雨盖之属，皆倚柱侧，意必震动，乃徙在壁下，略无所损。先是薛之子尝见一青蛇入柱下，戏掣其尾不可出，既震，皆疑其物盖龙云。薛丞说。

大孤山龙

陈晦叔为江西漕，出按部。舟行过吴城庙下，登岸谒礼不敬。至晚有风涛之变，双桅皆折，百计救护，仅能达岸。明日发南康，船人白：
"当以猪赛庙。"晦叔曰："观昨日如此，敢爱一豕乎？"使如其请以祀，
而心殊不平。船才离岸，则风引之回，开阖四五。自旦至日中乃能行。
又明日抵大孤山。船人复有请。晦叔怒曰："连日食吾猪，龙亦合饱！"
鼓枻北行不顾。才数里，天地斗暗，雷电风雨总至。对面不辨色，白波
连空。巨龙出水上，高与樯齐。其大塞江，口吐猛火，赫然照人。百灵
秘怪，奇形异状，环绕前后，不可胜数。舟中人知命在顷刻，各以衣带
相缠结，冀溺死后，尸易寻觅。殿前司拣兵将官牛信，从吏在别舫，最
惧俯伏板上。见一人白发不巾，当顶梳小髻，谓曰："无恐，不干汝
事！"晦叔具衣冠拜伏请罪，多以佛经许之。龙稍稍相远，遂没不见，
暝色亦开。篙工怖定再理楫，觉其处非是。盖逆流而上，在大孤之南四
十里矣。初未尝觉也。南昌宰冯羲叔说。

建昌井中鱼

大观戊子年七月五日，建昌军驿前大井，水连日腥不可饮。居民浚
治之，得一鱼可三指大，类鲫而眼上赤纹色如金，头有两角，细而坚
硬，民贮以巨桶，并买楮镪送于江。至暮大风急雨，吹折大木无数，皆
疑以为龙类云。

济南王生

济南王生，参政庆曾宗人也。登第出京，行数十里间，憩道旁舍。
主人亦士子，留饮之酒。望舍后横屋数楹，帘幕华楚，问为谁，曰：
"某提举赴官闽中，单车先行，留家于此，以俟迎吏，今累月矣。"遥窥
其内，隐隐见女子往来，甚少艾，注目不能去。

抵暮留宿，主人夜与语，因及乡里门阀。审其未娶，为言："提举
家一女，极韶媚，方相托议亲，子有意否？"生欣然，唯恐不得当也。
主人为平章，翌日约定。女之母邀相见，曰："吾夫远宦，钟爱息女，
谋择对甚久，不意邂逅得佳婿。彼此在旅，不能具六礼，盍相与略之。"
乃草草备聘财，择日成婚，且许生挈女归济南。须至闽遣信来迎，既
别，不复相闻，生不以为疑。

女固自若，历四五年，生二子，起居嗜好与常人不殊，但僮仆汲水

517

时，只用前桶而弃其后，以为不洁。自携一婢来，凡调饪纫缝，非出其手不可，夜则令卧床下。忽告生云："我体中不佳，略就枕，切勿入房惊我。"生然之。俄顷，震雷飞电，大雨滂沛，火光煜然，尽室危怖。移时始定，女与婢皆失所在矣。

初，生之入京，道经某处龙母祠，因入谒，睹龙女塑容端丽，心为之动，默念他年娶妻如此，足慰人心。及出门，有巨蛇蟠马鞍上，驱之弗去，始大恐，复诣祠拜而谢过。洎出，乃不见。

后遇兹异，识者疑其龙所为云。

宣和龙

宣和元年五月，京师大雨连日。及霁，开封县前茶肆家，未明起，拂拭案榻，见若犬蹲其旁，至旦视之，龙也，有声如牛，惊而仆。

茶肆与军器作坊邻，诸卒适赴役，见之，杀而分其肉。街吏惧不敢奏，都人图玩其形，长六七尺，鳞色苍黑。首如驴，两颊如鱼头，色正绿。顶有角，坐极长，于其际始分两歧，与世间所绘龙相类。

后十余日，忽大水犯都城，高出十丈，自西北牟驼冈至万胜门外马监，民居尽没。时以为大河决溢，然水色清澄，河又未尝决，终莫知所从来。

居数日，水已入汴渠，逮晓将溢，朝廷募人乘风水之势，决其下流，乃由城北入五丈河，下注梁山泺，首尾几月乃已。故俗传为龙复仇云。

湖口龙

池州每岁发兵三千人，遣一将督戍江西，率以夏五月会于豫章，番休而归。

绍兴二十五年，统制官赵玘受代去。行两日，泊舟顺济祠下。祭罢，携妓入庙饮酒，以舟中苦热，命设榻于西厢饮福厅，将翼日早发。庙祝知神不乐，不敢明言，但云龙王不在庙，出巡江矣，度一二日西归。大军若果行，惧或相值遇，不便也。玘素胆勇，且被酒，闻祝言，殊不信，叱曰："师行何所畏？"

如期打鼓发船。行未至湖口县三十里，遥望若有山横前，舟人震恐。玘以为真山，竦身立观之。少焉，北风大作，白浪涌起如屋，见向所谓山者，乃大赤斑龙，无首无尾，其身长正与江阔等，拥水而南。玘犹命射之。百矢俱发，其来愈近。玘始惧，急回棹，奔入小濡避之，矴缆方毕，龙直前而过，寒风肃然，当盛暑，皆有挟纩意，久之乃息，他舟覆者数十艘，沉士卒数十人，巨商同宗行者，亦多溺死。

时外舅镇江西，玘具列其事，独讳庙中之过云。

宗立本小儿

宗立本，登州黄县人，世世为行商，年长未有子。绍兴戊寅盛夏。与妻贩缣帛。抵潍州。将往昌乐。遇夜驾车于外。就宿一古庙。数仆击柝持仗守卫。明旦，蓐食讫登涂，值小儿可六七岁，遮拜于前，语言狷利可喜。问其谁家人，自那处来，对曰："我昌邑县公吏之子也，亡父姓名是王忠彦，与母氏俱化去，鞠养于他人，将带到此，潜舍我而去，兹无所归，必死于狼虎魑魅矣。"立本拊之曰："肯从我乎？"又再拜感泣，遂收而育之，命名曰神授。儿性质警敏，每览读文书，一过辄忆。又能把巨笔作一丈阔字，篆隶草不学而成，见名贤古帖墨迹，稍加摹临，必曲尽其妙。立本盖市井小民耳，遂弃旧业而携此儿行游，使习路岐贱态，藉以自给。后二年之春，至济南章丘，逢一胡僧，神貌瑰杰，指儿谓立本曰："尔在何处拾得来？"立本瞠曰："吾妻实生之，奚乃轻妄发问。"僧笑曰："是吾五台山五百小龙之一也，失之三岁矣，方寻访见之尔。久留定掇大祸，吾已密施法禁，彼亦无所复肆其虐。"于是索水喷噀，立化为小朱蛇，盘旋于地，僧执净瓶呼神授名，蛇即跃入其中，僧顶笠不告而去。立本夫妇思念，久而不忘。淮东钤辖王易之亲睹厥异。

附3：

《聊斋志异》涉龙记载

（清·蒲松龄）

猪婆龙

猪婆龙，产于西江，形似龙而短，能横飞，常出沿江岸，扑食鹅鸭。或猎得之,则货其肉于陈、柯两家。此二姓,皆友谅之裔,世食猪婆龙肉,他族不敢食也。一客自江右来,得一头,絷舟中。一日泊舟钱塘,缚稍懈,忽跃入江,波涛大作,估舟倾沉。

博兴女

博兴民王某,有女及笄。势豪某窥其姿,伺女出,掠去,无知者。至家逼淫,女号嘶撑拒,某缢杀之。门外故有深渊,遂以石系尸,沉其中。王觅女不得,计无所施。天忽雨,雷电绕豪家,霹雳一声,龙下攫豪首去。天晴,渊中女尸浮出,一手捉人头,审视,则豪头也。官知,鞫其家人,始得其情。尤其女之所化与?不然,何以能尔也?奇哉!

龙四则

北直界有堕龙入村,其行重拙,入某绅家。其户仅可容躯,塞而入。家人尽奔。登楼哗噪,铳炮轰然。龙乃出。门外停贮潦水,浅不盈尺。龙入,转侧其中,身尽泥涂,极力腾跃,尺余辄堕。泥蟠三日,蝇集鳞甲。忽大雨,乃霹雳拏空而去。

房生与友人登牛山,入寺游瞩。忽檐间一黄砖堕,上盘一小蛇,细裁如蚓。忽旋一周如指,又一周已如带。共惊,知为龙,群趋而下。方至山半,闻寺中霹雳一声,天上黑云如盖,一巨龙夭矫其中,移时而没。

章丘小相公庄,有民妇适野,值大风,尘沙扑面。觉一目眯,如含麦芒,揉之吹之,迄不愈。启脸而审视之,睛固无恙,但有赤线蜿蜒于肉分。或曰:"此蛰龙也。"妇忧惧待死。积三月余,天暴雨,忽巨霆一声,裂眦而去,妇无少损。

袁宣四言:"在苏州,值阴晦,霹雳大作。众见龙垂云际,鳞甲张动,爪中抟一人头,须眉毕见;移时,入云而没。亦未闻有失其头者。"

蛰龙

于陵曲银台公,读书楼上。值阴雨晦暝,见一小物有光如荧、蠕蠕而行,过处则黑如蚰迹,渐盘卷上,卷亦焦。意为龙,乃捧卷送之至门外,持立良久,蠖曲不少动。公曰:"将无谓我不恭?"执卷返,仍置案上,冠带长揖送之。方至檐下,但见昂首乍伸,离卷横飞,其声嗖然,光一道如缕。数步外，回首向公，则头大于瓮，身数十围矣。又一折反，霹雳震惊，腾霄而去。回视所行处，盖曲曲自书笥中出焉。

产 龙

壬戌间，邑邢村李氏妇，夫死，有遗腹，忽胀如瓮，忽束如握。临蓐，一昼夜不能产。视之，见龙首，一见辄缩去。家人惧，有王媪者焚香禹步，且捊且咒。未几胞堕，不复见龙，惟数鳞大如盏。继下一女，肉莹彻如晶，脏腑可数。

水 灾

康熙二十一年，山东旱，自春徂夏，赤地千里。六月十三日小雨，始种粟。十八日大雨后，乃种豆。一日，石门庄有老叟，暮见二羊斗山上，告村人曰："大水至矣！"遂携家播迁。村人共笑之。无何，雨暴注，平地水深数尺，居庐尽没。一农人弃其两儿，与妻扶老母奔避高阜。下视村中，汇为泽国，并不复念及两儿。水落归家。一村尽成墟墓，入己门，则一屋独存，见两儿尚并坐床头，嬉笑无恙。咸叹谓夫妇孝感所致。此六月二十二日事也。（古人有称龙为羊之说。）

龙无目

沂水大雨，忽堕一龙，双睛俱无，奄有气息。邑令以八十席覆之，未能周身。为设野祭，犹反复以尾击地，其声塪然。

龙取水

徐东痴夜南游，泊舟江岸，见一苍龙自空垂下，以尾搅江水，波浪涌起，随龙身而上。遥望水光闪闪，阔于三尺练。移时龙尾收去，水亦顿息。俄而大雨倾注，渠道皆平。

龙 肉

姜太史玉璇言："龙堆之下，掘地数尺，有龙肉充牣其中，任人割取，但勿言'龙'字。或言'此龙肉也'，则霹雳震作，击人而死。"太史曾食其肉，实不谬也。

龙戏蛛

徐公为齐东令，署中有楼，用藏肴饵，往往被物窃食，狼藉于地。家人屡受谯责，因伏伺之。见一蜘蛛大如斗，骇走白公。公以为异，日遣婢辈投饵焉。蛛益驯，饥辄出依人，饱而后去。积年余，公偶阅案牍，蛛忽来伏几上。疑其饥，方呼家人取饵，旋见两蛇夹蛛卧，细裁如箸，蛛爪踡腹缩，若不胜惧。转瞬间，蛇暴长粗于卵，大骇欲走。巨霆大作，合家震毙。移时公苏，夫人及婢仆击死者七人。公病月余，寻卒。公为人廉正爱民，柩发之日，民敛钱以送，哭声满野。

异史氏曰："龙戏蛛，每意是里巷之讹言耳，乃真有之乎？闻雷霆之击，必于凶人，奈何以循良之吏，罹此惨毒？天公之愦愦，不已多乎！"

疲 龙

胶州王侍御，出使琉球。舟行海中，忽自云际堕一巨龙，激水高数丈。龙半浮半沉，仰其首，以舟承颔；睛半含，嗒然若丧。阖舟大恐，停桡不敢少动。舟人曰："此天上行雨之疲龙也。"王悬敕于上。焚香共祝之，移时悠然遂逝。舟方行，又一龙堕如前状。日凡三四。又逾日，舟人命多备白米，戒曰："去清水潭不远矣。如有所见，但糁米于水，寂无哗。"俄至一处，水清澈底。下有群龙，五色，如盆如瓮，条条尽伏。有蜿蜒者，鳞鬣爪牙，历历可数。众神魂俱丧，闭息含眸，不惟不敢窥，并不能动。惟舟人握米自撒。久则见海波深黑，始有呻者。因问掷米之故，答曰："龙畏蛆，恐入其甲。白米类蛆，故龙见辄伏，舟行其上，可无害也。"

龙

博邑有乡民王茂才，早赴田，田畔拾一小儿，四五岁，貌丰美而言笑巧妙。归家子之，灵通非常。至四五年后，有一僧至其家，儿见之惊避无踪。僧告乡民曰："此儿乃华山池中五百小龙之一，窃逃于此。"遂出一钵，注水其中，宛一小白蛇游衍于内，袖钵而去。

附4：

《子不语》涉龙记载

（清·袁枚）

龙护高家堰

乾隆二十七年，学使李公因培科考淮安。清晨，风雨怒号，生徒惊顾，不能唱名。正踌躇间，地大震，辕外旗竿，被龙攫入云中，不知所往，河水暴涨，与高家堰相齐。河督高公及各厅官面如土色，皆云西风一大，则淮扬休矣。方恐怖间，忽转东风，天低若盖，将压人头，见黑龙在云中拖尾取水，数卷后，顷刻之间，洪泽湖水低三丈，人心大安。龙之鳞甲金光四射，惟头身则不可见。此石埭县教官沈公雨潭所目击。

吕道人驱龙

河南归德府吕道人，年百余岁，鼻息雷鸣。或十余日不食，或一日食鸡子五百，吹气人身，如火炙痛。或戏以生饼覆其背，须臾焦熟可食矣。冬夏一布袄，日行三百里。

雍正间，王朝恩为北总河，筑张家口石坝不成，糜帑数万，忧懑不食。适吕至曰："此下有毒龙为祟。"王问："汝能驱之否？"曰："此龙修炼二千年，魄力甚大。梁武帝筑浮山堰崩，伤生灵数万，此龙孽也。公欲坝成，须贫道亲下河与斗，庶几逐龙去而坝可成。然贫道福命薄，虑为所伤，必须仗对圣天子威灵、大人福力护持之。"曰："若何而可？"曰："请王命牌，油纸裹缚贫道背上。用河道总督印钤封，大人手书姓名加封之，乃可。"如其言，道士遂仗剑入水。

顷刻黑风起，雷电大作，波浪掀天。至明日夜半，道士来署，提血剑，腥涎满身，背伛偻，曰："贫道胁骨为龙尾击断矣。然贫道亦斩龙一臂，臂坠水，仅留一爪献公。龙受伤奔东海去，明日坝可成也。"王大喜，呼酒劳之，欲延蒙古医为之接骨。曰："不必。贫道运真气养之，半年后可平复也。"次日，王公上工下扫，石坝果成。所藏龙爪，大如水牛角，嗅作龙诞香，悬之，蚊蝇远避。

吕自言与李自成交好，曾为系草鞋带。又与贾士芳同受业于王先生某。先生常言："汝愿，故道可成；贾好利，又自作聪明，必不善终，然亦须名动天子。"嵇文敏公为总河入都陛见，家人不得家信，问吕，吕曰："汝家大人，已被大木撑入眼矣。"举家惊，恐有目疾。已而授东阁大学士，方知"目"旁"木"乃"相"字耳。乾隆四年，吕入都，诸王公延之治疾，脱手愈。徐文穆公第六子虚阳不闭，吕一见曰："公子面上血不华色，不过梦遗耳。"令闭目卧地袒胸，手一铁针，长尺余，直刺其心，拔之，血随针出，如一条红丝。取口唾拭其创处，旁人骇绝，而公子不知，是夕病瘥。王太守孟亭患腰痛，求道人。道人曰："俟天晴日来治。"至期，手撮日光揉之，热透五脏而愈。问导引之术，不肯言，乃引其僮私问之。曰："无他异也，每早至旷野，红日始出，见道人向日作虎跳状，手招日光纳口中，且吸且咽，如是者再。"

李通判

广西李通判者，巨富也。家蓄七姬，珍宝山积。通判年二十七疾卒。有老仆者，素忠谨，伤其主早亡，与七姬共设斋醮。忽一道人持簿化缘，老仆呵之曰："吾家主早亡，无暇施汝。"道士笑曰："尔亦思家主复生乎？吾能作法，令其返魂。"老仆惊，奔语诸姬，群讶然。出拜，则道士去矣。老仆与群妾悔轻慢神仙，致令化去，各相归咎。

未几，老仆过市，遇道士于途。老仆惊且喜，强持之请罪乞哀。道士曰："我非靳尔主之复生也，阴司例：死人还阳，须得替代。恐尔家无人代死，吾是以去。"老仆曰："请归商之。"

拉道士至家，以道士语告群妾。群妾初闻道士之来也，甚喜；继闻将代死也，皆悫，各相视噤不发声。老仆毅然曰："诸娘子青年可惜，老奴残年何足惜？"出见道士曰："老奴者代，可乎？"道士曰："尔能无悔无怖则可。"曰："能。"道士曰："念汝诚心，可出外与亲友作别。待我作法，三日法成，七日法验矣。"

老仆奉道士于家，旦夕敬礼。身至某某家，告以故，泣而诀别。其亲友有笑者，有敬者，有怜者，有揶揄不信者。老仆过圣帝庙——素所奉也，入而拜且祷曰："奴代家主死，求圣帝助道士放回家主魂魄。"语未竟，有赤脚僧立案前叱曰："汝满面妖气，大祸至矣！吾救汝，慎弗泄。"赠一纸包曰："临时取看。"言毕不见。老仆归，偷开之：手抓五具，绳索一根。遂置怀中。

俄而三日之期已届，道士命移老仆床与家主灵柩相对，铁锁扃门，凿穴以通饮食。道士与群姬相近处筑坛诵咒。居亡何，了无他异。老仆疑之。心甫动，闻床下飒然有声，两黑人自地跃出：绿睛深目，通体短毛，长二尺许，头大如车轮。目睒睒视老仆，且视且走，绕棺而行，以齿啮棺缝。缝开，闻咳嗽声，宛然家主也。二鬼启棺之前和，扶家主出。状奄然若不胜病者。二鬼手摩其腹，口渐有声。老仆目之，形是家主，音则道士。愀然曰："圣帝之言，得无验乎！"急揣怀中纸。五爪飞出，变为金龙，长数丈，攫老仆于室中，以绳缚梁上。老仆昏然，注目下视：二鬼扶家主自棺中出，至老仆卧床，无人焉者。家主大呼曰："法败矣！"二鬼狰狞，绕屋寻觅，卒不得。家主怒甚，取老仆床帐被褥，碎裂之。一鬼仰头，见老仆在梁，大喜，与家主腾身取之。未及屋梁，震雷一声，仆坠于地，棺合如故，二鬼亦不复见矣。

群妾闻雷，往启户视之。老仆具道所见。相与急视道士。道士已为雷震死坛所，其尸上有硫磺大书"妖道炼法易形，图财贪色，天条决斩如律令"十七字。

赌钱神号迷龙

李某，官缙云令，以赌博被参，然性好之，不能一日离。病危时，犹拍肘床上作呼卢声。其妻泣谏曰："气喘劳神，何苦如是？"李曰："赌非一人所能，我有朋类数人，在床前同掷骰盆，汝等特未之见耳。"已而气绝。忽又苏醒，伸手向家人云："速烧纸锞，替还赌钱。"妻问："与何人决胜？"曰："阴司赌神号称迷龙，其门下有赌鬼数千，皆受驱使。探人将托生时，便请迷龙作一花押，纳入天灵盖中。此人一落母胎，性便好赌，虽严父贤妻，万不能救。《汉书·公卿表》以博掩失侯者十余人。可见此神从古有之。或且一心贪赌，有美食而让他人食，有美妻而让他人眠，昏迷龙作祟也。但阴间赌法与世间不同，其法：聚十余鬼，同掷十三颗骰子；每子下盆，有五彩金色光者，便是全胜，群鬼以所蓄纸锞全行献上。迷龙高坐抽头，以致大富。群鬼赌败穷极，便到阳间作瘟疫，诈人酒食。汝等此时烧纸钱一万，可以放我生还。"家人信之，如其言，烧与之，而李竟瞑目长逝。或曰：渠又哄得赌本，可以放心大掷，故不返也。

夜叉偷酒

直隶永平府滦州河下，每年龙王造宫，有黄、白二龙从古北口拔木运来。每木百枝，一夜叉管守之。其木在水中皆直立而行，上挂一红灯为号。关外贩木商人，每年待龙发水，然后依附运行。偶失一枝，龙怒，遣夜叉寻取。风雨大作，山石皆飞。村中民造酒八缸，一夜被夜叉偷饮立尽。惧其为患，为伐一木置水中，夜始平静。此石埭令郑公首瀛为余言。郑，滦州人。

霹雳脯

海州朱先生，康熙间人，貌三四十岁，或出或隐，不知寒暑，常曰："海州气象好，惜读书者少耳。"

出游数年，归语人曰："吾家竹坨子殊博雅，可与谈，山阴阎百诗，亦後之秀，惜俱未闻道耳。"

居亡何，又语人曰："我何罪于天，而今日有雷击我！我不得不相抗，但恐诸君，诸君须请避之。"

至期，云雨晦冥，见大蜘蛛脚自空下，雷乍响而哑矣。旷野有血肉一团，大如车轮，朱指示人曰："此斗败霹雳脯也。"

以酒烹之，独坐而啖。又一日，雷雨腹集，朱张口空中，吐白丝数百丈，盘密如网，有火龙腾空而至，奋鬣舒爪于网外，终不能入，良久入云去，朱叹曰："海滨多怪物，不可久居，吾将逝矣。"

竟去，不知所终，人疑为蜘蛛精。

秃尾龙

山东文登县毕氏妇，三月间沤衣池上，见树上有李，大如鸡卵。心异之，以为暮春时，不应有李。采而食焉，甘美异常。自此腹中拳然，遂有孕。十四月产一小龙，长二尺许，坠地即飞去，到清晨必来饮其母之乳。父恶而持刀逐之，断其尾。小龙从此不来。后数年，其母死，殡于村中。一夕雷电，风雨晦冥中，若有物蟠旋者。次日视之，棺已葬矣，隆然成一大坟。又数年其父死，邻人为合葬焉。其夕雷电又作。次日见其父棺从穴中掀出，若不容其合葬者。嗣后村人呼为秃尾龙母坟。祈晴祷雨无不应。此事陶悔轩方伯为余言之，且云："隐阅《群芳谱》云：'天罚乖龙，必割其耳。耳坠于地，辄化为李。'毕妇所食之李，乃龙耳也。故感气化而生小龙。"

摸龙阿太

杭州少宰姚公三辰，以外科医术世其家。相传：少宰之祖半夜采药归，过西溪，醉坠于涧。以手据石，滑软有涎，旋即蠕蠕而动，惊以为蛇。少顷，负姚而上，两目如灯，照见头有须角；委姚地上，腾空去，始知乃龙也。姚两手触涎处，香数月不散；以之撮药，应手而愈。子孙相传，呼为"摸龙阿太"。又号曰"姚篮儿"，以其采药持篮故也。每愈人病，不受谢。故孙位至二品，人以为阴德之报。

龙阵风

乾隆辛酉秋，海风拔木，海滨人见龙斗空中。广陵城内外风过处，民间窗棂帘箔及所晒衣物吹上半天。有宴客者，八盘十六碟随风而去，少顷，落于数十里外李姓家，肴果摆设，丝毫不动。尤奇者，南街上清白流芳牌楼之左，一妇人沐浴后簪花傅粉，抱一孩移竹榻坐于门外，被风吹起，冉冉而升，万目观望，如虎丘泥偶一座，少顷，没入云中。明日，妇人至自邵伯镇。镇去城四十余里，安然无恙。云："初上时，耳听风响，甚怕。愈上愈凉爽，俯视城市，但见云雾，不知高低。落地时，亦徐徐而坠，稳如乘舆，但心中茫然耳。"

梦中联句

曹少时过太平书坊，得《椒山集》归。夜阅之，倦，掩卷卧。闻叩门声，启视，则同学迟友山也。携手登台，仰见明月，友山赋诗云："冉冉乘风一望迷。"

曹云："中天烟雨夕阳低。来时衣服多成雪。"迟云："去后皮毛尽属泥。但见白云侵冷月。"曹云："何曾黄鸟隔花啼。"迟云："行行不是人间象。"曹云："手挽蛟龙作杖藜。"吟罢，友山别去。学士归语其妻，妻不答；转呼仆，仆亦不应。复坐北窗，取《椒山集》掀数页，回顾已身卧竹床上，大惊，始知梦也。

惊醒，起视《椒山集》，宛然掀数页，而次日友山讣至。

龙 母

常熟李氏妇，孕十四月，产一肉团，盘曲九折，莹若水晶。惧，弃之河，化为小龙，擘空而去。逾年，李妇卒，方殓，雷雨晦冥，龙来哀号，声若牛吼。里人奇之，为立庙虞山，号"龙母庙"。乾隆壬午夏，大旱，牲玉既馨，卒无灵，桂林中丞以为大戚，其门下士薛一瓢曰："何不登堂拜母乎"中丞遣官以牲牢祷龙母庙，翌日雨降。

青龙党

杭州旧有恶少歃血结盟，刺背为小青龙，号"青龙党"，横行闾里。雍正末年，臬司范国擒治之，死者十之八九，首恶董超，竟以逃免。乾隆某年冬，梦其党数十人走告曰："子为党首，虽幸逃免，明年当伏天诛。"董惶恐求计，众曰："计惟投保叔塔草庵僧为徒，力持戒行，或可幸免。"董梦觉，访之塔下，果有老僧结草棚趺坐诵经。董长跪泣涕，自陈罪戾，愿度为弟子。老僧初犹逊谢，既见其情真，乃与剪发为头陀，令日间诵经，夜沿山敲木鱼念佛号。自冬至春，修持颇力。

四月某日，从市上化斋归，小憩土地祠。朦胧睡去，见其党来促曰："速归！速归！今夕雷至矣！"董惊觉，踉跄归棚，天已昏黑，果有雷声。董以梦告僧。僧令跪己膝下，两袖蒙其顶而诵经如故。不数刻，电光绕棚，霹雳连下，或中棚左石，或中棚右树，如是者七八击，皆不得中。少顷，风雷俱止，云开见月。老僧谓难已过，披以起曰："从此当无事矣。"董惊魂少定，拜谢老僧，出棚外。忽电光烁然，震霆一声，已毙石上。

山阴风灾

己丑年，蒋太史心余掌教山阴。有扶乩者徐姓盘上大书"关神下降"。蒋拜问其母太夫人年寿，神批云："尔母系再来人，来去自有一定，未便先漏天机。"

复书云："屏去家僮，有要语告君。"如其言。乃云："君负清才，故尔相告。今年七月二十四日，山阴有大灾，尔宜奉母避去。"蒋云："弟子现在寄居，绝少亲戚，无处可避。且果系劫数中人，避亦无益。"乩盘批"达哉"二字，灵风肃然，神亦去矣。

临七月之期，蒋亦忘神所言，二十四日晨起，天气清和，了无变态。过午二刻，忽大风西来，黑云如墨，人对面不能相见，两龙斗于空中，飞沙走石；石如碗大者，打入窗中以千百计；古树十余丈者，折如寸草；所居蕺山书院石柱尽摇，至申刻始定。墙倾处压死两奴，惟一七岁小儿存米桶中呻吟不死。问之，曰："当墙倒时，见一黑人长丈余，擒我纳桶内。"其母则已死桶外矣。是年，临海居民死者数万人。

太白山神

秦中太白山神最灵。山顶有三池，曰大太白、中太白、三太白。木叶草泥偶落池中，则群鸟衔去，土人号曰"净池鸟"。

有木匠某坠池中，见黄衣人引至一殿，殿中有王者，科头朱履，须发苍然，顾匠者笑曰："知尔艺巧，相烦作一亭，故召汝来。"匠遂居水府。三年功成，王赏三千金，许其归。匠者嫌金重难带，辞之而出，见府中多小犬，毛作金丝色，向王乞取。王不许，匠者偷抱一犬于怀辞出。路上开怀视之，一小金龙腾空飞去，爪伤匠者之手，终身废弃。归家后，忽一日雷雨下冰雹皆化为金，称之，得三千两。

三种旱魃

一种似兽，一种乃僵尸所变，皆能为旱，止风雨。惟山上旱魃名格，为害尤甚，似人而长头，顶有一目，能吃龙，雨师皆畏之。见云起，仰首吹嘘，云即散而日愈烈，人不能制。或云：天应旱，则山川之气融结而成。忽然不见，则雨。

指上栖龙

有莘里民王兴，左手大指着红纹，形纡曲，仅寸许，可五六折。每雷雨时辄摇动弗宁。兴憾焉，欲锉去之。一夕，梦一男子容仪甚异，谓兴曰："余应龙也。谪降在公体，公勿祸余。后三日午候，公伸手指于窗棂外，余其逝矣。"至期，雷雨大作，兴如所言，手指裂而应龙起矣。

附5：

《阅微草堂笔记》涉龙记载

(清·纪昀)

癸亥夏，高川之北堕一龙，里人多目睹之。姚安公命驾往视，则已乘风雨去，其蜿蜒攫拏之迹，蹂躏禾稼二亩许，尚分明可见。龙，神物也，何以致堕？或曰："是行雨有误，天所谪也。"按世称龙能致雨，而宋儒谓雨为天地之气，不由于龙。余谓礼称"天降时雨，山川出云"，故《公羊传》谓触石而出，肤寸而合，不崇朝而雨天下者，惟泰山之云。是宋儒之说所本也。《易·文言·传》称云从龙，故董仲舒祈雨法召以土龙，此世俗之说所本也。大抵有天雨，有龙雨：油油而云，潇潇而雨者，天雨也；疾风震雷，不久而过者，龙雨也。观触犯龙潭者，立致风雨，天地之气能如是之速合乎？洗鲆答诵梵咒者，亦立致风雨，天地之气能如是之刻期乎？故必两义兼陈，其理始备。必规规然胶执一说，毋乃不通其变欤！(《滦阳消夏录五》)

《左传》言："深山大泽，实生龙蛇。"小奴玉保，乌鲁木齐流人子也。初隶特纳格尔军屯。尝入谷追亡羊，见大蛇巨如柱，盘于高岗之顶，向日晒鳞：周身五色烂然，如堆锦绣；顶一角，长尺许。有群雉飞过，张口吸之，相距四五丈，皆翩然而落，如矢投壶。心知羊为所吞矣，乘其未见，循涧逃归，恐怖几失魂魄。军吏邬图麟因言此蛇至毒，而其角能解毒，即所谓吸毒石也。见此蛇者，携雄黄数斤，于上风烧之，即委顿不能动。取其角，锯为块，痈疽初起时，以一块著疮顶，即如磁吸铁，相粘不可脱。待毒气吸出，乃自落。置人乳中，浸出其毒，仍可再用。毒轻者乳变绿，稍重者变青黯，极重者变黑紫。乳变黑紫者，吸四五次乃可尽，余一二次愈矣。余记从兄懋园家有吸毒石，治痈疽颇验；其质非木非石，至是乃知为蛇角矣。(《滦阳消夏录五》)

牛犊马驹，或生鳞角，蛟龙之所合，非真麟也。妇女露寝，为所合者亦有之。惟外舅马氏家，一佃户年近六旬，独行遇雨，雷电晦冥，有龙探爪按其笠。以为当受天诛，悸而踣，觉龙碎裂其裤，以为褫衣而后施刑也。不意龙搌转其背，据地淫之。稍转侧缩避，辄怒吼，磨牙其顶。惧为吞噬，伏不敢动。移一二刻，始霹雳一声去。呻吟塍上，腥涎满身。幸其子持蓑来迎，乃负以返。初尚讳匿，既而创甚，求医药，始道其实。耘苗之候，镒妇众矣，乃狎一男子；牧竖亦众矣，乃狎一衰翁。此亦不可以理解者。(《槐西杂志三》)

奴子王廷佑之母言：幼时家在卫河侧，一日晨起，闻两岸呼噪声。时水暴涨，疑河决，跟跄出视，则河中一羊头昂出水上，巨如五斗栲栳，急如激箭，顺流向北去，皆曰羊神过。余谓此蛟螭之类，首似羊也。《埤雅》载龙九似，亦称首似牛云。(《姑妄听之一》)

兰台又言：尝晴昼仰视，见一龙自西而东，头角略与画图同，惟四足开张，摇撼如一舟之鼓四棹；尾扁而阔，至末渐纤，在似蛇似鱼之间；腹下正白如匹练。夫阴雨见龙，或露首尾鳞爪耳，未有天无纤翳，不风不雨，不电不雷，视之如此其明者。录之亦足资博物也。(《滦阳续录一》)

去龙后跋

龙见（下册）

中国一部二十五史和各种形式的"龙见"，就是一部古代中国独特的自然灾难、远古神话、民间信仰和政治治理的互动史。

中国语境下，"龙见"基于帝国君民所秉信的天人感应逻辑，并以独特的全国共识的"龙见"思维基础，建立的帝国日常生活政治互动协商机制和模式。

"日常生活政治"，本尼迪克特·克尔弗列特（Ben Kerkvliet）将其界定为："人们拥护、遵守、调整和质疑有关资源的占有、生产或分配的规范和规则，他们这么做时是以安静的、普通的和微妙的表达方式和行为。""龙见"这种独特的日常政治的策略、实践和话语，建构了古代中国一种独特的政治互动模式，"龙见"模式具有传承和发展性质，超越了改朝换代和地域的界限，适用于中国语境下更广阔的时空和地域，包括但不限于民间信仰、灾难应急和预防机制的建立、国家利益分配调整和国家治理结构的完善，帝国内上至君王、下至黎民，如何借助龙见来互动协商自己的政治需求，并在互动协商中建构、完善日常政治关系、社会治理模式，是古代中国的一大独特盛景——全都借"龙见"说事——曲意地委婉，微妙地表达，而又心知肚明地拉锯，见血见肉地妥协，最终达成回应各方关切和诉求，并努力调整使之达到平衡各方的利益分配和治理模式，让帝国这辆失衡的大车重新找回平衡而重新上路。这就是古代中国的智慧表达。

而一次次"龙见"，就是社会关系到了非要重新调整时而发出的信号，不管是哪个阶层、哪个区域、哪个利益团体发出这个信号，只要以"龙见"的形式发出信号，就似乎挂起了严重的红色警报，"龙见"无异于帝国最为紧急和重要的危机级别警报标志，强烈暗示到最后甚至是全国上下都明白的疯狂明示，只要"龙见"，就是需要皇帝本人迅速响应的帝国机务。

千年之后，我们往往会疑惑，一次次"龙见"怎么会堂皇出现在官修的帝国正史、地方志中。那是因为我们脱离了古代中国那个独特的"龙见"语境和"龙见"逻辑，以及由此发展而来的"龙见"罪己、"龙见"修省、"龙见"治理，因此就自然不能理解史记"龙见"的委婉曲折、龙说国是的帝国政治语境。

古人未必不知道龙是想象的神物，早在孔子就洞悉龙乃云气；古人也未必不知道向龙祈雨的虚妄，但对自然的把控能力和残酷的自然条件之间的巨大落差，加上靠天吃饭的生活所迫，滋生出的只能是卑微，对现实的无望，最终往往都是遁入虚无，祈求于无形的幽冥，寻求神灵对活下去的信仰支撑。这就发展出了宗教信仰的心理路径——自然和社会的失衡失序滋生了不可捉摸和不可控制的恐惧，要命的恐惧，滋生了神灵信仰的生长。如同我们远古的老祖先，雷声隆隆，电闪雷鸣，风雨晦暗，地动山摇，无可抵抗，只能选择认为有"隆"在发怒，无可奈何，只能匍匐在"隆"的神灵前，祈求庇佑，龙（"隆"）于是就这么出现了，龙的信仰于是就这么出现了。

这一"来龙"，一朝信仰就是几千年，一直到现代科学清晰解释了雷电、龙卷风、龙吸水以及关于龙的发生原理，那条在华夏大地上空潜渊腾跃飞降的龙，才现出"去脉"之势。俱往矣，龙神信仰发展为祈雨龙王的漫长"龙事"，终于在人类掌握改造自然的前提下，逐渐腾空而去，科学的天空，让玄幻神龙无可遁形，再也没有想象和生长生存的意识和物理空间。大旱祈雨的盛大仪式，在中华大地上似乎已经绝迹，仅存的，似乎也是偏文化意义的表演。龙神信仰的退潮，让以龙纹装饰、建筑、雕塑、书画、文字等"龙见"天下，最终成为中华民族独特的文化遗存、华夏记忆、民族精神，一种深入炎黄子孙骨髓的血脉来处，一种激励龙的传人生生不息的精神凝聚。

纵观中国历史,龙的时代上下五千年,每个时代又有每个时代的龙形、龙貌、龙性、龙情。历史车轮滚滚向前,现在的中国人已经不需要骑龙上天,已经不需要驭龙驾车,也不需要求龙祈雨,改天换地的伟力从向天祈求转而到人类自己掌握,中华民族自己才是那条奋发昂扬的巨龙,天地自然被驯化和人化,人终于进化成为自己的神。

龙既已"去脉",那么,以"龙"说事的"龙见"式日常政治和社会事件,也就失去了最后的生存土壤。民主制度和文明发展,是代替中国几千年来独特的"龙见"政治制度的最好回答,法治而自由,公正而平等,响亮而通透……